未明の砦

The Fortress at Dawn / Ai Ota

太田 愛

角川書店

未明の砦

写真　山内悠
装丁　國枝達也

目次

登場人物表

矢上達也……ユシマ生方第三工場・派遣工
脇隼人………同・期間工
秋山宏典……同・派遣工
泉原順平……同・期間工
玄羽昭一……同・班長
五十畑弘……同・工場長
来栖洋介……同・期間工
柚島庸蔵……株式会社ユシマ・社長
板垣直之……同・副社長
山崎武治……ユシマ本社・派遣警備員
仙場南美……ユシマ本社・派遣清掃員
萩原琢磨……警察庁警備局警備企画課・課長
葉山幸雄……同・課長補佐

田所正隆……警察庁警備局長
瀬野徹………警視庁組織犯罪対策部・課長
藪下哲夫……南多摩署組織犯罪対策課・刑事
小坂剛………南多摩署組織犯罪対策課・刑事
日夏康章……灰田聡の友人
灰田聡………日夏康章の友人
國木田莞慈…はるかぜユニオン・相談員
岸本彰子……同・専従
中津川清彦…与党幹事長
財津昌則……「週刊真実」編集長
溝渕久志……同・記者
玉井登………同・カメラマン
崇像朱鷺子…玄羽昭一の義従姉

第一章　事件

1

十二月十日午後零時二十分、警視庁組織犯罪対策部の警視・瀬野徹（せのとおる）は、吉祥寺（きちじょうじ）駅近くに駐めた特殊移動指揮車両の中に陣取っていた。眼前の三台のモニターはいずれも画面が四分割され、駅周辺に設置された防犯カメラのリアルタイム映像が映し出されている。どの街角も通りもクリスマスツリーやリース、橇（そり）に乗ったサンタクロースなどで賑（にぎ）やかに飾り立てられており、まるで同じ柄の包装紙のような風景の中を絶え間なく人が行き交っている。

瀬野は息をつめてモニターに目を凝らしていた。

まもなく、この平板な風景の中に三人の非正規工員が姿を現す。

矢上達也（やがみたつや）、二十六歳。脇隼人（わきはやと）、二十六歳。秋山宏典（あきやまひろのり）、三十歳。各人に瀬野の部下三名が尾行についている。

そして最後の一人、矢上らと当初から行動を共にしている泉原順平（いずみはらじゅんぺい）は、すでに朝日（あさひ）荘二〇二号室に入っていた。無論、そちらにも捜査員が張りついている。泉原が一足先に部屋に向かったのは、彼の言葉を借りれば、「新しいソフトをちょっといじってみたい」からだったが、二十五歳のこの内気で献身的な工員にはコンピューターのプログラムを本質的にいじるだけのスキルはない。それでも、一般的な大学生程度にパソコンを操作できるのは四人の中では泉原ひとりだった。

「来ました」

傍らで部下が囁くより早く、瀬野はモニターに三人の男を捉えていた。駅から吐き出される人波に混じって、三人は肩を並べるようにしてゆったりと横断歩道を渡ってくる。

中央の矢上は黒いダウンジャケットのポケットに両手を突っ込んでおり、それが癖らしく少し俯きがちに歩いていた。だが、あの不織布のマスクの下には、秀でた繊細な鼻梁と口角の上がったアンバランスなほど意志的な口許が隠されている。

矢上の右隣、真っ黄色のマフラーを巻いた男が脇だ。それが都会的に見えるかどうかは別にして人目を引くウールの小物は、職場のある陰気な町から都心に出てくる際、脇にとってなくてはならないものらしい。

左隣を歩く一番年嵩の秋山は、くたびれた膝丈のレザーコートにニットキャップ。キャップの裾から外に跳ね上がった長めの髪が、ひと昔前の映画に出てくる先鋭的でその実あぶくのような男たちを思い出させる。

リアルタイムで動く彼らの姿を目にしたのは初めてだったが、瀬野は旧知の人間にようやく会えたような感慨を覚えた。

彼らの行動はこれまでの報告書ですべて頭に入っていた。通りの右側に、赤と白の庇テントが目を引くホットドッグ店がある。モニターでは聞こえないドアベルを鳴らして三人が店に入っていく。たいてい三分半から四分ほどで昼食用のテイクアウトの袋を抱えて出てくるのだが、瀬野は彼らが店で何を注文するのかも知っている。

矢上と秋山はクラシックドッグ、脇はメニューの表と裏をサイドディッシュまで丹念に見直したあげく、結局クラシックドッグのピクルス抜きを頼むのが常だ。肉が苦手な泉原はフィッシュドッグよりほかに選択肢はないから、誰かが代わりに買っていってやるだろう。店を出たら繁華街を抜けた先のコンビニで四人分のホットコーヒーを調達し、それから七分後に彼らは朝日荘二〇二号室に到着する。矢上、脇、秋山、泉原の四人が部屋に揃った瞬間に逮捕だ。

今日未明、瀬野は四人の令状を取得していた。

彼らはこちらの動きに気づいていない。モニターに映し出された三人はまったくといっていいほど無防備で、それなりの場数を踏んだ瀬野の目には、どこか無邪気にはしゃいでいるようにさえ映った。

逮捕はあっけなく終わるだろう。

だが瀬野は現場を見届けるつもりだった。なぜなら、この逮捕劇によって瀬野徹の名前は日本の警察史に残るものとなるからだ。胴震いするようなかつてない感覚が畏(おそ)れからくるものなのか、それとも高揚感からなのか、自分でも判然としないまま瀬野はモニターを凝視していた。

店の扉が開き、矢上、脇、秋山の三人が紙袋を抱えて出てきた。要した時間は三分五十秒。いつもどおりだ。

瀬野がひとつ頷(うなず)くと指揮車両が発進、朝日荘に向かって移動を開始した。矢上ら三人も逮捕の瞬間に向かって歩き始めたかのように見えた。

その時、モニターの中の人の流れが突如なにかに堰き止められたように滞った。

イヤフォンをした歩きスマホの若者が秋山の背中にぶつかり、小柄な秋山がつんのめった。若者は秋山のことなどそっちのけで、首を伸ばして不審げに前方をうかがう。矢上も脇も、その一帯の誰もが立ち止まって同じ方向を見ている。瀬野は咄嗟に半ブロック先の防犯カメラのモニターに目をやり、異様な光景に眉を顰めた。

扉脇に大きなピンク色の象の置物を飾った飲食店から、若い女やカップルたちが走り出てくる。それを追うように店内から煙が吹き出している。初めは白かった煙がたちまち重そうな黒煙となり、路上に座り込んで咳き込む者や、抱えられるようにして風上に逃げる客らで界隈は騒然となった。店内で火災が発生したのだ。

矢上たちのいた辺りは早くも野次馬が密集し、スマホを頭上に掲げて押し合いへし合いする人々に埋もれて三人の姿は見えなくなっていた。瀬野は無線のマイクを取り、尾行中の部下に命じた。

「各班、被疑者の位置を知らせろ」

だが、慎重に距離を取るよう指示されていた部下たちは、混乱のうちに被疑者を見失っていた。モニターのリアルタイム映像の中、人を押しのけ掻き分けては周囲を見回す捜査員の姿が目に立った。

「落ち着け」

瀬野は一喝した。

この数ヶ月、矢上たちは朝日荘の一室に集まっては計画を練り、準備を重ねてきたのだ。火事を見物するより早く部屋へ行って明日の〈決行〉に備えたいはずだ。

三人のいた通りはちょうど魚の背骨のように両側にいくつも路地が延びている。彼らは火災でこの先は通れないとみて迂回したに違いない。まだ近くにいるはずだ。

瀬野が付近の路地を捜索するよう指示を出そうとした時、車内でノートパソコンに向かっていた傍受班員が鋭い声を発した。

「泉原に矢上からメッセージが着信。文面。『飛べ』」

腹を刺されて初めて相手が凶器を隠し持っていたのを知った。あの時の吐き気がするような悪寒が背筋を走り抜け、瀬野は無線に叫んでいた。

「木村班、ただちに踏み込め」

戸惑うようなわずかな返答の遅れに、瀬野は思わず怒声を発した。

「今すぐ泉原を押さえるんだ!」

2

タイ料理店の火災は半時間ほどで鎮火、煙を吸った客と従業員のタイ人留学生計六名が病院に搬送されたがいずれも軽傷で、治療の後、帰宅。火元は厨房とみられ、失火の原因は現在調査中だった。

瀬野は朝日荘二〇二号室のすり切れた畳の上に立っていた。開け放たれた窓から、冬の遅い午後の陽光が射し込んでいる。泉原はあの窓から飛び降りて逃走し、現在も行方が摑めない。矢上、脇、秋山の三人も姿を消していた。

なぜこんなことになったのか。

畳に残された木村班の夥しい靴跡を、瀬野は茫然と眺めた。無惨に踏みしだかれた小さなクリスマスツリーが、自らの失態を象徴しているように思われた。逮捕失敗を知らせた際の、萩原警視長の対応が嫌でも思い出された。

一刻も早く見つけ出して逮捕しろと怒鳴られた方がどれほどよかったか。そんなことは言うに及ばぬとばかりに、萩原はスマホ越しにたった一言、「報告書を上げろ」と命じて通話を切った。このような無様な失策は叱責にも値しないと断じられたかのようだった。

瀬野は鬱屈を断ち切るように踵を返し、今後に傾注すべく部屋を出た。報告書には逮捕失敗の原因を記さなければならない。だが正直、瀬野には見当もつかなかった。自分たちは四人を完全に監視下に置いていたのだ。接触した人間も通信もすべて把握していた。彼らには逮捕を警戒している素振りなど微塵もなかった。ところが、逃亡に際して四人は全員、スマートフォンを捨てている。無論、追跡を逃れるためだ。

つまりは、自分は彼らに騙されていたのだ。それを認めると、おのずとひとつの疑念が湧いた。そもそも、あのタイ料理店の火災は偶然なのか。

3

同日、午後四時三十分。

日夏康章(ひなつやすあき)はコートの左右のポケットから缶珈琲(コーヒー)を取り出し、二つ並べてテーブルに置くと、窓際のソファに腰を下ろした。

はめ殺しの巨大な窓の向こう一面に夕焼けが広がっている。いくつもの島影のような雲が朱色の空を滑っていく。夕方になって風が出てきたらしい。だが、この分厚い硝子(ガラス)窓の内側は温室のように常に一定の温度に保たれ、風の唸(うな)りも聞こえない。

プルタブを開け、日夏は普段ならとても飲めない甘ったるいミルク珈琲を口に運ぶ。それは、いつからかこの場所を訪れた時の慣例となっていた。ここで飲むと、子供の頃に好きだった珈琲牛乳のように美味(おい)しく感じられるのだから不思議だ。

ソファに座って窓外を眺めるうち、おのずと言葉がついて出た。

「俺はたぶん、馬鹿なことをしたんだと思う」

島影からちぎれた雲が、スカイツリーのいただきを掠(かす)めていく。

「おまえが『馬鹿なことをした』と言う時は、誰かを庇(かば)っている時だ」

静かに寄り添う声が答える。向かい合うソファに座った灰田聡(はいださとし)は、中庭の欅(けやき)の木を見下ろしている。すっかり痩(や)せて、格子縞(じま)のパジャマの襟元からは薄い皮膚が張りついたような鎖骨が覗(のぞ)いていた。日夏のいつもの手土産を、灰田は両の掌(てのひら)で包んで膝の上に置いている。

「俺は、誰を庇ってるんだい？」

辻占に未来を預けるような気持ちで日夏は尋ねていた。

「覚えてないのかい？」

こちらを見た灰田の目は案じているのでもなければ、責めているのでもない。強いて言えば、少し淋しそうだった。灰田はわずかに身を乗り出すと、少年のように熱を帯びた口調で言った。

「あの時、教室にいたのはおまえひとりじゃなかったんだ。写生の時間でみんなてんでに好きな場所に行って描いてたんだ。全員がどこにいたかなんて、本当はわかるはずないだろ」

真っ直ぐな灰田の視線に耐えられず、日夏は残りの缶珈琲を飲み干した。

「そうだな、わかるはずないよな」

そう言うと日夏は立ち上がり、空き缶を手にゴミ箱に向かった。灰田の頑なまでの変わらなさは、日夏に時に慰めと痛みの双方をもたらす。

――俺はたぶん、馬鹿なことをしたんだと思う。

頭の芯に、行き場のない想念が石ころのように転がっていた。

警察が今日、矢上たち四人の逮捕に動くことはわかっていた。そして、自分は四人の逮捕を手の届かない遠くで起きる出来事として、ちょうどここから窓外の一面の夕焼けを眺めるように黙って見ているのだろう。そう思っていた。ほかのありようなど思い描けなかった。

ところが、逮捕を阻止する方法が頭に浮かんだ途端にもう体は動き出していた。多くを偶然に委ねたその試みは、お世辞にも成功する確率が高いとは言えなかった。だが、運を天に任せるような思いつきだったからこそ、躊躇なく実行できたのかもしれない。何も考えずに、晴れた空に賽を投げるように。そうして運は分のない方に転がり、矢上たち四人は日夏の意図どおり逃亡を果たした。

日夏の手を離れたアルミの空き缶が、ゴミ箱の中に消えて枯葉のような音を立てた。

日夏は思った。

警察が彼らの逃亡と俺を結びつけるには、それこそ運が必要だろう。実際、あの四人は俺を知らない。顔を合わせたこともないのだから。

振り返ると、西日に染まった灰田が缶珈琲を膝に置いたまま、また中庭の欅を眺めていた。

「そろそろ行くよ」

声をかけると、灰田は「じゃあ、そこまで一緒に」と子供の頃から変わらぬ律儀さでソファから立ち上がった。

テーブルに手つかずの缶珈琲がひとつ残されていた。

そういえば、と日夏は初めて気がついた。ほぼ二十年ぶりに灰田と顔を合わせるようになったのは、自分がちょうどあの四人の存在を知った頃だった。そのことが、なぜか不意に重要な符牒であるように思えた。

4

同日、午後六時四十五分。

定年まであと数年となった長身痩軀の平刑事——南多摩署における昇任試験不合格記録を更

新中の薮下哲夫は、会議室の一番後ろ、電気ポットが置かれた壁際の長卓に尻を半分引っかけて同僚たちのいきり立った顔を興味深く眺めていた。

　ぼつぼつ晩飯という時分になって突如招集された組織犯罪対策課の捜査員たちは、本庁からの前代未聞の要請に騒然となっていた。

　本庁が逮捕をしくじってその尻拭いに駆り出されること自体は所轄の捜査員にとって通常業務といっていい。逮捕状の出た被疑者が逃亡中となれば指名手配案件だ。ところが本庁の組対はなんと、被疑者四名の罪状を明かさずに捜索を要請してきたのだ。

　無論、指名手配だからといってすぐに世間一般に被疑者の氏名、罪状等が公表されるわけではないが、警察組織内で捜索対象の罪状をあえて秘匿するなど尋常の沙汰ではない。そのうえ、被疑者を発見しだい監視下に置き、速やかに上司に報告すること、というおまけ付きだ。つまり、見つけてもおまえらは手を出すなとあらかじめ釘を刺されているのだ。

「いくらなんでも課長、そりゃ筋が通らないんじゃないですかねぇ」

　デカ長の大沼芳樹が、部下たちの憤懣をひとまとめにしたようにひときわデカいダミ声を張り上げた。

　髷さえ結えば力士に見える大沼は、常日頃から部下たちに対して、いやしくも組織犯罪対策課の一員を名乗る者は、末沢課長の命令とあらばキナ臭い脱法的捜査であろうと喜んで、血生臭い前途が脳裏をよぎろうと敢然と、控えめな疑問の言葉さえ差し挟むことなく従うのが務めであると教えを垂れてきたその人である。その大沼が正面から末沢に楯を突いているのだ。この一幕に捜査員たちは俄然勢いづいた。そして次々と、やってられねぇ、ふざけてんのか、と独り言を装った大声で怒りを吐き出した。

瓜実顔の課長・末沢俊文は苦り切った顔で突き放すように言った。

「だったら本庁にそう言え」

そりゃそうだ、と薮下は腹の中で呟いた。言えるものなら末沢もふざけるなと言いたいところだろう。

本庁の要請である以上いずれ従うしかないのだが、大沼がそろそろビールにしたいと思うまでもうしばらく押し問答が続くと読んで、薮下は会議室からそっと抜け出した。

築五十年を迎える南多摩署の階段はやたらと靴音が響く。おかげで性懲りもなく小坂剛が追ってくるのがわかった。組まされてからというもの、何度振り切っても腹を立てることもなければ傷つくこともなく追ってくるこの相方の鈍感さは、そこだけ取ればホシを追う刑事の執念を思わせるものがあった。

小坂はたちまち背中に張りつくように近づくと、押し殺した声で囁いた。

「俺、思うんですけどね」

「思うだけにしとけ」

「聞いて下さいって。薮下さん、これってテロなんじゃないですかね。どこかでもう相当にヤバいことが起こっていて、それで絶対にどこからも漏れないように情報を遮断してるんじゃないですか」

薮下は思わず階段の踊り場で立ち止まった。

「テロなら組対より公安だろ」

「そうですけど、犯行が銃器を用いたものなら、うちも無関係ってわけじゃない」

組織対策犯罪課は主に暴力団等の組織犯罪および銃器、違法薬物の取り締まりにあたっている。薮下は小坂の考えを頭の中で吟味しつつスマートフォンを取り出し、すでに一読した被疑者四人の情報にアクセスした。

矢上達也、脇隼人、秋山宏典、泉原順平に逮捕歴はない。いずれも株式会社ユシマの生方第三工場に勤務する非正規雇用の工員だ。特別な技術もなく雇用の調整弁として使われる、安定や建設的な未来とは生涯縁遠い若者たち……。そこまで考えた時、薮下は不意にみぞおちの辺りがヒヤリとした。

かつてインドのムンバイで起こった同時多発テロでは、そのような若者たちがある種の洗脳によって、あるいは輝かしい死の対価として家族に渡される報酬のために、組織に身を投じて訓練を受け、実働部隊の一部となって犯行に及んだのではなかったか。

いや、もしそんな兆しがあるのなら、それこそ公安マターだ。警視庁ではなく、警察庁警備局が束ねる全国の公安警察が一斉に動く。所轄の組対などお呼びではないはずだ。

本庁の組対はなぜ被疑者の罪状を秘匿するのか。捜索、逮捕の先には当然、起訴、公判が想定されており、そうなれば罪状はおのずと公になる。ということは、逮捕までは罪状を伏せておきたい、どこからも漏れてもらっては困るというわけだ。

理由はなんだ。なぜ本庁はこんな異様な捜査方法を取らなければならないのか。やはり薮下の疑問はひとつの点に回帰する。

この四人はいったい何をやらかしたのか。

「薮下さん、ひょっとして捜索しないで、捜査するつもりじゃないですか」

鈍感な人間の中には、ごくたまに妙に勘だけ鋭いのがいる。薮下は黙ってスマホをポケットにしまうと、踊り場を曲がって靴音の響く階段を駆け下りた。

5

同日、午後八時三十分。

〈週刊真実〉の記者・溝渕久志とカメラマンの玉井登、編集部において『ブチタマ』の通称で知られる二人は、寒風吹きすさぶ雑居ビル非常階段七階の踊り場で、向かいのマンションの一室を望遠カメラで狙って張り込んでいた。その部屋に住む若い女のもとに某大物俳優が通いつめているらしいという情報が入り、編集長の財津によって調査を命じられたのだが、昨晩同様、何の成果もないまま刻々と気温が下がりつつあった。

「なあタマ、俺たちこんなことしてていいのかねぇ」

溝渕のため息は白く伸びる間もなく風に巻かれた。玉井は体力を温存するためか、溝渕が何を話しかけても「寒いっすね」としか答えない。

溝渕は玉井と組んで以来、二人してほぼ自弁で追い続けてきたネタのことがまだ諦め切れなかった。溝渕も玉井もこいつはとてつもない特ダネだという確信があった。もちろん具体的な証拠を摑まなければ記事にできないことはわかっていた。だからこそ、もう少しだけ時間をくれと編集長の財津に頭を下げて頼みこんだのだ。首を縦に振ってくれさえしたら、肉のつきすぎた肩でも腕でも揉めと言われれば揉む覚悟だった。だが、財津は自ら肩の凝りをほぐすように首を左右にコリコリと振ったあげく、この不倫ネタを回してきたのだ。退職後の財津を闇討ちにする空想に浸っていると、スマホが鳴った。着信は当の財津からだった。不承不承、電話に出ると、「よう、ブチタマ」と、そこらの野良猫に呼びかけるような財津の馴れ馴れしい声がした。

財津によるとネタ元からの情報で、荻窪の同じ寮で暮らしているタイ人留学生たちが、事情聴取の名目で次々と警察にしょっ引かれているという。聴取の目的もわからない。密輸か組織的な不法就労の線もあるかもしれないので、すぐにそちらをあたれという。

「こっちの不倫ネタの方は放っておいていいんですかね」

一言、嫌味を言ってやらなくては気がおさまらなかった。

「不倫はバレるまで続けるもんだから、あとでいい」

そのまま通話が切れた。嫌味はまったく通じなかったらしい。玉井に事態を伝えると、見違えるような素早さで撤収準備を始めた。

タイ人留学生の突然の集団連行。不倫ネタより調査しがいがあるのは間違いない。

6

同日、午後九時十五分。

株式会社ユシマ副社長・板垣直之は、約束の時間に十五分遅れて日本屈指の高級ホテル十七階にあるバーに到着した。

定席であるコーナーのテーブル席に目をやると、与党幹事長・中津川清彦がひとり、悠然と腰を下ろして窓外を眺めていた。板垣は、しばし足をとめてその姿に見入った。

象徴的な光景だった。

チャージ料だけでビジネスホテルに一泊できるその席からは、丸の内の夜景が一望できる。しかし実際にそこに座ると、地上を覆う光の群落よりも、ちょうど視線の高さに散らばった光の明滅が目を引く。誇らしげに自己顕示するかのような赤と白のそれは、夜間に飛行する航空機に対して、超高層建築物の存在を知らせるためのものだ。

中津川があのように見渡せる世界。つまり同じ社会的高度に生息する者だけが、彼にとって実在する人間なのだと板垣は思った。それぞれに喜怒哀楽があり、互いに頼み事をしたり、親族の幸不幸を慮ったり、場合によっては腹を立て、必要とあらば騙しもする。一方で、遥か下方にひしめく人々は、中津川の表現を踏襲すれば、気まぐれに形を変える半液体状のひとつの巨大な生物で、〈国民〉と呼ばれている。板垣は、仮に自分が〈ユシマ副社長〉という肩書きを失えば、瞬時に中津川の世界から消え失せ、ゲル化した国民の一部に回収されるに違いないと痛感した。

視線に気づいたのか、中津川がつと板垣を振り返った。板垣は会釈するために立ち止まったかのようにいかにも自然に一礼すると、バーテンダーに目顔でいつもの注文を伝えてから席についた。

「どうも、急にお呼び立てして。柚島が是非とも今夜、先生にお目にかかるようにと申すものですから」

「社長は今、インドにいらっしゃるそうだね」

待たされた苛立ちを微塵もみせずに中津川は言った。柚島が板垣に約束の時間に遅れていくように命じたことくらい端からわかっているらしい。その証拠に、スライスしたレモンをあしらった卓上のグラスは、中身のペリエが半分ほどに減っている。

「ええ。現地の工場を視察がてら、少し羽を伸ばしてくるそうです」

板垣もまた平気な顔で嘘を吐いた。柚島庸蔵がインドに飛んだのはのっぴきならぬ事態が勃発したからだ。おおよそ察しているはずの中津川がどんな反応を見せるか、板垣は確かめておきたかった。

中津川はペリエのグラスを手に微笑んだ。

「なんといっても〈世界のユシマ〉だ。体がいくつあっても足りんくらいにお忙しいだろうが、人間たまには羽を伸ばさんとね」

つまり、中津川としては、現状をさして憂慮していないというわけだ。おそらく柚島は、中津川の楽観を見越して今夜の会合を設けたのだろう。そう考えつつ板垣は、テーブルのしつらえが整うまで適当に相槌を打ちながら中津川に喋らせておいた。

中津川は、しばらく前に突如として政界引退を発表した与党副総裁が、最近ではどういうわけか開き直ったかのように頻々と銀座の高級クラブで豪遊しているという話を面白おかしく語っていた。引退を決めたその男と中津川はいくらも歳が違わないにもかかわらず。

齢八十に届こうという中津川は、生え際から一分の隙もなく常に墨のように黒々と髪を染め上げているのだが、時間と手間のかかったあの頭の最大の関心事は、選挙だ。そして、選挙は当然のことながら金だ。

中津川が代表を務める政治団体は資金管理団体の〈なかつがわ政策研究会〉と政党支部の二つだが、この二団体の年間の収入は合計一億二千万円を超え、政界でも抜群の集金力を誇っている。その金の七割以上が政治資金パーティーによる収入であり、一枚二、三万円のパーティー券を大量に購入しているのは、ユシマをはじめとする名立たる企業だ。一回の合計が二十万円を超えると収支報告書への記載が義務づけられるため、関連会社名義や個人名に分散させるのが暗黙の了解であり、ユシマのような企業はいわば政治家のサポーター、赤裸々にいえばスポンサー的な存在でもある。

税金で支払われる年間二千万円前後の議員報酬は小遣い程度とはいわないまでも相対的に軽い。なにより納税は国民の義務だが、パーティー券の購入は財界人に裁量の余地がある。ことに、世界時価総額順位において上位グループに踏みとどまっているいまや数少ない日本企業のひとつであるユシマは、財界に対してそれなりの影響力がないと言えば嘘になる。その事実を忘れさせないために、柚島庸蔵は中津川に電話ひとつかければ済むことを決してそうはせず、わざわざ時間を割かせてお決まりのバーに呼び出し、副社長である板垣の口を通して自分の言葉を伝えさせるのだ。このコーナーのテーブル席で中津川と向き合うのは、もう何度目か思い出せないほどだ。

テーブルに定番のグラスとフルーツの銀盆が並んだのを潮に、板垣は話を切り出した。

「柚島から先生にお尋ねするよう申しつかってきたのですが」

詔を伝えるように、板垣はこれ見よがしに姿勢を正した。

「中津川先生、生方第三工場のあの四人の件はどうなっているのでしょうか。今夜のニュースで報道されるはずだった事件は、どうなっているのです」

グラスを手にした中津川は窓外に視線を転じて泰然とした風を装っているが、頬も口許も硬くこわばっている。やはり詳細を摑んではいないのだと板垣は確信した。うかつに口を開いて言質を取られるのを避けたいのだ。

「中津川先生、今回のことはユシマだけの問題ではないのです」

板垣は柚島庸蔵の言葉どおりに続けた。

「世界規模の感染症による甚大なダメージから日本経済はまだ回復していない。今、舵取りを誤れば近い将来、大変なことになる」

老翁は半ば独り言のように呟いた。

「『貧者は洗脳されやすい』。以前、柚島さんがそう言っていたが……」

板垣は中津川が眺めているのと同じ窓外の航空障害灯に目をやった。

柚島や中津川のような高高度から見下ろせば、そのようにしか感じられないのかもしれない。だが、あれは洗脳ではないのだ。彼らは確固たる意志を持って行動している。だからこそ危険なのだ。

「事はいまや欧州や米国だけでなくインドや東南アジアでも起こっています。決して日本で再現させてはならない。それが柚島の意思です」

中津川はグラスを置いて立ち上がると、スーツのボタンを留めた。

「ご心配は無用。柚島さんには、そうお伝え下さい」

板垣の記憶するかぎり、中津川が見送りのいとまも与えずに立ち去ったのは初めてのことだった。

7

同日、午後十時四十分。

矢上達也は鼻先も見えない真っ暗な小道を、片手で生け垣に触れながら小枝が掌を引っ掻くチクチクとした感覚だけを頼りに目指す場所へと歩を進めていた。

濃い潮の香りを孕(はら)んで荒れ狂う風が広大な闇を鳴らしている。冷たい風で耳が切れるように痛む。

破れ目だらけの生け垣がやがて道側に倒れ込むように傾いたかと思うと、覚えていたとおり唐突に途切れて指先が石の門柱に触れた。

矢上は駆け出したい衝動を堪(こら)え、慎重に門柱に手を置いたまま九十度左に向き直った。

門扉はとうの昔に失われており、闇の奥に引き違い戸の磨り硝子が仄白(ほのじろ)く浮かんで見えた。ようやく辿(たど)り着いたという安堵(あんど)が溢(あふ)れ、矢上はがむしゃらに玄関へ突進していた。

敷石に足を取られて地面にしたたか膝を打ちつけたが痛みを感じる余裕もなく、木枠の玄関戸に走り寄ると泥落としのマットを裏返した。ここを立ち去る時、タワシのようなごついブラシを鉄線で組み上げたこのマットの裏側に、鍵(かぎ)をねじ込んで隠しておこうと言い出したのは、脇だった。

——そしたらいつ来たって寝泊まりできる。ちょっとした秘密のアジトってやつよ。

自分の家でもないのに脇は得意げに片方の口角を上げて微笑んだ。一瞬、真夏の午前の光とクマゼミの声、そして、きっと自分たちはもう後戻りできないのだろうという直感、その張りつめたどこかやるせないような気分が蘇（よみがえ）った。

矢上は凍える手で玄関を解錠すると鍵を元に戻して家に入った。それから靴を脱ぐのももどかしく屋内の闇に向かって呼びかけた。

「脇、泉原、秋山さん」

十時間前、タイ料理店で起こったあの火事の混乱のさなか、矢上たちは人混みの中で互いの姿を見失い、スマホを捨ててちりぢりに逃走するほかなかった。だが、朝日荘にいた泉原を含めて、逃げ切れていれば必ずここに来ているはずだ。

外に灯りが漏れぬよう矢上は電灯を点（つ）けずに暗い廊下を壁伝いに奥へと進んだ。隣家は遠く、聞かれるおそれはないとわかっても、追われる身はおのずと押し殺した声になる。

矢上は襖（ふすま）を開けては三人の名を呼んだ。闇の中から、ここだ、と答える声を求めて。疲れて寝入っているのかもしれないという藁（わら）にも縋（すが）るような希望は、部屋を見回るうちに消えた。どこにも人の気配がなかった。

家の中にいるのは矢上ひとりだった。

急に激しい渇きを覚え、矢上は足早に台所へ向かった。間仕切りの硝子戸にまともに肩をぶつけて家中の建具が振動するようなけたたましい音がしたが、かまわず流しの蛇口を捻（ひね）って貪（むさぼ）るように水道水を飲んだ。

ようやっと渇きが癒えると今度は氷柱を呑み込んだように歯の根も合わぬほどの震えがきた。矢上は雨戸を閉め切った八畳へ行き、宙に浮かんだ白い夜光つまみを摑んで素早く三度、蛍光灯のスイッチ紐を引いた。薄暗い常夜灯が点るとすぐさま押し入れからタオルケットを引っ張り出し、蚊取り線香の匂いのしみたそれを頭から被って壁際に座り込んだ。

ここには誰も来ない。そう自分に言い聞かせながら、本当はもう何時間も前からこの時を恐れていたのだと思った。

矢上がかろうじて飛び乗ったのは最終電車だった。脇と秋山、泉原がそのひとつ前、つまり二時間早い電車に乗れた可能性はかぎりなくゼロに近いのだ。

三人はすでに捕まってしまったのだろうか。今どこにいて、どんな状況にあるのか。

黒く広漠とした空と海が鳴っていた。重い風の唸りと大気を震わす地響きのような海鳴りは、まるで地球が自転する音そのもののように思われた。

世界に自分ひとりだけのような気がした。そこに、闇を溶かしこんだようなナツメ球の暗いオレンジ色の灯りが点っている。

目が慣れるにつれて、まるで記憶が蘇るように八畳の和室が姿を現した。

すり切れた藺草の座布団が五枚、部屋の隅に重ねられている。壁の反対側には半世紀以上前に製造されたという青い三枚羽根のどっしりとした扇風機。傍らに豚をかたどった蚊遣り。何もかもここを出た時のままだった。

あの日、このように自分が戻ってくることになるとは思ってもみなかった。けれどもまた、吉祥寺の商店街から入り組んだ路地へと駆け出した時、戻るべき場所はここよりほかにないこともわかっていた。すべては、ここで過ごした夏から始まったのだから。

四ヶ月前、笛ヶ浜（ふえがはま）にあるこの家を初めて訪れた時の自分たちは、今から思えば、まるで違う世界を生きていたような気がする。

矢上は不意にこの家の主だった男の言葉を思い出した。

――二十代というのは、人間が一番大きく変わるときだ。

第二章　発端の夏

8

電車の扉が眠たげな空気音を立てて開き、矢上達也はバックパックを肩にかけて笛ヶ浜駅のホームに降り立った。

午後一時五十二分。八月の陽射しが容赦なく照りつけるホームには、人影はおろか動くものひとつない。フェンス際に大人の背丈ほどの向日葵が自生し、その向こうの樫の木からは盛んにミンミンゼミの声が聞こえていた。何もない田舎だと聞いていたが、その言葉が謙遜ではなく事実だと知って、矢上は軽い衝撃を受けた。しかし、それはむしろこれからの時間への期待を高めてくれるものだった。

というのも、ここに到着するまでの道のりは矢上にとってまさに初めてづくしの体験だったからだ。乗換駅に着くまで、房総フラワーライナーという響きからなんとなく通常の快速列車のようなものを考えていたのだが、待っていたのは厳密にいうと列車ではなかった。車両が連なっていなかったからだ。矢上は生まれて初めて一両編成の電車に乗った。

車両内は駅舎よりも蒸し暑く、冷房が入っていないことに驚いた。窓は木枠でできており、残らず押し上げられていた。天井で首振り扇風機が生ぬるい空気をむやみにかき回しているのを見た時は、もはや異世界に踏み込んだような興奮を覚えた。車両が動き出し、スピードが上がるにしたがって天然の風が勢いよく車両を走り抜けるのも新鮮だった。

背後でゴロゴロと音がして扉が閉まり、フラワーライナーが矢上ひとりをホームに残して駅を出ていった。車両が去ったあとには、見渡すかぎりの太平洋（たいへいよう）があった。巨大な純白の入道雲の下に、遮るもののない水平線がどこまでも広がっている。そんな風景と向き合うのも初めてだった。

矢上が笛ヶ浜を訪ねることになったのは、夏期休暇のあいだ遊びに来ないかと誘われたからだった。最初に声をかけられた時はてっきり冗談だと思った。宿泊費も食費も払わずに海の近くで過ごせるなんて、現実とは思えなかったのだ。

ここ何年ものあいだ、矢上は夏の休暇を派遣会社の寮で最低限の自炊をしてなんとかやりくりしてきた。休みのぶん八月の給料は極端に落ち込むため、いざという時の蓄えに手をつけたくなければ、極力出費を抑えるほかないからだ。

それが今年は、休暇の一日目に大海原を一望するホームに立って、胸の奥まで深々と潮の匂いを吸い込んでいる。部屋と食事を提供する代わりに雨樋（あまどい）や生け垣の修理を手伝ってほしいと言われていたが、そんなことでいいのならお安い御用だった。ただ、ひとつだけ閉口したのは、スマートフォンを持たずに来るように言われたことだった。

二週間の休暇のあいだ動画を見たり音楽を聴いたりできないことは我慢するとしても、手元にスマホがないのは思いのほか心許なかった。地図も時刻表もカメラもアドレス帳もいっぺんになくしたような状態で、なにより、知りたいことをその場で調べられないのがもどかしかった。だがその対価はあまりあるものだったし、スマホのない生活も新味があって面白いかもしれないと思い直した。実際、これまで電車の中ではスマホを見るか寝るかのどちらかだったが、今日は車窓から景色を眺めて過ごした。

そんなことをしたのは子供の時以来だった。

そのせいか、流れ去る電信柱を眺めるうち、すっかり忘れていた子供の時分のことを思い出した。

矢上は幼い頃しばしば妹と共に見知らぬ他人の家に置き去りにされることがあった。一緒に来ていたはずの母親がいつのまにかいなくなってしまうのだ。

スナックを経営していた母親は二、三日で迎えに来ることもあれば、十日あまり姿を見せないこともあった。矢上は子供の泣き声が例外なく他人を苛立たせ、状況を悪化させることをすぐに学んで、昼間はできるだけ妹を外に連れ出して遊ぶようにした。接触する時間が短ければ小突かれる頻度も減るし、菓子パンくらいは与えてもらえた。それでも何度かは車に乗せられて、無理やり押しつけられた捨て猫を突き返すように母親のスナックの前に置いていかれたこともあった。

だが、当時の記憶は不思議と、不安や淋しさといった感情とは結びついていない。たぶんそれらは自分にとって日常の一部だったのだろう。そう思った時、ひとつの事実に思い至った。

二十六年の人生の中で、他人の家に招待されたのはこれが初めてだったのだ。

矢上は心ばかりの手土産の重みを確かめるようにバックパックを担ぎ直すと、腕時計に目をやった。午後一時五十五分。二時に招待主が駅まで迎えに来てくれることになっていた。

笛ヶ浜駅の改札口に向かいながら、昨日の今時分は四十度を超える酷熱の工場で、秒単位で設定されたタクトタイムに追いまくられてコマネズミのように働いていたのだと思った。次々と流れてくる部品を取りつけるだけで頭は何ひとつ考える暇もなく、汗だくの体はひたすら十分間の休憩が来るのを待ち望んでいた。あの時間と今とが繋がっていることが、なんだか信じられないような気がした。

無人の駅舎を出ると、アスファルトの割れ目に雑草の茂るロータリーがあった。その向こうは三方に分かれた通りに低層の建物がのっぺりと並んでいる。町中が午睡の底にあるような日盛り、通りを行くひとりの若い男が目を引いた。男はコンクリート造りの四角い郵便局の中に消えたが、その髪型と体つきが同じ組み立てラインで働く泉原順平に似ているような気がした。こんなところまで来て工場のことなど考えているからだと、矢上は自分自身に苦笑した。

その時になって、『酒・たばこ　田中酒店』と看板を掲げた庇の下、濃い影の中に二人の男が向かい合って座っているのに気がついた。どうやら将棋を指しているらしい。ステテコを穿いた痩せた男は老人のようだが、もうひとりは細身のパンツで若い男だ。脚を組んで頰杖をついたその熟考の姿勢がやはり同じラインの秋山宏典を彷彿とさせ、矢上は反射的に幻影を追い払うように頭を振って別の通りに目を転じた。

さっきまで無人だった通りに、サンバイザーを被ったひとりの男がいた。Tシャツに膝まである派手な海水パンツ、ビーチサンダルをペタペタと鳴らしながら独特の外股歩行でやってくる姿は遠目にも間違えようがなかった。矢上は昨日、工場の仕事を終えて帰りの送迎バスに向かいながら、二週間あいつの顔を見ずに済むのだと思っただけで、なんともいえない清涼な気分を味わったものだった。

その男、脇隼人が矢上を認めて立ち止まり、いかにも不快そうにのけぞった。

脇は路面を平手打ちするようなけたたましいビーチサンダルの音を響かせて走ってきたかと思うと、鼻息も荒く食ってかかった。

「おまえ、なんでこんなところにいるんだ」

それこそまさに矢上が脇に訊きたい台詞だった。

「あれぇ？　矢上と脇じゃない」

酒屋の庇の下から暢気な声がした。秋山がステテコの老人に「続きはいずれまた」と一礼すると、縁台の下からサムソナイトのキャリーケースを引っ張り出し、およそ場違いなガラガラという走行音を立てて近づいてきた。

脇は明らかに面食らった様子で口を開けて秋山を眺めていたが、やがて郵便局の方から泉原が片手を上げて駆け寄ってくるのを見るに及んでその驚きも振り切れたらしく、背に負った重そうなボクサーバッグをどさりと地面に下ろした。

泉原は微妙な雰囲気にまったく頓着することなく、興奮で息を弾ませて切手シートを取り出した。

「これ、デザインが斬新だと思いませんか。海岸線と線路をデフォルメして組み合わせてるんですけどね、ちょっと思いつきませんよね」

職場から遠く離れた笛ヶ浜駅前ロータリーで同僚三人に出くわした不思議よりも、泉原にとっては切手のデザインの方が遥かに興趣があるらしい。矢上も脇も秋山も虚を衝かれて釣り込まれたようにしげしげと切手を眺めた。

その時、可愛らしい自転車のベルを鳴らして招待主が姿を現した。

錆びたママチャリを漕いで玄羽昭一が近づいてくる。短く刈り込んだごま塩頭に着古した藍の甚平、がっしりとした体は陽にあたる時間が少ないせいで腕も脚も不自然なほど白い。玄羽は満面にこぼれんばかりの笑みを湛えてブレーキを軋らせた。

「おお、揃ってるな」

「玄さん、人が悪いなぁ」と、秋山が朗らかに言った。「四人に声かけたんなら、言っといてくれればいいのに。みんなで無駄に驚いちゃった」

「驚きというものはな、人生をピリッとさせる、あれだ、あの……」

玄羽はものの名前をド忘れした人に特有の所作――急にくしゃみを催したかのように眉間に皺を刻んで顔を仰向けた。そして一瞬の後、息を吸い込んで勢いよく言った。

「そう、薬味みたいなもんなんだ。だから決して無駄ってことはないんだぞ」

おそらく〈スパイス〉と言いたかったのだろうと矢上は思った。『ピリッとさせる』という箇所で滞ったせいで、辛子かわさびあたりの刺激が想起され、若干の齟齬を感じつつも和風に着地してしまったに違いない。とはいえ、玄羽の佇まいはどこから見てもスパイスというよりも薬味、洒落たエスニック料理よりも辛子を塗りたくったおでんがしっくりくる。

玄羽昭一は三十年あまり昔、矢上たちがこの世に誕生するより前にユシマに入社したのだが、同期の技能系社員らが次第に工場全体を監督する立場となってラインを離れ、系列子会社の管理職として出向していくなか、五十代半ばとなった今もただひとり、現役の組み立てラインの班長という、過酷な労働と重責を二つながらに担う鉄人なのだ。

「ちょっと訊いていいですか」

泉原が今さらのように同僚の顔を見回したのち、このうえなく率直に玄羽に尋ねた。

「これって、どういう人選なんですか？」

玄羽は自転車を押してUターンさせながらのんびりと言った。

「まあ、夏期休暇に寮に残ってるのもつまらんだろうと思ってな」

矢上には意外な答えだった。脇たち三人が寮で休暇を過ごす予定だったとは思っていなかったからだ。

長期休暇になると、ほとんどの者は久しぶりに家でゆっくり過ごせるのが嬉しいらしく、飛び立つように寮を出ていく。家族と折り合いが悪い者も、友達と外で遊んで寝に帰るだけなら実家も無料宿泊所になるという。

矢上は、脇も秋山も泉原も、自分と同じようにただで眠る家も持たないのだと初めて知った。もちろんそれぞれの事情があるのだろうが。

脇が玄羽の自転車の荷台に断りもなくボクサーバッグを載せながら言った。

「なんだよ、お情けで呼んだのかよ」

「いや、食費分くらいはしっかり働いてもらうぞ」

玄羽は笑って答えた。

現在は空き家となっている亡妻の実家だという玄羽のセカンドハウスに向かう道すがら、矢上は待ち合わせの時間に合わせて駅に着くように考えたのが自分ひとりだったのを知り、少なからず常識を覆されるような感覚を味わった。

脇は昨夜（ゆうべ）のうちに生方を出て都心を横断し、フラワーライナーの始発駅のサウナで一泊。朝のうちに笛ヶ浜に着くや無人の海水浴場で泳ぎまくっていたらしい。どうりで日焼けで肌が真っ赤になっていた。泉原は朝早くに生方を出て昼前に到着。時間まで初めての町を散策していたという。矢上のひとつ前の電車で正午近くに着いた秋山は、海沿いなので駅前には地物の魚を食べさせる飯屋のひとつもあるだろうと期待して、そこで昼食を楽しむつもりで来たらしいが、飯屋はおろかコンビニも売店もないのを見て驚愕（きょうがく）し、仕方なく酒屋でビール、缶つま、味付けうずらの卵を買って縁台で昼食にしていたところ、退屈げな店主に声をかけられ、それでは一局、という流れになったそうだ。

三人とも約束の時刻が待ちきれなかったのだと思った。考えてみれば、昨日の午後三時三十分に一直のラインから解放された瞬間から夏期休暇は始まっていたのだ。だがロケットのように勢いよく日常を離脱して未体験の休暇の軌道に乗る前に、矢上には会っておくべき人がいた。顔を見て安全を確かめてからでなければ出発することはできなかったのだ。

玄羽が自転車で迎えに来たので家まではそう遠くないのだろうと思っていたが、けっこうな距離があった。秋山の年代物のサムソナイトが未舗装のでこぼこ道で難渋したせいもあり、〈夏の家〉に対面した時には三時近くになっていた。こぢんまりとした一軒家を思い描いていた矢上たちは、門柱の脇に立ち止まって思わず目を瞠（みは）った。

荒れ放題の生け垣を巡らせた木造平屋建ては、軒や雨樋、戸袋などあちこちに傷みが目立っていたが、家屋自体は予想以上に広々としていた。矢上が今まで訪れた中でこれ以上に広い木造家屋といえば、お寺くらいだった。

庭に面した縁側の硝子戸はすべて開け放たれ、障子もすっかり取り外されているので、道端から座敷の奥の廊下まで見通せる。敷石の先の玄関戸も開けっぱなしだ。それでも門を閉めてあればまだいくらか用心になるのだろうが、玄羽の話では門は妻が子供の頃に潮風で錆びて外れてしまい、長らく門柱だけになっているという。家は思いのほか海岸から近いらしい。

秋山が感じ入ったようにしみじみと言った。

「地域社会に対する信頼の深さを感じますね」

矢上は庭の中を確かめてから、気になっていたことを尋ねた。

「玄さん、車はどうしたんです?」

玄羽はここまで車で来たものと思っていたが、家の近くにも庭にも玄羽の愛車であるダークブルーの〈ゼフュロス〉が見あたらなかった。ゼフュロスはユシマの都市型SUVの代表車で、玄羽が乗っているのは一九九八年に発表された初代モデルだ。古い型だが、クーペを思わせる流れるようなスタイリングは遠くからでも目につく。

「そういえば見てませんね」

泉原が怪訝そうに辺りを見回した。

車がなければこの町での移動手段は徒歩か玄羽のママチャリ一台ということになる。駅から家までのあいだに食料品店らしきものがなかったことを考えると、買い出しはかなり遠方まで出かけることになるはずだ。しかも男五人分となると相当な量になるのは間違いない。
玄羽は事もなげに答えた。

「ああ、車はここにいるあいだタケさんに貸してあるんだよ。代わりに自転車を貸してもらったから大丈夫だ」

何がどう大丈夫なのか矢上は確認したかったが、それより早く秋山と脇が同時に尋ねた。

「タケさんって誰」

「女房の大叔母が嫁いだ時の仲人の姪の息子でな、女房の同級生だ」

後半の説明だけで充分だったと感じた。泉原は前半部を頭の中で整理しようと試みているらしく三白眼になっているが、玄羽はそれには気づかず、自転車を押して敷石の上を玄関に向かった。

「タケさんの家には毎夏、名古屋から小学生の孫が遊びに来るんだが、いつもは兄弟二人なのが今年は上の子の友達が一緒でな。海水浴に連れていくにもタケさんの車は嫁さんがパートに通うのに使っとるし、子供三人となるとさすがに自転車に乗せきらんからな」

「タケさんの運動神経にもよりますがね」と、秋山が真顔で言った。「前と後ろにひとりずつ乗せて、もうひとりを肩車して自転車を漕げれば可能だと思いますよ」

曲芸に近い秋山のアイディアは誰のコメントも得られず、玄羽はなかったことにして話を続けた。

「タケさんがあちこちに尋ねてくれたおかげで、ヨシジさんのところからおまえたち四人の寝具一式やら風呂のタオルやらまとめて貸してもらえてな、かえって助かったよ」

この地域では乗用車のみならず、布団やタオルの類いも貸し借りが行われているらしいと知って、もはやヨシジさんとは誰なのかと尋ねる者はなかった。

玄羽が玄関脇に自転車を停めると、脇がいきなりボクサーバッグで矢上を突きのけるようにして家に入っていった。矢上は相手にせず泥落としのマットで靴裏を拭った。

玄関戸の上の古ぼけた表札に〈崇像〉とあった。ムナカタと読むのだと玄羽が教えてくれた。玄羽の妻の旧姓だ。そういえば自分が玄羽を知った時、玄羽はすでに寡夫だったのだと思いながら矢上は玄関の敷居を跨いだ。

一瞬、薬品のような刺激臭が微かに鼻をついた。病院ではないどこかで、覚えのある臭いのような気がした。だが、初めて訪れた家の玄関ではよくあることだが、すぐに慣れて感じなくなった。

「どうかしたかい？」と、玄羽が尋ねた。

「いえ、立派な家だなと思って」

上がり框から奥へと真っ直ぐに廊下が延びており、両側に襖を開けた座敷が並んでいた。

玄関のすぐ隣、四畳半の長押に見覚えのあるグレーのジャンパーがかけてあるのが見えた。

玄羽はそこで寝起きしているらしい。廊下の中ほどに電話台、突き当たりには菱形の硝子の明かり採りのはまった古風な洋扉があった。それが不意に開いて脇が顔を出した。

「玄さん、冷蔵庫の麦茶もらうぞ」

奥は台所のようだ。秋山が「ちゃんと五人分コップにつぎなさいよ」と注文をつけながら廊下に軽快な足音を響かせ、玄羽が「盆が冷蔵庫の上にあるだろ」とあとに続いた。

几帳面(きちょうめん)な泉原は脇の脱ぎ捨てたビーチサンダルと秋山のスニーカー、玄羽の下駄を揃えている。秋山がさりげなく置いていったサムソナイトが三和土(たたき)に残されていた。誰かが運んでくれることを期待しているのだ。

「そいつは俺が持つよ」

仕方なく矢上はサムソナイトを持ち上げ、廊下を傷つけないように抱えて運んだ。

台所と続きの八畳の和室が居間になっていた。矢上は藺草(いぐさ)の座布団というしろものに初めて腰を下ろし、ちょっとした博物館に来たような気分で室内の調度を眺めた。

折りたたみ式の長方形のテーブルは、淡いサーモンピンクの天板に花模様が描かれており、なぜ秋山がそんなことを知っているのかわからないが、昭和中期に流行(はや)ったものだそうだ。柱にかけられた木製のレターラックは〈状差し〉と呼ぶらしく、鹿の透かし彫りのような部分がこれまた折りたたみ式になっている。古色蒼然(そうぜん)とした大きな首振り扇風機。極めつけは四本の脚のついたテレビだった。アナログ放送が終了する前にすでに映らなくなっていたらしいが、現役終了後は硝子ケース入りの西洋人形の台として活躍しているという。そういえば廊下にあった電話も、子供の頃に再放送で観たテレビドラマに出てくるような黒いダイヤル式だった。

「俺、こういうの好きなんですよ。なんかすごく心が落ち着くんですよね」

秋山は言葉とは裏腹にやたら興奮した様子で歩き回っていた。

「座ってくれよ、秋山さん」と脇が迷惑顔を向けた。「そう跳び回っちゃ、麦茶に埃(ほこり)が入るだろ」

「玄さん、ここってラジオありますか？」

矢上は尋ねた。テレビが壊れているならラジオでもなければ天気予報もわからない。

「そりゃラジオくらいあるさ。災害時の必需品だからな」

玄羽はタッパーの麦茶を注ぎながら笑った。

「新しい電池を買ってくればいつだって聴けるぞ」

電池が古くなって鳴らないラジオは、壊れたテレビと同じで災害時に役に立たないという点に玄羽が留意してくれなかったことが悲しかった。しかし、新しい電池を入手するのにどこまで自転車を走らせればよいのだろうかと思うと、別に漁に出るわけでもなし、矢上は天気くらい成り行きまかせでいいような気がした。

「この麦茶、めちゃくちゃ美味しいですね」

我が道を行く泉原が感嘆の声をあげた。

矢上はまだ口をつけていなかった麦茶を飲んでみた。麦茶などどれも同じだと思っていたが、玄羽が作ったそれは香ばしくて味が濃く、やたらに旨かった。

「そりゃあ、こいつは丸粒麦茶だからな。煎った麦を煮出して作るんだ」

麦茶は麦茶パックで作るのだと思っていた矢上は、そもそも麦を見たことがなかったので、なにか粒のようなものを煎ってさらに煮出すという工程に驚いた。きっと今日のために特別な麦茶を作ってくれたのだ。そう思った拍子に、自分も手土産を用意してきたのを思い出した。

「これ、つまらないもんだけど」

バックパックから紙包みを取り出して玄羽の膝の前に置いた。玄羽はちょっと驚いた顔をしたあと、苦笑した。

「若いもんが、こんな気を遣わんでいいんだ」

矢上には玄羽の世代の男に知り合いといえるほどの者がおらず、正直どんなものを喜ぶのか見当がつかなかった。滅多に訪れたことのないデパートの地下食品売り場で、さんざん悩んだあげく選んだ品だった。

玄羽が丁寧に包装紙を開いて箱を開けた。何か涼しげな季節のもので、玄羽が賞味期限を気にせずに食べられるものをと考えると、結局落ち着いたところは老舗(しにせ)和菓子店の水羊羹(ようかん)と果実のゼリーの詰め合わせだった。

「ああ、こりゃ早速冷やしておかないとな」

玄羽が言い終わらないうちに脇が派手に噴き出した。おかしくてたまらないというように身をよじって笑い転げたあげく、脇は息も切れ切れに言った。

「これって、完全に、お中元じゃねぇか。おまえ、やっぱ馬鹿だろ」

月並みな土産だとわかっていたが、脇にそこまで言われる筋合いはない。

「俺が馬鹿なら、おまえは無神経で感じが悪い。第一、手ぶらで来るよりマシだろ」

脇は不敵な笑みを浮かべて立ち上がると、台所へ行って重そうなレジ袋を抱えてきた。

脇が袋を逆さにすると中から五キロの米が出てきた。

「世話になるんだからな。自分の食い物くらい持ってくるもんだろ」

そう言うと脇は見下したように矢上の持参した和菓子の詰め合わせを顎(あご)でしゃくった。

「そんな体裁ぶったもんじゃなくてな」

秋山がどこで見つけたのか孫の手で自分の肩を叩(たた)きながら言った。

「戦時中じゃないんだからさ、米よりおかずの方が喜ばれたと思うよ。Ａ５ランクの肉とかさ」

「あんたはそのサムソナイトの中からなんか出してから言えよ！」

「俺のはあとで届くの」

「よく言うよ。ここに来るまでどこに家があるかも知らなかったくせに。住所もわからなくてどうやって届けてもらうんだよ」

「俺がわからなくても、届ける人がわかってれば、物は届くんだよ」

「そうか」と矢上は合点がいった。「駅前のあの酒屋で注文したんですね」

「ビールひとケースね。夕方になったら道の駅にパートに出てる娘さんが戻ってくるから、車で配達してくれるって」

いかにも秋山らしい手回しの良さだと思った。

泉原も遠慮がちに紙袋を取り出していた。都心のデパートの袋だ。

「つたく、また和菓子とか勘弁してくれよな」

脇は泉原ではなくわざわざ矢上の顔を見て言った。

玄羽が礼を言って包装紙のテープをはがすと、桐の化粧箱の美しく尖った角が見えた。

途端に秋山が声を弾ませた。

「あ、素麺だ」

暑い日の昼など、爽やかな薬味の香りと共に喉を走り抜ける素麺ほど旨いものはない。矢上も玄羽も、脇でさえ思わず頬を緩めた。立派な化粧箱に納まっていたのはしかし、一束ずつ紙に包まれてはいるが素麺と似て非なるもの。それは進物用の高級線香だった。

「亡くなった奥さんの実家って聞いてたんで。もうすぐお盆ですから」

9

玄羽がどこでも好きな部屋を使えと言うので、矢上は裏庭に面した六畳の一室に自分用の寝具一式を運び込んだ。その部屋に特に心ひかれる何かがあったからではない。

ついさっき部屋を見て回っていた時、床の間のある八畳間の軒先で風鈴の澄んだ音がした。表庭から流れ込む風に水色の短冊が涼やかに舞っており、その深い鉄の響きに誘われて廊下から畳へと足を踏み入れた途端、背後から脇の嘲弄（ちょうろう）するような声がした。

「遅いんだよ、今ごろ来たって」

床の間の隣に観音開きの押し入れがあり、そこに脇のボクサーバッグが投げ込まれていた。玄関で人を押しのけるようにして家に入っていったのは、気に入った部屋を最初に取るためだったのだろう。脇はいかにも嬉しそうな微笑を浮かべて言った。

「残念だったたな」

矢上は無言で廊下に出た。部屋にこだわりはなかった。ただ、今後は可能なかぎり脇とは関わりを持つまいと決め、その手始めに脇の部屋から一番遠いこの六畳を居室に定めた。

なぜ脇はことあるごとに突っかかってくるのか。自分が気づかないうちに何か脇に恨まれるようなことでもしたのだろうかと考えてみたこともあったが、同じラインに配属されているだけで個人的なつきあいは皆無だったから、そもそもそんな機会があったとも思えなかった。

単に虫が好かないだけかもしれない。それなら顔を合わせないようにすればいいのだ。

矢上は、僥倖のように与えられたこの海辺の休暇を精いっぱい楽しみたいと思っていた。まるで無料の海の家に来たように何をするか自分で好きに決められる二週間がまだほとんど手つかずのまま目の前にある。この現実を考えれば脇の存在など取るに足りないことのように思われた。

バックパックの荷ほどきを終えてしまうと当座やることはなかった。腕時計を見ると夕食の時間にはまだ少し間があった。矢上は無意識にポケットを探っている自分に気づき、そこにあるはずのスマホは、玄羽に言われて寮に置いてきたのを思い出した。

何を始めるにも中途半端な細切れの時間は、いつもなら動画やSNSを見たりゲームをしたりするうちにたちまち過ぎていった。だがスマホがないということは、これまで当たり前のように行き来していたそれら別世界との扉すべてに錠が下ろされたようなものだった。つまるところ、矢上は今いる場所に、ただいるしかないのだと悟った。

ほかに思いつかなかったので、畳の上にごろんと横になってみた。それから腕枕をして鬱蒼とした裏庭を眺めた。

八月の昼が身を反らせて傾いていく、その最初の悲鳴のような透き通った淡いオレンジ色の光が庭を満たしていた。サルスベリもカンナもケイトウもひと色に染まっている。

玄関先の敷石に打ち水をしているような音が聞こえていた。

どこかでヒグラシが鳴いている。その際立って明瞭な輪郭を持つ蟬の声は、なぜか昔から矢上に影絵を思い出させた。

目を閉じた覚えもないまま、矢上は眠りに落ちていた。

10

肩を揺すられて目を覚ますと、泉原が心配そうに矢上の顔を覗き込んでいた。

「大丈夫ですか？　うなされてましたよ」

夢だとわかって夢を見ていた。生来眠りの浅い矢上には珍しいことではなかったが、常にない自分の鼓動の激しさに気圧されてすぐには言葉が出なかった。

泉原が気遣うようにぎこちない微笑を浮かべた。

「そこを通ったら声が聞こえたんで」

廊下側の襖も風が通るように開け放してあった。

「今日は初日なんで、玄さんがバーベキューを用意してくれてるそうです。肉は争奪戦必至ですよ。頑張らないと」

「タフな闘いになりそうだな」

矢上が好戦的な表情を作って答えると、泉原は笑顔で拳を見せて立ち去った。

腕時計に目をやると、最後に見た時から二十分と経っていなかった。最高の夏休みの幕開けにどうしてあんな夢を見たのだろう。

重く不安な夢の断片が、汗のようにまだ体にまとわりついていた。

覚えているのは、海岸の波打ち際を歩いていく巡礼のような大勢の人々の列だ。人々の向かう先に、巨大な老人の横顔のような形をした断崖が海に突き出している。その顎の先を回って男も女も向こう側に消えていく。胸の深さまで沈んだあとは濃い影の中に見えなくなる。浜を行く大人たちは、ありとあらゆる諦めを幾重にも折り畳んだ末の、澄み切った憧憬に似た表情を湛えていた。その傍らを、子供たちが見えない蝶々と戯れるように中空に両腕を差し伸べ、踊るように、飛び跳ねるようにしてついていく。

夢の中で、矢上は彼らに何か急いで伝えなければいけないことがあった。大声で知らせなければならない大事なことがあった。だが、矢上の体はずっと昔にその浜辺を通り過ぎて断崖の先の海に消えており、ただ視線だけがそこに残って彼らを見ている。そして声にならない声をあげようともがいていた。

矢上は小さく息をつくと、バックパックから自分のタオルを取り出して浴室に向かった。夕食の前に、汗と一緒に重苦しい夢を洗い流しておきたかった。

11

玄羽が二つのクーラーボックスの蓋を開けると、夕暮れの表庭に男四人の突き上げるような歓喜の声が響いた。一方のボックスには、絶妙な霜降り具合の分厚い牛肉、ニンニクやショウガ、ハチミツの香るタレにじっくりとつけ込まれたスペアリブ、串に刺した鶏肉、さらにソーセージやフランクフルト、厚切りベーコン等がぎっしりと詰まっていた。もう一方には、近海のマグロ、カジキをはじめ、白銀に輝く太刀魚、八月に入って漁が解禁となったばかりの伊勢海老(えび)に加えて、なんと旬のアワビまでが納まっている。

「あとはセルフサービスでやってくれ」

威勢の良い玄羽の声がスタートの号砲となって、矢上たち四人はトングを摑(つか)むやクーラーボックスに殺到した。玄羽が町の青年会から借りたというバーベキューコンロの焼き網はたちまち肉と海の幸で埋め尽くされた。

まずは肉。それしか頭になかった。矢上は紙皿とトングを手に和牛のステーキ肉の前に陣取り、めくるめく思いで肉の焼ける香ばしい匂いを吸い込んだ。

奔流のような食欲に急(せ)き立てられてステーキとスペアリブ、ソーセージをたて続けに平らげると、ようやく矢上の心に余裕らしきものが生まれた。

チラリと横目で見ると、脇が腰を低く構えてバーベキューコンロの上に身を乗り出すようにしてステーキが焼けるのを待っていた。ステーキばかり何枚食べる気なのか知らないが、トングと紙皿を持ったまま両肘(りょうひじ)を不自然なほど横に張って空間を確保しているのは、この肉は切って分け合うのではなく、自分ひとりで食べるのだという意思表示だ。

秋山はカットしたステーキをもぐもぐやりながらスペアリブを裏返している。泉原は殻付きのアワビを焼いているが、レアでもいけるステーキと違って時間がかかるらしく、まだ肉の方は手をつけていないようだった。

このままだと脇が泉原のぶんの肉まで食い尽くす恐れがあると考えて、矢上はクーラーボックスからステーキを取り出し、アワビの隣に置いてやった。泉原が気づいてニコリと笑顔を見せて言った。

「あ、僕、大丈夫ですから」

それを聞いたそばから脇がトングを伸ばしてアワビの隣の肉をかっさらい、秋山が目を丸くして泉原に尋ねた。

「ひょっとしてベジタリアンとか言う？」

「いえ、肉が苦手なだけで。そのぶん海鮮のほうガッツリいってますから。伊勢海老もマグロも滅茶苦茶に旨いですよ」

すでに伊勢海老とマグロを胃袋に納めているとは知らなかった。矢上が瞠目していると、泉原はその驚きの表情を別の意味に解したらしい、殻の上で裏返したアワビに包丁で薄く切り目を入れていた手をとめて言った。

「こいつ、アワビ食べ慣れてるなって思ってるでしょ。それ、違いますよ。玄さんのところに行ったら一度くらいはバーベキューするだろうって思ってたんです。焼くだけで簡単だし、夏休みですしね。それで来る前にネットで〈千葉の旬のお魚カレンダー〉っていうのを調べたら、八月のところにアワビがあったんですよ。で、いざって時のためにユーチューブで焼き方を調べてきたんです。こうやって切り目を入れるとバターと醬油がよくしみて旨いそうですよ」

泉原の周到さに矢上はあらためて瞠目した。

その時、門柱の方で車の停まる音がした。見ると、停車した軽トラのあおり部分に〈田中酒店〉とあった。秋山がスペアリブの骨をマイク代わりに実況中継風にまくしたてた。

「おっと、バーベキュー開催中の玄羽さん宅前に、秋山が頼んでおいたビールが到着した模様です！　まさに天の配剤を思わせる素晴らしいタイミングです！」

ビールと聞いた途端、突如として猛烈な喉の渇きを覚えたのは矢上ひとりではなかったようだ。脇は紙皿の肉を口に押し込みながら、泉原は脇から離れた場所に素早くアワビを載せた皿を待避させ、矢上と競り合うように軽トラへと駆け出した。

運転席から降りてきた五十がらみの女性は、荷台に回ると「よっ」というかけ声ひとつで重そうなクーラーボックスを地面に下ろした。ありがたいことに、中にはすぐに冷えたのが飲めるよう一ケース分の缶ビールが氷に埋もれていた。

「ああ、キミちゃん、悪いね。ありがとう」

玄羽が酒店の女性に礼を言っている横で、脇がすぐさまプルタブを開け、喉を鳴らしてビールを飲み始めた。無作法な男と一緒にされたくなかったので、矢上はボックスの蓋を閉めて礼を言い、やはりぺこりと頭を下げた泉原と二人で秋山の待つバーベキューコンロの方へビールを運んだ。秋山は、飲みながらぶらぶらと戻ってくる脇に向かって、ことさら陽気に言った。

「秋山さん、ゴチになります。いいよ、気にせずやってやって」

飲む前にあってしかるべきやりとりだったが、秋山のひとり芝居による遠回しの皮肉は脇にはまったく通じなかった。返ってきたのは「これ、冷え冷えっすよ」の一言だった。

矢上は軽く缶を上げて秋山に謝意を表すると、渇いた喉に一気にビールを流し込んだ。まさに細胞にしみわたるような旨さで、たちまち一缶飲みきった。そして脇とほとんど同時に新たなビールに手を伸ばした時だった。矢上は初めて、脇の左上腕部の内側になにか入れ墨のようなものがあるのに気がついた。

海水浴でひとりだけ赤く焼けた肌に、四桁(けた)の数字が横に二つ並んだのが縦に五組。合計十個の四桁の数字がくっきりと黒く記されている。その数字の並びを眺めるうち、矢上はなぜか覚えがあるような気がしてきた。

一組目の数字は〈1715 1729〉、続いて〈1743 1827〉、〈1844 1917〉、〈1923 2110〉、そして最後が、〈0603 0715〉。

「なにじろじろ見てんだよ」

脇がまるで因縁でもつけられたかのように矢上を睨んだ。

「べつに」

矢上はクーラーボックスから缶ビールを取り出し、プルタブを開けた。その時には、脇の腕に記された数字の並びから、すでに二つのことに察しがついていた。ひとつは、寮の脇の部屋にはトイレットペーパーとティッシュペーパー以外のいわゆる筆記に適した紙がないこと。もうひとつは、脇も矢上と同じ条件で玄羽に招待された、つまりスマホを持たずに来たということだ。

秋山も数字の意味に気づいたらしく、あきれた口調で脇に言った。

「メモ帳くらい買いなさいよ。小学生じゃあるまいし、電車の乗り換え時刻とか普通、腕に書くかなぁ」

二つ並んだ四桁の数字は、左が出発時刻、右が到着時刻だ。スマホがなければ時刻表を見られないだけでなく、メモ機能も使えない。矢上も自分の乗り換え時刻を記した紙片をジーンズのポケットに入れている。

「泳いでも全然、数字薄くなってないですね」

泉原が感心した様子で脇の腕を眺めた。

「そのために油性ペンってのがあるんだろ」

脇がまるで自分が油性ペンの発明者であるかのように自慢げに答えた。矢上は秋山と泉原に確認したが、やはり二人もスマホを置いてくるよう言われていた。

「太平洋という大自然を満喫してもらおうって趣向でしょう。ま、台風でも来そうなら、すぐさま誰かが知らせにきてくれるよ」

秋山がそう言って門柱の方に目をやった。玄羽が酒店の女性と世間話に興じている。

泉原が素朴な微笑を浮かべていった。

「なんだか、亡くなった奥さんの実家っていうより、玄さんの実家って感じですね」

実際、布団や車、バーベキューコンロの貸し借りといい、缶ビールを冷やして配達してくれる心遣いといい、端々に町の人々と玄羽のつきあいの濃さが感じられた。もしかしたらそこには、若くして亡くなったという玄羽の妻の、不運な死の経緯が関係しているのではないかと矢上は思った。

矢上が生方の工場で耳に挟んだ話では、玄羽の妻は両親の還暦祝いに親子三人で初めて海外旅行に出かけた先で飛行機事故に遭い、両親共々帰らぬ人となったという。当時、玄羽はいずれ子供が生まれることを考えて生方に家を買ったばかりだったが、そこでひとりで暮らすのが耐えがたかったのだろう、すぐに売り払って小さなマンションに越したらしい。その一方で妻が生まれ育ったこの家を手放すことなく、休みのたびに東京からはるばる通っては経年による傷みが進まぬように手を入れてきたようだ。さきほど使った浴室の水回りにも修理をした跡があった。そのような玄羽の姿に町の人々が同情と好感を抱き、親身に接するようになったのだとしても不思議はない。

酒店の女性を見送ってバーベキューコンロの方に戻ってきた玄羽は、トングを片手に肉の入ったクーラーボックスを開けるや破顔一笑した。

「実に胸のすく食いっぷりだな」

わずかのあいだに肉類はほぼ食い尽くされていた。泉原が玄羽に焼きたての伊勢海老の載った皿を手渡して尋ねた。

「玄さん、仏壇はどこに置いてあるんですか？」

そういえば部屋を決めるために家を見て回った時、どこにも仏壇がなかったのを矢上は思い出した。

「もともとこの家にあったんだがな」

「あの八畳が仏間だったんでしょう？」と、秋山がフランクフルトの棒で表庭に面した脇の部屋を指した。「間口が一間あるあの観音開きの扉の向こうに、昔はデッカイ仏壇が納まってた。違います？」

「ああ、女房が生まれる前からな」

矢上は単なる押し入れだと思っていた。脇もそうだろう、開いた扉の向こうにボクサーバッグが投げ込まれたままだ。秋山が楽しそうに脇に言った。

「仏壇あったとこにパンツや靴下なんかしまって、バチあたるよ」

「うるさいよ」と答えたものの、脇は今からでも拝んでおきたいというふうに真顔で尋ねた。

「玄さん、仏壇、どこにやったんだ？」

「七回忌を潮に生方のマンションに移したんだ。なにしろデカいもんだからリビングを占領してるがね。向こうにあれば月命日に線香のひとつもあげられるからな」

その玄羽の言葉に、矢上はほんの少しだけ引っかかるものを感じた。

豪華なバーベキューに対するせめてものお礼に、後片付けは四人が引き受け、玄羽には先に風呂に浸かって休んでもらうことにした。

焼き網やコンロの掃除など、区切りがつくごとに秋山、脇、泉原も順次、ひと風呂浴びにいった。そして最後に矢上が布巾を洗って干し、台所の灯りを消して廊下に出た。

長い廊下の中ほどに、磨り硝子の傘のついた吊り電灯が点っており、その薄暗い灯りの下、電話台に置かれた黒電話が鈍く光っていた。ふと、あの電話機がこの家の中と外界を繋ぐ唯一の通信手段なのだと思った。少なくとも、自分たち四人にとっては。

廊下に虫の声が響いていた。矢上は引き寄せられるように黒電話に近づいた。重量感のある受話器に手を伸ばし、そっと持ち上げて耳に当てた。

何も聞こえなかった。発信音の代わりに静寂だけがあった。この電話は繋がっていない。矢上は初めて微かな不安を覚えた。

12

布団にうつ伏せに寝転がり、枕元に腕時計を置いた。いつもスマホを目覚まし時計代わりに使っていたから、こうしておかないと時刻もわからない。矢上は風呂を済ませて部屋に落ち着くあいだに、黒電話が繋がっていない事実に関して合理的な説明を見出(みいだ)していた。

この家には平生は誰も住んでいないのだから、玄羽さえスマホを持っていれば、固定電話を解約してもなんら不都合はない。夕方、奇妙な夢を見たせいで少し神経質になっているのかもしれない。そう思いながら部屋の灯りを消そうかどうか迷っていると、不意に廊下側の襖が開いた。

パジャマ姿の秋山が、右手に湯飲みを二つ、左手にスキットルを持って立っていた。

「寝る前に、軽く一杯やらない？」

「いいですね」

矢上は布団を二つに折って部屋の隅に押しやり、秋山は畳に座ってスキットルから二つの湯飲みにウイスキーを注ぎながら言った。

「俺ら去年の十月からだから、もう十ヶ月も同じラインで一緒に働いてんだよね。なのに、お互いのことはほぼなんも知らない」

秋山は湯飲みを矢上に手渡して微笑んだ。

「これって、よく考えるとちょっとびっくりだよね」

「そうですね。実際、泉原が肉が苦手だっていうのも、今日まで誰も知らなかったし」

矢上は軽く音を立てて秋山とウイスキー入りの湯飲みを合わせた。そして、こんなふうに秋山と酒を飲むのも初めてだと思いながら口に運んで驚いた。味にではなく、量にだ。それは、飲むというより、すするとしか表現しようのない量だった。秋山は、悪びれる様子もなく明るく言った。

「たくさんはないからね。ちびちびいこうね」

「なに言ってるんです。秋山さん、駅前の酒屋でボトル二、三本買い込んだでしょう」

「あ、見てた？」

「見てません。でも秋山さんのサムソナイト、この家の玄関から居間まで運んだの、俺ですよ。あれ、普通に重すぎですよ」

「なぁんだ、山勘か」

そうではない、と思ったがあえて言わなかった。秋山はボトルを購入した件を内密にしておくという条件で矢上の湯飲みにウイスキーを注ぎ足した。脇たちに飲まれるのを恐れているらしい。声を潜めて秋山が尋ねた。

「ね、脇と泉原って、酒、強いのかな」

「俺が知るわけないじゃないですか。十ヶ月同じラインにいてもお互いのこと全然知らないねって、さっき秋山さんが自分で言ってたでしょう」

「そうねぇ」と、秋山が嘆かわしげに頭を横に振った。「他人を知る暇がないっていうか、それどころじゃないっていうか」

実際、工場の組み立てラインでは常にタクトタイムに追われて、まともに人の顔を見る余裕すらない。タクトタイムとは、一日の実質作業時間を一日に必要な商品の数、ユシマの場合は自動車の台数で割った数字だ。たとえば実質作業時間が七時間半で、必要な自動車が三百台の場合、四百五十分÷三百でタクトタイムは九十秒。つまり一台を一分三十秒で作れということになる。このタクトタイムを徹底させることで会社側は余分な在庫を抱えることなく、効率的な生産を維持できる。

だが工員の側からすれば、動く歩道のようなコンベアの上を一分三十秒ごとに車が流れてくるわけだ。そして自分の担当する作業――ひたすらパーツを取りつけてボルトを締める――を一分三十秒以内に完了しなければ、たちまち作業途中の車が次の工員の位置に流れていってしまい、かつ新たな車がやってくるという狂騒状態に陥るのだ。

「ラインにいる時はおちおちくしゃみもできないもんな。ハックショーイ！　なんてやって洟(はな)拭(ふ)いてるうちに車が流れていっちまう」

秋山がウイスキーを飲み干して、自分の湯飲みに注ぎ足した。矢上も畳の上のスキットルを取り上げて自分の湯飲みに注いだ。

「俺もたまにパーツを摑み損ねたりすると、今でも心臓がバクッてなりますよ。ヤバい、流されるって」

ラインに入れば秒単位でまったく同じ動作を何時間も延々と繰り返すのだ。しかも想定されているのはほとんど限界まで無駄をそぎ落とした動作の反復だ。作業の過酷さに音をあげて遁(とん)走(そう)する工員も少なくない。

初めのうちは矢上も体中の筋肉がギシギシと痛み、食堂で飯を食うあいだも、まるでラインにいるかのように皿や丼が一定速度で流れているように見えたものだった。

「おまえなんかまだ若いからいいけどさ」

四歳年上の秋山は背後から手品のようにバターピーナッツの袋を取り出した。パジャマのズボンの背に挟んでいたようだが、なぜ段階的に出してくるのかは謎だった。ひょっとすると、気が合わない相手とわかったら早々に退散する心づもりだったのかもしれない。

「俺なんか歳だから二直で残業入ったらもう、もの食う気力もないもんね。発泡酒開けてひと口飲んだだけで、あとは意識不明」

工場の勤務は一直と二直の二交代制で、一直が午前六時三十分から午後三時十五分、二直が午後四時十五分から午前一時。いずれも四十五分の食事時間と三回ある十分休憩を除くと実働七時間半だ。二直の後の残業となると、夏場だと外が白んでくる時刻になる。

そのうえ一直と二直は一週間交替だから、工員は毎週、昼夜が逆転する。週末はその調整だけでぐったりするのだが、非正規雇用の身では休日出勤も残業も、よほどのことがないかぎり断れない。

ユシマとその下請け工場が密集する生方の町から逃れられるのは、たまの祝日に日帰りの遠出が叶った時くらいだ。

「八月の休みは寮で第三のビールでも飲んで節約に励もうと思ってたんだけど」

そう言って秋山が力まかせにピーナッツの袋を開けると、節分の神社の境内のように派手に豆が飛び散った。手を叩いて面白がっている秋山を見て、酒が入ると必要以上に陽気になるたちなのだと知った。

この部屋で寝るのは俺なんだが、と思いながら矢上は散らばった豆を拾い始めた。秋山は手近の豆を拾ってはロに放り込んでいる。

「しかし玄さんって、いい人だよね」

「そうですね。俺は工場の外では話したことなかったけど」

「え、そうなの？」

意外そうな表情で秋山が手をとめた。

「駅前で秋山さんと脇と泉原に出くわした時、俺、三人はそれなりに玄さんとつきあいがあるんだろうって思ったんです。で、たまたま同じラインの俺も寮に残る予定だったんで、ついでに呼んでくれたんだろうって」

秋山は本気で驚いたようだった。

「マジかよ。俺はおまえら三人が玄さんと親しくて、自分がおまけだと思ってたよ」

「脇と泉原もそう思ってるんじゃないかと思います」

「なんで？」

「バーベキューの時、仏壇の話しましたよね。マンションのリビングに幅が一間もある仏壇が鎮座してるの見たら、普通たまげるっていうか、まず忘れないでしょう。ってことは、二人とも玄さんの自宅にはあがったこともないわけですよね」

仏壇の話を聞いたとき、それに気づいて矢上は少し引っかかったのだ。

秋山が考え込むように呟いた。

「これまでさしてつきあいのなかった四人を、いきなり夏の休暇まるごとこの家に招待してくれたってことか……」

それからふと何か思い出したらしく、声を潜めて話し出した。

「あのさ、俺の部屋に畳が四角くへこんだ跡があるんだけどね、そこだけ畳が陽に焼けてなくて、最近まで家具が置かれてた感じなのよ。大きさから見て箪笥だと思う。奥行きが短いからたぶん和箪笥。ひょっとしたらだけど、玄さんは俺たち四人を呼ぶために、この家にあった家具を整理したんじゃないかな。町の知り合いで欲しい人にあげるとかして。あの、田中酒店の爺さんがね」

「秋山さんと将棋さしてた人ですか？」

「そう、あの爺さんが先月、玄さんに文机と座椅子を貰ったって話してたんだ」

いわれてみれば、どの部屋にもかつての住人を偲ばせる調度がなく、ひどくさっぱりとしていた。

「もし、俺たちの考えてるとおりだとしたら」と、秋山が湯飲みを片手に身を乗り出した。「最大の謎は玄さんだよね。ただの善意っていうには、なんかちょっといい人過ぎると思わない？　だって碌に知りもしない若造四人のためにここまでやったって、あの人、何の得もないじゃない。むしろ金と労力の無駄だよね。仮に俺らが大卒の正社員で将来、玄さんの上司になるやもしれぬ、なんてのならまだ先行投資にもなるかもしんないけど」

上司どころか、自分たち非正規雇用の工員は最長でも二年と十一ヶ月で契約満了となって今の職場からいなくなるのだ。秋山の言うように玄羽の行為はただの善意としては度が過ぎているような気がした。

確かに工場での玄羽は班長として、本工と呼ばれる正社員の工員にも、自分たち非正規の派遣工や期間工にも分け隔てなく接してくれる数少ない人物ではあった。ラインに欠員が出た時など、玄羽は矢上たちを呼んで丁寧に段取りを説明してくれた。だが、そんな折も仕事以外の話をした覚えがなかった。

思い返すうち、不意に陽が翳るように肌寒い不穏なものが胸をよぎった。

「……たぶん関係ないとは思うんですけど」

「なになに、言ってよ」

「秋山さん、工場で玄さんと話してる時、見張られてるような気がしたことないですか？」

「見張られてるって、誰によ」

「誰って決まってるわけじゃないんですけど、組長とか工場長とか上の方の人たちがじっと見てる気がして。俺がそっち見るとなにげにスマホいじったりするんですけど」

「それ、あれかも。玄さんが誰と何を話してるか、スマホにメモしてたのかも」

「まさか。何のためにそんなこと」

「わかんないけど。でも、この春頃からかなぁ、上の方の人たちが玄さんを避けてるのは確かだと思うよ。ほら、食堂で飯食うとき」

秋山に言われて矢上も初めて思い当たった。

班長以上の役職の社員たちは、食堂では配膳台から近い窓に面したエリアで食事を取るのが慣例となっていたが、春頃から、彼らはなぜか玄羽と同じテーブルにつかなくなった。役職の社員だけが使う六人がけのテーブルに、玄羽はひとりぽつんと座って食べるようになった。しかし当の玄羽は別にそれを苦にするふうでもなく、たいてい平工員と同じ日替わり定食を一人で旨そうに食べていたが。

「上の方の人に、なにか玄さんと関わりたくないようなことでも……」

矢上がそう言いかけた時、廊下で微かに床の軋む音がした。襖のすぐ向こうに誰かが息を殺して立っている気配があった。

矢上も秋山も咄嗟にそちらに目をやった。襖に近い秋山が、喋るなというように唇の前に指を立ててそっと立ち上がった。だが、足音を忍ばせて歩き出した直後に畳縁の上に転がっていたピーナッツを踏み、それが土踏まずのツボを直撃したらしく、「イッテー！」と声をあげて座り込んだ。

矢上は立ち上がるや襖を開けて飛び出したが、吊り電灯が点った薄暗い廊下にすでに人の姿はなかった。

13

午前八時を過ぎたばかりなのに、照りつける陽射しはうなじとふくらはぎ、肩の後ろをチリチリと焼くように強い。四人の前方、白く乾いた未舗装の路上で動いているのは、間延びした四つの影だけだった。

先頭を行く秋山がぼやいた。

「やっぱ、あれかなあ。八月ってのは、仏壇とか墓とかから逃れられない月なのかな」

一時間ほど前、おかわり自由の炊きたての飯と熱い味噌汁、卵焼き、肉厚のアジの干物、味付け海苔にキュウリとナスのぬか漬けという、日本人に生まれた喜びを嚙みしめたくなるような朝食をパクついていたとき、四人は玄羽から初めての〈ちょっとした手伝い〉を頼まれた。

それは墓地の草むしりだった。

玄羽の話では、お盆になると笛ヶ浜にも都会で暮らしている親類縁者が帰省してくるのだが、彼らが墓参する前に、町の人々は墓をきれいに掃除しておきたいらしい。ところが、町の人間のほとんどが働きに出ており、手が空いているのは老人ばかりで、毎年、墓掃除に難儀しているという。そこで、玄さんのところに遊びに来ている若者たちがちょいと手を貸してくれると大いに助かるというわけだった。玄羽は玄関でスコップや軍手、蚊取り線香などの入った袋を矢上に渡して、「午前中にササッとやっつける程度でいいから」と笑顔で見送ってくれた。

「俺はさ、帰省した親類も一緒に墓掃除に汗を流して、それから皆でお参りした方が気持ちがいいと思うけどね」

秋山は昨夜のことなど忘れたように道々、文句を垂れ続けていた。

「だって帰省するってことは、お客さんじゃないんだから。掃除ぐらいしといた方が、いざ自分が墓に入る時に、死んだ祖父(じい)さんや祖母(ばあ)さんが歓迎してくれるとか思わないかな」

「秋山さん、この角、右ですよ」

秋山のすぐ後ろを歩いていた泉原が声をかけた。泉原は前もってスマホで調べた笛ヶ浜の地図をコンビニでプリントアウトして持ってきていた。バーベキューを予期してアワビの焼き方を予習してくる泉原だ。地図を準備してきていると知っても矢上はなんら驚かなかった。最後尾を脇がビーチサンダルを鳴らしながらついてくる。朝食の時から口数が少なく、なにやら苛ついているように見えた。

寺の門をくぐり、敷石に沿って本堂の裏手に回り込むと、古い土塀に囲まれた墓地が姿を現した。その様相を目にした瞬間、期せずして四人の上に沈黙がおりた。ＢＧＭのように喋り続けていた秋山まで静かになったせいで、墓地中央の夾竹桃から聞こえる蟬の声がやけにうるさく感じられた。矢上はなにか前向きな発言をする必要を感じたが、あからさまな気休めに響いては逆効果だと考え、慎重に言葉を選んで言った。

「それなりに茂ってるな」

途端に、スタートをしくじった短距離走者のように秋山が猛然と言い返した。

「茂ってるだって？　俺にはあの夾竹桃がもはや大きめの雑草にしか見えないね。ここは墓地って言うより雑木林に近い。しかも見なさいよ、あのデカい墓石なんかひび割れてる。納涼三本立て、四谷怪談、番町皿屋敷、牡丹燈籠って佇まいじゃないの！」

おそらく映画なのだろうが、いずれも矢上は観たことはなかった。ただ、それらが秋山に相当な恐怖を与えたことはその口ぶりから察せられた。

「崇像って姓のお墓がすごく多いですね」

早くも衝撃から立ち直った泉原が、雑草を掻き分けて墓石を見て回っていた。

「僕、昔から思ってたんですけど、この『崇』って漢字、『祟る』って字に似てますよね」

「やめろよ、そういう話は」

秋山がなかば本気で喚いた。その時、いきなり脇のとげとげしい声がした。

「さっさと始めようぜ」

脇は矢上の手から作業道具の入った袋を引ったくると、地面に中身をぶちまけた。人数分の軍手、スコップ、百円ライター、蚊取り線香、加えて、ひと昔前に流行ったポータブルＣＤプレイヤーのような謎の物体が出てきた。

「なんなの、この円いの」

秋山が怪訝そうにつまみ上げた。脇は手早く蚊取り線香に火を点けると、その円盤形の容器にセットして、先についたフックをズボンの腰に引っかけた。

「それ、蚊取り線香の携帯容器なんですね」

泉原が驚きの声をあげた。脇はニコリともせずに軍手をはめ、スコップを手に墓地の端の墓に向かった。昭和レトロに詳しい秋山さえ知らなかった昔の道具の使い方を、脇はどこで覚えたのかと矢上は不思議に思った。

「確かにここの蚊は血に飢えてそうだね」

秋山が腰に蚊取り線香の携帯容器をぶら下げ、あらためて雑草の生い茂る墓地を見渡した。

本来なら寺の墓地は寺の人間が管理するはずだが、本堂の隣の庫裏でひとり暮らしをしている住職は高齢で、週の半分はデイケアに通っていると玄羽から聞いていた。

「頑張って昼までに終わらせましょう」

装備を整えた泉原が快活に言った。

「そうだな」

矢上は頷いて仕事に取りかかった。なんといっても午後は自由なのだ。海水浴をするのもいいし、ここに来る途中で見た釣具店でレンタルの竿を借りて海釣りに挑戦するのもいい。午後の時間を考えると、頑固に根を張った草を引き抜く手にもおのずと力が入った。

「脇、そこはやんなくていいって！」

秋山の大きな声がした。見ると、脇がすっかり傾いた墓石のそばに屈んで、ひときわ丈高い雑草をせっせと引き抜いていた。

「だから、そこはいいんだってば」

秋山が麦茶のペットボトルの蓋を開けながら腹立たしげな様子で脇に近づいていく。矢上は嫌な予感がして急いでそちらに向かった。脇がようやく手をとめて鬱陶しそうに秋山を振り返った。

「うるせぇな。なんでだよ」

「それ、見えてるよね」

秋山が目で指した先に、割れた花筒が転がっていた。全体に乾いた泥がこびりついており、かなり前から放置されていたのがわかる。

「花筒が割れたままってことは、誰も供養に来ていない、無縁墓ってことだよね。玄さんから頼まれたのは、盆で帰省した親類が町の人と一緒にお参りに来る墓だったよね」

秋山が嫌味なほど丁寧に説明するのを脇は退屈そうに聞いていた。それからぶっきらぼうに答えた。

「無縁墓でも墓は墓だろ」

「そりゃそうだけど」

「無縁墓に入ってるの、昔はこの町に住んでた人だろ。その人やその家族とつきあいがあった人だって今の町にはいるだろ。そういう人が墓参りに来て、自分ちの墓さえきれいになってれば、片方で腐れたみたいに雑草に埋もれた無縁墓になってるのを見ても、清々(すがすが)しい気分でいられるってわけか？」

思いがけない脇の問いに秋山は口ごもり、顔を背けるようにして麦茶を飲んだ。

矢上は、滅多にないことだが脇の考えがすんなりと胸に落ちるのを感じた。実際、自分が町の人間なら、かつての知り合いの墓が荒れ果てているのを見て気分がいいはずがない。帰省した人々で町が賑わう盆であるだけに、よけいに胸が痛むかもしれない。

その時、いつのまにかそばに来ていた泉原が唐突に言った。

「『うちはああならなくて良かった』。そう思って安心するんじゃないですか」

温和な泉原とは思えない言葉に、矢上はぎょっとなった。秋山もペットボトルを鼻先に持ち上げたまま啞然として口を開け、泉原を見ている。

泉原はいつもと変わらぬ素朴な表情で無縁墓を見たまま淡々と続けた。

「『あんなふうにだけは、なりたくないよな』って、ちょっとした優越感も持つかもしれない」

脇の目の縁に朱が差すように嫌悪が広がるのがわかった。

「だったら、俺はそんな奴の墓はきれいにしてやりたくないね。なんなら、花筒のひとつも割っておいてやりたいよ」

まずい、と矢上は思った。なぜ泉原がこんなことを言い出したのかわからないが、墓地の草むしりは玄羽が町の人々から頼まれたに違いないのだ。自分たちが宿泊するためにあれこれと便宜を図ってくれた人々への返礼の意味もあるだろう。このまま険悪な言い争いが続けば作業どころではなくなる。矢上は咄嗟に明るい調子で声をかけた。

「とりあえず、人が参りに来そうな墓から先にザッとやって、それから無縁墓をやっていくことにしないか」

突然、脇が敵意を剝き出しにして矢上を罵倒した。

「俺は、おまえのそういうところが一番ムカつくんだよ！」

長く溜め込まれていた怒りが爆発したかのようだった。

「おまえはいつもそうだ。自分ではその場をまとめているつもりで、いつだって事を悪くしているだけなんだ」

矢上は何のことだかわからなかった。脇がなぜ自分にこれほど腹を立てているのか。いつもそうだというのはどういうことだ。

「さっぱり見当がつかないって顔だな」

脇が暗い目をして言った。矢上はその目を見返した。

「言いたいことがあるんなら、はっきり言ってくれ」

「じゃあ訊くがな、おまえ、工場にいる非正規工員全員と友達なのか」

「第三工場だけでも非正規は何百人もいるんだぞ。そんなわけないだろ」

「工場の食堂で列に並んでる時は、そうは見えないぞ」

矢上はようやく脇の言葉が何を指しているのか察しがついた。

ラインが止まって食事休憩が始まると、工員は一斉に食堂へと走る。重い安全靴を履いている者も、この時ばかりは階段を駆け上がる。さっさと飯をかき込んで一分でも長く体を休めたいからだ。七百席からある食堂はたちまち作業服をきた工員で埋め尽くされ、さらに配膳台に至るまで長蛇の列ができる。列にはいわゆる本工と呼ばれる正社員と矢上たちのような非正規がごちゃまぜになって並ぶことになるのだが、本工の中にはそれ自体に不満を抱いている者もいる。本工が先で非正規が後に並ぶのが当然というわけだ。両者がまったく同じ仕事をしていることなど関係ないらしい。

本工か非正規かは制帽に入った線の有無で一目でわかる。緑の一本線が期間工、白の一本線が派遣で、この二つが非正規だ。本工の帽子には線が入っていない。そういうわけで、非正規が列の前の方に並んでいるのを認めると、集団で列の外へ押し出して最後尾に並ぶよう命じる本工もいる。気の強い非正規なら言い返して揉め事になるだろうし、そうなれば列が渋滞して飯を食いっぱぐれる者も出るだろう。気の弱い者なら言われるまま最後尾に並び直すだろうが、それを黙って見ているのも矢上は嫌だった。だから、そんな時はたいていそいつの友達のふりをして列の途中から手を振って呼び、自分の場所に招き入れるようにしていた。しかし、それが脇の言うように悪いことなのか。

脇はスコップを投げ捨てて矢上に詰め寄った。

「おまえみたいな奴がいるから、本工が非正規にはああいうことをしてもいいと思うようになるんだ。ロッカー室であいつらが非正規のことをなんて言っているか、知ってるか」

秋山がうんざりとした顔で軍手を脱ぎ、墓の縁石に腰を下ろした。みんな知っているのだ。わざと非正規の工員に聞こえるように話しているのだから、嫌でも耳に入る。泉原が誰にともなく呟いた。

「〈非正規はストレスのはけ口〉」

「ああ、そうだ。俺たち非正規が仕事を教えた本工の若造まで、当たり前のように俺たちをストレスのはけ口って呼ぶようになった」

無論、そのような行為を嫌う本工もいるが、顔を顰めるか見て見ぬふりをするか、いずれにせよ口出しはしない。

「来栖が台車で足を挟んで、足の指の骨にひびが入った時だってそうだ。おまえは来栖に非正規じゃ労災は無理だと言ったんだよな」

「ふざけるな。俺はそんなこと言ってない」

「同じことだろ。来栖に奥山さんの話をしたんだからな」

矢上は咄嗟に返す言葉がなかった。

奥山幸男は矢上たちが生方第三工場で働き始めた頃、同じラインにいたベテランの期間工だった。〈神の手〉の異名を持つおそろしく仕事の速い男で、矢上たちがラインで流されそうになると駆けつけて、文字どおり手を貸してくれるほどの余裕があった。その奥山が終業後に胸の痛みを訴えて病院に運ばれた。肋骨を疲労骨折しており、原因は長期間無理な姿勢を維持していたためと診断された。奥山はラインでは常に上半身を反らせて上向きでパーツを取りつけており、仕事が原因であることは明白なのだから通常なら労災保険が適用されるはずだった。ところが、工場の安全衛生担当者は健康保険を使うように命じた。労災保険なら個人負担はないが、健康保険は三割負担だ。奥山は労災が下りないのはおかしいと抗議した。

翌月、奥山の契約は更新されることなく打ち切られた。半年ごとに更新される非正規の契約は、指定用紙の契約延長についての欄の〈希望する〉にレ印をつけて提出すれば、勤務態度がよほど悪いか、減産で人手が余っている場合でなければ、ほぼ自動的に更新され、二年十一ヶ月で契約満了となる。奥山が切られた原因は労災の件以外に考えられなかった。

工場のロッカーに私物を引き取りに来た時、奥山は結局、労災にはならなかったと言っていた。会社からは、とりあえず健康保険を使ってくれ、その後に会社が調査して労災と判明すれば切り替えると言われていたらしい。契約を更新せず、調査も行わない。はなから会社はそういうつもりだったのだ。

奥山が工員の必需品であるバンテリンを紙袋に投げ込みながら「済んだことは仕様がないわ」と無理やりに吹っ切るように笑ってみせた顔が矢上の脳裏に残っていた。会社のやり方が不当だとわかっていても、寮住まいの期間工は契約を切られた途端、仕事と住居の両方を失うのだ。一刻も早く次の仕事と住む場所を見つけるので手一杯だ。

「俺は確かに来栖に奥山さんの話をした。だがそれは、来栖にこの工場では労災はどうなっているのかと訊かれたからだ。本工のことはわからないし、ほかに答えようがないだろ」

「本当にそうなのか、矢上」

脇が眉根(まゆね)を寄せて矢上の目を覗き込んだ。

「おまえは奥山さんの話をすれば、来栖が波風立てずに労災を諦めるとわかってたんじゃないのか。そのほうが来栖のためになると思ったんじゃないのか」

「違う」

反射的にそう答えながら、矢上はもしかしたら脇の言うとおりだったのかもしれないと感じた。そして悪い水でも飲んだように急に胸の悪くなる感覚に襲われた。すぐそばで脇の声がしていた。

「おかげで来栖は、安全衛生課から『健康保険を使ってね』と言われて、『はい』って答えたそうだ。そうやって言われたとおりにするのが当たり前になる。正規の工員じゃないんだから、正規のルールは適用されないってのが普通のことになるんだ」

秋山が座り込んだまま、雑草に水やりでもするようにペットボトルの麦茶を垂らしながら言った。

「もういいじゃない」

脇が皮肉そうに口許を歪(ゆが)めて秋山に向き直った。

「同じ非正規でも、俺や泉原みたいな期間工と違って、あんたや矢上みたいな派遣工はお気楽でいいよな。契約が更新されなくても、派遣会社が次の仕事探してくれるんだから。それこそ、なんかあった時は労災で粘ってみるといい」

「いい加減にしろよ」

秋山が力まかせに投げたペットボトルが無縁墓のひとつに命中し、まるでバットで打ち返されたように勢いよくどこかへ飛んでいった。

「派遣先の指示に従わずに切られるような人間は、それがどんな無茶な指示でも、派遣会社にとっちゃ面倒臭い社員でしかないんだよ。次の職場は紹介されないかもしれないし、されてもろくでもないところに決まって……」

ぷっつりと秋山の言葉が途切れたのは、泉原が突然あっと息を呑(の)んだからだった。泉原はこわばった表情で一点を見据えていた。秋山、脇、矢上はほとんど同時に泉原の視線の先に目をやった。

草葉の茂る墓地の一隅に、銀色の髪を結い上げた老婆が立っていた。白っぽい絽(ろ)の着物に黒い帯を締め、幽鬼のようにじっとこちらを見つめている。矢上は老婆の姿が透けて向こうが見えるような気がした。秋山の喉から「ぐぅ」っという奇妙な声が漏れたのは、老婆の足下に先ほど秋山がどこかの墓石にぶつけたペットボトルが転がっていたからだろう。老婆の品格のある佇まいには、かつてこの町に栄えた名家の一員として葬られながら、いつしか家運も時の荒波に呑まれていまや無縁墓に眠る者となった悲憤が宿っているように感じられた。

こちらを見つめたまま幽鬼がゆっくりと口を開いた。

「大の男が四人、尻からケムあげながら墓場で口喧嘩かい」

目が覚めるような予想外の一撃はハスキーなアルトの声だった。

「どうせなら、その辺の卒塔婆を振り回して殴り合ってみちゃどうだい」

自分たちが対面しているのは生きた人間だとわかったが、その不信心な提案に答える余裕を持つまでには至らなかった。老婆は膝を折り、空のペットボトルをひょいと拾い上げると、塩でも撒くような仕草でこちらに投げ返した。それから、嘲るような微笑と共に発された言葉は、さっきとはまったく別の意味で矢上を驚愕させた。

「おまえらみたいな馬鹿ばっかりだと、雇っている会社はさぞ楽だろう」

老婆は自分たちの口論の内容を聞いていたのだ。つまりあの冴え冴えとした冷笑は、話を聞いた結果なのだ。

「だって、これ以上に使い勝手のいい馬鹿はないからね」

老婆は立ち尽くしている四人を残して、見事な裾捌きで墓地を立ち去った。

14

矢上が〈夏の家〉に戻ると、台所の卓の上に袋入りの素麵と玄羽のメモが残されていた。用ができて出かけるので昼は素麵を茹でて食べるように、出汁は冷蔵庫の鍋の中、本日より夕食は、あいうえお順の二人組による当番制で、台所にある食材はなんでも使ってよいことなどが記されていた。とりあえず今晩は秋山と泉原が当番だが、明日は脇と二人で台所に立つのだと思うと気が滅入った。

老婆が去った後、矢上たちは墓掃除を再開したが、もう誰も喋らなかった。口をきく気にもならず、てんでに勝手な場所で黙々とひたすら雑草を抜いた。正午になる十五分ほど前に秋山が片付けを始め、ひとりで帰っていった。正午きっかりに泉原が作業をやめて墓地を出た。脇はすべての無縁墓の掃除を終え、午後一時過ぎに帰っていった。矢上は墓地をひとわたり見て回り、目立つ場所にいくらか手を入れて午後二時近くに作業を終えた。帰りに住職にひと声かけておこうと庫裏に回ったが、まだデイケアから戻っていないらしく屋内はしんと静まり返っていた。天井の高い土間は薄暗くひんやりとして、上がり框に置かれた籠の白桃が甘い匂いを放っていた。もしかしたら、あの老婆が置いていったものかもしれないと思った。

矢上はひとりで素麵を茹でて食べた。七時間ほど前にここで朝食を取った時は、午後からは何をしようかとわくわくしていた。だが、今は何をする気も起こらなかった。鍋を洗い、縁先の草履をつっかけて庭に降りた。ちょうど外から戻ってくる泉原の姿が目に入った。日本中、どこに行っても自販機だけはあるようで、見慣れた缶珈琲（コーヒー）を手にしていた。

工場の食堂で飯をかき込んだ後は缶珈琲で一息つく工員が多く、矢上と泉原もそのひとりだった。ほとんど香りもない甘苦い液体は、疲弊した神経と体を少しだけ宥（なだ）めてくれる。『まるで親父の世代の煙草だな』と奥山は笑ったものだった。そして奥山の父親が若い頃、煙草は百円で当時の缶珈琲と大差のない値段だったと教えてくれた。

俯（うつむ）きがちに玄関へ向かう泉原の前を、アゲハ蝶がついと横切った。足をとめ、アゲハの行方を目で追った泉原は、庭にいる矢上に初めて気づいたようだった。気づまりな沈黙の後、泉原が言った。

「アゲハ蝶なんて見たの、久しぶりです」

互いに墓地での出来事に触れたくないと思っているのがわかった。

「アオスジアゲハだ。翅（はね）の中央に透き通った青緑色の帯があっただろ」

「矢上さん、昆虫とか好きだったんですか」

「いや」

「そうですか」

泉原は曖昧（あいまい）に微笑むと、家に入っていった。

子供の頃に覚えた名前は忘れないものだと矢上は思った。

妹と二人で他人の家を転々としていた頃、屋外に長時間いるのがきつい冬や夏の盛りには、児童館を探してしばしばその図書室で過ごした。そんな時、矢上は意識的に物語の本を手に取らないようにしていた。ひとつには、夢中になって妹に目が届かなくなるのが心配だったからだが、もうひとつには、最後まで読み終えるだけの時間がないとわかっていたからだ。大人に「学校はお休みなの？」と訊かれると、すぐに移動する必要があったし、知らない町で貸し出しカードを作ることもできない。なにより、次にいつ来られるか見当もつかないのだ。どんなに物語に胸を躍らせても、いつも主人公たちと途中で別れるしかない。結局彼らがどうなったのか知りようのない物語の切れ端ばかりが溜まる。それが嫌で、矢上は図鑑や辞典を眺めて過ごすようになった。それなら、どこから読み始めてどこで終わっても何も思わずに済んだからだ。

傷つくのが当たり前なのだから、できるだけ痛みは軽い方がいい。その場その場で、小さな血が流れるのを手当てして、大きな怪我に至らないようにする。墓地で脇になじられたとき、矢上は自分がそのようにして生きてきたことを責められたような気がした。自分を守るように、他人にも良かれと思ってしてきたことが、突きつめれば事態を悪くしているのだと脇は言う。傷つく状況を初めから受け入れていることに腹を立てている。しかし、傷つけられることを拒んで生きることなどできるのだろうか。

矢上はその午後を昨日と同じように畳の上に寝転んで過ごした。時間を潰（つぶ）す術（すべ）がないのが苦痛だった。長いあいだ自分は、考えても仕方のないことは考えないようにしてきたのだと思った。たいていのことはネットで検索すればわかった。それらの断片的な知識は、子供の頃に見た図鑑の昆虫や植物のようには自分の中に残らなかったが、たちまち答えが返ってくる明快さは心地よく、それがすでに日常的なリズムにもなっていた。

すぐに答えの出ないことを考え続けるのは、出口のない迷路をさまよっているようで消耗した。それでも、墓地での出来事を頭から締め出すことはできなかった。

目の前の裏庭がいつのまにか透き通った淡いオレンジ色の光に満たされていた。矢上は台所から漂う焦げ臭い匂いで我に返った。

15

秋山と泉原が考えた夕食のメニューは、昼の素麵の出汁を流用した親子丼、朝食の残りのキュウリとナスのぬか漬け、永谷園のお吸いものだった。火を使う料理を一品に絞ったのは賢明な判断だったが、そのメインとなる親子丼を焦がしていた。矢上は、秋山と泉原も料理を作りながらなにか別のことを考えていたのではないかと思った。

脇は折りたたみ式のテーブルに丼が並んだ頃になって部屋から出てきたが、ラーメン鉢によそわれた褐色の親子丼を見ても文句も言わず、軽口も叩かなかった。失敗の原因を茶化して喋りそうな秋山も黙って箸を動かし、泉原はどこかぼんやりとしていた。玄羽は何かあったと感づいているに違いないと矢上は思った。だが、どうかしたのかと尋ねてくるでもなく黙って飯を食っている。

虫の声と箸が器にあたる音、扇風機の低い唸りだけが聞こえていた。

脇がキュウリのぬか漬けを箸で突き刺しながら玄羽に言った。

「町に幽霊みたいな婆さんがいるだろ」

墓地で出会った老婆のことだと矢上はピンときた。目の端で秋山と泉原がわずかに視線を上げた。

「幽霊？」

玄羽はぎょっとした顔で箸をとめた。

「だから髪が真っ白で、白っぽい着物きた痩せた婆さん」

「ああ、文庫のねえさんか」

今度は脇がぎょっとした顔で箸をとめた。

「この辺じゃ、婆さんのことを、ねえさんって呼ぶのか？」

「いや、そうじゃないが、あの人は女房の従姉でな、俺が女房に会った頃には町ではもうそう呼ばれてたんだ」

「へぇ。じゃあ、文庫って苗字なのか」

「苗字はここと同じ崇像だ。いわば本家だな。寺の少し北にある大きな白壁の屋敷に住んでるんだが、そこの蔵にもの凄い数の本があってな。文庫ってのは、ふみぐら。つまり、たくさんの書物を納めておく蔵って意味だ。それで、文庫のねえさんってわけだ」

玄羽の話では、老婆は一度も嫁ぐことなく、両親が他界し、弟が東京に新たに家を構えた後も、本家に住んで文庫を守っているという。町には図書館がないので、昔は文庫で本を貸し出し、玄羽の妻も学生の頃にはよく通っていたらしい。

「それにしても、どこで文庫のねえさんに会ったんだ？　あの人は滅多に家から出ないはずだが」

玄羽が不思議そうに尋ねた。

「ちょっと、道で見かけたんだ」

脇は嘘を吐いた。墓地での出来事を話題にしたくないのは脇も同じらしかった。秋山と泉原もそうなのだろう、脇の嘘を黙って聞き流した。ただ、脇が初対面の自分たちを〈使い勝手のいい馬鹿〉と呼んだ老婆に、なにかこだわっているらしいことはわかった。

夕食が終わると、皆、早々に自室に引き揚げた。その夜は秋山がスキットルを手に矢上の部屋を訪れることもなかった。夜半、目を覚ました矢上が喉の渇きを覚えて台所へ立った時、廊下に灯りが漏れていたのは玄羽の部屋だけだった。

16

夏の朝、この古い家の台所に立つと、玄羽はいつも思い出す。それは、美帆が嬉しそうに炊きたての飯を握っている姿だ。熱い飯で桃色になった掌を茶碗の水で湿しながら、美帆は歌うように言う。

「圭太君が今、一番好きなおにぎりの具はツナマヨネーズなんですって。やっぱり育ち盛りなのね。小学校に入ったばっかりの頃は、絶対タラコって言ってたのに」

朝から海水浴に行った圭太に昼飯を届けようと、美帆は飯を握っていた。あの夏が、美帆にとって、この家で過ごした最後の夏になった。

玄羽は誰もいない家でひとり熱い飯を握りながら、あの夏の飯を今、自分が握っているような気がした。不意に、頬を真っ直ぐに涙が伝って落ちた。ユシマへの怒り、そして慚愧の念。

その二つがせめぎ合うような塊となって胸を塞いだ。

勝手口の磨り硝子に影が差したかと思うと扉が開き、思いがけない人物が立っていた。巻き貝のようにきつく結った真っ白な髪。だが、長く引いた眉は涼しく、琥珀がかった茶色い瞳は聡明かつ辛辣な光を湛えている。美帆が慕っていたこの従姉は、実のところまだ七十にもなっていない。

「文庫のねえさん……」

崇像朱鷺子は籠に盛った桃をゆっくりと上がり框に置いた。そのあいだに玄羽は急いで甚平の肩口で涙を拭った。朱鷺子は顔を上げ、何も気づかなかったかのように口を開いた。

「春に姪が岡山に嫁いだだろう。それで向こうの家から本家のご仏前にって送ってきたのさ。盆に戻った霊がむしゃむしゃやってくれりゃ助かるんだけど、あの家でものを食べるのは私ひとりだし。うっかりしてると傷ませちまうからね」

まさに水蜜桃と呼ぶにふさわしい甘やかな匂いが台所に広がっていた。朱鷺子は絽の着物の袂から取り出したハンカチをひと振りして広げると、上がり框に敷いてその上に浅く腰を下ろした。

「悪いけど、お水を一杯もらえるかい」

「ちょうどいい具合に麦茶が冷えてますよ」

玄羽は手を洗いながら答えると、冷蔵庫からタッパーを取り出し、コップに注いで朱鷺子に渡した。朱鷺子は半分ほど飲み、それから両手で包んだ麦茶のコップをしばらくのあいだ黙って眺めていた。水のように光る窓硝子の向こう、真っ青な空を入道雲の切れ端が流れていく。

「おまえ、あの四人をどうするつもりだい」

「どうするもこうするもないですよ」

玄羽は人の良い五十男を装って朗らかに微笑みながら、茶碗の水で掌を湿して塩をつまんだ。

「ここは海も近いし、俺も広い家にひとりでいたんじゃつまらないし」

朱鷺子は御託を聞くつもりはないとでもいうように玄羽の言葉を鋭く遮った。

「あの水色の手帳を読んだからだろう」

玄羽は思わず息が止まった。

「あの手帳には圭太が最後に繰り返していた言葉が書いてあった。それを読んで、おまえは初めてあいつらみたいな若者に興味を持ったんだろ？」

どうしてそれを朱鷺子が知っているのだ。あの四人のことは、町の人間には同じ職場の若い連中としか話していないのに。

玄羽は以前から四人の名前と作業能力は記憶していたが、それは他の大勢の工員と同様、ラインのどこに誰を配置すれば日々のタクトを効率よく消化できるか、常に考えておく必要があったからだ。あの四人に興味を持った理由は、まさに朱鷺子の言ったとおりだった。

朱鷺子が静かにコップを置いて立ち上がった。

「少し海で遊ばせたら、早く東京に帰した方がいい」

玄羽は飯を三角に握りながら横目でそっと朱鷺子の表情をうかがった。

「脇というのが、ねえさんを道で見かけたと言ってましたよ」

「そうかい。私は気づかなかったね」

ハンカチを袂にしまうと、朱鷺子は窓の向こうの空を一瞥して言った。

「昼過ぎには驟雨が来るよ。あいつらに握り飯を持っていくんなら、急いだほうがいい」

17

矢上は全身を波に委ねた。体を押し上げては、引き落とす波の律動を感じながら、腕はひたすら水を掻き、足はビートを刻み続ける。沖へ沖へと、胸が苦しくなるまで。それから仰向けに浮いて、青く澄んだ空と入道雲を見上げる。聞こえるのは自分の荒い呼吸と海の中の音だけだ。そうして、波のリズムに合わせて揺れる雲を眺めているうちに、いつのまにか呼吸が穏やかになっている。そこで今度は体をクルリと反転させ、岸に向かって一直線に泳ぐ。体いっぱいに途方もない解放感を味わいながら。

砂浜に寝転がり、矢上は午前の陽光を堪能する。早番の時は工場の窓から、遅番の残業の時は寮へ戻るバスの窓から眺める光だ。だが、ここには一切のフレームがなく、光はどこまでも豊かに広がっている。これで海岸の風景を独り占めできれば言うことはないのだが、さすがにそうはいかなかった。

矢上の視界の中には、脇、泉原、秋山の姿がしっかりとおさまっていた。それというのも、玄羽の家から徒歩で出られる海岸はあちこちに遊泳禁止の看板が立っており、海水浴を楽しもうとすると結局、同じ場所で泳ぐことになるからだ。

朝食後、四人はばらばらに家を出たが、矢上が遊泳禁止の看板巡りの末にこの海水浴場に辿り着いた時には、すでに脇が悠々と沖を泳いでいた。砂浜に下りるコンクリートの階段のそばに自販機があるのが見えたので、矢上は何か買っておこうと近づいて驚きに打たれた。通常の清涼飲料水と共に、なんと二リットル入りのペットボトルが並んでいたのだ。周辺にコンビニがないからだろうかと考えながらも、そこはかとない異郷の風情を感じつつ、常よりも妙に小さく見える五百ミリリットルの炭酸飲料を二本買って浜に下りた。

ほどなく泉原が現れたが、それぞれ離れた場所に荷物を置いて泳ぎ始めた。最初に家を出た秋山がなかなか姿を現さないのでどうしたのだろうと思っていると、しばらくして颯爽とした足取りで浮き輪を肩にかけてやってきた。どこで調達したのか、浮き輪には昔からある栄養ドリンクの絵柄がプリントされていた。

秋山はやはり三人から離れた場所にビーチバッグを置くと、全校生徒の前でラジオ体操の模範演技を見せる学童のように気合いのこもった準備体操を行った後、浮き輪を腹の周りに携えて小走りに波打ち際へ向かった。子供なら可愛いと思えるはしゃいだ所作も、大の男の場合、奇天烈でしかない。それとなく眺めていた脇と泉原が目を逸らしたのがわかった。

矢上はさらに沖と岸を数回往復し、砂浜にうつ伏せに横たわった。潮の香りと熱い砂の感触が心地よく、できることならずっとこうしていたいと思った。

その時、泉原の鋭い声がした。

何事かと身を起こすと、脇がもの凄い勢いで浅瀬を走り、頭から波に突っ込むのが見えた。脇が全速力で目指す先に、波間に浮いては沈む秋山の姿があった。栄養ドリンクの浮き輪はどこにいってしまったのか、秋山は身ひとつで激しく水しぶきをあげてもがいている。矢上は跳ね起きて脇のあとを追った。

だが、二人のもとに辿り着くと、予想外の事態となっていた。秋山が無我夢中で脇にしがみつき、もろともに海中に引きずり込んでいたのだ。水中に夥しい泡をまき散らしながら脇は必死に秋山を振りほどこうとしていたが、秋山は死に物狂いで脇に取りついて、まるで木によじ登るように海面に顔を出そうとあがいている。矢上は脇に深く潜るよう身振りで合図したが、まさかの溺死の恐怖で動転している脇にはこちらを見る余裕もない。

仕方なく矢上はいったん海面に上がって大きく息を溜めると、頭を真下にして深く潜り、脇の足首を摑んでさらに深みへと引いた。秋山は一緒に沈むまいと咄嗟に脇から離れ、脇はからくも逃れて海面に浮上した。矢上は秋山にしがみつかれないよう素早く背後に回り、顎の下に手を入れて体を引き上げた。その時になって初めて、少し離れたところを漂っている浮き輪に気がついた。すっかり空気の抜けたそれは二つ折りに重なって、真ん中だけ食べられた巨大餃子のような姿になっていた。

秋山は海面に顔が出て息ができるようになるとたちまちおとなしくなり、今度はぐったりとしてやたら重くなった。ヘッドロックの要領で秋山の頭部を抱えたまま岸まで引いていくには限界がありそうだと考えていると、泉原が即席の浮き輪を持って救援に来てくれた。二リットル入りの空のペットボトル四本を脇のボクサーバッグの口紐で縛ったもので、充分な浮力があった。それを秋山の腹の上に載せてラッコのように抱かせ、伸ばした紐の先を泉原が引いた。こうすれば二人の力で岸へ引っ張っていける。脇と矢上が秋山の救助に向かうと同時に、泉原は階段のそばの自販機に走って大容量のペットボトルを入手して浮き輪を作っていたのだ。

波打ち際に秋山を引き上げると、矢上も泉原も息があがって両側に倒れ込んだ。脇は沖でかなり海水を飲まされたらしく、一番あとに浅瀬を這うようにして戻ってきた。その般若の面のような目元を見ただけで、頭の中は秋山に是非とも言ってやりたい言葉でいっぱいなのだとわかった。だが口を開いた途端、脇は激しく咳き込み、海水を吐いて浜に突っ伏した。秋山は仰向けに寝たまま、何が起こったのかよくわかっていないようなきょとんとした顔で空を見上げていた。泉原が肩で息をしつつ、とりあえず訊いておきたいというふうに尋ねた。

「秋山さん、あの浮き輪、どこから持ってきたんですか?」

秋山は二、三度、瞬きをすると、我に返ったように答えた。

「駅前の田中酒店。古くて売り物にならないって言うから、借りたの。でもよく考えたら、売れないほど古くなった物、貸さない方がいいよね」

矢上は我知らず声を出して笑っていた。自分でもひどく間の抜けた暢気な声に聞こえた。泉原が噴き出し、秋山が爆笑し、とうとう脇まで堪えきれずに肩を震わせて笑い出した。そこまでくると、もう何がそんなにおかしいのかわからず、笑っていること自体がおかしくて、ひとしきり涙が出るまで笑い転げた。

秋山が寝転がったまま両手を頭の上に突き上げて大きく伸びをした。

「なんか凄い生きてるって感じするわ」

脇が苦笑いを浮かべて言った。

「あんた、さっき俺を殺しかけたんだぞ」

「まぁ、細かいこと言わないで聞きなさいって」

そう言うと秋山は起き上がってあぐらを組んだ。

「俺は、この町に来てとても驚いていることがある」

「自販機のペットボトルなら俺も」

矢上が言いかけたのを秋山が片手を上げて制した。

「そういう物質的な話ではない」

「さっさと進めろよ」と、せっかちな脇が急かした。

秋山は三人の顔を見回すと、一呼吸置いて話し始めた。

「俺ら毎日工場行ってラインに入るじゃない。俺はね、ラインが動いてるあいだはいつも俺じゃないんだよね。自分が自分だっていうスイッチをパチンとオフにしてる感じ。そんで機械の一部になってる感じ。だから燃料補給みたいな食事と最低限の睡眠以外の時間、そもそもほんのちょっぴりしか残されてない時間は、自分のために楽しんでいないと落ち着かないんだよね。自分が自分だっていう気分でいるためには楽しんでいないと。ゲームやったり、ユーチューブ観たり。面倒なことや、ややこしいことは無理。自分が楽しんでるって思えないとバランスが取れない。っていうか、それでぎりぎり生きてるバランスが取れてる気がするわけよ」

「けっこうみんなそうなのかもしれないですね」

泉原が言った。体育の授業の時のようにきちんと膝を抱えて座り、寄せる波を見ている。

「工場の食事のあと、缶珈琲飲むじゃないですか。そういう時、僕もそうだけど、みんなほとんど誰とも喋らないですよね。たいていスマホを見てるか半分寝てるか。人の話に合わせるの疲れるし、一方的に話を聞かされるのも勘弁してほしいし」

「いるよな、工場長とかいうひとりで喋るオッサマ。口を開けば説教か自慢話の二者択一」

片膝を立てて座った脇は、五十畑(いそはた)工場長の顔を思い浮かべているらしく、どんよりした目で呟いた。

「さて、では俺がこの町に来て何に驚いているかというと、ここでは何かして楽しもうとしなくても、自分が自分である実感があるんだ。特に何もしなくても、さらにいえば、不愉快な時でさえ、自分である実感がある。つまり実に久しぶりに、生きてるなあって感じているわけです」

最後だけかしこまった物言いが、秋山の照れくさいほどの喜びを表しているようだった。言われてみれば自分もそうだと矢上は思った。秋山とスキットルの酒を飲みながら玄羽の善意について話し合った夜も、墓地で口論になった朝も、その時のことを考えてひとり部屋で悶々(もんもん)とした午後もそうだった。工場や寮で、張りつめた弦が震えるような狭い振れ幅でヒリヒリと何かを楽しんでいた時よりも、矢上はよほど自分が自分として生きていることを実感できた。

泉原が感慨深そうに頷いて言った。

「僕もすごく久しぶりな気がします。たぶん……そう、大学二年の夏、自転車でスケッチ旅行をした時以来だと思います」

「えっ」と、矢上は思わず声をあげていた。

「二十歳の夏か……」と、秋山が遠い目をして言った。

脇が矢上と同じように驚いた顔で泉原を見ていた。そして半信半疑の様子で尋ねた。

「おまえさ、ひょっとして大卒？」

「なんだよ、二人とも驚いてるの、そこ？」

秋山が眉を八の字にして嘆いた。

「あ、大卒なのに期間工ですみません」

泉原はまるで部屋でも間違えた人のように素朴に謝った。

「謝るようなことじゃない」と、すぐさま脇は力んで言った。「いや、こういうのは謝っちゃいけないいんだ。俺はただ、なんというか、とりあえず知り合いって呼べる間柄の人間に、大卒がひとりもいなかったもんだから」

「そうなんですか？」

今度は泉原が驚いたようだった。

「俺もそう」と、矢上は言った。「うちの高校は十人に一人は退学してたし」

「それじゃあ俺んとこと変わんねぇじゃん」

どういうわけか脇は哀れむような顔で言った。

「そのあたりはもう分かれちゃってるんだね、地域とか親の収入とかでさ」と、秋山が悲しげに言った。「だから出会わないいんだよね。かくいう俺も大卒だけど」

矢上は驚きのあまり大きな声で尋ねていた。

「まさか秋山さんがリクルートスーツ着て就活やったんですか？」

まさに想像を超えた姿に、脇が「ないわー」と砂浜に後ろ手をついてのけぞった。

「そのとおり。それはなかった」

秋山はきっぱりと認めた。

「うちは親父がちょっとした商売やっててね、俺はそれを継いだのよ。ま、経営はもとから傾いてたんだけど、結果としては俺がとどめを刺す形で二年で倒産。ザッツ・オール。俺、意表を突いてちょっとボンボンなの」

「なるほど。一番しっくりくる感じですね、秋山さんに」

泉原以外の誰が言っても嫌味にしか聞こえない台詞を、泉原はいかにも得心した様子で言ってのけた。秋山も屈託なく微笑んで言った。

「でも泉原は就活とかしたらピシッと決まりそうだよね」

「はい、しました就活」

「で、決まったのか」と、脇がまるで親戚のように真剣に尋ねた。

「はい。広告代理店の下請け企業にデザイナー職で。僕、美大だったんで」

矢上は一昨日、駅前で最初に四人が顔を合わせた時、待ち合わせをした覚えのない同僚が揃っているという椿事をそっちのけで、泉原が切手のデザインに感動していたのを思い出した。泉原はもともと美術系の人間だったわけだ。

「広告看板をデザインする仕事でそれ自体は楽しかったんですけど、最初の頃から帰宅は早くて終電で、すぐに会社に泊まり込むのが普通になって。そうすると椅子や床で眠るのに慣れちゃって、たまに自宅のベッドで横になると感覚が違って眠れなくなるんですよ」

興味深い発見のように話しているが、相当きつかったに違いない。矢上は「それじゃあ、週休二日でも体がもたないな」とため息をついた。辞めて当然だと思った。

ところが泉原の話にはまだ続きがあった。

「募集要項では週休二日制で、年末年始、ゴールデンウイーク、夏季の長期休暇ありってなってたんですけどね、最初から土曜日は通常出勤で、二ヶ月くらいして直属の上司に『そろそろ仕事にも慣れただろうから日曜日も出ろ』って言われました」

「マジか……」

脇が絶句した。

「実際、その上司は一週間休みなしで働いてて、他にもそういう人いましたから。当然みたいに長期休暇はなかったたし、有給取るなんて発想もゼロでした」

「それってさ、残業時間どれくらいになるわけ？」と、秋山が泉原に尋ねた。

「月に二百時間とかざらでした」

「俺の記憶違いかもしれないけどね」と、秋山が珍しく自信なさそうに訊いた。「月八十時間が過労死ラインじゃなかったっけか？」

「そうですよ。でも最大の衝撃はそこじゃなくて、残業代が出ないってとこでした」

衝撃の深度を示すように、波の音が大きく聞こえるほどのたっぷりとした沈黙があった。労災保険適用をケチるユシマでも残業代は出る。しかも二百時間となると二十四時間飲まず食わず眠らず働いても八日間以上あるのだ。どうしてその残業代がチャラになるのか。とりあえず矢上が最初に立ち直って尋ねた。

「どういうからくりで、残業代が出ないことになってたんだ」

「募集要項では基本給十九万円ってなってたんですけど、給与明細を見たら基本給は十四万円で、固定割増手当が五万円ってなってました。で、この五万円が残業代だと説明されました」

「わかった」と、秋山が指を鳴らした。「定額働かせ放題ってやつだ」

「そうなんですけど、中にいるとなかなかそう思えないんですよ。週一回の朝礼で社長に『働くのは自分の成長のため、自分の夢のため』って繰り返し言われてるうちに、残業代とかの話を持ち出すのは恥ずかしいって空気が広がってて。僕の上司の口癖は『人間は寝なくても死なない』ってやつでしたけど」

「いや、死ぬだろ普通に！」

即座に脇が反応した。

「その時は、きっと死なないんだろうって思うくらい、ちょっとおかしくなってたんですね。でも頭がぼーっとして駅でホームから落ちそうになって。それで怖くなって辞めたんです。でも、自己都合の退職になるんで、失業給付金はあの頃は三ヶ月と七日後にならないと出なかったし。まあ今でも二ヶ月と七日後ですけどね。会社都合の退職じゃないから支給される日数も短くて支給額も少ないし、国民健康保険税の軽減もないし、おまけに僕、まだ奨学金も返済中だったし。とにかく一日も早く正社員の仕事を見つけなきゃって」

「で、見つかったのか」と、脇が再び親戚のような熱意で尋ねた。

「ええ。大型ディスカウントショップの深夜勤の正社員でした」

「なんかそのアンバランスな響き、嫌な予感がする」

秋山が忌み物に触れたようにわずかに身を引いた。

「その予感、当たってます。定時は十七時から午前二時だったんですけど、実際は十六時から翌朝の五時まで仕事でした。十三時間勤務で食事時間は十五分。でも今度は辞められないと思って頑張って、入社二ヶ月目で副店長に昇進したんです」

「すごいじゃないか」

矢上は感嘆した。

「それがですね、副店長になると〈管理責任者〉扱いになって残業代がなくなるって言われて」

「あぁ……」と脇がガックリと頭を垂れた。

「そうなると朝六時まで働いてそのまま次のシフトに入る日とかも増えてきて。休みは週一であったんですけど、アルバイトや店長から呼び出しがあると出勤しないといけないし、あってないようなもんでした。で、ある時に気づいたんですけど、副店長になってる正社員って、僕みたいに一度仕事辞めた人間がほとんどだったんですよ。だからみんな頑張るわけです。それで摂食障害になったり、鬱になったりして辞めていくんです。僕の場合、味覚の喪失と睡眠障害でしたけど。でも次にカフェチェーンの正社員になった時には、一ヶ月の研修直後から〈店舗責任者〉を任されて、店には自分以外の正社員はゼロという」

「わかった」と、秋山が眉間に皺を刻んで手を上げた。「その先は俺の豊かな想像力で補えると思うんで、終わりだけ教えて」

「店で倒れて〈初めての救急車〉に」

「〈初めてのおつかい〉みたいに言うなよ」と、脇が額に手を当てて天を仰いだ。

矢上は、波打ち際に座って穏やかに笑っている泉原をあらためて眺めた。

大卒の学歴があり、真面目で従順で、溺(おぼ)れている人間を認めるやすぐに自分は何をすべきかを考え、即席の浮き輪を作って救助に向かうだけの機転が利く。それでも、そんな泉原が今、生きているのは運が良かったからかもしれない。その現実に矢上はなんともいえないやりきれなさを感じた。

「そのあとです。もう〈正社員〉って肩書きにこだわらなくなったのは」

泉原は静かに続けた。

「でも、理解してもらうのは難しいようです」

「誰に」と、矢上は尋ねた。

「父に。父は商社マンだったんですが、使い潰されるだけだと話しても全然、通じないんです。『正社員が務まらないのは辛抱が足りないからだ』の一点張りで。若いうちはみんな辛抱して、それが歳を取るにつれて報われるんだと信じてるんですね。僕は父がわりと歳を取ってから生まれた子供なんで世代的なものもあると思うんですけど。父は僕が男なのに非正規なのが我慢ならないみたいです」

泉原は初めて疲れたような微笑を浮かべた。おそらく泉原の父親にとっては、息子が話す現実よりも、自分が辛抱して、ひとつずつ階段を上るように昇進して、結婚して家庭を持ってという成功体験の方が圧倒的にリアルなのだろうと矢上は思った。

「家にいて父からなぜ正社員の仕事が続かないんだ、どうして普通に生きられないんだってずっと言われてると、なんだか真っ黒な気持ちが膨らんできて、父を、そうでなきゃ自分をどうにかしちゃうんじゃないかって恐ろしくなって。それで家を出て寮で生活できる仕事を探したんです」

「そりゃあ夏期休暇も家には帰れないわなぁ」

秋山が心から同情するように言った。矢上はふと興味を覚えて尋ねた。

「そういう秋山さんはどうして家に帰れないんですか？」

「君らには想像もつかないかもしれないけどね、倒産した人間が引っ越す先はとても狭いんだよ。この歳の非正規の息子を挟んで親子三人で川の字になって寝てごらんなさいよ。磁気嵐みたいにマイナス思考が渦巻いて、その晩のうちに一家心中になりかねないから」

泉原が感服したように言った。

「なんか今の、凄い説得力ありました」

「おまえは？」

脇が平素の不機嫌そうな顔で矢上を見ていた。それから、ぶっきらぼうに続けた。

「おまえはなんで家に帰れないんだ？」

そう脇に問われて最初に感じたのは、どうしてそんなことをおまえに話さなければならないんだという反発だった。しかし矢上は、自分がついさっき同じことを秋山に尋ねたのを思い出した。

昨日は墓場で怒鳴り合い、今日はひとりが危うく溺れかけ、あげくに波打ち際に海水パンツを四つ並べて『なぜ自分は家に帰れないのか』を語り合っている。そう考えると、脇に意地を張るのも滑稽(こっけい)に思えた。

「俺の実家は母親がやってるスナックの二階でね。そこでは母親がひとまわり若いヒモと二人で暮らしてる」

秋山が声をあげておかしそうに笑った。

「そりゃもう実家じゃないね」

「そのヒモのかたは最近いらしたんですか？」

泉原の〈ヒモのかた〉という呼び方に脇が噴き出した。

「俺が小さい頃は時々ふらっと現れては何日か泊まってくって感じだった。そのたびに俺と二つ下の妹はあっちこっちの他人の家に預けられてたんだけど。中学の時かな、本格的に四人で暮らし始めたのは。で、高校の時に俺が引っ越しのバイトから戻ったら、ヒモが妹に手を出そうとしてた」

「急に笑えない展開になったたね」

秋山が驚いて目を丸くする一方で、脇が俄然、身を乗り出してきた。

「ぶちのめしたのか、ヒモ」

「当然だろ。でもそんなんじゃ懲りないんだよ、あの手合いは」

「やっぱ半殺しにするしかねぇか」

脇が宙に目を据えて言った。

「あのな脇、そんなことして俺が少年院送りになったら、それこそヒモ大喜びだろうが」

「で、どうしたんですか」

泉原も真剣な顔になっている。

「妹を連れて家を出て、アパートを借りた」

「え、でも金どうしたんだよ、金。保証人とかも要るだろ」

「まあ落ち着きなさいよ、脇君」

秋山が鷹揚に制して言った。

「矢上の話には当然存在するにもかかわらず、まだ登場してない人物がいるじゃないの」

泉原が即座に思いついて声をあげた。

「あ、お父さん」

「というか、生物学上の父親な」

矢上はその点をきっちり訂正して続けた。

「父親は別にちゃんとした家庭があって、もともとスナックは母親が手切れ金代わりに父親から貰ったもんでね。縁は切れてたんだけど、俺はそいつの名前と勤め先はしっかり覚えてた」

小学校に上がってすぐの頃、矢上は一度だけ昼に、母親と父親と妹と四人で食事をしたことがある。二階にあるレストランの窓際に座って、母親が「ほら、お父さんが会社から出てきたよ」と立派な銀行の玄関を指さしてみせた。しばらくして店に入ってきた父は、まだ春先だというのにひどく汗をかいていて、お子様カレーを食べていた矢上と妹に目を向けることもなく、珈琲だけを頼んで母親と何か話し、十分ほどで帰っていった。その年に母親は念願のスナックを開店したのだ。

「じゃあ、その生物学上のお父さんがアパートの保証人になってくれて、お金を出してくれたんですね」

泉原が安堵した顔で言った。

「というか、勤め先に電話したら『そのような方は存じ上げない』とかってシラを切るんで、妹連れて直接会社に行ってね。で、百万円の借金の申し込みとアパートの保証人の件を頼んだ。

母親と絶縁しないと漏れなくヒモがついてくるし、だからって俺が貯めたバイト代じゃ妹を専門学校に行かせるのも無理だったんでね。父親は会社で騒がれるとマズイと思ったんだろうな、二度と現れないし連絡もしないって条件で受けてくれた。ただ、ヒモの野郎が学校帰りの妹を尾けてアパートを突き止めようとするんで、結局、妹は中退してバイトしながら高卒認定試験を受けて、俺はアパートから通える建設現場で働いた。妹が看護学校の寮に入るまでそこで一緒に暮らして、それから俺の方は派遣工になったわけ。ちなみに借金は無利子だったんで三年前に完済した」

「無利子って、僕が借りた奨学金より良心的ですね」

「奨学金で利子取る方が無慈悲なんじゃないか？」と、矢上はかねがね思っていた意見を述べた。「だいたい利子取るんなら奨学金じゃなくて学生ローンだろ」

「なるほどねぇ」と秋山が合点がいった顔で言った。「それで矢上は妹が心配で東京から離れられなくて、派遣工をやってるわけか」

図星だったのでそれには答えなかった。実際、期間工の中にはその時々に条件の良い工場を選んで九州、近畿、東海と転々とする者も多いが、矢上は東京を離れたくなかったので、これまで派遣会社に派遣先の地域を限定して仕事を探してもらってきた。妹はすでに正看護師になって杉並の看護師寮に移っていたが、矢上はこの笛ヶ浜に来る日も、朝のうちに妹の寮を訪ねて無事を確かめてきたのだ。その時に妹から言われたキツい一言は今も胸に刺さっていたが、それはまた別の話だ。

矢上は、途中からいつになく神妙に話を聞いていた脇に声をかけた。

「脇、おまえはなんで家に帰れないんだ。まさか自分だけ黙ってるつもりじゃないだろうな」

「ちょっと待ってろ」

脇は立ち上がると、砂浜に置いた自分のボクサーバッグの方へ向かった。その背中を見送りながら秋山が小声で囁いた。

「今、どんなふうに話そうかって必死で考えてるんじゃない？」

「起承転結でいくか、序破急でいくか、とかですか？」と、泉原が小声で応じた。

案外それもあり得るなと思いながら待っていると、意気揚々と戻ってきた脇は、派手な椰子の木模様の海水パンツのポケットに両手を突っ込んだまま、矢上たち三人を見下ろして言った。

「おまえら、このままだと全員、今晩地獄を見るぞ」

「なんなのよいきなり、そのB級アクション映画みたいな台詞」

秋山があきれ顔で言うのを鼻で笑うと、脇はポケットからプラスチックボトルを取り出してみせた。マツキヨでよく見かけるコパトーンの日焼けオイルだった。

「最初の日、ちょっと気持ちの高ぶっていた俺は、午前中いっぱい、こいつを塗るのを忘れて泳ぎたおし、夜、熱い風呂に浸かって地獄を見た」

「ああ」と泉原が思い出したように言った。「バーベキューの後、風呂場の方から叫び声がしたの、脇さんだったんですね？　動物の声みたいだったんで、僕、風呂に入ってる間中、近くになんかいるんじゃないかって気味が悪かったんですよ」

脇はコパトーンをポケットに戻して泉原に笑顔を向けた。

「なんならおまえも風呂で吠えてみるか？」

「すみません。それ、貸して下さい」

脇が泉原に日焼けオイルを投げてやるのを見て、矢上は率直な感想を述べた。

「おまえが人と物を分け合うタイプだとは思わなかったよ」

「つまりおまえには人を見る目がなかったってことだな」

気の利いた切り返しに思えたのだろう、脇は悦に入った様子で腰を下ろした。

矢上の記憶には、バーベキューの際に脇が両肘を不自然なほど横に張って空間を確保し、ステーキをひとりで食い尽くそうとしていた姿が鮮明に焼きついていたが、とりあえず風呂で吠える事態は避けたかったので、脇が短期間で人間的に成長したと解釈することにした。

脇はコパトーンが矢上たち三人のあいだを行き来するのを眺めながら、さも重要なことであるかのように力を込めて言った。

「最初に断っておくが、俺は家に帰れないんじゃなくて、単に帰らないだけだからな」

「そういう気分の問題はいいから、理由を言え」

矢上はオイルを掌に取って言った。

「だから、家に帰ると、すごく見たくないものを見る羽目になるからだよ。誰だって嫌だろ、そういうのは」

「悪いが脇君、具体的に順序立てて話してくれるかな」

秋山がもっともな注文をつけた。脇は困ったような顔をして少しのあいだ黙って考えていたが、やがて訥々(とつとつ)と話し始めた。

「うちはもとはうまくいってたらしい。覚えてないけど、誕生日の動画とかあったから。俺がとんがり帽子被ってて、ケーキにロウソクが三本立ってるやつ。けど、ものごころついた頃にはもう、親父が家にいるだけでビクビクしてたな。日曜とか普通にビール飲んでナイター観てるなって思っても、ちょっとしたことでキレるわけ。母親を呼んだのに一回で返事しなかったとか。台所で皿なんか洗ってると聞こえなかったりするんだけど、もうなに言ってもアウト。蹴るわ殴るわ髪摑んで引き倒すわ。それ見て俺が泣き出すと俺も殴るわけよ。俺の乳歯の前歯が初めてめでたく飛んだのは、親父がビンタきめた時だったからな」

「文句なしにDV認定ですね」

泉原が言った。言葉は穏当だったが、顔には〈最低の野郎だ〉と書いてある。

「母親は手首とか肋骨とか折ってたから、今から考えたら逃げ出すのも当然だと思うね」

「おまえも一緒だったんだろ？」

矢上は尋ねた。自分が妹を連れて家を出たように、脇の母親も幼い脇をDVの父親のもとに置いていくとは思えなかったからだ。ところが脇は「いや」と小さく首を横に振った。

「金や通帳の類いは親父ががっちり握ってたんでね、文無し同然で子連れで逃げても現実、やってけないし。母親の実家は母子家庭だったから、その辺はよくわかってたんだと思う。あの頃はスマホもまだ普及してなかったから、DVシェルターみたいなとこを調べる方法もなかっただろうしな。母親がいなくなったのは俺が小五の時。一人でも留守番できるくらいの歳になるまで必死で辛抱してたんじゃないかな」

聞きながら矢上は、それらはすべて脇があとになって知ったり、考えたりしたことなのだと思った。脇は、母親が自分を置いて出ていったのだと知った時の気持ちを語らなかった。その代わり、懐かしげな微笑を浮かべて言った。

「一度だけ母親の方の祖母ちゃんが訪ねてきてくれたことがあってな。俺が学校から帰って炬燵で漫画読んでたら、アパートのドアがドンドン叩かれて『祖母ちゃんだよ』とかいう声がするわけ。俺、それまで祖母ちゃんに会ったことなかったし、そもそも自分に祖母ちゃんがいるってのも知らなかったから、なんかおかしな人が来たんじゃないかって思って怖々、チェーンつけたままドアを開けたんだよ。したら、くたびれた和服着た婆さんがデカい紙袋を持ち上げて『隼人、お土産だよ』ってニコニコしてるの。眉毛の太い、粉もはたいてないような顔でね、埼玉の奥から出てきたって言ってた。紙袋には果物やら菓子やらがいっぱい入ってて、よくこんな重いもん担いできたなって驚いたね。炬燵でリンゴ剝いてくれて、それから滅茶苦茶旨い鍋焼きうどんを作ってくれて、俺が食うのをすごい嬉しそうに見てんの。そんで『祖母ちゃん、好きかい？』って訊くから、俺は『祖母ちゃん、好きだ』って答えた。誰かに面と向かって好きだなんて言ったの、あん時が初めてだったね」

「脇の初告白の相手は祖母ちゃんだったわけだ」

　秋山がオイルを鼻の頭に念入りに塗り込みながらにんまりと笑った。泉原が少し身を乗り出すようにして脇の顔を見て訊いた。

「お祖母さんは、脇さんのお母さんがどこにいるか知ってたんですか？」

「知らなかった。ただ、母親が一人で家を出たってことは知ってたから、連絡はあったんだと思う。それで母親はもう戻らないってわかったんだろうね、祖母ちゃん、覚悟決めてきてたんだ。親父が仕事から戻ってくると早速話を切り出した」

「娘と別れてやってくれと」と、秋山が感情を込めて言った。

「いや。俺を引き取りたいって」

泉原が深く頷いた。

「なるほど、そっちですか」

「俺、それ聞いた時、これでみんながハッピーになれるって思ったんだよな。親父が俺を殴るのは俺が目障りだからで、いなくなったら清々するはずだし、俺は祖母ちゃんと暮らせたら嬉しいし。ところが祖母ちゃんのその一言で親父はキレたんだ。あんたの育て方が悪いからこんなことになったんだって喚き出してね。きっと俺の親父だけじゃないと思うけど、子供殴る奴は平気で年寄りも殴るんだよな」

「極道よりもたち悪いね」

秋山が口許を歪めて言った。

脇の父親は義理の母親を部屋から蹴り出し、彼女が持ってきた大きな紙袋を中身ごとアパートの二階の窓から投げ捨てたという。

「親父はいつもむしゃくしゃしてて、身近になにかぶん殴れるものが必要だったんだと思う。まぁ、それが俺だったんだけどな」

脇はやれやれという顔でそう言うと、いきなり手を叩いて矢上たち三人に号令をかけた。

「はい、そんじゃあ矢上を先頭で上り電車」

わけがわからず戸惑っていると、脇は矢上たちを指導して座る向きを変えさせた。それまで四人は水平線に向かって波打ち際に横一列で座っていたが、脇は各人の座る向きを九十度変えさせた。すると脇の前方に泉原の背中が、泉原の前方に秋山の背中が、秋山の前方に矢上の背中がくる具合になった。こうして前の人間の背中にオイルを塗ろうというのだ。先頭の矢上を除く三人がオイルを掌にとって眼前の背中に塗り始めた。

「そういうわけで高校に入った途端、俺の生活はバイト一筋になったわけ」

自分もそうだったと矢上は思った。早く家を出たければ、自力で金を貯めるしかない。

矢上は人にオイルを塗ってもらうというちょっとした王様気分を味わいながら脇に尋ねた。

「一番割のいいバイトなんだった？」

「夏休みのキャンプ場だな。もちろん歳は誤魔化してたけど。俺の場合、寮に住み込みで家から脱出できるってのがポイント高かったし、寮費、光熱費、食費はただ。往復の交通費が出て、残業、深夜、早朝、休日割増ありってのも大きかったな。近くに泳げる川とかあると、休みの日は一日そこで遊べるし」

「僕が勤めた会社よりいい……」

泉原がショックを隠しきれない口調で言った。

「ま、一ヶ月ちょいの短期だからな。はい、そんじゃ今度は俺先頭の下り電車な」

矢上たちは百八十度向きを変えてオイルを塗り始めた。端の矢上と脇は一度塗り、中に挟まれた泉原と秋山は二度塗りになるわけだ。脇は泉原に塗ってもらいながら続けた。

「その代わりキャンプ場の誰よりも早く起きて最後に寝るって感じだぞ。野外のトイレも多くて滅茶苦茶汚い仕事もしなきゃならないし、蚊はすごいし、ムカデやブヨもいるし」

矢上はすぐに蚊取り線香を思い出した。

「ああ、その時に覚えたんだな、あの携帯蚊取り線香の使い方」

「汗だくになっても虫除けスプレーとかちょいちょい塗り直してる暇ないからな。線香ないとマジで餌食になる」

「それでどれくらい稼げたの？」と、秋山が首を伸ばして尋ねた。

「多いときはひと夏で二十五万くらいかな」

「やっぱり僕が勤めた会社よりいい……」

泉原の声はもはや悲しげだった。

背中のオイルを塗り終え、再び四人揃って水平線の方に向かって座り直した。いつのまにか入道雲を斜めに貫くように一本の飛行機雲ができていた。矢上は自分たちが友達同士のように自然に話をしていることに、まったく思いがけない心地よさのようなものを感じて空を見上げたまま言った。

「高校入った時から貯めてたらけっこうまとまった額になっただろ」

「毎日の飯代とか小遣いとかバイトの金で賄ってたから、そのぶん減っちまったけど、まあそれなりに貯めてたかな。けど、高三の九月に、その夏のキャンプ場のバイト代もひっくるめて預金まるごと親父に抜かれた」

「え……」

矢上も秋山も泉原も驚きのあまり首を突き出すようにして脇を見た。確認しなければ信じられないというように泉原が訊いた。

「それって、貯めたお金、お父さんに盗られたってことですか？」

「そう。まあ、キャッシュカードの暗証番号を生年月日にしてた俺も大馬鹿だったんだけどな。親父はずっとスーパーに勤めてたんだけど、母親がいなくなってから競艇にはまっていつも金欠状態でね」

「俺なら親父、ボコってるかも」と、秋山が呟いた。

「育ててやってるんだから当然だって親父が言った時、俺、正直、なんかもう腹も立たなかったんだ。ただ、こいつと同じ部屋にいて同じ空気吸うの、もう無理って思った。そんで、俺は祖母ちゃんとこに行くから、あんたはひとりで好きに暮らせって親父に言ったんだ。したら、親父がすげぇ面白いネタ聞いたみたいに噴き出して『それじゃあおまえも三途(さんず)の川を渡らないとな』って言ったわけ。『祖母さんはおまえが高校に入る前に火事で死んじまったよ』って。俺は祖母ちゃんの家がどこにあるのか知らなかったけど、調べれば簡単にわかる、埼玉なんてすぐそこだし、その気になったらすぐに行けるってずっと思ってたんだ。だから今の生活で何があっても落ち込む必要はないって。どっかで勝手に気持ちの安全ネットにしてたんだよな。でも祖母ちゃん、とっくに死んでたんだ。俺、わけわかんないくらい驚いて声も出なかった。で、気がついたら親父が俺を見てにやにや笑ってんの。喜色満面ってやつ。何がそんなに嬉しいんだか、得意になって喜んでた。その顔を見て、俺は初めてキレた。なんかブレーカーが落ちたみたいな感じで、よく覚えてないんだけど、俺が親父をボコボコにしたのだけは間違いない。それ以来、親父は狭いアパートの中でできるかぎり俺から離れた場所にいようとするようになった。俺がリビングに行ったら怯(おび)えた顔で急いで自分の寝室に逃げ込んだり、キッチンのテーブルに置いた新聞とか、わざわざ遠回りして俺のそばを通らないようにして取りに行ったりね。まるで殺人鬼と同じ家に住んでるみたいにずっと怯えてみせるわけ。たぶん親父はそれまでの〈ぶん殴る路線〉から、今度は〈おまえのしたことを絶対に忘れさせない路線〉にシフトしたんだと思う。休暇中にわざわざそんなもん見に帰りたくないだろ」

「その報復路線、俺ならイラッときて軽く殺意を抱くかも」

軽妙な口調ではあったが、秋山の目は笑っていなかった。

砂浜に風が立ち、チリチリと乾いた肌を撫でた。

「そうそう、思い出した」と、脇が唐突に明るい声をあげた。「最初の日、玄さんの家に着いた時、俺、玄関先で祖母ちゃんの匂いがしたような気がしたんだ。祖母ちゃんが着てた着物の匂い」

「ああ、そりゃ樟脳の匂いだね」と、秋山が答えた。

そういえば矢上も玄関で微かに薬品のような匂いを嗅いだ記憶があった。あれは衣服の防虫に使う樟脳だったのだ。スキットルの酒を飲んだ晩、秋山が玄羽は自分たちを家に泊めるために古い家具を整理したらしいと言っていたが、秋山の部屋の和簞笥と同様に、その中に長くしまわれていた和服もきっと誰かに譲られてあの玄関を出ていったのだろう。

「あん時、俺、なんかすごく不思議な感じがしてね。家の中に祖母ちゃんがいるんじゃないかって、子供の頃に戻ったみたいな気がしたんだよな」

矢上は脇が自分を突きのけるようにして真っ先に家に入っていったのを思い出した。あれはそのせいだったのだ。そう思った時だった。砂浜を吹き渡る海風の中に、矢上はふと子供の笑い声を聞いたような気がした。

一瞬、夢で見た砂浜の子供たちが脳裏を掠めた。死に向かう巡礼のような大人たちに連れられて、踊るように飛び跳ねるように楽しげに砂浜を行く子供たち。

「ああ、家族連れですね」

泉原の声で我に返ると、脇と秋山も砂浜に面した道路の方に目をやっていた。見ると、白いバンから降りたらしい水着姿の二人の幼い子供が、両親と手を繋いで波打ち際へ向かっていた。父親は大きなビーチバッグを肩にかけ、つば広帽子の母親は子供用のカラフルな浮き輪を二つ携えている。そのいかにも夏休みらしい情景が、矢上の不吉な夢の断片をたちまち吹き払ってくれた。

秋山が「よし、俺も負けずに夏休みするぞ」と勢いよく立ち上がると、「もうひとつ田中酒店で借りたものがあるんだ。今、持ってくるからな」と言うなり自分の荷物の方に駆け出した。その背中に泉原が立ち上がって声をかけた。

「酒屋さんに借りたんなら、なんにせよ使うのよした方がいいですよ。危険ですよ」

矢上と脇も立ち上がった。矢上はすっかり乾いた海水パンツの砂を払い、両手を上げて大きく伸びをした。飛行機雲は一直線にまだくっきりと空にあった。

脇が家族連れを見つめていた。小さい男の子は海に来たのが初めてなのだろう、寄せる波を怖がって母親の足にしがみついている。父親に肩車された女の子は、父親が波打ち際で足踏みをすると手を叩いて可愛らしい歓声をあげた。それではとばかりに父親は波しぶきを蹴立てて走り回った。

脇が目を細めて言った。

「あれ、パラレルワールドの十年後の俺な」

パラレルワールド。もうひとつの並行世界。矢上はそのSF的な言葉を頭の中で反芻した。

「そうだな」

頷くほかなかった。この現実の世界では、十年後、自分たちがあの若い父親のように家庭を持っている可能性はかなり低い。自分たちのような非正規社員は、その時々の景気や企業の都合、換言すればどう転んでも自分ではどうすることもできない状況によって雇われたり切られたりする存在だ。会社が働き手を必要とする時に、必要な期間だけ働く。運良く契約満了まで辿り着いても、その都度また振り出しに戻って別の職場を探すことになる。おまけに寮に住んでいれば、仕事がなくなると同時に住まいを失う。かといって自分でアパートを借りていても、次に見つかる職場にそこから通えるという保証はない。仕事を選ばなければ可能かもしれないが、働いて家賃を払って寝るだけで、結局、蓄えを食い潰すことになる。そのような人間をこれまで何人も見てきた。自分ひとりが生きていくだけで精一杯の人間に、家庭を持つゆとりなど望むべくもない。しかしそれが現実であり、矢上自身、その現実にこれまで特段の感慨を持ったことはなかった。そもそも生まれた時から矢上には家庭と呼べるような居場所はなかったし、他人の家庭に招かれたこともなかったから、家庭に憧れも嫌悪も抱きようがなかった。せいぜい自分には縁のないものという印象しかなかった。

だが、脇はそうではないのだ。若い父親を指して『パラレルワールドの十年後の俺』と言う脇にとって、家庭は、望んでもこの世では手に入らない未来、あらかじめ失われた希望なのだ。それなのに、波打ち際の家族を眺める脇のまなざしには妬みや怨嗟はおろか、控えめな羨望の色すらない。まるで彼らを祝福するように幸福そうな目をしている。それが、わけもわからず矢上の胸を苦しくした。

そうして脇の横顔を眺めるうち、矢上はふと、もしかしたら、と思った。

もしかしたら脇にとって家庭は、二重の意味で失われた希望なのかもしれない。ひとつには非正規社員というどこまでも発展性のない不安定な身分には生涯、過分なものとして。もうひとつには、父親の報復によって脇が自らに禁じたものとして。あの子供じみた恨みがましい報復は、自分の中にも父親と同じように暴力に直結する抑えの利かない情動が巣くっているのだという思いを脇に刻印したのではないか。そしてその情動は脇が家庭を持てば、いずれ同じように妻や子に向けられるに違いないと思わせた。そうであれば、それはあまりに卑劣でむごい、しかし父親にとってはこれ以上ない報復だったに違いない。

つらい気持ちで目を伏せた瞬間、何かがボンと頭にぶつかった。

「あ、意外と弾む」

秋山の嬉々(きき)とした声がして、砂の上をビーチボールが転々と転がって止まった。穴のあいた浮き輪と同じく栄養ドリンクの絵柄がついていた。秋山がひょいとそれを拾い上げて興奮気味に言った。

「なんかさ、このオイルと砂と潮の香りが渾然(こんぜん)一体になった匂いって、『ザ、海水浴！』って感じで滅茶苦茶テンション上がるよね。ってことで、これやりましょう！」

そう言うや秋山はアンダーサーブの姿勢からビーチボールを空高く打ち上げた。青空に吸い込まれるように舞い上がったビーチボールは風に巻かれて浅瀬の方に流れた。脇が水しぶきをあげて駆け出した。そして栄養ドリンクの絵が波に触れる寸前、ダイブするように身を投げ出してボールを再び高く空へ打ち上げた。矢上は走りながら肩越しにボールを振り仰ぎ、頭上を越えていくボールに片手で飛びついて砂浜の方に打ち上げた。すかさず泉原が猛然とダッシュした。

ボールを追って海に突っ込んでは砂浜を転がるうち、四人ともたちまち砂団子のようなありさまになった。意外にすばしっこい秋山がボールの落下地点に素早く駆けつけ、余裕を見せて砂色の手を上げた。ところが、秋山はそのままの姿勢で動きをとめ、ボールはすとんと足下に落ちた。

「どうした、足でもつったか？」

脇が不思議そうに声をかけた。

「シッ」と、秋山が唇の前に人差し指を立てた。

矢上たちはわけがわからぬまま顔を見合わせた。その瞬間、遠くで低く雷鳴が轟(とどろ)いた。反射的に矢上たちは音がした海の方を見た。浜はまだ明るい陽が射しているのに、水平線の上あたりは黒々とした巨大な雲に覆われていた。その雲を真っ二つに引き裂くように豪快に稲光が走った。

「おおーっ」

全員が思わず感嘆の声をあげていた。少し遅れて雷鳴が足下まで響いた。

空に大きな幕が引かれるように、あっという間に雨が来た。

矢上は肌を叩く雨粒を感じながら、雨を受けとめる海を見ていた。風が落ち、海は静かに泡立つようだった。考えるより早く、体が海に向かっていた。目の隅に脇と泉原がやはり海へと走り出すのが見えた。息を溜め、水の中の砂を蹴って潜る。雨音が消え、体が魚のように海のものになる。胸を開いて水を掻き分ける。髪のあいだを水が走り抜ける。体を動かすあらゆる力に海が柔らかに応える。そうして矢上が身を反らせて海面に顔を出すと、待っていたように雨が迎え入れてくれる。

そこからは沖に向かって全速力で泳いだ。水を掻き、水を蹴り、矢上は思った。

自分のことをこんなに人に話したのは初めてだった。人が自分のことを話すのをこんなに聞いたのも初めてだった。こんなふうに最後に誰かと遊んだのはいつだったのか、もう思い出せない。嬉しいのか、つらいのか、切ないのか、楽しいのか、さっぱりわからない気持ちが込み上げてきて、ひと掻きごとに目の中を海の水と一緒に熱いものが流れるのを感じた。胸の奥にずっとあった硬い塊が溶けていくような気がした。

息があがるまで泳ぐと、立ち泳ぎに変えて海に降る雨を眺めた。水の面にどこまでも雨粒が踊っていた。

矢上はこの光景をすっかり覚えておきたくて、体を捻って九十度ずつ向きを変えて眺めた。三百六十度、肩の高さで無数の雨粒が跳ねていた。どこかで脇が弾けるような雄叫びをあげた。水面に目を凝らすと、小さく脇と泉原の頭が見えた。波打ち際では秋山が飛び跳ねながら手を振っていた。矢上が応えて手を振り返した次の瞬間、浜に続く階段の下に立っている玄羽の姿が目に飛び込んだ。

玄羽はいつからそうしていたのか、雨の中、ビニールの風呂敷に包んだ大きな荷物を両手に提げてじっとこちらを見ていた。この雨脚では濡れそぼっているだろうと思った。と、玄羽はやにわに荷物を置いて紺色の甚平を脱ぎ始めた。泉原が囃し立てるように指笛を吹き鳴らし、たちどころにトランクス一枚になった玄羽が海へと駆けてくる。泳ぐつもりなのだ。矢上は声をあげて笑った。そして玄羽を引っ張るように沖へ向かった。今はただ楽しい、生きているのが楽しいのだとはっきりとわかった。

ひとしきり泳いで体を起こすと、雨は降り続いていたが前方の雲が割れて、そこから光の帯が何本も射し込んでいた。その乳白色の真珠がかった壮大な光を、矢上はしばらくのあいだ放心したように眺めていた。

いつのまにか随分と沖に出ていた。矢上は反転し、戻ることにした。気づいた脇と泉原が方向を転じ、途中で玄羽も合流し、帰りはゆったりと岸を目指した。

浜に戻ると、秋山が玄羽の持ってきた昼飯を広げて食べていた。

「先に始めさせてもらってます」

秋山は三角形の握り飯をビールジョッキのように掲げてみせた。紙コップには大きな赤い水筒から注がれた味噌汁が湯気をたてていた。

天気雨の明るい砂浜に腰を下ろし、きらきらと光る細かな雨粒を眺めながら玄羽の握った飯を頬張った。心地よく疲れた体。米粒の立った旨い握り飯。熱い汁。誰もなにも喋らなくても、満ち足りていた。

子供のはしゃぐ声が聞こえた。雨脚が強かったあいだは車に待避していたのだろう、先ほどの家族連れが浜に戻ってきていた。

「僕、脇さんが子供好きだなんて、思ってもみませんでした」

泉原が面白い発見をしたように言った。

「そうなのかい？」

玄羽が脇に尋ねる目を向けたが、飯で口をいっぱいにしている脇に代わって泉原が答えた。

「脇さん、子供を肩車した父親を見て、パラレルワールドの十年後の俺って言ってたんです。子供嫌いなわけないですもん」

矢上は泉原もあの時そばで聞いていたのだと気がついた。脇は指にくっついた米粒を丹念に口に運びながら「じゃあ泉原は？」と穏やかに訊いた。「おまえの十年後ってどんな感じよ」

「そこなんですよねぇ」

泉原は思案顔で手の中の握り飯を見つめた。

「それが、全然思い描けないんですよ。こうなりたい、なんてものも思いつかないし。ひょっとして死んでるんじゃないかと思います」

驚いた秋山が飯を喉に詰まらせそうになり、矢上は慌てて背中を叩いて水のペットボトルを渡した。秋山は水を飲んで大きく息をついた後、涙目を拭って泉原を見た。

「おまえさ、墓場でもそうだったけど、時々、恐ろしいこと言うね。なにも死ぬことないじゃないの」

当の泉原はいたって朗らかな顔で箸休めのキュウリのぬか漬けをつまんでいる。

「いえ、死にたいとかそういうんじゃないですよ。ただ昨日かな、ふっと思ったんです。夕方、缶珈琲を買いに散歩に出た時にね、道端の椅子に座っているお爺さんがいて、たぶん夕涼みしてたんだと思うんですけど、誰もいない家庭菜園の方をずっとぼんやり眺めていて。その時、人間てこんなに長く生きるんだって思って、ちょっと途方に暮れるような感じがしたんです」

矢上は老人になるまで職場を転々とする自分をリアルに思い描くことができなかった。それは無限に繰り返される時間のループのように思えた。

「まあなぁ」と、頷きながら脇がタッパーの中の胡麻をまぶした握り飯に手を伸ばした。「考えてみれば俺らみたいなのは人生四十年くらいがちょうどいいのかもな。三十代ならまだ体もなんとかなるし。四十超えたら〈神の手〉の奥山さんでも無理が出るんだもんな」

「そうだな」

矢上もそれくらいの時間の方がさっぱりすると思った。

「おいおい」と、秋山が情けない声をあげた。「俺なんてこの十二月で三十になるんだぜ。人生四十年なら、俺、もうすぐ晩年を迎えるじゃないの」

泉原が励ますように言った。

「いいじゃないですか、晩年。楽しそうですよ」

「だったら玄さんどうなるんだよ。人生二周目か？」

脇が笑って握り飯にかぶりついた。その時、いきなり玄羽の暗い、絞り出すような声がした。

「おまえたちは、可哀想だ」

いったい何を言い出すのかと戸惑って、矢上たちは玄羽の顔を見た。

玄羽は、初めて見るような険しい表情を浮かべていた。そして目を伏せたまま一語一語、湧き上がる怒りを抑えつけるように力を込めていった。

「せっかく生まれてきたのに、おまえたちは、生き延びるためだけに生きているようなもんだ。そんなふうに、人生を切り売りして生きるのが、当たり前であってはいけないんだ」

四人は言葉の内容よりもむしろ語気に気圧されて黙り込んだ。玄羽は射貫くようなまなざしを矢上に向けた。

「おまえと秋山は派遣会社から来ている、いわゆる派遣工だな」

矢上は黙って頷いた。

「だがな、そもそも企業に働き手を送り込む派遣事業は、ピンハネや強制労働の恐れのある制度として、かつては労働基準法や職業安定法なんかで全面的に禁止されていたんだ」

派遣会社が法律で禁止されていた？　にわかには信じがたい思いで、矢上は秋山と目を見合わせた。高校時代にアルバイトをした職場でも派遣社員は普通にいくらも働いていた。むしろ派遣がいなかったバイト先など思い出せないくらいだ。だいたい、かつて違法だったものがどうして百八十度ひっくり返って合法になるのだ。

矢上の胸の内を読み取ったように玄羽が言った。

「一度にすべてが変わったわけじゃない。時間をかけて、なし崩し的に法律が変えられていったんだ。人を使う企業の側に、都合がいいようにな。その結果、派遣が工場で働くようになったのが二〇〇四年。おまえたちが小学生の頃だ」

まさかと思いながら矢上は尋ねた。

「その前は、生方の工場にも俺たちみたいな派遣工はひとりもいなかったってことですか」

「ああ、派遣工は存在しなかったんだ」

稼働中の工場のラインから、制帽に白い一本線の入った派遣工が一斉に蒸発したような衝撃だった。まさにパラレルワールドの話を聞いているような気がした。

「ユシマのような強大な力を持つ企業は、自分たちの都合のいいように法律を変えていくんだ。増産時には大勢の工員を雇い入れ、減産時には吐き出す。〈必要な時に必要なだけ〉ってやつだ。そのために、簡単にクビを切れる非正規の工員、つまり状況に合わせて使い捨てにできる働き手を作り出した」

「ちょっと待ってくれ」

脇が握り飯を摑んだ手を上げて割って入った。

「確かにユシマはデカいけど、民間の企業だぞ。そいつが法律を変えたりできるのか？」

玄羽はそれには答えず、脇に言った。

「おまえと泉原は期間工だったな」

脇は真剣な顔で頷いた。期間工はその名のとおり期間限定で直接ユシマに雇われている非正規社員だ。半年ごとに契約を更新して二年十一ヶ月で契約満了、報奨金や慰労金を貰って退社する点は派遣社員と同じだった。

玄羽は脇と泉原に目をやって奇妙な質問をした。

「おまえたち二人はユシマからこう言われてるんじゃないか？　『契約満了後、半年たてば、もう一度おなじ工場で働くことができるぞ』」

泉原が戸惑い気味に頷き、脇もそうだと認めて続けた。

「ユシマの静岡工場でもそう言われて、実際に俺は半年間よそで働いた後、その同じ工場に雇ってもらったことがある。けど、それがどうかしたのか？」

「どうして半年間、あいだを空ける必要があるんだ？」と、玄羽が聞き返した。

「わかんねぇけど、そういう規則なんだろ？」

「二〇一二年の八月に労働契約法が改正されたんだが、知ってたか」

「俺を含めてその当時のうちの高校の全校生徒が知らなかった、ってのに百万円賭(か)けてもいいぜ」

　脇がいくぶん冷ややかに答えた。脇と同い年の矢上もまったく記憶になかった。一歳下の泉原は今はじめて聞いたと答え、当時浪人生だったという秋山は、両手を上げて降参の意を表した。玄羽はここからが大事なところだとでも言うように、四人の顔をひとわたり見回してから話し始めた。

「その年には非正規雇用者が労働者の三十五％にまで増えていて、世の中でもその不安定な働き方が問題になっていた。だからこの法改正には、有期雇用契約の乱用を規制しようという趣旨があったんだ。平たく言えば、ユシマのような大企業が非正規を便利に使えば使うほど、そのぶん不安定な状況で働く人間が増えてしまうわけだから、これを野放しにするのではなく、一定の規制を設けようと。まあそういう考え方だ。そこで、法改正で期間従業員などの非正規雇用者に対して『五年ルール』が導入された。非正規社員が同じ会社で通算五年を超えて働いた場合、本人が希望すれば会社はその社員を無期雇用に転換しなければならないというルールだ」

　矢上たちは驚いて顔を見合わせた。合計五年を超えて働けば、そこから先は無期限で働くことができるというのだ。そうなれば、会社の都合次第でいつ仕事を失うかわからない不安から解放される。半年ごとの契約更新で切られないように、理不尽な仕打ちに黙って従う必要もなくなるのだ。しかし……。矢上は辻褄の合わない事実に気がついた。

「五年ルールがあるのなら、脇はとっくに無期雇用になっていなければおかしいじゃないですか。同じ工場で二年十一ヶ月の契約を二度満了して、通算五年と十ヶ月働いてるんですから」

「そうだよな」と、玄羽は頷いた。「本来なら脇はもう無期雇用になっていたはずだ。ところが、この五年ルールには抜け道があるんだ」

脇がはっと思いついたように顔を上げた。

「それがさっき言ってた『契約満了後、半年たてば』ってやつか？」

「ああ。五年ルールと同時に作られた『クーリング期間』の制度だ。契約終了後から再雇用までの〈空白期間〉が六ヶ月以上ある場合、それ以前の契約期間はリセットされて通算されない」

「そんな馬鹿な」

矢上は思わず声を荒らげていた。

「脇は工場から半年たてばもう一度雇うと言われたんですよ。それって、初めからユシマは前の契約期間を帳消しにするつもりだったってことですよね。そんなやり方が通るのなら、五年ルールなんてあってもまったく意味がないじゃないですか」

「まさにそのとおりだ。法改正後、ユシマを含む自動車大手は、すべてこのクーリング期間を導入した。それによってリセットを繰り返し、働き手を非正規のまま何度でも使い捨てできるようになったんだ。逆に言えば、働く側は事実上、無期雇用転換の権利を永久に奪われたわけだ」

矢上は啞然とするほかなかった。秋山がどこか陰惨な笑みを浮かべて箸を置いた。

「なんか俺、気分が悪くなってきちゃいました」

「どうしてそうなるんですか」

泉原は混乱した様子でせわしなく瞬きをしていた。

「さっきの話では、その法改正は、企業が非正規を使い倒すのを規制しようって趣旨があったはずですよね。それなのにどうしてですか」

「おまえたちが学校で習ったとおり、法律を審議して制定するのは国会の役割で、法改正も同じだ。だが改正案が国会に提出される以前に所管庁、この場合は厚生労働省だが、そこに招集された分科会等で具体的な内容までほぼ固められていることも少なくない。労働法の改正の場合、その種の会の中枢メンバーには必ず、財界の意向を反映すべく大企業の役員クラスが名を連ねている。そして、そいつらと結びついた政治家が肝心なところで常に財界に有利になるように立ち働く」

「もちろん政治家には見返りがあるわけですね」

矢上は語尾を上げずに玄羽の目を見た。

「ああ、それも大手を振って受け取れる見返りがな。大企業を中心に構成された利益団体は長いあいだ、政党別に政策を評価してそれを発表してきた。そして、その評価をもとに団体に加盟している企業に堂々と献金を呼びかけてきた。おかげで、財界に都合の良い政策をやる党や政治家にどっさりと金が舞い込むようになった。これが批判を浴びて政治資金規正法が改正されたのが一九九四年。ようやっと企業や団体から政治家個人への献金が禁止された。だが、それでどうなったかといえば、政党支部等を利用した迂回献金やパーティー券の購入を通じて相変わらず政治家に金が流れ続けているわけだ」

じっと聞いていた脇が独り言のように呟いた。

「いつだって抜け道があるんだな」

秋山が空になったタッパーに蓋をしながら調子っぱずれの明るい声をあげた。

「結局、法律ができあがった時には、力のある者に有利な形になってるってわけだ。俺たちには貧乏籤しか回ってこないのも道理じゃないの」

玄羽はゆったりと昼食の後片付けを始めた。

「せっかくの海水浴にとんだ水を差しちまったな」

言葉とは裏腹に、その顔には苦笑も後悔も見られなかった。

矢上たちもそれぞれに割り箸や紙コップをまとめて立ち上がった。玄羽はタッパーを重ねてビニールの風呂敷でぎゅっとくくった。それから、その固い結び目を見つめたまま言った。

「二十代というのは、人間が一番大きく変わるときだ。それだけは覚えといてくれ」

天気雨はとうに上がり、いつのまにか強い陽射しが照りつけていた。玄羽は早くも白く乾きかけた砂の表面に裸足の足跡を残して帰っていった。

普段ならこんな話はすぐに頭から追い出すことができただろうと矢上は思った。

秋山の言うように自分たちには貧乏籤しか回ってこない。それは変わりようがない。考えてもどうにもならないことを考える暇があったら、何かして楽しむか、寝た方がマシだ。ずっとそう思ってやってきた。

だが、ここには考える時間がありすぎる。泳いでも、砂浜に横になっても、玄羽の話が頭から離れなかった。

18

〈夏の家〉に戻った時には午後四時を過ぎていた。玄関の前に、店から配達されたらしい肉や魚の入ったクーラーボックスと野菜入りの段ボール箱が置かれており、それを四人がかりで台所に運び込んだ。家の中に玄羽の姿はなかった。

とりあえず今日の食事当番ではない秋山と泉原から先に風呂を使ってもらうことにして、矢上は食材を冷蔵庫にしまい始めた。しばらくして脇が唐突に言った。

「最初の夜、おまえ、秋山さんと酒飲みながら玄さんのこと話してただろ」

矢上はその晩、話の最中に襖の向こうで人の気配がしたのを思い出した。秋山がピーナッツを踏んで大声をあげなければ誰がいたかわかったはずだった。

「あの時、廊下にいたのおまえだったのか」

冷蔵庫を閉めて振り返ると、作業台に腰かけた脇はそんなことはどうでもいいというように難しい顔をして床の一点を見つめていた。夕方の台所に、古びた木の窓枠が十字の影を落としていた。脇は考え考え言った。

「思うんだけどな、玄さんが碌に知りもしない俺たちをここに招待したのは、ひょっとして、さっき浜でしたような話をするためだったんじゃないか」

驚きはしたが、言われてみれば矢上自身、その考えを頭から否定できなかった。

「仮にそうだとして、そんなことをしてなんになるんだ？」

「わかんねぇけど、さっきの玄さんは、これまでと全然違う感じだったし……。俺たちのことあんなに熱心に考えてくれてたなんて、なんかちょっと驚いたっていうか」

勝手口がいきなり開いて玄羽が入ってきた。

「タケさんに枝豆を貰ったよ」

慌てた脇がまるで魚が跳ねるように場違いな瞬発力を発揮して作業台から飛び降りた。

泥のついた枝豆を掲げた玄羽はいつもどおりの温厚な玄さんだった。

矢上は気づまりな沈黙が落ちる前に何か喋らなければと焦り、冷蔵庫に桃が入っていたのを思い出した。プラスチックのレトロなザルに紙を敷いて、綺麗(きれい)な桃が五つ盛ってあったのだ。

あれは朝、冷蔵庫を開けた時にはなかったものだ。

「文庫のねえさんが来たんですか？」

何気なく訊いたつもりが、玄羽の表情がわずかにこわばったような気がした。

「どうして？」

玄羽は身を屈めて枝豆の束を勝手口の三和土に置きながら聞き返した。

「いえ、冷蔵庫に桃があったんで」

寺の庫裏で同じように上等な桃を見たと言いかけて、矢上は口ごもった。脇が文庫のねえさんには墓場ではなく道で会ったと嘘を吐いていたのを思い出したのだ。だが、玄羽はなぜかそれ以上聞き返すことなく、「昼前にねえさんが持ってきてくれたんだ」と答えると、そのまま庭の水やりに出ていき、矢上はほっと胸をなで下ろした。

夕食は脇と手分けをしてトンカツとキャベツの千切り、枝豆入りポテトサラダ、豆腐とワカメの味噌汁、肉が苦手な泉原のためにスズキのフライを作った。妹と暮らしていた頃、夕食の支度はたいてい矢上が担当していたから料理はお手のものだった。建設現場は日の暮れと共に仕事が終わるので、バイトをかけ持ちしていた妹よりも早く帰宅することになり、いきおいそのような役割分担になったのだ。脇は中学高校時代を通して節約のために自分で弁当を作っていたというから、こちらも手慣れたものだった。褒めると図に乗る性格らしく、予定になかったフライ用のタルタルソースまで作ってみせた。

昨晩が焦げ臭い親子丼だったせいもあり、夕飯は大好評だった。玄羽は「こいつは旨い」と繰り返しながらカツを二枚平らげ、飯も汁もおかわりをした。蒸し暑い夜で、首振り扇風機を〈強〉にしても肌を撫でる空気はぬるい湯のようで喉元に汗が滲(にじ)み、玄羽は信用金庫の支店名の入った団扇(うちわ)をしきりとばたつかせていた。その支店も、秋山が田中酒店の主(あるじ)から聞いた話ではとうの昔に店舗統合されてなくなったらしい。

「そうだ、桃を冷やしてあったんだ。最後にあれをやらないとな」

食後の麦茶を飲んでいた玄羽が団扇を手で打って台所の方を指した。泉原が立ってザルに盛られた大玉の桃を居間に運んできた。湿った夜の大気に甘やかな桃の香りがパッと広がった。玄羽は団扇を置いてそのひとつを手に取ると、四人の顔の前に突き出した。

「いい桃はな、洗ったあと柔らかい布でそっと撫でるようにして、こんなふうに産毛を取っておく。そうして皮のまま食べる」

玄羽の手の中の桃は滑らかな薄い皮がつるつるとして、まるで内側から薄日が照っているかのようだった。

「皮と果肉のあいだが一番甘いんだ。やってみろ」

四人はそれぞれに桃をひとつ取った。密やかな佇まいの果実は思ったよりもずっしりと手応えがあった。

工場の食堂では誰も手をつけないしなびた柑橘類にしかお目にかからないし、寮の近くにはコンビニしかないから、果物を口にする機会自体が滅多にないのだが、矢上はこんな高そうな桃をこれまで食べたことがないのだけは確かだと思った。綺麗な肌を傷つけるようで食べるのが畏れ多くさえ思われた。

隣で脇が意を決した様子でかぶりついた。口いっぱいに頬張った脇の鼻の穴が大きく膨らみ、二つの目が十円玉のように丸く見開かれた。その顔が驚愕の旨さを伝えていた。矢上も迷わずがぶりとやった。果汁が溢れ、喉を伝った。蜜のようにこんなに甘く香り高い果実が木に生ることが信じられないような気がした。食べればなくなるとわかっていたが四人とも口を動かすのがやめられず、息をつくのも忘れて貪るように食べ尽くした。

玄羽が満足そうに目を細め、「それじゃあ、お先に」と自室にひきとると、居間は急に静かになった。豚をかたどった蚊遣りから線香の細い煙が立ちのぼり、虫の声と扇風機の羽根の低い唸りだけが聞こえていた。立ち上がる気にならず、かといって話すべき言葉も見つからない。極度に濃密な一日を過ごした後、何を話せばいいのか、レンズがぼやけたように焦点が定まらない。そんな気分だけを四人で共有していた。

ひとつだけ空いた藺草の座布団の傍らに、すり切れた団扇がそのままになっていた。不意に、泉原が驚いた様子でザルに残された紙を手に取った。桃を傷めないように敷いていたものだ。

「あの、これって……」

印刷された文字に矢上も見覚えがあった。夏期休暇に入る前に工場の掲示板に貼られていた通達だ。大見出しに〈柚島社長が『新日本型賃金制度』を提案。ユシマ労組は七月定期大会においてこれを満場一致で可決。実施は本年十二月からと決まった〉とある。

工場の長机に山積みにされた同じ通達を、本工たちがひとりひとり手に取って不安げな顔で読みふけっていたのが印象に残っていた。矢上と脇がすぐに食器を端に寄せてテーブルにスペースを作り、泉原が二つ折りになっていた紙片を広げて皺を伸ばした。

「正社員の人は来年からどうなるのか見当もつかないみたいな話をしてましたけど。でも、五十畑工場長も非正規は関係ないって感じで言ってましたよね」

「なんか、そうでもないらしいね」と、秋山が身を乗り出した。「ほら、ここ。最後のおまけみたいなとこ」

秋山が指さしたのは末尾の〈以上〉の前に小さな米印をつけて記された一文だった。〈※なお、期間工員および派遣工員の報奨金、慰労金については、新制度の人事評価基準に則って査定のうえ支給するものとする〉とあった。

これまで非正規従業員の報奨金は、欠勤または遅刻早退のない月の出勤日数×日額、慰労金は出勤日数×日額と決められており、いずれも契約終了時に支給されることになっていた。これは自己都合で辞める際も会社都合で切られる際も同じだった。契約を更新し続けて二年十一ヶ月満了した場合は、報奨金と慰労金を合わせて二百万円にはなる。一言でいえば、これを頼みの綱にして働いているようなものなのだ。

「これじゃあ、どんなふうに変わるのか全然わからないじゃないですか」

泉原の黒目がちの瞳には不安よりもむしろ強い驚きの色があった。

「これ、正社員の人たちの方は〈ユシマ労組〉ってところが賛成したみたいですけど、僕たちは何も訊かれてませんよね？　なのに勝手にユシマが変えたりできるんですか？」

「どう変わっても、俺たちは合意を取られる」

矢上は言った。それは確信に近い直感だった。

矢上たち非正規社員は、半年ごとの契約更新の前に希望調査票を渡される。派遣社員は派遣会社から、期間社員はユシマから受け取るのだが、内容は同じだった。矢上たちは〈契約更新を望みますか〉の後ろの〈はい〉にレ印をつけて提出する。

「ユシマは新制度が実施される十二月以降、俺たちに最初に渡す希望調査票の文言を変えてくる。たとえばこんな調子だ。〈報奨金、慰労金は来月から下記のように変更になりますが、同意して契約更新を望みますか〉」

〈いいえ〉にレ印をつければ契約更新はない。結果、失業保険で食い繋ぎながら職探しをすることになる。それがいやなら〈はい〉に印を入れるほかない。

「結局、そうやって言うことを聞かされるわけだ」

秋山がもう笑いも出ないという顔で言った。テーブルの上の通達の紙片をじっと睨んでいた脇が口を開いた。抑揚のない、きつく束ねたような口調だった。

「俺たちは何も知らずに、ただ〈規則は規則〉、そう思って黙って従ってきた。身の程をわきまえておとなしくしていれば、それほどひどいことにはならないだろう、多くを望めば大きな失望を味わうだけだってな。だが、玄さんが浜で言ってたとおりだったとしたら、俺たちはユシマにいいように食い物にされてきたんじゃないのか。ユシマは、この先も俺たちを当たり前みたいに自分たちの好きにできると思ってるんじゃないのか。俺たちが何も知らないと思って」

その微かに掠れた声の内側に、初めて明確な輪郭を持つ怒りが立ち上がっていた。

19

あのとき初めて、自分たちにとって〈ユシマ〉は単なる会社の名前ではなくなった。

矢上はしんしんと底冷えのする〈夏の家〉の居間で、体に巻きつけた薄いタオルケットの胸元をかき合わせた。屋根の上で真冬の風がゴォゴォと唸りをあげていた。ナツメ球の暗いオレンジ色の灯りの中に、首振り扇風機と藺草の座布団がある。矢上は寒さと疲労で弛緩した頭でぼんやりと思った。

あの晩、俺たちは、自分たちでも気づかないうちに、この夜に繋がる最初の角を曲がったのかもしれない。あの翌日から、俺たちの〈本物の夏休み〉が始まったのだから。

玄関のすぐ外で物音がした。矢上は弾かれたように身を硬くして気配をうかがった。

腕時計の夜光針は十一時四十分を指している。矢上がフラワーライナーの終電でこの家に着いてからすでに一時間近く経っていた。矢上と同じように脇も秋山も泉原も車を持っていないから、表にいるのは彼らのはずがない。警察がここを突き止めたのであれば、玄関と同時に勝手口の外もすでに固めているはずだ。

矢上はそっと立ち上がり、闇になれた目で台所へ行くと壁に取りつけてあるブレーカーを落とした。その瞬間、玄関が開き、吹き込んだ風に硝子戸と襖が一斉に鳴動した。次いで乱れた足音が聞こえたかと思うと、男の声がした。

「矢上、俺だ。秋山だ」

驚いてブレーカーを元に戻すや、矢上は廊下へ飛び出した。顎マスクの秋山が泉原に肩を貸して玄関灯のスイッチを手探りしていた。

「灯りはだめだ、秋山さん！」

矢上は玄関の扉を閉めて施錠し、秋山と共に泉原を居間に運び込んだ。泉原はアパートの二階から飛び降りたときに左足を痛めたようだった。秋山が台所から水の入ったやかんとコップを持ってくるあいだに、矢上は押し入れから救急箱を出して湿布薬を探した。見つけた外箱は不安を感じさせるほど古そうだったが、ジッパー付きの袋の中身は使えないことはなさそうだ。泉原の左の足首は腫れて熱を持っていた。

「脇さんは？」

尋ねる泉原に矢上は短く首を振って答えた。それから手当てをしながら問い返した。

「二人ともどうやって来たんだ」

「いやもう大変だったよ」

たて続けに水を飲んだ秋山がようやっとひとごこちついた顔で言った。秋山は火事の人混みに紛れてちりぢりに吉祥寺の迷路のような路地に逃げ込んだのち、北上して西武新宿線の武蔵関駅で下り電車に飛び乗り、多摩モノレールに乗り継いで甲州街道駅に出たという。

そこまで聞いて矢上ははっと閃いた。

「そうか、中央道の石川パーキングエリアか」

秋山はにんまりと微笑んだ。

甲州街道駅から徒歩で一時間ほどの場所にある中央自動車道の石川PAは、通称〈ぷらっとパーク〉と呼ばれている都内で唯一、一般道からでも上がれるサービスエリアだ。

「千葉方面に向かうトラックに乗っけてもらおうと思ってね、階段を歩いて上がって習志野ナンバーを探してるところで、バッタリ泉原に出くわしたわけよ。考えることは同じだね。まぁ、俺の巧みな話術がなければ、心を開いてくれる運転手さんは見つからなかったと思うけどね」

秋山たちが乗った習志野ナンバーのトラックは篠崎インターチェンジから京葉道路に入り、二人は京葉市川PAで落としてもらったらしい。そこで南房総方面に向かう袖ケ浦ナンバーの車を捕まえるべく奮闘すること二時間近く、ようやく乗り込んだトラックで京葉道路から館山自動車道を経て一般道へ下り、千倉の近くで下車したらしい。

「そこから海岸沿いに歩いて二時間あまり。いっときは真剣に野宿も考えたね」

秋山がしみじみと述懐した。

「僕がこんなじゃなかったら、もっと早く着いていたんですけど」

泉原が湿布の上からテーピングをした足首を見やりながら申し訳なさそうに言った。

「いいのいいの」

滅多にないことだが、秋山が年長者の余裕を漂わせて言った。それからすぐに真顔になって矢上を見つめた。

「来る途中、石川パーキングエリアでも市川でも脇を捜してみたんだけどね。先に着いていればいいと思ってたんだけど……」

脇が秋山たちと同じように車に同乗させてもらうことを考えていれば、二人より遅くなる可能性は低いと誰もがわかっていた。

ところが突然、外から玄関の鍵(かぎ)を開けようとしている音が聞こえた。

「脇だ！」

秋山が飛び立つように玄関へ向かった。警察かもしれないと矢上が呼び止める間もなかった。扉が開いて突風が吹き込むと同時に、秋山が怯えた悲鳴をあげて廊下に倒れる音がした。

あとを追った矢上は玄関先を見て息を呑んだ。

三和土に異様なもののシルエットが黒々と佇んでいた。首から下は人間の体だが、頭部は角のないミノタウロスのような奇怪な形をしている。腰を抜かして尻餅(しりもち)をついている秋山に向かって、それが身を屈めた。

「靴下で廊下を走ると滑るだろ」

たしなめるような脇の声がして、顔の部分がパカリと庇のように跳ね上がった。脇はそのまま外へ出て、マウンテンバイクを三和土に引き入れた。

20

「なんだか特撮ものの悪役の頭部みたいですね」

泉原が脇のヘルメットを手に取ってしげしげと眺めて言った。顎の部分が大きく前方へ突出したその斬新なデザインの自転車用ヘルメットは、脇が自転車店の主から聞いたところによると落車の際に顎をしっかりと保護する造りになっており、ダウンヒルにお勧めの逸品ということだった。

「自転車を格安のにしたからメットの方が高くて驚いたね」

脇はジップアップの立て襟を下ろすと、見えないように巻いていたお気に入りの黄色いマフラーを外した。

「驚いたら買うのよしなさいよ」

醜態を演じた秋山は少しばかり不機嫌そうに鼻に皺を寄せた。

「マスクして自転車乗るの、地獄だろうが」

「確かにこのメットならマスクなしで完全に顔が隠れるな」

矢上は脇の意図を察してメットを手に取った。自転車で逃走中に剝き出しの顔が路上の防犯カメラに残ることを避けたかったのだ。

脇は吉祥寺から一時間あまり徒歩で逃げたのち、たまたま目に入った自転車店の幟（のぼり）を見て、電車も車も使わずに笛ヶ浜に向かおうと思い立ったらしい。マウンテンバイクを飛ばしに飛ばし、途中休憩を挟んで横須賀の久里浜港まで五時間十五分ほどで辿り着いたという。そこから東京湾フェリーの最終便に乗って金谷港に到着したのが午後八時頃。あとはひたすら笛ヶ浜を目指して南へと漕ぎ続けて先ほどやっと到着したというわけだ。

「普通じゃないね、もう異常だね」と、秋山が大袈裟に頭を振った。

「まあ、意外性の男と呼んでくれ」

「来たよ、得意の〈意外性〉」

秋山の軽口に脇が胸を張り、冬の真夜中の居間に初めて笑いがこぼれた。四人揃ったという安堵と喜びが、室内に見えない火を点したかのようだった。

「泉原、横になって足を心臓より高くしておこう。腫れと内出血を抑えられるから」

矢上は泉原に手を貸して横にならせた。

「じゃあ、とりあえず足の下に座布団でも敷いて」

取りに立った秋山が、部屋の隅に重ねた藺草の座布団の前で動かなくなった。一番上の座布団に古ぼけた団扇が載っていた。縁のすり切れた地紙にその昔この町にあったという信用金庫の支店名が印刷されたそれは、いやでも玄羽の顔を思い出させた。

秋山は目を背けた。脇も、泉原も、矢上も視界からそれを締め出した。だが一度思い出すと、どこを見ても玄羽の姿がちらついた。腹の底が煮え立つような憤りと、身を切るようなやりきれなさが込み上げて息がつまる。

そんな気持ちを振り切るように脇の声がした。

「昼間の電話のことだけどな、矢上。本当にまったく聞き覚えのない声だったのか？」

矢上の耳に見知らぬ男の声が鮮明に蘇った。

「間違いない。一度も聞いたことのない声だった」

あの一本の電話がなければ、すべては違っていただろうと思った。

「電話って何のことです？」

泉原が身を起こして矢上に訊いた。

「ああ、泉原は朝日荘にいたから知らないんだったな」

矢上が経緯を話そうとするのを秋山が素早く遮って言った。

「あのさ泉原、今日、っていうかもう昨日か。おまえ、新しいソフトちょっといじりたいからって先にひとりでアパート行ったじゃない。こんなことって初めてだよね？」

秋山の見透かしたような顔を見て、泉原は白状した。

「パソコンは僕の担当だし、余計な心配かけたくなくて……」

四人で金を出し合って中古で安く買ったノートパソコンは、しばらく前から動きがかなり遅くなっていたという。泉原はウィルスにやられたのではないかと考えて、先に行ってセキュリティソフトウエアを入れ替えるつもりだったらしい。

「でもたぶん一般のウィルスじゃなくて……」

ハッキング。それも自分たちのパソコンを狙った盗聴だ。今となっては口に出さなくとも相手はわかっていた。

「つまり電話の男は」と、脇が言った。「俺たちが警察に監視されてるのを知っていた。だから、あんな方法で連絡してきたわけだ」

それは十二時間ほど前の出来事だった。

21

矢上と脇、秋山の三人がドアベルを鳴らしてホットドッグ店に入ると、カウンターの中の椅子に座ってスポーツ紙を読んでいたマスターがのっそりと立ち上がった。庇テントと同じ紅白のストライプのエプロンをした小太りのマスターは、悪気はないのだろうがあまり愛想がない。その性格は店の隅に置かれたクリスマスツリーのいかにもおざなりな飾り付けにも表れており、おかげで自慢の手作りソーセージの味のわりに店は今ひとつ人気がなかった。

いつものように矢上と秋山がクラシックドッグを注文し、泉原のフィッシュドッグも追加、脇が結局のところ同じものを頼むにもかかわらずおもむろにメニューを手に取った時だった。カウンターの中の壁掛け電話が鳴った。

新型コロナウイルスで飲食店が槍玉（やりだま）に挙げられていた頃はデリバリーでしのいだと聞いたことがあったから、今も注文を受けているのかもしれないと矢上は思った。四人と同じようにマスターも不織布のマスクをしていたが、必要以上に落ち着き払った目の表情から、電話が鳴り止むのを待っているのが感じられた。手をとめるのが面倒なのだ。

「じゃあ、クラシックドッグ。ピクルス抜きで」

脇が不変の注文をした瞬間、マスターの中で何かが切れたらしく、いきなり作業を中断して忌々しげに受話器を摑み取った。矢上たちはその様子がおかしくて、笑いを堪えて俯いていた。

威嚇するような口調で店名を告げたマスターは、数秒して戸惑い気味に「はい」と頷いた。それから垂れ下がったカールコードを伸ばして受話器を矢上に差し出した。

「あんたに代わってくれって」

矢上は狐にきつねつままれたような気分だった。

「誰？」

「さあ」と、マスターは首をかしげた。

矢上は受話器を受け取って耳に当てた。電話の主は黙っていた。矢上は「もしもし」と呼びかけた。脇と秋山が無理な姿勢で受話器に耳を押しつけてきた。

聞こえてきたのは若い男の声だった。

「君たち四人が朝日荘二〇二号室に揃うのを待って、警察が踏み込む」

その落ち着いた静かな声は矢上たちよりも少し年上のような印象を与えた。

「アパートに行けば、君たちは逮捕される。逃げろ」

電話はプツリと切れた。脇と秋山は驚きと困惑の入り交じったような表情で顔を見合わせていた。矢上はマスターに受話器を返して尋ねた。

「向こうは俺の名前、言いましたか？」

「いいや。あたしだってあんたの名前まで知らないもの。言われたってわからないよ」

「でもマスターが『はい』って答えたのは、何か訊かれたからですよね？　電話の男は何を訊いたんですか？」

「『いつも領収書を頼む人たち、来てますか？』って訊かれたよ。『はい』って答えたら、『悪いけど電話、代わって下さい』って」

アパートに集まる時はいつも同じ電車で来て、この時刻にここで昼食をテイクアウトする。その際、言われたとおり領収書は必ず取るようにしていた。

「電話の男、領収書の宛名を知ってるね」

秋山が囁いた。矢上もそう思った。

警察に逮捕される。そういうことがいつ起こっても不思議ではないと頭ではわかっていた。だが、見知らぬ人間からの突然の警告をすぐさま信じて行動することはできなかった。第一、朝日荘では泉原が自分たち三人を待っているのだ。

とにかくアパートの近くまで行って、それらしい人間が張り込んでいるかどうか確かめることにして、三人はテイクアウトの紙袋を手に店を出た。

22

「でもどうしてアパートに着く前に、電話の警告が事実だとわかったんですか?」

泉原が尋ねた。答えたのは秋山だった。

「最初に気づいたのは俺なんだけどね、タイ料理店の小火(ぼや)で人の流れが渋滞して、俺が立ち止まったところに後ろからぶつかってきた奴がいたわけ。つんのめった俺は当然のことながら、押すんじゃねぇよって顔で背後を振り返った。そこには馬鹿面をさげた歩きスマホ野郎がいたわけだが、そいつの肩越しに、じっと俺を見ている男と目が合った。誰もかれもが小火の方を首を伸ばして見てる時に、その男は、猫が鳥に飛びかかる瞬間みたいに全神経を集中させて俺を見てたんだ。一言で言って、俺はゾッとした」

秋山は悪寒が走ったように首をすくめた。

「男の近くに似たような目つきの若いのもいてね、電話のことが頭にあったから、あいつらは刑事だと直感した。ちょうど野次馬の数がどんどん増えてるところだったんで、逃げるなら今しかないと思ったわけよ。で、俺は矢上と脇に『尾けられてる、逃げるぞ』とだけ言って、すぐさま人混みに紛れて路地に入り込んだと」

「正確に言うと、『逃げるぞ』の部分は言葉ではなく行動だったな」

脇が訂正して秋山の逃げ足の速さを強調した。

矢上は路地に逃れてすぐに通りを振り返った瞬間を生々しく思い出した。まるで巨大な群像画を見ているようだった。大勢の老若男女が押し合いへし合い頭上にスマホを掲げてひとつの方向を見ている中に、無線を聞き取ろうと手で片耳を押さえ、見失った標的を視界に取り戻すべく切羽詰まった形相で辺りを見回している男たちがいた。それも群衆のあちこちにだ。電話の警告は本物だと矢上が確信したのはあの瞬間だった。それですぐさまスマホで泉原にメッセージを送ったのだ。

「矢上さんからメッセージが来たのとほとんど同時に、大勢の人間が階段を駆け上がってくる足音が聞こえたんです」

泉原は思い返すだけで心拍数が上がるらしく、コップに汲んだ水を飲んでから続けた。

「あらかじめ鍵を準備していたんだと思います。僕が靴と上着を掴んで窓枠に足をかけた時、扉が開いて刑事がなだれ込んで来たんです」

文字どおり間一髪だったのだと知って、矢上も脇も秋山も思わず大きく息をついた。そしてなおさらのこと、電話の男のことを考えずにはいられなかった。

「矢上さ、なんか電話の向こうの音とか聞こえなかった？　職場がわかる業務連絡のアナウンスとか」

「そんな都合のいいものが聞こえていたら、間違いなく覚えてるでしょうね」

秋山の問いに矢上は皮肉な口調にならざるをえなかった。だが、〈電話の向こうの音〉と言われて思い出したことがあった。受話器を受け取って矢上が呼びかけるまで、ほんのわずかなあいだだが男は黙っていた。その時に、遠くの方で微かに聞こえた音があった。

「たぶん自販機……ゴトッて飲み物が取り出し口に落ちる音がしました。少し離れた場所だと思うんですが」

「自販機じゃなぁ。それこそ全国津々浦々どこにでもあるもんな」と、秋山はあからさまに失望の色を表した。矢上自身、それが手がかりになるとは思っていなかった。

「まっ、そいつのおかげで俺らが逃げられたってことだけは確かで……」

そこまで言うと脇は何か不可解な謎に突き当たったように三人を見回した。

「なあ、俺たちは今日、決行するはずだったんだよな。なのに昨日、逮捕されそうになった」

「何が言いたいわけ？」と、秋山が困惑顔で脇に尋ねた。

「俺たちはまだ何もやっちゃいなかったんだ。それなのに、たった四人にあの大人数の刑事はなんなんだ。そもそも警察は俺たちをどんな容疑で逮捕するつもりだったんだ？」

その時、今まで思いつかなかった可能性が矢上の頭をよぎった。

「泉原、ひょっとしておまえ、刑事たちが鍵を開けて部屋になだれ込んで来たときに、俺たちの容疑を聞いたんじゃないのか」

泉原はそう訊かれるのを予期していたように落ち着いた声で答えた。

「ええ。聞きました」

「なんて言ってたんだ？」

脇が身を乗り出して尋ねた。

泉原は湖面のようなしんと張りつめた表情をしていた。

「共謀罪です」

現実に〈共謀罪〉が使われたことに矢上は驚きはしたが、頭のどこかにやはりという思いもあった。共謀罪とは、『組織的な犯罪の処罰及び犯罪収益の規制等に関する法律』、いわゆる組織犯罪処罰法が二〇一七年に改正された際に、第六条の二に新たに規定された犯罪だ。政府は〈テロ等準備罪〉と呼称しているが、過去に三度、廃案となった共謀罪と本質が同一であるため、現在も一般に共謀罪と呼ばれている。この共謀罪を適用すれば、事を起こしていない段階で容疑者を逮捕できる。二人以上の人間が計画を話し合い、その実行のために何らかの準備を行ったと捜査当局がみなせば、未遂であろうと、計画が中止になろうと処罰が可能なのだ。

泉原は静かに続けた。

「國木田（くにきだ）さんが言ってましたよね。僕たちが本気なら、ユシマも警察も必ず本気で潰しにくるって」

「ああ」と、矢上は答えた。

自分たちは國木田から多くを学んだ。共謀罪の危険性を教えてくれたのも彼だった。それは当初から、國木田莞慈。

「つまり今回のことは、僕たちの本気が向こうに伝わったということです。それは当初から、行動を起こすうえで必要だと考えてきたことです」

泉原の言葉に脇がニヤリと笑うと「まあ、飲め」と、まるで祝い酒であるかのようにやかんの水を泉原のコップに注いで、自分のコップをカチンと音を立てて合わせた。

いつのまにかタオルケットにちゃっかりとくるまった秋山が、不意に懐かしそうに言った。

「なあ、夏休みに文庫のねえさんちから戻る途中、ストア小山田で公衆電話かけたの覚えてる?」

矢上は苦笑して頷いた。

「あれ忘れるのは無理ですよ」

ことの始まりは、あるとき朱鷺子が辛辣な口ぶりでこう言ったことだった。

「おまえたちみたいなのは、親が死んでも知らずにのほほん顔でいるんだろうねぇ」

親はいずれも平均寿命までかなり間があったが、事故や急病ということもあり得るし、万一の時には連絡がつくように、四人ともスマホの留守電を他の電話機から聞けるように遠隔操作の設定をしてきていた。何日かに一度、電話会社ごとに決められている番号に公衆電話等から電話して、メッセージをチェックすれば大丈夫というわけだ。

「へぇ、その頭は飾り物かと思っていたが、たまには使うこともあるんだね」

朱鷺子は珍しく感心したような顔をした。それを見て、脇が常のごとく図に乗った。自分は今回スマホを置いてくるにあたって、留守電の応答メッセージも旅を意識した特別バージョンにしてあるのだと得意満面に語ったのだ。朱鷺子は「ああ、そうかい」とまったく関心を示さなかったが、矢上たち三人は脇の〈旅を意識した特別バージョン〉とやらに大いに興味を引かれた。そして帰り道、三人はストア小山田の公衆電話からわざわざ脇のスマホに電話をかけ、応答メッセージに耳を澄ましたのだ。

期待に違(たが)わず、受話器から映画の予告編のナレーションを彷彿させる大仰な語りが聞こえてきた。

「はい、脇です。脇は夏の休暇のあいだ、見知らぬ場所へ旅に出ることになりました。電話は繋がりません。では発信音の前に、今の俺の心境を表す名言をひとつ。〈私は自分がどこに行くのかわからない。だが、私は今、向かっている。カール・セーガン〉」

直後に発信音が鳴り、矢上と秋山と泉原は店先で笑い崩れた。

「どこに行くのかって、そりゃ笛ヶ浜だろ、笛ヶ浜」

秋山が言うのに、矢上と泉原は腹を抱えて地面に座り込み、脇は詩的な心情を解しない奴らだと三人をこき下ろしたのだった。

タオルケットから頭だけ出した秋山が、長時間に及ぶ自転車走行でさすがに疲労の色が濃い脇に目をやった。

「おまえがネットの名言集で見つけたっていうあの言葉な、この頃なんでか時々、思い出すんだよな」

「秋山さんにも、ようやっと良さがわかってきたようだな」

脇が穏やかに言った。

あの日、ストア小山田の前にいた自分たち四人が、今の矢上には幼く感じられる。しかし、まだ蟬の声が猛々しく大気を満たしていた八月、すでに自分たちの中で何かが急速に変わり始めていたのだ。

——私は自分がどこに行くのかわからない。だが、私は今、向かっている。

「ここまで来たら、もう最後の手段しかないな」

矢上は三人を見つめて言った。

どのみち逃げ切れるわけはないのだ。そうであれば、やるべきことはひとつだ。ユシマが長らく忘れていたことを思い出させてやるのだ。

「ユシマに、俺たちが人間だということを思い知らせる」

脇、秋山、泉原は、矢上の言葉に腹を決めたように澄んだ微笑を返した。

第三章　追う者たち

23

南多摩署組織犯罪対策課・薮下哲夫は、愛車の古いプジョーを駆って相方の小坂剛と共に生方第三工場に向かっていた。被疑者四名、すなわち矢上達也、脇隼人、秋山宏典、泉原順平の勤務先だ。先ほど問い合わせたところ、今日は全従業員、休日出勤で工場は稼働しているという。とはいえ、逃走中の被疑者が現在、勤務中であるはずがないので、工場へ出向いても彼らを見つけることはできない。つまり、薮下は被疑者の捜索を放棄し、勝手に捜査を始めているのだ。

そんな自由が許されるのは、薮下が署内における昇任試験不合格記録を着々と更新中の、誰からもほぼ相手にされていない捜査員であり、かつ数年で閑職に異動すべき年齢であるためなのだが、相方の若い小坂はなぜか愛想を尽かすこともなく、薮下に張りついて離れようとしない。

今日も薮下が一人で所轄を出ようとしているのを見透かしたように、駐車場の隅に停めた薮下の車のバンパーに腰かけて待っていた。そこに座るな、と何度言っても「あ、失礼」というだけで次はまた座っている。初めのうち薮下は、猫が決まった場所にこだわって座るように、こいつもバンパーに座らないと心が落ち着かないのではないかと半ば本気で疑った。しかし最近は、隙あらば小坂を置いて一人で動こうとする薮下に対する控えめな抗議であるらしいと理解するようになった。

「生方ってところは、陰気というか自然に気が滅入る感じがありますよね」

助手席から窓外を眺めていた小坂がそう言ってため息をついた。

実のところ南多摩署の組対が生方方面に足を向けることはまずない。薮下たちの縄張りは遊興施設や風俗店の多い新珠町と相場が決まっているからだ。派手なネオンの瞬く新珠町には川崎や横浜あたりからてんでに出張ってきた店が多く、いざこざも絶えない。

一方、生方はというと、のっぺりとした大地にユシマの広大な自動車組立工場や部品工場、その下請け、孫請けの工場群が延々と広がり、その隙間にコンクリートでできた雑草のように四角い寮が頭を突き出している。製造業の工場は地価の安い辺鄙な郊外に多いが、二交代制で昼も夜も工場を稼働させたいとなると、公共交通機関を使っての通勤は困難だから寮がつきものとなるのだ。まるでそれが当たり前とでもいうように、工場群にも寮にも緑らしい緑はない。おかげで今日のような曇天の日は見晴るかす先までどんよりとした灰色に沈んで、小坂の言うようにいやが上にも陰気な風景になる。

工場群の外側には正社員たちの住む小作りな建売住宅が整然と並んでいる。どれもこれも似たような構えで、給料日に一杯引っかけて帰ると間違って他人の家に上がり込みそうだが、この辺にそんな不埒な者はいない。というのも、生方には酒を出す店が数えるほどしかないからだ。自動車の町だけあって、ユシマが飲酒運転事故撲滅の旗を掲げているおかげである。

ではユシマの意向がなぜそれほど強烈に生方全体に反映されるのかといえば、住民のほとんどが何らかのかたちでユシマ関連で働いており、生方は実質、ユシマの町だからだ。自動車工場はいうに及ばず、ユシマの病院、ユシマの学校、ユシマの結婚式場、ユシマのショッピングセンター、ユシマの生協、ユシマのファミリーレストラン、なんとユシマの葬儀場まである。まさに揺り籠から墓場までユシマが担っており、親子三代にわたってユシマ関連に勤めている家も珍しくない。

そういうわけで自動車による事故は少ないのだが、一方で、生方は死人が異様に多い。なかでも被雇用者の自殺者数が群を抜いて多いのだ。生方という町を擁するおかげで、南多摩署管内の自殺者数は常に全国でもトップクラスに位置している。働き盛りの病死も少なくない。無論、自殺も病死も事件ではないから所轄が捜査に忙殺されるなどということは起こらない。しかし、病院以外で発見された死体はとりあえず警察官が出向いて確認しなければならず、南多摩署全課合同の忘年会では、確認に行かされる若い捜査員たちのぼやきが恒例となっている。

「去年の忘年会でも刑事課の新人が早く異動したい、メンタルやられるってブツブツ独りで言ってたじゃないですか。事件なら被害者の無念を晴らすなり、ホシを挙げるなり、やりがいもあるってもんですけど。あれはキツいなあって思いますよ。それにしても生方の何が異常って、この状態がずっと続いてることですよね」

小坂の特異な点のひとつに、相手が相槌を打たなくてもまったく不安を感じることなく、ひとりで喋り続けられるというのがある。薮下はその間、自分の考えに没頭できるため、そこは気に入って放置している。

「あ、そうだ、薮下さん」

小坂が珍しく、わざとらしく手を叩いて薮下の注意を引いた。

「さっき駐車場で刑事課の殿山主任となにか話してましたよね？　あれ、何の話してたんです？」

「ちょっとした頼み事だ」

「ちょっとしたって、どんな？」

面倒なのでカーラジオをつけた。

「薮下さんてけっこう署内で顔広いですよね。昇任試験に落ち続けてる御利益ですかね。偉くならないってわかってる人の方が気安く話せるっていうか、親しみやすいですもんね」

事実ではあるが、相槌を打つ気にならなかったので薮下はラジオのボリュームを上げた。

生方第三工場の門は、ラインが稼働中に人が出入りすることを想定していないかのように、しっかりと閉ざされていた。薮下が門前に車を停めると、プレハブの守衛室からアメリカ映画の看守を思わせる筋骨逞しい守衛が出てきた。守衛は門の近くに来ると、こちらに声をかけるでもなく、両手を腰に当てたまま威圧的な態度で車内を睨んでいる。小坂が車を降り、警察手帳を見せて来意を告げたが、それでも守衛は偽警官ではないかと疑うような胡散臭そうな顔で薮下を一瞥した後、再度小坂に促されて渋々、門を開けた。

警備関係に従事する者に警察手帳を見せれば、たいていは上司を迎えるかのごとく丁重な態度に豹変する。薮下は経験知に反する守衛の応対に違和感を覚えた。

「なんか露骨に感じ悪いですね」

助手席に戻った小坂は不愉快というより、むしろ訝しんでいた。

「産業スパイかなにかを警戒してるんでしょうか」

「さあな」

薮下は車を発進させると、閑散とした車回しを通って工場棟の玄関に向かった。工場を訪問するにあたって、薮下は昨夜のうちにユシマのホームページ等でいくらか予習をしてきていた。このやたらに広い車回しは、早朝と午後遅くの二回、寮から工員を満載してくる何台もの大型送迎バスのためのものだ。プジョーを停めて車内時計を見る。時刻は午前十時十分。今は午前六時三十分始業の一直がラインに入っているはずだ。

守衛から連絡が行っていたらしく、作業服を着た白髪交じりの男が玄関前で薮下たちを出迎えた。腰の低い男で、渡された名刺には五十畑弘とあった。肩書きは生方第三工場の工場長で製造課副課長となっている。

「今日はあいにく課長が本社の方に行っておりまして」

副課長の自分が応対に出たのがとんでもない非礼ででもあるかのように、五十畑は課長の不在をくどいほど詫びた。小坂が「いえいえ」などと馬鹿丁寧に相手をしているあいだ、薮下はスマホを出して壁の案内図を写真に撮った。

この玄関は来客用のもので、工員の出入り口は別に設けられていた。広い敷地の一方に工員たちの働く製造ライン、もう一方に設計・設備等の事務部門があり、双方を繋いでいるのが食堂と自販機の並んだ休憩室。その休憩室の横に社員駐車場への通用口がある。

守衛にはここの工員のことで少し話が聞きたいとだけ伝えてあったので、薮下はてっきり五十畑が開口一番、工員の誰が何をしたのかを尋ねるだろうと思っていたが、一向にそんな気配はなく、ひとしきり謝った後は上目遣いに「ラインをご覧になりますか」と訊いた。

来客用のエレベーターで二階に上がり、医務室のあるフロアを少し行くと、劇場のキャットウォークのような吊り廊下に出た。すると不意に左手の視界が開け、そこから工員たちが働くライン全体が見下ろせるようになっていた。

作業着姿の大勢の工員たちが、次々と流れてくる組み立て途中の自動車にパーツを取りつけていた。まったく同じ動作を、同じ速さで、まるで機械のように延々と繰り返している。これでは文字どおり鼻の頭ひとつ掻く余裕もない。話には聞いていたが、凄まじい労働密度だ。よほど驚いたのだろう、小坂は啞然と口を開けたまま吊り廊下の手摺りから身を乗り出すようにしてラインに見入っている。

五十畑がいくらか誇らしげな口調で言った。

「以前はよく海外からお客様が見学におみえになったものでした。帽子に線の入っていないのが我が社の本工で、高校の頃から実習を体験している者がほとんどです。緑の一本線は期間工、白の一本線が派遣工です」

本工のひとりがほんの一瞬、頭を上げて吊り廊下の薮下たちの方を見た。途端に流れが滞り、ベテランらしい工員がそちらへ駆けつけた。五十畑が無意識に舌打ちするのを薮下ははっきりと聞いた。

「どうぞあちらへ」

薮下たちは吊り廊下の先にある中二階の会議室のような一室に通された。背面の壁と床以外はクリアな材質でできており、ここからもラインが見下ろせる。工場の天井に張りついた透明な虫かごのような趣だ。かつては遠来の客がここでもてなされながらラインを眺めたのだろう。室内の暖かさを感じて初めて薮下は製造ラインの領域には暖房が入っていないのだと気づいた。テーブルに起動したノートパソコンがあり、五十畑はなにか作業をしていたらしかった。

勧められた椅子に腰を下ろしながら、それにしても、と薮下は思った。工員たちは、自分たちが警察の人間だと気づいているのか、チラチラとこちらに神経質な視線を向けてくる。そのせいで、ラインのあちこちにわずかな遅れが出始めていた。

五十畑はオフィス用のコーヒーマシンで手早く二人分の珈琲(コーヒー)を作ると、こちらがなにも言わないうちから四人の履歴書を出してきた。こうなると、もう自分たちの前に署の誰かがここを訪れたと考えるほかなかった。薮下がその点を尋ねると、意外なことに五十畑は否定した。

「こちらにおいでになったのは、お二人が初めてですが」

「ではどうしてこの四人の件だと？」

「あの、昨晩、刑事さんが大勢、寮の方にいらして、彼らの持ち物を持っていかれたので、その件だと……」

そいつは所轄じゃなく本庁の奴らだな、と薮下はピンときた。昨晩の寮へのガサ入れは工場の工員全員に知れ渡っているだろう。そんなことが起きれば神経質になるのも無理はない。

「もちろん私らもその件で来たんですけどね」

藪下は話を合わせたうえで、さりげなく尋ねた。

「寮の方に行った連中は四人の私物を押収するにあたって、容疑についてなんて言ってましたか?」

隣で小坂が珈琲にむせるのがわかった。五十畑は容疑について訊くことが犯罪的な行為であるかのように、急いで首を横に振った。

「いいえ、なにも聞いておりませんが。四人とも非正規の者ですし」

非正規だろうと正規だろうとそれくらい訊けよ、と藪下は腹の中で叱った。とにかく本庁が令状も見せずにガサ入れをしたことだけはわかった。

その時、藪下のスマホの着信音が鳴った。刑事課の殿山からのメールだった。藪下は「ちょっと失礼」と断って席を立ち、小坂が覗けないように移動してゆっくりとメールを読んだ。人が地道に開拓してきた署内の人脈を、「昇任試験に落ち続けてる御利益」などとぬかす奴に見せてやるいわれはない。一読後、藪下は席に戻って五十畑に声をかけた。

「お手数ですが、八月の出勤記録を拝見できますか」

「八月ですか?」

五十畑は戸惑ったように目を瞬くと、それでもテーブルのノートパソコンを操作し始めた。小坂がどういう意図かと尋ねる目を向けてくるのを藪下は完全に無視した。

「八月は夏期休暇がございますので、出勤日は他の月に比べて少なくなっておりますが」

そう言って五十畑はパソコンのディスプレイを藪下の方に向けた。藪下が、確認したい日の四人の出欠に目を通した時だった。突如、ラインの一部で度肝を抜くようなけたたましいサイレンが鳴り響いた。

　あまりの大音量に薮下の鼓動は跳ね上がり、小坂がぎょっとして立ち上がったはずみに椅子がひっくり返った。下を見ると、タクトに追いつけずにラインが停止している箇所があった。サイレンはその真上に設置されたスピーカーから、犯人はここだと知らせるように鳴り響いている。工員は動転して必死に動き回っているが手遅れなのは明らかだ。そこを起点にまるで伝染でもしたかのように工場内のあちこちでラインが停まり、サイレンが鳴り始めた。小坂も薮下も耐えられず両手で耳を覆った。

　五十畑が壁のホルダーから緊急時用のものらしい赤いメガホンを摑み取ると、吊り廊下に飛び出した。眼下ではリーダーらしき本工が走り回っており、しばらくしてようやくすべてのサイレンが鳴り止んだ。五十畑が腕時計に目をやり、つられて薮下も時刻を確かめた。十時三十五分だった。一直は十時四十分から四十五分間の昼食時間になっているはずだ。

　五十畑がメガホンを口許にやった。

「五分早いが飯にしろ。終わったらタクトを上げるからな、覚悟しとけよ」

　まるで別人のような怒声だった。ラインを止めることは万死に値するとでも言わんばかりだ。

　薮下は嫌悪を悟られぬよう、素朴な笑顔を作って五十畑のメガホンを指さした。

「それ、ちょっと貸してもらえますか」

「え？　ああ、どうぞ」

　薮下はメガホンを受け取って工員たちに言った。

「南多摩署の者です。すみませんが皆さん、前の方に詰めてもらえますか？」

間隔を空けてラインに入っていた工員たちがぞろぞろと動き出し、薮下は何度か声をかけながら彼らを吊り廊下の近くに集めた。

こちらを見上げる大勢の顔を見て、薮下はそのとき初めて気がついた。工員たちは警察が来たことで神経質になっているのではない。本工も派遣も期間工も、どの顔にも一様に怯えが浮かんでいる。彼らは何かを恐れているのだ。

薮下はできるだけ温和な口調で話しかけた。

「皆さんにちょっとお聞きしたいのですが。今年八月二十六日の夜、こちらの工場で班長をされていた玄羽昭一さんが、勤務中に亡くなっていますが、生前に玄羽さんが、矢上達也さん、脇隼人さん、秋山宏典さん、泉原順平さんの四名と親しくされていたかどうか。どなたかご存じの方はおられませんか」

薮下は刑事課の殿山に、四人が第三工場で働き始めてから誰か亡くなっていないか、調べて連絡をくれるように頼んできていた。死人の多いことで有名な生方だから、四人の近くで死者が出た可能性を考えたのだ。

目の端に、五十畑がふらついたように手摺りを摑むのが見えた。工員たちはひとりも口を開かず、もうこちらを見上げることもやめて伏し目がちに立ちすくんでいる。だが、ひとりの工員がスッと群れの中に隠れるように動いたのを薮下は見逃さなかった。帽子の線は緑の一本線。期間工だ。その帽子だけが人のあいだを見え隠れしながら製造ラインの出口の方に移動している。

薮下はメガホンを小坂に押しつけ、吊り廊下を駆け出した。

「ええと、では皆さん、お昼をどうぞ」

間の抜けた小坂の声に続いて、追いかけてくる若々しい靴音がした。玄関で撮った案内図を思い起こしながら薮下は階段を駆け下り、廊下を走り抜けてロッカー室の扉を開けた。

さきほどの期間工があっと息を呑んでこちらを振り返った。慌てて背後に隠したのは間違いなくロッカーから取り出したスマホだ。

見たところ二十代前半、整った顔立ちだがどちらかというと気の弱そうな印象の青年だった。あとずさりするにも後ろがなく、ロッカーの扉に背中を押しつけ、恐れと驚きに目を見開いている。

腹立たしいことに薮下は息があがっていてすぐに喋れず、小坂が尋ねた。

「きみ、名前は」

青年はまるで犯行現場を押さえられた罪人のように唇を震わせた。

「……来栖です、来栖洋介(ようすけ)」

薮下は呼吸が整うまでの時間稼ぎと無言の圧力の効果、その両方を狙ってことさらにゆっくりと室内を見て回ったのち、おもむろに長椅子に腰を下ろした。

「何か私たちに話したいことはないかな？」

来栖は内心の葛藤(かっとう)を物語るように落ち着きなく視線をさまよわせた。即座に否定しない場合、黙って待つのが得策だと薮下は経験から学んでいた。やがて来栖が意を決した様子で切り出した。

「僕が話したって言わないでくれますか」

話の内容による、と正直に答えるとたいていの相手は貝のように口を閉ざすので、いつものように深く頷いて見せた。

「これは、あの、みんな知ってることなんですけど……」

「うん」と、励ますように話を促す。

「矢上さんたちは、班長……玄羽さんはユシマに殺されたんだって言ってたんです」

「殺された？」と、小坂が聞き返した。

藪下は小坂を蹴り飛ばしたい衝動を堪えた。おまえの一言で、こいつは大それたことを警察に告げ口してしまったと震え上がったんだぞ。

来栖はすっかり青ざめて固く唇を結んでいる。

藪下は可能なかぎりやさしく訊いた。

「四人は玄羽さんと親しかったのかな？」

「……僕、よく知らないんです。あの、もう行っていいですか？」

来栖はもう逃げ出したい一心になっている。これ以上なにを尋ねても無駄だと判断して藪下は話を切り上げた。

「行っていいよ」

来栖はスマホを握りしめたまま、小走りにロッカールームを出ていった。

「彼、誰に連絡するつもりだったんでしょうね」

「俺に答えを求めてるのか」

「わかるわけないですよね」

なぜそこで笑顔になるのか、薮下には小坂が根本的に理解できなかった。

「まあ、仮に矢上たちの誰かだったとしてもだ。全員がスマホを捨てて逃走しているわけだから、繋がるわけはないんだがな」

「ひょっとして、寮にガサ入れした時から、ずっとかけたりしてるんですかね」

小坂が隣に腰を下ろしたので、薮下は立ち上がった。

「薮下さん、それにしてもここの工員たち、なんだか妙ですよね」

それくらいは小坂も感じるらしかった。

彼らは何に怯えているのか。これだけ広く深く浸透した恐れは、ちょっと突っついたくらいでは表に出てこないだろう。

「薮下さん、それ、ゴミ箱ですよ」

「知ってるよ」

薮下はゴミ箱から薄めのスポーツ新聞のようなものを拾い上げた。これでもかというくらい固く丸めて捨ててある。広げて皺を伸ばすと、大きく印刷された〈We Yushima〉という文字の上に〈われらユシマ〉とルビが振られており、十二月号とある。

「ユシマ労組の機関紙みたいですね」

いつのまにか小坂が薮下の肩越しに覗き込んでいた。見出しを追うと、〈いよいよ新日本型賃金制度始動！〉〈新制度に従業員のやりがいの声・喜びの声続々〉とあり、社員たちのコメントがずらりと並んでいる。

〈本社製品企画室　池内隆さん（四十二歳）新しい人事評価基準の導入で職場全体に活気が

生まれ、社員同士の絆も深まりました〉。〈生方第二工場検査部　田辺雄一さん（三十五歳）毎日が新鮮で、頑張ろうという気持ちが湧いてきます〉。〈国内物流部　重松泰雄さん（五十歳）今まで以上に学ぼう、向上しようという熱意が職場に漲っています〉

見出しどおりのやりがいと喜びに溢れた声が紙面いっぱいに続いていた。

薮下は思わず眉を顰めた。

「なんかあれだな、通販番組のお客様の声みたいじゃないか？」

「ああ、画面の隅の方に小さな米印があって〈あくまで個人の感想です〉とか〈イメージです〉とかあるやつですね？」

「おい、この跡、新しいよな」

薮下はロッカーの扉の下部を指さした。さきほど室内をわざと時間をかけて見て回った時に気づいたのだが、いくつかのロッカーの扉に力いっぱい蹴飛ばしたような跡が残っていた。

「いったいどんな体制に変わったんですかね」

「小坂、おまえ残ってそっち調べとけ。俺、ちょっと病院まわるから」

病院と言った途端、にわかに小坂の顔色が変わった。

「具合悪いんなら僕が送りますよ」

こいつ、俺の病歴を知っているなと薮下は感づいた。きっと署内の飲み会かなにかで聞きつけたのだろう。それで平素はいくら振り払ってもどこまでもついてくる小坂が、飯の時だけはそっとしておこうとするように自分と距離を取る理由もわかった。

薮下ははっきりと言い渡した。

「たとえ瀕死の状態でも、俺の車のハンドルをおまえに握らせる気はない。それから、俺は具合が悪いんじゃない。これから玄羽昭一が運び込まれた病院をあたるんだよ」

24

ユシマ病院の駐車場にプジョーを停めると、薮下はまず助手席に置いた工場の売店の袋から紙パックのアーモンドミルクとクリスマスシーズン限定のローストチキンサンドイッチを取り出し、売店でつけてもらったお手拭きで丁寧に手を拭いた後、いただきます、と合掌してから昼食に取りかかった。

薮下は三十代の初めに癌の手術で胃の三分の一を切除した。五年に及ぶ定期的な検査のたびに気が塞いだものの、一病息災とはよくいったもので、その後は毎年の健康診断においても年相応に良好な数字を更新しつつ、実に健康に現在に至っているいわゆるサバイバーである。

手術後はいくらか食が細くなった自覚があり、その分、三度三度の食事を丁寧にとるよう心がけた。贅沢をする余裕はないが、平均寿命まで生きるとしても一生涯に摂取する食物の総量は平均よりいくらか少ないであろうから、その分、よく味わって楽しもうと考えたのだ。気持ちひとつですぐにもできそうに思えたが、これがなかなかに難しかった。警察官という職業柄、特に捜査の合間を縫っての昼食は、忘我のうちに毎食ついつい似たような丼ものや麺類をかき込むスタイルになりがちなのだ。そこで現場に復帰して半年後、薮下は一念発起して昼食に関して厳守すべき自分なりのルールを定めた。

とにかく前日と異なるものを食べること。こう決めると、昼食のたびに昨日は何を食べたっけか、と立ち止まって考えることになり、それが自然に深呼吸のような効果を発揮して心に余裕を生んだ。同時に、立ち止まっている薮下をおいて同僚たちがさっさと飯に行ってくれるという嬉しいおまけがついて、薮下のひとり飯は署内で慣例となった。こうなればしめたもので、そもそも食べる量が少ないわけだから、同じ時間内でもゆったりと昼食を楽しめるようになった。おかげで現在の薮下は腹も平らなまま白髪交じりの長身痩軀、黙って座っていれば貧乏な学者に見えないこともない。

薮下はマスタードソースまみれの指をお手拭きで拭い、再び合掌して、ごちそうさまでした、と声に出して昼食をしめくくった。さて、とこれまた声に出して後部座席に置いたタブレットを手に取った。添付ファイル付きのメールはすべてスマホからこちらに転送されるように設定してある。薮下は殿山から届いた玄羽昭一の死に関する報告書を開いた。

八月二十六日、玄羽は二直の勤務に入っていた。二直は午後四時十五分にラインが稼働し始め、十分間の休憩を三回、四十五分間の食事休憩一回を挟んで、残業がなければ午前一時に終業となる。

班長の玄羽は一直との引き継ぎのため、午後三時に工場に入っている。南多摩市のこの日の最高気温は三十四度。一直の班長の話では、この時の玄羽に特に変わった様子はなく元気そうに見えたという。玄羽は内規の定めどおり始業の五分前にラインの横にスタンバイし、四時十五分から二時間の作業に入った。薮下はあの凄まじい労働密度で二時間動き続けると想像するだけで非人間的な異常さを感じたが、工場長の五十畑は、例の天井に張りついた展望部屋から見るかぎり、この間も玄羽は快調に作業をこなしていたと供述している。

午後六時十五分から十分間の休憩。ここで初めて玄羽はいつもと異なる行動を取っている。ラインに下りてきた五十畑に、左上腕部の痛みを訴えているのだ。五十畑は念のために医務室でしばらく休むように指示し、玄羽が医務室に行ったのが六時二十分頃。

ただでさえ限界に近いタクトをぎりぎりの人員で回しているため、ひとり欠員が出るとタクトタイムを延ばして分担を割り振りし、生産台数が減るぶんを残業で補うことになるらしい。休憩後、六時二十五分に再びラインが稼働、またも二時間の作業が始まる。五十畑は展望部屋に戻って残業時間を算出、医務室に玄羽の様子を見に行ったのが八時過ぎとなっている。この時点で、玄羽はすでに意識がなく、呼びかけにも反応しなかったらしい。五十畑は急いで救急車を呼んで、玄羽をユシマグループ傘下のユシマ病院に運び込んだ、となっている。ところが、ここにおかしな点がある。

薮下は工場を出て病院に来る途中、玄羽を救急搬送した救命士にその時の状態を聞くべく消防署に立ち寄ったのだが、当該の八月二十六日の夜にはどこからも救急要請は入っていないというのだ。

これが事実なら、是非とも話を聞かなければならない人物がユシマ病院にいる。玄羽昭一の死亡を最初に確認し、死体検案書を書いた当直医・斉藤隆だ。薮下はタブレットを小脇に抱えて病院の総合案内に向かった。

陽の光がふんだんに射し込む広々としたロビーの中央に近未来を思わせるドーナツ形のカウンターがあり、そこに揃いの制服を着て透明なマスクをつけた案内係が満面に笑みを湛えて立っていた。右手の会計書類受付カウンターには診察を終えたらしい年配者たちが列をなしており、かなり繁盛している様子がうかがえる。それにしても、受付や案内係というのはなぜ女性ばかりなのかと不思議に思いながら、薮下は警察手帳を見せて白い歯の眩しい案内係に声をかけた。

「斉藤隆先生にちょっとお話を伺いたいのですが」

「はい。では、そちらにおかけになってお待ち下さい」

案内係は感じの良い声で答えて、円形のふかふかのソファを手で指した。その指に結婚指輪があったので、彼女の夫も生方にあるユシマの工場のどこかに勤めているのかもしれないな、などと考えながらソファに腰を下ろした。案内係が内線でどこかに連絡して、数分でひとりの男が現れた。ダブルのスーツを隙なく着込んだ男は四十代半ば、営業用の鉄壁の微笑と職業上の鋭い警戒が無理なく同居している顔は、どう見ても医師ではない。差し出された名刺には、事務局長・松下浩治とあった。

「斉藤にどのようなご用件でしょう。なにか不手際でもございましたでしょうか」

人当たりは柔らかだが、内と外を使い分ける強権的な人物という印象を抱いた。五十畑の時もそうだったが、ユシマにはその種の人間を作りやすい企業風土でもあるのだろうかと考えつつ、薮下は取るに足りない用件であるかのように意識的に砕けた口調で答えた。

「いやぁ、こちらの近くに来たついでに寄ったようなものでしてね。報告書もきちんとあがって済んだ件ですから。確認のためにひとつふたつお訊きしたいことがあるだけです」

「そうですか。で、お聞きになりたいというのはどのような」

こちらの質問を具体的に聞き出すまでは医師には会わせない腹づもりらしい。

「八月にこちらに搬送された方のことで。ええと、名前は……」

薮下はタブレットをスクロールしながら松下の反応をうかがった。

「玄羽昭一さん」

わずかに松下の顔色が変わった。そしてほとんど無意識だろうが、素早く上唇を舐めてから口を開いた。

「私どもとしましても警察には協力させていただきたいのですが、ご存じのように患者様の医療情報に関しましては守秘義務がございますので。失礼ですが、令状はお持ちですか」

「ちょっとした確認だけなんですよ、斉藤先生に会わせてもらえませんかね」

「申し訳ありませんが。それでは、何かありましたらいつでもご連絡下さい」

微笑を取り戻した松下は足早に立ち去った。

確かに松下の言うように、患者が死亡している場合でも守秘義務がなくなるわけではないのだが、玄羽の名前を出した途端に令状の有無を尋ねる警戒ぶりに、薮下はかえってユシマの強い意向を嗅ぎ取った。第一、患者を診もしない事務局長が、三ヶ月以上前に急患で運び込まれた患者の名前に反応すること自体おかしい。

薮下はとにかく斉藤隆がどこの科に所属しているかを調べることにした。たいていの病院のホームページには、曜日ごとに各科の外来患者を診察する医師の名前が掲載されている。ユシマ病院も例に漏れず、ご丁寧に写真付きで紹介されていた。ところが奇妙なことに、どの科にも斉藤隆という名の医師は登録されていなかった。

いったいどういうことだ。薮下は死体検案書の日付と医師の名前を確かめた。日付は玄羽が搬送された翌未明の八月二十七日。医師名の欄には斉藤隆とある。少なくとも八月二十七日の時点で斉藤がユシマ病院にいたことは確かだ。薮下は救急車が到着する救急受付に回ってみることにした。警戒させずに、つまり警察と名乗らずにうまく話が聞き出せないものか。

　こちらは打って変わって古くて殺風景なカウンターで、透明なアクリル板の囲いの中に、事務服に布マスクの初老の男性がひとり座っていた。休日や夕方以降に退院する人はここで入院費を精算するらしく、卓上にクレジットカードの読み取り機が置かれているのが見える。救急受付という性質上、長椅子に座って待っている患者もおらず、どうやって近づこうかと思案していると、ジャンパーを羽織った中年の男が外から戻ってカウンターの中に入り、入れ替わりに初老の男がオーバーに袖（そで）を通しながら出てきた。どうやら交替で昼食に出るらしい。薮下はさっそく初老の男を追った。近くの飯屋か別棟にある病院の食堂かのどちらかだと踏んでいたのだが、男はどちらにも向かわず、寒風の吹きすさぶ病棟脇で立ち止まった。そしてオーバーの襟を立ててマスクを外し、おもむろに煙草に火を点（つ）けた。よく見ると、植え込みの脇にスタンド式の灰皿があった。男はほっと一息ついた顔で、凍（い）てついた大気に発がん性物質をまき散らしていた。

　薮下は頭を抱えた。近づきたくない。いや、ここは職務と割り切って近づくにしても、自分があの男なら、喫煙所で煙草を吸わない見知らぬ人間に話しかけられたら、不自然に感じるに違いない。吸い終わるのを待つのが得策だろう。しかし、仮にあの男が〈南多摩署会計課の発煙筒〉と呼ばれる伴伸一（ばんしんいち）と同じタイプであれば、大雪だろうと台風だろうと灰皿の傍らに根を下ろして昼休憩のほぼすべてを喫煙に費やし、コンビニで大急ぎで昼食を買って職場に戻るということも考えられる。そうなれば話しかけるチャンスはない。逡巡しているあいだにも、寒さで薮下の歯はガチガチと鳴り始めた。病院内で話が済むと思っていたのでコートは車に置いてきていた。

男が灰皿の口で几帳面に煙草の火を消して吸い殻を捨てた。歩き出す期待に胸を膨らませた薮下の視線の先で、男は二本目の煙草に火を点けた。伴に近いタイプである可能性が高まった。薮下は吸い終わるのを待つという選択肢を捨てて賭けに出た。

「今日は冷えますね」

薮下はスタンド式の灰皿に歩み寄り、男に声をかけた。男は薮下の右手に目をやって仲間を見つけたように微笑んだ。

「あたしもそのうち電子煙草にしようと思ってるんだけどね」

薮下が右手に握り込んでいるのは、愛用のモンブランだ。万年筆の中でもボディが太く、キャップについたクリップが見えないように握って灰皿のそばに立てば、電子煙草を吸わない人間なら電子煙草だと思うのではないか、という賭けは当たった。薮下は必要とあらば万年筆の天冠を吸ってみせる覚悟だった。

「電子もなかなかいけますよ。でも、お医者さんに言わせればやめるのが一番ですけどね」

「わかってんだけどねぇ」

男が苦笑して煙を吐き出し、薮下はさりげなく風上に移動しながら言った。

「それにしてもこの病院はいい先生が多いですね」

「そうかい？」と、男が眉を上げて聞き返した。

謙遜なのか事実と異なるのか、いずれとも判断がつかなかったのでそのまま話を進めた。

「うちの祖母ちゃんが夜中に救急車で運び込まれた時、当直の先生がすごくやさしくて親切で、あの人は名医だって感動してましたよ」

「ああ、当直はうちの先生じゃなくてね、みんな武蔵野医大病院からアルバイトで来てくれてる先生だよ」

ということは、斉藤隆は武蔵野医大病院の勤務医。それでユシマ病院のホームページに載っていなかったのだ。

「では良い一日を」

薮下は万年筆を握ったまま愛車の待つ駐車場へと駆け出した。

25

午後一時三十分、広尾にある会員制フレンチレストラン・ル・ミラージュの正面に黒塗りの政府公用車が停車した。与党幹事長・中津川清彦は運転手に半時間ほどしたら迎えに来るよう命じると、ドアマンが恭しく開いているアールデコスタイルの扉を抜けて店内に入った。待ち構えていた支配人が先に立って個室へと案内する。

中津川が多忙な一日の時間を割いてここへ足を運んだのは、ひとりの男に昨日の失敗を謝罪する機会を与え、兎にも角にも今後の具体的な方針を質すためだった。平身低頭して詫びを入れてくるだろうが、くどくどしい言い訳を聞いている暇はないと初めに釘を刺しておくべきだろう。そう考えながら、中津川は個室に入った。

ところが、先に来ていた男は詫びるどころか、優雅な手つきでカトラリーを操ってメインの肉料理を堪能していた。中津川は支配人が引いた椅子に腰を下ろすと、息子ほども歳が違うその男をまじまじと見つめた。

萩原琢磨。四十代半ばにして警察庁警備局警備企画課長、階級は警視長という精鋭だ。琢磨の亡父・一磨は、中津川と大学が同窓の警察官僚で、警察庁入庁後、神奈川県警本部長まで上りつめた後に退官、神奈川が選挙区の中津川とは晩年まで親交があった。一磨は長らく政治家への転身を模索していたが果たせず、退官から二年で病没した。

中津川は二ヶ月前、十月の半ばに株式会社ユシマの社長・柚島庸蔵から〈強力な支援〉を要請された際、この琢磨に一任することを思いついた。そして亡父・一磨が贔屓にしていたこの店に呼び出し、ちょうど山梨の選挙区にひとつ空きがあるので次の選挙に与党から出馬しないかと持ちかけた後、ユシマの件を話して聞かせた。馬鹿でなければ、これをうまく捌けばその見返りとして、初の立候補にあたって与党の政党助成金から破格の選挙資金が下りるくらいのことはわかろうというものだ。父子二代にわたる夢を叶える千載一遇の機会を与えてやったというのに、それを出鼻でしくじっておいて悠々と飯を食っているというのはどういうことだ。

「こんな時間に昼食とは、警察官はやはり忙しいとみえるね」

〈警察官〉という言葉を強調したのは、階級はどうあれ所詮、警察官は警察官であるとわからせる底意だったのだが、萩原は一向に感じない様子でトリュフとフィレ肉を楽しんでいる。

「ええ。まだ仕事があるのでワインを合わせられないのが残念です」

支配人が個室から退出すると、中津川は自分でも驚くほど急に辛抱が利かなくなった。

「昨夜は柚島社長の〈伝書鳩〉に呼びつけられて、いったいどうなっているのかと詰め寄られたよ」

中津川は吐き捨てるように言った。自分の方が先にユシマの件を持ち出すことになろうとは想像もしていなかった。

「板垣副社長はお元気でしたか？」

萩原は平然と尋ねた。それが癪にさわって中津川は思わず気色ばんだ。

「昨夜のニュースであの四人の逮捕の件が流れるはずだったじゃないか」

「いったん官憲の手に委ねたのであれば、事態を静観するだけの胆力をお持ちになってはいかがです」

たしなめられて中津川は二の句が継げなかった。

「現場の指揮は警視庁の組織犯罪対策部の瀬野に執らせています。初めて共謀罪を適用した警察官として警察史に残るわけですから、張り切っていますよ」

「別に私は共謀罪にしてくれと頼んだ覚えはないんだがね」

萩原が初めて手をとめて言った。

「彼らのようなテロリストを根絶してほしい、それが柚島社長の意向だとあなたはおっしゃった。そう、私は記憶していますが」

中津川は椅子の背に身を預けてつまらなそうに腕組みをしたが、それが気圧された時の中津川の癖だとわかっているように、萩原は薔薇（ばら）色の断面をした肉を平然と口に運んだ。

扉が開き、フロア係が流れるような動作で中津川の前にデザートのグラスを置いて立ち去った。淡いレモンの香りが爽（さわ）やかな氷菓子に数種類のベリーをあしらってある。

「私が頼んでおきました。石丸（いしまる）物産の岩井（いわい）会長は夜早くにお休みになるので夕食をほとんどとられない代わりに、昼は重たいものを好んで召し上がる。ジビエの後はベルベーヌのソルベが一番ですよ」

萩原は、今日の昼、中津川が誰と会食して何を食べたかまで知っているのだ。おそらくは話の内容も。そう思うと、中津川はうそ寒いものを感じた。公安を甘く見るなということか。

「私の仕事の一環ですよ」

萩原はパンを割いてオレンジの香るオリーブオイルに浸した。

「知っているからこそ、お守りできる。場合によっては、〈週刊真実〉が先生を狙っていますのでご注意下さいとお知らせすることもできるわけです」

「それは心強いね。いまや調査報道で世の中を動かしているのは週刊誌だからね」

中津川は腹をくくってソルベに手をつけた。お人好しの夢想家だった友人・萩原一磨の息子が、自分が考えていたよりも手強（てごわ）い人間なのであれば、いつでも潰（つぶ）せるようにその思惑を正確に摑んでおく必要がある。

「当初の計画では、共謀罪で逮捕された容疑者四人が所轄から本庁へ移送される様子を、テレビに派手に撮らせるんだったね」

「逮捕後は今後もそうなります。共謀罪であればこそ、まだ事を起こしていない被疑者が逮捕されても人々は疑問を感じない。反社会的で暴力的なことを企んでいたから逮捕されたのだと自然に考える。逮捕を大々的に報じれば、この国では有罪が決まったようなものですから」

「確かに。大手のメディアは警察発表をそのまま報道してくれるからな」

中津川の脳裏を、近年は主流派となっている礼儀正しく物わかりのよい若い記者たちの顔がよぎっていった。彼らは、捜査関係者と呼ばれる匿名の警察官を怒らせて情報を貰えなくなればおしまいだと心得ている。

萩原がガス入りの水のグラスに手を伸ばしながら言った。

「警察は情報でメディアを買う。ユシマは金で買う。違いはそれだけです」

中津川は頭の中を覗かれたような気味の悪さを表に出すまいと、口角を上げてソルベを味わうふりをしたが、耳は萩原の言葉に聞き入っていた。

「ユシマの年間広告費は五千億円近く。桁がひとつ違うと言っていい。おかげで国内の大手メディアではユシマが関わる事件・事故の類いはほとんど報道されません」

萩原は白い布のナプキンで軽く口許を押さえると、淡々と続けた。

「すでに裁判となり、〈世界のユシマの過労死〉として世界中で大きく報道されたユシマ社員の職場での過労死も、発生直後に第一報を掲載した新聞は一紙もありませんでした。ユシマの社内報では、ユシマ社員の交通事故死は五十年間で一件のみ。それも国内ではなく、海外支社の駐在員です。警察署別自殺者数の統計で、被雇用者の年間自殺者数が百名近くを数えて南多摩署が全国一位になった年もありましたが、これも報じられていません。労災隠しについてはもはや伝統となっているようです。職場での怪我や急病も、病院で労災保険を使わせずに上司が出向いて健康保険に切り替えさせています。それもそのはずです。もし労災となれば、その組の責任者である班長、組長、工場長、課長、すべてが減給となるシステムですから」

さすがに情報の巣窟に住んでいるだけのことはあると、中津川は認めざるをえなかった。おそらく今、喋ったことなどほんの一部に過ぎないのだろうが。

「それも、知っているからこそ守れる、というやつかね？」

中津川は皮肉な口調になるのを隠さなかった。すると萩原は不意に言葉を切って中津川を見つめた。底光りするそのまなざしは、思いがけず清廉なにかを思わせた。

「中津川先生。手法はどうあれ、我々の目指すところは同じだったのではありませんか？」

「そう。そうだったね」

中津川は前回この個室で話した時のことを思い出し、自然と頬に柔らかな笑みが広がるのを感じた。思えば、今日の萩原の奇をてらったような態度も、純粋さゆえの精一杯の虚勢かもしれない。

〈あるべき我が国への回帰〉。我々はその一点で結ばれているのだから。

まだ見ぬふるさとへの郷愁にも似た憧憬が中津川の胸を満たした。麗しくも懐かしい我が国。中津川は美しい風景を垣間見たかのような安らぎを覚えた。

「先生、珈琲はいかがです」

「いいね、いただこう」

萩原はベルを鳴らして、フロア係に中津川の珈琲と自分のアヴァンデセールを持ってくるよう命じた。

26

玄羽昭一の死体検案書を書いた医師・斉藤隆は、武蔵野医大病院の循環器内科に勤務していた。薮下が斉藤の診察室を訪れたのは午後二時を過ぎていたが、斉藤はカーテンで仕切られた裏手の小部屋で、平刑事よりもわびしそうなコンビニ弁当を食べている最中だった。薮下が来意を告げると、斉藤はまったく警戒する様子もなく椅子を勧めた。

「失礼して食べながらでいいですか。午後の外来が三時からなんで」

午前の外来診療が終わるのはたいていこれくらいの時刻だという。昼食を買いに行く余裕はもちろん食堂に行く時間もないので、昼食は出勤時にコンビニで確保してくるそうだ。

「同じ医者でも開業医と違って、勤務医はほとんどブラック企業の社員並みなんですよ」

まだ三十を過ぎたばかりといった印象だが白衣が板についており、話し好きで頭の回転が速そうだった。若い医師を見下しがちな老人からも巧みに信頼を得られそうな男だ。

「先輩から聞いた話ですけどね、昔、アメリカのカーター大統領が日本最高峰の医大付属病院を視察に来た時、大勢の患者に素晴らしい医療が提供されているって感激したらしいんですよ。ところが医師の過酷な勤務実態と寒々しい待遇を知って、アメリカでは誰もそんな状態では働いてくれないから無理だってガックリして帰ったそうですよ」

真偽の程は定かでないが、さもありなんと思えるところが恐ろしい。薮下はあまり健康的ではなさそうな弁当に目が行って思わず「大変ですね」と声をかけた。

「うちの科なんかまだいい方です。外科系なんて昼飯に十五分取れませんから、バナナとカロリーメイトって人も多いですよ」

斉藤はユシマ病院の当直を八月いっぱいで辞め、現在は後輩が通っているという。生方よりも通いやすい場所に当直アルバイトの口が見つかったからだそうだ。

薮下はまず玄羽を搬送したとされる救急車について尋ねた。

「ええ、確かに救急車でしたよ。消防署のやつじゃないですけど」

「どういうことです？」

「ユシマは救急車も製造してますからね、工場に一台あるんですよ。もちろん救急救命士はいませんから車内に設備はあっても使えませんので、搬送するだけですけど」

そういうことか、と薮下は納得した。斉藤の話では、あの夜は工場の警備員が救急車を運転し、五十畑が車内に付き添ってきたらしい。

「到着時にはすでに心肺停止状態でした。心肺蘇生を試みましたが、残念ながら……」

病院以外の場所で死体として発見された場合、つまり死因が明らかでない死亡である時、医師は医師法二十一条によって所轄警察署への届け出義務がある。報告書によると、斉藤は午後九時十五分に南多摩署に通報している。刑事課の三村雄大がユシマ病院に到着したのが九時四十分。ただちに霊安室において検視が行われた。

検視は医師の立ち会いの下、遺体の着衣をすべて脱がせて外傷の有無を調べ、関係者の供述や現場の状況を鑑みて犯罪の疑いがあるかどうかを判断する刑事手続きだ。本来は検察官が行うことになっているが、警察官による代行も認められており、刑事経験十年以上または殺人事件の捜査を四年以上経験し、警察大学校で法医学を修了している警視・警部が担当できる、というのが建前である。だが実際には検視が必要なすべての遺体にそのような上のほうの方々が対応するのは難しいので一般の警察官が代行することが多い。

というわけで検視を行った三村は、遺体に外傷がなく供述に不審な点も認められないため、事件性はないものとみて解剖の必要なしと判断している。東京都において監察医制度が敷かれているのは二十三区のみであるから、南多摩署管内においては、死体検案書はおおむね警察医か一般臨床医が書くことになる。

斉藤が検案を始めた時点ですでに遺体の首の後ろと腰に死斑が見られ、死後硬直が始まっており、玄羽昭一が死亡したのは午後七時半前後と推定された。次に死因であるが、玄羽が左上腕部の痛みを訴えていたことから、斉藤は心疾患を疑い、死後CTを行っている。その結果、ポンプ失調による肺水腫、著しい心拡大と左室肥大、冠状動脈石灰化等がみられ、これらの間接所見を総合的に判断して〈虚血性心疾患の疑い〉と結論づけていた。

「いわゆる心筋梗塞です」

斉藤は得体の知れない大きな魚のフライを箸でつまみ上げて言った。

「短時間で亡くなった場合、心筋の壊死巣が確認できないので、虚血性心疾患や虚血性心不全という病名を使うんです」

五十畑の供述では、玄羽は亡くなる直前もあのキツいラインの作業を二時間続けている。

「直前まで元気だった人が、こんなふうに突然、亡くなるのはよくあることなんですか?」

「心筋梗塞は狭心症が進行して発症するのが一般的ですが、突然起こることも珍しくないんですよ。死亡の大半は発症後二十四時間以内、特に二時間以内に集中しています」

斉藤がフライをパクリとやると、茶色い衣がパラパラと白衣の膝に落ちた。薮下は手を伸ばして払ってやりたいのを我慢して尋ねた。

「心筋梗塞と聞くと、今日みたいな寒い冬場に多いというイメージがあるんですが」

「冬は寒さで血管が収縮して起きるんですが、夏は暑さによる脱水で血液が濃くなって、血栓ができやすくなる。それで心筋梗塞が起こるわけです。近年は夏場の発症年齢が若年化してましてね。あの工場なんか夏場は軽く四十度を超えてますから、若い人でもバタバタ倒れるそうです。まあ、病院に運ばれることは滅多にないですけどね」

薮下は工場の製造ライン部分には暖房がなかったことを思い出した。当然、冷房もないわけだ。当日の最高気温は三十四度。古い工場で碌な断熱材も使っていないだろうから、屋内は夕方でも四十度を超えていただろう。そこであれだけの労働密度で体を酷使すれば、脱水を起こさない方がおかしいかもしれない。ラインが動き始めると二時間は汗を拭く間もなければ、水を飲むこともできないのだから。玄羽昭一は製造ラインで脱水症状になり、心筋梗塞を起こした。

斉藤に検案を依頼した三村は、警察の役割として遺族に連絡している。遺族は遠方におり、特に葬儀社の指定もないということだったので、三村がユシマの葬儀社に連絡を取っている。遺族が近隣にいない場合、警察が葬儀社に連絡すること自体は珍しいことではない。明け方、〈ユシマ葬祭〉の社員が遺体と着衣等の遺留品を引き取りに来ていた。

「ひとつ聞きたいことがあるんですがね、覚えておられるかどうか」

「なんです？」

　コンビニの弁当を米粒ひとつ残さずに平らげた斉藤は、満ち足りた表情で持参したらしい水筒のお茶を飲んでいた。

　藪下には斉藤が詳細を覚えているはずだという読みがあった。斉藤はまだ若く、これまでに検視に立ち会う機会が何度もあったとは思えない。それに当夜、ユシマ病院に派遣された警察官は三村ひとりだ。斉藤が検視の際に玄羽の着衣を脱がせる手伝いをした可能性は大いにある。だが、できれば警戒させずに答えを引き出したかった。

「救急搬送されたとき、玄羽さんはどんな服装でしたか？」

「ユシマの作業着でしたよ。ブルーの半袖シャツとズボン」

「帽子はどうでした？」

「畳める柔らかい帽子で、ズボンの後ろポケットに入ってました」

「じゃあ、靴はどんなでした？　安全靴みたいな重いやつでした？」

「いえ、普通のズック靴でしたよ。踵（かかと）を握って、ぐっと引っ張ったらズボッと脱げましたから。僕が片方脱がせたんですよ」

　やっぱりそうか、と藪下は胸の中で呟（つぶや）いた。欲しかった答えを手に入れた藪下は、礼を言って立ち上がった。

「いや、どうも。お食事中にお邪魔しました」

　扉に向かおうとした時、斉藤がふと思い出したように言った。

「そういや玄羽さんの親戚（しんせき）があの朝、靴のことで病院の方に来たな……」

薮下は足を止めて振り返った。遺族が遠方にいるから三村がユシマ葬祭に連絡したのだ。当直の斉藤が病院にいるその朝のうちに訪ねてきたのは、少なくとも玄羽の遺族ではない。しかも、その人物は薮下と同じように玄羽の靴のことを知りたがっていたという。

「その、親戚の人は、靴がどうしたと？」

「葬儀場の方に玄羽さんの履いていた靴が届いてないって言うんですよ。服も靴も葬儀社の人がまとめて持っていったはずなんですけど、一応、一緒に霊安室を捜してみたんです。でもやっぱり見つからなくて。そしたら、ほんとに靴を履いてたのかって言い出して。それで僕が脱がせたんだから間違いないって言ったら、ようやく諦めて帰っていきました」

薮下は心拍数が上がるのを感じながらスマホを取り出した。そして、写真を一枚ずつスワイプして斉藤に見せながら尋ねた。

「その朝来た親戚って、この中にいますか？」

「ああ、彼です。玄羽さんの甥って言ってました」

斉藤が指さしたのは、矢上達也だった。

矢上は、自分と同じことを考えて確かめに来たのだ。薮下はそう確信して病院を出ると、すぐさま小坂に電話した。

「おまえ、今どこにいる？」

「ちょうど工場を出るところですよ」

まさかまだ工場にいるとは薮下は思ってもみなかった。

「せっかく来たんですから、食堂で昼飯を食いましてね、そのあと工場長の五十畑さんに、昔、海外から来たお客様にしてたみたいな見学ツアーをしてもらってたんです。面白かったですよ」

何を暢気に遊んでいるんだと普通ならば叱り飛ばすところだが、今回はそれどころではない。

薮下は咳き込むように尋ねた。

「写真は？　写真は撮ったか？」

「そりゃツアーですからね、撮りましたよ。あっちこっちたくさん」

偉いぞ小坂。何もわかっていなくても偉いぞ、と薮下は心の中で叫んだ。

「そのデータ、俺のタブレットに送ってくれ」

「いいですよ。薮下さんに会ってから、ストレージのリンクを送りますよ」

何のために会わねばならないのか、直接会わずにやりとりできてこそのＩＴ機器ではないか、と喚き散らしたい気持ちを薮下はぐっと堪えた。

「どこに行けば会えます？　どこでも行きますよ」

この嬉しげな声は、薮下には是非とも工場内の写真を見る必要があり、そのためならまた小坂に張りつかれることも辞さないだろうと見越しているからだ。薮下はもし三十秒ほど時間を遡れるのであれば、『写真は？　写真は撮ったか？』と興奮した口調で小坂に尋ねる前に、自分を棍棒で殴って気絶させてやりたいと思った。それができない今、降参するほかない。薮下は渋々、小坂に落ち合う場所を告げた。

27

ファミリーレストランの窓際の席で熱いココアをすすっていた薮下は、何気なく外を眺めて目を剝いた。テレビコマーシャルでお馴染みのユシマの最高級車・アトリアＥＸが艶やかなボディを誇示するように美しいカーブを切って駐車場に入ってきたかと思うと、運転席からなんと小坂が降りてきたのだ。小坂は目ざとく薮下を見つけて笑顔で手を上げた。薮下は驚きで口が半開きになっていたのを見られたことに気づき、忌々しい気分でココアをすすった。

あのアトリアは生方第三工場のお客様送迎用の車両かなにかに違いない。薮下が先に自分のプジョーで出てしまったので移動手段のなくなった小坂は、ちゃっかり工場で高級車を借りてきたのだ。小坂が五十畑に向かって「困ったなぁ、しまったなぁ、参ったなぁ」などと延々と繰り返し、五十畑がもう早く帰ってもらいたい一心で「うちの送迎用のお車でよろしければ」と言い出す様子が目に浮かぶようだった。工場の写真を餌に再び薮下に張りつくところといい、車を借り出すところといい、望みのものを獲得する小坂の手腕は癪ではあるが一目置かざるをえない。

小坂は軽快な足取りで店に入ってくると、ホールスタッフに声をかけてさっさとドリンクバーでカフェラテを淹れてきた。

「あれ、貸してもらったんですけどね、最新モデル、やっぱり最高ですよ」

小坂が向かいの席に腰を下ろしながら、駐車場のアトリアを目で指した。

「俺はしっかりしたバンパーつきの古めの車が好みでね」

余裕を醸すべく脚を組んで答えた後、薮下は腹の中で呟いた。あのピカピカのボディに傷でもつけてみろ、おまえのボーナスなんか吹っ飛ぶぞ。

「薮下さんが調べとけって言っていた、〈新日本型賃金制度〉の方は、労組の機関紙で特集したバックナンバーがあるそうなので、それを郵送してもらうことにしました」

瞬時に余裕が消し飛び、薮下は思わずテーブルに身を乗り出した。

「おい、そんなものが署に届いたらまずいだろ」

「勝手に捜査していることがバレちゃいますもんね。なので、薮下さんの自宅の住所を教えておきました」

こいつは俺をおちょくっているんじゃないか、という疑念が薮下の頭を掠めた。

「それから工場の写真のデータですけど、亡くなった玄羽昭一さんの情報と交換ってことでお願いします」

どうせそう来るだろうと思っていた。薮下は殿山からの報告書を小坂のスマホに転送し、ようやく写真に辿り着いた。だがデータを開いた途端、詐欺に遭ったような気分に陥った。

「なんなんだ、このゴミの写真は」

使いかけのバンテリンのチューブ、使用済みの不織布のマスク、袋入りのど飴等がひとつずつ椅子の上に置かれて撮影されている。

「それは矢上たち四人のロッカーにあった私物です。持ち帰ると本庁にバレるんで、写真に撮っときました」

なかなか気の利いたことをするじゃないかと思いつつ、薮下は写真を見ていった。新しい汗拭きシートやタオルの類いがあるのは、ラインに入れば真冬でも汗だくになるからだろう。若者らしく飲食店のクリスマスシーズン限定割引券などがあったが、取り立てて注目すべきものはなかった。工場内の写真はそのあとに続いていた。薮下は一枚ずつスクロールしながら、今さらのように浮かんだ疑問を口に出していた。

「おまえ、なんだって工場のツアーなんて思いついたんだ？」

「薮下さんが玄羽昭一さんの死について何も教えてくれなかったんで、自分なりに推論を立ててみたんですよ」

小坂は、薮下が玄羽の死に言及した時に、五十畑が激しい動揺を見せたことに着目していた。吊り廊下でふらついて手摺りにしがみついた瞬間を小坂も見逃していなかったのだ。そこでこう考えたのだという。勤務中の玄羽の体調に異変が生じた際、救急搬送の手筈等、様々な対処を行ったのは、工場長の五十畑であったはずだ。当然、検視において供述を取られているだろう。その対処と供述になにか後ろ暗い点があるのではないか。そうであれば、玄羽が亡くなった工場内をあちこち写真に撮っておく価値はある。

「おまえ、そこまで考えて五十畑にツアーをやらせたんなら、もう嫌がらせに近いぞ」

「そういえばちょっと顔色が悪い感じでしたね」

「そりゃそうだろうよ。五十畑の供述は後ろ暗いどころじゃない、真っ赤な嘘だからな」

供述では、玄羽が左上腕部の痛みを訴えて医務室に行ったのが午後六時二十分頃。その後、八時過ぎに様子を見に行った時にはすでに意識がなかったとなっている。

「でもな、玄羽は行ってないんだよ、ここには」

薮下は小坂が撮ってきた医務室の写真を指さした。カーテンの仕切り付きの清潔なベッドが三台、デスク脇では白衣を着た初老の産業医が丸椅子に座って微笑んでいる。

「どうしてそんなことがわかるんです？」と、小坂が不信感も露わに尋ねた。「産業医の先生は九時五時勤務ですから、玄羽さんが来たはずの時刻にはいなかったわけですし」

「産業医は関係ない。問題は救急搬送された時の玄羽の服装だ。ブルーの半袖シャツとズボン、畳める柔らかい帽子がズボンの後ろポケットに入っていて、ズック靴を履いていた」

「だから？」

「ベッドに横になる時は靴を脱ぐもんだ」

小坂は小さく息を呑んだ後、少し考えて言った。

「でもほら、苦しくて倒れ込んだのかもしれないですよ」

「靴を脱げないほど苦しかったが、帽子は畳んでポケットにしまえたと」

「それは辻褄が合いませんね」

さも他人の意見であったかのような客観的な言い回しで、小坂は自説の誤りを認めた。

「しかし、それじゃああの晩、玄羽さんはどこにいたんです？」

薮下は写真を次々とフリックし、確かめたかった一枚を見つけた。

「やっぱりな、ここにあると思ったんだ」

それは休憩室の写真だった。カップ麺やパンや菓子、飲み物の自動販売機が並ぶその一室には、人ひとりがなんとか横になれるほど幅のある長椅子が置かれていた。

「死斑の出方から見て玄羽が死ぬ前に横になっていたのは確かだ。製造ラインから二階の医務室まではエレベーターを使ってもけっこう距離がある。痛みが出始めていた玄羽は一階の休憩室に行って、この長椅子に横になったんだ」

「なるほど、ここなら僕でも靴は脱ぎませんね」

「玄羽がここで横になった午後六時二十分頃から後、工員たちは全員、ラインに入っていて動けない。工場棟に文字どおり缶詰になってたわけだ。ところがだ、俺が工場の玄関で撮った案内図によるとだな」

薮下はスマホで撮った案内図を画面に出して見せた。

「この休憩室は事務棟と繋がっていて、すぐ横に社員駐車場に向かう通用口がある。事務系・技術系の社員は、退社時に休憩室で横になっている玄羽の姿が嫌でも目に入ったはずなんだ。もうひとつ言うと、俺が昼飯を買った工場の売店の女の子の話では、売店は午後六時に閉まる。長時間労働で有名なユシマは残業する社員が多いから、玄羽が休憩室で横になっていた午後七時前には自然に腹も減って、自販機の軽食を買いに来た社員が少なからずいただろうってことだ」

「その誰もが、具合の悪い玄羽さんを、見て見ぬふりしたってことですか」

小坂が茫然（ぼうぜん）とした顔で言った。

薮下は頷き、冷めたココアを口に運んだ。

「玄羽の死亡推定時刻は午後七時半前後。五十畑が八時過ぎに医務室ではなく、休憩室で玄羽を発見した時にはすでに心肺停止状態だったんだ。俺の読みじゃ、休憩室の床に転がっていた玄羽の帽子を畳んでズボンのポケットに押し込んだのは五十畑だね。そんなところで放置状態のまま死んだと知れたらえらいことだからな。それですぐに警備員を呼び、玄羽をユシマの救急車へ運んだんだろう」

しばらくのあいだ、小坂は黙り込んで泡の浮いたカフェラテを見つめていた。

「そこには写ってませんけど、医務室にはＡＥＤの装置もあったんですよ。誰かひとりでも玄羽さんに声をかけていたら、彼は今も生きていたかもしれない」

小坂は、これまで薮下が見たことのない厳しい表情をしていた。小坂にもわかっているのだ、これが立証不可能な仮説だということが。五十畑はもちろん、事務棟の従業員はひとり残らず口を噤む。

「たぶん俺と同じことを考えたんだろう。矢上がな、玄羽の甥を装って、病院に運ばれた時に玄羽が靴を履いていたかどうかを医者に確かめに来てる」

小坂が驚いて顔を上げた。

薮下はタブレットから目を上げて答えた。

「ああ。矢上たち四人が、『玄羽はユシマに殺された』と言ってたのは、そういうことだ」

しかし、社員たちはそろいもそろってなぜ玄羽に対して見て見ぬふりをしたのか、薮下にはそれがわからなかった。

「僕、薮下さんが工場を出た後、玄羽さんのことをちょっと来栖君に聞いてみたんですよ」

薮下は耳を疑った。ロッカールームでの小坂の大間抜けな一言、『殺された？』というオウム返し発言のおかげで、来栖は大それたことを口にしたと震え上がって逃げ出したのだ。その相手からどうやって再び話を聞き出したのだ。

「せっかくなんで食堂で昼飯を食べたって言ったじゃないですか。肉団子のあんかけ定食にしたんですけどね、そのトレーを持って来栖君の隣に座って一方的に話しかけ続けたんですよ」

共通の話題がないので、とりあえず小坂の定食と来栖のハンバーグ定食ではどれくらい食材が被っているかとか、冬型の気圧配置についてとか即物的なことを話し続けるうち、来栖の周りにいた工員たちが次々と席を立って移動し、二人は離れ小島のようにテーブルに残されたのだという。そして来栖は刑事に気に入られた工員として遠巻きに鋭い視線を浴びることになったらしい。

「そうなったところで、『玄羽さんのことで何か教えてくれたら、僕はすぐにあっちに行くけども』と小声で伝えたら、彼、話してくれたんですよ」

俺にはできない、と思いながら薮下は尋ねた。

「来栖はなんて？」

「玄羽さんは、工場内で監視されていたようなんです。誰と話しているか、メモを取られているみたいだったって」

薮下は、吊り廊下の上から災害用のメガホンで玄羽のことを尋ねた時の工員たちの反応を思い出した。一様に怯えの色を浮かべた工員たちはひとりも口を開かず、薮下たちを見上げることもやめて立ちすくんでいた。

「思うんだがな、矢上たち四人が今、本庁の組対に追われていることと、生方第三工場で起きた玄羽の異様な死とは、どこかで繋がっているんじゃないか」

「四人が玄羽さんの死に関して誰かに話しているとしたら、遺族ですよね。薮下さん、そう考えてここに来たわけですね」

小坂が窓越しに道を挟んだところにある建物を指さした。国技館のような大屋根を頂いた重々しいそれは、目の前にあるバス停の名前になっている。

〈ユシマ葬祭前〉

28

ユシマ葬祭の支配人は有能かつ冷静な人物で、パソコンで葬儀の記録を確かめながら薮下たちの問いに淡々と答えてくれた。

玄羽昭一の遺体と遺品が病院からユシマ葬祭に運ばれたのが八月二十七日の明け方。喪主は故人の伯父（おじ）で長野市在住の玄羽晃作（こうさく）。晃作は娘の緒方光代（おがたみつよ）に付き添われてその日の夕方にユシマ葬祭に到着していた。翌二十八日に通夜、二十九日の午前十時から本葬が行われている。

薮下が工場で確認した八月の出勤記録では、二十九日は矢上たちは午前六時からの一直でラインに入っていたから、葬儀には参列できていない。四人が遺族と話をしたのであれば、二十七日の夕方以降か二十八日の通夜の席だ。薮下は支配人に玄羽の通夜を担当したスタッフ全員を集めてもらって四人の写真を見せ、彼らが遺族と話をしていなかったか尋ねてみた。しかし覚えている者はいなかった。ただ、思いがけない事実がひとつ判明した。高齢の喪主に代わって実質的に通夜と本葬を取り仕切ったのは、ユシマの慣例で労組の職場委員だったらしい。その職場委員が、五十畑弘だったのだ。

薮下と小坂がユシマ葬祭を出た時には冬の陽は暮れかけ、霊柩車を見送るための広い車回しではつむじ風に落ち葉が舞っていた。

「あの五十畑さんが目を光らせていたんじゃ、矢上たちが玄羽さんの遺族と話をするのは容易じゃなかったでしょうね」

小坂がそう言ってため息をついた。

「まあ、そうだろうな」

薮下はコートの襟を立てて答えた。だが、確かめてみる価値はある。そう思いながら、薮下はファミレスの駐車場に停めた古いプジョーの方へ歩き出した。

29

品川にあるユシマ本社の副社長室では、板垣直之が生方第三工場製造部製造課の課長と向き合っていた。課長の報告では、やはり板垣の想像どおり工員たちは事の成り行きに恐れ戦いているという。このままではいけないとわかっている。しかし、逮捕を逃れた矢上たち四人が野放しでいるうちは、手の打ちようがないのも事実だった。板垣の胸には社長の柚島庸蔵に対する苛立ちが燻っていた。これまでの進言に柚島が少しでも耳を傾けてくれていたら、ここまでひどいことにはならなかったのだ。

課長のスマートフォンが鳴り、板垣は我に返った。課長が着信を確かめて言った。

「工場長の五十畑からです」

「スピーカーフォンに」

課長が頷いて画面をスワイプすると、こちらがまだ応答しないうちから、室内に取り乱した五十畑の声が響いた。

「課長、工場の方に南多摩署の刑事が来ました。玄羽のことを何か摑んでいるようで、ひとりが工場のあちこちを写真に撮っていきました」

「板垣だ」

五十畑が仰天して息を吞む、妙な笛のような音がした。

「しっかり工員たちを押さえておけ。浮き足立たせてはだめだ」

返事をしたいのだろうが、過呼吸にでもなったように喘ぐのが聞こえるだけだった。板垣が顔を顰めるのを見て、五十畑よりも二十歳近く若い課長が会話を引き取った。

「あとで工場に寄ります。では」

通話を切ると板垣にたしなめるような視線を向けてきた。

「五十畑さんにとって板垣さんは殿上人ですよ。いきなり電話に出ては可哀想です」

「所轄の刑事が工場に来るのはまずい」

板垣の焦燥を受け流すように課長は卓上のティーカップを手に取った。

「四人の行方はまだわからないようですね」

板垣は今でもこの若い部下の捉えどころのなさに時折、戸惑うことがある。

日夏康章。板垣と同じ技術系のエリートで帰国子女。板垣は十一歳までカナダのトロントで、日夏は十歳までアメリカのポートランドで過ごしている。ユシマは〈世界のユシマ〉と呼ばれるように海外に多くの工場を抱えているが、現地採用した技術系社員と詳細な打ち合わせができる専門知識と語学能力を併せ持つ人材は非常に限られていた。板垣自身、その二つを武器に五十代の若さで副社長の座を射止めたようなものだった。板垣のほかに三人いる副社長はいずれも柚島庸蔵と同じ七十代で、柚島のご機嫌取りを仕事とわきまえて役員の地位に恋々としている老人たちだ。そんなわけで板垣は日夏を知ってすぐに意気投合し、そのサポート力を頼りにもしていた。愚痴をこぼせる気安さもあって、板垣から食事に誘うこともあった。

日夏から初めて矢上たちのことを聞いたのも、二人で鱧を食べに出た席でのことだ。九月の半ば、彼ら四人が水面下で活動を開始したばかりの頃だった。その時は他愛のない話題のひとつだった。四人とも長くて三年足らずで工場を去る非正規の工員だとわかっていたし、生方には南多摩署の公安係もいるのだから本来なら案じるほどのことではないはずだった。にもかかわらず、板垣はなぜだか嫌な予感がしたのをよく覚えている。知らぬまに得体の知れない有毒な植物が根を伸ばしているような不安を感じたのだ。

十月になって柚島庸蔵が与党幹事長・中津川清彦に働きかけて警察が動き始めた時、柚島はすべて警察に任せるので今後は彼らの情報を上げなくて良いと言った。柚島はもう彼らに関する一切を聞きたくないのだと板垣は直感した。最悪の事態を想定すれば、最悪の事態が起こってしまうと信じているかのように、柚島は危険なものは官憲の手に委ねて自分が好むプロジェクトのことだけを考えていたいのだ。そのように目と耳を塞いで進むことは板垣にはあまりに恐ろしく、とても追従できなかった。板垣はその後も秘密裏に日夏に命じ、彼らの情報を上げさせてきた。だがそれも今回の逃亡劇によって途絶えてしまった。

「君に矢上たちの情報を流してくれていた工員の方には、彼らから連絡はないのか」

「あればすぐさま知らせてきますよ」

日夏はいつものラプサン・スーチョンを飲み終えて立ち上がった。

「では、これで失礼します。五十畑さんをひとりにしておくのは不安ですから」

軽く目礼して日夏は帰っていった。板垣は微かに空調の音だけがする室内にひとり残って、日夏という部下であり若い友人でもあるひとりの男のことをあらためて考えた。

有能だが出過ぎることなく、おもねることもない。万事において頃合いを心得ている。だが、どんな人間の中にも通常あるものを、日夏は大きく欠いているように思えた。それは、自分自身に対する執着だった。その希薄さが時折、板垣を落ち着かない気分にさせるのだ。日夏の芯にあるものは水のように捉えがたい気がした。

卓上に置いていた板垣のスマートフォンが鳴った。画面の着信表示は、話したくはないが無視できない相手であることを伝えていた。

「板垣です」

「萩原です。今日の昼、あの四人について今後どうするか、中津川先生にお伝えしました。インド滞在中の柚島社長には、今夜、先生がお電話で直接説明いたしますので、そちらの方はご安心下さい」

つまり板垣は蚊帳の外というわけだ。それをわざわざ伝えてくるあたりに、萩原の公安警察官らしい計算を感じた。

「承知しました」

すぐにも切ろうとした気配を感じたように、萩原が間を詰めて言った。

「もうひとつ。あなたはどちらかといえばひと昔前の官僚タイプなので、老婆心ながら申し上げておきたいことがありましてね」

慇懃な物言いに、板垣は皮肉な口調で切り返した。

「萩原さんは、ひと昔前の官僚はどんな人間だったとお考えですか？」

「主にお仕えはするが、記録はできるだけ残そうとする」

咄嗟に言葉が出なかった。その一瞬、板垣は電話の向こうの萩原が微笑むのを感じた。

「もしまだ手元に残っているようであれば、ただちに破棄して下さい。それでは」

通話は一方的に切れた。

板垣はスマホをスーツのポケットにしまうと、デスクの内線で秘書に車を回しておくように伝えた。今夜は柚島の名代として里見芳郎の政治資金パーティーに出席しなければならない。中津川の対立派閥の与党議員だが、満遍なく金を配っておくというのが柚島のやり方だった。カシミアのコートとマフラーを腕にかけてから、板垣はデスクの引き出しを開けた。そこに、A4サイズの書類袋があった。

萩原に従うわけではない。板垣は自分に言い聞かせた。

俺にも、人並みに自分自身に対する執着があるだけだ。

板垣は書類袋を取り出して引き出しを閉め、扉に向かった。そして扉脇に備え付けられたシュレッダーに書類袋ごと差し込むと、獰猛な牙で噛みしだくような機械音を聞くまいと足早に部屋を出た。それから重役用のエレベーターで地下一階に降り、ハイヤーが待機している通用口に向かった。警備員室の窓口の向こうで、板垣の姿を認めた初老の警備員が急いで立ち上がり、制帽を脱いで深々と頭を下げた。

「お疲れさまでございます」

板垣はふと、この警備員はどんな顔をしているのだろうと思った。ほとんど毎日この男の声に送られて本社を出るのだが、警備員室の前を通り過ぎる時、彼はいつも頭を下げているのでまともに顔を見たことがなかった。今度ちゃんと見てみようと思いながら通用口を出たが、シートヒーターの効いた心地よい役員車の後部座席に身を沈めた時には、そう思ったこともすっかり忘れていた。

30

派遣の警備員・山崎武治（やまざきたけはる）は制帽を被り直して椅子に腰を下ろした。

「いま出てったの、副社長？」

清掃員の仙波南美（せんばなみ）がアイスクリームのジャイアントコーンを片手に近づいてきた。

「そうだよ。南美ちゃん、この寒いのによくそんなの食べられるね」

「なに言ってんの、アイスに季節なんて関係ないよ」

南美はナッツのついたチョコレート部分をバリバリと音を立てて囓（かじ）った。

二十四歳の南美はやはり派遣会社から来ており、仕事を始める前に決まって山崎のいる警備員室に立ち寄っていく。イヤフォンをして鼻歌を歌いながら防犯カメラのモニターを眺めていることもあれば、山崎とお喋りをしていくこともあるが、いずれの場合もコンビニで買ってきたアイスクリームを食べながらである点だけは変わらない。

「おじさん、これってなんなの？」

南美は鉄道写真の絵葉書を見せた。

「南美ちゃん、勝手に人のロッカー開けちゃいけないなぁ」

山崎がしかめっ面をして見せても、南美はまったく悪びれる様子もない。

「普通、ああいうところに貼っとくのは恋人とか家族の写真だよ。なんでこんな変な電車なわけ？　この電車、窓もないじゃん」

「南美ちゃん、碓氷峠って知ってるかい？」

「知らない」

「普通の機関車じゃ上れないようなすごく急な峠でね、昔はこのＥＦ63形電気機関車が助けて上ってたんだよ。それでこいつは〈峠のシェルパ〉って呼ばれてたんだよ」

興味なさそうに聞いていた南美が遮って尋ねた。

「おじさんは乗り鉄なの、撮り鉄なの？」

「どっちでもないよ」

「でも鉄道、好きなんだ」

「ああ」

「変なの」

「南美ちゃんだって、仲良しと鉄道で旅行くらいするだろう？」

「あたし仲良しは作らないの。骸骨みたいな台所の窓とかって、もうたくさんだもん」

山崎は、骸骨みたいな台所の窓という薄気味悪い言葉が、何を指しているのかわからなかった。だが、南美がもうたくさんだと言っているそれについて、あえて尋ねたいとは思わなかった。南美にとって楽しいものでないことは確かだろうから。

南美は「ああ、つまんないな」と言いながら山崎のデスクに絵葉書を投げ出すと、モニターの前の丸椅子に腰を下ろした。それからしばらく黙ってアイスクリームのコーンを囓っていた。その姿は、好きなものを楽しんで食べているというより、南美が自分の心を守るために編みだしたルーチンワークのように山崎には思えた。

昼にコーンの粉をつけたままぼんやりと床を眺めていた南美がポツリと呟いた。

「あの四人、今度いつ来るかな」

山崎はあの四人が南美とそれほど歳が変わらないのだと今さらながら気がついた。

「さあなあ。来週ぐらいかなあ」

南美は急に生気が蘇ったように元気よく話し始めた。

「すごいよね、あの人たち。あたしとおんなじゴミのくせに、自分のこと、ゴミだと思ってないの」

「南美ちゃんは、ゴミじゃないよ」

「ゴミだよ、おじさんもね。だってコロナの時もそうだったじゃん。おじさん、けっこう歳なのにワクチン打てたのなんてずっと後の方だったじゃん」

「まあなあ」

医療従事者と高齢者から始まったワクチンの接種は、介護従事者や基礎疾患のある人を優先しながら自治体が年齢を区切って進めていくものだと思っていた。だが、いつのまにか従業員千人以上の大企業や大学で職域接種が始まり、南美や山崎のような非正規の働き手は自然とはじき出された。

「さっきの偉いさんみたいに満員電車なんか乗らない人とか、ここみたいなおっきい会社でテレワークできてる人とか、さっさかワクチン打ってたのにさ。あたしらみたいなのはエッセンシャルワーカーとか呼ぶだけ呼ばれて後回しじゃん。ま、最近じゃ後遺症の話とかも出てきてるけどさ」

「南美ちゃん、あの頃は昼間は病院の清掃してたんだったな。そりゃ怖かったよな」

「別に。死ぬときゃ死ぬし。でも父さんくらいの歳の人が運び込まれて、誰にも手も握ってもらえずに死んでくの見ちゃったりするのは、すごく嫌だった」

南美の父親は宮崎で漁師をしていると聞いたことがあった。

「あたし病院の手摺り拭きながら、ブルーインパルス見たんだよね」

そういえば、と山崎は思い出した。医療従事者に空から敬意と感謝の気持ちを示すという目的で、都心上空をブルーインパルスが飛んだことがあった。

「かっこよかったかい？　ブルーインパルス」

「うん。あんなのが未来から攻撃しに来てくれたらいいのになあって思った。今ある世界なんて早く滅びちゃえばいいのにって」

瞬きをやめて虚空を見つめる南美の目には、壊滅した巨大な都市が見えているかのようだった。ピアスをした小さな耳には、瓦礫と化した街を吹き抜ける風の音が聞こえているかのようだった。いつもより穏やかな表情をしている南美が急に痛ましく思われて、山崎は目を伏せて〈峠のシェルパ〉を手に取った。

31

瀬野徹はペーパーカップの珈琲を飲み干してデスク横の屑籠に捨てた。壁の時計に目をやると時刻はまもなく午前零時になろうとしていた。残っているのはいつのまにか瀬野と部下の木村だけになっていた。二人のパソコンの周りは矢上たち四人に関するプリントアウトした膨大な資料や報告書が山積みになっている。

昨日、矢上たち四人の逮捕に失敗してから後、小火を出したタイ料理店のスタッフはひとり残らず、タイ人留学生はその交友関係も含めて徹底的に調べ上げた。ところが出火原因が排気ダクト内に蓄積した油や埃に調理火が引火したためだったと判明し、全員が無関係とわかった。そして今日になって、矢上たちがいつも立ち寄るホットドッグ店に、男の声で不審な電話が入っていたことがわかった。状況からみて、その電話の主が彼らに朝日荘での逮捕の情報を伝えたことはほぼ間違いないと思われた。電話の発信元は杉並区の住宅街の公衆電話だった。しかし、付近に防犯カメラが設置されておらず、電話の男の特定には至っていない。

瀬野は疲労と苛立ちを吐き出すようにため息をついた。電話の男に関しては手詰まりだったが、四人のスマホのGPS記録から彼らの行動履歴はすべて押さえられており、通信、通話記録、朝日荘での会話も傍受してきたのだ。いまだに彼らの行方が摑めないのは、そのどこにも表れていない隠れ場所が存在するということなのだろうか。自分はいったい何を見落としているのか。

瀬野はもう一度、直近の朝日荘での会話を聞き直そうとマウスを動かした。その拍子にデスクの端から資料が床になだれ落ちた。木村がすぐさま立ち上がろうとするのを制して瀬野は自分で資料を拾い集め、腰を下ろして何気なく一番上の資料に目を落とした。

デスクの隅に追いやられていたその資料は、矢上と秋山の寮の部屋の電気料金を調べたものだった。派遣工の二人は、寮費は無料だが、部屋の水道光熱費は自腹で払っている。瀬野は電気代の推移を追ううち、奇妙なことに気がついた。二人とも八月の電気料金が前後の月より安くなっているのだ。

夏期休暇中ずっと寮にいたのなら、冷房なしには暮らせないはずだ。当然、工場に出勤していた七月、九月よりも電気料金は高くなっていなければおかしい。それが逆に安くなっている。ところがその一方で、GPS位置情報によるとスマホは寮から動いていない。近くのコンビニや散歩程度ならまだしも、今時の若者がスマホを置いて遠出をするとは思えない。二つのデータは明らかに矛盾している。瀬野は初めて疑念を抱いた。彼らは夏期休暇中、本当に寮にいたのか？

急いで四人の着信履歴を確認すると、気になる着信が一件残っていた。八月十三日午後五時二十七分、脇のスマホに公衆電話からかかっているのだ。

「おい、この公衆電話の所在地はどこだ」

瀬野は木村に尋ねた。木村は素早くキーボードを操作して答えた。

「千葉県笛ヶ浜、二の四の六。ストア小山田の店先に設置されている公衆電話です」

笛ヶ浜。これまでの捜査で初めて聞く地名だった。

「通話時間は？」

「スマホに着信後、留守電に繋がってすぐに切れています」

脇以外の三人のスマホに笛ヶ浜からの着信はない。

「夏期休暇中に矢上のスマホに笛ヶ浜からの着信があったな」

「はい。これも留守電に繋がってますね」

瀬野の頭の中に急速にひとつの仮説が組み上がっていた。

「木村、夏期休暇中に絞って、この笛ヶ浜の公衆電話からの発信記録を問い合わせてくれ。至急だ」

瀬野は久々に全身に気力が漲るのを感じた。この仮説が正しければ、夏期休暇中、笛ヶ浜の公衆電話から定期的に電話会社の留守番電話サービスセンターへかけられた記録が残っているはずだ。四人が遠隔操作でスマホの留守電のメッセージを聞くために。

32

北陸（ほくりく）新幹線の自由席は、平日の午前十時台という半端な時間ということもあって、薮下が思っていたよりもずっとすいていた。パラパラと座って窓外を眺めている乗客は、老若男女おおむねマスクをつけている。新型コロナがとりあえずの落ち着きを見せた後も、既往症や高齢者との同居、いわゆる〈顔見せ〉への抵抗感等の様々な理由でマスクの着用を続ける人は多い。さらに同調圧力の強さも相まって、三年間もほぼ全国民の義務のようになっていた習慣を絶つにはいささか時間を要するのだろう。

特に冬場は人混みや公共交通機関ではマスク姿の人が多く、これが被疑者捜索の際にそれまで威力を発揮していた顔認証システムに大きな打撃を与えていた。マスクをして帽子でも被られたら、顔などほとんど見えなくなってしまう。藪下自身は捜索ではなく捜査をしているので、その点にさしたる痛痒（つうよう）は感じていなかったが、それとは別にひとつ拍子抜けしたというか、物足りない気がしたのは、今朝、署から出てくると、藪下のプジョーのバンパーに小坂が座っていなかったことだ。

昨日、ユシマ葬祭をあとにした時には、口には出さなかったが長野市に住む玄羽の遺族を訪ねようと決めていたので、なんとなく小坂も察してそのつもりでいるような気がしていた。しかし考えてみれば交通費も自腹なのだからつきあいきれないという気持ちになるのもわからないではない。ただ、いつもの猫がいつもの場所にいなかったようなちょっとした淋（さび）しさを味わったのも事実だった。実のところ、東京駅に向けて出発する前に、二、三分、藪下自らバンパーに座って待ってみたりもしたのだったが、やはり小坂は現れなかった。

新幹線でうとうとして、長野駅に着いたのは正午をほんの少し回った頃だった。駅前に降り立った藪下は、まず自分のうかつさに臍（ほぞ）を噛んだ。駅前はすっかり雪景色で、道の端にかき寄せられた雪が盛り上がっていた。横断歩道など雪に埋もれて見えなくなっている。長野では十二月の雪など少しも珍しくないのに、薮下はそこを完全に失念しており、いつもの革靴でやってきていたのだ。とりあえずビニール傘を買ったものの、少し歩いただけで靴底に雪がくっついてツルツルと滑りそうになる。玄羽の遺族の家は駅前から徒歩で十五分ほどのところにあるのだが、転倒しないように用心しながら歩いたおかげで、ほとんど倍の時間を要した。

辿り着いた住所に建っていたのは住宅と棟続きの店舗で、看板に〈寿司(すし)　緒方〉とあった。喪主の玄羽晃作は娘の緒方光代に付き添われて葬儀に来たと聞いていた。晃作の娘夫婦は寿司店を営んでいるのだ。薮下は昼に寿司を食いたいという強烈な誘惑に駆られた。だが、ウニやコハダ、中トロなどを心ゆくまで味わった後、おもむろに警察手帳を出して「少々お話を」というのは、どう考えてもしまらない。間抜けに見える。今は昼飯時で忙しいだろうから、看板に二時から休憩とあることだし、その頃に出直すことにした。

慎重な足取りで駅の方面に戻った薮下は、せっかく長野に来たのだから昼は本場の信州蕎麦(しんしゅうそば)にしようと決め、表通りからちょっと外れた路地の半暖簾(はんのれん)をくぐって香り高いせいろ蕎麦の喉越しを楽しんだ。そして、たっぷりの蕎麦湯で体の芯から温まった後、再度、粉雪の中を〈寿司　緒方〉へと赴いた。

驚いたことに、店の前には人待ち顔の小坂が傘を差して立っていた。薮下はよく滑る靴で体勢を崩しつつ駆け寄った。

「おまえ、なんでここにいるんだ」

「玄羽さんの遺族にあの四人のことを聞くために決まっているじゃないですか」

なぜそんなことをおまえから説明されなければならないのか。忌々しさでつい声が大きくなる。

「朝は車のところにいなかったじゃないか」

「ああ、そのことですか」

小坂は昨晩のうちに玄羽の遺族の家をグーグルマップで確かめて寿司店だと知り、さらにグルメサイトで昼の休憩時間を調べ、それに合う新幹線に乗ってきたのだという。しかもよく見れば、革靴の上に雪道用のオーバーシューズを装着している。

「そこまで周到に準備していたのなら、なぜ一言俺に」

知らせなかったのか、という言葉を呑み込んだ。単独行動を好む薮下は、小坂に予定を知らせることはない。自分がしないことを人に求めるのはフェアではない。

いきなり店の扉が開いて、前掛けをした五十がらみの女が顔を出した。

「ちょっとあんたたち、店の前でうるさいじゃないか」

最悪の第一印象を与えるとは、まさにこういう場合を指すのだろう。こんなことならまだ寿司を食べてから警察手帳を見せた方がマシだったと悔やみつつ、薮下は手帳を見せて来意を告げた。

「刑事さんだなんて思わなかったもんですから、ほんとすみませんね」

玄羽昭一の従姉にあたる緒方光代は、おかしそうに笑いながら寿司店らしくあがりの粉茶を出してくれた。

「こいつは気が強いうえにそそっかしいんですよ。どっちかならいいんですけどね」

夫で寿司職人の義春が頭を下げたが、やはり顔には堪えきれない笑いが広がっている。バツの悪い思いで薮下が「こちらこそ失礼しました」と詫びているのに、傍らの小坂は「お寿司屋さんのお茶って独特の美味しさがありますよね」などと和んでいるのが腹立たしい。

残念なことに玄羽昭一の葬儀で喪主を務めた光代の父・晃作は脳梗塞で先月から入院しており、まだ普通に喋れる状態ではないという。落胆しつつも薮下は光代に矢上たち四人の写真を見せて、彼らが晃作と何か話していなかったかと尋ねた。

「さあねぇ。お葬式ってのは、『このたびは、このたびは』って人が次々挨拶しては回転寿司みたいに流れていきますからねぇ」

回転寿司だと何周もすることになるのではないかと思ったが、イメージとしては理解できた。

その時、義春がいきなり弾んだ声をあげた。

「そうだ、おまえ、あれ見れば思い出すんじゃないか、葬式の写真」

「ああ、あったね、そんなもんが」

義春が写真を取りに奥へと消え、光代が説明してくれた。

「葬儀場に写真のプロがいるから、長野に戻ったときにこんなだったよって家族に見せられるように撮っておいたらどうかって。五十畑君が勧めてくれたんで、それじゃあってことになりましてね」

「ちょっと待って下さい」

薮下は思わず話に割って入った。

「あの、五十畑さんとはお知り合いなんですか？」

「ええ。昭一君と五十畑君は同期入社で仲が良くってね、昭一君の結婚式の時は、五十畑君が友人代表で挨拶したんですよ」

薮下の脳裏に、吊り廊下の上から工員たちを恫喝(どうかつ)していた五十畑の姿が蘇った。来栖の話では玄羽昭一は工場内で監視されていたらしい。そうであれば五十畑は監視する側の人間だ。監視する側とされる側が、かつては親密だったというのが薮下には気になった。その後、二人が決裂するような何かがあったのかもしれない。

「これこれ、けっこうたくさん撮ってるんですよね」

義春が宅配便の袋を抱えて戻ってきた。

「アルバム買って早いとこ整理しなきゃと思ってたんですけどね」

どっしりとした寿司店の卓いっぱいに通夜から告別式、骨上げ当日に行われた初七日までの様子を収めた写真が広げられた。薮下はその一枚に扉近くに佇(たたず)んでいる矢上たち四人の姿を認め、すぐに光代に手渡した。

「この四人なんですけど」

光代は写真をしばらく眺めた後、薮下に尋ねた。

「えっと、名前、なんて言ってましたっけ」

薮下はひとりずつ指さしながら答えた。

「これが矢上、秋山、泉原、脇です」

「そうそう、脇って言ってました。じゃあやっぱり電話の子だわ」

「脇が電話してきたんですか？」

「ええ、九月の中頃でしたかね。あたしが電話に出たんですけど、父と話がしたいっていうんで取り次いだんです」

「話の内容はわかりませんか」

「あたしも後で何の用だったのって訊いたんですけどね。父は何でもないって」

脇の電話は玄羽昭一の死に関することに違いないと藪下は思った。伯父の晃作は、なぜそれを娘夫婦に隠したのか。なにか隠さねばならない理由があったのだろうか。

「ここにも写ってますね」

小坂が一枚の写真を取り上げて光代に渡した。それは、矢上たち四人が弔問客らしい二人の女性と話しているものだった。ひとりは絽の黒喪服に黒喪帯を締めた白髪の老婦人で、凜と背筋の伸びた立ち姿は和装に慣れた人らしい。もう一人は三十代くらいの小柄な女性で黒のワンピースにジャケット姿、涙を拭うためか右手に白いハンカチを握りしめている。

「この女性たちは」

「若い方の女の人は誰だかわかりませんけど。でもお年寄りの方は昭一君の亡くなった奥さん、美帆さんの親戚ですよ」

光代はその老婦人に昭一の結婚式と美帆の葬儀、そして昭一の葬儀の計三回しか会っておらず、名前を覚えていなかった。そこで芳名帳を出して調べてもらったところ、達筆で記されたその老婦人の名は崇像朱鷺子とわかった。

小坂が期待薄な調子で尋ねた。

「四人がこの女性たちと何を話していたか、なんて覚えてませんよね」

「覚えてますよ」

驚いた顔の小坂に、光代は種明かしをするように言った。

「いえね、笑い声がしたもんですからね。お悔やみの席で笑い声って目立つじゃないですか。それで昭一君の思い出話でもしてるのかなって、ちょっと耳がそっちにいったんですよ。その時に、〈壊れた生け垣〉がどうのこうのって聞こえたんですよ」

壊れた生け垣。何のことだか薮下には見当もつかなかった、それにしても矢上たちはどうしてこの二人の女性を知っていたのか。

「四人と崇像朱鷺子さん、それからこのもう一人の女性がどういった関係なのか、わかりませんかね。ぼんやりとでもいいんです、なにか思い当たることはありませんかね」

「そういわれてもねぇ……」

光代は困惑顔で写真を卓に戻した。

薮下は芳名帳に記された崇像朱鷺子の住所に目をやった。

「崇像朱鷺子さんは千葉の笛ヶ浜にお住まいなんですね」

「ええ」

頷いた光代がしんみりとした口調で言った。

「笛ヶ浜にはね、亡くなった美帆さんの実家がありましてね。住む人がいなくなってからも昭一君が時々かよってては手を入れてたんですけどね。とうとう空き家になっちゃった」

「ほんとに、こんなに早く逝(い)っちゃうなんてなぁ。寿司を食いに来いって、もっとしつこく誘うんだったな」

義春は祭壇を写した写真を手に取った。作業服を着て微笑んでいる玄羽昭一は、遺影に納まるには誰が見ても若すぎた。その遺影の脇に真新しい制帽が飾られていた。

「定年になって自由になったら、ゆっくり遊びに行くって言ってたのにねぇ」

目を潤ませた光代を励ますように、義春が妻の腕にそっと手を置いた。

薮下は、矢上たち四人が崇像朱鷺子ともう一人の女と話している写真を自分のスマホで撮ると、笛ヶ浜にある二件の家の住所と連絡先を控えた。それから時間を割いてくれた二人に礼を言うと、小坂を伴って〈寿司　緒方〉をあとにした。

いつのまにか雪がやんで薄日が射していた。薮下は傘の先で雪を突いて歩きながら、考えを巡らせた。矢上は、玄羽が靴を履いていたかどうかを医師に確かめに行ったほど、玄羽の死にこだわっていた。矢上は、葬儀の半月後には脇が遺族の玄羽晃作に電話をしている。彼ら四人と玄羽昭一は、自分が思っていたよりも遥(はる)かに深いつきあいがあったに違いない。

「もしかしたら、矢上たちは玄羽の生前にその家を訪ねてるんじゃないか……」

「その家ってどの家ですか？」

小坂が臆面(おくめん)もなく尋ねた。

「どの家って、玄羽の死んだ女房の実家に決まってるだろ。もし矢上たちが笛ヶ浜のその家を訪ねていれば、同じ町に住む崇像朱鷺子と知り合っていてもおかしくない」

「なるほど」

小坂は大きく頷くと、はたと立ち止まった。

「なんだ？　忘れ物とか言うなよ」

「今、思いついたんですけどね。本庁の組対が僕たち所轄を動員してまで捜しているにもかかわらず四人が見つからないのは、どこかに秘密の隠れ家があるからなのかもって思いません？それが笛ヶ浜のその空き家って可能性もあるんじゃないですかね」

34

溝渕と玉井が〈週刊真実〉の編集部に戻った途端、ふてぶてしい声が飛んできた。

「おいブチタマ、ちょっと来い」

編集長の財津だ。運転席に座ると車が傾くといわれるほどの重量級の巨体が手招きしている。

「その、猫マンマもらえそうな呼び方、なんとかなりませんかね」

溝渕は率直に抗議の意を表しつつ仕方なく財津のデスクの方に近づいた。

「ブチがタマと組んだら自然とそうなるだろ。それより例の件、ものになりそうか」

一昨日の夜、財津のネタ元から、タイ人留学生が次々と西荻窪署に引っ張られて取り調べを受けているというタレコミが入り、溝渕と玉井に調査が振られたのだ。

「財津さんのネタ元も焼きが回ったんじゃないですか」

溝渕は『財津さんの』という部分を特に力を込めて言ってやった。久々に少しだけ気が晴れるような気がした。

「タイ人留学生の件は、俺の首を賭けてもいいですけど、密輸でも不法就労でもありませんよ」

「なんでわかるんだ」

「問題の寮で暮らしている留学生は全員、国費留学生なんですよ」

国費留学生はだいたいタイのトップクラスの大学を卒業して、日本のやはりトップクラスの国公立大学や私立大学院で学んでいる学生なのだ。大学院では基本的に英語で研究論文を書くため、日本語研究などの学科でないかぎり、特に日本語を習得する必要はないが、たいていの学生は日常会話レベルは軽くこなせる。

「つまり財津さんや俺らブチタマなんかより、よっぽど優秀で、それほど金にも困ってないってことです」

「じゃあ何を事情聴取されてたんだ？」

「留学生のひとりに、親戚が吉祥寺で〈トゥークパーク〉ってタイ料理店をやってるのがいましてね、まかない飯でふるさとの料理が味わえるってんで、何人かその店でバイトしてたんですよ。そいつらの交友関係を根掘り葉掘り聞かれたそうです」

「その〈トゥークパーク〉って店の名前、どっかで聞いたな」

財津さんの記憶力の方も焼きが回ってるんじゃないですかと言ってやりたかったが、後難を避けるためにそこはぐっと堪えて、溝渕は親切に教えてやった。

「おととい小火を出した店ですよ、夕方のストレートニュースにちらっと出てた。我が国には、白人以外の外国人と見れば犯罪と結びつけたがる輩（やから）がいますからね。たぶん火災保険目当ての放火かなにかを疑ったんじゃないですかね。出火原因が判明して無罪放免です」

その時、カメラを自分のデスクに置きに行ったまま、ちゃっかり椅子に座ってノートパソコンを眺めていた玉井が間の抜けた声をあげた。

「あー、こりゃテレビ局も買わないわ。〈なに撮ってんだオブ・ザ・イヤー〉有力候補現る。ブチさん、財津さん、ちょっと来て見て下さいよ」

「おまえが来い」

財津は一度座るとよほどのことがなければ立ち上がらない。玉井は素直にノートパソコンを抱えてやってきた。

「ほら、〈トゥークパーク〉の小火の動画。精一杯スマホを頭の上に掲げて撮ったんでしょうけどね、これネットにアップするって、ある意味、蛮勇ですよね」

動画は肝心の店がフレーム外に半分切れていて、写ってるのは野次馬ばかりだった。

「あれ？」

玉井が首をかしげて動画をとめた。

「この顔、どっかで……」

カメラマンという仕事柄もあるのだろうが、玉井が一度見た顔は決して忘れない異能の持ち主であることは社内でも知らぬ者はない。

「ちょっといいですか」と、玉井はキャスター付きの椅子に座った財津を椅子ごと脇に押しやり、デスクのパソコンに『正宗（まさむね）組　特殊詐欺　組員逮捕』と入力して画像検索をかけた。それを見た財津が先回りして尋ねた。

「野次馬の中に暴力団組員がいるんだな？」

「これだ」

玉井がクリックして大写しにした写真には以下のリードがついていた。『警視庁組織犯罪対策部は三日、特殊詐欺で高齢者から現金をだまし取ったなどとして指定暴力団・正宗組の三次団体で、葵浄会系栃尾組、組員、砂島竜二容疑者（37）ら四人を詐欺容疑などで逮捕した』。写真には連行されていく容疑者が大きく写っている。記事の日付を確かめてさすがに財津が顔を顰めた。

「これ、九月三日の記事だぞ。まだシャバに出てるわけないだろ」

「こっちですよ」

玉井が指さしたのは、容疑者を連行する刑事の方だった。フラッシュを浴びてはっきりと顔が写っている。

「ほら、ここにいます」

小火の野次馬の中に確かに同じ顔の男がいた。顎マスクで耳を押さえて何か喚いているようだった。

「ここと、ここにも」と、玉井は組員逮捕の写真の中の別の刑事と、野次馬の中の一人を指した。やはり同じ男だった。野次馬の中にあって、二人とも火事の方を見ていないのが目を引いた。耳を押さえているのは、おそらくイヤフォンで指示を聞いているからだ。

「本庁の組対の刑事が二人、小火の現場で何の捜査だ……？」

そう呟きながら溝渕は野次馬の写真に顔を寄せた。目を凝らして眺めるうち、溝渕は、おやっという思いで眉を顰めた。

「俺、この男知ってるわ」

溝渕は野次馬のひとりを指さした。

「またまたブチさん、俺に対抗しちゃって」と、玉井が茶化した。「こいつはどう見たって刑事って感じじゃないですよ」

男はくたびれた膝丈のレザーコートにニットキャップ、画面の手前に写っており、駆け出そうとしているようだった。

「そりゃそうさ。刑事じゃないんだから」

溝渕はその男の顔を凝視したまま断言した。

「こいつは秋山宏典。俺が昔、取材した男だ」

第四章　Are you ready to kill?

35

　藪下がプジョーを停車してヘッドライトを消すと、辺りは真の闇に包まれた。車内にいても風の唸り（うな）が聞こえてくる。藪下と小坂は北陸新幹線で長野から取って返したその足で東京駅近くの駐車場に停めてあった藪下のプジョーに乗り、首都高速湾岸線から東京湾アクアライン、館山道を経て笛ヶ浜にある玄羽の亡妻の実家を目指した。

　今は空き家となっているその家に矢上たち四人が潜伏している可能性を考えて、車はエンジン音が聞こえないように少し離れたところに停めた。藪下は車内に常備した懐中電灯を手に、小坂はスマホのライトを点けて徒歩で家へと向かったが、巨大な闇の中では蛍火のように心許（こころもと）ない。

「まだ、夜の八時半なのに真っ暗ですね」

　小坂が寒風に肩をすくめて言った。街灯がないうえに隣家とは離れており、強い風のために夜はどこも雨戸を閉めているようだ。食料の備蓄さえあれば、件（くだん）の空き家は隠れ家として最適だと薮下は思った。不意に小坂が鋭く囁いた。

「薮下さん、これ」

破れ目だらけの生け垣が倒れ込むように道側に傾いていた。通夜の場で矢上たち四人が女たちと話していた〈壊れた生け垣〉というのは、これに違いない。四人の隠れ家は十中八九ここだ。石の門柱があるものの肝心の門はなく、飛び石が配された小道の先に磨り硝子の引き違い戸がある。

「どうします？」

尋ねる小坂の声が緊張しているのがわかる。薮下が幾たび昇任試験に落ちようとも、警察官として年齢を重ねることは決して無駄ではないと感じるのはこういう時だ。場数を踏んだ自分は状況を冷静に分析できる。被疑者は若い男四人。対するこちらは刑事二人。しかも被疑者らに気づかれて逃走された場合、刑事のうち一人は走力において戦力外だ。絶対に気づかれることなく、屋内の様子を探らなければならない。

玄関に近づけば磨り硝子越しにこちらの灯りに気づかれる恐れがある。かといって懐中電灯とスマホのライトを消しては漆黒の闇に閉ざされて何も見えない。

「庭伝いに裏へ回ろう」

薮下は姿勢を低くし、懐中電灯の光を足下の地面に絞って進んだ。

ところが、しばらく行くとその光の中に思いがけないものが現れた。土の上にいくつもの革靴の跡が残っていたのだ。矢上たちが平素から革靴を履いているとは考えにくい。靴跡の向きから、かなりの人数が庭を往復したことがうかがわれた。その靴跡が消える地点に家の勝手口があり、扉をこじ開けたらしく辺りに木片が飛び散っていた。

藪下は本庁の突入を直感し、咄嗟に扉を開けて家に駆け込んだ。

台所の床に白く残された靴跡が目に飛び込んだ。小坂が室内の灯りを点け、眩しさに目を瞬かせながらも台所を一瞥した藪下は、水切りラックにコップが四つ置かれているのに気がついた。四人は確かにここにいたのだ。急いで廊下に出て玄関に向かった。

案の定、鍵が壊されていた。雨戸を閉てきってあるから、玄関と勝手口から一気に突入されれば逃げ場はない。

本庁が逮捕したからには、もう自分は四人と顔を合わせることもないのだと藪下は初めて思った。容疑をひた隠しにしたまま本庁が所轄に捜索を命じるということは、尋常でない何かが裏で動いていたはずなのだ。彼らに会えばそれがわかるのではないか。たった四人の非正規工員の逮捕に、どうして本庁がこれほど血眼になっているのか、その謎が解けるような気がしていた。この空き家の存在をもう少し早く摑んでいれば。今さらのようにそれが悔やまれた。

いつのまに外に出ていたのか、小坂がスマホを手に玄関戸を開けて入ってきた。

「藪下さん、四人は逮捕されていません」

「ほんとか」

藪下は思わず聞き返した。

「ええ、今、課長に確認しました。所轄への捜索依頼はまだ生きてます」

だが、本庁が逮捕を隠していることもあり得る。四人は本当に捕まっていないのか。

藪下は急いで廊下を駆け戻ると、次々と座敷を見て回った。

いずれの部屋も押し入れや物入れの襖が開けっぱなしになっている。さらに、畳に残された暴力的なまでの足跡とは対照的に、障子や襖はまったく無傷のままだ。本庁が突入した時に彼らがここにいたとすれば、必死で抵抗したはずであり、そうであれば襖の一枚や二枚は蹴破られていて当然だ。少なくとも室内がこれほど整然としているわけがない。押し入れや物入れがすべて開いているのは、本庁の奴らが、四人が隠れてはいないかと捜したからだ。

「薮下さん、なに一人でにやにやしてるんですか？」

追いかけてきた小坂が尋ねた。薮下は久しぶりに小気味の良い気分で答えた。

「本庁が踏み込んだ時にはもぬけの殻だったんだ。四人はもうここにいなかったんだよ」

36

非常識な時間に人の家を訪問できるのは警察官の特権のひとつである。しかし午後九時十分、貴人の邸宅であるかのようなたいそう立派な白壁の屋敷を前にして、薮下は自分がどうにも失礼な奴のように感じられて居心地が悪かった。崇像朱鷺子の住まいは旧家らしい屋根付きの腕木門をぴたりと閉ざし、その奥で鬱蒼とした樹木の梢がまるで絶え間ない波音のように風に鳴っていた。

「インターフォンがどこにもないですね」

スマホのライトで門の周りを調べていた小坂が不思議そうに言った。

「用がある人はここから大声で呼ぶんですかね」

真顔で尋ねられても薮下にわかるわけがない。

「とりあえず電話してみろ」

「寝てたら起こしちゃいますよ」

当たり前のことを言いながら小坂はスマホをスピーカーフォンにして朱鷺子の家の固定電話にかけた。屋敷内のどこかで電話が鳴っているのだろうが、外にはまったく聞こえなかった。寒さで足踏みをしつつ待ち、二十回のコールを過ぎて諦めようとした時、老女の「もしもし」という声がした。眠っていたのではなさそうな明瞭な口調だったが、わずかに警戒の色が滲んでいる。すかさず小坂が営業マンのような微笑を浮かべて喋り始めた。

「夜分に恐れ入ります。警視庁南多摩警察署の者ですが」

通話が切られ、不通音に変わった。職業柄、一般人に歓迎される機会が多いとはいえないので、この種の応対には慣れていた。小坂に再度電話をかけるよう命じる前に、薮下は試しに門の脇の潜り戸をいじってみた。難なく開いたので中へ入ろうとすると、背後から小坂が一応、確認するように尋ねた。

「勝手に入ります?」

薮下は足をとめて振り返った。

「いいか、小坂。崇像朱鷺子さんに『潜り戸の鍵をかけ忘れていますよ』と教えてあげるのが模範的な警察官の行動というもんだろ」

さっさと潜り戸を入り、辺りを懐中電灯でぐるりと照らしてみたが、圧倒的な闇の中に石灯籠と巨木の幹らしきものが垣間見えただけだった。と、前方に灯りが点った。四枚建ての立派な引分け戸が橙色に染まっていた。薮下は、明日は絶対にマフラーをしようと思いながらコートの襟を立てて小走りに玄関に向かった。

灯りが点いたものの一向に人が出てくる気配はなかった。

「玄関の戸締まりはどうかな」

薮下はとりあえず小坂に聞こえるように呟いてから引分け戸に手をかけた。やはり施錠されておらず、戸は開いた。艶やかな三和土を挟んで、優に大人四人が横に並んで歩ける幅の廊下があり、その真ん中にウールの着物に藤色の肩掛けをした朱鷺子が待ち構えるように立っていた。白髪の後れ毛が風に揺れるのを見て薮下は急いで三和土に入り、続いた小坂が戸を閉めた。朱鷺子は微動だにせず高い上がり框の上から薮下を見下ろしている。

「まだ捜し足りないのかい？」

その一言で、本庁の刑事たちがここを家捜ししたのだとわかった。本庁も玄羽と四人の関係を摑んだのだ。薮下はとにかく今は朱鷺子が家捜しに腹を立てているらしいことと、自分の白髪交じりの頭を最大限に利用しようと考えた。

「どうも、うちの若い者が大変失礼なことをいたしまして。申し訳ありませんでした」

薮下は深々と頭を下げた。電話で警視庁南多摩警察署の者と名乗っていたので、朱鷺子が同じ警視庁だと誤解してくれるだろうと期待したのだ。傍らにぼさっと突っ立っていた小坂が、意図を察して慌てて頭を下げた。

「本来なら、令状なくあのようなことをしてはいけないのですが」

「だから弁護士の先生を呼んだんじゃないか」

予想外の展開にたじろいだ。これほどの旧家ならば弁護士の知り合いくらいいるだろうが、本庁も朱鷺子がまさかそこまで強気に出るとは思わなかっただろう。

「それは、当然のことと存じます」

「あの四人の容疑さえ、捜査に関わることなので話せないって、それで家捜しってのはどういう了見だい。〈任意〉っていえば何でも通ると思ってるのかい？」

そうです、そういう警察官は意外に多いのです、とは答えられないので、薮下は平身低頭して謝った。

「それでこうしてお詫びに伺ったわけでして」

菓子折でも持参するべきだったたと思いつつ薮下は控えめに切り出した。

「ついでと言ってはなんですが、あともう少しだけお聞きしたいことが……」

朱鷺子は瞬時に怒りが再燃したらしく、薮下の言葉を遮った。

「先生が『日も暮れてきたんで、ちょっと譲ってあげなさいよ』って言うから家に上げてやったら、家捜しだけじゃあきたらずに、ひょいと見たら屑入れの中身まで写真に撮ってるじゃないか。警視庁ってとこは、礼儀ってものをわきまえないように特別な教育でもしてるのかい」

そうです、屑入れの中身は持っていけないもんですからよく写真に撮るんですよ、小坂もあの四人のロッカーの中のゴミを撮りましたしね、などと答えようものなら、朱鷺子はたちまち若衆のように尻っぱしょりをして薮下たちを蹴り出しかねない勢いだった。屑入れの中など誰しも他人に見せたくないものだが、今回は運悪くなにかよほど見られたくないものが入っていたらしい。この調子ではいつになったら家に上げてもらえるのだろうかと不安な思いでうなだれていると、小坂が意を決したような口調で割って入った。

「あの、すみません」

「なんだい」

「手洗いを貸していただけないでしょうか」

朱鷺子は一瞬、外国語を聞いたような表情になったが、やがてあきれた顔でため息をついて言った。

「お上がり。廊下を突き当たって左だよ」

37

　薮下が通されたのは八畳の居間だった。今、暖かいのはその部屋だけだという。掘り炬燵の上に読書用のランプと眼鏡、栞を挟んだ分厚い本があったが、薮下が題名を覗き見る前に朱鷺子はさっさと本を片付け、薮下に茶箪笥から茶器を出すように命じた。盆に載った茶器一式は九谷の青粒鉄仙で、薮下にはその渋味のある青い点描と金色の大胆な鉄仙の花が朱鷺子に似つかわしいものに感じられた。

　朱鷺子は、薮下が運んだ盆から急須を取ると、桜皮の茶筒の蓋に軽く音を立てて茶葉を量り出し、電気ポットの湯で煎茶を淹れた。薮下が流麗な動作に見とれていると、不意をついてぞんざいな言葉が飛んできた。

「年寄りは夜が早いんだよ、お茶を飲んだらさっさと帰っとくれ」

どうぞお構いなく、とでも言おうものならただちに退出を申し渡されそうだった。その時、廊下に軽快な足音を響かせて小坂が戻ってきた。そして嬉しそうな顔で暖かい掘り炬燵に入りながら朱鷺子に言った。

「潜り戸の鍵をかけ忘れていますよ」

薮下は天を仰ぎたい気分だった。そのように伝えるのが模範的な警察官の務めだと確かに自分は言った。しかし、それが他人の家の手洗いを借りて戻ってきた警察官が最初に家人に言う言葉としては適切さを欠いていると、どうしてこいつは思い至らないのか。

朱鷺子は完全に小坂を馬鹿だと思ったのだろう、児童に教えてやるような口調で言った。

「あそこは少なくともあたしが生まれてこのかた鍵をかけたことはないんだよ。そうしとかないと誰も玄関のインターフォンまで辿り着けないからね」

「この辺りはとても治安が良い地域なんですね」

こんな長閑な話で茶を飲み終わってはならない。薮下は前置き抜きで本題に入った。

「実は玄羽昭一さんの通夜の時のことを少し伺いたいのですが、矢上たち四人は玄羽さんの死について何か言っていませんでしたか？」

「さてねぇ。三ヶ月以上も前のことだからね」

それで答えたつもりらしく、朱鷺子は茶を口に運んだ。薮下はここは押しの一手だと腹をくくった。

「『玄羽昭一さんはユシマに殺された』と言っていませんでしたか？」

「へぇ、なんでだい？」

朱鷺子は湯飲みから目も上げずに平然と尋ねた。

薮下は朱鷺子が彼らから玄羽の死の経緯を聞いていると直感した。親しい人間の死に関して『殺された』という言葉を初めて聞いた者の正しい反応は〈驚き〉、あるいは少なくとも〈不審〉の類いでなければならない。なんら動じないこと自体がおかしいのだ。薮下は茶を一口すすってから和やかに語らう調子で答えた。

「彼らがそう言っているのを聞いた人間がいるんですよ」

「そうかい。だったらそうなんだろう」

いかにも関心がなさそうな口ぶりだった。その朱鷺子の眼前に、薮下はいきなり〈寿司　緒方〉でスマホに撮った通夜の写真を差し出すと、やはり穏やかに尋ねた。

「あなたの横に立っているこの女性は誰ですか？」

初めて朱鷺子の目がわずかに見開かれた。それから薮下に弓を引き絞るような鋭いまなざしを向けた。

「これは取り調べか何かなのかい？」

「もちろん違います。ただ」

「だったら答える義務はないはずだ。さあ、もう帰っとくれ」

そう言うなり、朱鷺子が炬燵の天板に手をついて立ち上がろうとした時、小坂が申し訳なさそうに言った。

「崇像さん、ちょっと言いにくいんですが」

辛抱もこれまでだというように朱鷺子は邪険に言い放った。

「なんだい、今度は風呂を借りたいとでも言い出す気かい？」

「いいえ、実は、この人は薮下哲夫という南多摩署で昇任試験の不合格記録を更新中の平刑事なんです。ちなみに僕はこの人の部下の小坂です」

　薮下は耳を疑い絶句した。朱鷺子は険しい表情のまま、とんでもない矛盾に出くわしてなんとか辻褄を合わせようとするかのように微かに眉根を寄せ、あらぬ方向を凝視している。小坂がゆっくりと簡潔に説明した。

「つまりですね、ここを家捜しした警視庁の人たちの上司というのは、真っ赤な嘘なんですよ」

「おまえ……」

　薮下はあまりのことに小坂に向かってあとが続かず、朱鷺子は騙されていたとわかって怒りに頬を紅潮させ、薮下を睨みつけた。

「あんた……！」

　それだけ聞けば夫婦が呼び合ったかのようだった。

　小坂は炬燵の上に発生した激情の渦には一向に頓着する様子もなく話を続けた。

「なぜ本当のことを話したのかといいますとね、もし崇像さんが警視庁の人たちから四人を守りたいと思っているのなら、とりあえず警察の中に味方を作っておいた方がいいのではないかと思ったからなんですよ」

「味方……？」

　訝しげな顔で朱鷺子が小坂に目をやった。

「薮下さんは、矢上たち四人に興味を持って捜査をしている、多分、ただ一人の警察官です。

ほかはみんな、とにかく彼らを捕まえるために捜し回ってるだけですから。おまけにこの人は、今回の事件の背後で、何か異常なことが起こってるんじゃないかと疑ってるみたいなんですよ」

朱鷺子がまるで検察官のように厳しい口調で薮下に問い質した。

「そうなのかい」

薮下は成り行きに理不尽なものを感じつつも、答えざるをえなかった。

「まあ、その、だいたい小坂の言うとおりです」

朱鷺子はピンと背筋を伸ばしたまま首を傾け、胡散臭い人間を値踏みするかのようにしばらくのあいだ黙って薮下を見つめていた。薮下がおのずと猫背になってうなだれつつじっとその視線に耐えているあいだ、小坂が暢気に茶を飲んでいるのが実に癪にさわった。

だが、薮下としては朱鷺子が自分を信用して写真の女性のことを語ってくれるよう祈るほかなかった。朱鷺子はひとつ息をつくと、唐突に言った。

「この人は小杉宏美さん。小杉圭太の奥さんだよ」

それが朱鷺子の地声なのだろう、先ほどまでよりも低く柔らかな声だった。

「その小杉圭太さんというのは、玄羽昭一さんとはどのような関係の人なんですか？」

薮下は素早く手帳を取り出してメモを取る体勢を整えつつ尋ねた。

「昭一さんと美帆は結婚してしばらくは社宅暮らしでね、圭太は同じ階に住んでいたんだ。小学校に上がる前に両親が離婚して、母親の方が出ていったらしい。それで子供好きだった美帆が圭太と遊んでやっているうちにすっかり懐いてね。父親が出張の時なんかは預かったりして、昭一さんも自分の子みたいに可愛がっていた。美帆たちが社宅を出てからもそんな感じで、夏休みのたびに美帆の実家に泊まりに来たりしてたんだ」

「じゃあ、崇像さんも圭太さんを子供の時分からご存じだった」

藪下はようやく流れ始めた水路の水にそっと船を浮かべるように尋ねた。

「ああ。あの頃はあたしもまだ三十代で元気があったからね。蟬採りにつきあったりしたもんだ」

現在の姿勢の良さと身のこなしから考えても、朱鷺子は活発で運動神経の良い女性だったはずだ。藪下の頭の中に、遠い夏、向日葵（ひまわり）の咲くあぜ道を、麦藁帽（むぎわら）を被（かぶ）って半袖（はんそで）のブラウスにスカート姿の朱鷺子が、自転車の後ろに半ズボンの男児を乗せて軽快にペダルを踏む姿が思い浮かんだ。その男児・圭太にしてみれば、ここで過ごす夏休みは、豊かな自然の懐に抱かれて、玄羽夫妻だけでなく美帆の両親や朱鷺子までが慈しんでくれる飛びきり楽しい時間だったに違いない。〈笛ヶ浜の夏休み〉は圭太が中学三年になるまで続いたという。

「美帆とその両親がいっぺんに亡くなって、圭太もこの町に来るのが辛（つら）くなったんだろう」

そう語る朱鷺子の表情は、悲しみというより虚（うつ）ろな、永久に埋められない欠損のようなものを感じさせた。

両親の還暦祝いに初めて親子で海外旅行に出た先で美帆たち三人が航空機事故で亡くなったことはすでに調べてあったが、三人の突然の死は、玄羽昭一だけでなく朱鷺子にとっても、受け入れるには長い歳月を要する現実だったのだと藪下は感じた。

朱鷺子の話では、小杉圭太は大学の理工学部を出てユシマに就職。その翌年に父親が肝硬変で亡くなったが、圭太は二十五歳で車体部品質検査課の副主任に昇進したのを機に、以前から交際していた保育士の宏美と結婚したらしい。小杉夫妻は挨拶がてら笛ヶ浜に遊びにきたようだった。二女にも恵まれ、圭太一家は順調にやっているとばかり思っていたという。

「ところが四年前の秋、何もかもがひっくり返っちまった。その日、二直に入っていた圭太は午前一時の終業のあと事務やなんかの残業をして、朝六時頃に家に帰ってきたそうだよ。宏美さんが食事の支度をしているそばで急に様子がおかしくなったんだ。全身をガクガク痙攣させ始めて、あっという間に意識がなくなった。すぐに救急車で病院に運んだんだけど、医者の話じゃ、脳の動脈瘤が破裂して出血を起こしたらしくて、意識が戻らないまま翌日の夕方、亡くなったよ。まだ三十二歳だったたってのに」

享年三十二。その事実の重さに薮下は言葉が出なかった。三十二歳の頃、薮下は自分の死を、まるで病床の白いシーツのように常に皮膚の近くに感じながら癌と闘っていた。理不尽な状況に憤り、祈り、自暴自棄になるまいともがいていた。本当なら〈これまで〉よりも〈これから〉の方がずっと長いはずだったのにと思いながら。

だが、圭太は自分の死を考える暇もなく、いきなり人生を断ち切られるようにして逝ったのだ。妻と幼い子供を残してどれほど無念だっただろう。しかしその死も、生方においては異様に多い死者のひとりとして数えられるだけだ。

「小杉圭太さんの死はやはり」

「ああ、間違いなく過労死だよ。圭太の出勤時刻と『今から帰る』っていう毎日のメールの時刻をつきあわせただけでも、とんでもない量の残業時間だったたらしい」

「労基署に労災申請はしたんですよね?」と、小坂が尋ねた。「あれが通らないと、遺族補償年金とかが下りませんもんね」

「当時、子供はまだ四歳と二歳だったからね、とにかく何が何でも子供を育てていかなきゃならない。宏美さんは圭太が死んだ翌月、南多摩労基署に労災申請をした。ところが労基署は一年八ヶ月も待たせたあげく、申請を認めずに不支給の処分にしたんだ」

つまり圭太は過労死と認められなかったのだ。薮下は労災に詳しくはないが、事故等による労災死の場合は、申請を出してから四ヶ月ほどで結果が出ると週刊誌で読んだことがあった。過労死は判定が難しいとはいえ、一年八ヶ月はどう考えても長すぎる。そのうえ不支給処分とは、遺族にとっては青天の霹靂だったに違いない。

「不支給の処分を下した理由は説明されたんですか？」

「詳しいことはわからないけど、そのあと弁護士の先生と審査請求やらなにやら手を尽くしたものの、ちっとも埒が明かなかったようでね。それで今年になって宏美さんは、とうとう国と南多摩労基署を相手取って不支給処分取り消しを求める裁判に踏み切る決心をしたんだよ」

「裁判ですか……」

薮下は思わず呟いた。相手は国と労基署だが、不支給処分にはユシマの力が働いていると考えて間違いない。社員を過労死させた事実を隠蔽したいのだ。そのことは遺族もわかっているだろう。とすれば、〈世界のユシマ〉を相手に闘うに等しい。幼い子を抱えた若い母親にとっては大変な重圧だ。

朱鷺子は両の掌で包んだ青粒鉄仙の湯飲みを見つめていたが、先を続けようとして一瞬、痛みが走ったかのようにわずかに目元を歪めた。玄羽に関する何かが胸をよぎったに違いないと薮下は感じた。朱鷺子はすぐに浅く息を吸って話し出した。

「宏美さんは年内に訴訟を起こす予定で準備を始めながら、昭一さんに裁判で原告側の証人になってもらえないかと相談したんだよ。もちろん、昭一さんが長年勤め上げてあと数年で定年退職ってところまで来ていることを考えて、断ってくれても構わないからと何度も念を押したらしい。でも、昭一さんは圭太のために喜んで証言すると約束したんだ。それが、こんなことになるなんてね」

玄羽昭一が工場で監視されていた理由はこれだったのだと薮下は確信した。裁判で玄羽がユシマに不利な証言をする予定だったからだ。そのために、玄羽と親しく話している人間も不穏分子としてチェックされるようになり、誰もが用心して近づかなくなった。こうして相互監視のような体制ができあがったあげく、玄羽昭一は工場の休憩室でひとり、誰からも声をかけられることなく死んだのだ。薮下はあらためて通夜の写真を朱鷺子の眼前に差し出した。

「崇像さん、矢上たちは通夜で小杉宏美さんに会っている。引き合わせたのはあなただ。彼らは圭太さんと玄羽夫妻の関係も、圭太さんの死も、玄羽昭一さんが裁判で証言するはずだったことも、この日に知ったんですね？」

朱鷺子は黙って写真から目を背けた。薮下はたたみかけた。

「だったら、彼らがあなたに話していないわけがないんです。あの晩、玄羽昭一さんがどんなふうに死んだのか。いや、彼がどんなふうにユシマに見殺しにされたか。玄羽さんは医務室には行かなかった」

「やめとくれ！」

激しく胸を波打たせて朱鷺子が薮下に向き直った。

「それをどうやって証明できるっていうんだい！　休憩室で倒れてたのを見たって誰が証言してくれるんだい！」

老いた唇がわななき、目尻から涙がこぼれた。

薮下は胸を衝かれた。そしてうなだれ、自分を恥じた。こんな問いつめ方をするべきではなかった。この人は親しい人をもう何人も失ってきたのだ。そのうえ、美帆と圭太の記憶を共有するただひとりの人間だった玄羽昭一を亡くして、まだ間もないというのに。

「すみませんでした」

薮下は頭を下げた。朱鷺子は指先で目尻の涙を払って言った。

「ユシマはあったこともなかったことにできるのさ、昔っから。あたしが裁判官ならぺしゃんこにしてやるところだよ」

朱鷺子はかろうじて口許だけ笑ってみせた。苦笑してみせた。薮下は何か慰めになるような言葉をかけたかったが、どう言っていいかわからなかった。するとまるで何事もなかったかのように、小坂の明るい声がした。

「ごちそうさまでした。美味しいお茶でした」

「おそまつさまでした」

反射的に定型句を返した朱鷺子は、その習慣の力で日常の口調を取り戻していた。二人のやりとりを聞いて薮下は引き揚げる潮時であるのを悟り、それを小坂に教えられた自分に若干、屈折を感じつつ立ち上がった。そして朱鷺子が立ち上がろうとするのを制して言った。

「いや、もうここで。見送りには及びません」

「鍵をかけるんだよ」

余計なことを言わなければ良かったと思いながら、藪下は広い廊下を玄関へと向かった。その間、小坂と朱鷺子は、本庁の奴らの横柄な態度について忌憚ない所感を述べ合って意気投合していた。高い上がり框から式台に下りようとして、藪下はふと、最初に玄関で朱鷺子から聞いた出来事を思い出した。

朱鷺子が弁護士を呼んで任意の家捜しを拒否したのに対して、本庁の奴らは確か日が暮れるまで粘ったということだった。だが、単に朱鷺子が玄羽の亡妻方の親戚というだけで、そこまで粘るだろうか。もしかしたら、聞き込みかなにかで、本庁は四人と朱鷺子の直接の関係を摑んでいたのかもしれない。藪下は試しにカマをかけてみた。

「矢上たち四人はよく崇像さんに会いに来たんですよね」

「あの四人がここに日参していたのは、婆さんとお喋りするためだったと思ってるのかい？　四人が爺さんなら、そういうこともあったかもしれないね」

お得意の皮肉が復活して、藪下は少し安堵した。同時に、目的が何であれ、彼らがこの屋敷に日参していたことがわかった。しかし、いつ彼らにそんな時間があったのだろう。藪下は素直に尋ねた。

「彼らがいつ、何をしにここに来ていたのか、教えてもらえませんか」

「やっぱり警視庁の中心にいない人は、何にも教えてもらえないんだねぇ」

チクリとやるのを忘れないところも朱鷺子らしかった。

「四人はこの夏休みに昭一さんが初めて美帆の実家に招待したんだよ。最初のうちはバーベキューや海水浴なんかして喜んでたのが、どういうわけかいきなりうちの文庫に通ってくるようになってね」

崇像の本家であるこの屋敷には白壁の大きな土蔵があり、そこが文庫になっているという。

薮下も小坂も、その時になって初めて朱鷺子が町で〈文庫のねえさん〉と呼ばれていること、かつては町にはない図書館の代わりに、文庫で本を貸し出していたことを知った。

「毎日、朝から四人で文庫に来て、夕方までなにかいろいろと調べてたね」

薮下はつい興奮して朱鷺子の方に身を乗り出していた。

「その、その文庫を見せてもらえませんか」

「薮下さん、もう夜遅いですし」

小坂がたしなめ、朱鷺子が顔を顰(しか)めた。

「四人は文庫に隠れてなんかいやしないよ、警視庁の奴らがとっくに捜していったんだから」

「いえ、そうじゃないんです。彼らが何を調べていたかを知りたいんです」

薮下は、そこに、彼ら四人のその後の行動の原点があるような気がした。

彼らは海水浴三昧(ざんまい)の夏休みを捨て、自由な時間の大半を注ぎ込んでいったい何を調べようとしていたのか。

「案内さえしていただければ、あとは自分で調べてきちんと元に戻して、そっと帰りますから」

「まったく困った人だね、あんたは」

朱鷺子はフンと鼻からひとつ息をついて言った。

「靴を持ってついておいで」

くるりと踵を返すと、朱鷺子が廊下を引き返していく。慌てて靴を摑んであとに続く。いくつも廊下を曲がり、外廊下、渡り廊下、縁側から近道らしい座敷を抜けていくうち、あまりに広い屋敷は中を歩いても全体像がまったく摑めないことを思い知った。薮下に漠然とわかっていたのは、たぶん自分は屋敷の奥の方にいるのだろうということくらいだった。

「足下、気をおつけ」

朱鷺子が縁側の引き戸を一枚開き、沓脱ぎ石の上の駒下駄をつっかけて庭に降りた。いつのまに懐中電灯を持ったのか、飛び石を照らしながら広い中庭らしきところを慣れた足取りでさっさと進んでいく。薮下は急いで靴を履き、コートの襟を立てて空に目をやった。瓶の底から見上げたように、樹木の梢がぽっかりあいた空に夥しい数の星が煌めいていた。

「なにしてんだい、こっちだよ」

庭の奥から朱鷺子の声が飛んできた。薮下は持参した懐中電灯で、小坂はスマホのライトを点けて急いであとを追った。

朱鷺子は土蔵の踏み石の前に立って待っていた。観音開きの蔵戸前は開いたままで、その口廻り五段の掛子塗りが格の高さを表している。朱鷺子が裏白戸を目で指して言った。

「入りたいんなら自分で開けとくれ」

薮下は踏み石の上で靴を脱ぎ、煙返し石に上がって裏白戸を開けようとしたが、これが予想以上に重かった。厚板ばりの引き戸の外側を防火のために白漆喰で塗り込めているのだから軽かろうはずがないが、薮下は冷たい石に両足を踏ん張り、腹にぎゅっと力を込めて引かねばならなかった。これが開いてようやく、網戸と呼ばれる上部に金網を配した木製の引き戸が現れた。藪下が肩で息をついているあいだに、欅の木目も美しい網戸を小坂が難なく開けた。どこまでも要領の良い奴だ。

「左手に灯りのスイッチがあるよ」

朱鷺子の指示に従って小坂が手探りで灯りを点けた。土蔵だからと薄暗い裸電球のようなものを想像していた藪下は、何本もの蛍光灯の圧倒的な光量に思わず手で目を覆った。

土蔵の一階は天井まである書架で四方の壁が覆われ、そこにさらに丈高い書架が背中合わせに並んで幾筋もの通路を作っていた。その通路ごとに蛍光灯が三つずつ配され、無造作に置かれた大小の書架梯子に腰を下ろして本を読むのに充分な光を供給している。

藪下は入り口近くの本の背表紙を眺めていった。文化、歴史、法律、経済、科学等の学術系のものが多く、朱鷺子が厳選して購入したのだろう、比較的新しく上梓された書籍もあった。

「最近じゃあもうここには誰も来ない。あたしが死んだらこれは全部、行き場のないゴミになるんだろうね」

朱鷺子が懐中電灯を消して土蔵の中を見回した。

「だからあの子たちには好きに使えといったのさ。線を引いても付箋を貼ってもいい、なんならごっそり持って帰っても構わないってね。それが律儀に通ってくるんだから、変な子たちだったよ」

そう言うと、朱鷺子は四人がここにいた夏を思い起こすようにしばらくのあいだぼんやりと戸口の脇に佇んでいた。藪下は、朱鷺子が初めて矢上たち四人を『あの子たち』と呼ぶのを聞いて、彼女がどのようなまなざしで彼らを見ていたのか、その距離感が漠然と理解できたような気がした。

小坂が二階への階段を上がろうとして、踏み板がキィとネズミの鳴くような音を立てた。朱鷺子は我に返って懐中電灯のスイッチを入れた。

「二階に電気ストーブがある。それじゃ、あたしはもう休ませてもらうよ」

朱鷺子の駒下駄の音はたちまち風の中に消えた。

「薮下さん」

小坂が顎(あご)で戸口の傍らの小机を指した。無論、薮下もそこに〈貸し出し帳〉と書かれたＢ４判のノートと、蔵の佇まいにまったく不似合いなデスクトップパソコンが置かれていることには気づいていた。パソコンは古い型だが、おそらく蔵書が検索できるようになっているのだろう。

「おまえ、ストーブ持ってこい」

小坂にそう命じて、薮下はまず貸し出しノートを手に取った。日付に続いて名前と借りた本の題名が、それぞれにまったく異なる筆跡で記されていた。

矢上は右上がりの鋭角的なくせ字、泉原のは硬筆のお手本を若干、丸文字風にしたような統一感がある。秋山は払いと跳ねが派手でまるでサインのようであり、脇に至っては名前はなぜかカタカナである。写真でしか見たことのない四人の個性が微かな手触りのように感じられた。

小坂がストーブを点け、パソコンに四人が借りた本の題名を打ち込んだ。すると、どの書架のどこにその本があるのかがわかるようになっており、探しに行くとまさしくその場所に並んでいた。つまり、彼らは読んだ本をきちんと元あった場所に戻して帰ったということだ。薮下はそれらを再び書架から取り出し、借りた人物別に分けてストーブの近くに積み上げた。朱鷺子が四人を破格の扱いにしたからだろう、ほとんどの本にアンダーラインや波線、書き込み、星印や囲みが残されていた。

薮下は彼らがこの文庫で過ごした夏の時間を思った。

屋敷の樹木から蟬時雨（しぐれ）が降り注ぎ、庭の飛び石は打ち水に濡（ぬ）れて光っている。土蔵の中はいくらかひんやりとしていて、彼らは梯子に座ったり、書架に凭（もた）れたり、肘枕（ひじまくら）をしたり、仰向（あおむ）けに寝転んだりして、陽のある一日、何かを知ろうと文字を追い、ページを繰っていた。

38

貸し出しノートの記録では、四人が最初に手にしたのは、いずれも日本の労働法制に関する書籍だった。なぜ急にそんなことに興味を持ったのか、薮下には見当もつかなかった。アンダーラインが引かれているのは、敗戦後、ＧＨＱの占領下において労働法が大きく変わっていくあたりからだった。彼らからすると祖父母が生まれた頃だから、おそらく昔話くらい遠く実感のない時代だ。

ＧＨＱという言葉に初めて出くわしたのだろう、矢上はページの余白に〈General Headquartersの略、連合国最高司令官総司令部〉と書き込んでいる。泉原が借りた書籍には、ＧＨＱの文字の脇に鉛筆書きで巧みな似顔絵が描かれていた。薮下にも一目でそれが誰であるかわかった。サングラスにコーンパイプ、フィリピン軍帽を被ったダグラス・マッカーサーだ。
GHQの当初の労働政策は明快だった。すなわち労働の民主化だ。中間搾取や強制労働の恐れのある制度、なかでも親分子分のような封建的な身分関係で労働者を縛り、不安定な様態で働かせる労働者供給事業が禁止され、同時に作業請負も全面的に禁じられた。それまで造船や炭鉱などの現場へ〈〇〇組〉から供給されていた臨時工らは、本社から直接雇用される形になった。

なるほど、と薮下は思った。矢上たちは、どのような変遷を経て自分たちのような非正規労働者が全体の約四割を占めるまでになったのか、まずそれを知りたかったのだ。

アンダーラインを追っていくと、次は高度経済成長まっただ中の六〇年代後半だった。労働基準法等で禁止されているはずの労働者供給事業を行う派遣会社が登場する。そして社外工、業務請負など脱法的に規制をすり抜けるかたちで派遣が始まる。七〇年代には現在の派遣大手のほとんどが設立されるが、第一次オイルショック後の七〇年代後半からはなし崩し的にその数が急増していく。

この状況を受けて、〈派遣労働者の保護〉という名目で、八五年に労働者派遣法が成立する。薮下は当時、いわゆる青春時代の入り口付近であたふたしていたので——今から思えば底抜けに暢気に思えるが——その頃のことは甘苦く覚えている。バブルの直前、ラジオから中森明菜や井上陽水のヒット曲が流れ、一方で『ビルマの竪琴』が映画館で上映されていた。ビルマ戦線で日本の敗戦を知ったある小隊が復員するまでの葛藤を描いた映画で、まだ戦争映画の大作が盛んに製作されていた頃だ。テレビでは労働者派遣法成立のニュースが大きく報じられたが、この法律で派遣が許可されたのは、通訳や翻訳、ソフトウエアの開発などの『専門的な知識、技術又は経験を必要とする業務』であると喧伝されており、プロフェッショナルな人がいろいろな場所に赴いて働くのだな、という印象だった。

しかし、実際に派遣が認められる業務にはもう一種類あり『就業形態・雇用形態等の特殊性により、特別の雇用管理を行う必要があると認められる業務』というものだった。ここに波線が引かれ、脇の字で〈イミフ〉と書き込まれていた。

「おい小坂、〈イミフ〉ってなんだ」

どこから見つけてきたのか丸椅子に腰を下ろして書籍に目を通していた小坂が、珍しい生きものにでも遭遇したかのような顔で薮下を見た。

「〈イミフ〉は意味不明ってことですよ。薮下さん知らなかったんですか？」

「知ってたよ。知ってたけど、確かめたんだよ」

そう言い返しながらも、もしかしたら将来、署内でも行方不明はユクフ、正体不明はショタフ、と呼ぶようになるのだろうかという不安が薮下の頭をよぎった。それはそれとして、手元に目を戻した薮下は、脇が意味不明と感じたのも、もっともだと思った。

『就業形態・雇用形態等の特殊性により、特別の雇用管理を行う必要があると認められる業務』という一文からは、それが具体的にどんな職種を指しているのかさっぱりわからない。そもそも『特別の雇用管理を行う必要がある』と誰が認めた場合の話なのかが明示されていない。それが派遣先でも派遣元でも、どちらかが認めれば良しというのなら、どんな職種も当てはまるのではないか。そう考えつつ、派遣が許可された十三の業務を見てみると、通訳や財務処理などの専門的知識を要するもののほかに、建築物清掃、受付・案内・駐車場管理、ファイリングなどがあり、脇が赤丸をつけて〈コレ〉と記している。どうやらこれらが『特別の雇用管理を行う必要があると認められた業務』らしい。なんのことはない、社内で単純労働に従事していた常用労働者を、この機に社外の派遣労働者に切り替えたいという企業側のあからさまな要望を叶えたものだ。

次にアンダーラインが引かれているのは、翌八六年。派遣許可業務に機械設計、放送機器等操作、放送番組等演出の三種が追加され、合計十六業務になっている。

薮下はそういえば何年か前に、大きなテレビ局の看板報道番組で、ベテランの派遣スタッフが大量解雇されて物議を醸した事件があったのを思い出した。体制刷新という建前ではあったが、契約打ち切りの対象として狙われたのは、正社員の不祥事を内部告発した者や政権に批判的な者であったといわれている。

八六年十二月に始まったとされるバブル景気は九一年に弾け、その後、空前の就職氷河期に突入する。そのさなか、九六年に十業務が新たに追加される法改正を経て、九九年、派遣業務は原則自由化される。赤で〈※印〉が記されているのは、この時に自由化の対象から外された業種、すなわち〈港湾運送、医療、警備、建築、製造〉だ。ユシマを含むあらゆる製造業は、まだ派遣労働が認められていなかったのだ。

製造業の派遣解禁に至るまでの経緯のそこここに二重線や波線が引かれていた。二〇〇二年一月、経団連は、政府への規制緩和の要望の中で派遣対象業務の拡大を要求している。理由は〈企業の雇用ニーズの多様化〉だった。内閣府に設置された総合規制改革会議が同年十二月に出した答申においても、対象業務の拡大が提言されるが、この会議には、当の人材派遣会社関連の委員二名が参加している。

経営側の不断の働きかけによって二〇〇三年、製造業の派遣が解禁となり、翌〇四年に施行された。この時の派遣期間は一年。日本中の様々な工場――自動車、造船、家電、電機部品、パン、惣菜、弁当等、製造の現場で派遣会社を通じて送り込まれた労働者が働き始めた。

そのわずか二年後の〇六年の派遣事業者数は、アメリカ合衆国が六千社、イギリスが一万五百社であるのに対して、日本は三万六百社と断トツで世界最多となっている。ページの余白に秋山の躍るような筆跡で〈派遣事業者大国ニッポン！〉と記されている。

そして、それからほんの二年後、製造業の派遣が始まってから四年後の二〇〇八年。矢上、脇、泉原がまだ小学生、秋山が中学生だった年の瀬、『派遣切り』の嵐が吹き荒れ、職と住まいを失って困窮した人々が、日比谷公園の年越し派遣村に溢れた。リーマンショックの衝撃が非正規労働者を直撃し、企業は合法的に彼らを路上に放り出したのだ。

薮下は、年末年始の当直はたいてい家族持ちの同僚と代わってやるのだが、その年は単身の新人が希望したため、珍しく大晦日を自宅で過ごした。炬燵で一人用の鶏鍋セットをつつきながらテレビをつけると、派遣村の映像が目に飛び込んできて愕然とした。普通に真面目に働いてきた人々が炊き出しの列に並び、暖かい寝場所を求めているのだと思うと、そんなことが起こっているのが信じられず、恐ろしいことに思えた。あの人たちの作った電気製品は家々の台所や店頭に置かれ、新しい自動車は町を走っているというのに、人だけが要らなくなった物のように捨てられていた。

労働法制が無期雇用転換の五年ルール等の改正を重ねる一方、非正規労働者は増え続け、やがて賃金労働者の四割近くにまでなる。矢上たちはそのような潮流の中で労働者となり、労働者として生きてきたのだ。二〇二〇年四月には正規労働者と非正規労働者とのあいだの不合理な待遇差の是正を目指して同一労働同一賃金制度（パートタイム・有期雇用労働法）が施行されるが、新型コロナによる初めての緊急事態宣言の発令を受けて報道はコロナ禍一色となり、雇い止めが急増していくなか、ほとんど話題にもならなかった。薮下は世代間の格差を思い知らされた気分だった。

四人は戦後の労働法制の変遷を知ったうえで、それぞれに実に個性的な方向に興味の枝を広げていた。派遣事業者数を海外と比較して〈派遣事業者大国ニッポン！〉と書き込んでいた秋山は、様々な国際比較のデータに目を向けていた。

まず二〇二一年のOECD三十八ヵ国の平均賃金（年収）を、その年のアメリカドルを基準とした購買力平価（PPP）を使って国際比較した表に星印をつけていた。『為替レートよりも各国の購買力の実感に近い』という部分に波線が引かれており、薮下にはよくわからなかったが、とりあえず国別の平均賃金の比較であることには違いない。それを見ると、アメリカ約七万五千ドル、スイス約六万九千ドル、ドイツ約五万六千ドル、イギリス約五万ドル、韓国約四万三千ドル、日本約四万ドルとなっていた。秋山の筆跡で〈G7最下位〉とある。日本は世界第三位の経済大国と聞いていたが、労働者の賃金はどうやらとても低いらしい。

そこで秋山は、アジアの中でならまだ日本は良い賃金のはずだと考えたらしく、日本と近隣アジア諸国の一人あたりのGDP、平たくいえばその国のおおよその平均賃金の比較を見ていた。二〇二一年のデータによると、シンガポールは約七万八千ドル、香港は約五万ドル、マカオは約四万四千ドル、日本は約四万ドルとなっていた。日本の賃金はアジアの中でもすでにトップクラスではなくなっていた。次々と追い越されているのだ。秋山の驚きをそのまま表すかのようにページの余白に大きな字で〈ニッポンすごくない！〉と書き込まれている。薮下には秋山の気持ちがよくわかった。というのも、確か東京オリンピックの前あたりまでは、テレビには『ニッポンすごい』的な番組が溢れかえっていたからだ。

ここまできて秋山は、新型コロナ禍に見舞われる前、どうしてあれほど日本各地が訪日旅行客で賑わっていたのか、いわゆるインバウンドの要因に思い当たったようだ。

欧米やアジアから多くの旅行客が押し寄せるのは、日本の方が何もかも安いからではないか。清潔なホテルや旅館に安く宿泊でき、美味しいものを安く食べられ、良い商品を安く買える。その原因は日本人の賃金が低いから。つまり人件費が安いから、価格を低く設定できるためではないか。

秋山はインバウンドの人気スポットのひとつである百均ショップについて書かれた書籍を借り出し、ページにいくつもアンダーラインを引いていた。豊富な品揃えを誇る業界大手の百均ショップは海外二十六ヵ国に二千を超える店舗を有するグローバル企業とある。その中で百円均一が中心になっているのは日本だけだというのだ。二〇二一年一月下旬の為替レートで換算すると、海外の基本価格は、アメリカ約一六〇円、ニュージーランド約二七〇円、中国約一六〇円、台湾約一八〇円、タイ約二一〇円、フィリピン約一九〇円となっている。つまり、同じ品物が日本で一番安く買えるわけだ。日本の店舗には中国から調達した商品もあるのだが、驚いたことに、それを中国で買うより日本で買った方が安いのだ。

この海外との価格差の原因は、ひとつにはアジア等の新興国で人件費と賃料が急激に上昇している点にあるらしい。実際、台湾の店舗でも二〇一九年に値上げをしている。換言すれば、現地で働く人の賃金がぐんぐん上がっているわけだ。この業界大手の百均ショップが、日本で最初に商品価格を百円に設定したのは一九七七年。日本では四十年以上、値段がそのままなのだ。

薮下は良い物が安く買えるのはいいことだと思っていたが、海外に目を向けると少し不安になってきた。秋山も同じように感じたのかもしれない、実質賃金指数の推移に目を向けていた。一九九七年を一〇〇とすると二〇二〇年のアメリカは一二二・七、フランスが一三一・八、韓国が一五七・三、その他のOECD加盟国が軒並み上昇傾向にある中で、日本は八八・九。日本だけが実質賃金がじわじわと下がり続けていた。

秋山はその影響を身の回りに見出していた。一口サイズの6Pチーズは一九九四年には一七〇グラムで三四五円だった。それが同じ値段で二〇一二年には五〇グラム減り、二〇一四年にはさらに一二グラム減り、二〇一八年には内容量はそのままながら価格だけが二十円上がって三六五円となっている。五ミリ方眼紙の上に置かれた6Pチーズが徐々に小さくなっていく写真は非常にリアルで淋しさを誘うものがあった。牛乳やチョコレート、ポテトチップスも同様に値段をほとんど上げない代わりに量が減っており、秋山の躍る筆跡で〈日本人の体、将来は小型化？〉と記されていた。あながちないとはいえない、と薮下は思った。

この種の商品の小型化は〈ステルス値上げ〉と呼ばれるらしい。だが実質賃金が下がる中、価格を上げるのは難しい。おまけに消費税はどんどん上がっていく。なんとか家計に打撃を与えない形で考えられた苦肉の策ともいえる。ステルス値上げは食品メーカー以外にも広がっているようだ。

それにしてもなぜ日本だけ低賃金なのか。考え込む秋山が隣に座っているように感じられた。薮下は秋山の赤ペンのあとを追った。原因のひとつが赤で四角く囲まれていた。

そこには『労働生産性の低さ』とあった。労働生産性とは、労働によって成果がどれだけ効率的に生み出されたかを数値化したもので、日本はこれが急激に悪化しているようだった。

日本の長時間労働は海外でもよく知られているが、長いバカンスを楽しむドイツやフランスは、年間労働時間が日本よりも一割から二割少ない。その短い労働時間でも成り立っているのは、労働生産性が高いかららしい。秋山は公益財団法人・日本生産性本部の分析に二重線を引いている。『より短い労働時間でより多くの成果を生み出すことに成功し、それが日本より多くの余暇を得ながら経済的に豊かな生活を享受する一因になっている』

続くページではよほど衝撃を受けたらしく、〈★印〉と〈!?〉がひしめいていた。それもそのはず、そこでは自動車の組立工場の生産性について論じられていたからだ。約三十年前の事例ではあるが、一台の高級車を組み立てるのに要する時間は、ヨーロッパは約三七〜一一一時間、アメリカは約三三〜三八時間、日本は約一七時間だった。日本の方が圧倒的に短い時間で一台の高級車を組み立てているにもかかわらず、それでもヨーロッパの方が生産性が高いとされるのは、価格に原因があったのだ。その先はアンダーラインに力が入ってページがへこんでいるが、『ヨーロッパで五倍の時間をかけて作った車も一〇倍の価格で売れば、金額の生産性は二倍になる』とあった。ドイツでは需要が低い時、すなわち注文が少ない時でも損をしないように、需要変動を下限に合わせた生産能力以上の設備を持たないようにしているという。だから注文してから納品までに半年ほど待たされることも珍しくはないらしい。

日本はまったくその逆で、注文数が最大の場合を想定した生産能力で設備を維持している。常に欠品を出さないように製造する日本のやり方では、需要が下がった時に値崩れしてしまう。最後は『日本の生産性が低いという理由のひとつは、日本の価格付けの安さにある』と結ばれていた。

とてつもない労働密度で自動車を組み立ててきた秋山は、深く濃いアンダーラインを引きながらどんな気持ちになっただろう。価格の安さは工員の賃金に直結しているばかりか、需要の上がり下がりに合わせて使い捨てられる秋山たち非正規工員の存在を前提にしているのだ。

薮下は暗澹（あんたん）たる思いで書籍を閉じると、続いて泉原が夏に読んだ本の山に手を伸ばした。本庁から送られた情報では、泉原は美術系の大学を卒業後、広告代理店の下請け企業にデザイナー職の正社員として入社したが、そこを辞めた後はいわゆるブラック企業を転々とする生活を経て、期間工としてユシマに入っていた。

泉原は秋山たちと同じく戦後の労働法制の変遷を頭に入れた後、まずどこへ目を向けたのか。四人のうちで唯一、普通のサラリーマン家庭で育った泉原らしい着目で、世帯年収の中央値の変化を調べていた。ざっくりいうと、日本の中間層にあたる人々の年収の変化だ。厚生労働省によると、一九九五年の世帯年収の中央値は五五〇万円。だが、その二十五年後の二〇二〇年には四四〇万円になっている。二十五年間で日本の中間層の年収は一一〇万円も減っているのだ。

様々な要因があるだろうが、九〇年代以降、企業が労働力を非正規に頼るようになり、その結果、低賃金で働く労働者が増え、全体を押し下げたことも一因だろう。若者を使い潰(つぶ)すブラック企業が多数出現するのも二〇〇〇年代に入ってからだ。また年金支給額が減るなか六五歳～六九歳の過半数、七〇歳～七四歳の三分の一が働いており、農林漁業や清掃、ビル管理、輸送など高齢者抜きでは維持できない職場も増えているという。

泉原は兄が二人いる末っ子で、中堅の商社に勤めていた父親はすでに定年退職している。退職金もそれなりに貰(もら)っただろう父親には非正規雇用の実害も実感もなかっただろう。

その後、泉原の興味が向かった先が面白かった。職安法で禁止されていた派遣会社が次々と設立されていった七〇年代とはどのような時代だったのかを調べている。ちょうど泉原の父親がティーンエイジャーだった頃だ。

大阪万博で幕を開けた七〇年代、マクドナルドの日本一号店が銀座にオープンし、小野田寛郎(おのだひろお)さんが終戦から二十九年を経てフィリピンのジャングルから帰還した同じ年、宇宙戦艦ヤマトの第一作が放映されている。ロッキード事件で田中角栄(たなかかくえい)が逮捕され、日本初の静止気象衛星ひまわりが打ち上げられ、王貞治(おうさだはる)がホームラン世界新記録の七五六本を達成した。カラーテレビが多くの家庭に普及し、子供だった藪下も歌謡番組を観たがる姉とチャンネル争いを繰り広げたものだった。

だが、幾多の出来事の中で泉原が注目したのは、藪下にとってまったく予想外のものだった。『蒸発』だ。人が原因不明のまま突然、姿を消すことが、六〇年代後半から七〇年代に相次ぎ、

『蒸発』という社会現象として耳目を集めた。主婦や若者と同じく、会社員も『蒸発』したことに泉原はひどく驚き、また戸惑ってもいた。

社員といえば正社員を意味した時代。仕事も、家も、家族もあるサラリーマンが、ある日突然、忽然と姿を消してしまう。泉原は『蒸発』という文字を何度もグルグルと鉛筆で囲み、さらに〈Ｗｈｙ？〉と記している。

論考の中に当時の雑誌の記事が引用されており、『現代サラリーマンは残酷物語の主人公として登場する。働けど働けど……というヤツで、定年をむかえても〝恍惚の人〟になるのがオチのご時勢である。だれしも、蒸発願望にふと、突き動かされることがあるだろう』とある。泉原は当時、流行語となった〝恍惚の人〟の意味がわからず、調べたらしく、ページ上の余白に〈認知症のこと〉と書き込んでいる。

正社員として毎日働き、いずれ車を買い、結婚し、ローンを組んでマイホームを持ち、家族を養い、そのまま定年まで勤める。泉原からすれば、望むべくもない夢のような人生だろう。ところが、程度の差こそあれほとんどのサラリーマンがそのような人生を歩んでおり、その決まり切ったレールに乗った人生への閉塞感から蒸発する人々さえいた。泉原には、そんな時代があったのが信じられないようだった。

薮下はしみじみと思った。泉原たちの世代は、社会全体が当然のように右肩上がりに成長していく時代を一度も経験したことがないのだ。薮下が幼い頃、大人たちは皆、一生懸命に働けば今よりも将来は豊かになると信じていた。今日のような寒い夜、姉と二人で無理やりそろばん塾に行かされていた薮下も、家の中にだんだんと便利な電気製品が増えていくのを見ながらぼんやりとそんなふうに思っていた。だが、あの成長は敗戦の焼け跡から生まれたいっときのものだったのだと今は思う。悲惨も底を突いた焦土から始まったからこそ、それに続く経済成長は身も蓋もなく凄まじかったのだ。

しかし昭和が終わり、ほどなくバブルも弾け、財界の要請を受けてあたかも戦前に戻るかのように多くの非正規雇用が創出された平成の時代、『いざなぎ景気超え』とやらの好景気は、四割近い非正規労働者の遥か頭上を通り過ぎていった。令和となり、新型コロナの感染拡大が続くなか、日本が二度目の東京オリンピックに突き進もうとしていた数年前の夏、時の首相が高度成長期まっただ中にあった東京オリンピックを切々と懐かしんだ演説を、泉原はどんな気持ちで聞いただろうか。もし聞いていればの話だが。

泉原が次に手を伸ばした冊子を見て、薮下は、彼らがここにいたのは八月だったのだとあらためて思った。ある世代までの人間にとっては、光の漲る八月の空と蟬時雨は、おのずとあの戦争を想起させるものだった。薮下のような七〇年代に子供時代を過ごした者にとってもそうであったのは、毎年八月になるたびにあの戦争を検証するテレビ番組が数多く放映され、それを観て育ったことが大きいだろう。

しかし近年はめっきりその本数も減り、スマホ世代の若者たちの中には終戦記念日がいつなのか知らない者も珍しくないと聞く。薮下は若い泉原がその冊子に手を伸ばしたのは、朱鷺子の影響ではないかと感じた。文庫には戦争に関する書籍や資料、手記の類いが数多く揃えられていたからだ。朱鷺子は八月に三度、黙禱する人間に違いないと薮下は思った。八月六日午前八時十五分、八月九日午前十一時二分、そして八月十五日正午。朱鷺子の性格を考えれば、黙ってその姿を見せることで若い四人を導いたのではなく、無知は恥であると面罵したのではなかろうか。

泉原が八月十五日に借り出したその冊子は、藪下も何年か前の終戦の日に、共同通信と地方紙のデジタルニュースが紹介した記事で知っていた。題名は「『ヒロポン』と『特攻』　女学生が包んだ『覚醒剤入りチョコレート』　梅田和子さんの戦争体験からの考察」。藪下は昭和一桁生まれの父から『ヒロポン』が疲労を吹き飛ばし精神を高揚させる覚醒剤だと聞いていたので、冊子の題名を見てまさかそんなことが、とにわかに信じられなかったのを覚えている。

平成生まれの泉原はおそらくヒロポンという言葉自体、耳にしたことがないだろうが、冊子の題名から、特攻隊員と覚醒剤の結びつきを瞬時に理解したはずだ。そして藪下と同じように、まさかという思いで冊子を手に取ったのだろう。藪下は、泉原と共に文庫の八月十五日の時間に流れ込むように冊子を開いた。

戦争体験を語った梅田和子さんは一九三〇年生まれ。二歳の時に弁護士の父親が大阪で弁護士事務所を開業し、その事務所兼自宅で二人の姉と共に弁護士や書生らに囲まれて育った。敗戦後は京都府立大学を第一期生として卒業。京大工学部大学院で触媒化学を専攻し、博士号を取得した才媛だ。冊子には九十歳を超えてもかくしゃくとした姿の写真が載っていた。

その和子さんが覚醒剤入りチョコレートに触れたのは、太平洋戦争末期に疎開した先の旧制大阪府立茨木高等女学校での勤労奉仕でのことだった。

校内には軍隊用の食糧の調達・保管・補給などを行う糧秣廠の支所があり、生徒たちは餅粉等の袋詰めや包装作業をしていた。転校してきたばかりの和子さんは、兵隊さんに送るチョコレートを包む作業が行われているプレハブの建物に連れていかれ、教師から「生徒がチョコレートを盗むのでそれを監視せよ」という密命を与えられたという。

ところがその日のうちに和子さんは上級生たちによって屋上に呼び出され、十五センチほどの棒状のチョコレートの一本を食べるよう迫られた。一口食べた途端に体がカッと熱くなり、子供心にも何かの薬物が入っているのがわかった。

上級生たちは、これは特攻隊が最後に食べるもので何かが入っている、食べたからにはおまえも同罪だから先生には絶対に言うなと和子さんにきつく口止めした。チョコレートは今のチョコバー状のもので〈菊の御紋〉があり、それをハトロン紙のようなもので包んで箱に詰めていたという。

薮下は組織犯罪対策課の捜査員という仕事柄、組や売人から覚醒剤を押収することは多々あった。それだけに、まだ中学生ほどの少女らに覚醒剤入りのチョコレートを包ませていたという事実、そして、それが日常であったという事態の異常さに慄いた。

同時に、学生時代に美術を専攻していた泉原には、少女らの柔らかな手によって包まれていくチョコレートが、目に見えるように浮かんだのではないか。しかも、そのチョコレートを受け取る特攻隊員は、泉原とそう変わらない年齢の若者たちだったのだ。戦中を覆っていた空気を知らない泉原でも、いや、知らないからこそ同じ一人の青年として、破格の贅沢品を最後に与えられ、もはや死のほかの何に目を向けることも許されなくなった者の、叫び出したいような諦念を感じたのかもしれない。

冊子は綿密な調査と、幾多の証言の積み重ねによって覚醒剤入りチョコレートが作られた経緯も明らかにしていた。当時の戦闘機では、気圧も気温も低い高高度を飛行することによる航空病——頭痛、目眩、吐き気などが起こりやすく、航空兵が長時間の飛行に耐え得るよう、今でいう機能性食品の開発が急がれていた。冊子に引用された開発者の著作によると、一九四三年頃、ナチスドイツの空軍が覚醒剤入りのチョコレートを製造して飛行士に食べさせたところ効果が上がっているという報告が入り、早速、日本でも試作品を作ったとなっている。

　当時、覚醒剤の中毒性はほとんど認識されておらず、大日本製薬がメタンフェタミン系の覚醒剤をヒロポンという商品名で一九四一年から販売しており、冊子にはその広告のチラシも掲載されていた。チラシでは、『ヒロポン錠』という商品名の上にルビのごとく『最新除倦覚醒剤』とあり、惹句は『疲労の防止と恢復に！』となっていた。覚醒剤はあくまで薬として市販されていたのだ。

　無論、覚醒剤を兵士に与えていたのは日本だけではない。ナチスドイツはもちろん連合軍側の米軍、英軍も使用していたといわれている。

　しかし、当初、航空糧食として開発されたヒロポン入りチョコレートが、日本では一九四四年十月から始まった特攻作戦において、特攻兵を怯まずに敵艦に突っ込ませるために主要に用いられるようになる。片道の燃料と、機体から切り離せない爆弾を装備して戦闘機ごと体当たりしてくるという自殺作戦ともいえる特攻に、米軍は初期こそ驚いていくらかの損害を出したが、すぐにレーダーと暗号解読で特攻機を捉えて迎撃するようになった。そして特攻機のほとんどが敵艦に達することなく撃墜されていった。技術を持つ航空兵が次々と戦死し、まともな戦闘機を作る国力さえ失われていく中、やがて学徒兵や少年航空兵と呼ばれた幼い特攻兵たちも機上の人となった。甘い物などほとんど口にしたことのない少年たちが、何も知らずに最後にヒロポン入りのチョコレートを食べて出撃していったのだと思うと、薮下は哀れでならなかった。

泉原は冊子の次の一文に強い筆圧で二重のアンダーラインを引いていた。『もはや戦果よりも玉砕すること自体が目的となり、大本営が特攻隊の英雄的な死を称える(たた)ことによって、国民の厭戦(えんせん)気分を払拭(ふっしょく)し鼓舞する手段として利用されたのである』

若者たちの命は消耗品として消費されていったのだ。

薮下はブラック企業を転々としてきた泉原の人生を思った。おそらく、泉原が生きてきた風景の中には、心身をすり減らして心を病んだ者の姿も、発作的に自死した者の姿も当たり前のように存在していたのではないだろうか。正社員という肩書きへのこだわりを捨て、家を出て、ユシマの期間工になった泉原は、ユシマの町ともいえる生方の死者の多さを、どう感じているのだろう。

しばらく前の新型コロナ禍でも、初めのうちこそ日本モデルであるとか、民度が違うであるとか、調子の良いことを言っていたが、現場の医療従事者や保健所の必死の努力に頼るばかりで、第四波、五波では欧米より遥かに少ない感染者数だったにもかかわらず、自宅に放置された患者がまともな治療を受けられないまま死んでいった。今も昔も、なぜこの国ではこれほどに人の命が軽いのか。

泉原は、伊丹万作(いたみまんさく)が一九四六年に雑誌に寄稿した『戦争責任者の問題』という文章に真っ赤なアンダーラインを入れていた。『あんなにも造作なくだまされるほど判断力を失い、思考力を失い、信念を失い、家畜的な盲従に自己の一切をゆだねるようになってしまっていた国民全体の文化的無気力、無自覚、無反省、無責任などが悪の本体なのである』『このことはまた、同時にあのような専横と圧政を支配者にゆるした国民の奴隷根性とも密接につながるものである』いずれも冊子に引用された文章だが、泉原は最後に力を込めて一文を四角く囲んでいた。『だまされるような脆弱な自分というものを解剖し、分析し、徹底的に自己を改造する努力を始めること』

自分自身に誓うように囲んだ一文に、薮下は率直に泉原の若さを感じた。それは眩しくもあり、同時にまた、どちらに向かうかわからない急流のような危うさをも感じさせた。

同じ八月十五日に脇隼人が借りた書籍は、まったく対照的なものだった。

なんと絵本である。表紙には大きく『憲法くん』とあった。『憲』の文字が記された赤いマントを纏った、お兄さんのようなおじさんのような人物が大ジャンプしている絵が描かれており、裏表紙を見ると定価の下に〈小学生から大人まで〉と書かれていた。子供のいない薮下は、絵本というものに触れるのは半世紀ぶりではないかと考えつつ表紙を開いた。

最初のページには赤いマントの人物が人なつこい笑顔を浮かべて舞台に立っており、『こんにちは、憲法くんです。姓は「日本国」名は「憲法」、「日本国憲法」です』と自己紹介をしている。なるほど、日本国憲法を〈憲法くん〉として舞台に登場させ、そのお芝居を通して憲法を知っていこうというわけだ。漢字にはすべてルビが振られている。斬新な趣向じゃないか、と興味を引かれた。薮下は貸し出し帳の名前の欄にカタカナで記された〈ワキハヤト〉の文字を見た時から、実のところ、脇という人物に対して、四人の中でもどこか規格外なものを感じていた。そのせいか、彼が終戦記念日にこの絵本を手に取ったことが妙にしっくりときて、真剣な顔でページを繰る顔が目に浮かんだ。
薮下自身、日本国憲法といわれて思いつくのは、学校で習った三つの柱、すなわち国民主権、基本的人権の尊重、平和主義くらいだった。もちろん、その三原則は『憲法くん』にも記されていたが、脇が瞠目したのはそれに続く見開きのページだった。黄色い蛍光ペンでアンダーラインを引きまくったあげく、余白に本文よりも大きな文字で〈マジか！〉と書き込まれていた。そのページは憲法くんの問いかけから始まっていた。『みなさんは、憲法とは、国の力を制限するための、「国民から国への命令書」だということを、知っていますか？』『わたし、憲法くんは、個人の自由がうばわれないように、国を治める人たちが、自分勝手な政治をおこなわないように、歯どめをかけているんです』
薮下も、そうなのかと目から鱗が落ちる思いだった。だがそう考えると、一部の政治家が声高に改憲を唱えてきたのも合点がいく気がした。同時に以前、公共放送の世論調査で『憲法改正に向けた議論を進めるべきだと思うか、進める必要はないと思うか』という問いに、進めるべきと答えた人がわずかに過半数を上回っていたのを思い出した。
法律の専門家は別として、一般に、〈改正〉という言葉は文字どおり正しく改めること、大雑把に言えば、間違いや不十分な点、不具合な点を改めてよくすることと解されている。だから、より良いものにするための議論を進めるべきかどうかと問われれば、議論くらいは進めるべきと答えるのが自然な心情というものだろう。逆に議論さえする必要がないと答える方が、なにやら特別に頑なで狭量に思える。当時、薮下はこれといった考えを持っていたわけではなかったが、質問の仕方に別の意図が透けて見えるような、優等生面をしたいやらしさを感じたものだった。その質問に対して、それでもあえて議論を進める必要はないと答えた人、わからないと答えた人、無回答を合わせると半数近くいた。

今になって考えてみると、そのことは、日本国憲法が作られた経緯を心に留めている人々が一定数はいるということの証左だったのかもしれない。脇が〈マジか！〉と書き込んだページの先に、脇が終戦記念日にこの絵本を手に取るきっかけとなったのではないかと思われる絵が描かれていた。それは、空襲で一面の焼け野原になった町の絵だった。

瓦礫（がれき）の中に小さな女の子がぽつんと座っており、まだ煙の燻（くすぶ）る空は赤くまだらに焼けている。廃墟（はいきょ）に立った憲法くんはこう語っている。『わたしというのは、戦争が終わったあと、こんなに恐ろしくて悲しいことは、二度とあってはならない、という思いから生まれた、理想だったのではありませんか』薮下はさきほどヒロポン入りチョコレートに関する冊子を読んだばかりだったから、なおさらその言葉が胸にこたえた。

現行の憲法は時代遅れで現実に合わないという声に対して、憲法くんは『理想と現実がちがっていたら、ふつうは、現実を理想に近づけるように、努力するものではありませんか』と呼びかけていた。脇は『現実を理想に近づける』という部分を蛍光ペンで囲み、さらに『！』を三つ、音符のように並べて書いていた。非正規労働者として当たり前のように現実と折り合いをつけてきた脇にとって、それはほとんど逆転の発想に近いものだったのかもしれない。

『憲法くん』では本文中に憲法の精神ともいえる前文がすべて紹介されている。加えて、巻末には憲法の百三の条文も掲載されていた。条文にはさすがにルビは振られていないが、なんと脇は全文を読破したらしく、涙ぐましいまでの手書きのふりがなと辞書で調べた言葉の意味が、当人でなければおよそ判読できない文字で余白を埋め尽くしていた。

さて『憲法くん』の次に脇の興味が向かった先は、薮下にとってまたしても予想外の地点だった。脇は第二次世界大戦で日本と同じく敗戦国となったドイツが、ナチスドイツという壮絶な時代を経てどのように変わったかを知りたかったらしい。戦争となればまず動くのは軍隊だ。脇は戦後のドイツ連邦軍について調べ『抗命権』に大きなショックを受けていた。ドイツで一九五六年に制定された軍人法第十一条には、『兵士は上官に従わなければならない。兵士は、上官の命令を最善を尽くして完全に、誠実に、即座に遂行しなければならない』と定められていたが、一方で非人道的・理不尽な命令には従わなくてよい『抗命権』が明記されていた。

脇がまず黄色い蛍光ペンを引いていたのは、従わなくても罪に問われない命令を解説した三つの箇所だ。すなわち、『自身および第三者の人間の尊厳を侵害する命令』、『国内法および国際刑法により犯罪となる命令』、『連邦軍の任務のために下されたのではない命令』。

脇は特に『尊厳』に赤丸をつけて、明確に意味を捉えるべく辞書で調べていたが、余白に〈尊くおごそかなこと、重々しくいかめしいこと。また、そのさま〉と書き込んだ後に〈?〉マークが付されていた。求めていた説明が辞書になかったことは明らかだった。

薮下はこの国で、自分にも他者にも、上下関係や立場にかかわらず、守られるべき尊厳があるのだと意識する機会がどれほどあるだろうかと考え、おのずと暗い気持ちにならざるをえなかった。学校時代は身だしなみ検査とやらで襟足の長さや下着の色まで検められ、部活動では指導教師の暴言にさらされ、社会に出たらパワハラが横行していた、というような不運な人生が、聞いたこともない非常に稀な例であるとはいえないこの国において、「わがままである」とか「なまいきである」とかの非難や、何らかの脅威にさらされることなく個人が自らの『尊厳』を主張できるのは、つまるところ人生の終わり、自己の死に向き合う際に、尊厳死という言葉を語る時くらいのように思われた。

脇は、尊厳の意味を自分なりの言葉で置き換えて余白に記していた。考え考えゆっくり書いたらしい鉛筆書きの文字で〈人間としてゆずれない大事な気持ち〉とあった。そして、『自身および第三者の人間の尊厳を侵害する命令』には従わなくてよいと定められていることに多大な感銘を受けたらしく、その種の感情を表す脇のほぼ唯一の言葉であるらしい〈マジか！〉が特大の判子のように残されていた。さらに、それに続く『国内法および国際刑法により犯罪となる命令』と『連邦軍の任務のために下されたのではない命令』の蛍光色の線の横に、鉛筆で〈ドレイでない〉と書き込まれていた。おそらく、〈奴隷ではない〉という意味を込めたものだろう。

高度経済成長期の日本では、上司の命令に従った結果、経済犯罪の実行犯となった下級官吏や社員が自殺に追い込まれたり、不慮の事故を装ってこの世から葬られたりする小説が多く読まれ、薮下もテレビシリーズで観た覚えがある。真新しいカラーテレビと共に記憶していたそのいくつかのドラマが、現実の事件に題材を取っていたと知ったのは大人になってからだった。「命令は命令」という言葉が浸透している社会では、個人の良心に照らして命令を拒否するには相当な困難を伴う。人生の半ばで死の淵をさまよい、生そのものを一度は外側から眺めるような体験をした薮下であっても、正面切って命令を拒むのは避けたい、なんとかバレずに回避しようとしているという自覚があった。同時にそれが、結果として従順さに欠く態度となって表れてしまう点が、昇任試験不合格記録更新の大きな要因となっているという自覚もあったのだが。

脇はドイツ連邦軍の中で実際にその抗命権が行使された事例を蛍光ペンで囲んでいる。一九九九年、コソボ紛争においてNATOのセルビア空爆が行われた際、ドイツ空軍の一兵士が攻撃命令に従わないことを表明した。またイラク戦争の際は、この戦争は国際法違反と考えるひとりの陸軍少佐が軍用コンピューターソフトの開発を拒否した。それに関して裁判所は、良心に基づく命令拒否を認め、連邦軍には彼に不利益をもたらすことを禁じていた。

脇は感情の振れ幅と興味の跳躍力が大きい反面、語彙が乏しいのか、あるいは衝撃のつるべ打ちにあって一種の失語状態に陥ったのか、次に興味が向かった先でも〈マジか！〉が連発されていた。それはつい数年前、新型コロナ禍のパリで起こった出来事だった。

二〇二〇年三月一日から二日にかけて、新型コロナウイルスへの感染を恐れたルーブル美術館の職員らが、労働法で認められている『撤退権』を行使して就業拒否を行い、その結果、同館が臨時休館となるという出来事が起こっていた。脇はこの一件を通じて『撤退権』に興味を持ったらしかった。

その年の二月二十九日、フランス政府は国内での新型コロナウイルスの拡大感染を防ぐために、五千人以上の規模で行われる屋内イベントの禁止を発表したが、美術館は禁止の対象外だった。ルモンド紙は、三月一日にルーブル美術館の職員ら約三百名が集まり、同館は限られたスペースに五千人以上が集まる場であるとして、ほぼ全員が撤退権を行使することに賛成したと報じていた。

　前年一年間のルーブル美術館の来館者数は九百六十万人超であり、一日あたり約二万五千人以上が訪れている計算になるとあった。三月の頭はまだエッフェル塔やベルサイユ宮殿などの観光地にも旅行客の姿があった。そんな中、美術館の職員らは、集まって撤退権の行使を決定し実行したのだ。脇はその一日の臨時休館による損失額も計算していた。一般の入館料が十五ユーロであることから、一日で約三十七万五千ユーロ超、当時のレートで日本円にして約四千五百万円だ。この金がどうなるのかも含めて、脇は撤退権に関して調べて、またしても黄色い蛍光ペンを引いていた。

『撤退権は、労働者が職務において自らの生命や健康に差し迫った危険があると判断した場合、その就業を拒否したり、その職場を放棄したりできる権利で、フランスの労働法で定められている』それだけで〈マジか！〉となるのも、真夏の生方第三工場の労働環境を考えれば、薮下には非常に納得できた。

　四十度を超える工場内で、脱水や熱中症で倒れる工員を出しながら、当たり前のように操業を続けるユシマで働く脇の目から見れば、まさしく別世界の話だろう。お得意の音符のような〈！〉が記されていたのは、『合理的に行使された撤退権であれば、雇用主は従業員に対し、解雇する、賃金から撤退期間にかかる額を差し引くなどの制裁を加えることはできない』という部分、そして最大の衝撃を示す特大の〈！〉が三つ並んでいたのは以下の点だ。『どの程度の状況が生命や健康の危険であるかについては従業員の判断に任せられており、従業員は危険であることを証明する必要はない。また撤退する際は雇用主からの許可は不要で、従業員は何らかの手段で撤退権の行使を通知するのみでよい』

このような権利が保障されていなければ、ルーブル美術館の職員らが就業拒否をすることは実際には不可能だっただろうと薮下は思った。だが、なにより胸が痛んだのは、脇が撤退権に驚嘆して蛍光ペンを引いていた時、玄羽昭一はまだ生きており、その十日ほど後に、生方第三工場であのような死を遂げたという事実だった。この蔵にいた脇は、そんなことが起こるなどとは夢にも思っていなかっただろう。

日本国憲法、抗命権、撤退権ときて、脇はここでなぜか唐突に子供の貧困に目を向けていた。そこには何か脇なりの脈絡があるのだろうが、薮下にはそれが摑めなかった。

脇は、『日本では子どもの七人に一人が相対的貧困状態にある』という記述に蛍光ペンを引いたうえ『七人に一人』をさらに赤丸で囲んでいる。三十人学級の場合、クラスメートのうち少なくとも四人は相対的貧困状態、つまり等価可処分所得の中央値の半分に満たない金額で生活しているわけだ。『中央値の半分に満たない』に蛍光ペンが引かれていた。単に標準的な家庭より貧しいというのではなく、その半分にも満たないレベルで暮らしている子供が七人に一人もいるのだと思うと、それだけで薮下は大人としていつも申し訳ないような気になる。

さらに脇は、相対的貧困状態にある家庭の子供が、標準的な家庭の子供と比べて何を奪われているのかを調べる『剝奪(はくだつ)指標』に注目していた。そして、海外の例を参考に作られた子供に対する剝奪指標十四項目に、脇自身が回答していた。おそらく自分の子供時代を思い出して答えたのだろう。以下がその十四項目だ。

『海水浴に行く』『キャンプやバーベキューに行く』『毎月おこづかいを渡す』『習い事に通わ

せる』『年に一度家族旅行に行く』『お年玉をあげる』『子供用のスポーツ用品やおもちゃがある』『博物館や美術館へ行く』『スポーツ観戦や劇場に行く』『毎年新しい洋服や靴を買う』『学習塾に通わせる』『クリスマスプレゼントをあげる』『年齢にあった本がある』『自宅で宿題をする場所がある』

脇がマルをつけていたのは、最後の『自宅で宿題をする場所がある』だけだった。本庁から送られた情報では、脇は小学五年生の時に母親が家出し、それ以後は高校を卒業するまで2LDKのアパートで父親と二人で暮らしていたとなっていたが、この唯一のマルが脇少年の回答なら、ほとんど構われずに育ったことは一目瞭然だった。

確か朱鷺子が脇たち四人に関して「最初のうちはバーベキューや海水浴なんかして喜んでた」と言っていたから、もしかしたら、脇は海水浴もバーベキューもこの夏、ここ笛ヶ浜にある玄羽昭一の別宅に招かれて初めて経験したのかもしれない。少なくとも父親からは一度も与えられなかった『楽しい体験をする機会』を、期間工として働く工場の上司から無償で与えられたのだ。それも海の近くの広い家でまるごと夏休みを過ごすという薮下も羨むようなかたちで。脇はまるで初めてハワイにでも行くような気分で、期待に胸を膨らませてやってきたはずだ。そして実際、海水浴やバーベキューを楽しんでいた。ところが、何かが起こったのだ。脇だけではなく、泉原、秋山、矢上の四人に何かが起こり、そして彼らはこの文庫に通うようになった。

脇が手にした子供の貧困に関する書籍には、小中学生だけではなく、高校生についてもアンケート等の調査結果と共に考察が進められていた。予想に違わず、貧困家庭の高校生の多くがアルバイトをしていた。そのうち週四日以上働いている生徒も半数近くに及び、目的は「生活費のため」が半数を超えていた。

やはり本庁からの情報で、脇が高校の頃に複数のアルバイトをかけ持ちしていたことがわかっている。そのひとつひとつを、所轄の捜査員たちがしらみつぶしにあたって当時の仕事仲間と脇が連絡を取り合っていないか探っていることだろう。

書籍には、資料として各国が教育にどれくらい公的資金を投入しているかについて比較したデータが付されていた。OECDが二〇二二年に公開した『図表で見る教育』によるもので、それによると、国内総生産（GDP）のうち、小学校から大学までの教育機関に対する日本の公的支出の割合は二・八パーセント。比較可能な四十ヵ国中、アイルランドに次ぐワースト二位だった。日本は、教育に関わる費用が公的資金で賄われる割合が低く、高い学費をそれぞれの家庭が負担しているのだ。ちなみにOECD加盟国の平均は四・一パーセント、トップのノルウェーは六・四パーセントだった。脇は『ワースト二位』の部分に蛍光ペンを引いていたが、ここには珍しく〈！〉がなかった。

脇が角を折ったページに、四角く囲まれた一節があった。『子供の相対的貧困を放置した場合、進学率が下がり、非正規雇用につく可能性が高くなる、そうすると、多くの人々の収入が減っていき、結果的に四二・九兆円の社会的な損失になるという試算もある。負のスパイラルである』

赤ペンで『負のスパイラル』が丸く囲まれており、その横の余白に、脇の字で〈オレら失敗作〉とある。アルバイトに明け暮れる高校生活を送り、進学など考える余裕もなく非正規雇用の労働者となり、できあがった失敗作として負のスパイラルの中を生きている。書き込みの文字は脇にしては落ち着いた筆跡だった。ここにも〈!〉はついていない。それが、まるで〈わかっていたことだ〉と言っているようで、会ったこともない脇の影の薄い横顔を思わせた。

薮下は本を閉じると疲れた目を両手でぎゅっと押さえた。掌の皮膚を通して、目がオーバーヒートしたように熱くなっているのがわかった。

脇が手にした書籍の類いには、秋山や泉原のそれに比べて手書きのルビが格段に多かった。読めない漢字の読みを調べ、言葉の意味を調べて余白に書き込み、同じものを読むにもずっと多くの時間を要したはずだ。それだけに、労働法制の変遷から日本国憲法、撤退権、抗命権から子供の貧困へと、脇が物事を捉える感度と飛び抜けた集中力は、異なる環境で育っていれば、まったく別の人生を歩んだのではないかと思わせた。

「おい、そっちはどうだ」

小坂に声をかけた薮下は、予想外の変貌(へんぼう)を遂げた小坂の姿を発見した。小坂はストーブのそばに仰向けに横になって毛布のようにオーバーコートをかけ、不埒にも広辞苑(こうじえん)を枕代わりにして寝ていた。どう見ても俗に言う寝落ちではない。本格的に眠っている。

腕時計を見ると、いつのまにか午前三時を少し回っていた。考えてみれば十二時間ほど前は、〈寿司　緒方〉から長野駅に向かう雪道をてくてく歩いていたのだから、疲れが出るのも当たり前だろう。薮下は首をぐるりと回して立ち上がると、小坂を起こさぬようにそっと蔵を出た。

未明を過ぎて風が落ちたようだった。樹木の梢がしんとして、まだ濃い闇が静まり返っている。見上げると、夥しい数の星が瞬いていた。その澄んだ光を見つめていると、熱を持った目がひんやりと冷やされて、頭も冴えてくるような気がした。

　藪下は、矢上たち四人が揃って戦後の労働法制の変遷を学んでいく過程は、彼らが地図上の自分たちの座標を知っていく過程でもあったのだと思った。それまでは自分の部屋しか知らずに、そこで切れ切れの〈今〉を生きていた彼らが、自分の部屋はどのような建物の中にあり、その建物はどのような町に建っており、その町はどのような国のどこに位置しているのか、縦軸の時間の流れと横軸の社会の広がりの中で、自分の座標を知るために必要な作業だったのだ。この文庫には、その座標を起点にそれぞれが興味の枝葉を伸ばしていった多感な夏の時間が確かにあった。

　しかし、藪下が期待したものはまだ見つかっていない。四人が海水浴三昧の夏休みを捨てて通いつめた文庫に、その後の彼らの行動の糸口がある。そう直感したからこそ、ここで彼らが過ごした時間を追ったのだ。本庁の組織犯罪対策部が所轄に容疑を隠して捜索を依頼するほどの異様な犯罪、四人が共謀して行った何らかの犯罪の端緒がここにあるはずなのだ。

　藪下は目を閉じると、眼裏の星々の残影を眺めながら大きく息をついた。本庁は四人のうちリーダー格を矢上達也だと考えている。矢上の興味が向かった先をまだ藪下は追っていない。そこにきっとなにか手がかりがある、そう考えて藪下は文庫に戻った。

　矢上は労働法制の変遷を学んだ後、参政権、なかでも選挙権の獲得の歴史に目を向けていた。民主主義国家を名乗り、現在は先進国と呼ばれるいずれの国々も、当初、選挙権は一部の富裕層に限られた権利であり、それを富の多寡や納税額、性別にかかわらず一般の市民が獲得するまでには長い闘争の歴史があった。藪下が選挙権について持っている知識はその程度のものだった。

矢上が手に取った書籍を開くと、見返しのあいだから栞が落ちた。薮下は何気なく拾い上げて、首筋に冷たいものが走った。そこには矢上の右上がりの鋭角的なくせ字で走り書きが残されていた。

〈Are you ready to kill?〉「殺す覚悟はできているか？」

どういうことなのかと鼓動が速まるのを感じながらページを繰るうち、矢上が集中的にアンダーラインを引いている部分が現れた。それは、英国で女性参政権を求めて、『女性社会政治同盟（ＷＳＰＵ）』の活動家として闘ったサフラジェットと呼ばれる女性たちに関して書かれた章だった。しかし、いったいなぜ英国なのか、しかもなぜ女性参政権なのか、薮下には矢上の動機が見えなかった。

確かに日本とは対照的だった。戦前から日本にも女性参政権を求める運動はあったが大きなうねりとなることはなく、戦後、ＧＨＱの主導する民主化の一環として初めて認められた。

一方、英国では一八三二年に女性参政権を求める請願書が国会の下院に初めて提出されて以降、様々な陳情や運動が延々と続けられるも、実に七十年を経ても何ひとつ変わることはない中、一九〇三年に結成されたのがＷＳＰＵだった。当時の内務大臣は、女性には参政権を要求する確固たる論理がなく、またその支持者を運動に参加させて大衆を動かす力もないと公言していた。これに対しＷＳＰＵは一九〇八年、ハイドパークにおいて大集会を企てる。十九世紀に男性の参政権を訴えて活動したチャーチストの集会でも大規模なもので五万人程度だったのに比べて、ウィミンズ・サンデーと呼ばれたこの集会は、なんと推定五十万人という桁違いの参加者を集めて世間を驚かせた。ところが、当時の首相は無反応に等しい姿勢を貫き、これを機にWSPUは破壊活動を展開し始める。

矢上が最初にアンダーラインを引いていたのが破壊活動を是とする彼女たちの論理だった。女性が参政権を持たず、立法過程へ参加できない以上、〈私たちはあなたたちの法律には従わない。法律を作る権利を自分たちに与えるためにこそ、私たちは法を破るのだ〉という考えのもと、サフラジェットたちは窓への投石や建物への放火を行った。行動の後はただちに自首することが多く、監獄においてはハンガーストライキで抵抗を示した。

対する政府は、サフラジェットからアイコンとなる殉教者を出すことを恐れ、彼女らをベッドに押さえ込み、ゴム管を無理やり鼻腔から胃の中まで挿し通して流動食を流し込むという拷問に近い処置を取った。この強制摂食は鼻腔(びこう)、胸、胃、耳の鼓膜に激痛を生じるだけでなく、繰り返されることで精神にも異常をきたすといわれ、実際に焼身自殺未遂者等を出している。一九〇九年秋に始まった強制摂食は当初から社会の批判を浴びたが、政府がこれをやめることはなかった。

一九一〇年にはブラック・フライデーとして後世に語り継がれることになる警官による大暴行事件が起こる。国会に陳情に向かう女性たちに対して、警官は常と違って逮捕はせず、いきなり殴る蹴るの暴行を加え、なかには性的暴行を働く警官もいたという。警官たちの暴行は五時間近くにわたって続いたとされている。翌一九一一年暮れには九つの女性参政権運動組織と首相との会談が行われたが、その席での発言によって、首相には女性参政権法案に真面目に取り組むつもりがまったくないことが明らかとなり、サフラジェットたちは破壊活動を激化させていく。窓への投石は、中央官庁や政党の事務所、政治家の邸宅、銀行から繁華街にまで及ぶようになる。さらには建物や列車への放火、電話線の切断、郵便物の毀損など、裁判記録によると、刑務所に収監された女性活動家は累計千人を超えた。

　当時はテロリストとも呼ばれたサフラジェットの活動については今も賛否がある。だが薮下は、参政権を求めてこれほどまでに血みどろの、まさに命がけの闘いを女性たちが団結して繰り広げたという事実に、まず驚嘆した。しかし、矢上はサフラジェットたちの何に共感したのか。目的のためには手段を選ばない苛烈さだろうか、拷問も死も厭わない信念だろうか。薮下は判断を下せぬまま、矢上が次に手を伸ばした書籍に目を移した。

　どういうわけか、それは初等教育の実践例をまとめた季刊誌だった。サフラジェットと日本の初等教育とがどう繋がるのか、薮下は心許ない気持ちで細い糸を手繰るようにページを捲って、矢上のアンダーラインを探した。すると、二重ラインの引かれた〈揃える十三カ条〉というものが現れた。矢上は具体的な十三の内容を大きく四角で囲んでいた。

〈一、授業の挨拶をそろえます。二、学習道具をそろえます。三、授業前に学習用具を机の上にそろえます。四、筆箱の中身をそろえます。五、ノートの書き方をそろえます。六、手の挙げ方をそろえます。七、返事をそろえます。八、丁寧なことばをそろえます。九、声の大きさをそろえます。十、発表するときの視線をそろえます。十一、話を聞くときの視線をそろえます。十二、整列したときに頭をそろえます。十三、気をつけの姿勢のときに手足をそろえます（指先をズボンの縫い目、足先はこぶし一個ぶん空ける）〉

　他にも下駄箱に靴を入れる際には踵を揃える、というのもあった。それらのことを揃えることで、心が揃うという教師の声も添えられていた。率直に言って、薮下は強い息苦しさを感じた。しかしこれらを掲げる学校では、揃えない、あるいは揃えられない子供は教師の指導の対象となるのだろう。矢上は次の節の『規則を守ることの大切さを教える』という文の『を守る』を×印で消して〈に従う〉と書き換えていた。

〈規則に従うことの大切さを教える〉

薮下は漠然と矢上の思考の流れが見えてきたような気がした。規則はあらかじめ先生や偉い人たちによって決められている。その規則にどのような意義があるのかと考える前に、まず従うことを覚える。いや、教え込まれる。最初から自分たちはそのように教育されてきたのだ、という自覚を矢上は初めて抱いたのではないか。

そこまできて矢上は再び角度を変えてジャンプするように米国の公民権運動の歴史に目を向けていた。ことにローザ・パークスの事件はアンダーラインだらけだった。

一九五五年当時、南部の諸州には黒人の公共施設の利用を制限したり、禁止したりする法律がそれぞれにあった。アラバマ州のモンゴメリーでは、バスの利用に関して人種隔離法が定められており、前部十席が白人、後部十席が黒人、中央部の十六席が運転手の裁量に任されていたのだが、実際には白人の乗客が増えると黒人を立たせるのが慣例となっていた。ローザ・パークスはその日、白人専用席のすぐ後ろの列に三名の黒人と共に座っていたが、運転手に立つように言われてただひとり従わなかった。そのことで彼女は逮捕・勾留(こうりゅう)され、有罪の判決を受けた。この判決を契機に、モンゴメリーの黒人によるバスボイコット運動が始まる。多くの黒人たちは職場までの長い道のりを様々な妨害に遭いながらも徒歩で通うようになる。そしてそれは、合衆国最高裁判所から市当局に対して、バスにおける人種隔離を撤廃する命令書が届くまで三百八十二日ものあいだ続けられた。

当時は黒人たちの多くも、法律だから従わなければならないと考えていた。その常識に、一人の女性が反旗を翻したことで、ついには法律が撤廃されるまでになったのだ。この後も続く公民権運動の歴史の中で、矢上がひときわ濃いアンダーラインを引いていたのは、キング牧師が抗議行動を禁止する裁判所命令を無視した論拠となる主張だった。〈法には『正しい法』と『不正な法』があり、人種隔離を維持するための法律や、平和な集会や抗議を市民に阻む命令に従わないことは、市民的不服従の実践なのだ〉

薮下はようやっと矢上の視線に追いついた気がした。日本における戦後の労働法制の変遷は、力の強い側、つまり働かせる側が都合の良いように、法律を作ったり「改正」したりしてきた歴史ともいえる。一方で、矢上たち労働者は、子供の頃から決められた規則に黙って従うように教育されてきた。結果、労働者は次々と変わる法律に従って働き、いまや非正規雇用の労働者は全体の四割近くにまで増えた。

サフラジェットの時代、法律によって女性の参政権は認められていなかった。換言すれば、法律によって女性に参政権は必要ないと定められていたのだ。サフラジェットたちは、その法律自体が誤ったものであると考え、それを変えるために闘ったといえる。公民権運動の歴史もしかりだ。法律によって白人が優遇され黒人が虐げられる社会が作られていた。法や裁判所が常に正しいと考えていたのでは、強者に都合の良いように作られた社会は変わらないのだ。裁判所が抗議を中止する命令を出し、それに従ったならば、もはや抗議さえできなくなる。規則を守って、規則を変えることはできない。矢上はそう考えたのではないか。その矢上が行き着いた先が、栞に走り書きしたあの言葉だ。

〈Are you ready to kill?〉「殺す覚悟はできているか？」

その言葉は、公民権運動について書かれた別の本の中にあった。アポロ11号が初めて月面に着陸した一九六九年夏、ニューヨーク・ハーレムで開かれた野外コンサート『ハーレム・カルチュラル・フェスティバル』——若き日のスティービー・ワンダーをはじめブラックミュージックのスターたちが自らの文化と音楽の祝典のために結集し、数十万の黒人がつめかけた歴史的コンサートにおいて、数々のプロテストソングを歌ってきた黒人女性歌手、ニーナ・シモンが聴衆に呼びかけた言葉だった。

前年にはキング牧師が暗殺され、ロスアンジェルス、ワシントン、シカゴ、ボルチモア等の大都市を含む百以上の都市で暴動が起こっていた。ベトナム戦争が激化して国内情勢が不安定になる中で、公民権運動もまた、暴動の沈静化を図ろうとするグループと闘争をさらに先鋭化し継続しようとするグループに分裂しつつあった。ニーナ・シモンはそのステージでデビット・ネルソンの詩を暗唱して聴衆に問いかけた。その詩の一節がこれだ。

〈Are you ready to kill, If necessary?〉「殺す覚悟はできているか？　必要とあらば」

薮下は矢上が走り書きを残した栞をあらためて手に取った。

鋭角的で勢いのあるくせ字を見つめながら、薮下は、自らの座標を摑んだ矢上の中に、この言葉が深く刻まれたのを確信した。集団の中で上位者が決めた規則に従うことが自然だった青年、それ以外の行動規範を知らなかった青年の内部に、かつてなかった何かが拓（ひら）けたのだ。

それは初めて武器というものの存在を知り、それを手にしたような感触だったのではないか。使い方も何もわからなくとも、その体験は一人の青年を大きく変え得るものであったに違いない。畏れと、それがもたらす巨大な可能性に矢上が戦くのを、薮下は自分のことのように感じることができた。薮下は鋭い不安を抱きながらも、疲労が全身に覆いかぶさり、不意に引き潮にさらわれるようになす術もなく眠りに引きずり込まれるのを感じた。

半世紀以上昔の見たこともないハーレムの夏の熱気と歓声に、サフラジェットたちの投石によって次々と割られる窓硝子の音、火を放たれた建物が燃え上がる轟音が重なり、迸るように湧き上がり押し寄せる。その感覚を最後に、薮下の意識は途切れた。

39

賑やかな野鳥の囀りで、薮下は目を覚ました。自分がどこにいるのかわからず、寝不足のどんよりとした頭で辺りを見回すと、小坂がデスクトップのパソコンに向かっていた。見上げるような書架の列にようやく自分が朱鷺子の文庫にいることを思い出し、期せずして宿泊してしまったことに気がついた。小坂がディスプレイから目を離すことなく言った。

「おはようございます。よく眠っていたんで起こしませんでした」

それはこっちの台詞だと思いながら薮下は大きく伸びをした。いつ横になったのかは知らないが、少なくとも俺が見た時にはおまえは毛布代わりのオーバーコートにくるまって広辞苑を枕にぐっすりと眠っていたじゃないか。

「やっぱり朝って頭が冴えてて効率がいいですね」

こざっぱりした顔でリフレッシュ感満載の小坂がマウスを動かしながら言った。

そうだろうとも、あいにく俺は夜型なんだよ、と腹の中で呟きつつ起き上がり、薮下はパソコンに近づいた。

「何を調べてるんだ？」

「ネットの閲覧履歴です」

「このパソコン、ネットに繋がっているのか」

てっきり書籍の検索用と思っていた薮下は虚を衝かれた気分だった。そういえば、フランスの労働法に関する書籍に、撤退権を行使したルーブル美術館職員の記事を脇がプリントアウトしてクリップで留めていた。パソコンがネットに繋がっていなければできないことだと、その時に気づくべきだった。

「新聞とか閲覧してるのか？」

「ええ、でも日を追うごとに海外の特定の記事が多くなってるんです」

小坂が珍しく思案顔で薮下を振り返った。小坂によると、パソコンではＤｅｅｐＬという高精度の翻訳ツールが使えるようになっており、外国語の記事を、およそ機械が訳したとは思えないほどの流暢（りゅうちょう）な日本語に変換してくれるという。

「特定の記事ってなんだ？」

「海外のテロ事件の記事です」

三日前の夜、南多摩署の会議室から薮下がひとり抜け出した時、追ってきた小坂が階段の踊り場で最初に口にしたのがテロの可能性だった。どこかですでに大きなテロが起きていて、その事実が漏れないように情報を遮断しているのではないか、そのために四人の容疑が伏せられているのではないか。それが小坂の考えだった。だがテロ発生直後ならまだしも、三日も経って何の被害も報告されていない今、小坂の推理が当たっている可能性は低い。しかし、四人がこの文庫で過ごした時間の中で、実際にテロについて頻々と調べているという事実が薮下の胸に鉛のように重く残った。

「海外の新聞は日本と違って調査報道が主流ですからね、テロリストたちの潜伏していた場所や連絡方法とか、かなり詳しく出てますね」

小坂がスクロールする画面には、爆発物の殺傷力を高めるために使われた釘(くぎ)の写真などもアップされていた。テロについて調べたのは矢上ではないか。いや、脇かもしれない。薮下の脳裏に〈オレら失敗作〉と余白に記された脇の文字が蘇った。未来に希望など持ちようもない一生。それが若者がテロに傾く要因のひとつであることは否定できない。もちろん、単に興味を持ったに過ぎないかもしれないが。

薮下は立ち上がると上着のボタンを留めて蔵を出た。小坂の話ではかなり前に母屋の雨戸を開ける音がしたというので、とりあえず長居した断りを入れ、ほどなく辞去する旨を伝えるつもりだった。腕時計を見ると、時刻は午前八時近くになっていた。

昨晩は薄暗い廊下の灯りを頼りに歩いたのでからくり屋敷めいた複雑な造りに感じられたが、朝の光が射し込んでみると、太い廊下を中心とした案外とすっきりした間取りで、すぐに洗面所が見つかった。洗面台の横にのし紙に包まれたタオルが置かれていた。のし紙には『お年賀田中酒店』とあった。すでに使用され、畳み直されたタオルが傍らにもう一枚あったので、小坂が妙にござっぱりした顔をしていた訳がわかった。そういう情報は、薮下が目を覚ましたら、おはようの挨拶の次にまず共有すべきであるはずなのにと思いつつ、薮下は紙を外してタオルを出し、蛇口を捻った。古い家だが水回りには手を入れているらしく、すぐに温かいお湯が出たのが嬉しかった。

洗顔を済ませ、壁掛け鏡を見て髪をなでつけると、格段に気分が良くなった。朱鷺子が昨晩いた部屋を訪ねようと廊下を進んでいくと、冬の朝のピンと張りつめた空気の中に、炊きたての飯の匂いが漂ってきた。途端に薮下は強烈な空腹を感じた。長野駅の駅ナカで買ったおやきを二つ、野沢菜と葱味噌を昨夕、新幹線の中で食べてからあとは、朱鷺子が淹れてくれた茶しか口にしていなかった。飯の匂いに突き動かされるように足を運ぶと、上部に磨り硝子のはまった引き戸に行き当たった。だが、夜分に押しかけ、一晩泊まったあげく、新品のタオルを借りて洗顔し、そのうえ朝ご飯まで貰うわけにはいかない。それではまるで旅館ではないか。薮下は早々に挨拶を済ませて退散し、直近のコンビニで何か買って食べようと心に決め、控えめに戸をノックした。

「おはいり」

戸を開けると、朝ご飯の匂いが薮下を直撃した。炊きたての飯に卵焼き、焼き鮭、ホウレン草のお浸しに味付け海苔、そして豆腐とワカメの味噌汁。八人は楽に座れるほどの大きな食卓に朱鷺子がひとり背筋を伸ばして座り、軽やかに箸を動かして朝食をとっていた。薮下はなるべく食べ物の方へ目をやらないようにして声をかけた。

「すっかり長居をしてしまってすみませんでした。あ、タオルをどうもありがとうございました。それではこれから引き揚げますので」

「それ」

朱鷺子が大きな食卓の一隅を目で指した。そこに布巾で覆ったものがあった。近づいて布巾を取ると、二人分の朝食のおかずが準備されていた。

「ご飯とお味噌汁は自分でよそうんだよ。味噌汁は温める」

見ると、コンロの横に箸と大きめの茶碗と汁椀が二組ずつ並んでいた。せっかく作ってくれたものを断って無駄にしてはバチがあたるというものだ。藪下はこれ以上ないほど丁重に礼を述べてコンロの火を点けた。

「あんたの部下の方がよっぽど早くから起きてたんだよ」

それは俺よりもずっと早く寝たからです、と言ってもせんないので「はあ」とだけ答えて飯をよそい、汁を注いだ。さて食べようと卓へ運んでいると、朱鷺子が箸をとめてあきれた声をあげた。

「上司ってのは部下の面倒をみてやるもんだろう。先に運んでおやり」

自分が知っている面倒の見方とは逆だと思いながらも、藪下は盆に載せた朝食を黙って蔵の小坂のもとへ運んだ。小坂はなにやら熱心にツイッターを見ており、味噌汁の香る朝食の盆を近くに置いても生返事をするだけで、ディスプレイから目を離そうとしなかった。

旅館のお運びさんのような気分を味わいつつ藪下が台所に戻ると、朱鷺子は自分の朝食を終えて茶を淹れていた。思いがけないことに、藪下の茶碗に飯が盛られ、味噌汁の椀から湯気が立っていた。薮下は早速席につくと、いつもの習慣でいただきますと手を合わせて箸を取った。空っぽの胃袋に出汁の旨みのきいた味噌汁がしみわたるようだった。薮下は思わず目を閉じて、ああ、と幸福なため息をついていた。

「まったく、あんたもおかしな刑事だね」

「よくそう言われます」

薮下はふっくらと焼けた鮭と白米の旨さを噛みしめつつも、ふと気になることを思い出した。

「あの、玄羽さんのお葬式の時のことですが」

「朝ご飯を食べながら葬式の話かい」

朱鷺子の鼻筋に不快そうな縦皺が走った。

「すみません。ただ、圭太さんの奥さんの宏美さんと朱鷺子さん、それから矢上たちの四人で壊れた生け垣の話をして笑っていたと緒方さんから聞いたもんですから。その壊れた生け垣って、美帆さんの実家のあれですよね？」

「ああ、門柱の近くのところが道側に派手に傾いていただろう？　あれ壊しちまったのはあの四人なんだよ」

そう言うと朱鷺子は湯飲みを置いてクスクスと笑った。しかし、しばらくすると急に力が抜けたように背中が丸くなった。

「考えてみれば、あの日が、あたしが生きた昭一さんを見た最後だったんだねぇ」

朱鷺子によると、それは矢上たち四人が東京へ戻る日の朝の出来事だったという。矢上たちは当初、雨樋の修繕や生け垣の手入れ等、ちょっとした雑用を引き受けるという条件であの家に招かれたようだった。ところが、文庫に通いつめて書籍や冊子の類いを読みあさるうちにあっという間に二週間の夏休みは終わってしまい、帰る日の明け方になって四人は初めて、墓場の掃除のほか何の雑用もしていないと気づいたらしい。

「薄暗いうちから四人して庭を掃除したり生け垣を刈り込んだりしてたらしいんだけど、あそこの生け垣はオオイタビでね、低い石垣に蔓を這わせてできてるんだよ。その石垣が傾いてたのを直そうとしたんだね、うんうん動かしてるうちに、生け垣ごと倒れるみたいに傾いちまったらしい。あたしがあの子たちに持たせるお菓子を持っていった時には、四人とも大慌てで押したり引いたりしてたけど、傾きはひどくなる一方でね。昭一さんがこう言ったんだよ。『何かを直そうとして壊してしまうことは、人生にはよくある。だからもう触るな』ってね。あの子たちは妙に感じ入ってたけどね、あれ以上いじってたら、どうなってたことか。それでね、お葬式の時にあの子たちに教えてやったんだよ。あれから台風が来るたびに心配で見に行ってたんだって。だから台風の後にあたしが用水路かなんかにはまって死んでんのが見つかってたら、おまえたちが壊した生け垣のせいだったんだよってね。それでみんなで笑ってたんだよ」

朱鷺子は葬儀の日、その笑いの輪の中に玄羽昭一その人もいるかのような気持ちだったのだろうと薮下は思った。

「玄羽さんは以前から矢上たち四人と親しかったんですか？」

薮下は惜しみ惜しみ食べていた卵焼きの最後の一切れに箸を伸ばしながら尋ねた。

「いいや。この夏に来るまでは、昭一さんから四人の名前を聞いたこともなかったね」

「どうして急に四人をあの家に招待したんだと思います？」

「あたしは、圭太が倒れる前に口癖みたいに繰り返していた言葉を知ったからじゃないかって思ってるんだけどね」

朱鷺子は湯飲みを取ると、口に運ぶでもなく掌に包んで言った。

「宏美さんは圭太のことが心配で、毎日の様子をずっと書き残してたんだ。A6判の水色の手帳に、勤務状況のほかにも食べたものや精神状態、話したことやなんかをね。圭太は『あいつらに比べたら自分は恵まれている。だから会社に感謝している。あいつらみたいにだけはなりたくない。あんなふうになったらおしまいだ』と言って毎日、明け方近くまで働いてたそうだ」

「あいつらって、非正規工員のことですか」

朱鷺子は黙って頷いた。

しかし、矢上たちのような若い非正規工員はほかにも大勢いるはずだ。なぜ、あの四人だったのか。その薮下の疑問を見透かしたように朱鷺子が言った。

「帰る家がなかったんだよ。詳しいことは知らないけど、昭一さんの家に呼ばれなければ、四人とも夏休みを寮で過ごすはずだったらしい」

寮を出れば頼る者も住まいもない、自分の蓄えだけが命綱である若い非正規工員。四人の共通点はそこだったのか。

「帰りにお饅頭(まんじゅう)を持たせてやったら喜んでね。お正月休みにはまた来るから、その時にきっと生け垣を直すからって言って、朝の十時台のフラワーライナーで帰っていったよ。そのまま二直に入るんだって言ってたね」

玄羽は少し残って近所に挨拶などをした後、車で戻っていったという。

「さあ、あんたも気をつけてお帰り」

朱鷺子は茶を飲み干すと、薮下に後片付けを命じて台所を出ていった。

薮下は朱鷺子と自分の二人分の皿や茶碗を洗いながら、圭太が繰り返していたという言葉のことを考えた。そして、矢上たちのような非正規工員の存在が、逆説的に正社員を支えているのかもしれないと思った。あんなふうにはなりたくない。その一心で、圭太は過重な労働に耐えていたのではないか。つまり正社員であるという事実が、あらゆる理不尽な要求に対する耐久力を高める。過労死するほど働かされながら、自分は恵まれていると思い込み、会社に感謝する。

生方の死者数の多さを考えれば、ユシマの中に、圭太のような過労死予備軍の正社員が一定数いるのではないだろうか。もしそうだとしたら、とても長くは続けられないような異様に高い労働密度で非正規工員を働かせ、便利な雇用の調整弁として三年に満たない短期間で使い捨てていくこのシステム自体が、正社員を過労死に追い込む一因として機能しているともいえる。同時に、経営者側からいえば、死ぬまで喜んで働く労働者を作り出せるこのシステムは、決して手放したくないものだろう。過労死をもみ消せるかぎりは。

薮下は皿を拭いて食器棚に片付け、流しの水滴をきれいに拭き取って台所をあとにした。蔵に戻ると小坂がいきなり興奮した面持ちで声をかけてきた。

「薮下さん、これ見て下さい、これ」

パソコンの画面を見ると、住宅街の一角に特殊移動指揮車両と覆面パトカーが停まっており、捜査員らしき人物たちが慌ただしく動き回っていた。小坂は、本庁から四人の捜索依頼があった当日、どこかで大きな逮捕劇の失敗があったのではないかと思いつき、SNSで覆面パトカーを検索したのだという。すると、三日前の昼過ぎに、同じ車両を捉えた動画が連投されていたのだ。

「今、指揮車から出てきたこの男、薮下さん、見覚えありますよね？」

小坂が動画を静止させて画面の男を指さした。それは、現場に出たその年にクスリの売人の元締めに腹を刺されながらも組み敷いて逮捕した男で、その一件以来、出世の階段を駆け上り、所轄の組対でも知らぬ者はない。

「本庁の組対の瀬野警視だ」

「瀬野警視が出張ってきてるってことは、これ、相当にデカい案件ですよ」

小坂は気持ちが高ぶっている時の癖で声を押し殺している。

「この動画、場所はどこだ」

「吉祥寺駅から徒歩で十分ほどの住宅街です」

「吉祥寺……」

薮下はスマホを急いで手に取った。スマホはタブレットに同期させてあるのだが、小坂が撮った生方第三工場の写真の中に吉祥寺と結びつくものがあったような気がしたのだ。

「これだ」

四人のロッカーの私物を撮った写真の中に飲食店のクリスマスシーズン限定割引券があったが、それが吉祥寺のホットドッグ店のものだったのだ。矢上たちは定期的に吉祥寺に通っていたのかもしれない。

「瀬野警視が入っていったこのアパート、朝日荘っていうんですがね」

小坂が築五十年は軽く超えていそうな古い二階建てのアパートを指さした。グーグルマップで調べて近隣の不動産屋に電話をかけまくって確かめたらしい。

「来年の夏には取り壊しが決まってるそうなんですが、土地と建物は國木田莞慈という老人の所有で、取り壊しまでのあいだ知り合いの若者たちに貸していたそうです」

「おまえはパソコンの履歴と本の貸し出し帳を全部写真に撮って、茶碗を洗ったら、その國木田莞慈って老人の方をあたれ」

薮下は蔵の入り口から、小坂にプジョーのキーを投げて渡した。

「俺の愛車にかすり傷でもつけたら、骨を折られると思えよ」

ひとつ恫喝(どうかつ)して、薮下は足早に屋根付きの腕木門の方へ向かった。樹木の梢から降り注ぐ光が地面に縞目(しまめ)を作っていた。

今から駅へ行けば、矢上たちが乗って帰ったという午前十時台のフラワーライナーに間に合うはずだ。薮下は矢上たちを運んだその列車に無性に乗ってみたかった。

40

笛ヶ浜の駅前は閑散として、アスファルトの割れ目の目立つロータリーと、『酒・たばこ田中酒店』の看板を掲げた店が一軒あるだけで、コンビニもなかった。薮下は、もし朱鷺子が朝食を振る舞ってくれなかったら、自分はこの風景を見て絶望的な気分を味わったに違いないた。

と思った。感謝を胸に駅舎へ向かおうとして、田中酒店の前に停めてある自転車が目にとまっ

真新しいマウンテンバイクだった。防犯登録シールを見ると、〈千葉県警〉ではなく、〈警視庁〉とある。ということは、このマウンテンバイクは東京都内で購入されたものだ。都内からここまで自転車でツーリングをする強者とはどんな人物なのか、興味を覚えて店内を覗き込むと、ちょうどドアが開き、薮下が思わずのけぞるほど奇抜なヘルメットを被った男が出てきた。

「すみませんが、ちょっといいですか？」

薮下は警察手帳を見せて男に声をかけた。

「え、なんですか？」

答えたのは、予想していたよりも幼い声だった。ヘルメットを取ると、どうやら高校生のようだった。どうりで、酒屋の袋から覗いているのは肉まんとポテトチップスなどのスナック菓子の類いだ。

「今日は期末試験あとの自宅学習日なんで」

昔でいう試験休みのようなものだと薮下も知っていた。

「この自転車、どうしたのかな？」

「ああ、これは貰ったんです」

「誰に？」

「文庫のねえさん。えっと祟像朱鷺子さんって大きなお屋敷の。うちの祖母ちゃんと俳句の会で一緒で」

藪下は思わず遮って尋ねた。

「いつ貰ったの？」

「昨日の朝早く。僕がまだ寝てるうちに崇像さんの知り合いが持ってきてくれたって」

「そう、もういいよ。どうもありがとう」

藪下は、四人のうちのひとりは吉祥寺から自転車で逃げてきたのだと確信した。そして玄羽の亡妻の家に集まった後、四人は朱鷺子を訪ねた。おそらく三日前の晩か、一昨日の早朝。矢上たちは警察が来ることを見越して早々に自転車を処分した。そして、朱鷺子はやってきた本庁の捜査員たちに対しては弁護士を呼んで家捜しを拒み、足止めして四人が逃げる時間を稼いだ。

この推論が正しければ、自分がさっき朝食をご馳走(ちそう)になったあの台所の大きな食卓で、二日ほど前には、あの四人が飯を食べたはずなのだ。そう思うと、藪下は朱鷺子のしたたかさに舌を巻くほかなかった。

誰がどのように尋問したところで朱鷺子が口を割ることはないだろう。そう思いながら藪下は無人の駅舎を通りぬけてホームに立った。ほどなく一両だけのフラワーライナーがやってきた。藪下は海側の座席に腰を下ろし、車内を見回した。乗客は藪下の他に老人がひとりだけだった。

夏休み明けのその日、午後四時十五分からの二直に入るために、矢上、脇、秋山、泉原の四人はこの十時台のフラワーライナーに乗った。その日、木枠の窓はすべて押し上げられ、八月の熱気を孕(はら)んだ海風の走り抜ける車内では、あの天井の扇風機が回っていたはずだ。水平線の上に湧き上がった入道雲を、彼らはこの夏最後と思って眺めただろう。

文庫での時間を過ごした後、この車両に乗って帰っていった四人は、夏休みの初日、これに乗ってきた四人とは大きく違っていたはずだ。そして彼らは、自分たちに起こった変化に気づいていたに違いない。しかし、その変化を受けてこれからどう行動すべきなのか、具体的にはまだ何も決められていなかったのではないか。

突然、薮下の脳裏に〈暴発〉という言葉が浮かんだ。

もしかしたら、玄羽はどこかで期待していたのではないか。自分たちがいかに不当な状況に置かれているかを知れば、彼らは何らかのかたちで暴発してくれるのではないかと。そのために、玄羽は彼らに二週間の自由を与え、自発的に座標を摑もうとするように誘導したのではないか。

無論、玄羽は不遇な彼らにただ夏休みを満喫させてやりたかっただけなのかもしれない。しかし、一度兆した疑念は頭を離れなかった。

あるいは無意識に近い願望であったのかもしれない。しかし圭太が最後に繰り返していた言葉を知って、玄羽の心がそのように動いたとしても不思議だとは思えなかった。

車窓の向こうに、重くうねる冬の海が広がっていた。

もし自分の考えているとおりなら、彼らに初めての豊穣な夏を与えた男の無惨な死は、暴発に向かう最も効果的な引き金になり得たのではないか。

41

瀬野は指定された廃工場の敷地に車を停めて、工場の錆びた窓枠に降り立ったジョウビタキを眺めていた。灰色がかった褐色の鳥はふっくらとして、冬の陽射しを浴びてひとり遊びでもするかのように歩いてはとまり、とまっては歩いている。その無心でリズミカルな動きに、瀬野はいっときすべてを忘れて見入っていた。だが、鳥は突如素早く羽ばたいて飛び立ち、バックミラーにシルバーのベンツが現れた。たちまち現実に引き戻された瀬野はすぐさま鞄を摑んで運転席を出た。そして萩原のベンツが隣に停車すると同時に助手席に乗り込んだ。

公安の萩原の指示で本庁の組対に籍を置く瀬野が動いているという通常の指揮系統を逸脱した案件のため、公然と人前で会うことは避けねばならなかった。瀬野と萩原を繋ぐ線上には、警察庁警備局長・田所正隆警視監の存在があることは暗黙の了解だった。

「申し訳ありませんでした。あと半日早く笛ヶ浜のアジトを摑んでいれば」

瀬野は開口一番、そう言って頭を下げた。重要な隠密案件で二度までも失態を演じたのだ。もっとしっかり監督するよう萩原は田所から叱責されたに違いない。今度こそ萩原が何か言ってくれなければ瀬野は頭を上げられない気分だった。

「これからのことだが」と、萩原は瀬野の胸中などまったく斟酌する様子もなく口を開いた。考えを巡らせるようにじっと前方に目を据えている。

「所轄に被疑者の罪状を伏せている手前、そう時間をかけるわけにもいかない。彼らが逃亡中であることを逆手にとって、少し派手な仕掛けを考えているところだ。準備が整い次第知らせる」

そこまで言うと萩原は不意に瀬野に視線を転じた。

「笛ヶ浜で何か収穫はあったか」

虚を衝かれたかたちで瀬野は急いで鞄からタブレットを取り出し、崇像朱鷺子の家で撮った写真の一枚を萩原に見せた。

「収穫というほどのものではないのですが。これがくず箱に捨ててありました」

それは内側に緩衝材のついたA４判のクッション封筒で、宛名も送り主も何も書かれていなかった。ところが、きちんと封がされており、上部が鋏で切られて開封されている。明らかに中に何かが入っていたのだ。

「もちろん崇像朱鷺子に何が入っていたか尋ねたんだろうな？」

「はい。しかし、私的なものなので答える義務はないの一点張りで。弁護士がいたのでこちらもそう強くは出られませんし」

「その旧家の老女、よほど四人に肩入れしているな」

萩原はそう呟いた後、瀬野に尋ねた。

「それでおまえはどう思う」

思いがけず初めて意見を訊かれ、緊張で口調が硬くなるのを隠せなかった。

「自分は、このクッション封筒は、一回り大きな封筒に入れて崇像朱鷺子宛に郵送されたものではないかと思います。郵便なら宅配と違ってあとが残りませんから」

「無論、送り主は矢上たちというわけだな」

「はい。クッション封筒に入れるのは、割れては困るもの」

「または濡れては困るもの」

萩原は先を引き取ると、運転席のウインドウを三分の一ほど開けた。

「四人は九月に預金を下ろしていた。三十万ずつ。彼らにしてみればなけなしの金だ」

「その金は寮からも吉祥寺のアジトからも見つかっていません。我々の調べたかぎりでは、四人は大きな買い物もしていません」

瀬野は思い切って自分の推論をぶつけてみた。

「彼らは万一のことを考えて、前もってその金を崇像朱鷺子に郵送して預けておいたんじゃないでしょうか。そして逃亡後、四人は空き家となった玄羽の別宅で落ち合い、金を受け取るために朱鷺子の家を訪ねた」

細く流れ込む寒風に、枯れた雑草と鉄錆（てつさび）の匂いが混じっていた。

「そうだとしたら、九月の段階で、万一の時の金はアジトに置くなと教えた人間がいるな」

萩原はフロントガラスの向こう、廃工場の壁にかろうじてぶら下がっている赤茶けた階段を眺めていた。

「國木田莞慈か」

「はい」

空の一隅で閃（ひらめ）くようにジョウビタキの澄んだ声がした。萩原はヘッドレストに頭を預け、次の囀りを待つように目を閉じて言った。

「國木田は我々の切り札だ。最大限に利用させてもらおう」

第五章　反旗

42

二直の開始は午後四時十五分。摂氏四十度を優に超える八月の工場内でラインが動き出せば、一分と経たぬ間に全身から汗が噴き出す。だが、目に流れ込む汗を拭うことさえできない異常な労働密度でまったく同じ動作を反復すること二時間、六時十五分にようやっとベルが鳴って十分間の休憩となる。

矢上は肩で息をつきながら一番近いドアから屋外へ出ると、膝を上げるのも面倒なほど重い足でアスファルトの敷地内通路を横切り、フェンス際の草地に腰を下ろした。それから、あらかじめそこに置いてあった紙袋から一リットル入りのペットボトルを取り出し、喉を鳴らして一気に半分を飲んでようやく一息ついた。始業前から外に置いてあるから温い水だが、一刻も早く飲みたい気持ちの方が遥かに勝る。

隣を見ると、脇が一抱えもある巨大なペットボトルを両手で持ち上げ、流れ込む水の勢いに負けまいと頬をめいっぱい膨らませて飲んでいた。

「おまえさ、そんなにデカいボトル、かえって飲むの大変じゃないか？」

まるで酸欠の金魚を思わせる脇の姿に、矢上は本心から尋ねた。

「ってかさ、そんなボトルどこで見つけたのよ」

五〇〇ミリリットルのボトルを飲み終えた秋山が、あっけにとられた顔で脇に尋ねた。秋山の紙袋にはあと三本のボトルが残っている。

「こいつは一ガロン入るんだぜ」と、脇は得意げに答えた。「ディスカウントショップで見つけたんだけどな、これなら一晩持つから水を入れるの一回で済むだろ」

ペットボトルの中身が寮で入れてきた水道水であることは全員、変わりがない。ボトルに油性マジックで自分の名前を書いてある点も同じだ。

「こういう袋、使うと便利ですよ」

泉原が一リットル入りのペットボトルが楽に二本は入るファスナー付きの手提げ袋を見せた。内側がアルミの保冷バッグだった。

「それなら俺のガロンも入るな」と、脇が珍しそうに保冷バッグを手に取った。

「それにしても、まあご覧なさいよ、夏休み明けたった四日にしてこの変わりよう。これって間違いなく、この工場が創業して以来、初めての光景ですよ」

秋山が草の上に後ろ手をついて、工場の敷地を眺めた。フェンス沿いの草地のあちこちで、大勢の工員が持参したペットボトルの水を飲んだり、ひとごこちついて大の字に寝転がったりして、十分間というわずかな休憩時間をめいっぱい使って体を休めていた。

「ま、俺の活躍があってのことだがな」と、脇がガロンの大きな蓋（ふた）を閉めながら言った。

「そこはどう考えても俺だと思うぞ」

矢上は真顔で言った。

「でも発案は僕だと思いますよ」

泉原が疑いの余地はないという自信に満ちた口ぶりで言った。

「いやいや、大元のアイディアは俺でしょ」

秋山が腕組みをして一人頷(うなず)いている。

十分間の休憩のあいだに水を飲んだ後、ほんの二、三分でも体を横たえることができる。それは誰にとっても初めてのことだった。工場の敷地を渡っていく蒸し暑い夏の夕風が、一瞬であっても初めて心地よく感じられた。

事の始まりは四日前、笛ヶ浜から戻ってそのまま二直に入った日だった。その日は朝の暗いうちから起き出して玄羽の別宅の庭の掃除や生け垣の修理をした後だったから、二時間のライン作業を二回終えた後の、午後八時二十五分からの食事休憩の頃には、四人とも飯が喉を通らないほど疲れ切っていた。夏休みの習慣で自然と同じテーブルに座った四人は、前屈(まえかが)みになって葱(ねぎ)だけ載った冷やしうどんをやっとの思いで口に押し込んでいた。その時、矢上はふと思い出して尋ねたのだ。

「秋山さん、いつも十分間休憩の時、ロッカー室の方に何しにいってるんですか？」

以前から不思議に思っていた。というのも、わずかな休憩時間は自販機かウォーターサーバーへと猛ダッシュして列に並ばなければ、水分補給ができない。水分が取れないまま次のライン作業が始まれば、喉の渇き云々(うんぬん)ではなく脱水で倒れかねないからだ。

「ま、ロッカー室まではちょっと距離はあるけど、並ばなくて良いからそのぶん休めて楽なのよ」

「どういうことだ？」

夏休み以来、年上の秋山ともため口で話すことに決めたらしい脇が尋ねた。

「自販機とか目指して用意ドンしても、俺、勝ち目ないじゃない。後ろの方で、もう間に合わないかも、とか思いながら並んで待ってるの、体だけじゃなく精神にも悪いんだよね。だから寮から水入れたペットボトル持ってきてロッカーに置いてるのよ。したら、歩いていってゆっくり飲んで、歩いて戻れるし、金もかからないでしょ」

「さすが年取ってるぶん、亀みたく知恵があるな」と、脇が感嘆して言った。

亀に知恵があるかどうかは別として、ロッカー室には窓がなく、工場同様に冷暖房もないからかなり暑いはずだ。矢上がその点はきつくないかと尋ねると、秋山は「まあ、なにかしらは我慢しないとね」と力なく笑って、汁を吸ってふやけたうどんをつついた。

泉原がパッと明るい表情になって言った。

「水を入れたペットボトルを、工場のすぐ外のフェンスのとこに置いといたらどうです？　外で飲めたら工場の中よりよほど涼しいですよ」

「けどよ、猫よけのペットボトルと間違えられて、警備員に捨てられねぇか？」

脇のその指摘は一理あるように思えたので、矢上は追加案を提示した。

「だったら、ペットボトルにフェルトペンで名前を書いておいたらどうだ？　人の物を勝手には捨てられないだろ」

「それ、ありだね」と、秋山がポンと手を打った。

翌日、四人は名前を書いた水入りのペットボトルを持って早めに出勤した。そして少しでもペットボトルへの直射日光を避けようと、まばらに植えてある桜の木陰に置いた。その時から脇は、ちまちまボトルに水道水を入れて蓋をするのが面倒だから、タンクのようなデカいボトルがあればいいのにと文句を言っていた。

常のごとく睫（まつげ）から汗が滴り落ちる最初の二時間のライン作業を終えると、矢上は自販機に猛ダッシュする必要はないのだという嬉（うれ）しい余裕を味わいながら、ゆったりとフェンス際に向かった。すると、驚いたことにペットボトルを置いた辺りに人垣ができて騒然となっていた。

咄嗟（とっさ）に人を掻（か）き分けて前へ出ると、泉原がじっと俯（うつむ）いたまま身を硬くして立っており、その足下に名前の書かれたペットボトルが転がっていた。蓋の取れたボトルから水が流れ出て、草を濡（ぬ）らして広がっている。傍らに本工の村上征次（むらかみせいじ）が恰好（かっこう）の獲物でも見つけたような嬉（うれ）しげな顔をして立っていた。食堂で気の弱い非正規を見つけては、列から追い出して後ろに並ばせるあの男だ。その手には一リットル入りの水のペットボトルが握られており、ボトルには秋山の名前が書かれていた。秋山が少し離れて棒立ちになっている。ボトルが秋山から奪い取られたのは明らかだった。

村上が泉原の顔を下から覗（のぞ）き込むようにして言った。

「なに勝手な真似してんだよ。ちゃんと自販機のとこ行って、俺らの後ろに並べよ。ウォーターサーバーも用意してやってるだろうが。おい、なんとか言えよ」

大柄な村上がペットボトルで泉原の後頭部を打つと、泉原は胸からうつ伏せに倒れた。脇が人垣から歩み出て、泉原を一顧だにせず無言で通り過ぎた。そしてフェンス際から自分の名前を書いた一リットル入りのペットボトルを摑んで戻ってくると、それを両手で握り直すや、まるで高めのボール球をホームランにするような凄まじいスイングで村上の側頭部を殴打した。村上は横倒しになり、一瞬なにが起こったのかわからないように目を瞬いた。それから地面に手をついて重たげな半身をもたげると、憤怒の形相で脇を睨みつけた。

「この非正規が……」

村上の背後に集まっていた何人もの本工たちが怒りをたぎらせて身構えるのを、脇はひとりペットボトルを握りしめて迎え撃つように見回した。村上が立ち上がれば、あいつらが一斉に脇に飛びかかる。結果は目に見えている。矢上は駆け出しながら、草の上に転がった泉原の空のペットボトルを摑むと、その勢いのまま下から打ち上げるように村上の顔面を強打した。村上は両手で鼻を押さえて尻餅をついた。空のペットボトルは破裂音のような派手な音で一瞬、人を縮み上がらせるが、鼻血は出ても鼻骨が折れることはまずない。その点は矢上の計算尽くだった。同時に、村上のように日頃から取り巻きを引き連れ、立場も気も弱い者を選んではいたぶって楽しむような男は、自分の血を見ると途端に意気阻喪することも矢上は読んでいた。取り巻きの本工たちが息を吞んで立ちすくんだ瞬間、矢上はすかさず大きな声で宣言した。

「俺たちはもうあんたたちの後ろには並ばない。休憩時間は好きな場所で好きなように休む。俺たちというのは、この工場で働く非正規工員、全員のことだ。ストレスのはけ口は別の場所で探せ」

村上は両脇を取り巻きに支えられて立ち上がると、なじるように言った。

「おまえたちの方から先に手を出したんだからな、訴えてやるからな」

かつてない出来事に静まり返る中、秋山の場違いに陽気な声が響いた。

「いやいやいや、あんたが先に泉原殴ってますから。俺、ちゃんと動画撮ってますから」

秋山の手にいつのまにかスマホが握られていた。

「休憩時間は、スマホＯＫなの、村上さんも知ってますよね」

翌日には非正規工員のほとんどが名前を書いたペットボトルをフェンス際に置いていた。そしてその翌々日の今日は、本工までもがペットボトルを並べていた。それは正規・非正規ふくめて矢上たちに共感したというより、この方が楽だからだということは四人にもわかっていた。休憩開始のベルが鳴るやいなや自販機に猛ダッシュする必要がなく、草の上で水分を補給して数分でも体を休めることができれば、どんな工員も嬉しくないはずがない。おまけに水道水だから金もかからないし、預金が命綱の非正規にとってはなおさら喜ばしい。

「それにしても、矢上さん、どこであんな喧嘩殺法、覚えたんです？」

泉原がペットボトルの水道水を旨そうに飲んで尋ねた。

「俺の超絶スイングのことは訊かないのかよ」と、脇が不満げに口を尖らせた。

草の上に寝転がっていた秋山が、あはは、と笑って答えた。

「おまえは見た目も性格も武闘派じゃないの」

矢上はフェンスに凭れて最初の一本を飲み干した。夕暮れの空に妹の好きなピンククラウドが浮かんでいた。矢上は我知らず微笑んで口を開いた。

「妹が看護学校の寮に入るまで、建設現場で働いてたって言ったろ？　たまに飲みに行くぞって誘われたら、若造は断れないわけだ。で、酒が入ると鬱憤が溜まっているおっさんたちがおっぱじめる。そういう時は、とめようとしたやつが両方からやられて一番痛い日をみるから、とりあえず誰も大怪我をしないうちに早く終わらせなきゃならない。作業員が怪我して何人か足りなくて、残りもみんな二日酔いとかって建設現場、最悪だろ」

「作業すること自体、死の危険を孕んでいますね」

泉原が神妙な顔で言った。

「そりゃそうと、秋山さんよ、いつロッカー室にスマホ取りに行ったんだ?」と、脇が尋ねた
「そんな時間あったっけか?」

「こういう閉鎖的で封建的な空間において何か初めてのことをやると、喜んで反応する馬鹿が湧いて出るんじゃないかなって、朝から電源切ってポッケに入れてたのよ。まあ先見の明ってやつ?」

秋山はニコリと微笑むと腕時計を一瞥した。それから大儀そうに身を起こして工場棟に目をやった。

「しかし、またあそこに戻ると思うと地獄だね。今日、なんか特別滅茶苦茶暑くない?」

「体感的には今期最高気温じゃないですかね」と、泉原がげんなりした様子で同意した。

十分の休憩はあっという間だ。矢上たちはのろのろと立ち上がった。これからまた二時間ぶっとおしの作業が始まるのだと思うと気が遠くなりそうだった。二時間後の食事休憩までタイムワープできればなぁなどと喋りながら工場に戻ると、意外な光景が目に飛び込んできた。ラインの側で、玄羽と五十畑がなにやら小声で話し合っていたのだ。五十畑が玄羽を敵視し

ていることは日頃の態度を見れば明らかだったが、夏休み明けに脇が同じ期間工の来栖洋介から聞いたところでは、五十畑は玄羽と言葉を交わした相手すべてを危険分子でもあるかのように、自らの作業着の胸ポケットに挿してあるボールペンで名前と日時を書き留めていると以前から噂になっていたらしい。

玄羽と口をきいてはいけないという規則があるわけでなし、誰と話そうが勝手だと矢上たちは気にも留めなかったが、その噂が本当なら五十畑と玄羽が顔をつきあわせて喋っているのもおかしな話だ。少なくとも、二人が言葉を交わすのを見るのは、矢上たちには初めてのことだった。四人は怪訝な思いで顔を見合わせた。

話はすぐに終わり、まもなくラインが始動するというのに、玄羽は左上腕部を押さえたまま少し背中を丸めるようにして事務棟に続く扉の方に歩き始めた。

矢上は声をかけようとしたが、五十畑がこちらを見て怒鳴った。

「さっさと持ち場につけ!」

矢上たちの視線の先、玄羽は重い足取りで振り返ることなく扉の向こうに消えた。

四人は持ち場についたが、矢上だけでなく、脇も泉原も秋山も、心配顔で玄羽が消えた扉の方を見ていた。左上腕部を押さえていたから腱かどこかを傷めたのかもしれない。いずれにせよ、玄羽が勤務途中にラインを離れるとは、何かよほどのことのような気がした。

玄羽の持ち場に急遽、組長の市原が入り、午後六時二十五分、通常どおり二時間の作業が再開された。

実のところ、夏期休暇が明けてこのかた矢上たちは玄羽と碌に話もできていなかった。食事休憩中は玄羽たち班長以上の者が座るテーブルに矢上たちは近づけないし、終業後は急いで着替えて帰り支度をしなければ寮の送迎バスが出てしまう。おまけに長期休暇明けはいつもそうなのだが、工員のうち何名かは遁走して戻ってこないので、新たに工員が補塡されるまで不規則な配置でひたすらノルマをこなすべく残業が続く。おかげで班長の玄羽は一直二直の引き継ぎで忙しく、ラインで顔を合わせても挨拶くらいしかできない。

そこで矢上たちは明日の休日に玄羽に予定が入っていなければ、夏休みのお礼を兼ねて何かご馳走しようと計画していた。四人で金を出し合えば、中華かカレーの食べ放題あたりには行けるはずだ。玄羽の都合を訊こうと思いながら機会を逸してまだ話せずにいた。

十分間休憩で補給した水分がすべて汗となって流れ落ち、筋肉のあちこちが悲鳴をあげるようにミシミシと痛み始めても、矢上は心のどこかで、玄羽が治療を終えてひょっこり戻ってきてはくれまいかという淡い希望を抱いていた。しかし、やがて暑さで頭がぼんやりとして、この労働に終わりがあるのを忘れかけた頃、玄羽のいないラインに食事休憩を知らせる午後八時二十五分のベルが響いた。

矢上は反射的に工場の上部に張りついた硝子張りの部屋、工員たちが〈展望室〉と呼んでいる事務室兼応接室を見上げた。ベルが鳴る時には必ず、工員が作業をすべて終えてから休憩に入るよう五十畑が展望室から睨みを利かせているのだ。ところが、どういうわけか今日に限ってそこに五十畑の姿がなかった。

「五十畑さん、どこ行ったんでしょうね」

扉に向かいながら泉原が不審顔で言った。四人ともすでに食堂へと急ぐ工員の群れの中にいた。

「矢上、俺の食券買っといて」と、脇が足を早めながら言った。「俺、医務室覗いてから行くわ」

「わかった。玄さんの食券も買っとく」

肩を傷めて休んでいるのなら、食事には出てくるだろう。動くのがきつそうなら、食事を医務室に運ぶ手もある。いや、ひょっとしたら先に食堂に来ているかもしれない。

「俺のも買っといて。ゆっくり行くから」

秋山はそう言うと、大移動する工員たちから外れて見えなくなった。

食堂に入ると、矢上は一番に玄羽の席に目をやった。

「来てませんね」と、泉原が心配そうに辺りを見回した。

玄羽は春頃からひとりで食事をするようになっていたので、玄羽のいない六人がけのテーブルは無人のままだった。食事に来られないほど痛みがひどいのかもしれない。

矢上は自分と脇と玄羽の冷やしうどんの食券を買い、泉原が自分と秋山のを買って、それぞれ二人分のトレーを卓に運んで席に着いた。この時期は暑さと疲労で食欲も消え失せ、冷たい麺しか入らない工員がほとんどで、玄羽も矢上たちも例外ではなかった。玄羽の食券は、来たらすぐ渡せるように胸ポケットに入れ、医務室まで冷やしうどんを運ぶ場合を考えて矢上と泉原は先に食べ始めた。

「五十畑さんも食堂に来てないですね」

泉原に言われて、初めて矢上は五十畑がいつもの席にいないのに気がついた。ラインに入らない五十畑はこんな時期でも揚げ物の多い定食を好んで食べる数少ない人間のひとりだったが、テーブルの中央の定席にその姿はなく、五十畑の腰巾着である組長の市原と数人の班長らが話す気力もなさそうに麺を流し込んでいた。

五十畑が飯に来ないとはどういうことだと考えていると、脇が現れてすぐさま割り箸を割りながら言った。

「医務室は鍵がかかったままだった」

通常、勤務医が帰る午後五時以降は医務室は施錠されているが、怪我人や急病人が出た場合に備えて五十畑が鍵を持っている。その五十畑の姿も見えない。

「はい、食後の憩い」と、秋山が卓に缶珈琲を四つ置いて腰を下ろした。「玄さん、休憩室にはいなかったよ」

秋山は、玄羽が二階の医務室ではなく休憩室で休んでいるのではないかと考えて見に行ったのだという。

「ほら、二階に上がるエレベーターって来客用で工員は使っちゃいけないことになってるじゃない。玄さんけっこうしんどそうだったから、階段上がって医務室行くより休憩室に行ったかなと思ってさ」

医務室には鍵がかかったままだったと聞いて秋山は頓狂な声をあげた。

「じゃあ、今、玄さんどこにいるのよ。おまけになんで五十畑までいないわけ？」

答えられる者はいなかった。脇は口いっぱいに頬張ったうどんを咀嚼しながら眉間に皺を寄せて考え込んでいる。泉原が箸を置いて矢上を見た。

「これ、なんか変ですよ」

「皿、片付けといて」

矢上はそう言って席を立つとロッカー室へと駆け出した。ロッカーの鍵を開け、スマホを取り出し、電源を入れる。起動するのにいつもの倍の時間がかかっているように感じられた。電話帳アプリを出して玄羽の番号をタップする。だが、呼び出し音も鳴らずにすぐさま留守番電話に繋がった。作業中に電源を切ったままなのだ。矢上は、これを聞いたらどこにいるのか連絡してほしいとメッセージを残した。そして、内規違反とわかっていたが、秋山がしたように電源を切ったスマホを作業着のポケットに入れた。

43

午後九時十分。玄羽の所在はわからぬまま、五十畑も戻ることなく三度目、九十分の作業が始まった。無人の展望室は不穏な予感を掻き立て、矢上はそれが行方不明の玄羽と結びついているような気がしてならなかった。午後十時四十分。十分間休憩のベルが鳴るやいなやペットボトルを置いたフェンス際へ急ぎ、脇たち三人に周りから見えないようにガードしてもらってポケットからそっとスマホを出した。しかし、玄羽からの連絡はなく、スマホの電源も入っていないようだった。

「飯休憩の時も今も電源切ったままなんておかしかねぇか?」と、脇が辺りを気にしながら小声で言った。班長以上の役職の者は、平工員と違って勤務中のスマホの携帯を許されている。ライン稼働中は電源を切ることになっているが、休憩時には職場内の連絡事項を確認するのが常だ。

水を飲んで思案しているうちにたちまち十分間休憩が終わり、午後十時五十分、四度目九十分の作業となった。午前零時を過ぎても五十畑は戻らず展望室は無人のままだった。午前零時二十分、最後の十分間休憩を知らせるベルが鳴り、五度目三十分の作業を残すのみとなった。その休憩中に初めて状況が動いた。

スマホを確認した組長の市原が血相を変えてラインを離れるや、吊り廊下を走って展望室に飛び込んだ。市原はデスクの上の固定電話を摑んで誰かに電話しているようだったが、明らかに動転した様子で卓上のメモ用紙に何か走り書きしていた。その後、四十五分間の残業がある旨が告知されたが、ラインに戻った市原は上の空で、組長でありながら作業中に一度ならずボルトをつけ損じた。

最終的に仕事が終わったのは午前一時四十五分だった。矢上たちは、玄羽も五十畑も、おそらくもう戻らないだろうと思っていたが、やはり二人が姿を見せることはなかった。

各自のペットボトルを回収して着替えを終えると時刻は午前二時を回っており、寮への送迎バス乗り場を目指して工員の大移動が始まっていた。矢上はもう一度、玄羽のスマホにかけてみたが、ダイレクトに留守電に繋がるだけだった。

「そうだ、車だ」と、脇が閃いたように声をあげた。「駐車場に車が残っていれば、玄さん、まだ工場のどっかにいるってことだろ」

「おまえ、たまにいいこと言うね」と、秋山が珍しく自分以外を褒めた。

矢上たちは社員用の駐車場に向かった。午前二時半近くだというのに、広大な駐車場にはポツポツと停まった車の影があった。車の持ち主は所定の駐車スペースに停めるのであるから場内を探し回る必要がない、という理由からだろうか、ユシマの徹底したコスト削減方針を示すかのように外灯は最小限しかなく、車体の色も形も判然としなかった。

夏の夜の湿ったアスファルトの匂いのする駐車場で、四人は手分けをして玄羽のダークブルーのゼフュロスを探した。しばらくして、矢上のスマホに秋山から万歳マークの絵文字が着信した。見回すと駐車場の出入り口からかなり遠い隅っこで秋山がスマホのライトを振っていた。まるで玄羽本人を見つけたように、矢上も脇も泉原も秋山の方に駆け出していた。集まって車内を覗き込むと、見覚えのあるグレーのジャンパーが後部座席に置かれたままになっていた。笛ヶ浜の玄羽の部屋の長押(なげし)にかけてあったものだ。

「玄さんはまだ家へ帰ってないってことですね」

泉原が息を弾ませて言った。

そこでひとまず工場棟に戻ってみることにした。ところが、すでに工場棟の灯(あか)りはひとつ残らず消えて扉も施錠されていた。寮への送迎バスもすべて出てしまったらしく、玄関口は非常灯が点(とも)っているだけで、守衛室の横の門も閉ざされていた。

「ま、凹(へこ)んでもしかたねぇし、一息つこうぜ」

脇が玄関前の石階段に腰を下ろし、ペットボトル等を入れた紙袋から食事休憩の時に飲みそびれた缶珈琲を取り出した。矢上たちもそれぞれの紙袋から缶珈琲を出してプルタブを開けた。甘苦い珈琲を飲みながら矢上は考えた。玄さんの車はまだ駐車場にあるのに、玄さんは工場にいない。まさか歩いて帰ったはずはなし、他に移動手段があるとしたら……。矢上は来栖が台車で足を挟んで病院に担ぎ込まれた時、工場から車庫まで来栖を背負って運んだことを思い出した。

「救急車だ……」

社員用駐車場の反対側に車庫があり、そこにユシマで製造している救急車が一台、常駐させてあった。救急救命士もおらず、人を運ぶだけだから、キーは壁のフックに無造作に引っかけられている。

矢上たち四人は車庫へと走った。シャッターを開けて灯りを点けると、救急車の車体にこすった痕があるのがすぐに目についた。車庫入れには充分な広さの間口があるというのに、出入り口にぶつかったらしい。

「どんだけ運転、下手くそなんだ？」

脇が信じられないという顔で言った。矢上の脳裏を、動転した様子で展望室の固定電話を握っていた市原の姿がよぎった。

「運転手がひどく慌ててたのかもしれない」

「ちょっと、これ見てよ」と、救急車の車内から秋山の声がした。「ストレッチャーの下にこんなの落ちてた」

見ると、秋山の手にユシマのロゴと金のクリップのついたボールペンが握られていた。全員が一目で誰のものなのかわかった。それは五十畑が工場長として関東地区でＭＶＰ表彰をされた際の賞品で、まるで勲章のように常に作業着の胸ポケットに挿しているものだ。

玄羽が工場を出ていった時、持ち場につけと自分たちを怒鳴りつけた五十畑の胸ポケットにはこのボールペンが挿されてあったのを、矢上ははっきり覚えていた。あの直後に二度目の二時間の作業が始まり、食事休憩以降は玄羽も五十畑も目撃されていない。矢上が辿り着いた結論はひとつだった。

「玄さんが工場を出ていってから食事休憩が始まるまでのあいだに、五十畑がこの救急車で玄さんを病院に運んだんだ」

脇が頷いて言った。

「肩の脱臼とかだったのかもしんねぇな。あれは入院しなきゃなんねぇから」

「おまえ、肩、脱臼したことあんの？」と、秋山が救急車から降りながらちょっと驚いた顔で尋ねた。

「俺の親父、ＤＶだぜ」

「ああ……」と、秋山は瞬時に納得した。

「これから病院に行ってみませんか」と、泉原が明るい口調で切り出した。「明日は休みだし、ここまできたら顔を見ないと。救急受付で親族だって言えば、追い返されたりはしないと思いますよ」

「そうだな」と、矢上は答えた。「バスも行っちまったことだし、ぼちぼち歩いていってみるか」

矢上たちは裏の通用門から出て、ユシマ病院に向かった。急ぐこともないので、もう車も走っていない通りを四人はぶらぶらと歩いた。通りの角に煌々と光を放つコンビニを発見して、脇が、玄さんは飯を食ってないから何か買っていこうと言い出した。

麺かおにぎりかで意見が分かれ、結局両方を買って、一応は見舞いなのだから果物があった方が良いという秋山の意見を入れてバナナを足し、お茶を二本つけた。それぞれの飲み物も買ってコンビニを出たときには、闇が群青になりかけていた。その色を見て矢上はふと思い出した。

「そういえば笛ヶ浜で、滅茶苦茶朝早くに、脇がストア小山田に行ったことがあったよな」

「ありましたね」と、泉原がおかしそうに答えた。「朝ご飯の味噌汁に入れる野菜がなくて買いに行ったんでしたよね」

ストア小山田は、店主である爺さんが起きてから寝るまで、つまり午前五時あたりから午後八時頃まで開いていると玄羽から聞いていたので、試しに脇が自転車を飛ばしていってみたのだ。

「あれは人生最大の衝撃のひとつだったな」と、脇が感慨深げに頷いた。「野菜を買いに行ったら野菜売ってなくて、種を売ってたんだからな。ここらの人たちは野菜は種から作るんだって思うと、もう俺は悠久の時間の中にいるって感じがしたな」

「俺は、おまえが白菜の種を買ってきたことの方がよほど驚きでしたよ」と、秋山が笑った。

「朝ご飯までに育てるつもりかと思ったね」

「種の袋がズラッと並んでる前でびっくりこいてたら、爺さんにこの時期なら白菜だねって言われて、つい買っちまったんだよな」

脇が『あ、じゃあ白菜を』という顔が目に浮かぶようで、脇以外の三人が同時に噴き出した。

微かに白み始めた児童公園で、ホームレスの男が水道を使って体を拭いていた。男は紙袋を提げた矢上たち四人を見て「兄さんたちも使うかい？」と場所を空けてくれた。せっかくなので礼を言って水道で顔を洗い、体を拭いてこざっぱりした気分になった。コンビニで買った炭酸飲料を飲み干して公園を出ると、もう目の先にユシマ病院があった。

明け方のモノクロームな通りで、四人は病院から出てきたユシマ葬祭の車とすれ違った。

「葬儀社の人間ってこんな時間からもう働いてんだな」

脇が足をとめ、黒塗りの寝台車を振り返った。

「俺たちだって一直なら、もう起き出して飯食ってる時間じゃないの」

そう言いながら秋山も遠ざかる寝台車を眺めていた。

四人がなんとなく立ち止まって見送る中、黒い水鏡のような艶（つや）やかな車体は、大通りの角を曲がって見えなくなった。

救急入り口へと歩き出した時、泉原が唐突に言った。

「あの、最初に受付に行くのは一人だけの方が良くないですか」

矢上もそんな気がしていた。いくらかこざっぱりしたとはいえ、夜明けにタオルや空のペットボトルを入れた紙袋を提げた男が四人、いきなり現れては、受付係を無駄に警戒させる可能性がある。ついさきほども公園でごく自然に誤解されたことを考えれば、まずはひとりがコンビニ袋だけを持って受付に行き、玄羽の病室を訊いてきた方がいいだろう。

看護師を妹に持つ矢上は、一般的な病院内の事情にも多少は通じているので、まずは自分が行ってくると申し出た。すると秋山が、そこは年長者である自分の役割だと反論し、さらに泉原が祖父の看取（みと）りの際に深夜や早朝にも病室を訪れた経験を持つ自分が適任であると主張した。

それぞれに自分が行くメリットを述べ合っていると、意外なことに脇が「まあまあ」と割って入った。そして三人をたしなめるようにこう言った。

「議論は尽くした。ここはジャンケンだ」

数秒後、コンビニ袋を手にひとり意気揚々と受付に向かう脇の後ろ姿を眺めながら、矢上たち三人は、他薦の多数決では自分には一票も入らないであろうことを予期した脇が、運に賭けたのだと悟った。

「受付で暴れたりしないですよね」

泉原が自分に言い聞かせるように言った。

「まあ、病室訊くだけだから、すぐに戻ってくるでしょ」

秋山がそう言って植え込みの縁に腰を下ろした。

しかし、脇は十五分近く経っても戻ってこなかった。初めのうちは笛ヶ浜での夏休みの話に花が咲いたが、時間が経つにつれて次第に言葉数が少なくなり、最後には矢上も秋山も泉原も救急受付の扉の方を黙って見つめているだけになった。辺りはすっかり明るくなり、肌を刺す朝の陽射しが昼の酷暑を予告していた。

「様子見に行った方が良くないですか？」

泉原が心配顔で言った。

「そうだな」

矢上は頷いて立ち上がった。植え込みの後ろに各自の紙袋を隠して、三人で受付に向かおうとした時、ようやく脇が姿を現した。矢上たちは思わず駆け寄って口々に何があったのかを尋ねたが、脇は困惑した表情でただ「ちょっと待って」と答えた。そしてポケットからスマホを取り出し、検索サイトのマイクをタップしてアナウンサーのような明瞭な口調で言った。

「虚血性心疾患の症状」

すぐに若い女性の合成音声が応答した。

「国立循環器病研究センターによると、急に激しい運動をしたり、強いストレスがかかると心臓の筋肉は一時的に血液不足となり主に前胸部、時に左腕や背中に痛み、圧迫感を生じます。これが虚血性心疾患の症状です」

矢上たちは玄羽が左上腕部を押さえ、背中を丸めるようにして工場の扉を出ていったのを思い出した。四人が見た最後の玄羽の姿だ。

「心臓って、玄さん、手術の最中かなにかなんですか」

泉原が驚いて尋ねたが、脇は相変わらず困惑した顔のまましきりと手の甲で額をこすっていた。そうすれば何か難問が解けるとでもいうように。

「おい、脇、はっきり答えろ」

矢上は脇の肩を掴んで揺すぶった。

「受付はなんて言ったんだ」

「それが、おかしいんだ」

「おかしいって、なにが」と、秋山がせっついた。

「……ご遺体はさっき出たばかりだよって言うんだ。ユシマ葬祭の車が迎えに来たって」

モノクロームな通りを走り去った黒塗りの車が頭をよぎり、矢上は胸が悪くなるような嫌な予感に襲われた。

「なに言ってんのよ」

笑い飛ばそうとした秋山の口許はこわばっていた。

「玄さんは最初の休憩時間に抜けるまで、俺たちと二時間がっつりラインに入ってたじゃないの」

「俺も受付でそう言ったんだ。そいで玄さんを診た医者に会わせてほしいって頼んだんだけど、医者は別の急患を診てるから今はダメだって。俺、何度も頼んで、したら受付のおっさんが看護師さんに訊いてくれて、それで虚血性心疾患って……。夜の八時半頃に救急車で運び込まれた時はもう心肺停止だったって」

脇の言うとおりなら、矢上が玄羽のために冷やしうどんの食券を買った時、玄羽はもう死んでいたことになる。矢上にはとても信じられなかった。

「とにかくユシマ葬祭に行ってみよう」

矢上がそう言うと、脇たち三人も紙袋を手に続いた。スマホの地図を頼りに歩いたが、音声ガイドは延々と指示を出し続け、まるで永久に目的地に辿り着けない罰ゲームでもしているような気がした。

一時間あまり歩いてようやく巨大な屋根の建物が見えてきた。車回しを横切り、大きな硝子張りの扉に近づくと音もなく開いた。館内は人影なく静まり返っており、ひんやりとした空気の中に微かに線香の匂いが漂っていた。どこへ行けばいいのかわからないまま進むうち、矢上たちは〈玄羽家〉と記された立て看板を見つけた。

誰もが立ちすくんでいた。その部屋の扉を開けるのが怖かった。自分たちの行為のひとつひとつが、玄羽の死というあり得ない出来事を、現実のものにしていくようで恐ろしかった。息をつめたまま矢上は扉を開けた。

十畳ほどの部屋の中央に布団が敷かれており、誰かが寝ているのが見えた。ほかに人はおらず、部屋の隅にユシマ葬祭の真新しい紙袋が二つ置かれていた。矢上は急に心臓が激しく鼓動するのを感じた。靴を脱ぎ、畳の上を足音を忍ばせるようにして布団に近づいた。

白い枕に頭を載せていたのは、玄羽だった。理髪店に行ってきたようにきれいに髪が整えられて、鬚(ひげ)もあたったばかりのようだった。夏休みに日焼けした顔は血色がよく、笛ヶ浜の家で気持ちよさそうに昼寝をしていた時と少しも変わらない。あの時と違うのは、着古した藍の甚平ではなく、光沢のある真っ白い仏衣(ぶつえ)の襟が薄い布団から覗いていることだ。

矢上たちは声も出ず、枕元に座って玄羽を見つめていた。秋山がコンビニ袋を引き寄せ、中からお茶やおにぎり、バナナや冷やしうどんを取り出して、枕元に並べていった。脇が思いついたように急いでうどんの包装を外し始めた。起きたらすぐに食べられるようにしておこうとでもするように。見ていられないというふうに泉原が黙って脇の手を摑んで、玄羽の頬に触れさせた。脇はまるで熱い鍋(なべ)にでも触れたようにハッと手を引っ込めた。誰もが玄羽は死んだのだと頭ではわかっていた。しかしそれをうまく吞み込むことができなかった。

矢上は手を伸ばし、目尻に深い笑い皺のある玄羽の頬に触れた。掌(てのひら)に染みこむような冷たさは、もうこの瞼(まぶた)が開いて玄羽の瞳(ひとみ)を見ることも、唇が動いてあの声を聞くこともないのだと教えていた。

「文庫のねえさんに知らせないとな」

そう言っている自分の声が、矢上には他人のもののように感じられた。ただ、玄羽を大事に思ってくれていた人に、玄羽の側にいてもらいたかった。けれども、正月にはまた会えると思っていたから、誰も朱鷺子の電話番号を聞いていなかった。

「おい、なに勝手にはいりこんでるんだ！」

組長の市原が入り口から大股で近づいてきた。喪服を着込んだ市原は戸口の方を気にしながら苛立たしげに命令した。

「もうすぐ五十畑工場長が来るんだ。さっさと出ていけ。そうでないと、仏の前で見苦しい騒ぎになるぞ」

言われるままに矢上たちはのろのろと立ち上がって戸口に向かった。心の芯が麻痺して感覚がなくなっているようで、涙も出なかった。市原の吐き捨てるような声がした。

「湯灌が終わったとこだってのに、コンビニ飯なんぞ並べやがって、非正規が」

市原は秋山の手から空のコンビニ袋を引ったくると、玄羽の枕元に並べたおにぎりやうどんを投げ込み始めた。脇が獣のような唸り声をあげて市原に摑みかかろうとするのを、矢上と秋山と泉原は三人がかりで羽交い締めにして廊下へ引っ張り出した。脇は広いロビーを通って玄関に向かうまで、どこにそんな力が残っていたのかと驚くほど喚き、暴れ続けた。脇に突き飛ばされ、脇を押さえつけしながら、いつのまにか四人とも泣いていた。

ユシマ葬祭の建物を出ると、蟬時雨が降り注いだ。車回しの外輪を囲むように松が植えられており、ニイニイゼミの大合唱の中、四人は組んず解れつしながら松の根方に倒れ込んだ。脇は急におとなしくなった。四人はそのまま仰向けに横たわって、荒い息をつきながら黙って入道雲の湧き上がった空を見上げていた。

いやでも夏休みの玄羽が思い出された。矢上たちが文庫に通い始めてからは何も言わず、晩飯を囲んで四人が読んだ本の話をするのを楽しそうに聞いていた。昼間ひとりで釣りに行って獲ってきた魚を、夜、目の前で刺身にして食わせてくれたこともあった。自転車で道の駅まで行ってこっそり大きな花火セットを買ってきてくれたこともあった。夜の浜辺で打ち上げ花火をあげまくり、長い筒の噴射花火を両手に持ってグルグル回った。おしまいには皆で円陣を組んで線香花火をした。玄羽だけが火玉を落とさずに柳を作ってみせたのを矢上たちは息を潜めるようにして見つめ、感嘆した。最後の日は、最初の日と同じ豪華なバーベキューを振る舞ってくれた。そして、ここをおまえたちの家にするといいと言って合鍵を渡してくれた。

汗が流れるようにとめどなく涙が目尻から溢れて耳を濡らした。

「……最後、苦しんだのかな」

秋山が言った。泉原がしゃくり上げながら切れ切れに言った。

「すぐに、病院に、連れていけば……助かったかもしれないのに」

矢上の脳裏に最後に見た玄羽の後ろ姿が浮かんだ。玄羽は左上腕部を押さえて背中を丸めるようにして扉の向こうに消えた。あれが午後六時二十五分。脇が病院で聞いてきた話ではその夜の八時半頃に救急車で担ぎ込まれた時、玄羽は心肺停止状態だったという。その間、玄羽はどこにいたのか。突然、ユシマの救急車の車体に残されていた擦過痕が鮮明に目に浮かんだ。

「……もう、生きてなかったんじゃないか」

矢上は呟いていた。

「工場で救急車に乗せられた時、玄さんはもう生きてなかったんじゃないか」

跳ね起きると、矢上は〈ユシマ葬祭前〉のバス停へ走った。時刻表を見ると次のバスが来るのは九時二分だった。間に合わない。矢上は焦った。追ってきた三人が尋ねるより先に矢上は言った。

「玄さんを診た医者に確かめたいことがある」

矢上は看護師の妹から、当直の医者は引き継ぎをしておおむね九時頃には帰ると聞いたことがあった。当直は他の病院からアルバイトにきている若い勤務医も少なくないと言っていた。もし玄羽の死に関してユシマに隠したいことがあれば、当直医をすげ替えることなど朝飯前だ。

話を聞いて秋山が両手を出して号令を下した。

「全員ここに、金出せ、金！　こういう時はタクシーだ」

矢上も脇も泉原も慌てて財布を出して有り金を集めた。だが、工場で金を使うのは食券を買う時くらいだからもともとたいして財布に入れていない。おまけに玄羽に食わせようとコンビニでおにぎりなどを買ったものだから、秋山の掌に集まった四人分の有り金は百円玉が五つと十円玉が六つ、一円玉が二つ、しめて五百六十二円だった。

「絶対足りませんよ」

誰もが思っていることを泉原が明言した。

脇が秋山の掌の硬貨を摑み取るといきなり駆け出した。脇は通りを渡ってファミレスの隣のコンビニに飛び込んだ。訳がわからずあとを追った矢上たちの前で、脇は五百円のジャンプ式のビニール傘を消費税込みで五百五十円払って買い、ファミレスの駐車場へ走った。それから車止めのコンクリート台にビニール傘を押し当て、体重をかけて傘の持ち手部分をへし折った。悲しみのあまりおかしくなったのではないかと案じたらしい秋山が、脇が再び暴れ出さないように慎重に声をかけた。

「脇君、ちょっと落ち着いて、ほら、深呼吸してみようよ」

秋山がラジオ体操の要領で誘うように見本を見せたが、脇はそちらに目もくれずに尋ねた。

「誰かペンチ持ってないか」

言ったそばから、そんなものを常時携帯している者はいないと悟ったらしく、自分のポケットから部屋の鍵を取り出し、折った筒の部分にペンチ代わりに差し込んで広げ始めた。気の済むようにさせてやろうと思ったのだろう、泉原が自分の鍵を出して手伝った。すると、すぐに柄の中からビニール傘のジャンプボタンがついた金具部分が取り出された。

「これで、あれを、借りる」

脇は手にした金具でファミレスの従業員専用の駐輪場を指した。そこには、一台の自転車が停められていた。矢上と泉原は半信半疑のまま脇と共に自転車に近づいた。

脇は自転車の側にかがみ込むと、馬蹄(ばてい)状のリングロックの鍵を差し込む部分に、ビニール傘から取り出した金具を差し入れた。軽く金具を動かすとたちまち自転車の鍵が外れた。脇は目を上げて言った。

「こうすると鍵を壊さずに開けられるんだ」

「おまえ、こんなことどこで覚えたんだ？」

矢上は尋ねずにはいられなかった。

「ネットに決まってるだろ。動画も上がってるよ」

「ほんとだ」と、すぐさま検索した泉原が驚きの声をあげた。あくまで鍵をなくした時の窮余の策という前置きでいくつも動画が出ていた。

「キャンプ場でバイトしてた頃、車に自転車積んでくる客もいてな。鍵なくしたときに開けてやったりしてたんだ。ちょっとコツがいるけどな」

脇がそう言って立ち上がった時、秋山がファミレスの入り口の方から駆けてきた。

「今、シフトに入ってる人は十時で交替だから、それまでに帰ってくれれば大丈夫よ」

「店の人間に聞いたのか？」と、脇が驚いて尋ねた。

「まさか」と秋山が首を振った。「アルバイト募集のポスターに書いてあるじゃない」

矢上は拝借した自転車で病院へと急いだ。一度通った道はしっかり頭に入っていたので、ひたすらペダルを踏み続けた。すでに部活に向かう制服の中学生とすれ違う時刻になっており、矢上が病院に着いた時には、当直医の斉藤隆は白衣を脱いで帰り支度を始めていた。玄羽の甥(おい)と偽って、矢上は斉藤からいくつかの事実を聞き出した。玄羽が救急搬送された際には靴を履いており、帽子は畳んで作業着のポケットに入れていたこと、車内に五十畑が付き添っていたこと、運転手は守衛服を着ていたこと、さらには、玄羽の死因は脱水からくるいわゆる心筋梗(こう)塞(そく)で、死亡推定時刻は夜の七時半前後であったこと。

ファミレスの駐輪場で待っていた三人は、戻ってきた矢上から話を聞いてそれが何を意味するのかすぐにわかったようだった。

「玄さん、休憩室でひとりぼっちで死んだんですね」

泉原が茫然と呟いた。

「事務棟の奴らが何人も通ったはずだろ。見殺しじゃねぇか」

脇が自転車に鍵をかけ直しながらうめくように言ってその場に座り込んだ。

「五十畑は休憩室で遺体を発見して泡くって守衛を呼んで、救急車で運んだわけね。そりゃ車庫でこするわけだ」

そう言って秋山が通りの向かいに建つユシマ葬祭を睨んだ。矢上が戻る少し前に、喪服をきた五十畑が入っていったらしい。建物を振り返った矢上の目の前を一台のタクシーが通り過ぎた。後部座席の人物を見て矢上は思わず声をあげた。

「文庫のねえさんだ」

タクシーは車回しをゆっくり半周してユシマ葬祭の正面玄関に停車した。ドアが開き、真っ白な足袋に黒い鼻緒の草履が車内から現れた時、矢上たち四人はすでに玄関前に駆けつけていた。料金メーターの目を剝くような数字は、朱鷺子が笛ヶ浜から直接タクシーで来たことを示していた。

絽の喪服をきっちりと着込んだ朱鷺子は車から降り立つと、いたわるようなまなざしで何も言わずに四人の顔をひとわたり眺めた。それから静かに尋ねた。

「もう、会ったのかい？」

矢上は黙って頷いた。

「追い返されたけど」と、脇が付け加えた。

朱鷺子はチラリと館内に目をやると、中から見えないように松の木陰に四人を導いた。そして声を潜めて意外なことを尋ねた。

「玄さんが死んだ時に身につけていたもの、どこにあるかわかるかい？」

矢上たちは戸惑った顔を見合わせたが、そのうち矢上は、玄羽がひとりで寝かされていた部屋の隅に、ユシマ葬祭の真新しい紙袋が二つ置かれていたのを思い出した。それを話すと朱鷺子はなにやら思いついたらしく、小さく頷いて言った。

「向かいのファミレスで待っておいで。おまえたちの助けを借りたいんだ」

すぐにも扉に向かおうとする朱鷺子の背中に、秋山が間の抜けた声をかけた。

「俺たち今、十二円しか持ってないんですけど」

半身で振り返った朱鷺子の目にはお馴染みの皮肉のトーチが点っていた。

「おまえたちにご馳走してもらおうと思うほど、あたしは惚けちゃいないよ。なんでも好きなものを食べて待っておいで」

そう言うと、相変わらずの見事な裾捌きでユシマ葬祭に入っていった。

おそろしく喉が渇いていたのを思い出し、矢上たちはファミレスに入るやドリンクバーに殺到した。グラスいっぱいにジュースを注ぎ、それを手に列の最後尾に回って飲み干し、さらにジュースを注ぐことを三周繰り返し、四杯目のジュースを手にようやく席に腰を落ち着けると、恥ずかしいほどの空腹感に襲われた。考えてみれば十二時間以上、何も食べていなかった。朱鷺子がファミレスに姿を現した時には、泉原はエビフライ定食とシーフードピラフを、秋山はチキンタルタルステーキ定食とナポリタンを、脇は和牛ステーキ定食と鰻丼を、矢上はハンバーグ定食とミックスピザを無言で貪(むさぼ)っていた。

朱鷺子がメロンソーダを半分も飲まないうちに、四人はきれいに食べ終わった。

「助けを借りたいって、何をすればいいんですか？」

矢上は紙ナプキンで口まわりを拭いて尋ねた。朱鷺子は黒い布のバッグを開けて、三本の鍵のついたキーホルダーを取り出した。玄羽が身につけていたものを入れたユシマ葬祭の紙袋の中から探し出して持ってきたのだ。ひとつは工場のロッカーのキーで、もうひとつは見覚えのある笛ヶ浜の家の鍵だ。最後のひとつを示して朱鷺子が言った。

「これが玄さんのマンションの鍵だ。これでこっそり部屋に入って、取ってきてもらいたい物がある。ユシマの人間が持っていっちまう前にね」

「なんでも言ってくれ、取ってくるから」と、牛肉と鰻(うなぎ)で精をつけた脇が、やる気をアピールした。

「おまえはだめだ、妙に目立つから」と、朱鷺子はにべもなく却下して「おまえがいいね」と、泉原に目を向けた。確かに四人の中では泉原が一番普通の青年に見えると矢上も認めざるをえなかった。

「たぶん机かなにかの引き出しの中にあると思うんだけど、水色の手帳を取ってきてほしいんだよ。ビニール張りでね、文庫本くらいの大きさの。訳はあとで説明するから、行ってくれるかい？」

「はい」と、泉原が優等生のように頷いた。

朱鷺子はキーホルダーを泉原に手渡すと、ハンドバッグから玄羽の住所を書いた紙と一万円札を取り出し、自分のスマホでさっさとタクシーを呼んだ。矢上たちは朱鷺子がスマホを所持しているのを知らなかったので、それだけでも驚いたが、たいていの年配者がディスプレイを人差し指で操るのに対して、朱鷺子は若者のように素早く親指で操作していた。

すぐにタクシーが来て泉原が立ち上がると、秋山が当然のように声をかけた。

「部屋に忍び込むんなら、スマホは置いていかなくちゃ。位置情報が残るでしょ」

優等生にはない発想に泉原は素直に従い、自分のスマホを置いてタクシーに向かった。その背中を見送って朱鷺子が言った。

「さてと、甘いものでも食べようかね」

朱鷺子の勧めで矢上たち三人もデザートを注文した。そしてそれを食べながら朱鷺子から小杉圭太の話を聞いた。玄羽と美帆が子供の頃から可愛がっていた圭太がユシマに入社し、四年前に三十二歳で過労死したこと。労災が認められず、圭太の妻の宏美が、国と南多摩労基署を相手取って裁判を起こす準備をしており、玄羽がその裁判で原告の宏美側の証人として法廷に立つ予定だったこと。何もかも初めて知ることだった。

「玄さんは裁判で証言するって、いつ決めたんですか」

矢上は尋ねた。

「宏美さんの話じゃ、この春のお彼岸に一緒に圭太のお墓参りに行った時に、やるって決めたと話してくれたらしいよ」

玄羽が工場の食堂でひとり食事をとるようになったのが、ちょうど三月頃だったのを矢上は思い出した。五十畑や班長以上の社員たちが玄羽を避け、異端分子のように監視し始めたのは、その裁判のせいだったのだ。

「宏美さんは圭太が亡くなる半年ほど前から、圭太の体が心配で、毎日の勤務時間や家での様子なんかを手帳に記録していたんだけど、それが会社の記録や同僚の話と合っているかどうか、玄さんに手帳を預けて調べてもらっていたんだ」

「なるほど」と矢上はチョコバナナサンデーを食べる手をとめて言った。「その手帳の存在をユシマが知ってたら危険ですね」

「そうだね」

メロン・ア・ラ・モードを頰張った秋山が続けた。

「玄さんには家族がいないから、労組の職場委員ってことで五十畑が葬式を仕切ってる。で、遺影に使う写真が必要だからとかなんとか言って勝手に玄さんの家に入って、その手帳を持っていくかもしれない」

「やりそうなことじゃないかい？」

朱鷺子は注文した甘夏のあんみつに、おしるし程度に手をつけただけで、あとは三人が食べるのを眺めていた。

「やるな、絶対」と、マンゴーのジョッキパフェを食べ終えた脇が断言した。「あいつらは玄さんを殺したんだからな」

朱鷺子が眉(まゆ)を顰(ひそ)めた。

「どういうことだい」

矢上は玄羽の死の経緯を話して聞かせた。朱鷺子は一言も口を挟まずに黙って聞いた後「そうだったのかい」と呟いた。それから矢上たちに目を向けて言った。「おまえたちも、つらかったね」

その一言で、空になったパフェのジョッキの横に、たちまち音を立てて脇の大粒の涙が落ちた。矢上も急に胸が詰まって朱鷺子の顔が涙でぼやけて見えた。幼児でもあるまいし、食べに食べたあげく泣き出すなんて恥だと思ったが、どうすることもできなかった。

その時、幸いにもファミレスの扉が開いて泉原が戻ってきた。気持ちをよそに逃がすきっかけを得て、矢上は素早く涙を拭くや、必要もないのに立ち上がって手を振った。脇も秋山も無人島に漂着した人が沖に船影を見つけた人のように派手に両手を振り回していた。

足早にやってきた泉原は、朱鷺子が説明したとおりの水色の手帳とタクシー代のお釣りを黙って差し出した。

「お釣りは手間賃だよ。取っておき」

そう言って、朱鷺子は手帳だけを受け取った。

「おまえのデザートも、ワッフルのテイクアウトを頼んであるからね」

日頃から一番礼儀正しい泉原がなぜか礼も言わず、硬い表情で俯いていた。

朱鷺子は常とは違う泉原の態度を受け流すように、そのまま手帳を黒い布のハンドバッグにしまうと、テーブルに何枚か紙幣を置いて立ち上がった。

「二直だったら寝てないだろう。玄さんにはあたしがついているから、おまえたちは今日は車で帰ってお休み。明日のお通夜に来るといい」

44

通夜で玄羽に別れを告げてユシマ葬祭を出ると、夕方のいい風が吹いていた。半袖(はんそで)の白シャツにコンビニで買った黒ネクタイを締めた矢上たち四人は、バスには乗らず、ぶらぶらと歩いて帰ることにした。

街路樹の枝葉が高々と風に揺れていた。それを眺めながら、矢上は昨日から何度もこの道を通ったのに、トチノキの並木があることに自分は気づいていなかったのだなと思った。

矢上はネクタイを外してポケットに入れた。遺影の傍らに置かれた真新しい制帽が目に残っていた。

「祭壇に組長の制帽が置かれてたな」

玄羽は班長だから、死んで一階級昇進したことになる。

秋山が外したネクタイを器用に丸めながら答えた。

「そうだね。俺、あれ見てなんかポツダム進級を思い出しちゃったね」

「なんだよ、そのポツダム進級って」と、脇が尋ねた。脇はネクタイを外すのも面倒らしく、胸の辺りまで結び目を緩めてぶら下げている。

「ポツダム進級っていうのは、一九四五年八月十四日に日本がポツダム宣言を受諾した後に、大日本帝国陸海軍が軍人の階級をひとつ昇進させたってやつ。退官手当とか恩給とかをできるだけたくさん貰(もら)えるようにね」

「人生終わったら、手当もくそもないだろ。第一、玄さん家族いねぇし、小杉圭太みたいに遺族いても労災通らねぇし」

そう言うと、脇はいきなり泉原の後頭部を軽く叩いて言った。

「いい加減に話せよ。あの手帳になに書いてあったんだ？」

「どういうことだ？」と、矢上は脇に尋ねた。だが脇はそれには答えず、泉原に言った。

「おまえ昨日、寮に帰ってからも、俺にあの手帳のこと訊かないし、通夜でも宏美さんと目を合わさなかっただろ。ファミレスで文庫のねえさんに渡す前に、あの手帳、読んだんだろ？」

「なんかショックなことでも書いてあったの？」と、秋山が泉原の顔を覗き込んだ。

泉原は自分の長い影法師を見つめたまま答えた。

「亡くなる前、宏美さんが仕事を休むように強く勧めたみたいなんですけど、圭太さんは同じ工場にいる僕たちみたいな非正規を見てて……。あんなふうにだけはなりたくない、あんなふうになったら終わりだって。それで必死で働いて……」

いきなり石つぶてが胸に命中したようで、矢上は言葉が出なかった。脇も秋山も黙り込んでいた。泉原がやはり影法師を見つめたまま言った。

「そういう言われ方が嫌だとか、そんなんじゃないんです。圭太さんの気持ち、わかるんです。僕もそうだったから」

矢上は、かつて泉原が正社員にこだわってブラック企業を転々とした末に、職場で倒れて救急車で運ばれたことがあるのを思い出した。泉原は生き延び、圭太は助からなかった。おそらく二人とも、倒れた瞬間でさえ自分の死を意識してはいなかっただろう。

「俺もわかる気するわ」と、秋山が言った。

圭太は、日々目の前にいる自分たち非正規の存在に脅迫されるように働き続け、幼い二人の子供と妻を残して死んだ。圭太の過労死を認めさせようとした玄羽も、四十度を優に超えるラインで虚血性心疾患を起こし、工場の休憩室で誰にも声をかけられることなく死んだ。そして、小杉圭太が死んでも、玄羽昭一が死んでも、ユシマ生方第三工場は何事もなかったかのように操業を続ける。

「これっておかしくないか……」

矢上は歩きながら呟いていた。

「たとえば、車を運転していて、わざとじゃなく人をはねてしまっても、逮捕されるんだぞ。明日またラインで誰か倒れて死んだら、それはもう〈わざと〉だろ。圭太さんのことだってそうだ。真面目に働いてる人間が、その仕事のせいで死ぬような状況を放置してること自体、殺人と同じだろ。人が何人死んでもユシマが何の罪にも問われないって、おかしくないか」

「放置イコール殺人か……」と、脇が呟いた。「こういうことは腰を据えて考えようぜ」

脇の提案で四人はコンビニでアイスを買って店舗前のベンチに腰を下ろした。秋山がレモンシャーベットの蓋を開けて言った。

「たぶんユシマは工場で働いている工員のこととか、そもそも人間だと思ってないんだと思うよ。ま、コストだね。特に俺たち非正規はできるだけ切りつめるべきコスト。文庫で読んだんだけどね、アメリカやヨーロッパの自動車会社じゃ、こんな無茶苦茶なタクトでラインを動かしてないもの」

「僕、思うんですけどね」と、泉原が雪見だいふくにピックを突き刺した。「僕たちみたいな非正規工はユシマにとって機械以下なんじゃないですかね。工場の機械が故障したらラインが止まって一大事です。だから日頃から手をかけてメンテナンスしてやる必要がある。当たり前だけど、機械は故障したら自力で治ったりしないし、壊れて取り替えることになったりしたら、もの凄い（すご）お金がかかりますからね。でも僕たち非正規はいくらでも取り替えのきく安い部品みたいなもので、メンテナンスしてやる必要もない」

「なるほどな」と、矢上はチョコモナカを手に、話の先を引き取った。「使いものにならなくなれば、契約更新をせずに別の奴と取り替えれば金もほとんどかからない。完全に壊れたら、つまり死んだら、形だけひとつ昇進させて終わりってわけだ」

「非正規だと昇進もないと思うよ。たぶん葬式の手配なんかもしてくれない」

秋山がシャーベットをシャリシャリとスプーンで削りながら言った。そう言われると、その可能性が高いと矢上も思わざるをえなかった。

「いずれにせよ、やっぱりこんなのおかしいと思います」

泉原がきっぱりと言った。

脇は腰を据えた後、正面のゴミ箱に目を据えてじっと考え込んでいた。ソフトクリームが溶けて黒ネクタイに垂れているのにも気づいていないようだった。結局、脇は交差点で矢上たちと別れるまで口を開くことはなかった。

その五日後だった。一直開けの午後九時頃、くたくたになった矢上が十六時間ぶりに寮のベッドに横たわろうとした時、脇からＬＩＮＥが入った。矢上たち三人に一斉送信されたもので、

以下のようにあった。〈ユシマに俺たちが人間だということを思い出させる。全員明朝九時に生方駅上りホームに集合せよ〉

集まる時間と場所を知らせる文面がなぜ古めかしい言い方になっているのかわからなかったが、なんとなく脇の意気込みだけは伝わってきた。それにしても、駅のホームに集まっていったいどこに向かうつもりなのだろう。矢上は、それも明日、脇に会えばわかることだと思いながら目を閉じた途端、眠りに落ちていた。

しかし、矢上の思惑は見事に外れた。翌朝、駅のホームに集まった矢上、秋山、泉原の三人に対して、脇は「とにかくついてこい」の一点張りで行き先を告げなかったのだ。

九月初めの朝、休日とあって人影もまばらな駅のホームで、矢上たちはひとしきり脇を問いつめたが無駄だった。そんな脇に、秋山があらかじめ釘(くぎ)を刺しておくように言った。

「脇君、今日は俺、キャッシュカード持ってきてないからね」

「どういうことです?」と、泉原が秋山に尋ねた。

「脇君は知らないかもしれないけど、弁護士の先生は相談料、高いってこと」

矢上と泉原が同時に脇の顔を見た。脇は正面の下りホームを見たまま答えた。

「〈無料〉と書いてあった」

矢上はにわかに不安になってきた。

「おい、それ、なんか怪しいとこなんじゃないか?」

「〈一人で悩まずお気軽に〉と書いてあった」

「もしかして、占い系とかじゃないですよね?」

泉原の問いに、脇は短く「違う」とだけ答えた。

「脇君ね、昔からただほど高いモノはないっていうでしょ。入場料はただで、出口で高いもん買わされたりとか、ネズミ講みたく人集めさせられたりするのよ」

貝のように口を閉ざした脇に連れられて電車に乗り、三鷹駅で降りた。目的地がわからずに歩くと、距離も時間も実際より長く感じるものだが、秋山がもう疲れたとぐずり始めてダラダラと歩くのを、自販機のジュースを飲ませたり休ませたりしながらだったので余計に長く感じられた。

脇は時々、スマホの地図を見ながら先頭を歩いていたが、やがて雑居ビルのような建物に入っていった。仏頂面の秋山と四人、無言でエレベーターに乗り、五階で降りた。観葉植物の置かれた古いが清潔な廊下を歩いて、脇はついにひとつの扉の前に立ち止まった。扉横のスタンド式の看板に〈はるかぜユニオン〉とあった。

「ユニオンというのは、労働組合という意味だ」

誰も訊いていないのに、脇は英語の教師のように説明した。矢上は、そういえば夏休み、晩飯の卓を囲んで、脇がルーブル美術館の労働組合のことを興奮した口調で話していたのを思い出した。いつもは食べ終わってからでなければ喋らない脇が、あの時は珍しく『いただきます』の直後から茶碗を持ったまま語り始め、しばらく独演会状態になったのだ。

「ついてこい」

脇は扉を開けて勇んで入っていった。仕方なくついていくと、思いのほか広い室内にはいくつもの書棚があり、ぎっしりとファイルが並んでいた。会議用の四角いテーブルと椅子、パーティションの片側にはパソコンが載った事務机が並んでおり、窓際にいくらかくたびれた応接セットが置かれていた。そのソファに、開襟シャツを着た七十代くらいの老人が座って本を読んでいた。おそらく留守番なのだろう、冷房の効いた室内はしんとして、他には誰もいないようだった。

老人のぎすぎすと痩せた体軀と猛禽を思わせる鷲鼻は、看板にあった〈はるかぜ〉というより、木枯らしを連想させた。矢上たちが来たことに気づいていないはずはないのに、読書用眼鏡の奥の目は頑なに本のページに向けられている。ひょっとすると歳のせいで少し耳が遠いのかもしれない。脇も同じことを考えたらしく、大きめの音量で老人に声をかけた。

「あのぉ」

その瞬間、老人は苛立たしげに本を閉じてテーブルに投げ出した。読書の時間を邪魔されて憤懣やるかたないといったその態度は、来客に気づきながら無視していたことを明白に示していた。本の表紙には〈力なき者たちの力　ヴァーツラフ・ハヴェル〉とあった。

「あの、ここの人は」と、脇が遠慮がちに尋ねた。

「私だが」

どことなく嚙み合っていない会話のような気がしたが、矢上はとりあえず黙って成り行きを見守ることにした。

「えっと、他の人は……」

脇の性格を考えれば、『もっとちゃんとした人は』と訊かなかっただけ褒めてやるべきだろう。文字どおりの意味に受け取った老人はつっけんどんに答えた。

「ワンオペの〈サクッと屋〉阿佐谷店のひとりストで、みんな応援に出ている」

何を言っているのかよくわからなかったが、〈サクッと屋〉が全国チェーンの天井店であることは誰もが知っていた。

「座って」と、老人は顎で会議用のテーブルを指すと、いかにも面倒臭そうにソファから立ち上がり、パーティションの向こうに消えた。言われるまま矢上たちはパイプ椅子に腰を下ろした。秋山が小声で「〈一人で悩まずお気軽に〉って雰囲気じゃないね」と囁いたが、その顔は予想外の展開を面白がっているようだった。脇は老人のぞんざいな態度に明らかに戸惑っている様子で、落ち着きなく室内を見回している。泉原が応接テーブルのヨックモックの包装紙に包まれた菓子折を目で指して「何か持ってきた方が良かったんじゃないですかね」と矢上に耳打ちした。そうかもしれないと思ったが、今さら『ちょっと忘れ物が』と断って菓子を買いに走るわけにもいかず、矢上はここまできたらなるようになると思うことにした。

老人がノートとボールペンを手に戻ってきて、脇の正面に腰を下ろした。そしてノートを開いて聞き取りの体勢を取ったが、ふと気が変わったようにペンを置いた。

「先に言っておくが、ここは無料の〈取り立て代行屋〉ではないからな。うちの組合員になって、我々が会社と交渉を重ねて未払いの残業代が払われることになった途端、菓子折ひとつで『解決したのでユニオンは抜けます。お世話になりました』だと？」

泉原が応接テーブルの菓子折に目をやるのがわかった。

「もちろん、組合員を続けるか、続けないかは個人の自由だ。しかし、交渉しなければまともに残業代も払われないような職場状況全体を、労働者が力を合わせて変えていくのがユニオンってものじゃないか。まったく最近の若い者は、自分の残業代さえ貰えたらそれでいいっていうんだから情けない。自分さえよければいいというのが多すぎる」

老人の虫の居所が悪い原因はなんとなく察しがついた。しかし同じ若者だというだけで、その菓子折野郎と一緒にされたのではたまらない。矢上は脇が怒り出す前にと口を開いた。

「俺たちは、残業代とかのことで来たんじゃありません」

老人はノートに日付を書き入れながら投げやりに言った。

「じゃあなんだ、未払いの交通費か、買い取りのノルマか」

「爺さん、あんた感じ悪いぞ」

その一言で、まずいことに脇がすでに本気でむかついているのがわかった。老人が手をとめて脇を見た。脇は自分の怒りをなんとかねじ伏せようとするように、一言一言、区切って言った。

「俺たちは、俺たちが、人間だってことを、わからせたいだけだ」

老人の頰に冷笑が浮かんだ。

「ほお、パワハラでもされたか」

脇がぶち切れて立ち上がりかけるのを咄嗟に矢上と秋山が両側から押さえた。脇は中腰のまま老人を睨みつけていたが、老人の方は骸骨(がいこつ)めいた見かけに反して意外に胆力があるらしく、平然と脇を見返していた。脇が荒い息をしながら言った。

「工場で、人が、見殺しにされた」

初めて老人が微かに眉根を寄せた。脇は叩きつけるように怒鳴った。

「人間ってのは、人間が見殺しにされたら、黙ってないもんだろ！」

老人は数秒のあいだ表情を変えることなく脇を見つめていたが、つと立ち上がると、応接セットの横の小型冷蔵庫から人数分のお茶のペットボトルを取り出し、四人の前に並べた。それから再び腰を下ろすと、無言で自分のペットボトルを開けて三分の一ほど飲んだ。脇が体の力を抜くのがわかったので、矢上は腕を放し、脇の茶の蓋を開けてやった。まずは頭を冷やすのが先決だ。脇が茶を飲むのを見て、矢上と秋山、泉原も一息ついてペットボトルに口をつけた。

老人はおもむろに胸ポケットから名刺入れを出すと、その一枚を四人の前に置いた。

「今後は、爺さんではなく、名前で呼んでもらいたい」

名刺には〈はるかぜユニオン相談員　國木田莞慈〉とあった。國木田はペンを手に、皺に埋もれた目から別人のような鋭い眼光を放って言った。

「話を聞こうか」

45

その日、都内の浄白寺（じょうはくじ）では、萩原琢磨の父・一磨の十七回忌の法要が営まれていた。一磨は神奈川県警本部長の職を最後に退官し、ほどなく病没したせいもあり、これまで法要の参列者は親族を除けば、全国警友会連合会、通称・全警連の面々で占められていた。

全警連は、都道府県警の退職警察官を構成員とする警友会の上部組織であり、その理事会は主に警視総監や本部長クラスの元警察キャリアで構成されている。今回も全員が上着のフラワーホールに警察の代紋である旭日章をかたどった全警連のバッジをつけて読経に耳を傾けている。そんな中にひとり、今年に限って異例の参列者の姿が交じっていた。三回忌以来、一度も姿を見せたことのなかった亡父の同窓生、いまや与党幹事長として権勢を振るう中津川清彦だ。当然のように元警視総監の隣の座敷椅子に陣取って、額入り障子の硝子越しに庭の夾竹桃(きょうちくとう)を眺めている。

なぜ今回、不意に中津川が亡父の法要に姿を現したか、萩原には見当がついていた。

昨年、萩原は警察庁警備局警備企画課長に昇進した。警察庁警備局は警視庁公安部をはじめ全国に張り巡らされた公安警察網を束ねる総本山だ。公安警察の存在意義は刑事警察と本質的に異なる。刑事警察が事件解決を本分とするのに対して、公安警察は公共の安全と秩序を守るべく、国家体制を脅かす存在を取り締まる。テロ組織、極左、極右、カルト、特定の政党、政治家、市民グループ、市民活動家等、思想にかかわらず今ある社会体制をよしとしない集団または個人の監視および情報収集が主な職務だ。

法要の知らせも出していないのに、中津川が突然、亡父の十七回忌にやってきたのは、なにか耳寄りな情報があれば今後はその都度、知らせてほしいという意思表示だ。相手は旧友の息子でもあることだし、与党幹事長ともなれば、その程度の優遇を受けてしかるべきだと無邪気に信じているらしい。

読経が終わり、参列者が会食のために用意された別座敷に移動し始めると、案の定、中津川が近づいてきた。

「いやぁ、すっかり御立派になられて。お父上がご存命ならどれほど喜ばれたことか。私にも君のような息子がいればとしみじみ思うね」

中津川はわざとらしく感極まった表情を浮かべてみせた。最後の一言は、世継ぎに恵まれなかった中津川が知人の息子に気前良くふるまう常套句だ。

「中津川先生こそ、与党幹事長として大変なご活躍ぶりではありませんか」

社交辞令を軽い微笑で受け流すと、中津川は「ちょっといいかね」と、寺の庭の方に顎をしゃくった。萩原は、課長補佐の葉山幸雄に先に食事を始めておくよう指示して中津川と共に庭に降りた。

九月に入っても暑さは衰える気配もなく、いっぱいに赤い花房をつけた重たげなサルスベリから、ツクツクボウシの声が降り注いでいた。中津川は大学生の時、祝日で昼過ぎまで下宿で寝た後、萩原の父と一緒に行った銭湯のラジオでケネディ大統領が銃撃されたニュースを聞いたという、もう何度聞いたかわからない思い出を常のごとくまったく初めてのように語った。

「あれから半世紀以上経ったとはねぇ。そうそう、先日パーティーで柚島社長に会ったんだがね、私の亡き親友の忘れ形見が警察庁警備局の警備企画課長になったと話したら、とても喜んでくれてね。今度、宴席でもと言ってくれているんだが」

つまり、ユシマにとってなにか有益な情報はないか、ということだ。萩原は中津川に倣って、たまたま思い出したように言った。

「そういえば、小杉圭太の裁判の件を心配しているのは柚島社長より、むしろ板垣副社長でしたね」

珍しく中津川の目に驚愕の色が浮かんだ。

前週、お決まりの高層階のバーに呼び出され、伝書鳩の板垣から中津川が何を聞かされたか、それくらいの情報はとっくに入手済みだ。柚島庸蔵からの指示は、公安とのパイプをこの機にしっかり固めておけというものだった。一方、板垣は、死んだ小杉圭太の妻・宏美が弁護士と共に訴訟の準備をしていること、つまり小杉圭太の過労死をめぐる裁判が行われること自体を案じており、その危機感をなんとか中津川に共有させようと骨を折っていたらしい。

板垣はユシマの副社長四人の中でただ一人、ユシマ労組の要職を経ていない。しかも、最年少で国際派だ。オックスフォード英語辞典のオンライン版に過労死が〈ＫＡＲＯＳＨＩ〉と記載され、ローマ字表記で世界に通じる言葉となって久しいが、十五年ほど前にやはりユシマの過労死が裁判となり、地裁で原告勝訴の判決が出た際は、〈世界のユシマのＫＡＲＯＳＨＩ〉として世界中で大きく報道された。海外の主要紙では一面を飾り、米国最大手のニュースチャンネルでは特集が組まれて遺族のインタビューまで流れた。その様子を出向先の北米支社で目の当たりにした板垣は、日本国内の報道との温度差に衝撃を受けたようだった。

今回の小杉圭太の裁判は判決を待つまでもなく、〈またしても世界のユシマの社員が死亡し、ＫＡＲＯＳＨＩの認定を争う裁判が起こされた〉というだけで大きなニュースになり得る。そのうえ、原告側の証人となる予定だったユシマ社員・玄羽昭一がほんの一週間ほど前に勤務中に死亡した事実も同時に報道されることになるのだ。このインパクトは大きい。さらに重ねて時期が悪い。板垣はその点も危惧(きぐ)していた。

米国には中西部から北東部にかけて、自動車や鉄鋼、造船等の主要産業が衰退した地域、〈ラストベルト（錆(さ)びた工業地帯）〉と呼ばれる一帯がある。二〇一六年の大統領選挙では、アメリカ・ファーストを掲げて、このラストベルトの白人労働者の支持を取りつけたことが、共和党候補が勝利した大きな要因のひとつだったといわれている。

二〇二〇年の大統領選では民主党の候補が勝利したが、前回、共和党に大きく流れた自動車等の白人製造業従事者の票の奪還に今も躍起になっている。そんな折に、小杉圭太の過労死を争う裁判が世界的なニュースになれば、ラストベルトの票を取り戻したい現米国政権に恰好の口実を与えることになる。すなわち、過労死するような劣悪な環境で社員を働かせているユシマと国際競争力を競うのでは米国の労働者の労働環境が守れない、ユシマは国際標準の労働環境を早急に整備する義務があり、それができないのであれば、米国は日本製の自動車に対する追加関税を引き上げる、というものだ。無論、この主張は、コロナ禍でも堅調な売り上げを維持してきたユシマに対する米自動車業界の憤懣をガス抜きする効果もある。

板垣が危機感を持つのも無理はないと萩原は思った。

そもそも世界において過労死に直結する長時間労働の制限が始まったのは、もはや百年以上も前のことだ。一九一九年（大正八年）、国際労働機関（ＩＬＯ）は初めての総会で、工場労働者に一日八時間を超えて働かせてはならないという第一号条約を採択している。この第一号を含め、ＩＬＯは二〇二一年までに労働時間に関する条約を二十二本採択してきた。しかし、日本はそれらのいずれにも批准していないのだ。

日本では一九四七年に労働基準法が制定されて以来、その三十六条によって、労働者の代表と会社が合意していわゆる三六協定を結べば、長時間の残業や休日労働が認められている。日本の〈ＫＡＲＯＳＨＩ〉が世界的に知られるようになってからというもの、無論、ＩＬＯは日本に対して状況を是正するよう再三にわたって警告してきた。だが、現在、世界百八十七ヵ国が加盟するＩＬＯは、その活動資金を加盟国の分担金に大きく頼っており、その通常予算の分担率において日本は長らく米国に次ぐ第二位だった。ある意味、金の力で警告を躱してきた側面があるのだが、それも二〇二〇年には中国に抜かれて第三位に転落している。発言力は明らかに低下しつつあるのだ。

板垣は、二〇一三年にバングラデシュで起こった〈ラナ・プラザの悲劇〉以降、労働をめぐる潮目が急速に変化していることにも大きな懸念を示していた。

二〇一三年四月、バングラデシュの首都ダッカ郊外で八階建ての商業ビル〈ラナ・プラザ〉が崩落し、死者一一三八人、負傷者二〇〇〇人以上という大惨事を引き起こした。このビルには銀行等の店舗の他に、約三十もの世界的に有名なファッションブランドの縫製を請け負う工場が詰め込まれており、犠牲者の多くがそれらの工場で縫製を行っていた若い女性たちだった。崩落が起きた原因は、もともと耐震性を無視して建築したビルに、地元のビルのオーナーが無許可でさらに増築し、そこに大型の発電機と数千台にも及ぶミシンの振動が加わったことだった。事故の前日には建物に危険な亀裂が見つかり、ビル使用を中止するよう警告が発されていたにもかかわらず、縫製工場の経営者は従業員をそのまま働かせ続けていた。調査が進むにつれ、それらの縫製工場がいわゆるスウェットショップ——貧しい国の労働者を低賃金で劣悪な労働環境で働かせる搾取工場だとわかった。この痛ましい事故を契機に、先進諸国では労働環境や人権問題、サプライチェーンの透明化など、幅広い面で改善の動きが見られている。

当然ながら、グローバル企業であるユシマも、海外の人権ＮＧＯやメディアによって、工場等における人権侵害状況の指摘を受ければ、早急に改善措置を求められることになる。日本の主要メディアは広告費で黙らせることができても、海外でその手は通用しないのだ。対応が遅かったり不十分であったりする場合は消費者の不買運動に直結し、企業の収益だけでなく株価にも深刻なダメージが生じる。

さらに機関投資家の中でも、環境、社会、企業統治の三つの課題に積極的に取り組んでいる企業を重視し、選別して行うＥＳＧ投資が世界的に広がりつつある。人権問題は企業価値を測る社会的要素として考慮されるため、過労死などの究極の人権侵害問題は、機関投資家からの支援を失う大きなリスクを孕んでいるのだ。しかしながら、それらのことに考えが及んでいるのは、おそらくユシマの経営幹部の中では板垣ひとりだろう。

一方、高層階のバーに呼び出された中津川は、大口スポンサーである柚島庸蔵の要望であればこそ御機嫌を取り結ぶべくせいぜい働いてもみせるが、板垣の懸念などに関心はない。加えて海外の労働市場に関しては門外漢に等しく、価値観も新自由主義あたりから更新されていない。案の定、その夜の会談はまったく嚙み合わないまま終わったと報告を受けていた。

「小耳に挟んだのだがね」と、中津川がサルスベリの枝を見上げて言った。「原告側で証言をする予定だったユシマの社員が急死したそうだね。証人が死んで、原告の未亡人も裁判を諦(あきら)めるだろうな」

玄羽の死を受けて今のところ小杉宏美は裁判の準備を中断している。それに関して、萩原は警視庁公安二課からすでに報告を受けていた。おそらく小杉宏美はこのまま沈黙し、火種は消えるだろう。しかし、それを中津川に教えてユシマともども安心させてやる義理はない。

「さあ。夫を亡くした妻の胸中までは、私にはわかりかねます」

萩原は潮時を知らせるべく、手の中の数珠（じゅず）を握り直した。ところが中津川は珠（たま）の音が聞こえなかったように歩き出す素振りもない。代わりに、サルスベリから萩原に視線を転じると、しみじみと誇らしげな笑みを浮かべた。

「君の歳で警備企画課の課長となると、お父上に代わって、四十代で本懐を遂げることになるかもしれんね」

何を言い出すのかと思えば。内心啞然（あぜん）としたが、萩原はかろうじてそれが面に出るのを堪（こら）えた。中津川は、萩原が亡父と同じく、政治家への転身を望んでいると思い込んでいるのだ。すなわち、息子は祖父や父の成しえなかった大望を果たそうとするものだと。

そうであれば、いざ出馬の際には与党幹事長である中津川の力添えが是非とも必要となるから、在職中は中津川に様々な便宜を図るのが当然である。呼ばれもせぬのに法要に現れたのは、暗にそれをわからせるためだったのだ。

萩原は微笑を返して先にゆっくりと歩き出したが、その実、虫唾（むしず）の走る思いだった。

政治は人々の暮らしを変える。常々そう言っていた父の姿は、まだ学生だった頃の萩原の記憶の中に鮮明に残っている。政治にその力があるからこそ、もはや手遅れとなっているのだ。この数十年、いやそれ以上のあいだ、中津川のような選挙しか頭にない高齢政治家がいかがわしい団体と平然と手を組み、利権に群がり、法と人事を弄（もてあそ）び、これでもかというほど国を破壊し尽くしてきた。おかげで、今さら政治で国を立て直せるような悠長な時間は、この国には残されていないのだ。

七十歳、八十歳を過ぎても権力の座に居座る老人たちで上がつっかえているせいで、与党の中堅どころの中には、とにかく長生きしなければ重要なポストは回ってこないと悟って、ひと昔前のように夜ごと料亭で杯を交わしつつ政策談義をする代わりに、早朝から首にタオルを巻いてせっせとウォーキングに励んでいる者も少なくないと聞く。萩原には今さらわざわざイエスマンの頭数を増やすために新人代議士になろうなどという人間の気が知れなかった。

萩原の目指すべきところは別にあった。そして、そのためには情報が何にも勝る武器であると承知していた。

「お父上とはよく政策について議論したものだよ」

中津川は懐かしげに晩夏の空を振り仰いだ。萩原は中津川に似た高齢政治家を大勢知っていた。共通しているのは、自分に尾を振らぬ犬とわかれば、官僚人事に横槍を入れて思い知らさねば気が済まない幼稚さだ。それこそ志半ばでそのような事態に見舞われることは避けねばならない。萩原は中津川の思い込みを利用することにした。

「先生の政治理念は存じ上げているつもりですよ」

おやっというふうに眉を上げた中津川に、萩原はあえてゆっくりと言った。

「〈あるべき我が国への回帰〉」

尾を振る子犬たちに囲まれた高齢政治家たちのあいだで、ある種の符牒のようにもてはやされている言葉を萩原が知らぬわけがなかった。

変化を忌み、どこまでも退嬰的になったあげく、戦前まで巻き戻ったかのような世界観、実際にはかつて一度も存在したことのない家父長制時代への過激なノスタルジーだ。そこでは子たるものは常に親を尊敬し、礼節を守り、偉い人の言うことをよく聞いて、女は女らしく、男は男らしく事があれば進んで戦場にも赴く。

中津川はそれでこそ自分の見込んだ男だと言わんばかりに深く頷いた。

萩原は楼門の脇に立ち止まり、中津川に深々と一礼した。

「かつての親友がいらして下さって、父もさぞ喜んでいると思います。それでは、ここで」

46

矢上は驚いて思わず声を荒らげていた。

「そんな馬鹿な法律ってありますか！　それじゃあ玄さんみたいに家族のいない人間は、殺しても構わないっていうのと同じじゃないですか」

國木田は細かな文字で埋め尽くされたノートに目を落としたまま黙っていた。聞き取りのノートはすでに十ページ近くに及んでいた。

〈はるかぜユニオン〉の会議用テーブルには、労働法全書と労災が事例別にまとめられた書籍、昼に脇が買いに出たパン類の空き袋が散らばっていた。そのテーブルに身を乗り出して矢上は言わずにいられなかった。

「俺たちは金が欲しいんじゃないんです。ユシマに玄さんの労災を認めさせて、謝ってもらいたいんです」

「その気持ちはわかる」

國木田は眼鏡を外してノートの上に置き、矢上を見て言った。

「だが労災保険法は、労災で働けなくなった人への補償や、働き手を労災で失った遺族への補償を主旨として作られている。だから玄羽昭一さんの遺族ではない君たちが、労災申請をすることはできないんだ」

秋山も脇も泉原も黙り込んでいた。矢上は、二度と顔を見せない条件付きで百万円を無利子で貸してくれた実の父親よりも、玄羽の方がよほど家族のように接してくれたのにと思うと、ただ悔しかった。

しんとした室内でエアコンの音と壁掛け時計の秒針の音が大きく聞こえた。

突然、脇が「あっ」と声をあげて矢上たちを見た。

「玄さんには伯父さんってのがいただろ、通夜で喪主をやってた。文庫のねえさんが言ってたろ、長野駅の近くで〈寿司　緒方〉とかって寿司屋やってる」

「そっか」と、泉原が言った。「その伯父さんに頼んで労災申請をしてもらったら」

「それはできない」

國木田が断言した。

「労災保険法十六条の遺族補償給付を申請できるのは、同条の二、同七によって、配偶者のほか、一定の要件がある場合でも、子・父母・孫・祖父母・兄弟姉妹の範囲までとされている」

「けど、血が繋がってんだから、なんかできんじゃねぇか？」と、脇が食い下がった。

「労災保険法十七条の葬祭料は、その葬祭を行った者に対して支給されるから、伯父さんが葬式代を払っていたら申請できる。ただ、受給者は遺族とは限らないから、会社が葬式をやった場合は、葬祭料を申請できるのは会社ということになる」

「賭けてもいいけど」と、秋山が浮かない口調で言った。「俺は葬式代、ユシマが出してると思うね。あの伯父さんは形だけ喪主でさ。ユシマにとっちゃ賽銭（さいせん）にも満たないはした金だし、それで遺族がありがたがってくれれば万事オッケーでしょ」

脇もそう思っているようだったが、それでも一応、寿司緒方に電話して確かめてみると言った。國木田は腕組みをしてパイプ椅子の背に凭れた。

「ただ、事業者には労働安全衛生法に基づく安全衛生管理責任がある。今まで君たちから聞いたところでは、玄羽さんが働いていた工場、今、まさに君たちが働いている工場が、労働安全衛生法に違反しているのはまず間違いない。それが玄羽さんの死の原因であると考えられる場合、事業者は、労働安全衛生規則九十七条によって、遅滞なく、労働者死傷病報告を労働基準監督署長に提出しなければならないことになっている。まあ、ユシマはそんなことはしておらんだろうがな」

「その場合、どうなるんだ？」と、脇が尋ねた。

「会社が労災と認めず、労基署長への報告もしない場合は、一般的にはユニオンや組合員が労基署に死亡事故を通報して、その原因調査と再発防止策を事業者に指導するよう労基署に求めることが考えられる」

「お爺……失礼、國木田さん」

秋山が小さく咳払（せきばら）いをして続けた。

「少なくともユシマ労組はそういうことはしません。國木田さんもユシマの労災隠し知ってますよね？　俺の勘じゃ非正規だけじゃなくて、本工も労災使わせてもらえてないんじゃないかと思うんですけど」

「どうしてそう思うんです？」と、矢上は尋ねた。

「ユシマは安全第一、労災は決してあってはならないって社長が言ってるもんだから、あったこともなかったことにしちゃうわけでしょ。本工だろうと非正規だろうと、怪我してて労災ってなったら工場長以下、班長レベルまで減給されるのは同じなんだから」

なるほど、と矢上は思った。食堂などで威張っている本工たちも労災隠しにあっているのかと思うと、ユシマはまるで法律の埒外に存在する企業のような気がしてきた。

「なあ、ユシマ労組っていったいなんなんだ？」

脇が、よくわからんといった顔で國木田に尋ねた。

「労使協調、労使一体を掲げる典型的な御用組合だな」

「それは、なんなんだ？」と、脇がよけいにわからんという顔で尋ねた。

「つまりだな、労使というのは、労働者と使用者。使用者というのは経営者のことだ。その労働者と経営者という立場が異なる両者が、互いに協力し合って会社の業績を上げて、みんなで豊かになろうという考えの労働組合だ」

「じゃあ会社が儲かれば、俺たちの給料も上がるのか」と、脇が訊いた。

「本当ならそうなるはずだよな」

國木田が口許を歪めて言った。

「だいたい使う側と使われる側の立場が対等だと思うか？　そんなわけがないから労働者が力

を合わせて労働条件や職場環境の改善を求めて闘う必要があるんだろうが。雇う側と一体になってどうするんだ。そんなことをするから、エア経営者目線でしかものを考えられなくなるんだ」

「國木田さん、意外に新しい言葉を知ってるんですね」

泉原が素朴に感心した顔で言った。

「若いボンクラがちょくちょくここに来るからだ」

〈ボンクラ〉で一気に昭和に巻き戻った気がしたが、次の國木田の言葉に矢上たちは驚いて顔を見合わせた。

「ユシマでは、ユシマ労組の要職を経て、幹部に昇進していく慣例なんだ」

労組の要職に就いているのが経営側の尖兵(せんぺい)である幹部候補生では、労働者を守るなどという発想自体あるはずがない。

「まあ、自動的に組合員にされている正社員も、労組の仕事は冠婚葬祭の世話だけと割り切っているんだろうよ」

「國木田さん」

脇が真剣な顔で言った。

「俺たちがユシマと闘うには、どんな方法があるか、教えてくれないか」

國木田はテーブルに両肘(りょうひじ)をついて四人を見つめた。

「方法はいくつかある。だがな、相手がユシマとなると、危険は覚悟しなけりゃならないぞ」

〈危険〉という言葉に、秋山ができれば再考したいという口調で國木田に尋ねた。

「危険というのは具体的にはどのような……」

「いいから話してくれ」と、脇が國木田をせっついた。

「まずひとつは、君たち一人ひとりが個人で、はるかぜユニオンに加入して、うちの組合員として労基署に玄羽さんの死亡事故を通報し、その原因調査と再発防止策をユシマに指導するよう求める」

「えっ、じゃあ、遺族じゃなくても、組合員になればそういうことができるのか」

脇が希望の尻尾を摑むようにすぐさま訊いた。

「できる」

國木田が簡潔に答えた。

「そんなことしても、たぶん無駄じゃないかと思います」

泉原が言いにくそうに言った。

「なんで?」と、頰杖をついた秋山が泉原を見た。

「僕、宏美さんの手帳を見たんですけど、圭太さんの勤務時間や体調、食欲とか睡眠時間まですごく細かく記録してたんです。あれで労災認められないんなら、少なくとも南多摩労基署相手じゃ、誰だって無理だと思うんです」

「なるほどな」

そう言うと國木田は立ち上がり、小型冷蔵庫の上の盆から茶筒を取り、急須に茶葉を入れてポットの湯を注いだ。

「これはユシマとは別の自動車会社の話だがな、その地域の労基署では、署長と幹部三人、それに職員四人が、自動車会社系列の部品メーカーに貰ったゴルフ割引券で、四年間もゴルフをしていたことがあったな」

矢上は手伝いに立ち、茶の入った急須と湯飲みの載った盆を会議テーブルへ運びながら訊いた。

「それ、どうしてバレたんですか？」

「別件の内部告発を受けて労働局が調査していたところ、二〇〇六年にゴルフ割引券の一件が発覚したんだ」

國木田は応接テーブルの菓子折を手に取ると、胸くそが悪いので処分しようとでもいうように、ばりばりと音を立てて包装紙を破った。菓子業界では季節を先取りするらしく、早くもクッキー缶いっぱいにハロウィンの笑うカボチャが描かれていた。耳障りな哄笑（こうしょう）が聞こえてきそうなカボチャの絵がよけいに癪（しゃく）にさわったらしく、國木田はクッキー缶をテーブルにぞんざいに投げてよこした。泉原が缶のテープを外しつつ尋ねた。

「その労基署の署長たちは、きちんと処分されたんですよね？」

「発覚の翌年に戒告や減給処分になった。戒告というのは文書などで注意を受ける懲戒処分の中で最も軽いものだ。あとは一ヶ月だけ、給与の十分の一を減給されておしまい。しかも署長と課長のひとりは一年後に別の労基署の署長になっている」

「腐りきってるな」

脇が吐き捨てるように言うと、さっそく小袋を破ってクッキーを口に放り込んだ。矢上は茶を淹（い）れようとしたが、國木田が手元を押さえてそれを制した。見ると、國木田はいつのまにか懐中時計を取り出し、じっとその秒針を見つめていた。ベルトループに時計用のチェーンが留められているのに矢上は初めて気がついた。どうやら茶葉の蒸され具合にこだわりがあるらしいので、矢上は急須を置いて腰を下ろした。國木田は小さく頷くとパチンと音を立てて懐中時計の蓋を閉じ、ズボンのポケットにしまった。それからおもむろに急須を手に取り、五つの湯飲みに茶を注ぎ始めた。

「ひとつ言っておくが、組合員になれば、労基署だけでなく、直接ユシマとも交渉できる。つまり、ユシマに対して玄羽さんの死が労災であり、ユシマの責任を明らかにすることや再発防止策を取ることを要求して、団体交渉を申し入れることができる」

「団体交渉って」

なんですか、と矢上が訊こうとした瞬間、脇が叫んだ。

「知ってるぞ！　そいつは日本国憲法第二十八条で保障されている、勤労者の団結権のとこに出てくるやつだ！」

國木田はまるで赤ん坊が突如オペラを歌い出すのを目の当たりにしたかのように仰天し、湯飲みではなく盆に茶を注いでいることに数秒間気づかなかった。

「あ、脇さんは夏休みに〈憲法くん〉って絵本にはまってたんです」

泉原が慌てて冷蔵庫の上のティッシュを取ってきて、盆を拭きながら説明した。気を取り直して急須を手にした國木田に脇が尋ねた。

「あれって現実には何を保障してるんだ？」

「結局、よくわかっとらんのだな」

國木田は煎茶の最後の一滴を絞り出して言った。

秋山が盆から湯飲みをひとつ取り、にんまりと微笑んだ。

「國木田さん、今、教えがいを感じてますね？」

國木田はふんと鼻で笑うと、茶を一口飲んでから言った。

「団体交渉権は日本国憲法が保障する労働者の基本的権利、いわゆる労働三権のひとつだ。労働者が団結し、労働環境やその待遇の改善について具体的な要求を掲げて使用者と交渉する権利を保障している。詳しいことは自分で調べろ。そのためのスマホだろ。まったく君たちは何も知らんのだな。昔から、法律は知っている者の味方というだろう。私に言わせれば、そんな丸腰で生きてきたなんて蛮勇を通り越して暗愚だな」

忌憚のない國木田の話を聞きながら、矢上は熱い煎茶を味わった。國木田の淹れた渋味の勝った濃い茶は、バターのきいた甘い洋菓子によく合っていた。几帳面な泉原は自分の食べたクッキーの小袋をテーブルの隅にきちんとまとめていた。その泉原が「あの……」と遠慮がちに口を開いた。

「さっきのお話では、ユシマと闘うにはいくつか方法があるってことでしたけど、はるかぜユニオンの組合員になるほかにも何か方法があるんですか？」

「ひとつある。といってもこれは通常、あまり勧めないんだが」

「なんです、なんです？」と、秋山が興味を引かれた様子で尋ねた。

「もうひとつは、君たち自身が労働組合を作って、労基署に通報し、ユシマと団体交渉するやり方だ。その場合も、君たちが作った組合ごとはるかぜユニオンに加入できるから、引き続き相談を受けることはできる」

「自分たちで労組作るって、そんなことできんのか？」と、脇が半信半疑といった顔で訊いた。

「ユシマにはもうユシマ労組があるんだぞ」

「ひとつの企業に労働組合はひとつ、などという決まりはない。労働者は、二人以上集まればいつでも誰でも組合を作ることができる。そもそも、君たち非正規社員はユシマ労組にも入っとらんだろう」

確かに非正規はユシマ労組に入っていない。しかし、自分たちで労働組合を作ることなど考えたこともなかった矢上は、成り行きに戸惑っていた。昔からデモや何かの抗議運動などをしている人々を見ると、正直、あまり近づきたいと思わなかった。自分たちが正しいと信じて疑わず、声高に正義を叫んでいるような姿が好きになれなかった。

「なんにせよ社会運動的なものが嫌いなんだろう？」

國木田が見透かしたように矢上の顔を覗き込んでいた。

「最近は声をあげる者に対して、逆に暗闇から石を投げるように、匿名で叩く者らが増えて嘆かわしいかぎりだ」

「俺はそんなことはしません」

矢上は即座に言い返した。強いていえば、どちらにも関わりたくなかった。

「では訊くが、こんなことはおかしくないか、間違っていないか、と感じた時に、君たちはどうやって意思表示するんだ？」

秋山が少し考えてから答えた。

「ツイッターデモ……？」

「悪いとはいわんが、急に省エネだな」

「國木田さん、俺たちの身にもなって下さいよ」と、秋山は悲しげな声をあげた。「一日中働いてくたくたになって、たまの休みの日にリアルデモする余力なんてないですよ」

「それが使う側の思う壺（つぼ）なんだ。言われるままに働くから、働かせたいだけ働かせてくたくたにして、ものを考える時間など与えない。ところが君たちは今日、現に貴重な休日の時間を割いてここに来ているじゃないか。それはユシマのやり方がおかしいと思ったからだろう」

言われてみればそのとおりだと矢上は思った。ただ、労働組合というもの自体、自分たちからかけ離れた感があることは否めなかった。

「君たちは労組などとは無縁に生きてきたつもりだろうが、子供の頃から、労働運動の恩恵を受けて育ってきたといっても過言ではない」

「どういうことですか？」

矢上は率直に尋ねた。

「現在の先進国には社会保障制度や福祉、つまり健康保険や失業保険、老齢年金制度などがある。これらはすべて労働組合のおかげなんだ」

「具体的に話してくれ」

夏休み以来、旺盛（おうせい）な知識欲を見せるようになった脇が、クッキーを貪りながら促した。

「たとえばイギリスでは巨大な労働組合と労働者政党が連帯して議会を動かし、二十世紀の初めに貧困家庭の児童に食事を提供する学校給食法、労災に遭ったり職業病にかかったりした場合は補償が受けられる労働災害補償法、貧困家庭の医療費を無料とする学童保険法、貧困層の老人への老齢年金制度、最低賃金を定める賃金委員会法などが成立する。これらは労働組合が共済制度として自主的に行っていたものを、国の制度とするように要求し、確立させていったものだ。もちろん、いずれも財政支出を伴う、つまり国がたくさん金を出さなきゃならんから、大規模な税制改革が必要だった。まず勤労者と不労所得者を区別して勤労者の税率を軽くした。平たくいえば、働いてその賃金で生活している人の税金を低くして、働かずに配当や利子、土地などの賃料収入で暮らしている人の税率を上げたわけだ。さらに、高額所得者に対して超過所得税を付加する累進課税制、低所得者に対して児童控除を行う減免制を実施した。この税制改革は保守党の強烈な抵抗に遭ったが、一九一〇年に成立している。

イギリスの場合は、働く貧困層の数が激増した際に、貧困を個人の責任ではなく社会の問題であると捉え直して、膨大な貧困層を労働組合に組織化して闘ったわけだな。このような闘争の歴史の延長線上に、先進国の社会保障や福祉が作られてきたんだ」

國木田がひとつも食べないうちにクッキーの缶は空になっていた。この礼を失した所業の主犯格である脇が、感嘆した様子で言った。

「そんなの学校で習ったことなかったよ」

矢上もまったく同感だった。

「では君が学校で習って覚えていることを言ってみなさい」

國木田の言葉に、脇は端的に沈黙した。

「僕も知りませんでした」と、泉原が言った途端「ほらな」と脇が俄然勢いを取り戻し、「俺は別としても泉原は大卒だからな、少なくとも積極的に教えてはいなかったわけだ」とはしゃぎ出し、國木田に「口のまわりの菓子の粉を拭け」と命じられて再び黙った。

國木田は来週も相談の予約を入れるかと訊き、矢上はそうしてほしいと答えた。國木田は来週までに自分たちが今後どう行動するかを考えて決めてくるように言った。

47

翌日から矢上たち四人は、十分休憩のあいだも食事休憩のあいだも各自が調べたことを報告して今後どうするべきかを話し合った。その際に最初に決めたルールは、四人の契約更新が済むまで、つまり十月一日を過ぎるまで、ユニオンへの加入、あるいは新しい労働組合の旗揚げに関して自分たちが検討していることは一切、知られないようにしようということだった。一旦(いったん)、はるかぜユニオンの組合員になるなり、自分たちで労組を旗揚げするなりして公然化してしまえば、それを理由に使用者が労働者を解雇できないことは調べて突き止めていたので、それまでは秘密裏に事を進める方が賢明だと考えたのだ。

矢上たちは誰にも話を盗み聞きされないように食事も食堂では取らず、売店で季節限定のお月見ロールや菓子パンを買い、フェンス際のペットボトルの水置き場で食べながら意見を出し合った。

はるかぜユニオンに個人で加入する場合も、自分たちで労働組合を立ち上げる場合も、最初に懸念されたのは、仮にユシマ本社に団体交渉をしに行ったとして、はたして柚島社長が会ってくれるかどうかという点だった。これに関しては、あちこち調べたあげく、社長はこちらを無視できず、使用者側が対応しなければならないとわかった。労働組合法第七条によって使用者がしてはならない行為が定められており、その二に〈使用者が雇用する労働者の代表者と団体交渉をすることを正当な理由がなくて拒むこと〉とあるのだ。

また、四人がそれぞれ個人ではるかぜユニオンの組合員になった場合、団体交渉の権限や、交渉の際に最終的な決定を下す妥結権等、様々な決定権をはるかぜユニオンが持つことになるのも知った。素人同然の自分たちが世界のユシマと闘うには國木田の指導が欠かせないとわかっていたが、すべて任せてしまうのもなにか違う気がした。終業後はネットで事例を調べては、LINEで連絡を取り合った。睡眠不足のおかげで工場への行き帰りのバスの中でも、シートに座った途端に熟睡できるようになった。そんなふうに寸暇を惜しんで今後の行動を検討し始めて四日目のことだった。思いも寄らない事件が起こった。

フェンス際での二直の食事休憩を終え、ラインで作業を再開した直後のことだった。矢上は突然、手足に痺れを感じ、激しい吐き気に襲われた。部品を摑もうとしても手がガクガクと震え、全身に冷や汗が流れた。あまりの悪心で目を開けているのも難しかった。

最初に頭をよぎったのは食中毒だった。だが、食事時間も互いに喋るのに忙しく、矢上が食べたのは菓子パン二つとバナナだけだ。傷みやすいものは口にしていない。

膝をつきそうになるのを必死で堪え、感覚だけで部品に手を伸ばす。ここでラインを離脱することになれば、九月分の満了報奨金がすべてフイになる。一度でも遅刻、欠勤、中途離脱すれば、一日千五百円×出勤日数二十二日分の三万三千円すべてが貰えなくなるのだ。

歯を食いしばり、流れてくる車体に手をついて体を支えようとした。その時、近くでけたたましいサイレンが鳴ってラインが停止した。矢上は膝をつき、なんとか目を上げてサイレンの方を見た。そこに秋山がうずくまり、嘔吐していた。目の端に、脇がふらつく足で部品かごにぶつかりながら扉から外へ出ていく姿が入った。泉原はライン上で横倒しになってえずいていた。

工場の手洗いで胃の内容物をすべて吐き出したあとも、矢上たちは震えと悪心でその夜は互いに言葉を交わすこともできなかった。午後十時近く、四人は組長の市原の運転するライトバンに押し込まれ、脇と泉原は期間工の寮の前に、矢上と秋山は派遣工の寮の前に放り出された。矢上は這うようにして自分の部屋に戻り、ベッドに倒れ込んだ。それでも和らぐことのない苦しみに七転八倒し、夜が白む頃になってようやく疲れ果てて眠りに落ちた。

目が覚めると午後二時近くになっていた。悪心は治まっていたが、喉にひりひりとした痛みが残り、ひどい頭痛がした。二直の始業に合わせて、工場へ向かう送迎バスは午後三時十分に寮を出る。矢上は病欠の連絡を入れると、すぐにＬＩＮＥで三人の容態を尋ね、脱水にならないよう水分を補給するように付け加えた。そして矢上自身、発熱時などの非常用に冷蔵庫に常備しているポカリスエットを飲み、再び横になった。

しばらくして、泉原から返信が入った。吐き気は楽になったが頭痛がするので、今日は休むことにしたという。矢上と同じ寮の二階上の部屋で寝ている秋山からは、文字ではなく泣き顔の絵文字だけが返ってきた。まだかなりつらい状況にあるらしい。

脇は大丈夫だろうか。そう思った時、ふと國木田の言葉が頭をよぎった。

――相手がユシマとなると、危険は覚悟しなけりゃならないぞ。

自分たちの話をユシマの誰かに聞かれたのだろうか。いや、充分に気をつけていたから、それはないはずだ。矢上はぼんやりと昼間の明るい天井を見上げ、まだ痛む頭でいったい何が起こったのかを考えようとした。昨日の夜、自分たち四人は、ほぼ同じタイミングで吐き気に襲われてラインを離脱した。顔面蒼白で冷や汗をかき、手足が震える症状も同じだった。だが昨晩、四人はひとつも同じものを食べていないのだ。偶然だったが、脇は売店のチキン南蛮弁当、泉原はお月見ロールとおにぎり、秋山はＢＬＴサンドイッチ、そして矢上は菓子パンとバナナだ。まったく別々のものを食べた直後に、なぜあんなことが起こったのか。原因がわからないことが気持ちをざわつかせた。

返信のない脇が心配になり、電話をしようとスマホを手にした時、当の脇からの電話が鳴った。思いのほかしっかりした声で、頭痛が残っているくらいだというのを聞いて安堵した。そして今回の出来事について脇の見解を尋ねてみた。

「食材かなんかが傷んでたんじゃねぇか？　なんにせよ九月分の満了報奨金は吹っ飛んじまったし、頭痛とかするし。どうせなら一日考える時間ができたと思って、今日は休んでやれってことで俺も病欠きめてやった」

脇は異変の原因についてはほとんど気にしていないようだった。

「それより今、俺の読んでる冊子が、俺たちの判断の正しさを証明してるんだ。読むからまあ聞け」

具合が悪くても気持ちが高ぶると元気が出るのが脇という人間らしい。感情を込めて朗読し始めた。

「〈それまでは、『要望・意見があったら何でも言ってほしい』などと発言していた使用者であっても『組合』と聞いたとたんに『会社にタテつくのか』などと言って結成に反感を抱く場合もあります。ですから、組合結成が憲法や労組法に基づいた正当な行為であっても、組合としての正式な名乗りをあげるまでは、トラブルを避けて使用者に気づかれないように準備を進める方がよいでしょう〉中略。〈万一、気づかれたときでも冷静さを失わず、迅速に対応し、時機を失しないよう行動することが求められます〉」

丁寧な言葉遣いでありながら、その奥で怒声が飛び交うような臨場感の漂う文章に、矢上は思わず尋ねていた。

「それ、どこのなんて冊子だ？」

「東京都労働相談情報センターの〈組合づくりのハンドブック〉。ちょっと古い平成二十九年のやつだけどな。はるかぜユニオンの入ってすぐのとこに『ご自由にお持ち下さい』って置いてあっただろ」

矢上はまったく気づいていなかった。意外に目端が利くという脇の新たな一面に驚いていると、スマホの向こうでドアがノックされる音がした。

「あ、きっと泉原だぜ」

そう言うと、脇が病欠者とは思えない快活な調子で扉の方に声をかけるのが聞こえた。

「入れよ、開いてるから」

ところが扉が開く気配がした次の瞬間、一方的に通話が途絶えた。

48

「俺たち四人が狙われた？」

脇は目を瞠ってまじまじと訪問者の顔を見つめた。

「ええ。狙われる原因、脇さんたちにも覚えがあるでしょう？」

脇はタオルケットの下に隠した〈組合づくりのハンドブック〉をほとんど無意識につま先で壁際に押しやった。

「脇さんたち、ここ何日か食堂に来ないじゃないですか。それであいつら、思いついたんだと思うんです」

「なにを思いついたっていうんだ？」

脇は自分の声が不自然に高くなったような気がした。

「だから、最初の十分休憩の時にはなんともなかった水を脇さんたちが疑うはずはないって」

話の脈絡が見えなくなったことを悟られてはいけない。咄嗟にそう考えた脇は、これまで同種の窮地に立たされた時、しばしば使用して難を逃れた台詞を言ってみた。

「その、考えの根拠は？」

「根拠もなにも、僕、この目で見たんですから」

隣部屋の期間工・来栖洋介は、いかにもじれったそうに言った。

「脇さんたち四人が売店へ弁当とか買いに行っているあいだに、本工の村上たちが、フェンス際に置きっぱなしの脇さんたちのペットボトルをいじってたんです。そのあと脇さんたちが四人ともあんなことになって、それで僕、気がついたんです。村上たちがあの時、水に何か入れたんだって」

脇は、初めて工場にペットボトルを持ち込んだ日、本工の村上征次と取り巻きたちに絡まれて、ちょっとした立ち回りを演じたのを思い出した。今回のことは、あの時の意趣返しだったわけだ。

来栖は部屋にひとつきりの椅子をベッドの傍らに寄せて座っていたが、膝の上のコンビニ袋をおずおずと脇の方へ差し出した。中を覗くとウイダーinゼリーやスポーツドリンク、レトルトの粥(かゆ)などが入っていた。

「ああ、これ助かるわ」

脇が礼を言って受け取ると、来栖は同じ物を下の階の泉原にも持っていったという。

「眠ってるみたいだったんでドアノブに引っかけてきました」

「ほんと、ありがとな」

「いいえ」と、来栖はすまなそうに首を横に振った。「僕が最初にあいつらを見た時にすぐに知らせてたら、脇さんたち、こんなことにならなかったと思うと申し訳なくて。僕が台車に足を挟んで怪我した時なんか、矢上さんが背負って救急車まで運んでくれたのに」

そういえば矢上がそんなことを言っていたっけ、と脇は思い出した。それで玄羽を運んだ救急車がわかったのだ。

「僕が昨日の二直終わりに矢上さんたちのペットボトル見に行ったら、全部、なくなってました。たぶん村上たちが証拠を残さないように処分したんだと思います」

「そうか……。けど、飯の時に飲んだ水も、何の味も匂いもしなかったんだよなぁ」

「水に溶けると無味無臭の薬品ってけっこうありますよ。僕、前にゴルフ場の仕事で除草剤とか使ってたからわかるんです」

貰ったウイダーｉｎゼリーを早速飲みながら、脇は、来栖も自分たちと同じように非正規として様々な職場を転々としてきたのだなと思った。

「それにしても、村上も執念深いなぁ」

脇はむしろ感心するような気分だった。

「そんな面倒なもの探して、手に入れて、なんかちっこい瓶に移すとかして、そんでわざわざ工場持ってきて、見つからないようにこっそり他人のペットボトルに入れるとか、俺ならどっか途中で阿呆らしくなって投げ出すな。そんな根気ねぇわ」

「仕返しって、たぶんもの凄くストレスの発散になるんじゃないですかね。本工の人たち、このところ滅茶苦茶、苛々してますから」

「なんでだ？」

「ロッカー室で聞いただけですけど、夏のボーナス、あんまり良くなかったみたいなんです。そのうえ十二月には社長が提唱した〈新日本型賃金制度〉が導入されるじゃないですか。あれって、はっきり言ってもう不安しかないと思いますよ」

「そうだな」

脇の脳裏に、〈夏の家〉で見た社内通達が蘇った。そして、あれが初めて自分たちの胸にユシマへの怒りの種を蒔き、自分たちの足を海ではなく文庫に向けさせたのだと思った。鬱蒼とした庭の樹木の匂いと文庫の紙の匂い、夜の海と花火の匂いが一度に押し寄せて胸が詰まり、脇はゼリー状の栄養食を喉の奥に流し込むと、空のパウチを部屋の隅のゴミ箱めがけて投げようとした。

「脇さんたち、契約更新いつでしたっけ」

「十月一日」

そう答えて投げた拍子に、壁際から〈組合づくりのハンドブック〉の冊子が床に滑り落ち、パウチはゴミ箱の外に落ちた。しまった、と思った時には、すでに来栖が冊子を取り上げていた。

「脇さんたち、労働組合を作るつもりなんですね？」

来栖の真っ直ぐで危険な問いに、脇はなんとか考える時間を稼ぐべく、急いでポカリスエットの蓋を開けて飲み始めた。飲み終わるまでに何かうまい答えを思いつかなくてはならない。〈組合としての正式な名乗りをあげるまでは、トラブルを避けて使用者に気づかれないように準備を進める方がよい〉とハンドブックに書いてあったのを、ついさっき矢上にスマホで読み上げてやったばかりだ。もちろん、来栖は期間工であって〈使用者〉ではない。そのうえ、たいして親しくないにもかかわらず、こうして差し入れを持って村上たちの仕業だと教えに来てくれるところなど、人柄としても大変に親切だ。

しかし、労働組合であれ何であれ、上の者を批判する一種の社会運動に反感を抱く人間は少なくない。脇自身、こうなるまで、あまり好ましい印象を抱いていなかった。コロナ禍にあっても〈他人を批判ばかりしないで、自分のできることをやろう〉という呼びかけの方がまっとうな気がしたものだった。しかし今にして思えば、そのような言説を大きなマイクで喧伝していたのは、バブルの頃に美味しく儲けた金持ちのおっさまだったりしたわけだ。契約を切られて寮を放り出され、住まいを失った者には、自分でできることにもおのずと限界がある。若くて健康で体力がある人間ばかりではないのだ。いや、そんなことよりも、どこから説明すれば来栖にわかってもらえるだろう。どうにかしてこの件は秘密にしておいてもらえないものか。

何の答えも見つからぬまま、天井を見上げてポカリスエットを飲み干した脇は、前を向いた途端、来栖の希望に満ちた視線にぶつかった。

「こういうことなんですよね、あの時のペットボトルって」

何のことだかわからずにいる脇にかまわず、来栖は熱を帯びた口調で続けた。

「脇さんたちがあの時、村上たちにガツンとやり返してくれたじゃないですか。おかげで、持ってきた水を飲んで少しだけゆっくり休めるようになって。今じゃ非正規だけじゃなくて本工の人たちも、ペットボトルや水筒持ってきて外に置いてるじゃないですか」

「あ、まあ、そうだな」

来栖が〈組合づくりのハンドブック〉に反感や警戒を抱いていないことだけはおぼろげにわかった。来栖は冊子の表紙に、まるで曙光を見出したようなまなざしを向けた。

「僕、こういうこと誰かやってくれないかなって思ってる人、けっこういるんじゃないかと思います」

そう言うと、腕時計に目をやって来栖は素早く立ち上がった。

「もう行かないと。二直のバスが出ちゃいますから」

扉に向かう来栖の背中に脇は慌てて声をかけた。

「来栖、このことは誰にも」

脇が最後まで言うより早く、来栖はすでに秘密を分け合った者のように答えた。

「喋るわけないじゃないですか。僕、応援してますから。その代わり、村上さんたちのこと喋ったのが僕だってこと、誰にも言わないで下さいね」

「言うわけねえだろ」

「あと脇さん、部屋の鍵、かけといた方がいいですよ。じゃあ」

ひとり部屋に残された脇は忠告に従い、まだいくらか覚束(おぼつか)ない足取りでドアまで行って鍵をかけた。それからベッドに戻り、仰向けに横たわった。スマホを見ると、秋山からメッセージが入っていた。絵文字の泣き顔が、今度はしょんぼり顔に変わっていた。どうやら少しは具合が良くなったらしい。派遣工の寮には期間工の寮と違って食堂がないぶん、目と鼻の先にコンビニがある。秋山の世話は矢上がなんとかするだろう。

それにしても、新しい労働組合ができることを期待している工員がけっこういるというのは、本当なのだろうか。

49

ユシマ本社の副社長室は、大きな窓から射し込む西陽で床も壁も熟れた柿色に染まっていた。

日夏はソファに座っていつものラプサン・スーチョンを飲みながら板垣の話に耳を傾けていた。板垣は当初こそエグゼクティブチェアに座ってエスプレッソを楽しんでいたが、やがて窓際へ行って夕映えを眺めたかと思うと、今は腕組みをしてデスクと応接ソファのあいだに佇んでいる。その間、板垣はほとんどひとりで喋り続けていたが、日夏は常のごとく好きにさせておいた。仕事上の話が終わった後のこのお決まりの雑談の時間は、板垣にとって一種のセラピーのようなものだと日夏は考えていた。

社長の柚島庸蔵には、板垣の抱いている懸念を理解することができない。したがって、その進言にも真剣に耳を傾けようとしない。世襲で社長となり、そのまま数十年を生きてきた柚島が、自分への同調や讃辞以外の言葉、特に意見や提案などを聞きたがらないことは想像に難くない。板垣がそれに対する苛立ちを言葉にして吐き出すことで頭を整理し、気持ちを落ち着ける。そのためのセラピーだ。日夏は話を聞き、自分なりに状況を分析し、求められれば意見も述べる。

小杉圭太の過労死をめぐる裁判に関しては、日夏は板垣ほど案じてはいなかった。原告側の証人となるはずだった玄羽昭一の死は、二人の幼い子を持つ寡婦にとって、訴訟の準備を続ける気持ちを挫くに充分な精神的打撃であっただろうと思われたからだ。

一方で、板垣が気を揉んでいる〈新日本型賃金制度〉に関しては、仮に予定どおり十二月から実施するにしても、日夏も板垣同様、まずは弾力的な運用から始めるべきだと考えていた。

というのも〈新日本型賃金制度〉は旧来の給与体系を根本から覆すものだからだ。従来のユシマの基本給は、職位によって一律に定められた『職位給』と、業績や能力、熱意によって決められる『個人評価給』の合計によって成り立っていた。これを〈新日本型〉では『個人評価給』に統一する。同時に職位ごとの給料の上限を撤廃し、職位の高低にかかわらず、極論すれば平社員であっても、めざましい成果を上げれば高い給料を得られるようにする。また、定期昇給はこれまで職位給によって均一に算定されていた部分は廃止とし、社員それぞれの個人評価に応じた昇給額となる。さらに賞与（ボーナス）に関しても、その本来の意義に立ち返り、各期の業績に貢献した社員に対してその功績に応じて相当額を支給するものとする。

社員の立場からすると、実質は定期昇給がなくなり、ボーナスも業績に貢献したとみなされなければ、支払われない可能性さえある。ちなみに、それでも定年まで働けるのかといえば、そうではない。ユシマはすでに四年前に、柚島社長がこれからは終身雇用ではなく、長期雇用であると宣言しているからだ。

この〈新日本型賃金制度〉への移行は、実のところユシマだけでなく財界の多くの企業の望むところでもあった。とはいえ、自社が先陣を切るのは避けたい、まずは世間の反応を見てからにしたい、というのが大半の企業の本音だろうと日夏はみていた。それを〈日本のリーディングカンパニー〉などとおだてられたあげく、柚島庸蔵がユシマで実施することを宣言したのだ。

もちろん労使協調の麗しい伝統のもと、形式としては柚島社長が新制度を提案し、ユシマ労組が七月定期大会においてこれを満場一致で可決したことになっている。

これだけでも働く側の不安は察してあまりあるが、そのうえに〈新日本型〉への移行にあたって、ユシマでは個人評価の主眼に『人物力』が新たに加えられ、『業務・能力・頑張り等を総合的に判断する』となっている。

日夏は、板垣から初めてこの『人物力』について説明する文書を見せられた時、どうすればこんな馬鹿げたことを決める会議の場に黙って座っていられるのかと、板垣の底知れぬ忍耐力に人外のものを感じたほどだった。

まず、人物力とは『人をポジティブな思考に引き込み、共感と信頼を得る力』と定義されていた。そして、具体的に三つの行為が示されていた。

一　利己的な考えを捨て、他者のために奮闘する。
一　向上しようという熱意とやる気を持って日々邁進(まいしん)する。
一　仲間を気遣い、人としてやるべきことができる。

この三点をAを最高としてEまでの五段階で評価するとなっていた。

どう考えても、会議の席上で柚島社長が思いつきで熱弁を振るった『社員としてのあるべき心構え』を、なんとか標語のようにまとめた印象が透けて見えていた。それは、小学校の昇降口の壁に貼られていた、〈今月のみんなの目標〉を思い出させた。

「ただでさえ、社員はみんなこの先どうなるのかと不安を感じているんだ」

デスクと応接セットの間に佇んでいた板垣は、今度は日夏の正面のソファに腰を下ろした。そして、切迫した口調で続けた。

「今は労使間のどんなトラブルも避けたい。彼らの不安を、憤懣に変えてはならないんだ」

日夏はティーカップを手にしたまま尋ねた。

「柚島社長は〈新日本型〉への完全な形での移行に、なぜそんなにこだわってるんです？　ソフトランディングを嫌がる理由はなんなんです」

「社長は『社会では努力しない者は生き残れないのだと教育しなければならない。教育を始めるのは、早ければ早いほどいい』と言っていたよ」

それを聞いて日夏はクスッと笑わずにはいられなかった。

「これまでユシマは社員が簡単に辞められないようにかなり強引に家を買うのを勧めて、ローンの斡旋までしてきたんですよ。ボーナスを組み込んで返済計画を立てている者がどれほどいるか。彼らが今、どんな気分か。社長こそ、そういう現実を学んだ方がいいと思いますけどね」

「だったらなおさら人物力を高めるように、全身全霊で努力しろというだけだよ」

「まあ確かに」

日夏は少し冷めたラプサン・スーチョンを口に運んだ。雇用主は雇用主であるだけで、使われる立場にある被雇用者よりも、人間として上等であると信じているのだろうと日夏は思った。だから、自分の会社で働く人間を精神的に指導することは、むしろ雇用主の責務と考えているのかもしれない。そのような雇用主のもとでは、この種の精神論を押しつける以外の発想など生まれるべくもない。ユシマのような企業はそうやって世界から遅れ、取り残されていくのだ。

「なあ、おまえはどう思う」

板垣が言った。

「企業が社員としての心のあり方を規定し、企業が全人格を評価する。〈世界のユシマ〉が十二月から国内で始めようとしているのはそういうことだ。こんなやり方が世界のスタンダードになると思うか？」

「国によると思いますね。会社の方針に逆らって飛ばされても自己責任。そう思っている人間が大多数の国であれば成立すると思います」

「奴隷根性で団結した国ってところだな」

　板垣が苦笑いに頬を歪めた。それから不意に真剣な顔になって続けた。

「だがな、万に一つのことを考えておくのが俺の仕事でもある。口には出さなくとも、生方第三工場の人間達は玄羽昭一の死を体験しているんだ。四年前の小杉圭太の過労死でも遺族が何の補償も受けられていないのを知っている。〈新日本型〉が引き金となって労使間の紛争に発展すればどうなると思う。それもユシマのお膝元の日本でだ。間違いなく世界中で報道される」

　売上高、最終利益ともに好成績を上げながら、一方でユシマが凄まじいまでの下請け叩きでコストダウンをはかっている事実はすでに海外では周知のこととなっている。ここで足下に労使紛争の火がつけばどうなるか。板垣の頭の中にある悪夢のような展開を、日夏は、ながら見のテレビ番組のように、たいした関心もなく眺めた。それから、いつものように安心感と簡便な解決策をセットにして提供した。

「大丈夫ですよ。労使紛争は、労働者がまとまることが前提です。それ自体がまず不可能でしょう。心配なら、新制度に移行する前に、可能なかぎり待遇を細かく差別化しておくんですね。そうすれば、この国の人間は互いにいがみ合うことに全精力を注ぎますから」

　日夏は立ち上がってスーツのボタンを留めた。それから辞去の挨拶をして扉に向かうあいだも、板垣は日夏の言葉を反芻（はんすう）するようにソファに座ったまま考え込んでいた。日夏が扉を開けようとした時、板垣が不意に声をかけてきた。

「おい、週末にでも鱧を食べに行かないか、洒落た店を見つけたんだ」

「いいですね、鱧。是非、お供しますよ。それじゃあ」

部屋を出ると、日夏は重役用のエレベーターに乗って地下一階のボタンを押した。このエレベーターを使えることも、本社の地下駐車場に専用の駐車スペースがあることも、別に日夏が望んだわけではなく与えられた特権であり、それは板垣の意向が反映されたものだった。重役室のある階と一階、あとは地下一階にしか停まらないため、日夏が自分の履いているイタリア製のパントフォラドーロの靴をぼんやり眺めているうちにエレベーターは目的階に停まり、扉が開いた。日夏愛用のその靴は、どこから見ても立派な革靴に見えるが、実は履き心地の柔らかなスニーカーなのだ。海外への出張の折など足の疲労が大いに軽減されて重宝している。

日夏はエレベーターを出て廊下を歩き始めた。この靴のもうひとつの利点は、革靴のように靴音がしないことだ。駐車場への通用口への途上に警備員室があるのだが、靴音がしないおかげで、そこの警備員に先に気づかれることはない。

窓越しに制帽を被った初老の警備員と、清掃員らしい若い女の子がいるのが見えた。女の子はコーン形のアイスクリームを齧りながらイヤフォンで音楽を聴いており、警備員は日誌のようなものをつけている。日夏が何が苦手といって、あの警備員がここを通る社員を発見するや即座に立ち上がって制帽を脱ぎ、白髪交じりの頭を深々と頭を下げることだった。そのため日夏は、いつも部屋の前を足早に通り過ぎることにしていた。そうすると、警備員が気づいてお辞儀をするより早く通用口を出てしまえるからだ。

なぜ、そんな些細なことを気にして避けようとするのか、日夏は自分でもうまく説明できなかった。ただ、どことなく後ろめたい、覚えのないことで責められているような、しかしその糾弾自体は筋違いでないような、なんとも後味の悪い妙な気分になるのだ。

今日も日夏は警備員が立ち上がるより早く通り過ぎ、豆粒のような成功体験を味わいながら自分のアトリアＥＸの運転席に乗り込んだ。明朝までに仕上げなければならない仕事がまだいくらも残っていた。

工場に戻る途中、お気に入りのホテルのデリカテッセンに寄って、ローストビーフサンドとチャービルと人参のサラダ、スムージーをテイクアウトして夕食を確保し、工場の事務棟にある自分のオフィスに腰を据えると、仕事に没頭した。食事を挟んで、というより、仕事をしつつほとんど機械的に食物を摂取し、ようやく一息ついた時には午前一時半を回っていた。朝の七時には北米支社とのオンライン会議が控えている。とにかく帰宅してシャワーを浴び、少しでも眠っておこうと、パソコンの電源を切って立ち上がった。

その時になって、薄暗い廊下に立ってこちらを見ている人影に気がついた。日夏は廊下側のブラインドを閉めずに仕事をしていたから、その人物はしばらく前からそこにいてこちらが気づくのを待っていたのかもしれない。日夏はオフィスを横切って扉を開けた。事務棟の人間でないことは一目でわかった。スーツではなく、白い半袖のＴシャツにジーンズを穿いた見たことのない若い男だった。

「なにか用？」

日夏が尋ねると、華奢な目鼻立ちのその青年は、物怖じする様子もなく明瞭な口調で喋り始めた。

「僕、期間工の来栖洋介と言います。実は、日夏課長にお知らせしたいことがあって。中に入って良いですか？」

「どうぞ」

日夏は来栖を自分のオフィスに通して来客用の椅子を目で指した。来栖は軽く会釈して腰を下ろした。

「それで、お知らせしたいことってなんなの？」

「実は、非正規工員の中に、ユシマで新しい労働組合を作ろうとしてる者たちがいるんです」

来栖は昨日の午後、二直に出る前に〈組合づくりのハンドブック〉を偶然発見した時のことを、その前後の事情も含めて詳細に語り、そのうえで、問題の四人の名前を書いた紙片を差し出した。日夏は黙って受け取ったが、ポケットには入れずデスクの上に紙片を置いた。裏切った相手の名前を自分の手で記した紙片。それが来栖の視界の中にある状態で、日夏は話を進めるつもりだった。来栖は強いストレスの下で喋ることになる。そうなれば、嘘はより見抜きやすい。

日夏は自分の椅子ではなくデスクの端に腰かけて、友人のような気さくな口調で尋ねた。

「その四人のペットボトルに何か入れたの、案外、君なんじゃないの？」

「まさか」

来栖は微笑んでいた。

「休憩時間に、屋外で、誰にも見られずにそんなことできるわけないじゃないですか。僕以外にも何人も見てますよ、村上さんたちがあの四人のペットボトルに何か入れてるの。でも、村上さんたちに睨まれたらおっかなくて、みんな目を逸らすんです。誰だって嫌なことに巻き込まれたくないですもんね」

「じゃあ、四人が具合が悪くなった時には、けっこうな数の工員がその原因に見当がついてたってこと？」

「ええ。よほどの間抜けじゃなければ」

「君は利口なんだね」

「別にそうは思いませんけど。でも世の中って、要は自分の力でどう人を出し抜いて、せり上がっていくかってもんじゃないですか。自分の身は自分で守るしかないわけですから」

日夏は来栖に微笑を返しながら腹の中で呟いた。君のような貧しい若者がそう思ってくれることが、雇用主にとっては一番ありがたいんだよ。貧しい若者同士のより卑劣で過酷な精神のダンピング合戦になるんだから。

「ところで、どうして僕のところに話を持ってきたの？」

「だって日夏さん、板垣副社長と同じ帰国子女で引き立ててもらってるし、間違いなく出世コースじゃないですか。きっと来年あたりは製造部長じゃないかな」

まるでずっと事務棟に勤務していたような口ぶりに日夏があっけにとられていると、来栖は愛くるしいえくぼを見せて言った。

「以前、日夏さんのインタビューが載ってましたよね。僕、〈われらユシマ〉けっこうきちんと読んでるんですよ」

そういえばユシマ労組の機関紙でインタビューを受けたことがあった。自分で読みもしなかったのですっかり忘れていた。

「あ、今、非正規のくせにって思いました？」

日夏の微かな表情の変化を捉えて、来栖は冗談めかして言ったが、その目は少しも笑っていなかった。

「いや、情報収集は大事だからね。これからもしっかり読むといいよ」

来栖は褒められて喜ぶような照れ笑いを浮かべた。日夏はこの不安定な若さに振り回されることに、自分が倦（う）み始めているのを感じた。

「それで、君の要求はなんなの？」

椅子に座った来栖は、デスクの端に腰かけた日夏の目を真っ直ぐに見上げた。

「これからも情報を持ってくることで、ユシマの役に立ちたいんです」

「で、仮に役に立ったらどうしてほしいの？」

「正社員にしてもらいたいんです」

日夏は一心に返事を聞きたがっている来栖を、わざと少し待たせてから答えた。

「それは、君の働き次第だね」

50

仕事を病欠した矢上たち四人は、夜には普通に食事が取れるまでに回復した。矢上はその一日を、今後どうするかについて、誰にも盗み聞きされる恐れもなく、LINEでじっくり話し合うことに費やす時間ができてむしろ良かったと感じていた。

　翌日は二直明けの休みで、矢上たち四人は再び生方駅に集合し、はるかぜユニオンに向かった。途上、三鷹駅のダイソーでいくらか買い物をした後、前回の訪問時に四人で一缶食べ尽くしてしまったクッキーの埋め合わせに何か持参しようということになった。生方と違って洒落た菓子店やベーカリーの多い三鷹では、何を見ても美味しそうで目移りしたが、「やっぱり年配の方には餡子（あんこ）ものでしょう」という秋山の発案でジャンルは和菓子に絞られた。脇は豆大福を強く主張したが、矢上は脇が便乗してまたしても自分で食べるつもりなのではないかという危惧を感じたので、泉原によって老人が餅を喉に詰める危険性が指摘されて却下となり、栗きんつばに落ち着いたときは内心ほっとした。

　和菓子屋の渋い藍色の紙袋を手にはるかぜユニオンの扉を開けると、予想外の光景が待っていた。國木田が奥のソファに座って気むずかしい顔でひとり本を読んでいるとばかり思っていたら、もうひとり小花柄のワンピースに長い髪をバレッタでひとつにまとめた女性がいて、会議用の椅子から満面の笑みを浮かべて立ち上がった。

「ようこそ。お待ちしていました」

　矢上たちが面食らっていると、國木田が本を置いて奥のソファからゆっくりとやってきた。

「彼女は岸本彰子（きしもとあきこ）さん。私が頓死した場合は彼女に相談するといい。はるかぜユニオンでただ一人の専従だからな」

　國木田によると〈専従〉というのは、このユニオンでの活動を生業（なりわい）にしている人のことらしかった。すぐさま脇がびっくりした様子で尋ねた。

「じゃあ、他の人たちはどうやって生活してんだ？」

「会社員、パートといろいろだが、ここでの活動はボランティアだ」

組合員になると組合費を払うわけだから、その人たちは金を払ったうえでボランティアをしていることになる。矢上たちにとってそれは驚きの事実だった。

國木田は、秋山が代表して「つまらないものですが」と差し出した和菓子店の紙袋を、そっけなく受け取って続けた。

「労働者が力を合わせて、待遇や職場環境をより良いものに変えていく。そうして本当の意味で健康で文化的な生活を維持できる労働者が増えれば、社会もよりよいものになると私たちは考えている。労働者は皆、消費者でもあるからな。一部の超富裕層が富を独占するよりも、大勢の労働者が安心して子供に本や服を買ってやったり、ちょっと旅行をしたり芸術鑑賞ができたりする方が、まっとうで幸福な社会であろうし、そうなってほしいと思っている。まあ、私にできるのは微々たることだが、生きているあいだは、やらないよりはいいと思っている。それから」と、國木田は紙袋から栗きんつばの菓子折を摑み出すと、矢上たちにきっぱりと申し渡した。「こういうつまらん気遣いは、これで最後にすることだ」

矢上たちは岸本に促されて会議用のテーブルの席につくと、それぞれに持参した茶やジュースのペットボトルを卓上に置いた。國木田と岸本が向かいの席に腰を下ろした。前回と同じようにノートを開くと、國木田が早速尋ねた。

「では、君たちの結論を聞かせてもらおうか」

矢上は口を開く時、自分でも少し緊張しているのを感じた。

「俺たちは自分たちで組合を作ることにしました」

岸本が明らかに驚いた様子で聞き返した。

「え、でも、あなたたちは非正規社員でユシマとは二年十一ヶ月の契約ですよね？」

「そうです。この十月の一日に契約を更新したら、残りは最長でも一年十一ヶ月しかない。でも、そもそもの契約、二年十一ヶ月という契約期間が脱法的なものだと教えてくれたのも、玄さん、いえ、亡くなった玄羽昭一さんでした」

「そうだったな」と、國木田がノートのページを捲（めく）って答えた。「脇君は、本来の法の趣旨に従えば、とっくに無期雇用になっているはずだったな」

「俺は馬鹿だから」と、脇がサイダーのキャップを開けて言った。「期間工のサイトに書いてあったこと信じてたんだよな。〈契約期間は二年十一ヶ月と決まっています〉って。そういう決まりなんだなと思ってたら、そんなの法律でも何でもないんだよな。会社が都合の良いように決めてるだけで」

「俺も秋山さんも派遣会社でそういう決まりなんだと言われて、そういうもんなんだと思ってました。でも、そうじゃないんだとわかった時、別のことに気がついたんです。非正規工員はみんな二年十一ヶ月だと思ってるからこそ、こんな無茶苦茶なタクトに耐えられてるんじゃないか。これが毎日、五年十年続くと思ったら、心も体もとても耐えられないような環境で働かされてるんじゃないかって。若くて健康な工員を短期間で使い捨てにすれば、低コストですんで病人や怪我人も出にくい。使う側はそう考えてるんだと思います。でも実際のところ自分たちがいるのは、玄さんのようにいつ突然死しても不思議じゃない場所なんです。俺たちは……」

矢上は緊張で口の中が乾いているのを感じて、ペットボトルのジンジャーエールを一口飲んでから続けた。

「俺たちは、全非正規工員に対する二年十一ヶ月という会社側が勝手に決めた規則の撤廃を要求し、同時に玄さんの死を労災と認めて謝罪して、二度とこんな犠牲者が出ないように労働環境を世界標準に改めることを求めるつもりです」

それが夜中過ぎまで矢上たちがＬＩＮＥで話し合った結論だった。岸本は矢上たちが個人ではるかぜユニオンに加入するものと思っていたらしく、テーブルに広げた自分のノートに一文字も記すことなく、ペンを握ったままあっけに取られたようにわずかに口を開けて矢上たちを見ていた。

國木田が腕組みをしたまま静かに言った。

「君たちは、自分たちで非正規工員を組織して、労働組合を作ろうというんだな」

矢上は頷いた。

「俺や秋山さんみたいな派遣工が団体交渉できる相手は、本来は派遣会社です。でも、労働環境のような派遣先企業が対応すべき事柄については、派遣先、つまりユシマと交渉することができる。そうですよね？」

「多少は学びつつあるようだな」

國木田はニコリともせずに答えた。代わりに秋山が笑顔を振りまいて言った。

「俺たちはそのうえでいずれ組合ごとはるかぜユニオンに加入したいと思っています。もちろん何もかも自分たちでできるなんて思ってませんよ。國木田さんにいろんなことを教えてもらわなきゃならないってこともわかってます」

「俺は」と、サイダーのペットボトルを握った脇が大真面目な顔で言った。「國木田さんは教えるのがうまいと思う」

國木田は苦笑いを浮かべてため息を吐くと、ノートに手をついて立ち上がった。それから岸本に菓子折を開けるように言って、自分は小型冷蔵庫の上に置かれた茶器で煎茶を淹れ始めた。矢上は盆を運ぶ手伝いに立ちながら、脇が一番に身を乗り出して菓子箱からきんつばを摑み出すのを見て、やれやれと思った。

「うちには銘々皿も黒文字もないから、おにぎりみたいに食べるしかないわね」

岸本がそう言って泉原と秋山、矢上と國木田の席に和紙で包まれた四角いきんつばを置くと、自ら手本を示すように包装を破ってきれいに角の立った頂点に豪快にかぶりついた。ひょっとしたら、この女性は見た目よりも大胆な性格なのかもしれないと思いつつ、矢上はひとつめを頬張った脇が二つめに手を伸ばす前に菓子箱に蓋をした。

國木田が懐中時計で秒数を計って淹れたこだわりの煎茶は渋味の勝った深い味わいで、甘い和菓子にもしっくりと合って旨かった。常のごとく脇が一番に飲み食いを終えると、糖分でべたついた指をジーンズで拭って早速バックパックから分厚い冊子を取り出した。表紙に〈組合づくりのハンドブック〉とあり、ページの縦横から色とりどりの付箋が突き出ていた。かなり読み込んだらしい。

「これ、前に来た時に貰って帰ったんだけどな、この〈結成準備会のメンバー〉ってのは俺たち四人として、この〈規約案〉ってのはどんなふうに作ればいいんだ？」

國木田が湯飲みを置いて説明しようとした時、ずっと黙っていた泉原が割って入った。

「その前に、ひとつ言っていいですか」

その思いつめたような口調に、全員の視線が泉原に集まった。

「あの……怒らないで聞いて下さいね」

「今から抜けたいと言っても、誰も怒らないよ」

矢上は本心からそう答えた。使い捨てが当たり前の非正規工員が、世界のユシマを相手に闘うのだ。常識的に考えれば自分たちに分がある勝負ではないだろう。それでも、やらずにはいられないからやると決めた。最初から無理強いはしたくなかった。

「違うんです。あの、抜けるとかじゃなくて……」

「じゃ、なんだよ」と、せっかちな脇が先を促す。

泉原は意を決したように一瞬、唇を固く結ぶと、一息に言った。

「新しい組合は非正規工員だけじゃなくて、本工にも入ってもらうべきだと思うんです」

室内の長い静寂は、泉原の言葉が誰にとっても予想外であったことを如実に示していた。泉原は慌ててショルダーバッグからクリップで留めたプリントを取り出した。

「僕、調べたんです。今、ユシマ労組に入っている本工の人たちも、そっちをやめて新しい組合に入ることができるんです。手続きはしなきゃならないけど」

「おまえなに言ってんの？」

怒りも露わに遮ったのは秋山だった。たちまち険悪な雰囲気が辺りを支配した。

「俺らがあいつらにどんなことされたか、もう忘れちゃったわけ？　何のためにダイソーでこんな可愛いマスキングテープ買う羽目になったのか、忘れちまったのかよ！」

秋山がテーブルに叩きつけたパンダ柄のマスキングテープは、工場のフェンス際に置くペットボトルのキャップに巻くためのものだった。キャップより幅広のテープで、誰かが勝手に開ければ必ず痕跡が残る。

「本工の人に何をされたの？」

岸本がペンを手に落ち着いた声で尋ねた。

矢上は、村上たちの意趣返しでペットボトルの水に異物を入れられた経緯を簡潔に説明しつつ、内心では、あの夏休みから玄羽の死を経て自分たち四人が積み上げてきた信頼関係が、最悪の形で分解しかねないことを予感して激しく動揺していた。

秋山は椅子を蹴って立ち上がり、室内を歩き回りながらもの凄い剣幕で食ってかかった。

「おまえらはどうか知らないけどね、俺は体の中にあるものが、上と下から全部出ちゃうかと思うくらい苦しかったよ。あいつらがやったことは立派な犯罪だろ。なのに証明できなきゃこっちのもんだって平然としてやがる。あんな薄汚い奴らと手を組むなんて俺はまっぴらだね」

当初から異物混入犯にあまり興味を持っていなかった脇が、歩き回る秋山にいくらか苛立ったように言った。

「けどな、秋山さん。俺らがやり返したせいで、非正規だけじゃなくて本工も水筒やペットボトルもってくるようになったのは事実だろ。働く環境を良くする運動をやってほしいと思ってる人間、けっこういるみたいなんだぜ」

秋山が立ち止まり、皮肉な口調で脇に尋ねた。

「へぇ、誰よ、そんなこと言ってんの」

「村上たちのことを知らせに来てくれた奴だよ」

「だから、その〈親切なお知らせ屋さん〉は誰だって訊いてんだよ」

「言わねぇ約束だって、なんべん言わせるんだよ」

「秋山さん」と、泉原が取りなすように言った。「本工の人たちも、村上たちみたいな奴らばっかりじゃないと思うんです」

「いい加減にしろよ！」

秋山は空になった自分のペットボトルを摑むや、力まかせに壁に投げつけた。ペットボトルは勢いよく跳ね返り、床の上で二度弾んで止まった。

「いいか、本工を入れる気なら俺は降りる。やるならおまえらだけでやれ」

そう言うなり、秋山は部屋を出ていった。

51

岸本が窓を開けると、秋を感じさせる昼下がりの風に乗って車の走行音と子供の甲高い歓声が聞こえた。矢上たちが立ち去った部屋に、休日の間延びした長閑（のどか）な時間が戻ってきたようだった。國木田は床に転がっていた空のペットボトルを拾い上げ、ゴミ箱に入れた。

「岸本君は、彼らをどう思う」

「そうですね、自分の飲み物をそれぞれ持参するあたりは新しいですね。法規に関しても独学する意欲がある。ただ……」

「まとまることができるかどうか」

「ええ」

岸本は窓外に目をやったまま尋ねた。

「國木田さんは、もし彼らがもう一度、四人揃ってここに来たとして、本当に彼らに自分たちでやらせるつもりなんですか？」

國木田は、岸本が憂慮するのももっともだとわかっていた。

経営者側との団体交渉は、労働者が団結して労働者の要求の実現を求め、それを勝ち取ることを目的としている。勝つこと、あるいは少しでも有利な条件で妥結することが肝要なのだ。そのために、闘争経験豊かな指導者が労働者を組織し、効果的なマニュアルを教え、訓練する。それを否定するつもりはない。國木田自身、かつてはそのようにして運動の先頭に立っていたのだから。

しかし、言われるままに声をあげ、決められたとおりのタイミングで拍手をし、一斉に拳を突き上げる組合員を組織するうち、少しずつ齟齬を感じるようになった。それまで経営者に従っていた労働者が、今度は組合に従っている。自分が熱を込めれば込めるほど、本来あるべき労働者ひとりひとりの自律性が失われて、従う相手が変わっただけのように思えてきたのだ。不公正への憤りや、仲間への共感が、儀式めいた同調性を纏って見え始めた時、國木田は前線から離脱した。

浮き草のように漂った末、はるかぜユニオンの前任者から手伝ってくれないかと声をかけられ、専従にはならないという条件で引き受けてから十二年が過ぎていた。

　窓の外を眺めていた岸本が、ゆっくりと國木田を振り返った。

「彼らがどうするかは、彼ら自身が決めること。それは私もわかっています」

　黒髪が光を浴びて銀色に輝いていたが、逆光の中の表情は定かに見えない。國木田はゴミ箱の脇に立ったまま、尋ねるともなく言っていた。

「もうひとつ、君にはわかっていることがあるだろう」

「そう、國木田さん自身の言葉を借りれば、あなたが〈ねじれた楽観主義者〉だということ。篠崎さんは今でも國木田さんを恨んでいるそうです」

　三年前、はるかぜユニオンでボランティアをしていた篠崎元は三十二歳の塾講師だった。当時、岸本は非正規の図書館司書をしながらやはりはるかぜでボランティアをしており、篠崎よりも二歳上だった。前任者の引退に伴って専従の席が空き、篠崎はそこに自分が納まり、岸本が有能な秘書のように補佐に回ると思い込んでいた。法規の知識は岸本が勝っていたが、篠崎は労働運動を先頭に立って率いるのは男であり、また男はいずれ家族を養う者として女よりも安定した収入が保障されるべきだと信じていた。

　しかし國木田は専従に岸本を推薦し、組合員投票で篠崎は岸本に敗れた。直後、篠崎は屈辱と怒りにまみれた罵倒の言葉を残してはるかぜユニオンを去った。今は別のユニオンで専従になっているという。

　國木田は、自らを〈ねじれた楽観主義者〉と評したことを覚えていなかったが、言われてみれば、何かの拍子にそんなふうに口走ったとしても不思議とは思わなかった。

「より良いと思う方向がある時、そちらに舵を切らなければ、おのずと悪い方向に進む。そう信じているだけだよ。現状維持は幻想だとね」

理不尽や不合理は、放置すれば惰性のまま時を歩み、その轍を深くし、いつしか伝統やしきたりなどと呼ばれるまでになる。

遠くの空を渡っていくセスナ機の音が微かに聞こえていた。

「彼らの闘いに希望はあると思いますか」

岸本が尋ねた。

「少なくとも、彼らの中には怒りがある。私は、怒りは希望だと思っている」

52

矢上、脇、泉原の三人は秋山を追ってすぐにはるかぜユニオンを出た。とにかく話をしたいという思いで駅まで走りに走った。矢上のTシャツの背中を、笛ヶ浜にも担いでいったバックパックが急かすように叩き、外したままのウエストベルトが跳ねた。仮に秋山が全速力で走ったとしても、矢上には追いつける自信があった。ところが、駅までのどの通りにも秋山の姿はなかった。

今朝も通った駅前の交差点で、矢上は膝に両手をついて肩で息をつきながら、訳がわからない気持ちで辺りを見回した。脇が追いついてきて荒い息で路上に座り込んだ。

「ひょっとして、どっかで追い越しちまったんじゃないか？」

まさかとは思ったが、脇がそういうのも無理はない気がした。しばらくして泉原がやってきた。通り沿いのファストフード店などで休んでいないかと覗きながら来たが、どの店にもいなかったという。

「秋山さん、まだ本調子じゃないんだと思うんです。きんつばにも手をつけなかったし、飲み物もいつものミルクティーじゃなくて、〈天然水　湯〉ってやつだったし」

「ペットボトルに、ただの湯とかあるのか」

脇が本筋から外れたところで驚いて泉原に聞き返した。

「ええ。僕もちょっとびっくりして二度見したから間違いないです」

「まだ具合が悪かったのなら、タクシーを使ったのかもしれないな」

矢上が言うと、脇が「それはない」と言下に否定した。きんつばを割り勘で買った際に脇は秋山の財布の中身を覗いており、残りの千円札は二枚だったという。

「晩飯代考えたら、車の線はねぇだろ」

矢上の脳裏に、いい加減にしろよと怒鳴って壁にペットボトルを投げつけた秋山の顔が焼きついていた。今、スマホを鳴らしても秋山が出るとは思えなかった。

三人で話し合った結果、はるかぜユニオンまでの道をもう一度、歩いてみることになった。落とし物でも捜すような妙な具合だったが、煙のように消えたのでなければ、駅からユニオンまでのどこかに秋山はまだいると考えるほかなかった。

今度はスーパーの休憩スペースやコンビニの駐車場なども注意して見ていった。そうしてはるかぜユニオンも目と鼻の先という辺りまで来て、泉原がアッと声をあげて指さした。

「あそこ、あれ秋山さんですよ」

落葉樹の多い公園の奥、ピンク色をした四人乗りの回転遊具の椅子に、秋山がひとりポツンと座っていた。矢上たちが駆け寄ると、秋山は驚いたふうもなく三人を見てうわごとのように呟いた。

「デジャヴュ……」

「しっかりしろよ、秋山さん、俺ら現実だぞ」

脇が秋山の腕を摑んで言った。

「いや。さっき、前にもこんなことがあったって気がして、ここで考えてたんだ」

どうやら意識が混濁しているわけではないとわかって、矢上たちはとりあえず空いている三つの椅子に腰を下ろした。安堵した脇が遊具を回転させようとするのを素早くとめて、矢上は秋山に尋ねた。

「こんなことって、なんですか？」

「俺、さっき空のペットボトルを投げつけたでしょ、いい加減にしろよって。エレベーターで一階に降りながら、前にどっかで俺、おんなじことしたぞって気がしたんだ」

「それで、思い出したんですか」

泉原が興味深そうに訊いた。

「ああ、思い出した。墓場だ、笛ヶ浜の」

そう言われて矢上も初めて思い出した。夏休み二日目の朝、玄さんに頼まれて四人で墓の草むしりに行った時のことだ。期間工だ、派遣工だといがみ合い、秋山がいい加減にしろよと怒鳴って投げつけた空のペットボトルが無縁墓に命中し、派手に跳ね返って転がった先に……。

脇が弾んだ声をあげた。

「文庫のねえさんに初めて会った時か」

「そう、それで一緒に思い出したのよ、あん時に文庫のねえさんが言ってたこと。『おまえらみたいな馬鹿ばっかりだと、雇っている会社はさぞ楽だろう』」

矢上は先を続けていた。

「『これ以上に使い勝手のいい馬鹿はない』」

「期間工だ、派遣工だとかって立場の違いでいがみ合うこと自体、会社の思う壺なんだよね。そう考えると、本工と非正規工も立場が違うってところは同じだと思ってね」

そう言うと秋山は屈託のない笑みを浮かべた。

「まあ、この場合は本工の方が圧倒的に強い立場なわけだけど」

「そこなんです」と、泉原が勢い込んで言った。「だから非正規だけの組合にしようとしたら、本工は必ずまとまって潰しにきます。そうなれば勝ち目はないです。僕は、本工の中にも今の労働環境はひどすぎると感じている人が一定数はいると思うんです」

「村上たちを嫌ってる人もね」と、秋山が付け加えた。

「ええ。要は、本工を一枚岩にさせないことです」

矢上は、泉原が本工も組合に引き込もうと言い出した意図がようやくわかった気がした。同時に、頭の中でひとつの大きな構想が閃いた。

「やるなら、事務棟の正社員も巻き込もう」

矢上の言葉にすぐさま反発したのは泉原だった。

「あの人たちは、休憩室で寝ていた玄さんを見て見ぬ振りをして見殺しにしたんですよ」

「ああ、だからこそだ。あとになって、自分はあの時に見殺しにしたんだと知って、たいていの人間が平気でいられると思うか？」

「なるほどな」と、脇が遊具の手摺りに肘をついた。「事務棟には、玄さんの死に責任を感じて苦しんでる人間もいるんじゃないかってことか」

「とすれば、問題はひとつだね」

秋山が張りの戻った声で言った。

「事務棟や本工をどうやって巻き込むか」

「俺は、これを使おうと思う」

矢上はバックパックから一枚の紙を取り出した。まだ微かに桃の匂いが残るそれは、玄羽が極上の水蜜桃を傷めないようにとザルに敷いていた紙——〈新日本型賃金制度〉が十二月から実施される旨を告知した通達だった。そこには、新たな賃金制度の説明と、個人評価の主眼に加えられた〈人物力〉に関する解説が記されている。

「この新制度は十二月から、事務棟にも本工にも俺たち非正規にも適用される。おおっぴらには口にしなくても、みんな相当に不安に思ってるはずだ」

矢上は遊具の中央にあるハンドルのついた円いテーブル部分に通達の紙を置いた。じっと通達を睨んでいた脇が言った。

「聞いた話だがな、本工は夏のボーナスが少なかったことで苛立ってるらしい」

「それも〈親切なお知らせ屋さん〉からの情報？」と、秋山が訊いた。

「もう勘弁してくれよ。俺が言いたいのは、本工のボーナスが少なかったんなら、事務棟の正社員の方もたいして出てないんじゃないかってことで」

秋山が手を挙げ、脇を制して言った。

「そのとおり。事務棟のボーナスは去年より二割減ってる」

「そんなこと、どこで聞いたんです？」

泉原が目を丸くして秋山を見た。

「玄さんは正社員だったからね。通夜となると事務棟からも部署ごとに香典持ってくる人がいるわけで、明るいうちから通夜振る舞いのビールとか飲むと、そのうち手洗いに行くことになるでしょ」

いかにも悔しげに舌打ちして脇が言った。

「トイレで立ち聞きって手があったか……」

「わざとじゃないけどね、個室にいるといろんな話聞けるもんだね。事務棟の五十代っぽい人とか、家のローンが払えなくなったら、子供のために貯めてた学資を切り崩さなきゃならないってこぼしてた。ちなみに、五十畑なんかユシマに内定が決まってる息子の基本給まで心配してたね」

四人全員が通達の紙を見つめた。矢上は言った。

「ユシマとの団体交渉で要求する柱のひとつは、この〈新日本型賃金制度〉の撤廃だ」

53

板垣の指定した店は、神楽坂（かぐらざか）の入り組んだ路地の奥にあった。磨り硝子の格子戸の傍らに小さな行灯（あんどん）形の看板があるだけなので、灯りが入っていない昼間などはうっかりすると古い民家と間違えて通り過ぎてしまいそうな地味な外観で、日夏はいかにも板垣好みの穴場といった印象を受けた。

当初はここで夕食に鱧を楽しむはずだったのだが、昨夜遅く板垣からショートメールで夕食を昼食に変更できるかと連絡があり、日夏は気軽にいいですよと応じたのだった。板垣の方になにか急な夜の予定が入ったらしい。

格子戸を開けると中は京（きょう）町家に似せた作りになっており、日夏は女将（おかみ）の秋単衣（ひとえ）にあしらわれた彼岸花を眺めながら通り庭を抜け、奥庭に臨む座敷に通された。板垣はすでに床の間を背に座っており、珍しく週刊誌を読んでいた。

「何か気になるスクープでも？」

座椅子に腰を下ろしながら声をかけると、板垣は雑誌を閉じて卓に置いた。表紙に〈週刊真実〉とあった。

「先週のあたまに副総裁の黒木（くろき）路郎（みちろう）が突然、政界引退を表明しただろ。その理由についてどんな憶測が飛び交っているかと思ってね。政界の方でも青天の霹靂（へきれき）でてんやわんやだったようだから」

「それでも今夜は盛大な慰労パーティーが開かれるわけでしょう？」

「ああ、そいつで割を食ったのはこっちさ」

黒木の慰労パーティーには財界の要人も大勢招かれており、ユシマからは社長の柚島庸蔵が出席することになっていたが、昨夜になっていきなり板垣に名代で行くようにと本人から連絡があったという。

「日光でもう一泊して、明日もゴルフをやりたくなったんだろう。部下にも休日の予定があるなんて、考えたこともないんだろうな」

板垣の話では、この店は人気の穴場で夜の予約は三ヶ月先まで埋まっているという。そこで無理を言ってランチに夜のコースを出してもらうことにしたらしい。日夏は板場のことには門外漢だが、面倒が増えたのは間違いないだろう。微かに檜の香りがする温かいおしぼりで手を拭くと、人の都合を考えない点では板垣も大差ないと思いつつ庭に目を転じた。

「昼の奥庭も風情があっていいじゃないですか」

真上から陽光を受けた庭は楓も侘助も青々として、手水鉢の澄んだ水がゆらゆらと輝いている。

「石灯籠に灯りが入った夜の庭を見せたかったよ」

板垣はそう言って愚痴に終止符を打つと、仲居の注いでいったビールを旨そうに飲んだ。おそらくコースに合わせて日本酒も存分に楽しんだ後、いったん目白の自宅に戻って自慢のフィンランド式サウナで酒気を抜き、それから黒木の慰労パーティーに赴く心づもりなのだろう。

板垣は先付けの鱧の浮き袋に箸をつけて日夏に笑いかけた。

「何か面白い話はないか」

幇間でもあるまいし、急に面白い話と言われても持ち合わせなどない。日夏は物憂い気分でビールを飲むと、手水鉢の光る水を眺めた。

「そういえばうちの工場で労働組合を作ろうって動きがあるようです。非正規工が四人集まって」

何の気なしに言って、日夏は漆器に並んだ三種の先付けのうち、湯引き鱧の煮こごりを口に運んだ。

「生方第三工場か」

「ええ。進んで知らせてくれる工員がいて。これがまた非正規なのが皮肉なところですけど」

「その四人だけで旗揚げの準備をしているのか？」

訊かれて初めて日夏は来栖からのテキストメッセージを思い出した。今朝、シャワーを出るとスマホに着信しており、ジャンクメールのように一目見たきり忘れていた。

「四人は休みのたびにどこかに出かけているようで、スパイ気取りの工員が尾けてみたところ、吉祥寺の駅を出た辺りで見失ったそうです」

「そうか」

先付けの終わらぬうちに板垣が純米大吟醸の冷酒を頼み、話題は板垣が夏の休暇に妻のお供で訪れたドバイ観光に流れた。サッカー場にして約二百個分という世界最大級のショッピングモールがあるのだという。日夏は想像するだけで逃げ出したい気分になったが、案の定、板垣も妻を個人ガイドに任せて、自分は砂漠の中を四輪駆動車で疾駆するデザート・サファリを満喫したらしい。

だが、砂交じりの熱風や日暮れに向けて刻々と変わる空と砂の色について語りながらも、板垣はどこかしら上の空のように見えた。いつもなら、焼き物、椀物と頃合いを見計らって運んでくる仲居に軽口のひとつも叩きそうなものだが、今日はそれもない。〆の鱧の炊き込みご飯と赤だしも食べ終え、水物に出された晩生種の桃を眺めていた板垣が唐突に尋ねた。

「その四人、契約更新はいつだ」

日夏は一瞬、何の話かわからなかったが、すぐに労組を作ろうとしている非正規の四人のことだと気がついた。来栖が名前を書いたメモを置いていった夜、日夏はひとり、深夜のオフィスで四人の履歴書を見た。顔、学歴、職歴と共に覚えるともなく眺めて、契約更新日も記憶に残っていた。

「十月一日ですが」

「四人とも契約を切れ」

日夏は、果肉の硬い三日月形の桃を漆の姫フォークで二つに切った。

「それはどうでしょう」

逆らうのか、というように板垣が目を上げて日夏を見た。日夏は果肉をさらに半分に刻んだ。

「新日本型賃金制度への移行に際して、不安を憤懣に変えてはならない。そう言っていたのは板垣さんですよ。年が明けて新たな査定の結果が出るようになれば、正社員は必ず動揺し、将来に不安を抱く。不安は数が集まればたちまち不満に変わる。その時、非正規の労組の存在は、恰好の不満のはけ口になってくれると思いますがね。そうなれば、ユシマに直接、憤懣が向かうこともない」

　板垣は決めかねるように手つかずの桃に目を落とした。

　日夏は甘みの濃い果肉を味わってから言った。

「いずれにせよ、いま彼らを切るのは得策ではないと思いますよ」

　店にタクシーを呼んでもらい、板垣は細い路地を出たところで待っていた迎車に乗り込んだ。

　一緒に乗っていけと誘うのを断って、日夏は車を見送った。

　少し一人で歩きたかった。

　神楽坂の表通りはどこにでもあるカラオケや飲食のチェーン店が進出し、ゆかしい面影は消え去っていたが、それでもわずかに残った陶器店や荒物店が往事の佇まいを伝えていた。休日の午後、ベビーカーを押した若い親子連れや、日傘を差した女性たちが行き交う中、日夏は地下鉄の駅に向かって街路樹の葉陰をゆっくりと歩いた。

　履歴書で見た四人の非正規工員の顔が頭をよぎった。

　恰好の不満のはけ口になる。

　そうだろうか。自分は本当にそう思っているのだろうか。

　日夏は突如、左手の甲に鋭い痛みを感じた。咄嗟に右手で押さえ、奥歯を噛みしめ、両膝に力を込める。そうしなければ、道端にうずくまってしまいそうな激しい痛み。それが過ぎ去る数秒間をひたすら待つ。

　痛みが鎮まり、車の走行音や道行く人々の話し声、街のざわめきが戻ってくる。つば広帽を被った小さな女の子が、立ち尽くした日夏を怪訝そうな顔で見上げて通り過ぎた。反射的にその子の背中にこわばった笑みを返すと、日夏はそっと右手を離した。

左手の甲に残る傷痕は今では真昼の月のように薄くなり、日夏の目にもわからないほどだ。大人になってからは滅多に見舞われることのなくなっていた感覚――現実にはあり得ない疼痛の再訪に日夏自身が戸惑っていた。雑踏に混じって歩きながら、日夏の脳裏に次々と過去の出来事が浮かんでは消えた。

改装中の体育館からひとり出てきた日夏を、昇降口からじっと見ていた三人の男子児童。もう名前も覚えていない。だが、あれが始まりだった。

そうして、教室の自分の机に、コンパスの針に貫かれて留められた左手。穴のあいた手の甲から廊下に点々と滴った血。日夏を抱えるようにして医務室へ急ぐ灰田の、まるで自分が傷つけられたかのように今にも泣き出しそうな真っ赤な顔。あれは小学五年の秋、一ヶ月ぶりに登校した日で、図工の写生の時間だった。

その翌日、担任の若い男の先生がクラスのみんなの前で、「どうして手を怪我してしまったのかな？」とやさしく微笑んで尋ねた。十歳の日夏は、前日に病院の長椅子で先生と二人、親が迎えに来るのを待っていた時とまったく同じ言葉を繰り返した。

「自分が、躓いたせいです」

灰田は日夏の嘘に腹を立てていた。そして帰りの会で、授業で使う時以外はクラス全員のコンパスを先生に預けておこうと提案した。その無益な提案はクラス全員に受け入れられ、以後、生徒のコンパス所持は禁止となった。

灰田とは中学・高校と同じ学校に進んだが、クラスが一緒になることはなかった。大学を出て社会人になってからも灰田は律儀に短い近況を記した年賀状をよこし、日夏は社用の無味乾燥なそれを返すのが習いになっていた。

ところが今年、灰田からの年賀状は来ず、代わりに灰田の母から寒中見舞いが届いた。時候の挨拶の最後に、教師となっていた灰田が心を病み、入院しているという短い一文が添えられていた。大きな欅のあるその病院は、日夏たちが通った小学校からバス停を三つ先に行った場所にある。日夏は寒中見舞いを引き出しに放り込んだまま何をすることもなく、仕事に追われる日常に戻っていた。

自販機の取り出し口にペットボトルが落下する音で日夏は我に返った。サンダル履きの若い男が屈んでそれを取り出していた。

地下鉄で降りるべき駅を乗り過ごした時、こうなることはわかっていたような気がした。日夏は子供の頃によく通った道にいた。自販機の近くの公衆電話もそのままにあった。そう遠くないところに、大きな欅の梢が見えていた。

日夏は自販機に近づくと、コイン投入口に硬貨を入れて、甘い缶珈琲を二つ買った。

54

「黒木副総裁の突然の政界引退は絶対、何か裏がありますよ。この件、追わせて下さい」

〈週刊真実〉の記者・溝渕久志は編集長の財津昌則に直訴していた。財津は腕組みをしたまま考え込んでいる。その重量級の上半身を支えた椅子の背は、危機的なほどのけぞっており、今にもへし折れそうだった。

「そこのティッシュ一枚取って」

過剰な肉付きのせいで身動きするのも億劫(おっくう)なのだろう、財津は一度座ったら滅多なことでは立ち上がらない。溝渕は書類ケースの上の箱からティッシュを数枚引き抜いて財津に渡しつつ、さらに言い募った。

「先月の地元の後援会じゃ、黒木は来年の選挙に出る気満々な話してたんですよ」

財津は難しい顔のまま引き出しを開け、あろうことか爪切りを取り出すとデスクにティッシュを敷いて爪を切り始めた。

なぜ仕事場で爪を切らねばならないのか。財津家では自宅で爪を切ってはいけないという家訓でもあるのかと溝渕があきれていると、財津はパチンパチンと爪の破片を飛ばしながらおもむろに意見を述べた。

「黒木といえば、収賄疑惑に斡旋利得疑惑、数えれば切りがないほど疑惑が山積してるんだから、晩節を汚さぬうちに逃げを打ったんだろ」

「逃げを打つって何からですか。検察に動く気がないのは明々白々じゃないですか。企業や役所のお偉いさんならいざ知らず、世襲三代目の大物政治家となれば、何をやったって不起訴。お咎(とが)めなし。その点、国民だって検察なんぞ信じちゃいませんよ」

「だったら、そろそろ楽して儲けたくなったんだろ。黒木くらいになれば、引退後は大企業から相談役として引く手あまただ。名前を貸して、たまぁに会議の椅子に座るだけで俺たちの年収の何倍もの金が転がり込むんだから」

それは認める。だがこれはどうだ。溝渕は次のカードを切ることにした。

「まだ内々の段階ですけど、黒木が後継に敵対派閥の若手を推すなんて、あり得ないでしょう。おかしいと思いませんか」

「歳を取ったら心境の変化もあるだろう」

財津は左手の爪を切り終えて、右手に取りかかった。

深爪をしろ、と念じつつ溝渕は言い返した。

「変化にも限度ってもんがあると思いますよ」

「おまえ、黒木の慰労パーティーに潜入したんだろ？　なんか具体的に深掘りできるネタはあったのか？」

そこを突かれると痛かった。

宴会場に入るには、名前と所属を記帳しなければならないのだが、始まって小一時間もするとなにやらスマホで喋りながら会場を出る者や遅れて駆けつけてくる者、手洗いに立つ者や早々に引き上げる者らで会場入り口のチェックはグズグズになる。そのあたりを狙って「やはり盛況ですね」などと知らない奴に話しかけつつ歩調を合わせて会場に入れば、着ているスーツが周囲の者に比べて一桁(けた)二桁お安いことくらい、本人以外はたいてい気がつかない。溝渕はかれこれ二時間あまり、会場内をさりげなく移動しつつ会話に耳を澄ました。その結果、大半が血圧や尿酸値などの健康の話、そうでなければまだ慰労会に招かれる資格のない若年議員たちへの不満だった。自分たちが若い頃はもっと覇気があったものだというようなあれだ。

「黒木本人も超ご機嫌だったんだろ？」

財津は切り終わった爪のヤスリがけに取りかかっていた。

「それは、そうですけど。でも今年に入って二人目ですよ、突然の政界引退表明」

「ああ、盛山圭三郎か」

財津は爪の先にふっと息を吹きかけて言った。さすがに覚えていたらしい。

この春、キングメーカーと呼ばれていた元政調会長・盛山圭三郎が、突然、政界からの引退を表明した。傘寿を迎えても度重なる舌禍をものともせず、コロナ禍のさなかも利益団体のパーティーに精力的に顔を出していた盛山の引退表明は様々な憶測を呼んだ。

「財津さん。黒木も盛山も、立候補さえすれば盤石の地盤で当選確実だったんですよ」

「だとしてもだ、今の政権与党は世界的にも類を見ない高齢政治家集団になっているわけだから、誰もがそれなりの箔をつけて天下りするには、引退のサイクルを早めるしかないってことじゃないか」

財津は爪の切りかすを載せたティッシュを丸めてゴミ箱に投げ入れると、ついでのように軽く言った。

「あ、それから溝渕、おまえ今日から玉井と組め」

「誰ですか、それ」

「ほれ、あそこにいる新人」と、財津が扉口の方に顎をしゃくった。

首から一眼レフをぶら下げた三十前後とおぼしき男が、熱心に漫画本を読んでいた。高校生でさえコミックはスマホかタブレットで読む昨今、電車の中でもほぼ見かけることのない絶滅危惧種のように思われた。溝渕の頭に、自社の人事担当が採用の際に最も重視している二文字が浮かんだ。すなわち〈非凡〉。

「玉井登、自称〈一度見た顔は決して忘れない異能の持ち主〉だそうだ」

そう言うと財津は爪切りを引き出しに戻し、ギシギシと音を立てて背もたれに体重を預けた。

それから急に名案を思いついたかのように付け加えた。

「溝渕と玉井が組むんだから、これからはブチタマだ。明日からはデスクにカツブシを用意しとくかな」

一人で喋って一人でウケていた財津は、スマホが鳴るや豹変し、猫を追い払うように真顔で溝渕に手を振った。馴染みのネタ元からの電話と察しがついた。溝渕は仕方なくコミックを読みふけっている玉井のもとに向かった。

どんなものを読んでいるのかとそっと覗き込むと、昔の少女漫画のようだった。玉井は気配に気づいて顔を上げると、親しげな笑みを浮かべた。

「ああ、ゆうべホテルのロビーにいた人ですね。ほら、慰労パーティーが始まった時、ロビーで紙の新聞を読んでいたでしょう？」

これには溝渕も驚かざるをえなかった。

「溝渕だ。俺、そんなに目立ってたか？」

「それほどは。ただ夕方なのに熱心に朝刊読んでる人も珍しいなと」

時間潰しに広げていただけだが、夕刊にしておくべきだったと反省した。溝渕は気を取り直して玉井に尋ねた。

「おまえも慰労パーティーに潜入してたの？」

「いえ、僕はＶＩＰ用の出入り口で、黒木さんが出てくるのを張り込んでたんです。客がいないところじゃどんな顔するのかなって思って。そしたら、これ」

玉井の写真は公用車に乗ろうとしている黒木の顔をアップで捉えていた。そこには、まさにはらわたが煮えくり返るという言葉にふさわしい、憤怒の表情が活写されていた。

「黒木さんは撮られたことにも気づいてません」

宴会場では黒木は終始上機嫌で、挨拶で壇上に立った際も若い頃の豪快なエピソードを披露して万雷の拍手を浴び、悦に入っているようにしか見えなかった。

引退の宴で黒木が隠し抜いた本心が、この顔だ。

玉井が喉を撫でられた猫のように目を細めて言った。

「なんかあると思いません？」

その顔を眺めながら、こいつと組むのは案外、悪くないかもしれないと溝渕は思った。

55

萩原が遅い昼食から戻ると、課長補佐の葉山が黙って薄いフォルダーを差し出した。立ち止まったままフォルダーを開く。長野県警警備部からの情報だった。

長野で玄羽昭一の遺族が営んでいる寿司店に、労災申請をして葬祭料を請求するつもりはないかと訊く電話が入ったという。葬儀では玄羽の伯父・玄羽晃作が喪主を務めたが、葬祭費は全額ユシマが支払っていたため晃作は後ろめたさもあったのだろう、とりつくしまもなく電話を切ったらしい。

萩原は、その電話の主が生方第三工場の期間工である点が気にかかった。氏名は脇隼人。葬祭費請求のために労災を申請するなど期間工がひとりで思いつくことではない。

「調べさせますか」

葉山が尋ねた。萩原は頷いてデスクに向かった。ユシマの過労死を追及しようと動いている者らがいるのなら、それがどのような勢力なのか突き止めておくべきだろう。

スリープモードにしていたパソコンを立ち上げると、葉山が思い出したように声をかけてきた。

「そういえば、また田所警備局長が来てエスプレッソを飲んでいきましたよ」

葉山は微苦笑を浮かべて自らもエスプレッソを淹れ始めた。

萩原が昨年の秋に警察庁警備局警備企画課の課長に就任した際、オフィスに自前のエスプレッソマシンを持ち込んだのだが、警備局長の田所が時折立ち寄っていくのは、無論、旨い珈琲を飲みたいからではない。おまえを取り立ててやったのは期待する仕事があるからだ、それを忘れるなという意思表示だ。

田所は自分の局長在任中に是非とも共謀罪を始動させたいと考えていた。そして、その難事業を萩原に委ねていたのだ。萩原自身、共謀罪を実用化する必要性は認識していた。公安警察にとってこれ以上ないほどに使い勝手が良い法律だからだ。

共謀罪を適用すれば、被疑者たちが犯行のための具体的な準備をさしてしていなくても、二人以上の人間が単に話し合っただけで逮捕することができる。仮に犯行計画を立てていれば、それが中止になった場合でも検挙できる。約三百種の犯罪に適用できるので、捜査機関が「疑わしい」と思った人間に対しては、様々な嫌疑で摘発することが可能だ。

たとえば、人権問題を研究する市民グループが、ある雑誌を購入し、その記事をコピーして勉強会で使おうと話し合った時点で、著作権法違反の共謀罪が成立する。

話し合っただけで逮捕するにはもちろん前もって監視している必要があるが、現場の捜査員が「組織的犯罪集団」だと判断すれば、つまり怪しいとみなせば、捜査も監視もできる。二〇一六年の通信傍受に関する法律の改正で、盗聴を行う場合、通信事業者の立ち会いが必要なくなったので、盗聴についての決定権も事実上、フリーハンドで警察組織に委ねられている。

だが、使い勝手が良いだけに、使い始めが難しいのだ。雑誌のコピーのように軽微な行為で最初に共謀罪を適用すれば、今まで何も考えていなかった者まで、まるで戦時中のようだと恐怖心を抱きかねない。最初の適用は、誰から見てもこの法が必要と感じられる体裁でなければならない。共謀罪は、善良な国民を守る盾として舞台に登場させなければならないのだ。そう簡単にはいかない。それになにより、萩原と葉山は通常の職務と並行して、現在、極秘裏に重大な計画を遂行中なのだ。

「田所局長がもう少し頭の柔らかい人なら、今、私たちがやっていることにも賛同してもらえるのにと思うと残念ですよ」

二人分のエスプレッソを淹れた葉山が、そう言ってカップを萩原に手渡した。

「それは無理というものだろうな」

公安警察の務めは現在の秩序を守り、今ある政権にお仕えすることであると、田所は金科玉条のように唱えていた。そのような田所から見れば、萩原と葉山の行為はクーデターに等しいものだろう。

我々の務めは単なる現体制の維持ではなく、真に国の治安と安寧秩序を守ることだ。間違っても政治を私物化した老政治家に仕えることではない。萩原はそう考えていた。彼らは利権の分配者としてどこまでも権勢の座にしがみつき、引き際を知らない。そのような重鎮の周りに浅ましい者どもが群がり、縁故を盾にしてあらゆる分野で幅を利かせている。おかげでこの国はすでに周回遅れの衰退途上国となってしまった。しかしどれほど政治を私物化しようと、地元に戻れば『先生』ともてはやされ、必ず当選して国政の場に戻ってくる。彼らは罰されることも要職を退くこともない。そうであれば、さらに国が衰退する前に、自ら引退してもらうほかないと萩原は考えたのだ。

公安警察の武器は情報だ。集められた情報を萩原と葉山で精査し、政界の重鎮たる巨星を撃ち落とす弾丸を作る。だが本人の不正や汚職は無意味に等しい。ひと昔前のように地検特捜部が大物政治家の不正を次々と暴いて法廷に引きずり出した時代は終わったのだ。

二〇一〇年代の半ば以降、忖度政治が急速に進み、官僚の幹部人事権を掌握した官邸にまさに首根っこを押さえられた恰好で、警察も検察も政治家に刃向かうことなく、従順になっていった。

現在、萩原と共に極秘裏の計画を遂行している葉山は警察庁入庁後、二年ほど経産省に出向していた時期があるのだが、内閣人事局が設置されて間もない頃で、官邸主導の人事による官僚たちの豹変ぶりを目の当たりにしてきたひとりだ。

政権の意向に沿う官僚が破格の昇進を果たし、そうでない者は一罰百戒とばかりにたちまち左遷される。権勢を振るう政治家の発言に合わせて公文書を改竄、破棄することも仕事の一環になっていった。おかげで政界の重鎮たちは法の埒外にいるも同然の安泰ぶりだ。つまるところ、法の外にいる者を法で裁くことはできない。

しかし、たいていの老政治家には子なり孫がいる。そして老人はおおむね若く幼い肉親の人生が台無しになるのを望まない。ところが、若気の至りというように若い頃には愚かな過ちを犯しがちであり、なかでも幼い頃から富と権力に守られて何をしても許されてきた者は、こちらがお膳立てをしてやれば調子に乗って極端なことをしでかす傾向がある。無論そのような若者ばかりではないが、その時はその時。罠を仕掛けて陥れるまでだ。

自らを超法規的な存在と思い込んでいる為政者には、超法規的な手段で臨む。むしろフェアなやり方といえる。そういうわけで、盛山元政調会長と黒木元副総裁には、子弟の恥ずべき行いを暴露しないことと引き換えに自ら政界を去り、引退後も一切の政治的影響力を行使しないことを確約させた。より重要なのは、引退よりもむしろ後者、彼らを政治的に無力化することだ。人を紹介することも口を利くこともできない。できるのは、せいぜい高級クラブで豪遊するくらいのものだ。永遠の政治的蟄居。しかもその理由は決して口に出せない。

この突然の引退劇は、中堅政治家にとって恐ろしい体験となる。先生はまだまだこれからですよ、とすり寄ってみせても邪険にされるばかり。いくらも経ないうちに、この人はもう自分を守ってくれないのだと気づく。もともと何の理念もなく高齢政治家に対する阿諛追従だけで取り立てられてきた議員はまさに世界が暗転する思いだろう。重鎮に連なる者として各分野で羽振りを利かせてきた者たちにも同じことが起こる。そうなって初めて彼らは、何か自分たちの知らない力が働いているのだと実感するのだ。

恐れと混乱が広がり、猜疑が兆し、細い根が断ち切れるようにかつての関係が形を失っていく。萩原が葉山と共に巨星を撃ち落とす目的はそこにあった。この社会に蔓延った縁故主義を破壊するのだ。

とはいえ、それも情報収集の中枢である警察庁警備局のこの地位につかなければできないことだった。萩原は自身の昇進もある種の縁故主義の産物であると思うと皮肉を感じざるをえなかった。萩原が局長である田所と同じ最高学府の法学部出身であること、つまり学閥が昇進において自分に有利に働いたのは間違いない。組織の中の学閥は、一種の血脈ともいえる力を持っているのだ。

エスプレッソを飲み終えて報告書に目を通していると、当の田所からメッセージが入った。今夜、内輪の宴席を設けるので顔を出せという。十月にある人事異動の内示で、やはり同じ学閥の瀬野という警視が警視庁組織犯罪対策部の課長に昇進が決まり、その内祝いらしい。

萩原は腕時計に目をやった。午後四時三十五分。今夜のうちに溜まっている報告書に目を通しておきたいと思っていたので、面倒な邪魔が入った気分だった。だが断るわけにもいかない。出席を伝える短い返信を打つと、それまでに少しでも仕事を進めておこうとディスプレイの報告書に目を凝らした。

第六章　力なき者たちの力

56

矢上が朝日荘二〇二号室の窓を開けると、風に乗ってふわりと金木犀（きんもくせい）の甘い香りが室内に流れ込んだ。裏庭の隅で、喬木（きょうぼく）が小さなオレンジ色の花をいっぱいに咲かせていた。

「いよいよですね」

四人で金を出し合って買った中古のノートパソコンを開きながら、泉原が高揚した口調で言った。

昨日、矢上たち四人は無事、ユシマの雇用契約を更新した。國木田の指導で新しい労働組合の規約も完成し、週明けには、ユシマ本社の柚島庸蔵社長宛に、組合結成通知書と要求書、団体交渉申入書が届く手筈（てはず）になっている。四人で立ち上げた労働組合がついに公然化するのだ。

「この部屋、貸してもらえて本当に助かりました」

矢上は窓際から台所にいる國木田を振り返り、あらためて礼を言った。

半月前、矢上たちは集合場所がなくて困っていた。休日のたびに四人がはるかぜユニオンの相談室を占領して他の相談者の予約が入れられない状態になっているのは心苦しかったが、雇用契約が更新されるまで秘密裏に事を進めるために集まる場所も、わからないことを相談できる場所もほかになかった。そんな折、國木田が自分の持ちアパートである朝日荘の一室を貸してくれたのだ。

吉祥寺駅から徒歩十五分。築六十五年の朝日荘は来年の夏には取り壊されることになっており、賃料は無料で水道光熱費のみ負担、そのうえ近所に住む國木田に相談し放題という飛びきりの条件に四人は飛びついたのだった。

「あの木がこんないい匂いするなんて、俺、知らなかったわ」

脇が窓から身を乗り出して、しきりと感心していた。

「初めて来た頃はまだ暑くて、花なんか咲いてなかったもんな」

矢上が言うと、秋山が新組合の結成大会のために、駅ビル地下の鮮魚店で購入したタイムセールの寿司を座卓に並べつつ笑った。

「あの日のことなら、墨汁の匂いと共に記憶に刻まれてますよ」

國木田に初めてこの朝日荘に案内された日、矢上たち四人は喜びで舞い上がっていた。期限付きではあるが、寮の外に集まる場所が確保され、同時に組合規約に記す必要がある労働組合の所在地も朝日荘二〇二号室と決定したからだ。台所とトイレに四畳半と六畳の部屋を興奮して見て回る矢上たちに、國木田が言った。

「ところで君たちは肝心なことを忘れていないか?」

不穏な質問に顔を見合わせていると、國木田があきれたように言った。

「君たちの組合の名前だ」

　矢上はそのうち考えようと思いながらすっかり忘れていた。秋山と泉原も今さらながら慌てて考えている顔つきだ。その時、脇が不敵な笑みを浮かべてこう答えたのだ。

「決めてきたぜ」

「え、勝手に？」と、秋山がややうろたえるのをよそに、脇はバックパックから自信満々で大きなゴミ袋を取り出した。畳の上にそれを三枚縦に並べると、さらに、丸めた紙、毛筆、墨汁、紙コップと次々に出してみせた。秋山が紙を伸ばすと、白い半紙をセロハンテープで縦に六枚つなげたものとわかった。

　脇は半紙の上端を泉原に押さえておくように指示すると、「今、教えてやるからな」と張り切って紙コップに注いだ墨汁を筆に含ませようとして果たせず、泉原の助言を容れて台所の水道水で筆を湿してきて準備段階を完了させた。脇はたっぷりと墨汁を含ませた筆を片手に繋げた半紙に向き合うと、ふと不安を覚えたようにリアポケットからスマホを取り出して画面を見た。漢字を確かめたのだと全員がわかった。

　あらためて脇が呼吸を整え、矢上たちも國木田も釣り込まれて息をつめた。ひょっとしたら達筆なのではないかと勘違いするほど迷いなく暴れまくった独特の字体で、以下のような十二の文字が書き上げられた。

〈共に闘う人間の砦　労働組合〉

　短い沈黙の後、秋山が言いにくそうに訊いた。

「ちょっと長くない……？」

脇は胸を張って答えた。

「だから、略して〈ともとり労組〉」

初めから略すつもりだったらしい。脇は命名の動機を短く語った。

「ばらばらの立場の人間が、一緒に闘う点を強調したかったわけだ」

「ちょっといいですか？」と、泉原が何か思いついた様子で、脇から筆を借りた。そして半紙の右上隅に、簡略化した鳥の横顔を二つ並べて描いた。二羽は同じ方向を見上げている。矢上は泉原の意図を察して思わず声をあげた。

「なるほど、〈ともとり〉だから〈友鳥〉か」

墨字の上に労組結成の思いを象徴するかのようなマークが付され、全体としてしっかりと据わった雰囲気になった。

國木田が覗き込んで言った。

「悪くないな」

その一言で脇は有頂天になった。そしてバックパックからケース入りの押しピンを取り出し、それをしっかりと部屋の柱に留めた。

今、その墨痕鮮やかな〈砦〉の文字が、金木犀の香りのする室内で十月の陽を浴びて銀色に光っている。

会計係を担う泉原が、〈ともとり労組〉の名前で貰った寿司代の領収証を台紙に貼り終えると、早速、ペットボトルのお茶で乾杯して組合の結成を祝った。ビールにしなかったのは、ひとつには國木田が痛風気味でアルコールを控えていると聞いていたからだが、矢上たち自身、この部屋で過ごす時間を、冴えた頭で可能なかぎり有効に使いたいと思っていたからでもあった。

「國木田さん、期待しててくれよな。ともとり労組をでっかくして、労組ごとはるかぜユニオンに加入する日は遠くないからな」

脇が一番にマグロをつまんで意気揚々と言った。工場で配るビラ等は、はるかぜユニオンの機器を借りて実費で印刷させてもらうことになっていた。

「それよりも経営者側との団体交渉だが、本当に君たちだけで大丈夫なのか？」

國木田がコハダを手に心配顔で尋ねた。

「ひととおり戦術は教えてもらいましたし、まずは自分たちでやってみようと思います」

矢上は答えた。矢上たちは団体交渉申入書で団交の日時を来週の日曜の午後二時と指定してあった。無論、向こうの回答を待たなければ決まらないが、受け入れられた場合、一週間後だ。

「あの、ちなみにですけど」と、秋山が軍艦のエビマヨをもぐもぐやりながら尋ねた。「俺たちが最初にはるかぜユニオンを訪ねた時、國木田さん、言ってましたよね。相手がユシマとなると、危険は覚悟しなけりゃならないぞって。今さらですけど、現実にどんな危険を覚悟しておくべきでしょうか」

「仮に、さっき脇君が言っていたように、君たちのともとり労組がでっかくなったら、ユシマはどう思う」

秋山は即答した。

「邪魔でしょう」

「とてもな。だからあらゆる手段を講じて潰しにくる。もちろん警察権力も例外ではない」

「え、でも労働三権は憲法で保障されているんですよね？」

イカの握りを食べていた泉原が驚いて聞き返した。

「そうだ。しかし実際、警視庁の公安部には、労働争議を具体的な捜査対象のひとつとしている第二課がある」

「その、公安ってなんなんだ？」

煮穴子を頬張った脇が國木田に尋ねた。

「事件を捜査して被疑者を逮捕することを本分とする刑事警察に対して、公安警察は国家の秩序と安全を守るために存在する。世界のおおよその国家は公安警察を有しているが、公安の本質上、今ある体制を維持するのが務めとなることに変わりはない。それがどんな体制であろうとだ。したがって、腐敗した国家や独裁国家、あるいは戦時下においては、公安警察は市民や労働者にとって最も恐ろしい暴力装置となる。同様に、あまり民主的でない国家においても、時の為政者に批判的な市民運動や、資本家と対立する労働運動が公安の捜査対象となる恐れがある」

「具体的にはどんなことをするんですか」

矢上は鉄火巻きを咀嚼しつつ、覚悟を決めるべく尋ねた。

「監視、盗聴、つきまとい、いろいろな名目をつけて市民を逮捕したりもする」

「マジか……」

脇がいなり寿司を二つ手にしたまま唖然として呟いた。

「労働運動の際、気をつけるべきは公安だけではない。昔は、経営側に雇われた暴力団に労組の本部が襲撃されたこともあった」

しめさばをつまんでいた秋山が脇に向き直るや、諭すように言った。

「脇君、そういう時は逃げるんだよ、やる気になっちゃダメだからね」

「ならねぇよ」

「ほかに気をつける点はありますか」

矢上の問いに、國木田は少し考えてから答えた。

「ユシマ相手となると何が起こっても不思議ではない。君たちが本気でやるつもりなら、万一のために現金をいくらか、誰にも知られない場所に移しておくのも手かもしれない」

結成大会が終わると、國木田は朝日荘を出て、専従の岸本を手伝うためにはるかぜユニオンに向かった。

矢上たち四人はまず現金をどこへ移しておくべきかを話し合った。誰にも知られない場所といっても、警察ならスマホの位置情報から今までに行った先を全部調べることができる。矢上たちはそれを逆手に取ることにした。スマホを持っていかなかった笛ヶ浜は、自分たちの行動履歴に残っていない。現金の送り先は満場一致で文庫のねえさん宅と決まった。

「盗聴とかもあるって話だから、今後は一切、笛ヶ浜のことや夏休みのことは口に出して喋らないようにしよう。この部屋にいる時も」

矢上の提案に三人が頷いた。

ユシマと闘うにあたって、四人は戦略として二つのことを確認していた。ひとつは、ユシマは非正規の自分たちのことを間違いなく馬鹿だと考えてかかるであろうから、この点をアドバンテージとして最大限に利用すること。

もうひとつは、ルールを守らないやり方で闘うこと。法律やルールを都合の良いように作ったり変えたり無視したりできるユシマを相手に、こちらだけがルールを守って闘ういわれはない。またルールを守って勝てるわけがないからだ。

「ここからがお楽しみってとこだな」

そう言って、脇が得意の不敵な笑みを浮かべた。

57

都内にあるそのホテルの会員専用ルームでは、毎週水曜日、ユシマ社長の柚島庸蔵が四人の副社長と朝食会を催すのが慣例となっていた。板垣が五分ほど早めに部屋に入ると、三人の副社長はすでに席に着き、卓上のオレンジジュースには手もつけずに社長を待っていた。いつものようにひそひそと声を潜めてなにやら話し合っている三人の老人の姿に、板垣は毎週のことながら気が滅入った。そこでオレンジジュースのジャーを取り、グラスに注いで席に着くと一息に飲み干した。柚島庸蔵が姿を見せるまでは、用意されているのはオレンジジュースとグラス、カトラリーだけなのだ。

ポロシャツ姿の柚島庸蔵が現れて椅子に腰を下ろすと、一分と経たないうちにワゴンに載った朝食が運ばれてくる。柚島は今日もホテルのジムでひと汗かいてきたらしく、桃色に上気した肌から微かにローションが匂っていた。湯気の立つ卵料理やソーセージ、色とりどりのフルーツの盛られた皿やパン籠等が卓に並べられるあいだ、柚島はなにか楽しい出来事でもあったかのように珍しく上機嫌で、朝に運動をすることの効能を述べ立てていた。そしてボーイたちが姿を消した途端、柚島は卓上に角形2号の茶封筒を投げ出した。黒い太マジックで書かれた宛先はユシマ本社の住所になっており、その横に社名も肩書きもなく〈柚島庸蔵様〉とあった。

「中を見てみろ。そいつは傑作だぞ」

柚島は堪えきれないように声をあげて笑い出した。一番年嵩の副社長が内ポケットから老眼鏡を出してかけると、封筒の中身を検めた。

「これは、労働組合の結成通知書ではありませんか」

老人が頓狂な声をあげた。他の二人の老人の顔にも驚愕の色が広がった。

ひたすら面白がっている柚島庸蔵を見て、板垣はこの男が入社した頃にはユシマ労組はすでに御用組合になっていたことを思い出した。それ以前の、激烈な労働闘争を繰り広げていたユシマ労組の記憶は、柚島庸蔵の中には存在しないのだ。無論、板垣がまだ生まれる前のことだから、板垣とて社史の一幕として知っているに過ぎなかったが。

「委員長は矢上達也とありますが、副委員長や書記長などは記されてない」

そう言って年嵩の老人が隣の老人に結成通知書を手渡した。

「執行部が何人いるかわからないわけか」と、受け取った老人が呟いた。

板垣は日夏から聞いていたので、旗揚げを画策していたのは四人とわかっていたが口には出さなかった。柚島は人数など問題ではないというように、機嫌良くカトラリーでソーセージを切り始めた。

「その矢上というのが、人事に聞くと非正規工だというんだ。非正規が労組を作るなんて聞いたことがない。ただの跳ね上がりだ」

柚島はソーセージにマスタードを塗りたくって口に放り込んだ。

「要求書の内容が曖昧だな」と、年嵩の老人が隣に要望書を渡した。

三人の老人を経てそれは板垣のところにも回ってきた。要求書には、工場の労働環境の改善、正規非正規を含めた社員の待遇改善、その他について団体交渉したいと綴られており、詳細は団交当日に書面化して持参するとあった。続く団体交渉申入書に、次の日曜の午後二時にユシマ本社にて団交に入りたい旨が記されていた。

「どこかのユニオンの下部組織ではなさそうだな」

老人のひとりが少し安堵したように表情を緩め、ようやくカトラリーを手に取った。

確かにどの書類にも、どこかのユニオンの支部や分会であるとは書かれていなかった。つまりバックがいないわけだ。板垣はその点を勘案すれば、柚島の言うようにただの跳ね上がりである可能性も高いかもしれないと思った。

「一番傑作なのは、その労組の名前だな」

柚島が愉快そうにフォークで書類の方を指した。

「〈共に闘う人間の砦　労働組合（通称・ともとり労組）〉だと。いかにも頭の悪い跳ね上がりらしいじゃないか」

腹をゆすって哄笑する柚島に老人たちが追従し、板垣も快活な笑顔を作って書類を封筒に戻した。そこから先はいつになく笑いの絶えない和やかな雰囲気の中で食事が進み、最後の珈琲が運ばれる頃には〈ともとり労組〉のことは柚島も老人たちもすっかり忘れているようだった。

たっぷりとミルクを注いだ珈琲を飲み終え、柚島が席を立つタイミングで板垣は茶封筒を軽く持ち上げてみせた。

「こちらの方はどういたしましょうか」

労働組合からの団体交渉の申し入れを無視すれば、ユシマの不当労働行為になる。それくらいは知っていたらしく、柚島の眉間に癇性な皺が走った。

「いいようにしておいてくれ」

そう言うなり、柚島は珈琲の後味が悪くなったとでもいうように足早に立ち去った。それを見送った後、一番年嵩の老人が板垣に言った。

「それは人事の方に回して下さい。そちらで対応するものですから」

「わかりました」

板垣は封筒を預かり、談笑している老人たちを残して部屋を出た。おそらく法務と話し合ったうえで人事部長が団交に臨むことになるだろう。板垣の胸中には鱧料理屋で日夏から新労組の話を初めて聞いたときの嫌な予感が残っていた。

念のためだ、と板垣は自分に言い聞かせた。最初の団交だけ自分も立ち会うことにしよう。

板垣はその足で本社の人事部に向かった。

58

金曜日、二直勤務の矢上たち四人は一般の人々が乗る循環バスを使って、いつもより一時間以上早い午後三時に工場に到着した。印刷するビラの数をおおまかに決めるために、社員駐車場の車の台数を数えておく必要があったからだ。

手分けして数えると思いのほか早く終わり、四人が駐車場の一隅に座って水を飲んでいる時だった。矢上のスマホにユシマ本社の人事部長・梶浦脩(かじうらおさむ)から連絡が入った。団交の日時と場所を調整する短い電話だった。了解した旨を伝えて通話を切ると、矢上は三人に言った。

「日程はこちらの希望どおり日曜日の午後二時。場所はユシマ本社ではなく、区民センターの会議室。あとで地図と部屋番号をメールするそうだ」

「よし、教科書どおりにきたぜ」と、脇がガッツポーズを決めた。

矢上たちは、あらかじめ企業に助言する弁護士のホームページを閲覧して、ユシマの出方を予想していた。弁護士は団交の場所について、自社社屋と労組本部は避けるようにとアドバイスしていた。前者は団交に来た組合員が立ち去るまで話し合いが終わらない、つまり居座られる恐れがあるからであり、後者は大勢の組合員に取り囲まれ、雰囲気的に圧倒された場所で話し合うことになりかねないから、ということだった。そのうえで、最良の手は公共の中立的な会議室を借りることとあった。そういう場所は時間で区切って会議室を貸しているので、時刻がくれば話が途中であっても、おのずとその回の団交は終了するからだ。

企業としては短く時間を設定し、都合良く逃げることができるわけだ。もちろん、矢上たちはこれに対策を立てていた。あとは実行あるのみだ。

「さあ、みんな立って立って」と、秋山が手を叩(たた)いて言った。「団交は明後日(あさって)って決まったんだから、もう一度、練習しておかないとね」

「もう充分に練習したと思いますよ」と、泉原が疲れた顔で控えめな抵抗を示した。

「でもね、今でもほとんど揃ってるんだけど、ほとんどじゃダメだから。完璧(かんぺき)じゃないと。目の端で隣をよく見て。あと、足。足の角度、気をつけてね」

「ったく、いいよな、あんたは。手ぇ叩くだけで」

そう言って脇がのろのろと重たい腰を上げた。

「俺には代わりの利かない大役がありますからね」

嬉(うれ)しそうな秋山の顔を見て、人には向き不向きがあるのだと矢上は自分を納得させた。そして仕方なく脇に続いて立ち上がった。

59

ユシマ本社地下一階の警備員室では、清掃員の仙波南美がアイスクリームのジャイアントコーンを囓(かじ)りながら、つまらなそうな顔で一階ロビーの防犯カメラ映像を眺めていた。

「今日もお客さんいっぱいだね」

「日曜の午後だからね」

警備員の山崎武治がモニターに目をやって答えた。

広々としたロビーには、最新のヴァーチャルリアリティ・シミュレーターを搭載したユシマの高級車が四台並んでいる。いずれもVRモーションシートで地形データとシートの動きが連動しており、そのリアルな実走体験を味わおうと、休日は大勢の人々が押し寄せるのだ。普通ならロビーに長蛇の列ができて警備員も整理に駆り出されるところだが、そうはならない。QRコードで試乗体験を申し込んでおけば順番が近づくとスマホにメッセージが入る仕組みになっており、それまでは同じフロアに入っている大手カフェチェーンやユシマのグッズを販売するブティック等で時間を潰せるようになっているのだ。

「おじさんはこれから休憩に出るけど」と、半袖の制服姿の山崎は制帽を脱ぎ、茶色の薄いブルゾンを羽織って南美に声をかけた。「何か買ってくるものあるかい？」

南美はこちらに背を向けてモニターを覗き込んだまま何も答えなかった。気が向いた時しか喋らない南美の性格はわかっていたので、山崎は気にせずにドアを開けて出ようとした。その瞬間、南美の低い呟きが、まるで山崎の両足を摑んだかのようにその場に引き留めた。

「なんか変な人がいる……」

「え……？」

「ここ」

南美が山崎を振り返ってモニターのひとつを指さした。山崎は慌てて取って返すと、南美の指さす先を見た。それは本社正面玄関前を捉えた防犯カメラの映像だった。植え込みの横のアスファルトに四人の青年がしゃがみこみ、何かを作っているようだった。手の動きから、ひとりが小さな六角レンチを回しているらしいとわかった。

「ここ、ここおっきくして」

南美がモニターを指でつついて急かし、山崎は焦りに焦ってキーボードを操作して青年たちにズームした。どうやら四人は玄関前で自立式の幟旗を組み立てているようだった。幟に〈人間の砦〉と書かれているのがかろうじて見て取れた。

人間の砦……。これは尋常ではない。山崎は泡を食って警備員室を飛び出した。エレベーターよりも階段が早いと踏んだ山崎は、地下一階の防火戸を押し開け、一段飛ばしで駆け上がった。気持ちは若いつもりだったが来年には還暦という体の方は同調してくれず、大腿四頭筋に乳酸が溜まる実感と共にたちまち膝が上がらなくなり、体ごと押し倒すように一階の防火戸を開けてよろよろとロビーに出た。

折しも、四人の青年たちが自立式の幟旗を携えて硝子張りの正面玄関からロビーへ入ってきたところだった。肩で息をつきながら幟旗に目をやると、そこには二羽の鳥の横顔をデザイン化した洒落たマークに続いて〈共に闘う人間の砦　労働組合〉と記されていた。

「労働組合……」

意表を突かれ、山崎は思わず声に出して呟いていた。というのも、山崎はまともな労働組合というものは、もはやシニア世代より上の人々の記憶の中にしか存在しないものだと思っていたからだ。ところが、降って湧いたように現れた青年たちは、どう見ても二十代の若さではないか。

四人はロビーの中央に自立式幟旗を据えて立ち止まった。そしてリーダーらしいひとりの青年がいきなりハンドマイクで話し始めた。

「私たちは、生方にあるユシマの工場で働く人間で作った〈共に闘う人間の砦　労働組合〉、通称ともとり労組の組合員です。本日、ユシマの人事部長・梶浦脩さんと団体交渉をするためにやってきました。場所は区民センターのはずでしたが、私たちは寮暮らしで都心に不慣れなため迷ってしまい、やむなく本社に来ました」

大手カフェチェーン店の客席を埋めた人々が何事かとざわつきだし、あっけにとられていた一階の警備員二名が慌てて四人の方に駆け出した。

それを見るや、リーダーらしい青年はすぐさま仲間のひとり——四人の中では一番貧相な体つきの青年にマイクを渡し、他の二人と共にマイクの青年を守る態勢に入った。そうして彼らをロビーから追い出そうとする警備員らと揉み合いになる傍らで、マイクを握った青年がちょこまかと逃げ回りながら水を得た魚のごとく喋り始めた。

「人事部長の梶浦さんと団体交渉をするためにきた私たちを排除するのであれば、組合活動に対するユシマの妨害行為とみなして、私たちは都の労働委員会に〈不当労働行為救済申し立て〉を行います。パーク警備保障の猪俣さん、責任を取れますか？　パーク警備保障の蜂須さん、責任を取れますか？」

警備員の制服に社名と名札がついていたからそれを読んだのだろうが、名指しで責任を取れるかと問われた警備員たちは途端に勢いを失い、困惑した様子で顔を見合わせている。山崎は近づいて同僚に声をかけた。

「猪俣さん、すぐに梶浦部長さんに連絡して指示を仰いだ方がいいと思いますよ」

青年たちと同世代の猪俣は、勘弁してくれというように眉を八の字にして山崎に訴えた。

「俺、派遣ですよ。ここの人事部長の電話番号なんか知るわけないじゃないですか。山崎さん何とかして下さいよ」

「私も派遣だからね。そのうえ今、休憩時間なんだよ」と、山崎は制服の上に羽織った茶色の薄いブルゾンの襟をつまんで見せた。不満の声をあげる猪俣と蜂須に、リーダーらしい青年がスマホの画面を示して「梶浦さんの番号です」と落ち着いた声で告げた。猪俣が渋々その番号を自分のスマホに打ち込んでその場を離れた。

「じゃあ、始めよう」

リーダー格の青年が仲間に声をかけると、いったい何のつもりか、ひとりがバックパックからメトロノームを取り出した。

60

板垣は人事部長の梶浦脩と共に区民センターの会議室にいた。約束の午後二時を十五分近く過ぎても一向に姿を現さない労組のメンバーに梶浦はあきれ顔でため息をついた。

「一時間しか借りてないのにこんなに遅れて。こっちは別に構わないけど、本当にやる気あるんでしょうかね。当日持参するって書いてあった要求書、ひょっとして今ごろ慌てて作ってるんじゃないですかね」

そうであってくれればいいと板垣は思った。その程度であれば、今日かぎり彼らのことは忘れてしまって差し支えないだろう。

　その時、梶浦のスマホが鳴った。見覚えのない着信番号らしく、「誰だ？」と呟くと、いくらか警戒した口調で「はい、もしもし」と名乗らずに電話を受けた。

「ええ、そうですが。え、誰？　パーク警備保障？　本社に来てる？」

　梶浦が当惑した顔で板垣を見た。板垣はすぐさま立ち上がって扉に向かった。

「わかった、すぐ戻る」と、通話を切ると、梶浦が鞄を手に続きながら舌打ちをした。「まったく、地図も読めない馬鹿か」

　わざとかもしれない。流しのタクシーを拾って本社に取って返すあいだ、その疑いが板垣の頭を離れることはなかった。休日の午後でロビーには試乗体験の客が大勢きているはずだ。彼らは初めからそこを狙っていたのではないか。日夏から名前を聞いて履歴書で確かめた四人の顔が次々と頭に浮かんだ。

　タクシーを降りると、ロビーの中央に人垣ができているのが見えた。板垣は硝子張りの正面玄関から急いでロビーに入り、人を掻き分けて四人の姿を視界に捉えた。

　梶浦が目を剝いて絶句した。

「これはいったい……」

　自立式幟旗の傍らで、矢上達也、脇隼人、泉原順平の三人が、一糸乱れぬ動きでラインでのボルト締めの動きを実演していた。足を踏み出す角度、部品を摑むタイミング、すべてが無駄のない最も効率的な身のこなしで、しかもピタリと揃っている。メトロノームの音でタクトを再現しているのだ。そこに秋山宏典がハンドマイクで飄々と解説を入れている。

「二番目にキツいタクトがこれくらいですね。いいですか、これを二時間続けてやって、休みは十分。しかも工場の中の温度は四十度を超えてるわけです。ここは涼しいからまだましですけど。せっかくですからあなた、ちょっと一緒にやってみませんか。ね、やってみましょう。ほら駅伝の中継とかで歩道をちょっとだけ一緒に走っている人、必ずいますね。あの感じでどうぞ」

ショートカットにピアスをした若い娘がひとり、誘いに乗って楽しげに動きを真似し始め、囃(はや)し立てるように周囲から指笛が飛んだ。気がつくとかなりの数の客が四人を動画に撮っていた。

「おじさんもやってみ。けっこうキツいよ」

若い娘に声をかけられた初老の男が、照れたようにあとずさって人混みに紛れた。

「あ、皆さん、ユシマの副社長、板垣直之さんです」

秋山がハンドマイクで明るい声をあげて板垣を指さした。ホームページに顔写真が載っている役員をあらかじめ確認してきたのだと直感した。周りの客が一斉に板垣を見た。

「失礼」

板垣は動じることなく人垣を抜けて前へ出ると、メトロノームの振り子をとめた。

「上のオフィスへ」

板垣のその言葉を待っていたかのように秋山がハンドマイクで観客に告げた。

「共に闘う人間の砦労働組合による労働再現パフォーマンスは、これで終了です」

61

矢上たち四人と一緒にエレベーターに乗り込むと、梶浦が迷わず㉓のボタンを押した。会議室は十八階だ。どういうつもりだと板垣が目顔で尋ねると、梶浦は四人を一瞥した後、小声で耳打ちした。

「場違いなところに来たと思い知らせてやるんですよ」

矢上と脇と泉原は部活を終えたばかりの学生のようにタオルで汗を拭きながらペットボトルの水を飲んでおり、ひとり涼しげな秋山はハンドマイク片手にミルクティーを飲みつつ先ほどのパフォーマンスに関して批評を加えていた。確かにユシマ本社に来たという緊張感は微塵も見られない。区民センターで待ちぼうけを食わされたことよりも、ロビーで勝手にパフォーマンスをしていたことよりも、梶浦はその点に最も腹を立てているようだった。

エレベーターを降りると、梶浦は先に立って廊下を進んだ。そして応接室の扉を開け、木目の鮮やかなフロアに靴音を響かせて四人を室内に招じ入れた。

中央にアンティークのマホガニーのテーブルがあり、それを囲むように四人がけの黒い革張りのチェスターフィールドソファが二台、一人がけのものが二台配されている。職人技の光るソファの革に打ち込まれた鋲飾りが、午後の光を鈍く照り返していた。黒と重厚な茶を基調とした部屋は、奥の壁が総硝子張りになっており、品川の高層ビル群とレインボーブリッジが望める。ペットボトル片手にバックパックを背負い、自立式幟旗とハンドマイクを携えた彼らは、気の毒なほど部屋に不似合いだった。

気圧(けお)されたように四人はいつのまにかお喋りをやめて黙り込んでいた。ここは、明らかに彼らの領分ではなかった。その証拠に、四人ともまるでテリトリーの外に誘い出された動物のように落ち着かない様子で辺りを見回している。

「すみません、あの、手洗いは……」

急に緊張を感じたかのように泉原がおどおどと尋ねた。

「出て廊下を左」と、梶浦がぞんざいに答えた。「それから、バックパックはソファではなく床に置いて下さい」

泉原は言われたとおりバックパックを床に置き、自立式幟旗をその横に立てると「先に始めてて下さい」と言うなり、そそくさと部屋を出ていった。

「では三人とも着席して。まず名前と役職を」

梶原が手帳を開いて言った。

「俺が執行委員長の矢上達也です。それから執行副委員長の脇隼人、書記長の秋山宏典、さっき出ていったのが執行委員で会計の泉原順平です」

腕組みをした脇は、まさにガンを飛ばすという表現がしっくりとくる顔つきで梶浦を睨(にら)んでいた。秋山は紹介されてにこやかな笑みを浮かべたが、会釈はしなかった。

「私は人事部長の梶浦です。副社長のことはもうご存じのようですから話を進めます。あらかじめ言っておきますが、要求は具体的なものでなければ検討の俎上(そじょう)には載せられません」

梶浦の口調は完全に主導権を握ったように高圧的だった。板垣は以前に梶浦と共に就活学生の最終面接官を務めた時のことを思い出した。梶浦は学生を動揺させたり、狼狽させたりして品定めをするのを好んだ。そうすることでユシマにふさわしい〈心の強さ〉が測れるという自説を固持して譲らなかった。今回は、おそらくは稚拙な文章で綴られている要求書を完膚なきまでにこき下ろして恥をかかせ、身の程知らずだったと後悔させるつもりなのだろう。

「それでは要求書を」

梶浦は子供の作文を見てやる大人のように尊大な態度で手を差し出した。矢上が足下に置いたバックパックからクリアファイルを取り出し、中の書類を一部、黙って梶浦に渡し、もう一部を手元に残した。梶浦は板垣にも読めるように二人のあいだに要求書を置いた。板垣は、応接室になど通さずに会議室を使えばすぐコピーが取れただろうにと、梶浦の意固地さにいくらか辟易(へきえき)しつつ卓上の要求書を読み始めた。

1　組合活動に関する基本的要求

日本国憲法、労働諸法規を遵守し組合の結成、組合活動、組合加入活動などを理由とする不利益取り扱い、並びにその示唆など不当行為を行わないこと。

梶浦が小さく鼻で笑った。おそらくネットか何かで定型文を探して冒頭に置いたと考えたのだろう。板垣もそう思いながら次の項へ移った。そこにはまさに驚天動地の要求が、しかも論理的な根拠を示して掲げられていた。

2　賃金・一時金に関する要求

十二月より実施予定の新日本型賃金制度は、新たな人事評価の主眼となる〈人物力〉を「人をポジティブな思考に引き込み、共感と信頼を得る力」と定義しており、その具体的な指標として「利己的な考えを捨て、他者のために奮闘する」「向上しようという熱意とやる気を持って日々邁進する」「仲間を気遣い、人としてやるべきことができる」の三項目を挙げ、それぞれについて五段階で評価するとなっている。だが、これらの指標はいずれも評価者の主観に大きく左右されるものであり、評価の公正・公平性、客観性、透明性をまったく確保し得ない。そのような評価に納得できる労働者がどこにいるのか。

加えて、このような〈やる気と心構えの強要〉に等しい評価指標は、いたずらに奴隷的精神を競わせ、サービス残業の長時間化を招くばかりで、労働者の心身の健康を大きく損なう要因となる。

さらに、このような有害な評価にさらされることを甘んじて受け入れたとしても、賞与はおろか、基本給の昇給さえ〈人物力〉次第である以上、労働者ひとりひとりは収入の予測をまったく立て得ず、家庭生活における将来設計も不可能となる。結果、労働者の生活は一方的に破壊されるのみである。よってただちに新日本型賃金制度を全面的に撤回することを要求する。

梶浦が度肝を抜かれたように顔色を変えて矢上を睨みつけた。

「こんな要求が通ると思ってるのか」

矢上は微かに口角を上げて答えた。

「通りそうな要求をするのなら、ユシマ労組と同じです。つまり結果的に何も要求しないことになる」

「新日本型賃金制度は、社長の肝いりなんだぞ」

「ええ。だからこそ、要求書の中で新制度が労働者にとって有害であることを説明しているんです。柚島社長に理解してもらうために」

予想に反して、慌てふためいているのは明らかに梶浦の方だった。板垣は穏やかに割って入った。

「この要求書には賞与と基本給の昇給について言及されているがね、失礼だが君たち非正規の工員には賞与も基本給の昇給もないはずだよ。正社員にはあるが、ユシマはユニオンショップ制だから正社員は全員、ユシマ労組に入っている。知らなかったかもしれないが、労働組合が要求できるのは、組合員の待遇に関することだけなんだ」

「そこは申し訳ないと思っていますが、手続きが間に合わなかったので」

「手続きというのは？」

「ユシマ労組から俺たちの組合に移る手続きです。正社員の中にもうちの組合に移りたいという人たちがいるので」

「出鱈目（でたらめ）を言うな！」

梶浦が声を荒らげた。板垣は梶浦を無視して静かに尋ねた。

「その人たちの名前を教えてもらえるかな？」

「労働組合には組合員の名前や人数を明かす義務はありません。知ってますよね？」

本当にユシマ労組から移ろうとしている正社員がいるのだろうか。板垣は真偽を確かめようと矢上の目を見つめた。面接で優秀な若者をいくらも見てきたのだ。こんな若造の嘘を見破れない自分ではない。

ところが矢上の艶のある濃い茶色の瞳は、たじろぎもせず板垣を見返していた。まるで対等な相手であるかのように、そこにはいささかの恭順の色もなかった。このような若い瞳に出くわしたのはいつ以来のことだろう。板垣はふとそんな場違いなことを思った。

その時、不意に視界の隅に泉原が現れ、ソファに腰を下ろした。話の邪魔にならないよう足音を忍ばせて戻ってきたらしい。板垣は我に返って話を続けた。

「今、君たちの組合に正社員がいると確認できない以上、現段階では、非正規の工員の待遇に関してだけ考えることになるが」

「いいですよ。次の団体交渉までには手続きも間に合うと思いますから。ユシマ労働組合を脱退する手続きを取れば、板垣さんたちにも自動的にそれが誰だかわかるでしょうし」

「これだから素人は」と、梶浦が引きつった顔で小馬鹿にしたように笑った。「板垣さんは副社長で私は人事部長。つまり私たちは役員なんだから、労組には入れない。誰が脱退したか自動的にわかるわけないじゃないか」

「でもユシマ労組の執行委員長や副委員長、書記長なんかの三役は、全員ユシマの幹部候補生ですから、情報は筒抜けですよね」

梶浦がぎょっとした様子で目を見開いた。

「誰がそんな根も葉もないことを……」

「正社員なら誰でも知っていることだと思いますが」

確かにユシマ労組の三役が幹部候補生であることは正社員のあいだでは公然の秘密だ。御用労組となって以来すでに伝統となっており、板垣以外の三人の副社長もユシマ労組三役の経験者だ。板垣は、ユシマ労組から彼らの組合へ移りたがっている正社員がいるというのは、もしかしたらまったくの嘘ではないのかもしれないと感じた。梶浦も同様の懸念を抱いたらしく、不安そうに眉を顰(ひそ)めて考え込んでいる。

「まずは要求書に最後まで目を通してもらえますか」

矢上が淡々と言った。促されて板垣は要求書に視線を戻した。そうして板垣は彼らが労働法制を学んだことを知った。

3　人事、配置転換、その他の要求
①組合員の人事異動（出向・転勤・転籍・配転）、懲戒処分、解雇、契約終了を行う場合には、事前に時間的余裕を持って当組合に通知し、協議の上同意を得て実施すること。
②期間工の契約期間を最長二年十一ヶ月まで、再契約は半年後からと定めている内規は、二〇一二年の改正労働契約法十八条の、無期雇用への転換を促すという本来の立法趣旨に反した脱法的なものであるから、これを撤廃すること。また、期間工の有期労働契約が反復更新されて通算五年を超えた場合は、本人が希望すれば、無期労働契約に転換すること。
③現在、半年ごとに行われている非正規工員の契約更新を、生産調整を理由に更新せず、契約を打ち切る場合、次の半年間は新規募集を行わないこと。

②は明らかに労働法制を学んだ結果であり、③には合理性があると感じた。だが、柚島庸蔵が合理性よりも企業の利益を優先することは明白だった。そもそも柚島は、経営者が労働者に対してフェアでなければならないとは考えていない。雇ってやったという事実が何よりも先行する。その恩義に応えるのが雇われた者の義務だと信じているのだ。

要求書の次のページに目を移して、板垣は急に体が重く沈んでいくような感覚に襲われた。そこには最も避けたい事象に加えて、板垣がそれまで知らなかった慄然とする事実が記されていたからだ。

4　災害補償に関する要求

①現在、小杉圭太さんの遺族・小杉宏美さんが国と南多摩労基署を相手取って労働災害の遺族補償年金不支給処分の取り消しを求める裁判の準備を進めているが、公判においては、圭太さんの職場における同僚や上司らに偽らざる事実を証言させること。また、再発防止の策を講じること。

②本年八月二十六日夜、生方第三工場にて勤務中だった玄羽昭一さんが勤務時間中に死に至った原因および経緯を調査し、労働安全衛生規則九十七条にしたがって速やかに労働者死傷病報告を労働基準監督署長に提出すること。

当組合では玄羽さんが死に至った原因および経緯を独自に調査した。

原因は四十度を超える工場内で水分を摂取することなく二時間のライン作業に従事した結果、

脱水によって血液が濃くなり、血栓ができやすい状態となって心筋梗塞に至ったとわかった。玄羽さんは八月二十六日夜、一度目の二時間の作業を終えた直後、午後六時二十分頃に左上腕部の痛みを訴えてラインを離れたが、その後、適切な対応がなされることなく休憩室に放置されたまま午後七時半前後に死亡している。同夜、八時過ぎに五十畑工場長が事態に気づき、生方第三工場の車庫に所有する救急車に乗せてユシマ病院に救急搬送したが、上記のとおりすでに手遅れだった。

この事実をもってしてもユシマが玄羽昭一さんの死を労働災害と認めず、労働基準監督署に労働者死傷病報告をしない場合は、当組合が労働基準監督署に本件を通報し、玄羽さんの死亡事故の原因調査と再発防止策をユシマに指導するよう求めることとする。

③ユシマでは〈労災ゼロ〉のスローガンのもと、労働災害の隠蔽が日常的に行われている。この異常な状態を改善し、労働災害補償制度が正しく運用されることを求める。

「この、玄羽さんの亡くなった経緯だが……」

板垣は先が続かなかった。梶浦も色をなくしている。

だが、矢上の顔には何の感情も浮かんでいなかった。気持ちを殺しているのか、単に玄羽とそれほど親しくなかっただけなのか、どちらともわからなかった。

「俺は玄羽さんの検視をした医師から話を聞きました。死因だけでなく、救急車で運ばれてきた時刻や死亡推定時刻も。それから玄羽さんが搬送されてきた時、靴を履いていたこと、つまり医務室のベッドで休んでいなかったことも確かめました」

黙り込んでいた梶浦が、不意に喜色を浮かべて声をあげた。

「亡くなった玄羽さんはユシマ労組に入っていたんだ。君たちとは無関係だ」

「確かに。しかし、俺たちは玄羽さんが死んだ工場で今も働いています。うちの第三工場だけじゃなく、生方にある他のユシマの工場も労働環境は似たようなものです。これは俺たちを含む生方の工場で働く労働者全員に関係することです。だから次の五番目の要求があるんです」

矢上に促されて板垣は最後のページに目をやった。

5　安全衛生に関する要求
①前項に示したとおり、工場内の労働環境は心筋梗塞の発作を招くほど劣悪なものである。労働者の安全のために、作業中のすべての工場内を適切な温度・湿度に保つべく、空調設備を整えることを要求する。また、空調設備が整うまでは、1時間ごとに水分補給の時間を取る、または各労働者が適宜水分を補給できる程度のタクトに設定すること。
②定期的な健康診断とストレスチェックを行い、職場環境の改善を図り、労働者の心身の健康を保つよう努めること。

梶浦が眉間をつまんで小さく息をついた。最後まで読み終えたのを見て取って、矢上がすぐさま自分の手元の要求書を取り上げた。

「では、2の〈賃金・一時金に関する要求〉から始めましょうか」

板垣は片手を上げて矢上を制した。

「待ってくれ。あらかじめこの要求書を渡されていたら、団交までに私たちも考えをまとめておいただろうが、今日初めて読んで今すぐというのはさすがに無理だ。時間をくれないか」

矢上は少し考えると、「わかりました」と意外にも素直に引き下がった。

「それではですね」と、書記長の秋山がスマホを取り出して言った。「次の団交の日取りを決めておきたいんですが」

「いいだろう」

「では二週間後の同じ時刻に、ここで」

板垣が頷くと、四人の青年はバラバラと立ち上がってバックパックを担ぎ、自立式幟旗やマイクを手に帰っていった。

梶浦が飲まずにはいられないというようにマホガニーのサイドボードからショットグラスと高級ウイスキーを取り出した。滅多にないことだが、海外から来る客人の中には、日本産のウイスキーを土産に欲しがる者がいる。そのために、市場に出回らない逸品を蔵元から取り寄せてあるのだ。

試飲用に封の切られた一本からグラスに注ぎ、梶浦は吐き捨てるように言った。

「帰る時には『失礼しました』と挨拶(あいさつ)してお辞儀のひとつもするもんだろう」

「彼らはうちの若い正社員じゃない。労組の組合員として団交に来たんだ」

梶浦は立ったままワンショットを一息で飲んで大きく息をついた。それから卓上の要求書に暗い目を向けた。

「こんなもの、社長には見せられませんよ」

「では君に独断でゼロ回答をする権限があるのか」

「それは……ないですけど」

「団体交渉の要求内容を社長が知らないという訳にはいかない」

「それじゃあ板垣副社長から社長にお渡しして、ご意向を伺っておいて下さい。私にはそんな大役は荷が重すぎます」

そう言うと、梶浦はまるで嫌な場所から立ち去るように足早に部屋を出ていった。

サイドボードの上のアンティーク風置き時計は午後四時十五分を指していた。ひとりになると、その秒針の音が不意に大きくなったような気がした。まだ明るい秋の夕方、板垣は艶やかな床に伸びたソファとテーブルの影を眺めていた。

初めて日夏から非正規工員四人が労働組合を作ろうとしていると聞いた時、訳もなく嫌な予感がした。あの得体の知れない予感は正しかったのだと確信した。

矢上たち四人は十月一日に契約を更新しているから、次は半年後、四月一日に更新日を迎える。つまり、半年後には新日本型賃金制度への移行に同意する意思の有無を尋ねられ、拒めば生産調整の名の下に契約を切られる。それは彼らにもわかっている。だからこそ、生産調整のために契約を更新しなかった場合、その後の半年間は新規募集を行わないよう要求しているのだ。結局のところ、彼らが組合を作ってどんな活動を展開しようと、ユシマにいられるのは、あとたった半年なのだ。ただでさえ毎日、過酷な労働の現場で体を酷使しているというのに、そのうえなぜこのような無駄な運動になけなしの時間を費やそうとするのか。

玄羽昭一の労災にしてもそうだ。仮に労災が認められたとしても、遺族ではない彼らが補償金を得ることはない。そこに直接の利益は存在しないのだ。無論、職場環境の改善には繋がるかもしれないが、半年後には契約を切られる職場の環境改善が何になる。

普通に考えれば、ユシマという企業がこのような要求を受け入れるわけがないこと、およそ勝ち目がないこともわかるはずなのに。板垣には彼らの動機がわからなかった。

しかしその一方で、彼らの運動が今後どのような経緯を辿るかは比較的容易に予測できた。労組の組合員を増やすためには、まずは要求書の内容に賛同してもらわなければならない。だが、労働密度の高い工場における主力は若年労働者であり、彼らは概して長い文章を読む習慣がない。日常生活で用いるのはＬＩＮＥやツイッター等のＳＮＳが主流だ。団交の際に四人が持参した要求書を最後まで読む根気がある者は多くはないだろう。

加えて、日本の〈失われた三十年〉と呼ばれる低迷の時代に生まれ育った若者たちは、自分たちが力を合わせることで何かを変え得た成功体験をおおむね持ちあわせていない。また、権威に従わず抵抗する人間を、日常生活の中で目の当たりにすることもなく、いきおいそのような人間に共感する素地も持ちあわせていない。無論、それらは彼らのせいではなく、彼らが子供であった頃に社会と文化の中心を担っていた大人の責任なのだが。

結局のところ、四人が躍起になって組合員を増やそうとしても、工員たちは要求書をまともに読むこともなければ、ユシマという権威を相手に、彼らと共に闘うという行為に希望を見出すこともないだろう。組合員は集まらず、四人の運動は自然消滅する。誰が考えても常識的にそのような結論に至るはずだ。

ところが彼らはなんとかしてユシマに勝とうとしている。そのための戦略も考えている。団交場所の一方的な変更もそうだ。交渉相手をよそへおびき出し、その不在中に、休日の試乗を楽しみに訪れた一般の客に対して、客の目当ての高級車がどのようにして作られているのか、工場でのライン作業を実演してその過酷な労働を可視化してみせた。

つまり彼らは勝つことを目指してはいるが、その一方で、勝てるかどうか、すなわち勝算の有無を見積もったところから出発しているわけではないのだ。その双方が両立することが板垣には理解できなかった。

卓上の要求書が、わずかに枇杷色を帯びた光を浴びていた。

わからないものは、危険で且つ恐ろしい。

だが自分の仕事は、どんな事態にも的確に対処することだ。まずやっておかなければならないことがある。板垣はスマホを取り出し、日夏の番号をタップした。

62

初めての団体交渉を終えて朝日荘二〇二号室に戻った矢上たち四人は、コンビニの珈琲で乾杯した後、ホットドッグを頬張っていた。赤白のストライプの庇テントが目を引くそのホットドッグ店は、初めて國木田に朝日荘まで案内してもらった時から脇が目をつけており、第一回団体交渉が成功した今日、これからを占う気持ちで〈お店訪問〉を敢行し、めでたく大変に旨いホットドッグにありついたのだ。

「幸先がいいってのは、こういうことだな」と、上機嫌でピクルス抜きのクラシックドッグをパクつきながら脇が言った。傍らで泉原がホットドッグ店の領収書を台帳に貼ると、フィッシュドッグ片手に早速ノートパソコンを操作し始めた。

「あ、僕らの動画、ツイッターに上がってますよ。〈#ともとり労組〉って」

「やっぱ略し方がいいから」と、自画自賛し始める脇を押しのけて、秋山と矢上はノートパソコンの画面を覗き込んだ。ロビーでの労働再現パフォーマンスがいろいろな角度から撮影されていた。

「けっこうたくさん上がってるなぁ」

矢上は見知らぬ人々が撮った自分たちの動画を不思議な気分で眺めた。ハンドマイクを使った秋山の口上もきれいに聞き取れる。

「あとでいくつか選んで、うちのホームページの方にリンクを貼っておきますね」

泉原が要求書の内容を記載したともとり労組のホームページをすでに完成させており、矢上たちは最初の団体交渉を終えた後でそれを公開することにしていた。というのも、今日の団交では要求書を渡して協議に入ることに加えて、もうひとつ重要な目的があったのだ。そしてそれは、このうえもないほど見事な形で達成されていた。

秋山が何度思い返しても嬉しくて仕方がないというように満面に笑みを浮かべた。

「俺は最初にあの超豪華な来賓室みたいな部屋に通された時、なんかもう話がうますぎてちょっとうろたえましたね。あれ以上に映えるロケーションないもの」

「秋山さん急に黙るから、俺、笑っちゃダメだって思って、必死で怒った顔してたんだぜ」

矢上はその時の脇の顔を思い出して噴き出した。

「あれ、誰が見てもガンを飛ばしてるようにしか見えなかったぞ。なんか因縁つけに来たみたいで、副社長とか不審な顔してて。俺、できるだけおまえの方を見ないようにしてたんだぞ、笑いそうで」

「つまり俺のおかげで、矢上の緊張がほぐれたってわけだ」

脇がいいように解釈すると「あの写真、も一回見ようぜ」と、泉原のスマホを指さした。

「もうパソコンに取り込んだんで、ここで大きくして見られますよ」

泉原がマウスを操作して一枚の写真を画面に映し出した。

「さすが美大出てるだけあるよな。構図がビシッて決まってるぜ」

脇の言葉に、泉原が少し得意そうに微笑んで言った。

「最初に応接室に入った時、奥にレインボーブリッジが見えたんで、絶対に橋と〈ともとり労組〉の幟旗を入れて撮ろうって思って。そしたら自然と構図が決まって」

泉原が手洗いに立ったのは、話が進んだ頃にそっと戻って、気づかれないように団体交渉の場面を写真に撮るためだったのだ。レインボーブリッジを背景にした重厚なインテリアの応接室は、ユシマがこの団交を重要視しているという印象を与えて、舞台としては最高だった。

写真の中では、矢上、脇、秋山の非正規工員三人が明らかにユシマ本社の応接室とわかる一室に乗り込み、要求書を載せたマホガニーの卓を挟んで団交に臨んでいる。しかも相手は人事部長だけでなく、副社長の板垣直之までいるのだ。手前に配された〈ともとり労組〉の幟旗が団交の緊迫感を高める効果をあげている。

御用組合のユシマ労組が実質、経営側と何の交渉も行わないことを考えると、この写真のインパクトは絶大だ。この写真を〈ともとり労組〉のホームページに載せるだけでなく、矢上たちは工場で配るビラにも使おうと考えていた。

　ともとり労組は、新日本型賃金制度の全面撤回と労働環境の改善、労災隠しの根絶を要求の柱としてすでにユシマと団体交渉に入っている。正規・非正規にかかわらず労働者として共闘して闘おう。ビラでは団交の写真と共にそう訴え、ホームページのアドレスを載せる。ホームページを閲覧すれば、要求書をそのまま読むことができるのだ。

　さらに、サイト内には労災隠しを通報するメールフォームも準備してあった。現在の労災ではなく過去のものでもいい、自分のことでなく仲間のことでもいい、知らせてほしい。労災隠しの状況を共有しようと呼びかけていた。そして組合に加入する非正規社員がサインインするページ。それから正社員に向けては、ユシマ労組を抜けて〈ともとり労組〉に移るための手続きも説明してあった。

「次の団交までに、一人でもいいからなんとか正社員に組合員になってもらわないとね」

　秋山が手についたケチャップを紙ナプキンで拭きながら真剣な顔で言った。脇が頷いてホットドッグの包み紙を屑籠（くずかご）に投げ入れた。

「まぁ二週間が限界だろうな。あんまり日数を空けると足下を見られるし。たぶん今のところ向こうも半信半疑ってとこだろうからな」

「ユシマ労組の三役はユシマの幹部候補生だっていう國木田さんの話、役に立ちましたね」

　泉原が矢上を見て言った。

「ああ。だが脇の言うとおり、ユシマ労組からうちに移りたがっている正社員がいるって話には、賞味期限がある。二週間だ」

63

午前五時五十分、一直の始業時刻の四十分前、工場長の五十畑は、まだ人の気配もなく静まり返った製造ラインの一隅に、子飼いの本工十名を集合させていた。村上をはじめとするこの本工の一団は、五十畑と同じく生方に生まれ、柚島工業高校時代には授業の一環として幾度もこのラインで実習を行い、卒業と同時に入社してきた生粋のユシマ社員だ。彼らの祖父も父もユシマに人生を捧げた人間である。

彼ら本工たちは入社五年目で社販のユシマ車を購入し、全員が自宅から車で通勤しているため、こうして各寮からの送迎バスが到着する前の急な招集にも応じることができる。五十畑が今日、彼らを集めたのは、新労組のビラ撒きを阻止するためだった。新労組はユシマで働く労働者にその旗揚げを知らせ、組合員を獲得するために必ずビラを撒く。その前に叩くのだ。こちらの行為が不当労働行為とならないようにするにはどうすれば良いか、五十畑はユシマ労組幹部に指示を仰ぎ、行動計画を立てていた。新労組のビラはすべて毀損されなければならない。それも、新労組のビラとは知らなかった者によって偶然に。そこが行動の要だった。

まず、最近、私物を工場内に持ち込む工員が増えているとして、バスから降りてくる全員の持ち物検査を行う。四人は手分けしてビラを持ち込むかもしれないし、ひとりがまとめて持ってくるかもしれない。いずれにせよ、こちらが労働運動を妨害することはできないとわかっているから、堂々と持ち物からビラを出して見せるだろう。その瞬間を狙って、散水ホースで水撒きをしていた本工がビラに水を浴びせかける。もちろんあくまでうっかりを装ってだ。それでビラはダメになる。びしょ濡れのビラの束を前に茫然とする四人の顔が目に浮かぶようだった。

この計画にはもうひとつメリットがあった。すなわち、妨害が露骨な方法であればあるほど、その場にいる工員全員に新労組に対するユシマの確たる敵意が伝わるという点だ。

「まもなく各寮からのバスが到着する。手順どおりに行動しろ」

五十畑の言葉に、十名の本工たちは配置につくべく勇んで駆け出していった。その溌剌とした姿は、ユシマのために特別な貢献ができるという喜びに溢れていた。彼らを高校生の頃から手塩にかけて育ててきた五十畑自身、その様子にひとかたならぬ感慨を覚えた。そしてあいつらであれば、来春の入社が決まっている息子の良き先輩になってくれるだろうと思いながら、屋外に出て煙草に火を点けた。

十月の早朝、秋らしい透明な光の中にひとり佇んでいるうち、五十畑はふと、自分が今見送った本工たちくらいの年の頃、玄羽と二人で埼玉の山奥まで十月桜を見に行ったことを思い出した。

当時は二人ともまだ独身で、社販で買ったユシマの車でドライブに行くのがなによりの楽しみだった。休日の夕方に思い立って二人で車を連ねて出かけたもののまだ一輪も咲いておらず、このまま帰るのも悔しいからと温泉に浸かって飯を食い、ビールの酔いも手伝ってちょっと仮眠してから帰ろうと横になったのがまずかった。目が覚めると明け方近くになっていた。一直に間に合わないぞと、浴衣のまま大慌てで宿を出ようとして無賃宿泊と間違えられて一騒動となり、工場に駆け込んだのはラインが動き出すほんの数秒前だった。終業後、班長からさんざん油を絞られているあいだは神妙な顔をしていたが、帰りに早速「験直し」と称してふらりと立ち寄ったラーメン屋の醤油ラーメンが予想外に旨く、二人とも大いに気をよくしておかわりを頼んだ。秋の夕方で、店のラジオから子供の頃に流行ったアバのダンシング・クイーンが流れていたのを覚えている。

あの頃は、自分たちがこんなふうに別れることになるとは思ってもいなかった。

五十畑はそれ以上どんな感情の波も寄せ付けまいとするように、スタンド式の灰皿で強く煙草をもみ消した。それから事の成り行きを見届けるべく、ゆっくりとバスの発着場に向かった。

車回しにはすでに大型送迎バス数台が停車し、紙袋やバックパックを提げた工員たちが次々と吐き出されていた。五十畑の命を受けた本工たちのうち八名はそれぞれ降車口の両側に立って工員たちの持ち物を形式的に検査しており、二名が横目でバスの方をうかがいながら水撒きをしていた。

五十畑は、バスの車内で渋滞した工員たちの中に矢上たち四人の姿を捜した。案の定、派遣の工員を乗せてくるバスの中で矢上と秋山が驚いた顔でなにやら話し合っていた。期間工を乗せたバスの車内でも脇と泉原が緊張した面持ちでせわしなく言葉を交わしている。

五十畑は腕組みをして成り行きを見守った。押し出されるように降車口を降りた秋山は持参した紙袋の口を自ら開けてみせた。ビラはなかったらしく、本工が軽く頷いて通した。続いて降りてきた矢上の手から村上が紙袋を引ったくった。しかしこちらも空振りだったらしく村上は矢上に紙袋を突き返すと、残りの工員をすべて降ろしてから車内を点検しに入った。矢上たちが咄嗟(とっさ)にビラを車内に隠した可能性を考えたわけだ。だがしばらくして降車口に現れた村上は、五十畑に向かって小さく首を横に振ってみせた。車内にもビラは残されていない。となれば、脇と泉原のどちらかが持っているということだ。

折しも脇の大きな声が聞こえた。

「なんで私物を検査されなきゃならねぇんだよ！」

脇は紙袋の口を押さえて抱え込んでいる。泉原は検査が終わったらしく、降車口の傍らに突っ立っていたが、その表情には明らかな動揺の色が浮かんでいた。二人の本工が羽交い締めにしようとするのに脇は激しく抵抗した。しかし、すぐさま駆けつけた村上が脇の手から紙袋をもぎ取り、逆さまにひっくり返した。荷物が地面に落ちると同時に、勢いよくホースの水が飛んできた。

64

「つたくもう、びしょびしょだぜ」

脇がロッカー室で作業着に着替えながら顔を顰(しか)めた。

「自分で蒔(ま)いた種だろ」

矢上はそっけなく言った。

脇の紙袋から地面に投げ出されたタオル、水入りのペットボトル、菓子パン三個はすべて放水を受けており、ぺしゃんこになったパンが水圧の激しさを物語っていた。

「脇さん、バスの中でいきなり『俺、アドリブ思いついたから、おまえは横でうろたえてろ』って言い出して。何する気なんだかわからないんですから、ほっといてもうろたえますよ」

泉原があきれ顔で言った。

「俺に言わせれば、脇君の演技のセンスはいまいちだったねぇ」

秋山がにやにやと笑いながら評した。

着替えを終えた来栖がロッカーを閉めると、脇に小声で囁（ささや）いた。

「もう僕、どうなることかと思いましたよ。今日は配らないんですね？」

「さあな」

鼻歌交じりに答える脇に、矢上は釘（くぎ）を刺さずにはいられなかった。

「脇、無駄に挑発するとあとが面倒になるぞ」

脇は真面目な顔で矢上に向き直った。

「あんなに期待されると、なんかやんないと悪い気になるのが人間ってもんだろ」

その独特の人間観には共鳴しかねたが、とりあえず危険を予測し、回避できたことに矢上は安堵していた。きっかけは昨日の団体交渉時に矢上自身が得た感触だった。

要求書に目を通していた板垣が最も激しい動揺を見せたのは、間違いなく玄羽昭一の死の経緯について記された箇所だった。矢上は、玄羽の死に関して生方第三工場から本社に事実が報告されていなかったのだと確信した。だとすれば、昨日のうちに板垣は工場の現場責任者に事実確認を行ったはずだ。その段階で、五十畑は新労組の旗揚げと団体交渉が行われたことを知ったろう。であれば、五十畑は先を読んで今日のビラ撒きを阻止しようとする。配布を妨害すれば不当労働行為にあたるから、まずはビラを持ち込ませないようにするに違いない。

そう考えた矢上たちは、団体交渉後、朝日荘で写真を入れ込んだビラを作り、はるかぜユニオンで印刷させてもらうと、その中から今日配る予定の枚数分だけを夜のうちに社員駐車場に隠しておいたのだ。徹底したコスト削減のもと、最小限の外灯しかない薄暗い駐車場には、わけなく忍び込むことができた。あとはビニールで厳重に包んだビラの束と、ハンドマイクを植え込みの中に押し込むだけだった。

五十畑が持ち物検査にかこつけてビラを毀損しようとしたということは、駐車場に隠したビラは見つかっていない。さらに、ビラを発見できなかった五十畑は、矢上たちが今日は行動を起こさないと考えているはずだ。

始業時刻、ラインが動き出し、矢上たちはいつもどおり黙々と作業に従事した。そうして工員が食堂に集まる食事休憩が来るのを待った。

それを知らせるベルが鳴るやいなや、矢上たちは社員駐車場へと走り、隠しておいたビラとハンドマイクを取り出して食堂へ急いだ。食券販売機の前にはまだ列ができており、体育館ほどの食堂は工員たちで溢れ返っていた。

ハンドマイクを手にした矢上は入り口で立ち止まり、鼓動が速まるのを感じながら食堂を見渡した。

「頼んだぞ、矢上」

脇が声をかけ、秋山、泉原と三人で手分けしてビラを配るべくそれぞれの持ち場へ向かった。

矢上は意識して肩の力を抜き、目を閉じて深呼吸をした。耳の奥に激しい鼓動が響き、急速に食堂の喧噪が遠ざかった。静かに目を開くと、視線はおのずとひとつのテーブルに向かった。玄羽が定席としていた六人がけのテーブルだ。玄羽と関わり合いになるのを避けて社員は誰も同じテーブルにつこうとしなかった。新たにそこに座る者もなく、今も無人のままだ。ひとりで機嫌良く飯を頬張っていた玄羽の姿が昨日のことのように思い出された。

矢上は、玄羽がこのテーブルを使えと言ってくれているような気がして駆け出した。そして、その勢いのままにテーブルの上に飛び乗ると、ハンドマイクを握りしめた。

「みんな、聞いてくれ」

矢上の声が食堂に響き渡った。

ぎっしりと食堂を埋めた工員たちが何事かと箸をとめ、一斉にテーブルの上に立った矢上の方を見た。矢上は大勢の視線の圧力に抗するように足を踏ん張って第一声を発した。

「俺たちは新しい労働組合を作った。共に闘う人間の砦労働組合、通称〈ともとり労組〉だ」

その矢上の言葉を合図に、脇、秋山、泉原が素早くビラを配り始めた。

「俺は執行委員長の矢上達也、非正規工員だ。〈ともとり労組〉は正規、非正規にかかわらずユシマで働くあらゆる労働者が加入できる組合だ」

村上たち本工のテーブルから茶化すような声があがった。

「非正規の皆さんが本工も仲間に入れてくれるってさ」

どっと笑いが沸くと期待していたのだろう、まばらな反応に村上が怪訝な顔で立ち上がって辺りを見回した。

食堂の利点は、路上と違って相手がビラを受け取ろうが受け取るまいが、トレーの横に次々と置いていけることだ。つまり工員が飯を食いながらちょいと視線を動かすだけでビラの内容が目に入るというわけだ。案の定、団交の写真の効果は絶大で、工員たちのあいだに驚きに満ちたどよめきが衝撃波のように広がっていた。本工の多いブロックは秋山の担当だったが、村上たちのテーブルを後回しにしたのはおそらくわざとだろう。立ち上がったままの村上の鼻先に秋山がビラをひらめかせている。村上がそれを引ったくってテーブルに置くと、取り巻き全員がすぐさま身を乗り出し、信じられないといった表情で顔を見合わせた。その中のひとりがビラを摑んで近くの五十畑のテーブルに走った。

五十畑はその写真を一瞥すると、息を呑んで矢上を見た。その目に浮かんだ激情は、畏れ多くも御簾の向こう側に土足で踏み込んだ者らへの憤怒のようでもあり、赤裸々な嫉妬のようでもあった。矢上はその五十畑の顔に視線を据えたまま声を張った。

「その写真のとおり、〈ともとり労組〉は具体的な要求を掲げて、経営側とすでに団体交渉に入っている。交渉の窓口はユシマ本社の梶浦人事部長と板垣副社長だ」

食堂いっぱいの工員が口々に喋り出し、騒然となった。普段なら飯を食い終わった順にばたばたと出ていくのに、今は誰ひとり食堂から立ち去ろうとしない。飯が途中の者も食べるのを忘れて夢中で喋っている。

矢上は一呼吸置いてハンドマイクを握り直した。

「俺たちの要求書はホームページにアップしてある。ひとつは、十二月から実施予定の新日本型賃金制度の全面的な撤回だ」

これには仰天したらしく、ついさっき蒸気のように沸き上がった興奮がたちまち鎮まった。面食らって顔を見合わせる者、半信半疑の面持ちでビラの写真を見直す者、あり得ないというように首を横に振る者、食い入るように矢上を見つめている者、様々だったが、もう誰も喋ってはいなかった。

驚くのも当然だと矢上は思った。副社長と人事部長が非正規工員からのそんなとんでもない要求を、彼らと同じ卓について聞いているのだから。矢上は大きな声で問いかけた。

「今、ここにいる工員の中に、本気であんな賃金制度を望んでいる者がいるのか。本気で〈人物力〉で自分の価値を測られたい者はいるのか」

線のある制帽もない制帽も、庇が斜め下に傾くのが矢上にはわかった。もう決まってしまったのだからと、できるだけ考えないようにしてきたことなのだ。だがそれではユシマの思う壺なのだ。気がはやり、矢上は緊張で唇が乾いているのを感じた。

「あれが始まれば、自分以外の全員が敵になる。あいつよりも、こいつよりも、もっとやる気をアピールしなければ、熱意を見せなければ評価してもらえない。すぐにどんな無茶も理不尽も先を争って引き受けるようになる。そうやって際限なく競わされるんだ。それも、体か神経か、あるいは両方が壊れるまで、ずっとだ。そこまでやっても賞与は一円も出ないかもしれないし、昇給もゼロかもしれない。俺たち非正規にいたっては、これまでどおり働いても、いくら金が入るのかまったく示されていない。こんなふざけた話があるか」

ビラを配り終えた脇が、食堂の中央付近で威勢のいい声をあげた。

「もし給料がゼロでも、文句を言う時は、聞く方がワクワクするような文句じゃないとだめだぞ。人物力ってのは人をポジティブな思考に引き込む力だからな」

初めてさざ波のように笑いが起こった。

脇の入れた合いの手が矢上の心に余裕を生んだ。矢上は食堂の全員にわかるようユシマ労組の職場委員である五十畑の方に向き直り、明確に宣言した。

「ユシマ労組は新日本型賃金制度に満場一致で賛成したが〈ともとり労組〉は受け入れない。全面的な撤廃を要求する」

五十畑は矢上を睨みつけていたが、なにやら思いついたように隣にいる組長の市原に耳打ちした。市原は席を立ち、村上と数名の本工を連れて出入り口へと向かった。

「もうひとつの要求はなんだ」

食堂の一隅から真剣な声が飛んできた。矢上は工員の反応に手応えを感じ、咄嗟の判断で要求の核心に踏み込んだ。

「ユシマに、俺たちを人間として扱うように要求する」

「非正規が調子こいてんじゃねぇよ」

あからさまなヤジは村上の一派とはまた違う本工たちのテーブルからだった。

「確かに俺たちは非正規だ。そのことを考えてみてくれ」

矢上はヤジのあがった方向に向かって話しかけた。

「本工と同じ作業を、より安い賃金でやる非正規工がいる。そういう状況で、使う側があんたら本工の給料を上げる必要を感じると思うか？　コストを抑えるために、このさきできるだけ本工を非正規に置き換えていくことを考えるんじゃないか」

「非正規をよく見とけよ、明日は我が身だぜ」

帽子に緑の一本線のある期間工が辛辣な声をあげた。

「一台一台自動車を組み立てている工員は、本工も非正規も、削減されるべきコストなのか。俺たちはそうは思わない」

矢上は自分の生の声が食堂の奥の天井に跳ね返るのを聞いた。気がつくとハンドマイクを使わずに工員たちに話しかけていた。矢上はマイクを足下に置き、深く息を吸って続けた。

「俺たちはユシマ仕様の消耗品じゃない。労働者は、企業の利益のために生きてるんじゃない」

思いがけず、誰かが賛同の意を表するようにテーブルを叩くのが聞こえた。

矢上は玄羽の死因について話し、ユシマが労働者死傷病報告をさえ労基署に提出せず、労災を認めず、何の対策を講じることなく工場を稼働させていることを糾弾した。

「玄羽さんと同じことが、いつ、誰の身に起こっても不思議じゃないラインで俺たちは働いている。この休憩が終わったら、またあそこへ戻るんだ。たとえ死んだとしても、俺たちには労災が認められない。これが人間に対する扱いなのか」

工員たちは黙り込み、食堂を静けさが支配していた。いつのまにか五十畑が姿を消していた。

不意に誰かが耳障りな音を立てて椅子を引いた。

見ると、制帽に白の一本線のある派遣工が、空の皿の載ったトレーを手に返却台に向かっていた。衆目を浴びても動じる様子もなく、片手をポケットに突っ込み、長身の首を少し突き出すようにして大股にいく姿はいかにも一匹狼を思わせた。

「意見があるなら話してもらえないか」

矢上は率直に声をかけた。

長身の派遣工は返却口にトレーを置くと、首を傾けて矢上を見返した。

「組立工はキツいってだけで、体力があれば誰にでもできる仕事だろ。簡単に代替えが利く仕事してて、いっぱしの人間扱いされたいってのがおこがましいんじゃないの。あんたらみたいな権利ばっか言い立てる奴らのほうが、俺に言わせりゃ社長よかよっぽどウザいんだよ」

同じ立場の人間から直接に向けられた激しい嫌悪に矢上はたじろいだ。同時に、その種の反感——嫌悪とまではいかないまでも、忌避感のような感情は矢上にも覚えのないものではなかった。どう答えればいいのか、瞬時に言葉が出なかった。

言うだけ言って出ていこうとする長身の派遣工に矢上は聞き返した。

「代替えの利かない仕事ってどんな仕事だ」

頭が悪い人間に呼び止められたように苛立(いらだ)たしげに振り返った派遣工に、矢上は話し続けた。

「俺は、代替えの利かない仕事なんて本当はほとんどないんじゃないかと思ってる。社長だろうと官僚だろうと、政治家やタレントだろうと、いなくなれば次の人間が繰り上がったり、横からスライドしたり、新味のある奴が取って代わったりして、すぐに穴が埋まる。そこにおさまったのが選(え)りすぐりの間抜けでもないかぎり、たいていそのまま続いていく。この仕事は自分じゃないとダメだと思っているのはたぶん本人だけでな。人間国宝とかってなると違うのかもしれないが、誰かがいなくなったことで終了する世界はそうザラにはない。本当に代替えが利かないのは、家族や友達や、親しい人間にとってのその人の存在なんじゃないのか。親や子供や大事な友達は、別の人間で穴埋めできないもんだろ」

そう話しながら矢上が思い出していたのは、短い夏を家族のように過ごした玄羽だった。

「好きなだけキレイごと言ってろよ」

長身の派遣工は鼻で笑って出ていった。食事休憩も残りわずかと気づいて他の工員たちもぞろぞろと移動し始めた。

矢上は必死に工員たちの背中に話し続けた。

「〈ともとり労組〉はユシマに、俺たちを人間として扱うように要求する。要求書の全文はホームページに掲載しているから、ビラに書いてあるアドレスからアクセスしてくれ。サイトには組合に加入するフォームを用意してある。要求書を読んで賛同できると思ったら、俺たちと一緒に闘ってほしい」

途中からは食堂を出ていく工員たちのざわめきで掻き消されてしまった。

矢上がテーブルから下りると、脇が大きなやかんと未使用の丼を手に駆け寄ってきた。

「よくやった、初めてにしちゃ上出来だ。みんなビラ持ってってくれたしな。とにかく茶を飲め、茶を。今飲んどかないと脱水するからな」

茶を汲(く)んだ丼を受け取ろうとして、緊張の大波が遅れて打ち寄せたように手が震えた。こぼしながらごくごくと飲み干して初めて喉(のど)の渇きに気づき、たて続けに三杯飲んだ。

「もうすぐ握り飯がくるからな」と、脇が言ったそばから秋山が皿におにぎりを載せて走ってきた。後続の泉原は味噌(みそ)汁の椀(わん)を持っている。

「ほどよく冷めてますから、これで塩分補給して下さい」

「おまえたちは昼、食ったのか？」

脇たち三人は矢上がテーブルの上に立って喋っている間に、セルフの丼飯に味噌汁をかけてかき込み、炊事のおばちゃんに頼んで握り飯を作ってもらったのだという。無我夢中で喋っていた矢上にはまったく目に入っていなかった。

「矢上君って年上キラーかもね。おばちゃんたち、えらく感心してさ、精がつくようにご飯に天かすと揚げじゃこ混ぜてくれたのよ」

味わう余裕もなく矢上は握り飯を口に押し込んだ。

「ひとつ味見な」と手を伸ばした脇が「これ旨いわー」を連発するあいだに、矢上は炊事のおばちゃんに礼を言って皿と椀を返し、四人で戸口に向かった。

「なんかおかしいですよ」

泉原が前方を見て眉を顰めた。出入り口付近が妙に混雑して前へ進まず、工員たちが押し合いへし合い渋滞していた。

「出口で何かやってんの？」と秋山が工員のひとりに尋ねたが、わからないというふうに首を振るだけだった。脇がいきなり「ちょっと通して。ちょい、ごめんな」と、人を掻き分けて扉口に向かい始め、矢上たちもあとに続いた。常にないことは何であれ、自分たちの行動に端を発しているのではないかという嫌な予感があった。

食堂を出てすぐのところで、村上たちの一団がそれぞれに黒いゴミ袋を広げて立っていた。傍らには五十畑がおり、ボールペンと手帳を手に通っていく工員たちを監視している。ビラを捨てていかない工員は、不穏分子として作業着の名札の名前を控えるという無言の恫喝(どうかつ)だ。ユシマを敵に回すか、ユシマに従うか、この場で態度を決めるよう迫られた工員たちは、互いに目を逸らすようにしてゴミ袋にビラを捨てていく。一度工員たちに配られたビラは工員たちのものであり、それを彼らがどうしようと自由であるという建前だ。悔しいが矢上たちにできることはなく、四人で知恵と金を出し合って作ったビラが、ゴミ袋に捨てられていくのを黙って見ているしかなかった。

「きたねぇことを……」

脇が五十畑を睨みつけた。五十畑が広げているのは、玄羽の生前、玄羽と言葉を交わした相手をメモしていると噂になっていたあの手帳だ。

そのとき意表を突いて、秋山がつかつかと五十畑に歩み寄った。

「どうせなら、このペンを使っちゃどうですか？」

見ると、秋山の手にはユシマのロゴと金のクリップのついたボールペンが握られていた。それは五十畑が工場長として関東地区でＭＶＰ表彰をされた際の賞品で、以前は常に作業着の胸ポケットに挿してあったものだ。

「おまえ、どこでこれを」

五十畑はまるで手品を見せられたかのように目を丸くして尋ねた。

「落ちてましたよ、あんたが玄さんの遺体を病院に運んだ救急車の中に」

見る見る五十畑の顔色が変わった。

「あの晩から預かってたんですけどね、今日は工場長と話す機会があるんじゃないかな、と思って持ってきたんです」

秋山は大胆にも、母親のような手つきで五十畑の胸ポケットにボールペンをきっちりと差し込んだ。それから、棒立ちになっている五十畑に微笑みかけた。

「今晩、あんたが玄さんの夢を見るように祈ってますよ」

65

「秋山さんてけっこう怖いこと言うのな。俺、軽くブルったね」

脇が炭酸飲料の蓋をプシュッと音を立てて開けた。

「へぇ、そうなの？　あんなの俺の感覚じゃマイルドな方よ」

そう言うと秋山は季節限定の和栗のロールケーキにいそいそと手を伸ばした。

矢上たち四人は一直の作業を終えて着替えた後、次の活動に向けて売店でジュースと三時のおやつを奮発し、生方第三工場の駐車場で車座になって束の間の休息を取っていた。

駐車スペースに五十畑の車も村上たちの車もない。どうやら彼らは、新労組の今日の活動が食事休憩で終了したと考えてすでに帰ったようだった。だが、まもなく寮住まいの大勢の工員を乗せた二直の送迎バスが到着する。四人はバスから降りてくる彼らにもビラを配る予定だった。それが終わったら、事務棟を訪ねて帰宅前の社員にビラを手渡す。

実働七時間半のライン作業の後だ。疲労を感じないわけはなかったが、気持ちは充実していたし、こういう時こそ糖分補給を、という泉原の提案が奏功した。一人一切れではあったが、滅多に口にすることのない甘い生クリームを巻いたふわふわのケーキのおかげで元気が湧いてくるようだった。

アスファルトの裂け目から逞しく伸びたススキが風に揺れていた。矢上はしばらく黙ってその穂を眺めていた。

「そろそろですね」

泉原が腕時計に目をやって言った。四人はゴミを片付け、それぞれにチラシを抱えてバスの着く車回しに向かった。

ところがどうしたことか、工場の敷地に入るところの大きな鉄の門が閉められていた。これではバスが車回しに入ることができない。この門が閉ざされるのはラインが稼働中で工員の出入りがない時間帯と、二直終了後の送迎バスが出てから一直のバスが来るまでの深夜だけのはずだ。

門のすぐ内側にプレハブの守衛室があるが、筋肉の鎧を着たようないつもの守衛の姿はなく無人だった。

「今日の二直はなくなった、なんてことねぇよな？」

脇が誰にともなく尋ねた。通りの方を見ていた秋山が答えた。

「ないと思うよ、バス来てるし」

寮からの大型送迎バスが連なってこちらに向かっていた。矢上は急いで門を開けようとした。だが錠がかかっているらしくビクともしない。泉原が脇門から外に出て、近づくバスに向けて停まるように手を振った。フロントガラス越しに、年配の運転手が腹立たしげな顔でブレーキをかけるのが見えた。

クラクションを鳴らすバスに近づくと、運転手が窓から顔を出して、さっさと門を開けるように怒鳴った。矢上が鍵が施錠されていることを伝えると、運転手はものも言わずにその場でバスの扉を開け、工員が次々と降車し始めた。間口の狭い脇門から歩いて中に入るしかない。後ろに停まった数台のバスも扉を開け、瞬く間に工員が門の前に溢れた。中には肩ほどの高さの門によじ登って乗り越えていくつわものもおり、矢上たちは慌ててビラを配り始めた。

　ここでも写真のインパクトは大きかった。監視役の工場長や組長がいないせいもあり、興味本位も手伝ってか、まるで号外のように差し出すそばからなくなっていく。予想以上の勢いに、ひょっとしたらビラが足りなくなるのではないかと心配になり始めた時だった。誰かがだしぬけに背後から矢上の肩を摑んだ。振り向くと、開襟シャツを着た見知らぬ中年男が立っていた。その粘り着くような威圧的な視線が矢上の警戒心を呼び覚ました。どう見ても工員ではない。男は挨拶も前置きもなく言った。

「道路使用許可、取ってないね？　路上で無許可でビラを撒くの、道路交通法違反だから。あの車に乗って」

　男が顎をしゃくった方を見ると、いつのまにか路肩に警察車両が二台停車していた。ぎょっとした瞬間、近くで脇の怒声が聞こえた。

「ざけんなよ、離せよ！」

　シャツを摑まれた脇が、若い刑事の手を振り払った。

「はい、おまえ公務執行妨害、追加ね」

　刑事が二人、脇の両肩を押さえつけるようにして車へ引きずっていく。とめようとした矢上は中年の刑事に背中を蹴られ、別の車に押し込まれた。そこにはすでに青ざめた泉原が乗せられていた。矢上が反射的にリアガラスから後ろを見ると、足をばたつかせて激しく抵抗する脇が三人がかりで車に押し込まれるところだった。同じ車内に秋山の姿があった。

門前の先ほどまでの賑わいは嘘のように掻き消え、工員たちがこわばった顔でこちらを見つめていた。いつのまに現れたのか、筋骨逞しい守衛が黒いゴミ袋を広げてビラを回収している。

動き出した車の中、矢上は初めて嵌められたのだと悟った。門を施錠し、矢上たちをユシマの敷地の外に誘い出してビラを撒かせ、警察に道交法違反で逮捕させる。もちろん警察にはあらかじめユシマから連絡が入っていたのだ。近くで待機していたのは、國木田が言っていた公安の刑事に違いない。矢上は自分のうかつさに唇を噛んだ。

運転席に座った中年の刑事が、ルームミラー越しにまるで罠にかかった小動物でも眺めるような目つきで矢上たちを見ていた。その細く切れ上がった目は、これから獲物をどう料理しようかと考えて楽しんでいるようだった。

66

経済安全保障シンポジウムにパネリストの一人として登壇した板垣は、午後遅く社用車でユシマ本社への帰路についた。わずかに開けたウインドウから爽やかな秋風が入ってくる。だが、板垣の気分は一向に晴れることがなかった。昨日からあの四人の非正規工員のことが重い霧のように胸の中にわだかまっていた。何が彼らの行動原理を支えているのか、いくら考えても板垣には見当がつかなかった。

板垣が地下駐車場で社用車を降りて社屋に入ると、警備員室の窓の向こうでいつものように初老の警備員が制帽を取って深々とお辞儀をしていた。通るたびに、いつかこの警備員の顔を見ようと思うのだが、役員専用のエレベーターに乗る頃にはそう思ったこともまた忘れてしまう。

自分のオフィスに足を踏み入れて板垣は面食らった。日夏がソファに座ってラプサン・スーチョンを飲んでいたからだ。今日、会う予定があっただろうか。

日夏が板垣の表情を見て察したように言った。

「スマホにメッセージを送ったのですが、ご覧になっていないようですね」

板垣は午前中にシンポジウムの会場に入った際に電源を切り、そのままにしていたことを思い出した。本人がオフィスに来ているのだからメッセージを見るより話を聞く方が早いと考え、板垣は日夏の向かいのソファに腰を下ろした。

「昨日は玄羽の件で面倒を頼んですまなかったな。今日は何か急な用件でも?」

日夏はティーカップを置き、ベルルッティの艶やかなレザーブリーフケースに手を伸ばした。そして「今日、例の四人が生方第三工場で配ったものです」と告げ、一枚のビラを取り出してテーブルに置いた。板垣は一目見て息を吞んだ。

なぜこんな写真が存在するのか、わけがわからなかった。だが次の瞬間、団体交渉にやってきた四人のうちで、一人だけ写真に写っていない者がいるのに気がついた。泉原順平。つまり、これを撮影したのは彼だ。板垣は団交が始まる寸前に、泉原が手洗いの場所を尋ねて席を立ったのを思い出した。あの気後れしたようなおどおどとした態度は演技だったのだ。術中に嵌まった衝撃と共に、眼前の写真がどの瞬間を切り取ったものか、まざまざと記憶が蘇った。

これは、矢上がユシマ労組から〈ともとり労組〉に移りたがっている正社員がいると口にしたあの時だ。板垣は矢上の言葉の真偽を見定めようとその若い目を覗き込んだ。嘘ならばそこに現れるはずの揺らぎを、この自分が見逃すはずはないと思い込んで。ところがそこにはまるで対等な者を見返すような矢上の不動の瞳があった。

圧倒的な地位の違いがありながら、拮抗している二つの視線が写真の中に切り取られているようで、板垣は息苦しさを覚えて顔を背けた。

多くの工場労働者がこの写真に目を奪われ、ビラを手に取ったに違いないと思った。そうして何が起こっているのかと、そこに書かれている文章を読んだことだろう。

「要求書はもう柚島社長に？」

日夏が先を読んだ顔で尋ねた。

「いや、まだ見せていない。水曜の朝食会の時にと考えていた」

要求書の中で〈新日本型賃金制度〉が痛烈に批判されていることに、柚島庸蔵は間違いなく激怒する。なにしろ自身の肝いりの新制度なのだから腹を立てないわけがない。実のところ、矢上たちの新制度に対する厳しい批判は当を得たものであり、その部分に関してだけ言えば、板垣は爽快感を覚えて四人にいくらか好感を抱いたほどだ。

無論、朝食会では要求書を読んだ柚島の罵詈雑言をひとしきり聞かされることは避けられないだろう。だが、どんな激情もやがて息切れして鎮まる。その頃合いをみて、板垣は矢上たちの新制度批判を柚島への説得に利用しようと考えていた。

筋書きはこうだ。従業員は新制度に反対しているわけではなく、ただ不安を感じているだけであり、〈ともとり労組〉は、組合員をひとりでも多く募るためにその不安につけ込もうとしているのだ。新制度は十二月から実施予定であるが、ここは一挙に移行するのではなく、弾力的に運用を開始するべきだと。

板垣は〈ともとり労組〉が実質的な脅威となる可能性よりも、新制度によって従業員たちのあいだに憤懣(ふんまん)の火種がばらまかれることの方をより深刻に捉えていた。しかし、このビラが柚島庸蔵の目に触れれば、説得の機会は潰(つい)える。柚島は癇性な男だ。このような写真を撮られた手抜かりを糾弾し、板垣の言葉には一切、耳を貸さないだろう。

「日夏。このビラ、本社に知られないように押さえられるか」

「生方第三工場の人間で、僕の頭越しに本社にこのビラを持ち込める人間はいないと思いますよ。少なくとも彼ら四人を除けば」

「おまえ、このビラを誰から入手した」

「以前に話したスパイ気取りの工員からです」

日夏はその工員から報告を受けたという食堂での出来事を、ひととおり話した。

「五十畑はビラを回収した後、南多摩署警備課の公安係に連絡を取ったそうです。彼はユシマ労組の職場委員ですから」

それを聞いて板垣は、半世紀ほど前、激しい労働争議が行われていた頃の名残で、生方のユシマ労組は所轄の公安とのつきあいを保っているのだろうと察した。

「昨日、おまえが電話で話を聞いた時、あの五十畑という工場長はひどく動揺していたらしいが、このさき大丈夫なのか」

「五十畑は、自分の工場で起こったことは、自分でなんとかできると思っているようです。つまりは、習慣から抜け出せない。都合の悪いことはもみ消す。そうすればなかったことにできる。幼稚な為政者が範を垂れたおかげで、近年この国のいたるところで乱用されるようになった手法です。しかし単なる工場長の立場で、この件が隠蔽できると思っているのなら、健全な判断力が働いているとはいえませんね」

いつになく饒舌な日夏が燻香の強い紅茶を口に運ぶのを眺めながら、板垣は不意に思った。

——それでも、少なくとも五十畑は俺を裏切らない。

五十畑とは碌に面識もないというのに、なぜそんなことを思いついたのか、自分でも不思議だった。それが信じるに足る直感なのか、不安を和らげるための安直な希望なのか、板垣にはどちらともわからなかった。

日夏がオフィスから辞去し、ひとりになって板垣はあらためてビラを手に取った。

〈ともとり労組〉は早急に叩き潰しておかなければならない。できれば一刻も早く。

そう考えていると、デスクの電話が鳴った。秘書からの内線で、柚島が社長室に来るように言っているという。

「すぐに伺うとお伝えしてくれ」

今日、撒かれたばかりのこのビラが柚島の手に渡っているはずがない。別の用件だろうが、柚島は何か思いついたらとにかく実行しないと気が済まない性分だ。今、動くとしたら、ユシマインドの件ではないか。

正直、板垣はユシマインドに関わりたくなかった。なにより、新労組に関してここで後手に回れば事は一層、厄介になる。わかっていても柚島の意向に逆らうわけにはいかない。板垣は足早にオフィスをあとにした。

67

縁側に座った五十畑は、親指に力を込めて煎（い）った銀杏（ぎんなん）の殻をパキリと割った。そして柔らかな翡翠（ひすい）色の実を取り出し、その苦味をゆっくりと味わった。一直の勤務から帰宅した後、いつものように入浴を済ませたが、夕食をとる気分になれなかった。妻には食事は外で済ませてきたと言い、日向（ひなた）の匂いの残る縁側の座布団に腰を下ろした。五十畑にとって、そこは食後の晩酌という小さな贅沢（ぜいたく）のための場所だ。

湯上がりには少し暑かったトレーナーとスウェットが心地よく素肌に落ち着く頃、妻が銀杏と一合徳利（とっくり）、猪口（ちょこ）を載せた盆を五十畑の膝元に置いていった。

猪口に残った酒を口に運び、狭い庭に目をやると、夕闇の迫る中に嬰児（えいじ）の頭ほどの大きさの白い菊がぼうっと浮かんで見えた。三鉢ならんだ厚物の菊は五十畑が丹精したものだ。子供が成長して家族で行楽に出かけることもなくなった頃から、菊は五十畑の唯一の趣味となっていた。

ちょうど昨日の今ごろだった。課長の日夏から電話があり、五十畑は玄羽の死の経緯について訊かれた。日夏は副社長の板垣の意向をにおわせて尋問のごとく事細かに問い質（ただ）し、五十畑は言葉に詰まりながら答えた。あの長い夏の夜を再び体験しているようだった。

もうすぐ玄羽の四十九日になるのだな、と五十畑は思った。今夜、玄羽の夢を見るように願っていると言った秋山の声が耳に残っていた。

夢で会えるのなら、会いたいと思った。玄羽とはもう長いあいだ話らしい話をしていなかった。だが、二人とも定年退職して毎日、時間を持て余すようになれば、ひょいと道の角などで出くわして、どちらともなく「よう」と声をかけ合い、昔のような自分たちに戻れるのではないか。そんな他愛のないことを思い描いていた。しかし、玄羽は唐突に逝ってしまった。あの日、ラインを抜ける時に玄羽が自分に何と言ったのか、いくら考えても思い出せなかった。

俺は仕事をしてきたのだ。五十畑はそう思いながら、乾いた音を立てて銀杏の殻を割った。小杉圭太の過労死を争う裁判で玄羽が原告側の証人として出廷する予定だとわかり、五十畑はユシマ労組の幹部から玄羽を監視し、職場で彼と親しくしている社員をチェックするよう命じられた。しかもあからさまに行うことで、玄羽を周囲から孤立させるようにとの指示だった。

五十畑よりも一回り以上若い労組の幹部は、別世界のエレベーターに乗っているかのように垂直に上昇し、予定の階で扉が開くとそこには重役の椅子が用意されている。彼らは五十畑が出会った時から上司であり、自分は上司の指示に従って仕事をしたのだ。別に玄羽を目の敵にしていたのではない。

「お父さん、これなくしたんじゃなかったの？」

すぐそばで声がして、妻がユシマのロゴの入った例のボールペンを手にして五十畑を見下ろしていた。五十畑は黙ってペンを受け取った。

「作業着のポケットに入れっぱなし。危うく一緒に洗濯機で回しちゃうところでしたよ」

そう言うなり、妻は踵を返して台所へ戻っていった。

居間を振り返ると、高校三年になる息子が座卓に肘をつき、イヤフォンをしてスマホをいじっていた。卓に夕飯が並ぶまで何時間でもああしている。大学へは行っておけといくら五十畑が言っても、どうせユシマに入るのだからと聞かなかった。実際、碌な大学に入れるような成績でもなかったが。

五十畑は立ち上がり、煙草を買いに行くと妻に声をかけて家を出た。台所の窓から、買い置きがあるという妻の声がしたが、聞こえないふりをして通りに出た。

住宅街の道にポツポツと街灯がつき始めていた。五十畑は脇目もふらず、行き当たりばったりに歩いた。玄羽に出くわすことなどあるはずもないのに、角に来るたびにそこを曲がった。

気がつくとひとつ向こうの駅の近くまで来ていた。自転車で塾へ向かうらしい小学生たちが現れ、五十畑は道の脇に避けて見送った。そのまましばらくぼんやりと突っ立っていた。

――やはり俺は玄羽を目の敵にしていたのだ。

ひとつ大きく鼓動を打つように五十畑はそう思った。すると、ユシマ労組幹部から玄羽の監視を命じられる前からそうだったような気がした。それがあの時、単純な形をとって表れたに過ぎないのだ。

あからさまに監視する役目など楽しいわけがない。ただの憎まれ役だ。自分にそんなことをさせる原因を作った玄羽に腹が立った。なぜ小杉圭太の裁判で証言をしようなどとするのか。ユシマの社員なら社員らしくするべきなのに、どうしてそんな簡単なことができないのか。玄羽のそれまでの自由な振る舞いのツケを、理不尽にも自分が払わされているような気がして腹が立ったのだ。目の敵にしても足りないくらいに。

急に喉が渇き、五十畑はコンビニに入って缶ビールを買った。店の前のベンチに座って飲もうとして、スウェットのリアポケットに何かが突っ張るような違和感を覚えた。ポケットを探ると、ユシマのロゴ入りのボールペンが出てきた。縁側で立ち上がった時に無意識にポケットに入れていたらしい。座ってビールを飲むのに邪魔だと思った。五十畑はベンチ脇の空き缶用のゴミ箱にボールペンを投げ込んだ。それからプルタブを開け、何も考えることなく缶ビールを飲み、空き缶をゴミ箱に捨てた。

五十畑はゴミ箱の前にしゃがんで、ボールペンと空き缶を呑み込んだ円い穴をじっと見つめた。何かが起こるのを待つように。だが、何も起こらず、自分がなんら変わっていないのを感じた。そのことに五十畑は漠然とした恐怖のようなものを覚えた。

68

机を蹴られるたびに、爆発音のような衝撃で意識が現実に引き戻される。矢上は窓のない狭い取調室ですでに時間の感覚を失っていた。昨日はユシマ本社での労働再現パフォーマンスと団体交渉の後、朝日荘で作ったビラの原版をはるかぜユニオンで印刷させてもらい、それを担いで生方に戻った時には二直の就業時間はすでに終わっていた。夜の駐車場に忍び込んで今日配る分のビラを隠して寮に戻ったが、一直まで眠れたのはほんの二時間ほどだった。昼休憩のビラ配りを挟んで実働七時間半のライン作業を終え、二直の工員へのビラ配り中の逮捕だ。取調室のパイプ椅子に座ってしばらくすると頭が朦朧としてきた。

脇と秋山、泉原はどうしているだろうか、その思いだけが意識の表面で明滅していた。過去の強引な取り調べが問題となり、近年は容疑者の人権を尊重する様々な制度ができたとネットで読んだが、同じ記事の中に、『いくら制度が定められても運用するのは警察であることに変わりはありません。違反する取り調べを受けたと感じた場合には、泣き寝入りせずに弁護士に相談し、有効な対応策を考えて動いてもらいましょう』とあったのを思い出し、ほとんど無意識に笑いかけた途端、髪の毛を摑まれて顔を起こされた。

「おまえの実家、スナックなんだな。電話したら親父が出てな、おまえなんかどうでもいいから、妹の居場所を教えてくれって言われたよ」

矢上は、母親の若いヒモがまだ妹に執着していると知って心底ゾッとした。だが、矢上の顔色が変わったのを見て刑事は別のことを考えたらしい。

「さすがに『おまえなんかどうでもいい』はないよな。いくら余計者でも傷つくよなぁ」

刑事はネチネチと精神的にいたぶっているつもりらしいので、矢上は調子を合わせて顔を背けてみせた。

「妹、家出してんのか」

「男つくって出てったよ」

もちろん嘘だったが、そう言っておけば警察は妹の居所を捜さないだろうと思った。疲労で体がぐらつくたびに、机や椅子を蹴られ、罵声を浴びせられながらも、矢上の心は最後に妹に会った日に飛んでいた。

夏休みの初日、笛ヶ浜に向かう前に、矢上は妹の暮らす看護師寮を訪ねた。いつものように寮のブロック塀に凭れて待っていると、雀の囀る朝の道を夜勤明けの妹が戻ってきた。元気そうな顔を見て矢上は思わず笑顔で手を上げたが、妹は少し困ったように微笑んだ。それから矢上の重そうなバックパックに目をやって「旅行？」と尋ねた。矢上は頷くと、二週間ほどスマホが繋がらなくなるが、何かあれば即座に留守電にメッセージを入れるように念を押した。そうすれば自分はすぐさま戻ってくるからと。

俯いたまま黙って聞いていた妹は、意を決したように矢上の目を見つめた。

「前から言おうと思ってたんだけど。兄さんには感謝してる。でも私はもう大人だから、兄さんは心配しなくていいの。私は、兄さんが生きたいように生きてほしい。私を言い訳にしないで」

思ってもみなかった最後の一言が、矢上の胸を貫いた。

妹を案じて守ること。考えてみれば、自分はそれを長いあいだ、おそらくは子供の頃から、人生のいろいろな局面において言い訳にしてきたような気がする。自分の感情よりも周囲の状況を読み取って、できるだけ波風を立てないように生きてきた。自分から何かを働きかけることもなければ、他者に何かを乞うこともない。とりあえずその場が丸くおさまればいい。笛ヶ浜で墓地の草むしりをした時、脇になじられたのもそんな自分だったのだ。

けれども、今は違う。今は自分の頭で考え、声をあげ、自分の意思で行動している。そのうえ仲間がいるのだ。体はつらかったが、この建物のどこかで脇も秋山も泉原も、今の時間を耐えているのだ。こんなことで自分は、自分たちは折れない。そう思えた。

その時、これまで聞いたことのない声、泉原が怒鳴る声を遠くに聞いたような気がした。

69

矢上は両側から二人の刑事に抱えられるようにして南多摩警察署の玄関へ引きずり出された。耳元で刑事が囁いた。

「こんどやったら説諭じゃ済まないからな」

刑事たちが腕を放した途端に両膝がカクンと折れ、矢上は玄関の段差を転げ落ちた。そこに脇と秋山と泉原が同じようにへたり込んでいた。刑事のひとりがわざとらしく腕時計に目をやると、四人を見下ろして嬉しそうに言った。

「ああ、もう夜中の一時過ぎか。これから歩いて寮に帰ったら、一直までほとんど寝る時間ないなぁ。おまえらまた欠勤だな。そんな勤務態度じゃ、そろそろクビじゃねぇか?」

二人は笑いながら署内に戻っていった。逮捕されてから八時間が経っていた。

矢上たち四人は地面に両手をついてふらつきながらもなんとか立ち上がった。ビラを配った翌日だ、ここは絶対に休めない。口に出さずとも全員がわかっていた。だが、一直に間に合っても体がもつとも思えなかった。

「ちょっと脇君、寮、そっちじゃないでしょ」

脇が片側二車線の暗い道路を横切って、寮とは逆の方向へふらふらと歩いていた。脇は取り調べでも暴れただろうから過度の疲労による譫妄状態で方向感覚を失ったのかもしれない。矢上は我を忘れて脇を追いかけた。

脇はバス停の前に立ち止まり、スマホのライトを点けて時刻表を見ていた。

「しっかりしろよ、脇。夜中の一時過ぎだからな。この辺は深夜バスも走ってないぞ」

矢上はできるだけやさしく声をかけた。

「わかってるよ。けど、高校から学生が一直の実習に来たことがあったろ。ってことはこの辺は始発が早いんだ。見ろ、午前五時半のバスがある」

「そうか、ここから五時半のに乗れば、ギリで一直に間に合うってことか」

矢上は思わず大きな声をあげていた。追いついた泉原が脇に訊いた。

「でも、それまでどこで寝るんですか？」

「ここから乗るんだから、この辺だろ。よし、そうと決まればコンビニだ」

半ブロックほど先のコンビニに向かう脇の背中に、秋山が懇願した。

「脇君、俺、飯より寝たいんだけど」

「アスファルトの上で寝たけりゃここにいろよ。俺は段ボール敷いて寝るからな」

「コンビニで売ってるんですか？」と、泉原が驚いて尋ねた。

「売ってねぇだろ、普通。ここ見てみ」

脇が見せたスマホの画面を矢上が読み上げた。

「店舗にもよりますが少ない枚数であれば貰うことができます。恥ずかしがらずに勇気を出してレジにいる店員さんに『すみません、段ボールを分けていただきたいのですが』と伝えましよう」

脇は〈段ボール　コンビニ〉で検索をかけたようだった。

矢上が勇気を発揮し、コンビニで四人分の段ボールを分けてもらい、近くの蕎麦店のお客様用駐車場で野宿することにした。店が開くのが午前十一時だから、いくらなんでも五時過ぎに仕込みに来ることはないだろう、寝ていても車に轢かれるおそれはないはずだという秋山の発案だった。

体を横たえると段ボール一枚あるのとないのとでは雲泥の差だった。

「これで四時間近く睡眠を取れたら、明日はなんとかしのげますね」

泉原がほっとした口調で言った。その穏やかな声を聞いて、矢上はふと違和感を伴って思い出した。

「泉原、おまえ取り調べでなんか怒鳴り返すような腹立つこと言われたのか？」

「あ、聞こえてたんですか。でもあれは刑事さんにじゃなくて、父に対してです」

泉原によると、警察から連絡を受けて泉原の父が署に飛んできたのだという。しかも就職情報誌を持って。そして、うちの息子は大学を出ているし、すぐにどこかの正社員になるんだから、あんな非正規の奴らと一緒にしないでくれと刑事に食ってかかったらしい。「それで僕は父に『あんたには一生なにもわからない、帰れ』って」

「二十歳を過ぎても家族に連絡して、その反応で揺さぶるってのがきっと常套手段なんだろうな」と、矢上は頭の後ろで腕を組んでため息をついた。「まあ、おかげで俺も、ヒモがまだ母親と暮らしてるのがわかったんだけどな」

「俺の親父なんかすげぇぞ。電話で『うちの息子は凶暴でキレやすい男なので気をつけた方がいいですよ』だって。普通、刑事に忠告するかね」

そう言って脇がクスクスと笑った。

「俺んちも負けてませんよ」と、秋山が飄々と言った。「親父が出たらしいんだけどね。『そうですか。人でも殺したら、また連絡して下さい。そのときは夫婦で首でもくくってお詫びします。チン』って切っちゃったんだって。刑事が気味悪がってたね」

四人でアハハと声に出して笑った後、脇が言った。

「この先どうする？」

工場内でビラを配ってもすべて五十畑たちに没収される。工場の外で配れば道交法違反で逮捕される。ユシマと警察が繫がっている以上、道路使用許可を申請しても、許可が下りる可能性はないだろう。何か打つ手はないかと考えていると、脇の寝息が聞こえた。

「こういうことは頭が冴えている時に考えよう」

そう言いながら、自分のろれつが回っていないぞと思ったのを最後に、矢上も眠りに落ちていた。

70

午前五時半のバスに飛び乗り、矢上たち四人はその日の一直勤務をしのぎきった。だが、工場では四人が逮捕された情報が広がっており、工員たちは明らかに四人を遠巻きにするようになっていた。最後の望みは〈ともとり労組〉のホームページだった。サイトにアクセスさえしてくれれば、そこには団交の際の写真も、要求書もアップしており、労災隠しを知らせるフォームも用意してあるのだ。アドレスは配ったビラに記していたが、すべて没収されたうえ四人が逮捕されたこともあり、何日経ってもアクセスはほとんどないに等しかった。矢上たちは自分たちが諦めていないことを何とか伝えたかった。しかし、完全に手詰まりだった。

ところが、そんな時、誰も予想だにしていなかったことだが、秋山が起死回生の打開策を思いついたのだ。

「あれだ！　ユシマ本社の試乗体験のあれ、いこう！」

秋山は興奮のあまりクラシックドッグを握りしめ、朝日荘の畳に黄色いマスタードが散った。

「ひとりで行けよ」と、脇が冷たく言い放ってティッシュで畳のマスタードを拭いた。

「そうじゃなくてだね、ほら、覚えてない？　団交に行った日、ロビーにあんなにいっぱいお客が来てたのに、試乗体験の車の前には誰も並んでなかったでしょ？」

確かに順番を待つ人々はカフェチェーン店やグッズを販売するブティックにいて、試乗車の前には行列ができていなかった。

「君たち三人は労働再現パフォーマンスで忙しかったから気づかなかったかもしれないけどね、試乗車の横にＱＲコードのカードがあったのよ。で、お客はスマホでＱＲコードを読み取って登録して、順番が近づいたらメッセージが入るようになってたわけ」

「それがどうかしたんですか？」と、泉原が尋ねた。矢上にも今ひとつ意図が見えなかった。

「だから、まず〈ともとり労組〉のホームページに飛ぶＱＲコードを作る。これはネットで簡単にできる。そんで名刺くらいの大きさの紙にうちのマークと一緒にＱＲコードを印刷するわけ。写真を入れたビラを印刷するよりよほど安上がりだね。でも、これは工場でも路上でも配らない」

「工場のどっかに貼っといても、即座に剥がされるだけだぜ」と、脇が先回りするのに、秋山がにっこり微笑んで尋ねた。

「寮の玄関を入って最初にあるのはなんですか？」

「郵便受け」

脇がそう答えるより早く、矢上はスマホでポスティングについて検索していた。そこには、郵便受けに〈チラシを入れないでください〉等の意思表示のある場合や、ピンクチラシの投函等を除けば、基本的にポスティングは違法ではないとあった。工員たちは五十畑らの無言の恫喝によってチラシをゴミ袋に捨てざるをえなかったのだから、監視の目の届かないところで、しかも手軽にホームページに飛べるＱＲコードを入手できれば、サイトを覗きに来てくれるかもしれない。

矢上たちはすぐさま行動を開始した。名刺大のカードを作成し、派遣工と期間工の寮、正社員の独身寮、家族寮の郵便受けにも投函した。まだ直接に話ができていない事務棟の人々の住まいには、残り少ないビラにカードをクリップで留めて入れた。

ホームページへのアクセスは矢上たち自身が驚くほど急増した。まさにうなぎ登りの勢いだった。四人は休日と睡眠時間を削ってポスティングをする一方で、はるかぜユニオンで借りた書籍やネットの労働問題の記事を読みあさった。自分たちのサイトの内容を更新し、アクセスしてくれた人々と様々な情報を共有したかったのだ。

「おい、これすげぇぞ、絶対これ載せようぜ」

脇が飛び跳ねるようにして持ってきたのはデンマークのマクドナルドについて書かれた記事だった。デンマークではマクドナルドの労働者の時給は約二十二ドル、一時間で約二千六百円とあった。それだけでも充分に驚嘆に値したが、さらになんと六週間の有給休暇が取得でき、残業や休日などの時間外手当もあり、二十歳以上には年金制度も完備されていた。国の法律で最低賃金が定められているわけではないにもかかわらずだ。どうしてこんなことが可能なのかと、矢上も秋山も泉原も先を争って記事に目を走らせた。

マクドナルドがデンマークに進出したのが一九八一年。デンマークには以前からホテルやレストランの労働者が、賃金や休暇について経営者と交わした取り決めがあった。しかしマクドナルドはそれを無視してアメリカと同様の低い時給で事業を始めようとした。労働者はすぐに組合を結成して交渉を開始するが、何年にもわたって難航し、ついに八八年末から八九年初めにかけて、組合は隣接する産業に〈シンパシースト〉を呼びかけた。

聞いたことのない言葉だったが、シンパシーストとは、ストライキをしている労働組合の労働者を支援するために、異業種の産業別労組もストに参加することと説明されていた。この時、デンマークでは十六もの産業別労組がストに加わっていた。

たとえば、港湾労働者の組合はマクドナルドのコンテナの荷下ろしを拒否し、タイポグラファーの組合はマクドナルドの広告を出版物に掲載することをやめ、建設労働者の組合はマクドナルドの店舗の建設を断り、すでに建設中のものはそれを中止。トラック運転手の組合は店に食品やビールを配達することを拒否した。

支援を受けた組合はマクドナルドの店舗前でピケを張り、ビラを配り、消費者に不買を呼びかけた。シンパシーストが起こると、マクドナルドはあっという間に折れた。デンマークのマクドナルド従業員の時給約二十二ドルはその結果であり、北欧の労働者は一線を越えた経営者に対し、業種を超えて広く連帯して闘うのだと記されていた。

「なんかSFっていうか、別の惑星の話みたいですね……」と、泉原が嘆息した。

「俺ね、夏に笛ヶ浜の文庫でインバウンドのこと考えたの思い出したわ」と、秋山が言った。

「日本に行くと清潔なホテルに安く泊まれて、美味しいものを安く食べられて。そういうことと、日本の従業員が低賃金で必死に働いて、外国の方々をおもてなししてんだなって」

矢上はむしろその先にある記事の最後の段落に目を引かれた。米国ではこの種のストライキは違法だといわれているとあり、そのうえで以下のように続いていた。〈二〇一八年、フィンランドでは保守政権によって従業員二十人以下の雇用主が労働者をより容易に解雇できるようにする法律が準備されていた。簡単に解雇できることで雇用者側のリスクが減り、雇用を促進する結果になるという、経営者目線のものだったが、大規模な政治ストが決行され、結局この法案は無効化された。法律が労働者を動かすのではなく、労働者が法律を動かすのだ〉

矢上は、労働法制の改悪に翻弄されてきた日本の労働者の歴史とまったく逆だと感じた。同時に、もし日本で経営者が従業員を簡単にクビにできるようになれば、残った従業員がさらに長時間のサービス残業をして穴埋めをすることになるだろうと思った。その方が経営者にとって明らかに安上がりであるし、容易に解雇されるとわかっている従業員が、サービス残業を断ることなど不可能だからだ。労働者が連帯して闘うことが当たり前である遠い国の人々には、この国がどんなふうに見えるのだろうかと矢上は思った。

　四人は定期的にホームページを更新し、アクセスは高い数字を維持した。そして、少しずつ労災隠しの訴えが書き込まれるようになった。長時間労働からくる鬱、作業中の怪我、その後遺症、しかしいずれも匿名だった。これでは詳しく状況を聞くこともできない。

「この書き込み、全部ほんものだと思う?」

　秋山が矢上に尋ねた。ユシマ労組や五十畑が自分たちの組合員を使って書き込ませ、矢上たちの自作自演に見せかけて信用を失墜させる。その可能性を考えなかったわけではない。だが、最初に声をあげるのは誰だって怖い。心と体を傷つけられてさえもだ。矢上は信じるところから始めるしかないと思っていた。そして氏名所属等、個人情報は必ず守るから話を聞かせてほしいとサイトで呼びかけた。

　ホームページへのアクセス数は伸びていたが、第二回団体交渉の日が近づくなか、肝心の〈ともとり労組〉に入ろうという組合員はひとりも現れていなかった。前回の団交で、矢上は正社員の中にも新労組に移りたがっている者がおり、組合移行の手続きが間に合わなかったと明言した。労組が要求できるのは、そこに入っている組合員の待遇に関することだけだからだ。つまり現状の〈ともとり労組〉では、非正規工員の待遇についてしか交渉できないのだ。矢上たち四人は毎日、思いつくかぎりのことをした。再度、食堂での呼びかけも試みたが、休憩時間中の組合活動は社員の休息の邪魔になるという理由で、村上たち本工に強制排除された。

　第二回団交を翌日に控えた土曜の夜、矢上たちは朝日荘にいた。組合員はやはり四人のままだった。

「要求書のこの部分は削除するしかないな」

矢上は鉛筆で四角く囲んだ。それはユシマに対し、全社員への新日本型賃金制度の撤回を要求する部分だった。正規、非正規の垣根を越えて大きなまとまりにならなければユシマには勝てない。四人ともこのままではまずいとわかっていたが、何の手立ても思いつかなかった。朝日荘二〇二号室は初めて重い沈黙に包まれていた。

矢上はそろそろ人事部長の梶浦から秋山に連絡が入るだろうと思った。団交に関する日程調整は書記長の秋山に引き継いでいた。梶浦は新しく書き換えた要求書を持参するようにと言うだろう。

案の定、秋山のスマホが鳴った。秋山は電話を受けると、数秒間の沈黙の後、「わかりました」とだけ答えて通話を切った。それからきょとんとした顔で言った。

「明日の団交、延期してくれって」

「ほんとですか！」と、泉原が喜びで飛び上がらんばかりの声をあげた。

「ああ。板垣副社長が急にインドに出張になったからって」

すぐさま脇がスマホでなにやら検索を始めたが、納得のいかない様子で首を捻（ひね）った。

「妙だなぁ。ユシマインドの労組は活発だから、なんかあったんじゃねぇかと思ったんだが」

矢上が脇のスマホを覗き込むと、検索ボックスに〈ＹＵＳＨＩＭＡ　ＵＮＩＯＮ　ＩＮＤＯ〉とあった。矢上は非常に惜しいと感じつつ、〈ＩＮＤＯ〉を〈ＩＮＤＩＡ〉と打ち直してやった。すると次々に記事が現れた。脇がすぐさま自動翻訳にかけた。

どうやらユシマインドでは労組が激しい賃金闘争を繰り広げているようだった。『ユシマは大きな利益を上げているのに、なぜそれを我々労働者とまったく分かち合おうとしないのか』という組合員の談話も載っていた。

「もっともな言い分だな。よし、この記事もホームページに載せようぜ」

脇が張り切ってそう言った時、アパートのドアがノックされる音がした。四人は顔を見合わせた。

この部屋を訪れる可能性がある人間といえば國木田くらいだが、時刻は午後九時を過ぎている。朝の早い國木田はもう床についている頃だ。矢上は以前に、企業の雇ったヤクザに労組の本部が襲撃されたことがあると國木田が言っていたのを思い出した。

そっと扉に向かおうとした矢上を脇が押しとどめた。そして完全に同じことを思い出した顔で室内を見回し、唯一目についた棍棒に近いもの、柱に吊した箒を摑んで扉へ向かった。

71

畳の上にちんまりと正座した椿朔太郎は、泉原が淹れたインスタント珈琲を「どうもありがとうございます」と一礼して口に運んだが、熱すぎたらしく激しく目を瞬いてマグカップを卓に置いた。それから正面に座った脇に「お掃除中にお邪魔してしまってすみません」と頭を下げた。数分前、箒を振り上げて扉を開けた脇は、背広姿の気弱そうな四十男が驚いて立ちすくむのを目の当たりにして、そのまま箒で天井の埃を払うふりをするという、まさに自称〈意外性の男〉にふさわしい行動に出たのだった。

「いえ、前からちょっと埃が気になっていたものですから」

脇が妙にかしこまって答え、秋山が笑いを堪えて肩を震わせた。椿が卓上に置いたユシマの名刺には〈設備開発課　主任〉とあった。事務棟の三階でラインの設計を担当しているという。〈ともとり労組〉のホームページに労組本部としてここの住所が記されていたので、思い切って訪ねてきたということだった。

「さっそくですが」と、椿が居住まいを正して切り出した。「期間限定で大変に申し訳ないのですが、私を〈ともとり労組〉の組合員にしていただけないでしょうか」

椿は正社員で矢上たちとしては願ったり叶ったりだったが、期間限定という前置きが気になった。ユシマ側の何らかの罠ではないかと感じたのだ。四人の表情を見て、椿は訊かれる前に答えた。

「私、十一月いっぱいでユシマを辞めるんです。会社にはまだ言ってませんけど」

矢上はさすがに驚いて理由を尋ねた。

椿は両親と祖父、妹の五人家族だったのだが、椿が入社してまもなく祖父が倒れ、介護が必要となったという。家族はそれぞれに仕事を持っていたので、交替で介護にあたる生活が始まった。椿は上司に事情を説明し、勤務時間内に仕事を終わらせ、定時で帰宅する姿勢を貫いた結果、ほぼまったく昇進しなかった。矢上は、勤務時間内に仕事を終わらせられるのはむしろ優秀だからではないかと思ったが、事務棟では上司より先には帰宅しないという慣例があるようだった。

「妹が出産で動けなくなった時、とりあえず私、介護休暇を申請したんですけど、あれは女性が取るものだと一蹴されました。就業規則にはそんなこと書いてませんのにね」

椿は苦笑してマグカップを手に取った。今度はほどよく冷めていたらしく、美味しそうに半分ほど飲むと、穏やかな微笑を浮かべて続けた。

「その祖父が先月の彼岸の中日に大往生を遂げまして。これを機に転職を決めました。大学院で同じ研究室にいた先輩が中国のメーカーにいて、以前から来ないかと声をかけてくれていたんです。ユシマではアイディアを出しても、肩書きがないと耳を貸してもらえませんし、待遇も向こうの方がいいですし、思い切って」

「言葉の方は大丈夫なんスか？」と、このところ翻訳ツールにはまっている脇が訊いた。

「中国語と英語くらいでしたら」

『くらい』という表現に脇が引きつった笑みを浮かべたが、椿は気づかぬ様子でおっとりと続けた。

「そんなわけで、短い間ですがお仲間に入れていただけますか」

矢上たち四人はその場で快諾した。期間限定であっても正社員が一人いれば、要求書は今のままでいける。椿がいるあいだに、なんとか組合員を増やすのだ。

「ただ、こちらの労組の組合員になる条件として、ひとつだけお願いがあります」

椿が不意に真剣なまなざしになって言った。

「何も訊かずに、明日の午後、私と一緒に行ってもらいたいところがあるのです」

「昨晩の中津川さんの呼び出し、さしずめユシマの新労組を葬ってくれってところだったんじゃありませんか？」

葉山が萩原のデスクにエスプレッソのカップを置いて言った。

休日の午前とあって秋日和の庁舎内は常にない澄んだ静寂に満たされていた。萩原と葉山が休日返上で登庁しているのは、極秘裏に進めている例の計画のためだ。

萩原は昨晩の会食を思い出し、ため息交じりの冷笑を浮かべるほかなかった。

「最近の中津川はすっかり柚島庸蔵の御用聞きだよ」

「柚島さんは献金もパーティー券の購入も、与党内の派閥抗争など無視してやりますからね。金額も桁違いとくれば、中津川さんとしては選挙までに少しでも覚えを良くしておきたいんでしょう」

今回は珍しく柚島が〈伝書鳩〉の板垣を使わずに直接、中津川を邸宅に呼びつけて依頼したというから、柚島の『お言葉』を伝える中津川の意気込みたるや大変なものだった。

曰く、新労組は事実無根の言いがかりで伝統あるユシママンの絆と結束を破壊しようとするテロリスト集団であり、彼らが一生後悔するように懲らしめてほしいというのが柚島庸蔵の意向だった。おまけに中津川は萩原が政界進出を目指していると思い込んでいるから、大口資金提供者である柚島庸蔵の新労組への呪詛の言葉をくどくどしく伝えれば伝えるほど萩原がやる気になると思っているのだからたまらない。

「呼び出されたうえに食事の間中、柚島庸蔵のお言葉を聞かされて、ディナーを味わうどころではなかったよ」

萩原はカップを取り上げて香り高い珈琲を口に運んだ。熱く濃いエスプレッソは不愉快な時間を過去へと流し去ってくれる。

それにしても、非正規工が四人集まっただけのちっぽけな労組をテロリスト呼ばわりして逆上している柚島庸蔵という男も、政界によくいる二世、三世の議員にそっくりだと思った。そのうえ、下々の誰が死のうと自分とは無関係だと考えているのだ。

つまるところ、小杉や玄羽の死は氷山の一角に過ぎない。ユシマの繁栄は長らくそのような犠牲の上に成り立ってきたのだ。無論この事実が海外メディアに報道されれば、ユシマが大きなダメージを被ることは避けられないが、それは結局ユシマの問題でしかない。一国の治安と安寧秩序を守る公安警察が懸念すべきは、労働市場において日本の産業界が世界の潮流から取り残された結果、引き起こされる事態にある。

東京がアジアのビジネスでハブ的役割を担っていた時代は過去のものとなって久しい。政治的にも経済的にも世界における日本の存在感は薄くなり、必然的に海外メディアにとって東京支局の重要度も低下し、支局員は減少の一途を辿っている。

敗戦後、不死鳥のごとく驚異の復活を遂げた極東の島国、伝統とテクノロジーが融合したエキゾチックな奇跡の国とかつて称された日本だったが、二度目の東京オリンピックではその人権意識の低さで世界を驚かせた。奇しくも当のオリンピックの開催中、日本貿易振興機構（ジエトロ）と経済産業省が〈新時代の「サプライチェーンと人権」〉と題するウェブセミナーを主催したところ、メーカーを中心に想定の二倍の参加者が殺到し、欧米が企業の人権対応を急速に法制化しつつある事態に、寝耳に水とばかりに慌てる日本企業も少なくなかった。出席者の部署も法務、調達、営業などてんでばらばらで、人権対応への企業内体制の整備においても、日本は完全に周回遅れであることを露呈する形となった。

ＥＵは企業に対して、自社および取引先で、人権侵害のリスクを調査・評価し、それを防止、停止、軽減させる〈人権デューディリジェンス〉を義務化する法案をまとめている。しかも罰則規定付きでだ。

中国・新疆（しんきょう）ウイグル自治区の綿糸品が強制労働で生産された疑いがあるとして国際的な批判が高まる中、二〇二一年五月には米国の税関当局が日本の世界的アパレル企業の製品を輸入差し止めにしていたことがわかった。表面化していないだけで、輸入停止措置を受けた企業は他にもある。グローバルな供給網の中で日本が必要不可欠な存在となることで国益を守るという経済安全保障の達成は、このままではとうてい覚束（おぼつか）ない。

この国ではこれから先、貧富の差が急激に拡大する。そして一握りの超富裕層と若干の富裕層、その他大勢の貧困層と極貧層へと分化する。この流れは加速し、想像を絶する格差が生まれる。社会は不安定になり、犯罪が増加する。共謀罪を始動させるのなら、そのタイミングだ。社会不安に乗じて大衆を扇動する者たちを一挙に叩くのだ。

世の中はあっという間に変わる。ことに悪くなるときは坂道を転がり落ちるように速い。だからこそ、この社会に立ち直る希望がわずかでも残されているうちに、少しでも早く現在の腐敗しきった体制を刷新することが肝要なのだ。この大事な時に、ユシマごときに公安の手駒を割いている暇はない。

　葉山もわかっているのだろう。珍しく先行きを案じる目をして尋ねた。

「ユシマの件、どうするおつもりです？」

「組対の瀬野に任せようと思う」

　萩原の腹案に葉山は少しのあいだ眉根を寄せたまま考え込んでいた。

「確かに、彼は屈強で忠実な兵隊だとは思います。ですが……」

「追っていた相手に腹を刺されたのは、ホシの情動を読み切れていなかったからだ。つまり、被疑者の思惑を正確に把握する点において瀬野には不安がある」

　葉山はひとつ頷いてから口を開いた。

「もうひとつの不安材料は國木田莞慈です。國木田は逮捕歴の多さでもわかるように、かつて労働運動の最前線で体を張っていた人物です。しかし組織に齟齬（そご）を感じて運動から離脱し、長らく一線を退いていた。その國木田がなぜ今になって、ユニオンの組合員でさえない非正規工員に肩入れするのか。そこが解せない」

　その点は萩原も同感だった。だが、今は國木田の内心を斟酌（しんしゃく）している余裕はない。

　葉山もわかっているらしく、すかさず先を継いだ。

「しかし現段階では、田所局長への気遣いが不可欠ですから」

　瀬野の昇進の内祝いで引き合わされた際、萩原は田所から何かあったら使ってやってくれと頼まれてもいた。この先どの程度、目をかけてやるべき人材か、田所としても手腕を確かめておきたいらしい。

こちらが田所の期待する仕事に着手するのは、しばらく先のことになる。それまで極秘裏に活動を続ける時間を稼ぐためにも、田所への配慮は欠かせない。

葉山は萩原の答えを待つまでもなく小さく微笑むと、飲み終えた二人分のカップを手に萩原のデスクの脇から立ち去った。

73

〈週刊真実〉の記者・溝渕久志は、文字どおり目を皿のようにしてパソコンに収められた二百枚あまりの写真を見直していた。カメラマンの玉井登は一時間ほど前に「ここに陰謀の存在を裏付ける特大のヒントがありますから、見といて下さいね」といつものヘラヘラ笑いを残して編集部を出ていった。玉井はなんとかいう店のひとつ二千円以上する高級ハンバーガーをテイクアウトするために自転車でわざわざ人形町（にんぎょうちょう）に向かったのだが、戻るまでに〈陰謀を裏付ける特大のヒント〉とやらを見つけなければ、二人分の昼飯代は溝渕が持つことになる。

写真は四月に政界引退を電撃発表した与党元政調会長の盛山圭三郎と、九月にやはり突如政界引退を表明した黒木路郎、それぞれの引退慰労パーティーの際のもので、会場に入っていく招待客たちがホワイエのソファからスパイカメラで隠し撮りされている。盛山の方の写真は玉井自身が撮っていたが、黒木の時はＶＩＰ専用出入り口に張り込んでいたため客は撮れなかった。業界のツテを頼りに黒木の客の写真を手に入れるのに玉井は一ヶ月を要したが、それでも最速だと褒めてやって良いだろうと内心、溝渕は思っていた。というのも、盛山と黒木の件に関しては、編集長の財津昌則から「状況解釈だけで、まだ調査を開始する根拠に乏しい」としてGOが出ておらず、二人は財津に課せられた新味のない芸能ネタを追いつつ、その合間を縫って独自に盛山・黒木の件を追っていたからだ。

パソコンを睨む目がしょぼつき、空きっ腹が鳴り出しても、溝渕に発見できたのは、どちらの会場も見事なほど高齢男性で占められているということだけだった。以前に世界各国の閣僚の集合写真を見て、若い男性と女性の多さに驚いたことがあったが、この国では政界も財界も政府主導の有識者会議も、いずれもこのパーティー写真とほぼ同じだ。

溝渕が苛立ちを感じつつドライアイ用の目薬に手を伸ばした時、玉井が大きな紙袋を抱えて帰ってきた。どっさり買い込んだらしい。渡されたレシートを見て溝渕のドライアイは自前の涙で潤みそうだったが、負けは負けと潔く金を払った。それから、これでもかとパテや野菜を挟み込んだために、人類の口が縦に開く限界を軽く凌駕した分厚い高級バーガーに向き合い、苛立ちをぶつけるように掌でぎゅっと押しつぶした。こうやってから食べるのが正しい作法だと教えてくれたのは、重量級の編集長である財津だ。

溝渕はバーガーを無言で半分まで貪った後、顎に垂れた肉汁を紙ナプキンで拭きながら玉井に言った。

「いい加減、特大のヒントってのを教えろよ」

「もとは五百枚以上あったのを半分以下にしてあげたのに、わかんないかなぁ」

玉井はソースだらけの指を紙ナプキンで拭くと、マウスを操作して画面上に二枚の写真を並べた。一枚は黒木の客、もう一枚は盛山の客だ。

「ほら、これ同じ人でしょ」

「ふざけるな。二人とも政界の重鎮なんだぞ、同じ客なんか山ほど来てたじゃないか」

「でもこの人だけですよ、二人とは無縁の現役警察官僚」

顔を拡大してみると、確かに三十代あたりではある。

「誰なんだ、こいつ」

「警察庁警備局警備企画課課長補佐・葉山幸雄」

警察庁警備局といえば公安の総本山だ。しかし玉井はなぜ公安内部の人間を知っているのか。溝渕が尋ねる前に玉井があっけらかんと言った。

「俺、十年くらい前にこいつに会ったことあるんですよ」

当時まだ大学生だった玉井は、ゼミの先輩から大きなデモは公安が監視に来ると聞いて、公安警察官を見物に行ったのだという。

「大勢の人がシュプレヒコールをしてる中で、無言かつ無表情で辺りを見てる人間ってそれなりに目立つんですぐわかりましたよ。別に隠す気ないみたいに威嚇的な雰囲気でしたしね。葉山はその中のひとりでね。現場に出てたのはあの頃が最後じゃないかな」

一度見た顔は忘れないという玉井の異能は認めるが、やはりおかしい。

「顔は覚えていたとしても、名前や今の肩書きがなんでわかるんだ」

玉井はまるで『馬鹿ですか？』とでも訊きたそうな顔で溝渕を見た。

「そんなこと教えるわけないじゃないですか」

どうやらネタ元がいるらしい。ノンキャリアの退職警察官か、警察庁出入りの業者か。名前と肩書きくらいならその辺りでもわかる。溝渕も自分のネタ元は秘匿するので、ここは「だよな」と、おとなしく引き下がった。とにかく、盛山と黒木の突然の引退劇には公安が絡んでいるということだ。

溝渕はノートパソコンを引き寄せると、「さて、課長補佐・葉山幸雄君の上司、課長さんは誰ですか」と話しかけながらキーボードを叩いた。官庁のニュースを専門に扱う出版社があり、そこがＷＥＢ版の霞が関人事名鑑を作成して毎週更新している。無論、有料だがこれを使えば、特定の役職に就いている者の氏名と顔写真、主な経歴がわかるのだ。思いがけず若く端整な顔写真が現れたのを見て溝渕は呟いた。

「萩原琢磨。四十代で警察庁警備局警備企画課の課長か」

横から玉井がオニオンリングを手に覗き込んだ。

「かなりのエリートですね。しかも親子二代の筋金入りだ」

政界重鎮の突然の引退は、いずれも萩原が現職に昇進した後に起こっている。溝渕は、萩原の遠くを睨んだような鋭い目つきに見入った。

若く有能な公安のキャリア。この地位になれば公安捜査員を駆使して膨大な情報を収集することができる。それを利用して隠密裏に重鎮たちの電撃引退劇を仕組むことも可能かもしれない。しかし仮にそうだとして、公安警察は、個々の捜査員でさえ、それぞれが収集している情報の断片がどのような全体像を形作るのか知らされておらず、しかも情報はすべて原則保秘。鉄壁の要塞なみに内部の動きをうかがい知ることは容易ではない。

溝渕はこのネタを諦める気はさらさらなかったが、今後の調査が困難を極めることだけは覚悟しておくべきだろうと思った。

74

矢上たち四人にとって日曜は自由に動ける貴重な一日だ。そこで脇と泉原はまだＱＲコードのカードを配れていない生方第一、第二工場の寮へのポスティング作業に回り、矢上と秋山が椿に同行することになった。

矢上たちが案内されたのは、三鷹駅近くにある老舗の喫茶室だった。自動扉を入ると、珈琲の香りの漂う広々とした店内にソファ席が贅沢なゆとりを持って配されており、椿は立ち止まって奥の席の方へ軽く手を上げた。Ｌ字ソファに座っていた見知らぬ四人の女性たちが立ち上がり、矢上と秋山に向かって丁寧に会釈した。年齢はまちまちで、最年少は二十代、年長の女性は五十歳前後のようだ。遠目にも女性たちが一様に思いつめた様子であるのが見て取れた。

椿が矢上と秋山を振り返って言った。

「あちらは、生方第三工場の事務棟にお勤めの皆さんです。事情は直接、彼女たちから聞かれた方が良いと思いましたので。ただ、今日は聞くだけに」

矢上たちは頷いて椿のあとに続いた。席について互いに自己紹介をし、注文を済ませたが、卓に全員の珈琲が並んでも女性たちは押し黙ったままだった。フロア係が伝票を置いて立ち去ってしばらくして、ようやく年長の長瀬恵子が意を決したように口を開いた。

「私たちは、玄羽さんが亡くなったことに対して責任があると思っています。あの夜、時刻はばらばらですが、ここにいる全員が休憩室に行って、長椅子に横たわっている玄羽さんを見ているんです。声をかけるべきだとわかっていました。ですがもし……」

長瀬の声が震えて途切れた。秋山がそれ以上言わせるのは忍びないというふうに、「そうですよね」と頷いた。あの休憩室は社員駐車場に向かう通路から丸見えなのだ。帰宅する社員がいつ通りかかるかわからない。玄羽に関わっているのを、もし見られたら。彼女たちが恐れた気持ちは矢上にもよくわかった。長瀬はコップの水を一口飲むと、なんとか気を取り直したように再び話し始めた。

「今日ここに来たかった人は、本当はもっとたくさんいたんです。でも、ご主人がユシマに勤めている方は、やはりそちらに障りが出ると困るからと」

矢上は長瀬の言葉に引っかかるものを感じた。『ご主人がユシマに勤めている方』ということは、ここに来たくても来られなかったのはやはり女性なのだ。

「妙なことを訊くようですが、あの夜、休憩室に行ったのは、女性だけなんですか？」

「そうだと思います。いつもそうですから」

長瀬の話では、午後七時前後になると、各部署の女性社員は男性社員に、その日に食べたい軽食や飲み物を尋ねて休憩室の自販機に買いに行くのだという。ユシマの昔からの慣例で、部署ごとに専用の買い物カゴがあるらしい。

矢上と秋山が未知の領域である事務棟の慣例に唖然としていると、二人とほぼ同世代らしい北見若菜（きたみわかな）がいきなり堪えきれなくなったように気持ちを吐き出した。

「上司(うえ)から、玄羽さんを見たことは忘れろと言われました。でもあの晩、自分がどんなふうに玄羽さんの横をすり抜けて自販機に近づいたか、どのボックスを開けてスナックや菓子パンを買ったか、振り向いた時、目を閉じたままの玄羽さんの瞼(まぶた)が少し動いたことや、唇が薄く開いていたこと、全部覚えているんです。忘れるなんてできません、あの時は生きていたんですから。本当にごめんなさい、ごめんなさい」

北見はそう言うと両手で顔を覆い、隣の年上の女性がやはり目を潤ませて北見の肩を抱いた。見ていられず、矢上は目を伏せて尋ねた。

「男性の社員たちは、皆さんがどういう体験をしたか知っているんですね」

「ええ。でもそのことをあえて考えないようにしているんだと思います」

長瀬が初めより落ち着いた声で答えた。

「あの人たちはユシマの社員のことをユシママンと呼びますから。正社員でも常に補助的な仕事に回される私たち女性のことを、自分たちとは本質的に違うと思っているんでしょう。入社して一、二年の男性社員でも、北見さんのような若い女性が何か意見を述べようとすると、いまだに『女は永久就職があっていいよな』と声を尖(とが)らせて黙らせるくらいですから」

永久就職という耳慣れない言葉に戸惑う矢上に、なぜか昔のことに詳しい秋山が、それは昭和に流行った言葉で、女性が結婚して専業主婦になることを指していたと教えてくれた。それから秋山は、矢上が初めて見るような苦々しさと腹立ちが入り交じった顔で言った。

「そういう黙らせ方、法事かなにかで年寄りから聞いて真似するんですかね」

「……昭和のままなんです」

その時代に生まれ育った長瀬が呟くように言った。それからコーヒーカップを見つめたまま小さく首を振って自ら否定した。

「いいえ。たぶん昭和の悪いところだけが残っている」

長瀬の言葉は、平成生まれの矢上にとって明確な実感を伴って思い描けるものではなかった。それでも、それは長瀬がユシマで働いてきた三十年近い歳月、あらゆる場面で見えない拘束具となって彼女の手足を縛りつけてきたものであり、その同じものが、今ここにいる女性たちを深く傷つけているのだと思った。

75

「ユシママンってのは、ありえねぇレベルのクソだな」

話を聞いた脇が眉間にひときわ深い縦皺を刻んで吐き捨てた。

「その若い男性社員たちだけでも新日本型賃金制度に移行してもらいたいですね」と泉原が真面目な顔で言った。「そうすれば、仮に永久就職を希望する女性がいた場合も、自分たちが百パーセントの確率で就職先に選ばれないことがわかりますから」

「ああ、それいいねぇ」と、秋山が賛同した。

「長瀬さんたちのためにも明日は絶対に成功させないとな」

矢上は力を込めて言った。

矢上たち四人は、第二回団体交渉を明日に控えて朝日荘にいた。板垣はインドに出張したものの、ユシマインドユニオンの激しい抵抗に遭って交渉は難航し、十一月の半ばを過ぎた今日、ようやく機上の人となったのだった。

矢上たち〈ともとり労組〉の組合員は椿朔太郎を含めてまだ五人だけだったが、ＱＲコードカードの地道な配布を続けた結果、当初は想像もしなかったほど大勢の労働者がホームページを訪れるようになっていた。一方で、頼みの椿がユシマを辞める日までですでに秒読み段階に入っており、出国の準備で今日も顔を出せていない。そこで矢上たちは、一か八かの賭けに出ようとしていた。

明日の第二回団交の後、午後七時から南多摩市民センター会議室で団交の報告会を行う旨をホームページで告知したのだ。初めて食堂で演説してビラを配った時、工員たちがビラを捨てることになったのは、五十畑が出入り口で手帳を広げて不穏分子は名前を控えるぞと無言の恫喝を行ったからだ。大勢の工員の顔と名前など覚えようがないのだから、その恫喝はひとえに、作業着に留められたネームプレートに依存している。

明日は休日で、報告会を聞きに来る者がいるとすれば皆、私服だ。当然、ネームプレートはない。加えて、告知には〈マスク、帽子の着用を推奨〉と記してある。五十畑の命を帯びた村上たちが来たとしても、彼らは仲間内でしかつきあわないから、碌に他の工員を知らない。マスクと帽子を着用した者を見ても誰が誰だかわかりようがない。

ホームページを見るかぎり、匿名の書き込みではあるが、明日の団交結果に注目している者は多い。椿に引き合わされて以来、連絡を取るようになった事務棟の長瀬たち女性社員は、明日の報告会には必ず行くと言ってくれた。

「ひょっとして、会議室に入りきれねぇくらい来るんじゃねぇかな」

買ったばかりの新しいマフラーを室内でも外そうとしない脇が、期待に満ちた顔で言った。

まさに真っ黄色としかいいようのない脇のマフラーを見て秋山があきれ顔で尋ねた。

「もうちょっとシックなっていうか、ほかの色なかったの？」

「俺のこの冬のラッキーカラーは黄色なんだ。明日は勝負の日だからな」

「だったら明日おろした方がよくないですか」

御利益が目減りするのを心配するように泉原が助言したが、脇は思いがこもるからと聞かなかった。矢上は脇が運を味方につけたいと思う気持ちがわかった。明日の団交で板垣がどのような回答を示すか、矢上たちにはまったく予想できなかったからだ。

76

ファーストクラスの機内は快適な静寂で満たされていた。板垣は極上のレザーシートに体を預け、掌で包んだグラスをゆっくりと揺らしてブランデーを温めていた。

ユシマインドにおいて実質的に自分にできることは何もないと、板垣には当初からわかっていた。理由は簡単だ。柚島庸蔵が板垣に全権を委任しなかったからだ。板垣を矢面に立てて延々と状況を報告させ、最後は自身が乗り込んで派手に労使合意を演出する腹づもりなのだ。だがユシマインドの労組は柚島が思っているより遥かに結束が固い。間違いなく手に負えなくなる。しかしながらそれは柚島の問題で、もはや板垣の関知するところではない。板垣の喫緊の課題は〈ともとり労組〉だった。

インド出張の前、水曜の朝食会の席でのことだった。板垣は矢上たちの要求書を柚島に見せるべく持参していたが、まだ口を開かぬうちに例の写真の載ったビラを突きつけられた。工場で配られたビラは、本社に渡らないよう日夏が手を打ったはずだった。いったいどこから、と狼狽する板垣に、老いた副社長のひとりが冷然と言った。

「南多摩警察署の公安係がこの叛乱分子四名を逮捕した際に入手し、ユシマ労組の幹部に渡してくれました。それで昨日私たちと社長の知るところとなったのです」

板垣は四名の副社長の中で自分ひとりがユシマ労組とパイプがないことを思い出した。

柚島はすでに〈ともとり労組〉のホームページで要求書も読んでいた。そして新日本型賃金制度が真っ向から批判されていることを受けて、ひとつの決断を下していた。柚島の言葉を借りると『これまで甘やかしすぎたことへの反省』として、十二月の賞与は新制度の人事評価指標に従って厳しく査定した結果を出すというのだ。

板垣は耳を疑った。新制度の導入は十二月からなのだから、社員たちは〈人物力〉を主眼とした査定は十二月の勤務からが対象となると思っているに違いない。つまり新制度による最初の査定結果は年明けに出ることになり、当然、十二月のボーナスには反映されないと思っているはずだ。ところが柚島は、七月にユシマ労組が満場一致で新制度の導入に賛成しているのだから、査定はすでに始まっていると考えるべきだと強弁した。

そんなことをすれば、社員の衝撃は計り知れない。不安は不満にとどまらず一気に反発に転じるだろう。だが、板垣の懸念をよそに、柚島は「新労組の件は警察に任せたので、これ以上の報告は上げなくていい。だが、その間の団交に関してはお前が責任を持て」と命じた。そのうえで、「おまえも新制度による査定の対象になっているのを忘れるな」と釘を刺した。つまり、団交の結果によっては、板垣の降格もあり得る。見せしめ的制裁を好むユシマの企業体質を考えれば、半端な降格では済まないはずだ。新労組を潰すか、自分が潰されるかの二者択一なのだ。

そう理解した瞬間から、あの四人の若者は板垣の人生において単純に排除すべき障害物となった。そうして板垣は新労組を壊滅させる大胆な策を思いついたのだ。柚島に了解を取る必要はない。なぜなら、結果的に社員自らが新日本型賃金制度を望むようになるのだから。

頃合いに温まったブランデーを飲み干し、板垣は目を閉じた。

77

もうこれで三往復目だ。そう思いながら、南美はユシマ本社十八階の廊下をフロアポリッシャーを押してのろのろと歩いていた。突き当たりの硝子の壁の向こう、晴れ渡っていた十一月の空は早くも朱とピンクのまだらに染まり始めていた。

南美は今日の午後をずっと楽しみにしていた。あの四人がまた来てくれるとわかっていたからだ。四人が初めてユシマ本社に現れて労働再現パフォーマンスをした日の夜、南美は自立式幟旗に記されていた〈共に闘う人間の砦　労働組合〉をスマホで検索し、ホームページを発見していた。以来、毎日、サイトを訪れては新労組からのお知らせを見たり、新しい記事を読みふけったりしていた。自分の生きている世界は何も変わらなかったが、外の出来事を知るのは刺激的で驚きの連続だった。デンマークのマクドナルドの記事などは映画になったら観に行きたいと思ったほどだ。

今日はいつもより早く仕事に来て、少し離れたところから四人が一階のエレベーターに乗るのを見送った。二回目のダンコウというやつがうまくいくといいなと思いながら。

警備員の山崎が防犯カメラで見たところでは、四人は副社長と一緒に十八階の会議室に入ったらしい。ところが南美がひととおり仕事を終えても、四人と副社長はまだ会議室から出てこなかった。ピカピカになった廊下を再び磨きながら様子をうかがったが、扉の向こうはしんと静まり返っている。

何か悪いことが起こっているのだという予感がした。

本当に悪いことが起こっているとき、あたしはいつも知らない。あとになってからでないといつもわからない。

〈骸骨(がいこつ)みたいな台所の窓〉の前に今、自分が立っているような気がして息が苦しくなった。あの時も南美は何も知らなかった。あとになってから知ったのだ。

もう何年も前、南美には仲良しの〈お姉さん〉がいた。その人は南美より五つか六つくらい年上で同じアパートの二階に一人で暮らしていた。時々、作りすぎたからと言って焼きたてのカップケーキやなにかを持ってきてくれた。やさしい感じの人で、南美の部屋で一緒に食べることもあった。

その女の人のことを、南美はただ〈お姉さん〉と呼んでいた。〈お姉さん〉はアパレル店で販売スタッフをしているらしかった。二階に上がってひとつめの部屋に住んでいたので、南美が帰る時はいつもその部屋の前を通った。

　廊下に面した台所にたいてい灯りが点いていて、窓硝子にお鍋ややかんの影が映っていた。それを見ると〈お姉さん〉がすぐ近くにいてくれるのが感じられて、仕事で嫌なことがあった日もなんとなく気持ちが和らいだ。

　あの冬、〈お姉さん〉は前の年と同じウールの青いコートを着ていて、それがやっぱりよく似合っていたのを覚えている。二月の初め、南美が仕事から帰ってくると、いきなり〈お姉さん〉の部屋が空き室になっていた。お鍋ややかんの影が消えて、窓格子だけの骸骨みたいな台所の窓を見て、南美は心からびっくりした。引っ越すのならさよならくらい言いたかったのに。黙っていなくなるなんて。仲良しだと思っていたのに、悲しくて腹が立った。

　何日かして、いつも灯油を買いに行く米屋さんから〈お姉さん〉のことを聞いた。〈お姉さん〉はコロナ禍で仕事がなくなって家賃が払えなくなったらしい。それで同じくらいの年頃の女の人と手を繋いで、二人で高い建物の屋上から飛び降りたのだという。南美は、どうしてあたしも一緒に連れていってくれなかったんだろうと思った。置いてけぼりにされた気がした。〈お姉さん〉は、怖くて淋しい骸骨みたいな台所の窓だけを残して逝ってしまった。

　それ以来、南美は帰る時に〈お姉さん〉の部屋の前を通らないで済むように、奥の階段を使って遠回りをするようになった。ずっと続けてきた遠回り。あの四人を知って何か少し変わるような気がしていた。

　でも今、会議室の扉の向こうで何かとても悪いことが起こっている。

たったひとりで廊下にいることにもう耐えられなかった。南美は仕事道具を片付け、パーカーとジーンズに着替えてユシマ本社を出た。

78

矢上は第二回団交の後、自分たちがどうやって南多摩市民センターの会議室に移動したのか、ほとんど覚えていなかった。初の報告会に来てくれた人に、いったいなんと言えばいいのか。午後七時が近づく中、ますます気持ちは追いつめられ、何ひとつ思い浮かばない。

黄色いマフラーをした脇が、窓枠に腰かけて中庭を見下ろしていた。

「来たみたいだぜ」

外灯の橙色の光の中、野球帽やニットキャップにマスクをした人影が、市民センターの入り口に吸い込まれていく。十一月に入って街でもマスクを着用した人を多く見かけるようになったが、やってくる人々のシルエットはいずれも若い。ユシマの工員であることは間違いなかった。階下からざわめきと足音が近づいてくる。

「ありのまま話すほかないと思います」

一番苦い事実を、声に出して言ってくれるのは、いつも泉原だった。卓上に置かれたショルダーバッグには、〈ともとり労組〉の加入申込書がどっさり入っている。スマホからでも加入は可能だったが、その場で記入してもらう方が断然、勢いが出るからと脇が鞄に押し込んだのだ。バックポケットには、新組合員を歓迎しようという秋山の発案で紙クラッカーも忍ばせてあった。しかし、すべては無駄になるだろう。

今日の午後、ユシマ本社十八階の会議室で矢上たち四人は、板垣からいきなり〈新日本型賃金制度〉を撤回する用意があると告げられた。熾烈な交渉になるだろうと覚悟していた四人はまったく予想外の展開に面食らった。だが当然、話はそれで終わったわけではない。板垣は、新労組が〈新日本型賃金制度〉に納得できないというのであれば、ユシマは〈世界標準の制度〉に転換することになると言い出したのだ。

第一回団交の時とは別人のように、板垣は打ち解けた口調になっていた。

「近代以降、今日に至るまで欧米とアジア各国の企業の基本構造は、〈ジョブ型〉と呼ばれるものでね。日本はむしろ例外なんだ。そこで、この機にユシマもジョブ型の導入を検討しようというわけだ」

〈ジョブ型〉という馴染みの薄い言葉に戸惑っていると、板垣は無理もないといったように微笑んで説明し始めた。

板垣によると、ジョブ型とは、職務内容を明確に記したジョブディスクリプション〈職務記述書〉に基づいて働く労働形態で、賃金は担当する職務レベルに応じて〈職務給〉として支払われるのだという。

「日本でもすでにジョブ型を導入している企業はいくつもあってね。どうするかというと、まずそれぞれの社員の職務分析と評価を行い、職責・職務内容を定義した職務等級というものを作成する。そして賃金はこの職務等級ごとに、労働時間ではなく成果で決定される。すべてが〈仕事基準〉というわけだね。となると、当然のことながら年齢や勤続年数といった〈人基準〉的な要素は一括して排除されることになる」

板垣はテーブルをジョブ型の等級制度の表やイメージ図で埋め尽くし、それが旧来の日本的な労働のあり方――忠誠心や努力などの精神論に傾きがちな人事評価に比べていかに明快であるかを滔々と語った。

突然のことで矢上は理解が追いつかなかったが、職責・職務内容を定義する職務等級を定める場にも、等級ごとの賃金を決める場にも、労働者側の存在が感じられなかった。そもそもジョブ型という名前だけは知っていたものの、本当にそのように行われるものなのか、それすらわからなかった。

ただひとつ確かなことは、ジョブ型においては、〈人基準〉である年功的な定期昇給は廃止され、同時にやはり〈人基準〉である手当、つまり家族手当、扶養手当、住宅手当、皆勤手当等もすべて廃止、基本給一本に統一されるということだった。

板垣は、〈新日本型賃金制度〉と〈ジョブ型賃金制度〉、どちらを選ぶかよく考えて返答するようにと言った。そのうえで、〈新日本型賃金制度〉を選択する場合は、七月にユシマ労組が満場一致で賛同していることをふまえて、十二月の賞与は新基準での査定となると告げた。脇が腹を立てて食ってかかったが、板垣は気にもかけなかった。そしてテーブルに広げた資料をいかにも高級そうなブリーフケースに片付けながら、日本は将来的にジョブ型に移行していくだろうという所見を述べた。矢上の脳裏にはその後に発した板垣の言葉が焼きついている。窓から射し込む朱色の夕陽を受けた板垣は、矢上に鷹揚な笑顔を向けてこう言ったのだ。

「従来の定期昇給や諸々の手当は、根拠が曖昧で不合理な制度だと思うね。だってそうだろ？

本来、配偶者や子供を持つことも、家を購入することも、自己選択でしかないんだから」

矢上は肩を叩かれて我に返った。毛糸のカーディガンを羽織った椿朔太郎が、書類鞄を抱えて目を輝かせていた。

「大盛況じゃないですか。廊下まで人が溢れてますよ」

見ると、会議室はマスクをした人々でごった返していた。パイプ椅子はすべて埋まり、壁際も扉付近もまるで芝居小屋のように立ち見の人々でいっぱいだ。男ばかりの集団に気圧されたように長瀬たち事務棟の女性数人は後方の窓際にひとかたまりになっている。近くに来栖の姿もあった。中ほどの椅子を、明らかに工員には見えない小太りの中年男性たちが占領していたが、彼らは偵察半分にやってきた事務棟の正社員だろう。

マスクをしていないのは、〈ともとり労組〉の矢上、脇、秋山、泉原、そして椿の五人。それから最前列の一団——五十畑と村上たちだけだった。彼らが顔を晒（さら）しているのは、もちろん集まった人間たちに睨みを利かせるためだ。

「今日の団交、一緒に行けなくてすみません」と、椿が小さく頭を下げた。家族が他界すると様々な法的手続きや遺品の整理が必要で、椿の場合はそれに加えて転職に伴う出国の準備もしなければならないのだ。矢上は「ここに来てくれただけで充分ですよ」と椿に答えた。これから先は見て楽しいものではないとわかっていたが。

秋山が来て「始めた方がいい」と耳打ちをした。予定の七時にはまだ二分ほどあったが、扉と窓を開け放っていても会議室は人いきれでむっとしており、村上たちが早く始めろと今にも騒ぎ出しそうだった。矢上は秋山に頷いて前方中央に進み出た。組合員の名前と役職を紹介するあいだはまだがやがやとしていた室内も、第二回団体交渉の報告を始めるとにわかに静まった。

矢上たちのあの要求書にユシマはどう答えたのか、大勢の人々が食い入るように矢上を見つめていた。矢上は板垣副社長からの提案を、記憶するかぎり正確に伝えた。そして〈新日本型賃金制度〉か〈ジョブ型賃金制度〉か、いずれかを選ぶよう言われたこと、日本は将来的にジョブ型に移行していくだろうという板垣の所見も正直に話した。

短い静寂の後、たちまち室内は騒然となった。

「手当がなくなったらどうしてくれるんだ！」「もともと手当がない非正規に、俺たち正社員の暮らしがわかるか！」「偉そうに言うな、非正規にも皆勤手当があるんだ！」「そうだ、皆勤手当は命綱なんだぞ！」「損をするのは圧倒的に正社員の方じゃないか！」

正規と非正規が激しく反目し合い、罵声と怒号が飛び交った。椿が「聞いて下さい」と両手を振って声をあげるが、目を向ける者はなかった。椿は懸命に話し続けた。

「板垣さんが言ってるジョブ型はインチキです。信じちゃダメです。本来のジョブ型は教育から就職までの流れが日本とまったく違うんです。海外には新卒一括採用なんてないんですよ。求人の時に具体的な職務内容が示されていて、その仕事ができる資格や学位を持った人が応募して就職するんです。職務が決まってるから、一般労働者はそれができればいいんです。成果主義でもないんです。逆に決まった仕事以外はやっちゃいけないんです。他の労働者の仕事を奪うことになりますから。だから、気を利かせてやる雑務とか、仕事の延長線上の仕事とか、謎の兼務とか全部ないんですよ。日本のメディアで喧伝されてるジョブ型は、経営側が都合良く味付けしたやつで、日本にしかないハヤシライスみたいなものなんですよ！」

だが椿の声は大勢の男たちの怒鳴り声に掻き消され、ほとんど誰の耳にも届かなかった。仮に聞こえていても、ユシマが導入しようとしているジョブ型が、ここにいる労働者たちのジョブ型となることに変わりはなかった。

「俺は〈新日本型賃金制度〉の方がいい。頑張ってやる気を見せれば評価される可能性があるんだからな！」「そうだ、新日本型だ！」

村上の取り巻きが机を叩き出し、「新日本型」と唱和する声が起こった。

初めからこうなることを板垣は見越していたのだと矢上は痛感した。ジョブ型を提案してみせれば、誰もが新日本型にしがみつく。かぎりなくゼロに近い希望でも、皆無よりはましだ。

結局、人は信じたい方を信じるのだ。

「二つに一つなんだからな、おまえらも新日本型がいいってちゃんと副社長に伝えろよ！」

マスクをした小太りの男が叫んだ。その言葉に、窓枠に座っていた脇がはっとしたように立ち上がった。脇は何か大声で言っているようだったが、ヤジと唱和の声で、いくらも離れていない矢上にさえはっきりと聞き取れなかった。

脇は男たちを押しのけてテーブルのショルダーバッグに近づくと、バックポケットに手を突っ込んだ。一瞬の後、室内にクラッカーの派手な炸裂音が響き渡り、その場の全員が驚いて口を噤んだ。不穏な静けさの中に場違いな色とりどりの紙吹雪が舞い散っていた。

「ユシマの狙いがわかった」

脇の声は意外なほど落ち着いていた。すぐに茶化すように男の甘えた作り声がした。

「狙いってなぁにぃ？」

「黙って聞け！」

その鞭が鳴るような一喝は、脇が暴れ出すとマズいということを、瞬時にその場にいる人間に知らしめたようだった。室内はたちどころに静かになった。

「ユシマは、俺たちにどっちを選んでも構わないって言ってるんだ。それがどういうことなのか、考えてみろよ。俺たちがどっちを選んでもユシマには同じこと、つまり目的は果たせるってことだ。俺たちにはAかBかって迫っておきながら、実のところユシマにとっては、AイコールBなんだ」

「そうか！」と、秋山が膝を打った。「〈ジョブ型〉を選べば、正社員の諸々の手当が消えて基本給だけになる。俺ら非正規は皆勤手当が吹き飛ぶ。結果、ユシマは大幅に人件費を削減できる。〈新日本型〉を選んでも同じってことだ。つまり新たな人事評価云々ってのはただの口実で、目的は人件費を削ることってわけだ」

室内に波紋のように不安げな声が広がっていった。

矢上は自分が間違っていたのだと痛感した。要求書では、〈新日本型賃金制度〉の全面撤回を求めたにもかかわらず、今日の団交で〈新日本型〉か〈ジョブ型〉かの選択を提示された途端、どちらかを選ぶしかないような気持ちになっていた。上から言われたことはそのまま呑み込み、まともに受けて答えなければならない。そんな態度が骨の髄まで叩き込まれている。だが、それでは闘えないのだ。矢上は強く声を張って宣言した。

「〈ともとり労組〉は、ユシマが提示した〈新日本型〉と〈ジョブ型〉、いずれも断固、拒否する」

曖昧で不安そうだった男たちの声は、室内のあちこちではっきりと話し合う声に変わっていった。矢上は決断を促すように言った。

「いま抵抗しなければ、十二月にはひどいことになるぞ」

村上が立ち上がって殺気だった大声で叫んだ。

「半年後にはいなくなるような非正規に本工が踊らされていいのか！」

脇が腕組みをしたまま村上を睨み返して言った。

「半年ごとの契約更新ってのは法律でもなんでもねぇんだよ」

「あれはただの規則なんです」と、泉原が室内の全員に熱心に語りかけた。「僕たちみたいな非正規を、無期雇用に転換せずに済むように、ユシマなんかの自動車会社が自分たちの都合で勝手に決めた規則なんです。規則は闘えば変えられるんです」

村上の仲間が横っ面を張るような勢いで怒声をあげた。

「法律だの規則だの、馬鹿が偉そうに寝言いってんじゃないよ！」

「寝言はどっちだ」

一番後ろの列から低い声がした。異様に肩幅が広く十一月なのにTシャツ一枚のその男は、マスクをしていても隣のラインの班長だと矢上にはわかった。ロッカーの鏡に妻と娘の写真を挟んでいるのを目にしたことがある。寡黙な男で声を聞くのは初めてだった。

「ユシマ労組は〈ジョブ型〉ってのを提案されても、満場一致で賛成するんだろうが。〈新日本型〉の時みたいにな。くそ安い本工の基本給でもなんとか家族でやってこられたのは、いろんな手当があったからだ。ユシマ労組は組合費を取って、誰も読みもしない会報を出すだけで、俺たちのために何かしてくれたことがあるか。あれば言ってみろ！」

村上たちは俯いて黙り込み、五十畑が椅子を引いて立ち上がった。五十畑はそのまま誰とも目を合わすことなく、真っ直ぐに前を見て部屋を出ていった。

「あの、私、十一月でユシマを退職するんですけどね」

椿が穏やかな口調で一同に言った。

「辞める前に皆さんに見せたかったものがあるんです」

そう言うと、抱えていた書類鞄から古そうな何かの設計図と、新しい雑誌を取り出した。なんとなく皆が椿の周りに集まってきた。

「この設計図は私がもう随分と昔に描いて会社に提案したものなんですが、なんというか、その、まったく相手にされませんでね。完成するとこうなるはずだったんですよ」

椿が日本版の米国雑誌のページを開いてみせた。北米ユシマ工場の記事で、そのラインの様子を撮った写真に誰もが瞠目（どうもく）した。外国人の工員がSF映画に出てくるようなパワースーツを着て作業していたのだ。翻訳された記事には、工員の体の負担を軽減するようにアシストスーツを導入しているとあった。そして、「アシストスーツ導入後は体も楽になり、帰宅後も孫と遊べるようになった」という工員の談話も掲載されていた。

孫がいる年齢の工員がラインで継続的に働いていることも、帰宅後に一緒に遊ぶ時間があることも、どちらも衝撃だった。

Tシャツの男がポツリと呟いた。

「俺なんか休日以外は娘の寝顔見るだけで、碌に話もできないのにな」

別の男が言った。

「俺らだけ使い捨てか……」

「玄羽さんが死んだってラインはなんも変わっちゃいないもんな」

若い工員が言った。

「なんでも黙って言うこと聞くからだろ」

脇がそう言って鞄から入会申込書を取り出し、分厚い束を北米ユシマの記事の上に置いた。

矢上は静かに言った。

「だったら、もう言いなりにならなきゃいいんだ」

マスクをした大勢の労働者たちが、じっと申込書を見つめていた。

群れの中から最初に踏み出したのは長瀬たちだった。長瀬はマスクを外し、人々が見守る中で自分の名前、所属、社員番号を用紙に書き込んでいった。長瀬からバトンのように北見若菜がボールペンを受け取り、やはりマスクを外して申込用紙に記入した。周りの男たちが数人、マスクを外して列に並び始めた。

すかさず秋山が用紙を一摑み取ると、「持って帰って考えてもいいんですよ、〈ともとり労組〉はどっかに飛び去ったりしませんからね。さあ、まずは手に取って、手に取って」と、調子よく配り始め、そこにもわらわらと人が集まった。

半数近くの者がマスクを外して互いに意見を述べ合っていた。生まれたばかりの、希望と呼ぶにはまだ微弱な心音ではあったが、矢上は初めて何かが動き出したという手応えを感じながら辺りを見回した。

すると、用紙を手にした泉原が廊下に突っ立っているのが目に入った。

矢上は「どうしたんだ」と声をかけて泉原の視線の先を追った。パーカーにジーンズ姿の工員が階段へ続く角を曲がって消えた。ほんの一瞬だったが、その後ろ姿は来栖よりもずっと華奢(きゃしゃ)に見えた。

「あんな小柄な工員いたか？」

訊かれた泉原は不意打ちに遭ったような驚いた顔をしていた。

「僕も工員だと思って用紙を渡そうとしたんですけど、それが……女の子だったんです」

「女の子？」

矢上は思わず聞き返した。少なくとも生方のラインに女の子はいない。

「ええ。僕と同い年くらいで、ピアスしてて。どっかで見たような気がするんですけど」

79

パーカーのフードを目深に下ろしたまま、南美は駅までの夜道を全速力で走り続けた。心臓が破裂しそうになるまで。苦しくて足がもつれ、アスファルトの横の草地に倒れ込んだ。道端に草の生えた空き地があるなんてびっくりだと思いながら、南美はマスクを外してパーカーを脱ぎ捨てた。

頬に、首に、腕に、夜風が心地よかった。なぜだか、あとからあとから涙が溢れた。たぶん自分は今すごく嬉しいんだと南美は思った。

夕方、ユシマ本社を出た後、ホームページに載っていた報告会のある場所へ行けば何があったかわかるだろうと思って、ずっと早く市民センターに来て隠れて待っていた。清掃のスペシャリストの南美にとって、建物の中に隠れ場所を探すくらいは朝飯前だった。

だけど待っているあいだは心配でたまらなかった。

四人はあの巨大なビルの卑劣で残酷な罠にかかって、ずたずたに引き裂かれてしまったんじゃないか。物語の中では勇敢な登場人物はたいていそういう目に遭うものと決まっている。

でも、今日はそうではなかった。

南美は暗い空き地で自分の肩を抱いて、膝に顔を埋めた。

頬から喉へと伝う涙は温かい雨のように心地よかった。南美は思った。

今日なら、もう淋しくない、怖くない。遠回りしなくても、〈骸骨みたいな台所の窓〉の前をちゃんと通って、自分の部屋に帰れる。

80

団交報告会の後、〈ともとり労組〉の組合員は、数名ずつではあったが日々じわじわと増えつつあった。ところが、十二月一日に賞与が出た直後から急増した。それはまさにオセロの盤面が黒から白へと一気に裏返っていくような勢いだった。ある本工の話では、一部の基幹社員以外、賞与はほとんどゼロに等しい額で、住宅ローンをボーナス併用払いにしていた者は先々を考えると眠れないという。

矢上たちは、正規・非正規の共闘を示すために、ユシマ本社前に結集して抗議行動を決行することにした。大勢の人間が連帯すれば、あの要求書が力を持つ。自分たちで現実を動かすのだ。ユシマ労組からの妨害を極力避けるために、矢上たちは〈ともとり労組〉の組合員だけがログインできるページを作り、そこで抗議行動を告知した。決行は次の休日の十二月十一日、午後一時より。それぞれの組合員は、信頼できる人間にも声をかけてほしいと付記した。同時に、矢上たちは本社前抗議行動の際に、一般の人々に配る新たなビラの作成に取りかかった。

朝日荘でいつものホットドッグを平らげた後、矢上と脇と秋山の三人で、ああでもないこうでもないとビラの文面を考えていると、國木田が中古の電気ストーブと商店街の福引きで当たったという小さなクリスマスツリーを持ってきてくれた。

矢上たちは歓声をあげて國木田を引っ張り込むようにして六畳間に座らせ、ストーブを点け、クリスマスツリーをカラーボックスの上に飾ると、口々に報告会の様子を話し始めた。もうおしまいだと思っていた報告会が途中から形勢逆転し、ついには組合への加入申込書を書き込む列ができるに至るまで、國木田は身を乗り出して「おお」「ほう」「それで」と熱心に聞き入った。そして最後に「そりゃすごい」と手を打った。

「すげぇだろ、俺のひらめきで一発大逆転！」

黄色いマフラーを握った脇が、ガッツポーズで室内を跳ね回った。

「君は仮にも執行副委員長なんだから、組合員の前で自画自賛するのは慎むように」

たしなめつつも、國木田は満面に笑みを浮かべている。

「これ見て下さい」と、矢上はスマホを取り出した。「椿さんからの応援メール」

『抗議行動が成功するよう、大陸から祈っています』という文面の後に、応援の意を表するメガホンの絵文字がついていた。

脇が突然、景気づけに國木田の淹れた茶が飲みたいと言い出した。

「あのストップウォッチで計って淹れる茶、すげぇ旨いの」

「脇君」と、秋山が教師然とした顔で言った。「もしかして君は、國木田さんが時々、百メートルダッシュなどしてタイムを計ってるとか思ってたのかな？　あれはストップウォッチではなく、懐中時計というものなんだよ」

「まあ、似たようなもんだ。どっちもウォッチだからな」と脇が勝手な結論を下した。

國木田は、これからはるかぜユニオンに向かうので、茶は来週、抗議行動が成功した祝いに何杯でも淹れてやると約束してくれた。このところ、はるかぜの方も組合員が増えて忙しいようだった。國木田はパソコン画面の組合員名簿を一瞥すると、ふと案じるような表情になって矢上たちを見つめた。

「君たちの組合が大きくなればなるほど、ユシマにとっては脅威となる。つまり、〈ともとり労組〉は、これまでとは桁違いに危険な存在になっている。それを忘れないようにな」

「わかってるって」と、脇が親指を立てて答えた。「来週、俺、高級茶葉買っとくから」

その時、ちょうど扉が開いて泉原が戻ってきた。抗議行動に使う横断幕の材料を買いにホームセンターへ行っていたのだ。泉原の後ろを見て國木田が目を細めた。

「おや、ひとり増えたようだな」

「来栖と言います。何か手伝えればと思って」

泉原と共にホームセンターに行っていた来栖がぺこりと頭を下げた。

「無理はしないようにな」

國木田は来栖にやさしく声をかけ、部屋を出ていった。

81

田所から局長室に顔を出すようメッセージが入った時、萩原には正直、何の用件か見当がつかなかった。葉山と共に極秘裏に進めている案件に関しては、田所に感づかれぬよう細心の注意を払っており、その点に抜かりはなかった。通常の職務も順調で、萩原はいくらか訝しく思いながら局長室の扉をノックした。

「入れ」という言葉を待って入室すると、プレジデントチェアに座った田所は書類から目を離すことなく、少し待つよう軽く手を上げて萩原を制した。サイドボードの上は数々の表彰盾で埋め尽くされているが、壁の掛け時計は質実さを表す簡素なものだ。その秒針がたっぷり二回りした後、田所はようやく書類を置き、銀色のチタンフレームの眼鏡を外して、萩原にソファにかけるよう勧めた。田所もデスクから応接ソファに移ると、前置きなしに言った。

「おまえが絶対の瀬野に任せているユシマの件だがな」

瀬野には毎週明けに報告書を上げさせていたが、今週はそれが来ていないことを萩原は思い出した。

「瀬野が忙しいようでしたら別の者に」

「いや、そうじゃないんだ。おまえのことだからユシマインドの状況は知っているな」

萩原は黙って頷いた。柚島庸蔵が自らユシマインドに乗り込んだものの、労使合意どころかますます事態が紛糾している事実は日本以外ではワールドニュースとなっていた。

「瀬野の話では来週、ユシマ本社前で新労組の抗議行動が計画されているそうだ。事によると数百人規模になる。これは回避したい。となると、懸案事項を始動させる良い機会なんじゃないか」

萩原には咄嗟に話が呑み込めなかった。田所は事もなげに先を続けた。

「一応、筋書きも考えてある」

田所の筋は単純明快だった。ユシマの四人の非正規工員が待遇に不満を抱き、國木田莞慈という労働活動家の指導の下、労働組合を組織しようと演説をしたりビラを撒いたりしていたが、思うように組合員が集まらず、業を煮やして工場に対する破壊工作を計画した。これに共謀罪を適用する。田所は腕組みをして付け加えた。

「破壊工作の具体的な方法は匂わせるだけでいいだろう」

突然の展開に萩原は田所の真意を測りかねて進言した。

「本社前の抗議行動を潰すだけなら、共謀罪を使わなくとも他にいくらも手はありますが」

「そんなことはわかっているさ」

田所はソファに背を凭せると、眉ひとつ動かさずに続けた。

「だが新型コロナ禍以降、不当解雇や雇い止め、休業補償の未払い等が頻発し、助けを求める労働者を取り込んでユニオンや合同労組の労働運動が活発化している。労働争議の件数が増えれば社会問題として表面化する。そのあたりは非正規が労働人口の四割近くになれば、存在を無視できなくなったのと同じだ。しかし、このまま非正規が半数を超えれば、事は雪崩を打って大きく逆に傾く。貧者の方が多数派になるんだ。過激な労働運動が相次ぐ局面に我々は備えておかなければならない」

萩原は瞬時に理解し、愕然となった。

この機に労働運動全体に危険分子の叛乱というレッテルを貼り、反社会的で暴力的なイメージを世間に刻印する。それが将来的にこの国の秩序と安寧を守るために肝要なことだと田所は考えているのだ。

意図が伝わったと見て取ったのだろう、田所は初めて目元を和らげた。

「そういうわけだから、今後、メディアには〈共謀罪〉ではなく、政府見解に従った正確な呼称を用いてもらう。事実、法令に〈共謀罪〉という文言はないんだからな」

そう、正しくは、組織犯罪処罰法に新設された〈テロ等準備罪〉だ。萩原は田所の考えが単なる思いつきではなく、周到に練られたものだと思い知った。今回、前面で動くのは公安ではなく、瀬野の所属する組織犯罪対策部だ。組対で共謀罪を始動させることで、治安維持法的な戦中の恐ろしいイメージを払拭した後、公安が本格的に運用する。萩原は足をすくわれた思いだった。

「質問はあるか」

田所は短く尋ねた。萩原は確認しておきたかった。

「労働運動潰しで共謀罪を始動させる。そのために四人の非正規工員には人柱になってもらう。そう理解してよろしいですか」

「無論、建前上は彼らにも人権がある。だが、おまえも常々言ってたじゃないか。日本には民主主義は根づかなかったとな」

田所は話は終わったというように立ち上がり、デスクの方に向かいながら言った。

「おまえ、中津川と懇意だったな。中津川を介して、ユシマの幹部と口裏を合わせておけ。現場は瀬野に任せて、おまえは後ろで指揮を執れ」

すでに書類に目を戻した田所に一礼して萩原は局長室を出た。

自分のオフィスに戻り、パソコンのディスプレイに向かっても田所の言葉が耳に残っていた。

——おまえも常々言ってたじゃないか。日本には民主主義は根づかなかったとな。

確かに、と萩原は思った。それは、この国の民主主義が国民の手で勝ち取られたものではなかったからだ。民主主義は人間の長い歴史の中で、民衆が王や宗主国などの巨大な権力と闘い、革命や戦争による犠牲も厭わずもぎ取ってきたものだ。しかし、この国はそうではない。広島、長崎と原爆を投下され、ようやく敗戦を迎えた後に、民主主義もまた投下されたのだ。

突如として、想像もしなかったような景色が開けた。臣民が国民となって国家の主権を持ち、大人も子供も老人も国のために死ねと命じられることがなくなった。ひとりひとりの人権が保障され、女性に参政権が与えられ、労働組合法が作られ、国民は健康で文化的な生活を営む権利を有するまでになった。しかし、投下された民主主義が根づくことはついになかったのだ。

すでに選挙制度すらまともに機能していない。主権者の責任を果たしている者は半数そこそこで、結果として国の行き先を決めているのは無関心な者らなのだ。政治家という名の利権分配屋は何をしても処罰されることなく、もはや法治国家でさえなくなりつつある。

この国の人間には社会という概念がないのだ。あるのは帰属先だけ。自分のいる会社、自分のいる学校、自分のいる家族。顔の見える相手がいて息苦しい人間関係に縛られた帰属先しかない。そもそも社会という概念がないのだから、社会にどれほど醜悪な不正義や不公正が蔓延（まんえん）しようと、自分に実害がないかぎり無関係な事象でしかないのだ。

社会とは空気のようなものだ。生きるためには呼吸せねばならず、体のどこかは常に空気に触れている。だがこの国の人間は、その空気が不正義や不公正に汚染されて次第に臭気を放ち始めても、世の中はそんなものだと呟きながらどこまでも慣れていく。コロナ禍でいわれたようにこまめに手洗いするなど身体的な衛生観念は高いのだろうが、自分たちの社会に対する不潔耐性も極めて高いのだ。

時折、萩原はこの国にある規範は二つだけではないのかと思う。〈自己責任〉と〈迷惑〉だ。別に今に始まったことではない。江戸（えど）の昔から共助社会だったといわれているが、共同体からの助けは、ある種の辱めや罰と引き換えにしか与えられなかった。年貢を払えず村に助けてもらった農民が、米を提供してくれた人の家に入る時には門の手前で履き物を脱いで這（は）うようにして入れと命じられた例さえあった。おかげで、助けを求める屈辱よりも夜逃げを選ぶ家もあったという。

現在、衰退途上にあるこの国では、これから先、いつ助けを必要とする境遇に陥るかわからない人々が急速に増えていく。ところが実際に自分がそうなるまでは、どのような人生を歩んできた人が、どのような事情で助けを必要とするようになったのか、考えようとすらしない。自分に仕事と食べ物と住み家があるのは、自分が努力したからだと信じて疑わない。だから、年貢のように取り立てられた税金を地位の高い人々やそのお仲間が湯水のように使うのは気にしないが、自分より〈努力の足りない〉貧しい人間のためにそれが使われるのはどうにも我慢ならないのだ。

臆面（おくめん）もなく共有されるそのような意識が、この社会に夥（おびただ）しい数の静かな死を広げていく。誰にも助けを求めることなく、電気やガスがとめられた部屋でひっそりと死んでいく老いた姉妹。見捨てられ置き去りにされた子供。街の片隅で冷たくなって発見される老人、あるいは黙ってビルの屋上や駅のホームから飛び降りる男や女。

この社会の意識では、命は救えない。このままでは犠牲が出るのをとめられない。

現在、極秘裏に進めている活動を続けるには、なんとしても今の地位を失うわけにはいかない。田所の筋書きどおり共謀罪を始動させるほかない。

萩原はスリープモードになったパソコンの画面にパスワードを打ち込み、排除すべき高齢政治家のリストを呼び出した。そこに並んだ名前を眺めるうち、自分は老いた巨星を撃ち落として社会に蔓延（はびこ）った縁故主義を破壊し、体制が刷新されることを熱望する一方で、もしかしたらこの社会全体を憎悪しているのかもしれないと思った。

日夏は驚いて板垣に聞き返した。

「それじゃあ、公安のその萩原という男の言うとおりに、新労組との団体交渉は一度もなかったことにするつもりなんですか」

板垣は副社長室の窓際に立ち、黙ってクリスマスシーズンの午後の都市を見下ろしている。来客を意識して上品なクリスマスリースの飾られた室内は、微かに空調の音が聞こえるだけで静まり返っていた。

日夏はたまらず立ち上がって板垣に詰め寄った。新労組が結成されて以来、経営側を代表して対応にあたってきたのは板垣だ。日夏を通じて第三工場の工員たちの動きにも精通している。そのうえですべてなかったことにできると思っているのなら、板垣は常軌を逸しているとしかいいようがない。

「板垣さん、彼らはすでに市民センターで報告会をやっていて、大勢の人間が団交の詳細を聞いてるんですよ。要求書の内容も知れ渡っている。今では第三工場の非正規工の大半が彼らの新労組に入会しています。本工だって少なくない。なかったことにするなんて、できるわけないじゃないですか」

長い沈黙の後、板垣が日夏を振り返った。

「……それが、できるんだ」

板垣の目には深甚な恐怖が浮かんでいた。

事実を抹消する。そのからくりを聞いて日夏は全身から力が抜けていくようだった。

日夏は窓際を離れ、ソファに座り込んだ。

「……逮捕は抗議行動の前日、つまり明日ですか」

「ああ。アジトに四人が揃ったら逮捕だ。翌日は念のため生方第三工場を稼働させ、全員、休日出勤させる」

気がつくと、日夏はいつのまにか左手の甲を押さえていた。そこに残された昼間の月のような薄い傷痕(きずあと)。

この世界に馴染むために、今度は、俺は自分の中の何を殺せばいいのだろう。

ユシマ本社を出た日夏の足は、自然と灰田の元に向かっていた。

灰田はまるで静止した時間の中に生きているように、いつもと同じ窓外の大きな欅(けやき)を見つめていた。缶珈琲を二つテーブルに置いて向かいの椅子に腰を下ろすと、灰田は日夏に気づいて穏やかな微笑を浮かべた。だがそれも一瞬のことで、またすぐに欅の方に視線を戻した。硝子越しの夕映えに包まれたパジャマ姿の灰田は、子供のように不思議そうな表情で欅を一心に見ている。日夏はプルタブを開け、珈琲牛乳のような甘い珈琲を飲んだ。

日夏が初めて灰田に会ったのは小学四年生の時だった。それまで暮らしていた米国のポートランドから帰国して転入したクラスで、灰田は学級委員をしていた。十歳の日夏は、日本の授業ルールに馴染めずたちまち周囲から浮いた存在となったが、それでも運動が得意だったので、あからさまにいじめられることはなかった。

ある時、体育館が修理されることになり、先生の許可が下りるまで立入禁止になった。その日、日夏が下校しようとしていると、体育館の中から猫の鳴き声が聞こえた。修理業者の姿はなく、中を覗くと足場に上った野良猫が下りられなくなっていた。日夏が近くにあった板を滑り台のように足場に渡してやると、痩せた仔猫は板を伝って飛び降り一目散に外へ逃げ出していった。日夏が体育館から出ると、昇降口から同じクラスの男子生徒が三人、日夏の方をじっと見ていた。いつも聞こえよがしに嫌なことを言う奴らだったので、無視して帰った。

翌日、思ってもみなかったことが起こった。先生が『規則を守る』という議題で、日夏が体育館に入ったことをホームルームで取り上げたのだ。あの三人が告げ口したことは間違いなかった。先生は日夏を黒板の前に立たせると、よかれと思ってしたことでも規則を破ることでたくさんの人に迷惑をかける可能性がある、どんな規則にも理由があって皆が規則を守ることで社会は成り立っているのだと言った。日夏は、足場が組まれていただけでまだ修理は始まっていなかったと申し立てたが無駄だった。先生は指を立てて「規則は規則」というと、「君が昨日したことは良いことだったのかな？」と尋ねた。

日夏は仕方なく首を横に振った。すると先生は「そうだね、悪いことだったね」と微笑み、クラスの一同に「悪いことをした時はどうすればいいのかな？」と尋ねた。クラス全員が「謝る」と声を揃えて答えた。先生が促すように日夏を見た。日夏は「ごめんなさい」と言ったが、先生はさらに笑顔で「どうして、『ごめんなさい』になるのかな？」と日夏に訊いた。日夏が「規則を破ってごめんなさい」と言うと、クラスのみんなが清々しい顔で拍手をした。

その時、日夏のどこかにポコッと小さな穴が開いた。その穴から虫が入り込んで、朝、学校に行こうとすると体の中でそいつが暴れてお腹や頭が痛くなったり、喉が締まったように息が苦しくなったりした。なぜそんなことになるのかわからず、自分でも嫌で怖かったが、どうしても登校することができなかった。

一ヶ月あまり、日夏は学校を休んだ。その間、毎日のように家を訪ねてくれたのが灰田だった。プリントなどを届けてくれて、部屋で一緒にゲームをすることもあった。

秋の終わり、久しぶりに昼から登校した。写生の授業中で教室には誰もいなかった。ひとりでいるのに、やはり体の中であの虫が暴れ出して、お腹が痛くなった。もうすぐみんなが教室に戻ってくると思うとたまらなかった。その前に虫を殺してしまおうと、日夏は自分の机に手を置いて、コンパスを突き立てた。

灰田はその傷を、日夏を嫌っていたあの三人の男子生徒がやったのだと考え、日夏が三人を庇(かば)っているのだと思い込んでいた。日夏が自分でやったと何度言っても決して信じようとしなかった。たぶん、そんなことをする理由が理解できなかったのだと思う。日夏自身、うまく説明できなかった。そして結局、自分は馬鹿なことをしたと言ったのだ。それよりほかに思いつかなかったから。だが、あれ以降、日夏は嘘のように毎日登校できるようになった。クラスの一員になれたのだ。

日夏には、あのときコンパスで刺した虫が自分だったのだと今はわかる。一生懸命生きようとして、もがいて、でんぐり返っていた、あの虫は自分だったのだ。あれは、日夏がこの社会に馴染もうとして、人生で最初に自分の中の何かを殺した瞬間だった。

甘い缶珈琲を飲みながら、自分はもう長いあいだ、自分のものではない別の軌道を生きてきたような気がした。部屋で灰田と一緒にゲームをした時間が悲しいほど懐かしかった。二人ともあの頃に戻ってやり直せればいいのにと思った。

「なあ、あれは、何を摑もうとしてるんだろうな……」

不意に灰田が呟いた。相変わらず不思議そうなその視線の先には大きな欅の木があった。落葉して太い幹と枝だけになった欅は、何か届かないものに向かって懸命に伸ばされた手のように見えた。

「そうだな、何を摑もうとしてるんだろうな」

そう言うと、日夏は灰田と共に黙って欅を眺めた。

二十時間後、日夏は自販機の近くにある公衆電話の受話器を取り、吉祥寺のホットドッグ店の番号を押した。四人が乗っていく電車も、駅からいつも真っ直ぐ向かうというその店の名も、来栖から聞いていた。

長い呼び出し音の後で電話が繋がった瞬間、日夏の視線の先にあったのは、前日、灰田と見たあの欅の梢（こずえ）だった。

終章　標的

83

午前十一時。朝日荘二〇二号室の前で張り番をしていた若い制服巡査は、白髪交じりの薮下がいくぶん威圧的な態度で警察手帳を見せると、バネ仕掛けのように敬礼してドアを開けてくれた。自分たちは本庁から罪状も知らされずに捜索を要請されているだけのパシリのようなもので捜査の権限などまったくないにもかかわらず、薮下は平然と部屋へ入っていく。そのあまりに板についた所作に、小坂は、この人はこれまでいったいどれほどの局面を、この種のこけおどしまがいの雰囲気だけで押し切ってきたのだろうかと、ほとんど感嘆しつつあとに続いた。

戸口から室内を一瞥(いちべつ)した小坂は既視感を覚えた。笛ケ浜の玄羽の家と同様、畳も台所の床も靴跡だらけだった。薮下が律儀に靴を脱いで六畳間に向かい、小坂もそれに倣った。

カラーボックスや押し入れも見事に空っぽで、部屋にあっためぼしい物は押収済みらしい。矢上たち四人がここで何をしていたかを示す物証は、すべて本庁の組対が押さえているということだ。小坂と薮下は朱鷺子の文庫にあったパソコンで、瀬野がこの付近に停車した特殊移動指揮車両から出てきて朝日荘に入るのを確認している。

小坂は畳の上の踏みしだかれたクリスマスツリーを拾い上げた。

「瀬野警視は、当初ここで四人を逮捕するつもりだったんですね」

薮下は無言で部屋の真ん中に座ると、紙袋からホットドッグを取り出して紙ナプキンの上に置いた。それから、店で貰ったお手拭き(てふ)で手を拭い(ぬぐ)、「いただきます」と合掌した後、こんがりと反り返ったソーセージにかぶりついた。

小坂は署の駐車場でプジョーのバンパーに腰かけて薮下を待つあいだに、遅めの朝食としてコンビニのおにぎりを二つ平らげていたのでホットドッグは遠慮したが、薮下が食事は真剣に味わうのだという信念に近いものを持っているのは知っていた。そこで、話しかけるのを控えて黙って頭の中を整理した。

薮下が食べているホットドッグは矢上たちの行きつけの店で購入したものだ。工場の四人のロッカーに残されていた私物の中に、朝日荘と同じ吉祥寺にあるその店のクリスマスシーズン限定割引券があったのを薮下が覚えていたのだ。店の主(あるじ)からはすでに話を聞き、四人が毎回取っていたという領収書の控えを見せてもらった。そこで初めて、彼らが通称〈ともとり労組〉という新労組を立ち上げていたことを知ったのだ。領収書の日付によると、四人は十月初旬から毎週末、姿を見せていたようだった。

一方、四人がこの部屋を借りたのは九月の終わり。小坂は薮下に命じられたとおり、昨日、笛ヶ浜から戻った足でアパートの所有者である國木田莞慈という老人の家を訪ねた。ところが屋内に人の気配はなく、郵便受けに三日分の新聞が溜(た)まっていた。それは、本庁の組対が四人の逮捕に失敗した翌朝には彼がもう家にいなかったことを意味している。

　近所の人の話では、國木田はどこかのユニオンで相談員をしているという。来年取り壊しが決まっているとはいえ、公共料金等の実費のみで家賃を取らずに矢上たちに部屋を貸した老人がユニオンの相談員と知って、小坂はなるほどと胸に落ちた。この國木田という老人が、おそらく労働運動初心者の矢上たちに組合を作る手順や法規等を手ほどきしてくれる存在だったのだろう。

　それにしても、國木田莞慈はどこに消えたのか。國木田の不在は、矢上たちの逮捕失敗と何らかの形で繋がっているのではないか。

　薮下はどう考えているのかと、小坂は食事中の先輩刑事をさりげなく盗み見た。薮下は虚空に目を据えてゆっくりと咀嚼していた。表情はいつものように真剣だが、何かが違っていた。その何かを見極めようと凝視するうち、小坂は薮下が食事をまるで味わっていないことに気がついた。それは、笛ヶ浜に行って以来ずっと胸にあった不安を、桁違いに増大させるに充分だった。

　小坂には、薮下が職務を越えて矢上たち四人に思い入れをしているように感じられてならなかった。被疑者へのその種の思い入れは、往々にして不幸な結果を招くのだ。小坂は嫌な予感を覚えて、思わず薮下に声をかけそうになった。

　その時、薮下と小坂のスマホから同時にメッセージの着信を知らせる音がした。デカ長の大沼からの一斉メールで、まもなく本庁の瀬野警視が緊急の記者会見を開くとの知らせだった。四人が捕まったという一報はまだない。いったい何に関する会見なのだ。訳がわからないという思いで、小坂は薮下と顔を見合わせた。

84

矢上たち四人は冬枯れの丈高い薮の中、身を屈めるようにして辺りの様子をうかがいながらキャンプ場の方へと近づいた。昼間でも山の中は町よりもずっと気温が低い。手と顔は擦り傷でヒリヒリと痛み、空腹は耐えがたいまでになっていた。

吉祥寺で逮捕を逃れた四人が、玄羽の家までそれぞれの方法でどうにか辿り着くことができたのが四日前。万一の時の金を朱鷺子に預かってもらっていたので、追われる身で朱鷺子に迷惑をかけないよう、それを受け取ったらすぐ始発のフラワーライナーで笛ヶ浜を離れるつもりだった。

笛ヶ浜の老人は朝が早く、朱鷺子もその例外ではないと知っていたので、誰にも見られないように、夜が明ける前に朱鷺子の家へ向かった。潜り戸を入って待っていると、午前五時になるかならぬかのうちに屋内に灯りが点った。

丹前を羽織った朱鷺子は驚きながらも四人を家に上げ、警察に追われていると聞いた途端、襖の向こうで素早く普段着の大島に着替えると「まずは腹ごしらえだね」と言うや、かつて法事の際に使っていたという一升炊きの釜を出して米を炊き始めた。すぐに発つという矢上たちに、朱鷺子は泉原を指さしてぴしゃりと言った。

「一日安静にしてその足の腫れが取れないかぎりは、金は渡さないよ」

朱鷺子がてきぱきと卵を焼いて味噌汁をこしらえる傍らで、矢上と脇は朱鷺子の指図のもと干物を焼き、青菜を茹でた。秋山は泉原の足を氷で冷やして湿布を替え、介護に専念した。申し訳ないと思いながらたらふく飯を食い、朱鷺子にこれまでの経緯を話し、後片付けをして風呂を使うと、緊張の糸が切れて体の芯が抜けたように一気に睡魔に襲われた。四人は暖かい布団で十二時間あまり正体もなく眠った。

電話の鳴る音で目が覚めたのは、翌日の午前五時前だった。すでに起きていた朱鷺子が電話に出ると、玄羽の家の近隣の人からで、警察の車が玄羽宅の周りに集まっているが、何かあったのかと尋ねるものだった。

目と鼻の先にまで警察の手が迫っていた。フラワーライナーにもフェリーにも手が回っていると考え、矢上たちは咄嗟に山越えを決めた。朱鷺子はこの季節に身ひとつで山越えは無理だと、すぐさま俳句仲間の寝具店のお婆さんに電話をかけて寝袋の在庫があるか訊いてくれた。寝具店はキャンプ場にレンタル寝袋を卸しており、倉庫を確認してみるという。礼を言って電話を切ると、朱鷺子は茶色の紙袋に関東道路地図や卓上の蜜柑などを押し込んで秋山に持たせた。

矢上たちは慌ただしく靴を履きながら、これからどうするつもりなのかと、朱鷺子にまだ訊かれていないことを思い出した。一晩よく休ませてからにしようという心遣いだったのだと矢上は思った。振り返ると、上がり框に立ち尽くした朱鷺子は、これが最後かもしれないというように目をいっぱいに見開いて矢上たちを見つめていた。その眸が不意に潤むのがわかった。矢上は、この人にだけは伝えておかなければと思った。

「このまま逃げ切れるとは思っていません。でも、捕まる前に、俺たちにはやることがある」

朱鷺子の顔色が変わった。唇が震え、何か言おうとした時、電話が鳴った。寝具店からで在庫の中に寝袋がちょうど四つあったという知らせだった。脇が玄関を開けて朱鷺子を振り返った。

「ねえさんの卵焼き、最高に旨かった」

庭に隠していた脇のマウンテンバイクを押して潜り戸を出た。矢上たちは朱鷺子が文庫の二階の格子窓から、自分たちの姿が見えなくなるまで見送っていたのを知っていた。

白々明けに裏木戸を開けて待っていてくれた寝具店の芳路婆さんから寝袋を買い、高校生の孫がいるというのでマウンテンバイクをあげることにした。

山に入った矢上たちは人目につかないように車の走る山道を避け、険しい薮の中を掻き分けるようにして進んだ。たちまち手も顔も擦り傷だらけになり、先頭を行く矢上のジャンパーは肩先が裂けて中綿が出た。それでも幸いだったのは、一日の安静で泉原の足首の腫れがとれ、山越えになんとか耐えられるようになっていたことだった。へばりがちの秋山は最後尾の脇が押し上げるようにして登った。

朱鷺子が茶色い紙袋に入れてくれた蜜柑を分け合って食べ、無人のオートキャンプ場の水道水や沢の水を飲んで渇きを癒やした。だが、この丸二日というもの水だけで強行軍を続けてきた四人は空腹で目が回りそうだった。

薮の中からキャンプ場を透かし見た秋山が、驚いて声をあげた。

「なんでシーズンオフにこんなに人がいるのよ」

この寒いなか、広場はどういうわけか若者や家族連れのグループで賑わっていた。バーベキューの用意をする人やテントを張る人、凧揚げを楽しんでいる親子もいる。

「何の祭りか知らねぇが、人が多い方がかえって目立たなくていいぜ」

脇が強気で言い放った。広場をはさんで百メートルほど先に、切り妻屋根の建物が見える。老朽化してペンキも剝げ放題のその木造平屋建ての屋内には、売店があると芳路さんから聞いていた。最近はバーベキュー用の燃料や食材のみを扱う売店も多いなか、そこには菓子パンやスナック、チョコレート等も置いてあるという。矢上たちの目的は、山越えに是非とも必要な、携帯に適した食料をあの売店で調達することだった。

建物の古ぼけた外観を見るかぎりコンビニのような防犯カメラはなさそうだった。万にひとつ警官が張り込んでいた場合の逃げ足を勘案して、矢上と脇の二人が買い出しに行くことになった。何かあったら脇が黄色いマフラーを振って合図し、秋山と泉原は先に逃げるという手筈を決めた。それから、矢上は人目を引かないように中綿のはみ出したジャンパーを秋山のブルゾンと交換し、秋山のニットキャップを被った。脇はジップアップジャンパーのフードで頭部を覆い、二人ともポケットに大事にしまっていたマスクで顔の半分を隠した。

「目立たないように、自然な感じでね」と、秋山が真剣な顔で二人に声をかけた。脇が「わかってるよ」と答えて薮の中から広場へと踏み出した。キャンプ場に慣れている自分が先導するつもりなのだ。矢上はすぐにあとに続いた。

アウトドアを楽しむ人々のあいだを、矢上と脇は急ぎ足にならないように気をつけて売店に向かった。いくらも経たないうちに、山のキャンプ場では誰もマスクをしていないことに気づいた。屋外で人混みでもないのだから当たり前なのだが、自分たちが奇異の目で見られているように思えて、急激に心拍数が上がった。売店は見えているのに歩いても歩いても着かない。おそろしく遠くにあるような気がし始めた時、脇がいきなりぎくしゃくとした足取りで速度を上げた。つられて矢上も早足になった。

ほとんど競歩のような勢いで建物の入り口に達した時には、息があがり、空腹感も消し飛んでいた。顎マスクで屋内を覗き込み、刑事らしい人影はなく防犯カメラもないのを確かめると、二人はきちんとマスクをつけ直して中に入った。支払いの際に顔を覚えられる危険は避けなければならない。レジ脇に座ったアルバイトらしい若い男は、スマホに夢中でこちらを見向きもしない。

「矢上は菓子パンと乾きもの、あと飲み物な」

そう言うと脇は買い物カゴを取り、大量のカップ麺を入れてレジへ向かった。どうやって食べるつもりかと思いながら矢上はとりあえず菓子パンやクラッカー、チョコレート等とペットボトルの飲料水を買った。ペットボトルなら中身を飲んだ後も沢の水を汲んで持ち歩ける。

矢上がレジを済ませて振り返ると、脇が壁際の『ご自由にお使いください』という貼り紙の下の大型ポットで、すべてのカップ麺に湯を注ぎ終えていた。矢上は両手に買い物袋を提げて脇に近づくと、ずらりと並んだカップ麺を前に小声で尋ねた。

「泉原と秋山さん、ここに連れてくるのか？」

「頭使えよ、矢上」

脇に言われるとなぜか少しショックだった。

「三分のカップ麵なら六分ちょい待てば、麵が汁吸って楽に運べるだろ」

　得意顔の脇を見ながら、汁を吸ってふやけきったまずい麵を運ぶという知恵は、ライフハックの範疇（はんちゅう）に入るのだろうかと考えていると、音を絞った壁掛けテレビが今夜は双子座流星群の極大であると報じるのが聞こえた。気象予報士が関東地方はほぼ雲がなく、たくさんの流星が見られるでしょうと告げていた。

「なるほどな」と矢上は合点がいった。「それで見晴らしのいい山の上にこんなに人が集まってるのか」

　腕時計で時間を計っていた脇が「よし、もうそろそろだな」と頷（うなず）いて、汁を吸ったカップ麵を大きな買い物袋にそっとしまい始めた。手伝おうとした矢上は、テレビの画面を見てあっと息を呑（の）んだ。

「脇、これ……！」

　テレビには〈テロ等準備罪の容疑で指名手配中の四人〉というテロップと共に、矢上、脇、秋山、泉原の顔写真が、名前と年齢付きで並んでいた。四人の写真を画面の右上に残したまま、ニュースは記者会見場に切り替わった。警視庁組織犯罪対策部の瀬野という警視が、逃亡中の四人について会見していた。

　ユシマの非正規工員であるこの四名は、待遇に不満を抱き、新労組を組織しようとビラを撒（ま）く等の活動を始めたが、思うように組合員が集まらず、業を煮やして工場に対する破壊工作を計画していたという説明があった。次いで、四人が破壊工作の準備のために終業後の深夜、工場敷地内をあちこち下見して回っていたという防犯カメラの映像が映し出された。

「これ、あの晩の……」

脇はそれだけ言って絶句した。

それは、二直を終えた後、玄さんの姿を捜して四人で敷地内をあちこち見て回っていた時のものだった。玄さんは何時間も前に死んでしまったとも知らずに。あの夏の夜の匂いと湿度がまざまざと思い出された。胸の中で何かがよじれるような痛みが走った。

映像に瀬野という男の声が被さった。

「当該の四名に対して破壊工作の指導をしていたのが、元労働活動家の國木田莞慈・七十四歳」

画面が切り替わって國木田の写真が大写しになった。

「國木田には、恐喝、強要、威力業務妨害等での逮捕歴があり、現在、重要参考人として取り調べ中です」

卑怯なことを……。矢上は唇を嚙んだ。団体交渉を恐喝罪や強要罪、ストを威力業務妨害罪としてとりあえず逮捕するのは、労働運動を抑え込みたい時の警察の常套手段だ。その証拠に、逮捕されてもほとんど起訴には至らない。労働者の団結権、団体交渉権、争議権は憲法で保障されているので、法廷で有罪判決に持ち込むのは難しいからだ。逮捕イコール有罪ではない。つまり國木田に前科はない。以前、國木田自身が、自分たちの若い頃に前線に立っていた奴らは、誰でも何度か逮捕されていると笑いながら当時のことを話してくれた。

だが、警察が顔写真を出して逮捕歴を列挙すれば、世間はその人物が犯罪者であるという印象を抱く。矢上たち自身、何も知らない頃ならそう思ったに違いない。

警察は、矢上たち四人に反社会的で暴力的な集団であるというレッテルを貼るために、國木田の逮捕歴を利用したのだ。いつもなら怒り狂って喚き出しそうな脇が、身を硬くして俯いていた。矢上には脇の気持ちがよくわかった。自分たちに関わったせいで、國木田は世間に晒されたようなものだ。

会見は質疑応答に移り、瀬野に指された記者が芝居の台詞を読むように、新労組の組合活動の実態について尋ねた。これに対し、瀬野はきっぱりと答えた。

「労働組合としての活動にはほぼ実態がありません。新労組は具体的な要求を示さず、団体交渉等も一切、行われていません。これはユシマ本社にも確認済みです」

ここまでやるのか。

矢上は足下の床が大きく傾くような気がした。

脇と二人、どんなふうにして秋山と泉原のもとに戻ったのか矢上はよく覚えていない。キャンプ場から遠く離れた小さな窪地の日だまりに膝をつくまで、ただ無言で歩き続けた。しんとした山の中で矢上はニュースで見たことを秋山と泉原に話した。

長い沈黙の後、泉原が言った。

「捕まるのは時間の問題ですね」

頬のそげた秋山が静かに微笑んだ。

「その前に、やるしかないね」

スマホで記者会見を見終えた小坂は興奮した口調になるのを抑えられなかった。

「共謀罪だったから、取り逃がした時に所轄に罪状を伏せたんですよ。組対の判断だけでは容疑を明かせなかった」

「ああ、こいつは間違いなく公安マターだ」

藪下は明らかに小坂以上に興奮していた。

「おまえ、工場の工員たちがみんなひどく怯(おび)えてたの、覚えてるだろ」

「ええ」

小坂は吊(つ)り廊下の下に集められた工員たちの表情を鮮明に覚えていた。何かを恐れ、怯えていた。だが、藪下の次の一言はまったく予想外だった。

「あの時もう、あいつらは全員、矢上たちが共謀罪で追われていることを知ってたんだ」

所轄の捜査員さえ知らないことを、工員たち全員が知っていた？　小坂はどういうことか訳がわからなかった。

「いや、でも、どうやって工員たちは知ったんです」

「本庁の奴らが話したに決まってるだろ。ついでに共謀罪がどんな罪なのかってのも、しっかり教えてやったはずだ。たぶん五十畑あたりを通して、絶対に他言無用と釘(くぎ)を刺したうえでな。タイミングとしては逮捕失敗から寮のガサ入れまでのあいだってところだ」

そう聞いても小坂はまだ話についていけなかった。薮下はじれったそうに早口になった。

「会見で瀬野が言ってただろ。非正規工員の四人が新労組を作ったものの組合員が集まらず、工場への破壊工作を企てたってな。それが事実なら、まず四人を捜索する所轄に新労組の情報が共有されてなきゃおかしいだろ」

小坂は本庁から最初に送られてきた四人のプロフィールに新労組に関する情報がまったく記載されていなかったことを思い出した。同時にその理由に思い至った。

「本庁は、所轄に新労組の活動実態を知られたくなかったんですね。なぜなら、公安の書いた破壊工作の筋は、実態と違っているから」

薮下は初めて頷いて言った。

「おまえも〈われらユシマ〉のバックナンバー、読んだよな」

最初に工場を訪れた時に小坂が頼んでおいたものが薮下の家に届いており、小坂も朝日荘に来る車中でユシマの新日本型賃金制度の記事を読んでいた。仮に自分が従業員であれば悪夢としか思えないその新制度に、ユシマ労組は満場一致で賛成していた……。小坂は勢い込んで思わず声が大きくなった。

「薮下さん、矢上たちが新労組を結成したのは、ユシマの過労死問題を追及するだけじゃなくて、あの新制度にも抵抗するためだったんですよ！」

「で、おまえがあの工場の工員で、〈ともとり労組〉に関係していたら、どうだ」

その状況を想像して小坂は初めて戦慄(せんりつ)した。新労組に関わっている工員の自分は、四人が破壊工作など企てておらず、警察が嘘を吐いているとわかっている。しかし、そんなことを世間に訴えて誰が信じてくれるだろう。善良な市民は警察が事件を捏造するなどとは夢にも思わない。しかも極めつきは〈共謀罪〉という容疑だ。警察が〈共謀した〉とみなせば、何もやっていなくても逮捕されてしまうのだ。沈黙を守らなければ、彼らの仲間とみなされて有無を言わさず犯罪者にされるに違いない。それは恐怖以外のなにものでもない。

小坂は茫然と呟いた。

「ユシマの後ろには警察が、いや国家がついているに等しい……」

「おまえにしてはいい答えだ。逮捕を知った工員たちは怯えて口を噤むはずだった。だが、本庁は肝心の逮捕に失敗した」

「それで四人が共謀罪で追われていると、わざわざ工員たちに教えたんですね。新労組について黙らせるために」

「ところが元労働活動家の國木田莞慈は、そう簡単に黙ってはくれない。國木田の逮捕歴を印象操作に利用する目的で、口封じを兼ねて逮捕失敗直後に任意同行したんだろ」

確かに、警察の取調室でどう喚いても、その情報が決して外に漏れることはない。捜査関係者が警察に有利な情報を意図的にメディアにリークする場合は別として。

小坂はようやく見えてきた筋を薮下に話した。

「ひょっとしたら、矢上たちの新労組は思いのほかデカくなってたかもしれませんね」

「ああ、俺もまさしくそう思うね。だとしたら、うちの所轄の公安係がユシマとの繋がりで妨害に動いていたはずだ」

「そのせいですよ、最初に工場に行った時、入り口の警備員が僕らのことを偽警官じゃないかと疑ってるみたいに感じ悪かったの。顔見知りの公安係じゃなかったから」

「なるほどな。こりゃどう考えても、公安の上層部が、本庁の組対を介してユシマの新労組潰しで共謀罪を始動しようとしてるって筋は間違いなさそうだな」

薮下は高揚した調子でそう言うと、食べ終わったホットドッグの紙袋を、雑巾を絞るようにきりりとねじり上げた。だが小坂には単純な疑問がひとつ残っていた。

「でも、もしそうだとしたら、本庁の連中はある程度の期間、四人を完璧な監視下に置いていたはずですよね。なんで逮捕に失敗したのか」

「こいつだよ」

薮下は棒状になった元紙袋を顔の横で振ってみせた。ホットドッグ店の主は、逮捕の日、矢上たち宛に男の声で電話があったと言っていた。

「そうか、電話の男が四人に危険を知らせたわけですね。しかし、いったい何者なんですかね、その男」

薮下の手から棒状の元紙袋がぽとりと落ちて畳の上を転がった。見ると、薮下の口が小さく開いている。いきなり何か閃いたように薮下が戸口へ駆け出した。小坂は慌てて元紙袋を拾ってあとを追った。

86

〈週刊真実〉の記者・溝渕久志には、玉井の異能ほどではないが、ある種の芸の域に達していると自負する特技があった。それは、麗しい女性を思わせる筆跡、いわゆる女文字が書けることだった。書くにあたっては必ず、インクは濃紺、万年筆はパーカーと決まっていた。溝渕がこの特技を会得するに至った経緯には、子供の頃にひそかに憧れていた叔母の存在があった。三十代で夭折した叔母は何冊ものノートに、感銘を受けた短歌をパーカーの万年筆で書き写していた。中学に上がったばかりで初めて、近しい人の死を体験した溝渕は、叔母の濃紺の筆跡を真似るともなく真似て自分のノートに書き写した。

　死を見つめた歌が多かった。人間はいずれみな死にゆく身なのだという思いが少年の日の溝渕の心に刻まれた。そして溝渕の場合、それはより繊細な文学への萌芽とはならず、別の信念となって根を下ろした。

　一度しかない限られた人生を、おとなしく安全な道を選び、逆らわず従順に生きてなど終わるものか、というやつだ。そういうわけで、今も今とて編集部の自分のデスクで、調査対象に対して女性を装った書簡――流麗な女文字で封筒の表に住所と宛名を書いていた。

　洋形二号の純白の封筒の宛先はユシマ本社、宛名は副社長の板垣直之だ。

　溝渕と玉井は、与党重鎮の相次ぐ突然の引退表明には何か裏があると考えて独自に調査を続けてきたが、行き着いた先が公安――戦前は特高と呼ばれたいわゆる秘密警察の流れを汲む組織だけあって、裏付けと呼べるようなものは何ひとつ摑めなかった。埒が明かぬままお宮入りかとくさっていたところへ、今日の午後になって突如、思いがけない方向からまったく別の大ネタが飛び込んできたのだ。

「ブチさん、これ完全にメディアスクラムですよ。一般人にこんなことしちゃダメでしょ」

傍らでテレビの情報番組を観ていた玉井がいつになく非難の声をあげた。

画面では國木田莞慈が相談員をしていたというはるかぜユニオンのただ一人の専従・岸本彰子が報道陣にもみくちゃにされながら、石つぶてのように次々と投げつけられる質問に懸命に答えていた。

「新労組の活動については私は詳しく聞いていませんが、あの四人が破壊工作を計画していたとは思えません。彼らはとても熱心に勉強していましたし」

「すみません！」と、記者の声が遮る。「はるかぜユニオンには〈テロ等準備罪〉の容疑者を庇わなきゃならないような事情が何かあるんですか？」

溝渕は差出人の名前を書き終えると、大手メディアの記者たちの新たな共通点をひとつ指摘してやった。

「今日からテレビでは〈共謀罪〉って言葉は放送禁止用語になったみたいだな」

記者たちは質問のたびに〈テロ等準備罪〉という罪名を不自然なほど繰り返している。

「そういう御布令（おふれ）が出たんでしょうねぇ。もうまるでプロパガンダっすね」

玉井があきれ果てた顔でチャンネルを変えると、以前はるかぜユニオンで相談員をしていたという中年の男が、國木田の人柄について、どこかの公園でしたり顔でインタビューに答えていた。

「ええ、國木田さんは昔から独善的で、何でも思いどおりにしたがる人でしたね。はるかぜの専従を決めるのにも横槍（よこやり）を入れて、自分のお気に入りの女性をねじ込んだくらいですからね。その女性のほうも日頃から見苦しいくらい國木田さんに媚（こ）びてましたから、どっちもどっちで

すけど。私なんかそれではるかぜに見切りをつけたんですけど、今思うと辞めて良かったです
よ」

「ちょっとブチさん、見て下さい、こいつの足下の影！　これ、どう見たって午後二時より前の録画ですよ。警察が御用メディアに前もってこいつの身元をリークしてたのが丸わかりじゃないですか。こんなの政権お手盛りの発表を無批判に垂れ流すよりよっぽど悪質ですよ！」

日本人は怒りを通り越してあきれるという順に感情が推移するのが一般的とされているが、玉井の場合は順序が逆であるらしい。画面を指さしてひどく憤慨している。

実際、國木田と専従の岸本の両者に反感を抱いているおあつらえ向きの人物に、緊急記者会見の数時間後に接触してすでにインタビューまで撮れているというのは、まさに奇術だ。タネがないとできる技ではない。

溝渕はどこかで読んだ格言を思い出した。曰く、専制主義的国家のメディアは、平時においては不都合な事実を隠蔽して消極的な虚偽報道を行う。だが戦時においては、事実を捏造して積極的に虚偽報道を行う。歴史の教訓である。

「さて」と、溝渕は封をして切手を貼った封書を玉井に手渡した。「俺たちは御用メディアにできないことをやらないとな」

宛名書きの流れるような筆跡を一瞥して玉井は目を丸くした。

「ブチさん、ほんと上手ですねぇ、女文字。で、この『城崎雅代』って誰です？」

玉井が封筒の裏の差出人の名前を見て尋ねた。

「昔、近所に住んでいたお婆さんだ」

事実だった。半信半疑の顔の玉井に溝渕は気にするなというふうに手を振って言い添えた。

「名前なんてどうでも良いんだよ。大事なのは、私信は秘書が勝手に開封できないってところだからな」

「そうっすね」

玉井は封筒をリュックにしまい、編集部の隅に置いてある自転車の方へ向かった。今から集配郵便局へ走って速達で出せば、明日には届く。

流線形のヘルメットを被った玉井が思い出したように言った。

「それにしても惜しかったですねぇ。昔、取材した時に嫌われてなかったら、逃走中の秋山宏典からブチさんに連絡があったかもしれないのに」

「うるさい、早く行け！　俺も若かったんだよ」

玉井が出ていくと、溝渕は仮眠用のソファにゴロリと横になり、頭の後ろに手を組んで天井を睨(にら)んだ。玉井の言ったとおり、その昔にあんな傲慢(ごうまん)な態度を取らなければ、秋山は今回の窮地に自分の存在を思い出してくれたかもしれないと思った。だが今さら悔やんでもどうにもならない。

今は知り合いに神様がいれば頼みたい気分だった。この大ネタがモノになるかどうか、すべては玉井が持って出たあの一通の封書にかかっているのだ。

87

防犯カメラのない工場裏に連れ込まれた来栖は、何がなんだかわからず、いかにもうろたえているように見えた。だが、その見かけの半分は演技ではないかと疑いつつ、小坂はスマホで来栖の顔を写真に撮り、確認のために吉祥寺のホットドッグ店の主に送った。その間も、薮下は世間話のような口調で来栖をやんわりと締め上げていた。

「俺たちが工場に来た日、おまえは、俺たちが前の日に寮にガサ入れにきた本庁のデカとは繋がっていない、下っ端だとわかってたんだよな？　俺たちは、矢上たちと死んだ玄羽が親しかったか、なんて馬鹿なことを訊いたりしたもんな。こいつらは、四人が追われている容疑を知らされてないとピンと来たわけだ。おまえ、なかなか頭が回るなぁ」

来栖は過度におどおどと黒目を動かして荒い息をしていたが、小坂は来栖がパニックに陥ったふりをしてどう答えようか考えているのだと直感した。最初に薮下の話を否定してかからなかったことが致命的だった。

「あの日おまえ、ロッカールームでスマホ使おうとしてたな。工場に妙なデカが来てますって、誰に急いで知らせようとしてたんだ？」

「僕は、あの、ただ、矢上さんたちが心配で」

「嘘を吐くなっ！」

小坂は薮下が怒鳴るのを初めて聞いたが、低音と破擦音のバランスが絶妙な凄みを醸し出しており、この一発で来栖の演技は木っ端微塵に吹き飛んだ。来栖は完全に震え上がった。

冬至に向かうこの時期、午後四時近くになると急速に陽光が衰える。辺りが翳り、風が立つなか、来栖が助けを乞うように小坂の方に視線を泳がせた。情状を考慮する余地を感じなかったので小坂は傍観者に徹し、ちょうどスマホに来た返信を薮下に報告した。

「確認取れました。四人と一緒に店にホットドッグを買いに来たのは、彼で間違いないそうです」

来栖は顔色をなくした。

「おまえは矢上たち四人の行動を逐一、会社の誰かに報告してたんだろ。そこそこ上の方にいる人間で、鶴の一声でおまえを正社員にできるんだよな。そいつは誰だか教えてもらおうか」

来栖は目を潤ませ、小さく口を開けて喘ぎながら、必死に沈黙を守っていた。

「おまえも共謀罪の仲間の一人に加えようか。四人と一緒に活動してたんだからな。ホットドッグ屋の店主って証人もいるわけだし。それくらいは下っ端にだってできるんだぜ。警察はな、あったことをなかったことにできるし、なかったこともあったことにできる。もうわかってるよな？」

「そんな……戦時中じゃないんだから」

「ほう、利いたふうな口をきくじゃないか」

薮下は来栖の肩に軽く手を置いて教え諭すように言った。

「だがな、おまえみたいに自分の目先の利益しか考えない人間が、上から下までわんさか増えたおかげで、今はな」

最後は怒声でしめくくられた。

「ほとんどもう戦時中なんだよ！」

薮下は本気で腹を立てていた。涙より先に、来栖の鼻腔から洟が垂れた。

「……話せば、共謀罪の仲間にしないでくれますか？」

しかし、薮下は来栖の精神に安らぎを与えてやるつもりは微塵もないらしく、底冷えのするような微笑を浮かべて言った。

「そいつは俺の一存じゃあ決められないな。だが今、話さなきゃ確実になるな、共謀罪」

88

矢上は目を閉じて深く息を吸い込んだ。広大な夜の雑木林は、微かに芳ばしい枯葉と土の匂いがした。

二晩かけて房総半島の山を越え、夕方、佐倉市の郊外に入った。薮の中の獣道を、やはり足が本調子ではない泉原と、心身双方の持久力にやや欠ける秋山を連れて移動するのは、思った以上に時間がかかった。人家の点在する田畑のあぜ道や、日が暮れて道行く人もない住宅地の通りを黙々と歩き続け、しばらく前にようやく地図にあったこの雑木林に辿り着いたのだ。

キンと冴え渡った闇の中、脇が懐中電灯を手に駆け戻ってきた。白い息を吐きながら、脇は意気揚々として言った。

「野営にもってこいの場所、見つけたぜ」

地べたに尻（しり）をついて休んでいた秋山が尋ねた。

「遠くないよね？」

「いいからついてきな」

疲れ知らずの脇は早くも先に立って歩き出している。矢上と泉原は、秋山を二人がかりで立ち上がらせ、脇のあとを追った。

矢上たち四人は最後の目的地に向かう途上にあった。

脇が野営地に選んだ場所は、雑木林の手入れをする人たちが落ち葉を集めた場所だった。このところ雨がなかったため、落ち葉は気持ちよく乾いてふかふかしている。喋る元気もなくしていた秋山が一目見るなり「これって天然のベッドじゃないの」と、生き返ったようにはしゃいだ。落ち葉が集められた場所の周囲には低木や下草があり、風を遮ってくれるのもありがたかった。よくこんな場所を見つけたものだと矢上は感心した。泉原も「脇さん、ほんとにアウトドア、最強ですね」と、尊敬のまなざしを向けた。俗に日本人の美徳とされている謙遜（けんそん）とは無縁の脇は、「まあ、才能だな」と、真顔で答えた。

早速、落ち葉のベッドの上にそれぞれ寝袋を広げて潜り込んだ。四人並んでミイラ形の寝袋にすっぽりとくるまり、梢を透かして冬の夜空を見上げた。今夜は双子座流星群の極大だから、ひとつくらい空を滑る光が見えるかもしれないとじっと目を凝らした。だが、方角が違うのだろう、矢上たちの見上げる空に星が流れることはなかった。

「指名手配になっても、案外見つからないもんですね」

泉原が他人事（ひとごと）のようなのんびりとした口調で言った。

「公開捜査なんかにしちゃうとね」と、秋山の声がした。「よく似た奴を見たっていう目撃情報があっちこっちから殺到してかえって捜査が混乱するんだよね。少なくともハリウッド映画の王道じゃそうなってる」

「秋山さん、ハリウッド映画とか観んのか？」と、脇がちょっと驚いた様子で尋ねた。

秋山は「まあね」と、軽く答えた。

そういえば、と矢上は思い出した。秋山は夏に笛ヶ浜の雑草だらけの墓地を見た時も、『納涼三本立て、四谷怪談、番町皿屋敷、牡丹燈籠』などと喚いていた。どれも日本の古い映画のはずだ。矢上はもしかしたらと思いついて尋ねてみた。

「秋山さんの両親がやってた〈ちょっとした商売〉って、ひょっとして映画館ですか？」

「おや、よくわかったね。自分で言うのもなんだけど、一応、名の通った老舗の名画座だったのよ」

「マジか」と、脇が腹筋の強さを発揮して跳ね起きた。「本物のお坊ちゃまじゃねぇか」

「うふふ、倒産するまではね」と、秋山は笑った。

秋山はものごころついた時から自分は映画館を継ぐものだと思っていたという。どこへ遊びに連れていってもらうよりも、映画館の暗がりの中に座ってスクリーンを観ているのが楽しいという一風変わった子供だったらしい。

「けど、俺が本格的に経営を任された頃には、もうそこら中にシネコンができてたてね。凝った企画やら特集やら、近所の喫茶店とコラボした割引やら、思いつくことは全部やったけど、集客に至らず。万策尽きてついに閉館の運びとなったわけよ。ところが、〈閉館のお知らせ〉ってツイートした途端、客が来るわ来るわ、もう押し寄せるって感じで数十年ぶりに立ち見が出たね。なんと週刊誌まで取材に来た」

「やっぱ老舗の閉館ってのは記事になるわけだな」と、脇が興味深そうに言った。

「まぁ、記者の方は嫌々来たって感じだったけどね。そいつ、『俺はこんな場末のお涙頂戴話じゃなくて、金権政治の腐敗を暴くような仕事をしたいんだ』って面と向かって親父に言ったからね。さすがに殴ってやろうかと思ったけど、〈お涙頂戴〉って言われると、まさにそのとおりだったんだよねぇ。閉館が決まって以来、連日、客がつめかけて親父は感涙にむせんでたからさ。昔の馴染み客と肩を抱き合って写真撮ったりして。で、ロビーに溢れ返る客を見て俺は思ったわけよ。この人たちはシネコンに押されて映画館がどんどん潰れてるのをたぶん知ってたわけで、でもなくなると決まるまでは、この場所のことを考えもしなかったんだってな。つまり、その人たちにとってうちの映画館は遠い思い出の一コマでしかなかったのよ。みんな自分の思い出を懐かしがってるだけで、うちの映画館とかどっちでもいいの。閉館って聞くまで、自分の思い出は昔と変わらずにそこにあると思ってたんだね。なんかね、俺はそこに身勝手さを感じたんだよね。まあ、そう考える俺が一番身勝手なんだろうけど。とにかく最後の一週間、感謝の紙吹雪が舞い続けてる感じだったね。俺、その時にね、感謝ってのが全方位的に嫌になったの」

そう言うと、秋山が白い息を長く伸ばした。泉原が夜空を見上げたまま言った。

「なんかそれ、わかるような気がします」

脇が珍しく感慨深げに言った。

「そんじゃあ、すんげぇ久しぶりだったんだな。秋山さんが純粋な感謝の念を抱いたのって。夏、笛ヶ浜の海岸で言ってたろ？　ここにいると自分が自分である実感がある、久しぶりに生きてるなぁって気がするって」

そう言った時の秋山の少し照れたような顔を矢上は覚えていた。

「そうだね」と、秋山が答えた。「玄さんが笛ヶ浜に招待してくれなかったら、一生、感謝なんて気持ち、思い出さなかったかもしれない」

矢上は、玄さんが自分たちに初めて立ち止まって考える時間をくれたのだと思った。

あの夏の時間がなければ、自分たちは今、ここにはいなかっただろう。

自分自身を見つけられないまま、どこまでも続く滑り台を無感動に降りていくような人生。飛び去る風景の中で年老いていく一生……。

今、こうして雑木林で夜空を見上げている自分に、一片の悔いもないと矢上は思った。

泉原の腕時計のアラームが鳴った。脇が「ニュースの時間、ニュースの時間」と騒ぐなか、矢上は起き上がって掌（てのひら）サイズのラジオを取り出した。朱鷺子が渡してくれた茶色い紙袋の中に地図や蜜柑と一緒に入っていたのだ。小さなラジオの表面に『崇像朱鷺子』と印刷されたシールが貼られているから、たぶんなにかで入院した時に病室で使っていたものだろう。

矢上はラジオのスイッチを入れ、イヤフォンをして耳を澄ました。秋山と泉原も身を起こして固唾（かたず）を呑んでいる。数分後、矢上がイヤフォンを外した途端、秋山が尋ねた。

「なんか俺たちの続報あった？」

矢上は全員が望んでいたニュースを伝えた。

「今回の事態を受けて、明日の夜、柚島庸蔵が成田に帰国する」

「やっぱり、そう来なくっちゃな」

脇がゆっくりと深く頷いた。

矢上は横になって目を閉じた。瞼の裏に、夏休みの笛ヶ浜の文庫で自ら栞に書いた言葉が浮かび上がっていた。

——Are you ready to kill? 〈殺す覚悟はできているか？〉

その文字は、高温で溶けた赤い鉄がさらに熱されて白銀に変わっていくように、内側から光を放射していた。自分たちの心はとっくに決まっていた。いずれ四人とも捕まるだろうが、その前に果たさなければならないことがある。

ユシマに、自分たちは人間だということを思い出させる。玄さんの死を、絶対になかったことにはさせない。

ゆっくりと目を開けると、中空に伸びた裸の枝々のあいだに、赤と緑のライトを煌めかせて成田に向かう飛行機が見えた。すでに着陸態勢に入っているだろう。

89

高層マンションのリビングからは、ネオンの点描が地平線に向けて密になり、空との境は真夜中も青みがかった白緑を一線引いたように明るく見える。

日夏は窓際の椅子に座って夜の都市を眺めていた。ショットグラスのシングルモルトはただなかった。

眠るためだけに必要とされているというのに、今夜はいつまで待っても意識をさらってはくれなかった。

昼のニュースで見たあの四人の写真が頭から離れなかった。

あれは来栖から初めて新労組の話を聞かされた日、日夏がひとり深夜のオフィスで確認した四人の履歴書のものだ。

日夏はあの写真でしか四人の顔を知らない。だが板垣や五十畑、来栖の目を通して彼らを知っていくうちに、自分は彼らの破天荒な闘いの軌跡をずっと傍らで見てきたような気持ちになっていた。そうして、取り返しのつかない馬鹿なことをしてしまった。その結果がこれだ。

〈テロ等準備罪〉で公開指名手配。

自分は、あの四人を、抜き差しならない切羽詰まったところまで追い込んでしまったのだ。安全なところから観察していただけのこの自分が。

酔いに撓んだ頭の隅で、囁く声がした。

『おまえは、あいつらみたいには生きられない。どこまでも思うように生きようともがくあいつらが、おまえは本当は羨ましくて妬ましくて仕方なかったんだ。破滅させてやりたいほど』

「違う！」

日夏はショットグラスを壁に叩きつけていた。

塵ひとつない艶やかなフローリングにグラスの破片が飛び散り、ペンダントランプの灯りの下で星屑のようにきらきらと光った。

二十八階のこの部屋は、週に二度、家政婦が来て掃除や身の回りのことをしていってくれる。

観葉植物はその都度、専用の霧吹きで水を与えられ、キッチンカウンターには日夏が毎朝絞って飲むためのオレンジが、冷蔵庫にはミネラルウォーターが補充され、クリスマスシーズンの今は、心づくしの小さなリースが飾られている。だが、日夏がこの部屋で暮らし始めて以来、家政婦を別にすれば誰もこの部屋を訪れた者はいない。

日夏はモルトのボトルを膝に載せたまま、色とりどりのネオンが少しずつ数を減らし、まばらになり、やがて化粧を落としたような薄灰色の街が現れるまで、まんじりともせずに窓辺に座っていた。

やがてテーブルの上のスマホが、起床時間を知らせるアラーム音を発した。

いつのまにかリビングは冬の早朝の仄白(ほのじろ)い光に包まれていた。日夏はボトルを置いて立ち上がり、キッチンに向かった。籠(かご)に盛られたオレンジを機械的に手に取った。だが日夏は淡く香るその果実を籠に戻し、濃い珈琲(コーヒー)を淹(い)れた。

これから始まる一日を、何事もなかったように、今までどおりにやり過ごさなければならない。それが途方もない難事業のように思えた。だが自分には逃げ出す先はない。今の自分は、灰田に会う資格もないような気がした。

珈琲を飲み、熱いシャワーを浴びてなんとか身支度を整えた時、不意に室内にチャイムの音が響いた。宅配の荷物は常にエントランスのロッカーに入れていくよう手配してある。第一、まだ配達に回る時刻でもないはずなのに。日夏は不審に思いながらドアホンのディスプレイに近づいた。

そこには、二人の見知らぬ男が警察手帳を開いて立っていた。

90

板垣はランチミーティングを終えて自分のオフィスに戻ると、内線ボタンを押し、秘書に紅茶を持ってくるように言った。仕事中はたいてい珈琲だったが、ごく稀に紅茶を所望することがあり、その際の茶葉はダージリンの夏摘みだけを集めたブレンドが定番だった。〈紅茶のシャンパン〉と称されるそれは、昼間ひとりで、心ひそかに何かを祝うためのものだ。

昨日、矢上たち四人が共謀罪の容疑で公開指名手配された。最初に萩原から筋書きを聞いた時は、権力とは、ただの国民に対してはこれほどまでのことができるのかと恐怖を感じた。しかし瀬野という警視が記者会見して以降、メディアが筋書きどおりの出来事を喧伝して世間はすんなりとそれを受け入れ、何の異変もなく自分の日常を過ごすうち不思議な安堵が芽生え、やがて解放感を覚えた。

こうなったからには、あの四人の逮捕は近い。まもなくすべての厄介事に終止符が打たれるのだ。それだけではない。自分は副社長という地位に踏みとどまった。中津川と同じ高高度の社会に今も属しており、〈国民〉に転落することを免れたのだ。

秘書がマイセンのティーセットをデスクに置いて退出すると、板垣は淹れ立ての香りを楽しもうと、ティーポットに手を伸ばした。その時、スマホが鳴った。着信を見ると、公安の萩原からだった。つくづく間の悪い男だと思ったが、今なら礼のひとつも言ってやろうという気持ちで板垣は電話を受けた。

「板垣です」

「最近、妙な私信が来ませんでしたか？」

前置きもなく萩原は尋ねた。いつもの慇懃（いんぎん）な口調が一変し、単刀直入な物言いの中に緊迫した気配が感じられた。板垣は戸惑いながらも、午前中に秘書がトレーに載せて運んできた郵便物を思い出した。一通、名前に覚えのない女からの封書があったからだ。

「城崎とかいう女性からの私信がありました。開封すると、個展の招待状が入っていました。誰だかわからないので、気にかけずに捨ててしまいましたが」

「その封書、まだ部屋にありますか？」

板垣はゴミ箱を見たが、昼休みのあいだに片付けられたらしく空だった。

「いえ、もうありませんが。あの封書がどうかしたのですか？」

「あなたの指紋を採られたかもしれません」

「え……」

通常、私信は秘書が開封せずに持ってくる。もしあの洋封筒の中の招待状が、きれいに拭かれて誰の指紋もついていないものだったとしたら、そこには開封した板垣の指紋だけが付着することになる。

「しかし、誰が、何のために、私の指紋など……」

「明日発売の週刊真実のネット予告、まだ発表前のものですが、その予告について情報が入りました。見出しに〈共謀罪で幹部が指名手配中のユシマ新労組、その組合結成通知書、団体交渉申入書、要求書の現物を入手〉とあります。現物にあなたの指紋が残っていれば、新労組からの具体的な要求はなく、団体交渉は一度も行われていないというこれまでの我々の主張は覆されます」

「その現物と称する書類についている指紋と照合するために、私の指紋が採られたというんですか」

「念のために伺いますが、彼らから受け取った書類はすべて完全に処分しましたか」

「もちろんです。あなたから処分するよう電話があったその日に、オフィスを出る前にシュレッダーに……」

その時になって、板垣は初めて自分は茶封筒にまとめた書類をシュレッダーの口に突っ込んだだけで、裁断されるのを最後まで見届けていないことを思い出した。しかし、あの後は誰も部屋には……。次の瞬間、掃除道具のワゴンを押して廊下を行くつなぎを着た若い娘の姿が頭に浮かんだ。

あの清掃員は、四人が本社で労働再現パフォーマンスをやった時、飛び入りで参加した何人かの中にいた。背中に冷たい電流が走ったかのように板垣はゾッとした。持ち去ったのならあの娘に違いない。

「板垣さん、週刊誌に現物を持ち込んだらしい人間が、通りの防犯カメラに写っていたのですが」

板垣は萩原の言葉を遮って「送って下さい」と頼んだ。あの娘の顔なら見ればわかる自信があった。若い娘であればすれ違う際に笑顔のひとつも見せて挨拶(あいさつ)するものだが、あの娘はニコリともせず目を合わせようともしない。その厚顔ぶりで嫌でも印象に残っていた。

ところが、送られてきたのは清掃員の若い娘ではなく、白髪頭の初老の男の写真だった。拡大処理されたその男の顔に、板垣はまったく見覚えがなかった。

91

週刊真実の記者・溝渕久志は、クリスマスソングの流れる喫茶店で、白髪頭の初老の男・山崎武治と向かい合っていた。二人は玉井からの連絡を待っていた。新労組がユシマに渡した書類に残っていた指紋と、板垣の指紋が一致したかどうか、現在、玉井が指紋鑑定を行う民間業者に持ち込んで、特急料金を払って調べてもらっている。

玉井からの吉報が入り次第、昨夜のうちに溝渕が用意しておいた予告記事を、喫茶店の卓上に開いたノートパソコンからアップする手筈になっていた。板垣の指紋が出れば、という条件で財津からもGOサインを取りつけていた。しかし……。

遅すぎる。どう考えても、もう結果は出ているはずだ。山崎も心中、悪い予感でいっぱいなのだろう、二杯目のブレンド珈琲は手つかずのまま冷めてしまっている。俯いていた山崎が不意に顔を上げて尋ねた。

「やっぱり、書類の下の方の四分の一が切れていたのがいけなかったんでしょうか」

「いや、そんなことはないと思いますよ。年末なんで混んでいるのかもしれません」

指紋鑑定を行う会社が年の瀬は混み合うという話は聞いたことがなかったが、溝渕は何か理由をつけて山崎と自分自身の不安を宥(なだ)めたかった。

昨日の昼、瀬野の記者会見が行われてまもなく、一人の初老の男が大きな書類袋を大事そうに胸に抱えて週刊真実の編集部を訪ねてきた。

折しも、編集長の財津から大物俳優の不倫疑惑調査を再開するよう命じられ、いやいや出かけようとしていた溝渕と玉井は、男の緊張した面持ちと書類袋を見てネタの持ち込みだと直感し、もうなんでもいいぞという気持ちで飛びついた。

この種の持ち込みの場合、当事者はまだ迷っていたり、神経質になっていたりすることが多い。まずは「どんなお話でもご相談に乗りますよ」と世間話なども交えて相手の緊張を解いて安心させ、できればこちらを信用させるところまで持っていく。話はそれからだ。経験上そう考えた溝渕は、玉井と二人でその男を応接コーナーに案内して座らせた。

ところが、溝渕が口を開くより早く、男は書類を胸に抱いたままこう切り出した。

「この書類は、ある若い清掃員が保管していたものです。お見せするにあたって、その清掃員の名前を絶対に口外しないと、あなたがたは約束できますか」

身を乗り出した男の表情には、尋常ではない強固な決意が漲(みなぎ)っていた。まだ名前も知らない男の気迫に、溝渕はおのずと自分の顔から微笑が消えるのを感じた。

この男は、なんとしても世間に公表したい何かを抱えてここに来ている。しかし同時に、ある若い清掃員——おそらくはまだ世間の本当の残酷さを知らないその人物が、名前を表に出されることで興味本位の人々に無惨に傷つけられることはなんとしても避けたい。

この二つは、眼前の男にとって等しく重大なことなのだと溝渕は思った。後者が確約されないと悟れば、この男はただちに立ち去り、二つが両立する別の方法を探すに違いない。

溝渕は混じりけのない真実を伝えた。

「情報提供者の名前は、命に代えても秘匿する。それが、ここで働いている人間の前提です」

男は数秒間じっと溝渕を見つめたのち、書類袋から黙って一回り小さい書類袋を取り出した。下方の四分の一ほどはシュレッダーにかけられた裁断痕だけを残してなくなっていた。それが、ユシマの新労組〈ともとり労組〉の組合結成通知書、団体交渉申入書、要求書の一式だったのだ。そこには、数時間前に見た記者会見を真っ向から否定する事実が並んでいた。

男は山崎武治と名乗って職業を明かし、矢上たち四人が初めてユシマ本社に現れ、労働再現パフォーマンスと第一回団体交渉を行ったこと、それ以来、清掃員の仙波南美が彼らのホームページで、〈ともとり労組〉の主張や世界各地での労働運動について読んでは、それを山崎に話して聞かせるのを日課にしていたこと、南美が第二回団交の報告会を自分の目で見てきたことなどを話してくれた。

傍らの玉井はすぐさま山崎の話の裏取りを始めていた。スマホで画像検索し、第一回団交当日、試乗に来ていたカップルの写真の遠景に、労働再現パフォーマンスをしている矢上たちの姿が小さく写り込んでいるのをさりげなくピンチアウトして溝渕に見せた。

溝渕は山崎の話を黙って聞きながら、そのような南美だったからこそ、清掃中にシュレッダーに詰まったままの書類を手にしたとき、すぐに〈ともとり労組〉のものだとわかったのだろうと思った。

「でも、南美ちゃんは派遣でいろいろなオフィスを清掃して回っているので、ユシマの非正規労働者ではありません。だから自分は運動に参加できないとわかっていたんです。それでも書類を発見した時は、宝物を見つけたみたいに嬉しくて、持って帰って大事に取っておいたのだと言っていました。余ったコピーかなにかだと思ってたんですね。前の週末あたりには、きっとまた団交があるに違いないと心待ちにしていたようです。ところが彼らは現れず、週末にホームページも突然、削除されてしまった。何があったんだろうと気を揉んでいた矢先に、あの記者会見です」

南美は警備員室で会見を見た途端、警察に行こうとしたらしい。警察に本当のことを教えてあげなきゃいけないと言って。ユシマと警察が手を組んでいなければこんなことはできない。だが、そんなからくりなど夢にも思わない南美の若さに、溝渕は胸が痛んだ。おそらく山崎もそうだったに違いない。山崎は、警察とユシマの偉い人たちが言っていることと、南美や自分が言うことが違っている時、世の中の人はどちらを信じると思うかと南美に尋ねたという。

「日頃から南美ちゃんは、何があっても人前では平気なふりをして、疲れた顔さえ見せるのを嫌う子なんですが。それがあの時だけはまるでぶたれたみたいにショックを受けて、それきり放心したみたいに椅子に座り込んでいました。ところがしばらくして、いきなりびっくりするような勢いで立ち上がって『あたし、証拠持ってる』って」

南美はそのまま山崎の腕を引っ張るようにして自分のアパートに連れていき、〈ともとり労組〉の書類一式を見せたのだという。山崎は南美をユシマ本社の清掃に戻し、その足でひとり週刊真実編集部を訪れたのだった。

だが、もし書類の残されていた部分から板垣の指紋が出なければ、あの組合結成通知書も団体交渉申入書も要求書も、かつて彼らからユシマに渡されたものだとは証明できない。彼らの活動実態を示す証拠とはならないのだ。そうなれば万事休すだ。

溝渕は忍耐の限界を感じてスマホを手に取り、結果を確かめるべく玉井に電話した。ところが、そのまま留守番電話サービスに繋がった。電源が切られているのだ。嫌な予感が胸を掠めた。

その時、喫茶店の扉が開いて玉井が飛び込んできた。

「ブチさん！」

その嬉々とした表情で、板垣の指紋が出たことは一目瞭然だった。それでも一応、玉井の口から結果を確認してから、溝渕はノートパソコンのマウスをクリックして週刊真実デジタル版に予告記事をアップした。高揚感と安堵が一度に押し寄せ、溝渕は玉井に突っかからずにはいられなかった。

「なんで結果をすぐに知らせなかったんだ。ってか、その前にスマホの電源入れとけよ」

「ブチさんがじれて電話してくるかもって思ったんで、用心して切っといたんです。スマホの会話は盗聴されやすいですからね」

相手が警察となればいくら用心しても用心しすぎることはない。玉井の言い分に一理あるのは認めざるをえなかった。指紋の鑑定を終えた例の書類は予定どおり、信用できる労働弁護士に預けて保管してもらっているという。

山崎は昨日会って以来、初めて控えめな笑顔を見せてコップの水を口に運んだ。溝渕と同じくらい、いやそれ以上に張りつめた気持ちで結果を待っていたのだ。

「あの……これで四人は冤罪だと証明できるでしょうか」

山崎がコップを置いて尋ねた。

玉井が明るい顔で答えた。

「裁判になれば、正式な指紋鑑定を申請できます。たぶん柚島庸蔵社長の指紋も、組合結成通知書あたりについているはずです。山崎さんが持ってきてくれたあの書類が、警察とユシマの謀略を暴く決定的な証拠になりますよ」

励ましたいのはわかるが、〈決定的な証拠〉は言い過ぎだと溝渕は思った。裁判では書類の信憑（しんぴょう）性が争われるだろうが、入手経路に問題がある点を徹底的に突かれるに違いない。そうなれば、どう転ぶかわからない。それに、おそらく警察は四人の逮捕と同時に大手メディアを集結させ、所轄へ護送される四人の姿を大々的に報道させるはずだ。そうして裁判の前に〈容疑者逮捕〉ではなく〈犯人逮捕〉、つまり四人＝犯人であると印象づける。

「あの、もし裁判で証言が必要なようなら、私がやりますから」

山崎は先手を打つように言った。南美を法廷に立たせたくないのだとわかった。

「私は独り身ですし、これまでもこの先も、守るものなんてありませんから。自分で言うのもなんですけど、その点、怖いものなしです」

山崎は照れたように笑ってみせた。指紋の鑑定結果が出るまでは訊きにくかったのだが、溝渕は山崎が足下に置いている紙袋が気になっていた。カーディガンやブラシ、本などが覗いている。

「あの、失礼ですが、それはもしかして……」と、溝渕は目で紙袋を指した。

「ええ。今日、派遣会社を辞めてきたので、警備員室の私物を持って帰るところなんです。なに、また別の派遣会社に登録して、警備員を続けるだけです」

言葉を交わしたこともない四人のために職まで辞して、それでも山崎はまだ自分のことではなく四人の行く末を案じている。それが溝渕には少し不思議でもあった。

「ああ、これ、ちょっといいですか」と、玉井が返事も待たずに紙袋から絵葉書を取り出した。

「ああ、やっぱり。〈峠のシェルパ〉ですね」

溝渕はシェルパとは、ヒマラヤ登頂を試みる登山家のために荷物を背負い、案内をする人だと理解していた。だが、絵葉書はどういうわけか人間ではなく、機関車の写真だ。玉井が溝渕の怪訝(けげん)そうな顔に気づいて訊いてきた。

「ブチさん、碓氷峠って知ってます？」

「俺を馬鹿だと思ってるのか。群馬と長野の境にあるやたら標高の高い峠だろ」

「そう、もの凄い急峻(きゅうしゅん)な片側勾配(こうばい)で普通の機関車は自力じゃ上れなかったんですよ。で、昔はこのＥＦ63形電気機関車が押して上げてやってたんですよ。下りる時もね、滑り落ちないようにこいつが背中で支えてゆっくり下ろしてやってた。それで〈峠のシェルパ〉って呼ばれるようになったんですよ」

「よくご存じですね」

嬉しそうに微笑む山崎に、玉井が絵葉書を返しながら尋ねた。

「山崎さん、どうしてこの絵葉書を？」

「私の父が国鉄で運転士をしてましてね。本当に鉄道一筋の愚直な人間で。父は、群馬でずっと国労の組合員として活動していました」

なるほどそれで、と溝渕はなんとなく得心できたような気がした。

そこに、店のマスターが銀色のウォーターポットを手に近づいてきて、コップに水を注ぎつつ溝渕に「ブチさん電話、財津さん」と耳打ちした。見ると、カウンターの向こうにあるピンクの公衆電話の受話器が台の上に置いたままになっている。財津も玉井同様、スマホは危ないと考えたらしい。溝渕は、待たされる身になってみろ、そんなところまで気が回らないから、と腹の中で毒づきながら席を立ち、わざとゆっくりと歩いていって受話器を手に取った。

もしもし、と溝渕が言い終わる前に財津のふてぶてしい声が用件を伝えてきた。真実を話したいというユシマの社員が編集部に来たのでそっちへやったという。溝渕が、社員証を確かめたのか、と訊く間もなく財津は電話を切った。溝渕は財津の軽率さに舌打ちをした。もし警察だったらどうする気だ。今、山崎の存在を警察に知られてはとてつもなく面倒なことになる。

「ブチさん、まずいですよ」と、玉井が囁いた。

玉井が目で指した先、入り口近くで店内を見回している男がいた。人を捜す時の目の動きで、あれが刑事と見抜けないようでは週刊誌の記者は務まらない。山崎を促してそっと裏口へ向かおうとした溝渕だったが、男が素早く駆け寄って立ちはだかった。

「週刊真実の溝渕さんと玉井さんですね？」

違う、と答えたかったが、店にいる客は溝渕たちを除けばカップルと女性グループ、あとは一人客ばかりだ。溝渕は仕方なく「あんた誰？」と尋ねた。男は「ちょっといいですか」と、警察手帳を見せて言った。手帳には『巡査　小坂剛』とあった。

溝渕が渋々頷いたのをいいことに、小坂は断りもなく山崎の紙袋を持って広いボックス席に移り、ウエイターを呼んでさっさとテーブルの飲み物を運ばせた。まごついている山崎に、小坂は「どうぞ、どうぞ」とソファを勧めて座らせた。

こいつに忘年会の二次会を仕切らせたらうまいのではないかと思いながら溝渕が眺めていると、小坂は自動ドアが開く音に振り返って「藪下さん、こっちです」と手を振った。

藪下と呼ばれた長身痩軀の先輩らしいのが近づいてくる。その後ろに三十代くらいの仕立ての良い背広を着た男が続いていた。その男を見て、山崎が「あっ」と声をあげて立ち上がった。

藪下は溝渕たちに警察手帳を見せると、「編集長さんに嘘を吐いたわけじゃない。こちらは生方第三工場製造部製造課の課長、日夏康章さんだ」と男を紹介した。日夏の方も山崎を見知っていたらしく、「警備員室の……」と意外そうな顔で呟いたが、回転が速いのだろう、すぐに何事かを察した様子で頭を下げた。

藪下はソファに腰を下ろすと、開口一番、断言した。

「矢上たち四人はシロだ」

溝渕は困惑して玉井と顔を見合わせた。警察の人間が、警察の公式見解と真っ向から対立する意見を週刊誌の記者を前に表明したのだ。玉井が念を押すように尋ねた。

「あの、あんたたち、ほんとに警察の人ですよね？」

「ああ。公安警察の采配で、共謀罪でっち上げの片棒を担がされるのは御免だと思っている刑事警察の平刑事だ。第一、こんなもんで共謀罪を使い初めされたんじゃ、危なくって仕様がない」

「ちょっと待って下さい」と、溝渕は慌てて遮った。「公安の采配ってどういうことです」

それに答えたのは日夏だった。

「板垣副社長の話では、この件は公安の萩原という男が指揮しているそうです」

玉井が息を呑むのがわかった。興奮して目を剝いた玉井が溝渕の腕を摑んだ。

「こ、公安の萩原って、ブチさん、警察庁警備局警備企画課の、あの萩原琢磨ですよ」

溝渕も、自分たちが調査を断念した事件の中心人物の名前を、こんなところで聞くことになるとは思ってもみなかった。

「あんたたち、なんか摑んでるな？」

薮下がしたたかそうな微笑を浮かべて言った。

「なあ、溝渕さん。ここはひとつ。情報交換といかないか」

92

バンパーのついた古いプジョーは、日夏を生方第三工場の事務棟近くで降ろすと、南多摩署に向かった。午後の捜査会議の隅っこに参加して、矢上たち四人に関する新情報の有無を確かめる必要がある。薮下のその意見に小坂も異論はなかった。しかしそれ以外の点に関しては、小坂は前途に危惧のほかなにものも感じられなかった。

「どうした、気に入らないのか」

珍しく薮下が自分から話しかけてきた。

「当たり前じゃないですか。相手は週刊誌の記者ですよ。あんな話を持ちかけたことが外に漏れたらどうするんです」

「おまえが黙ってれば漏れないよ。それに、半分は向こうの提案じゃないか」

「そりゃそうですけど」

藪下と溝渕が情報交換した結果、およそ博打としかいいようのないひとつの計画が浮上したのだ。そしてその計画は、藪下たちが喫茶店を出た時からすでに動き出していた。

小坂は落ち着かない気持ちで藪下と共に捜査会議室に足を踏み入れた。そこには、捜査員たちの本庁に対する不信と不満が渦巻いていた。突然の緊急記者会見を含めて、所轄は徹底して蚊帳の外だ。そのうえ、被疑者の顔写真を公表したおかげで矢上たち四人の目撃情報が山ほど寄せられ、確認に手が回らないからとまたもや応援を要請されたらしい。ただでさえ人出の多いクリスマスシーズンで、公共交通機関や人混みではマスクをしている人も多いのだから、すれ違った程度では顔などはっきりとわかりようもないのだが、記者会見であれだけ〈テロ等準備罪〉と連呼して市民の不安を煽ったのだ、四人組の若者を見れば矢上たちではないかと恐れる心理が働くのは当然で、恐れに比例して通報件数が増加するのももっともなことだった。

目撃された現場に赴いて付近の防犯カメラ映像を確認するという退屈な仕事を捜査員たちに割り振るのは、本来ならばデカ長の大沼の役目だ。しかし、当初から本庁のやり方に不服を表明していた大沼は、卓上に重ねられた〈目撃情報カード〉の一番上の一枚を取り、「自分は八王子駅前の情報をあたります」と申告しただけで、髷さえ結えば力士に見える巨体をゆすって部屋を出ていった。課長の末沢が渋面を見せて顎をしゃくると、捜査員たちは仕方なく自分で適当なカードを選ぶべく卓に集まった。室内がざわつき始めるとすぐに、藪下が末沢の視界に入らないようにこっそり部屋を出ていった。気づいた小坂は急いであとを追い、廊下で薮下を捕まえた。

「いったいどこへ行く気なんですか」

「四人のところに決まってるだろ」

「薮下さん、矢上たちがどこにいるか知ってるんですか？」

小坂は驚いて思わず声が大きくなった。薮下は「馬鹿、シッ！」と鋭く囁くや、小坂のスーツの襟を摑んで目の前の手洗いに引っ張り込んだ。

「あの四人がどこへ向かっているか、考えればわかるだろ。いいか小坂、あの四人にとって、玄羽昭一がどれほど大切な人間だったか。笛ヶ浜に行ったおまえなら、わかるよな」

焦燥に憑かれたような薮下の激しい語気に押されて、小坂は黙って頷いた。

「その玄羽が工場の劣悪な労働環境のせいで死んだんだ。あいつらは一晩中、玄羽を捜し回って、ユシマ病院でその死を知ったんだ。その証拠に、朝早く矢上が甥を騙って病院に来て死因を確かめている。四人は、玄羽が休憩室で見殺しにされたのを知ってるんだぞ！　それが労災にもならず、ユシマは何も変わらない。だったら変えてやろうと自分たちで新労組を作った。相手はユシマだ、妨害や嫌がらせは日常茶飯だっただろう。それでもなんとか踏ん張って、ようやく新労組が軌道に乗りかけた途端、柚島庸蔵が警察を動かして共謀罪の濡れ衣を着せられた。たぶん日頃からユシマにパーティー券をどっさり買ってもらってる政治家があいだを取り持ったんだろうがな。いまや指名手配だ、四人とも捕まったらどうなるか、わかってるはずだ」

「しかし、まだ溝渕さんたちが」

「小坂」と、薮下は痛いほど小坂の肩を摑んでタイル張りの壁に押しつけた。「矢上たちは俺たちのことを知らない。じゃあ代わりに何を知ってる？　彼らが知ってるのは、力のある奴らが初めから法律に抜け穴を作って、あいつらみたいなのを食い物にしてもなんら咎められない現実だ。政府の偉い人間は不正を働いても嘘をついても、周りがみんな口裏を合わせてくれて罪には問われない、黒を白にも変えられる、そういう世の中を子供の頃から見てきたんだ。そんな世の中では、力のない自分たちは、たとえ無実でも、力のある者たちが望めば罪に問われる。そう考えるのが現実的だと思わないか。そう考えた時、おまえならどうする」

やってもいない罪で刑務所に送られるくらいなら……。そう思った瞬間、小坂の脳裏に、文庫で薮下が見せてくれた栞が浮かんだ。そこには矢上の字で、こう書かれていた。

——Are you ready to kill?

「殺す覚悟はできているか……」

呟いて、思わず小坂は息を吞んだ。薮下が小坂の目を射るように見つめていた。

「柚島庸蔵が今夜、成田に到着する」

「薮下さん、まさか矢上たちは柚島庸蔵を……」

「どうせ犯罪者にされるのなら……。俺ならそう考える」

小坂は体が冷たくなり、鼓動が速まっているのを感じた。

「小坂、俺は誰よりも先にあの四人を見つけなきゃならない。ここから先はひとりで動く」

薮下はそう言うなり、手洗いの扉を開けて駆け出していった。

しばし茫然としていた小坂は、階段を駆け下りる薮下の足音で我に返り、弾かれたように廊下に飛び出した。すでに姿の見えない薮下を追って階段の角まで来た時、背後で予想外の物音がした。はっとして振り返ると、音を立てて開いた手洗いの扉から、デカ長の大沼が出てくるところだった。

ずっと手洗いにいたのだ。大沼に話を聞かれた。

小坂は総毛立った。大沼は末沢課長のいる会議室の方へ戻っていく。小坂は全速力で駐車場へと走った。自分が廊下で大きな声をあげなければ、薮下が手洗いで話をすることもなかったのだ。すべて自分の責任のように感じられた。これで四人を救う機会が失われてしまったらと思うと、悔やんでも悔やみきれなかった。

駐車場に着くと、折しも薮下がプジョーの運転席のドアを開けるところだった。

小坂が駆け寄ってすべて大沼に聞かれたことを伝えると、薮下は「えッ！」と声をあげて絶句し、その場に座り込みそうになった。かろうじてドアの枠を摑んで堪えた薮下は、目を血走らせ、荒い息をつきながら言った。

「本庁と千葉県警にすぐ報告が上がって一斉に動き出すぞ。うちも応援に出るはずだ。おまえは本隊と一緒に行け」

「ここまで来たんです。僕は、最後まで薮下さんと行きます」

薮下は深呼吸をするようにひとつ大きく息をついた。

「まったく。初めておまえがバンパーに座ってるのを見た時から、嫌な予感がしてたんだ」

そう言うと、薮下はプジョーのキーを投げてよこした。

「トランクにコートが入ってるのを取ってくれ。今日は寒くて敵わない」

「了解」と、答えて小坂は車の後ろに回ってトランクを開けた。予備のタイヤしかないじゃないか、と思った瞬間、小坂は後頭部に鈍い衝撃を受けた。

地面が傾き、意識を失う直前、薮下の「悪いな、小坂」と言う声が聞こえた。

薮下はひょっとしてこのまま矢上たち四人の思いを遂げさせる気なのではないか。そう思ったのを最後にすべてが闇に閉ざされた。

93

プールの底のラインが赤色に変わる。スピードはそのままに、萩原は両脚で一度水を打った勢いでやや斜めに素早く回転し、強く壁を蹴る。そして体を捻りながらぐんと速力を上げて水中を滑る。そうやって長水路のプールで幾度もターンを繰り返し、休みなく泳ぎ続ける。一時間もすれば、全身の筋肉の凝りが心地よくほぐれ、精神は清澄になる。

熱いシャワーを浴び、着替えてジムの地下駐車場に向かう。庁舎に戻って冴えた頭で報告書を見直すのも萩原の習慣のひとつだった。

矢上たち四人が逮捕、起訴されれば、〈テロ等準備罪〉による初の裁判として衆目を集めることは計算済みだ。週刊真実の予告記事——新労組の要求書等の現物を入手したというのはおそらく真実だろうが、入手経路に明らかに問題のある証拠だからいくらも攻めようがある。萩原はその先の流れも考えていた。

矢上たち四人は罪を認めずに起訴事実を争うだろうから、まずは公判前整理手続きに時間をかけ、裁判開始までに少なくとも一年は費やす。その後も書類の信憑性を灰色と印象づけ、可能なかぎり裁判を長引かせる。つまり、時間をかけて世間に忘れさせるのだ。折を見て御用学者や御用タレントをテレビに出演させ、「いつまでユシマ、ユシマと騒いでいるんだ。日本には議論すべき喫緊の課題があるのだ」と喧伝させ、SNSやニュースのコメント欄にもその種の意見を流布させる。みんながそう考えていると思えば、なんとなく自分もそう考える。そう考えるのが正しいような気になる。それが今ある世間だ。人は古びた話題に飽きて興味を失う。これまでもそうだったように。有罪判決が出る頃にはもう事件の内容も忘れている。そもそも、冤罪であろうとなかろうと他人事なのだから痛くも痒くもないという人間が大半だろう。

萩原は地下駐車場に下りると、スマートフォンの着信とメッセージを確認しながら自分の車へと向かった。車のキーを取り出してロックを解除した時、不意に人影が目に入った。すぐ側の柱の後ろから、二人の男が現れた。

「こんにちは、萩原さん」

話しかけてきた男はよほど顔を見られたくないらしく、マスクに野球帽、サングラスという重装備だ。声の調子からして歳は四十歳前後と萩原は見当をつけた。もう一人は喋る気がないのか、極寒の雪山用の目出し帽にゴーグルをつけている。

「実はお願いがあって伺ったんですよ」と、野球帽の男が言った。

ジムに来る曜日と時間を調べ上げているとは御苦労なことだと思い、直接、会いに来た度胸に免じて十秒だけ時間をやることにしてスマホをポケットに戻した。

「矢上たち四人の共謀罪での指名手配は間違いだったと発表してもらいたいんです。彼らの容疑はすべて晴れたとね」

十秒経ったと判断して萩原は車のドアを開けた。

「あと何人、政界から引退させるつもりです？」

萩原が動きをとめたのを見て、男がたたみかけた。

「盛山元政調会長と黒木元副総裁、あなたが政界から引退させましたね？　公安の捜査員に情報を集めさせ、それをネタに引退を迫った」

「だったら記事にするんだな」

どこかの記者と見越して萩原は突き放した。裏が取れていればすでに記事にしているはずだ。あの件に関して、証拠は一切存在しない。

「証拠は必ず見つかります。でも、見つけるのは俺たちじゃないんですよ」

男が車のドアに手を置いた。

「証拠を見つけるのは、あなたの上司の田所警備局長です」

思わず萩原は振り返っていた。男はゆっくりと言った。

「田所さんが動かせる公安捜査員はあなたの何倍もいる。証拠はすぐに見つかる」

萩原は初めて男の企てに瞠目（どうもく）した。こいつらは田所にあの件をタレ込んで調べさせるつもりなのだ。男がマスクの下で微笑むのがわかった。

「実のところ、俺も盛山や黒木みたいな政治家は、いなくなって良かったと思ってます。引退してほしい連中はもっといますがね。矢上たちの共謀罪を取り下げてくれたら、この件についてはこちらも沈黙を守ります。どうするかは、あなたが選んで下さい」

男は車のドアから手を離し、目出し帽の男の傍らに戻った。

「念のために言っておきますけど、この件を知っているのは俺たちだけじゃありません。俺たちに何かあったら、別の人間が動きます。その人は警察官ですから。それじゃあ」

二人の男が去った後も、萩原はしばらく茫然と車の横に立っていた。それから我に返ってポケットからスマートフォンを取り出し、録音を停止した。警察官以外と仕事の話をする際は録音しておくのが萩原の習慣だった。

運転席に座ってドアを閉め、シートに体を預けた。

どちらを選んでも同じことだとわかっていた。共謀罪は間違いだったと発表すれば、田所は俺を許さないだろう。盛山たちを政界引退に追い込んだことが知れても、田所は俺を許さない。いずれにしても俺は更迭される。キャリアとしては死んだも同然だ。

手の中のスマートフォンを眺めるうち、萩原の頭の中で、ある考えが形を取り始めた。

俺はこのままでは終わらない。終わるものか。

94

目が覚めた小坂は、後頭部に鈍い痛みを感じて頭を押さえた。その時、片手が妙な具合に動かないのに気づいた。左手が車の後部座席のアシストグリップに手錠でとめられていた。車のトランクを開けた瞬間、薮下に後ろから一撃を食らったのをまざまざと思い出した。車内に薮下の姿はない。いったいどれくらい時間が経ったのか、すっかり日が暮れて辺りは暗くなっている。

シートのあいだから前方を見ると、どこかのフェンス際に薮下が矢上たち四人と向かい合って立っているのが見えた。慌ててドアを開けて飛び出したが、手錠で繋がれていて一歩も動けない。小坂は叫んだ。

「薮下さん、なにしてるんです！　早く彼らを拘束しないと」

脇らしい若者が小坂を振り返り「あれ、なんかの容疑者か？」と薮下に訊いた。薮下は「まぁ、そう見えるよな」と暢気に答えた後、矢上を見つめて尋ねた。「柚島の心臓を止めに行くのか」

恐ろしい問いに小坂は慄然としたが、矢上は静かに頷いた。

「四人で決めたことだ。邪魔はさせない」

「邪魔なんかしないさ。思うようにやればいい」

小坂は何もかもが信じられなかった。矢上たち四人は柚島庸蔵の心臓を止めに行こうとしているのだ。にもかかわらず、なぜ薮下は四人を引き留めて説得しようとしないのか。言うに事欠いて、思うようにやればいいとはどういうことだ。彼らはすでに共謀罪の濡れ衣を着せられているというのに。

四人が立っているところまでほんの数歩の距離にいながら、自分は手錠で車のアシストグリップに繋がれて動けない。ポケットのスマホも抜かれている。

薮下が見守る中、四人が金網のフェンスを軽々と登って越えていく。

小坂は頭がどうにかなりそうだった。本庁や千葉県警の刑事が彼らの犯行を阻止しても、共謀罪のうえに殺人未遂だ。

深い穴に沈むような無力感に襲われながら、悪い予感は当たっていたのだと小坂は思った。もしかしたら、薮下はあの四人に肩入れするあまり、自分自身を玄羽昭一に重ね合わせたのかもしれない。薮下と玄羽は共に独り身で年齢的にも近い。玄羽は大鎌のひと振りのような死によってこの世から連れ去られたが、薮下は若い頃に紙一重ですり抜けた死の、その親密な息づかいを常に間近に感じながら生きてきたのだろう。それがどんな心持ちなのか自分にはわからない。

四人がフェンスの向こうの闇に消え、薮下が近づいてくる気配に小坂はうめいた。

「こんなのは間違ってる。なんでこんなところを僕に見せたんです」

小坂の目からやるせない涙がこぼれた。だが、今さらそれを隠す気にもなれなかった。

「もう少しだけ長く寝ててくれるとよかったんだがなぁ」

薮下は開いた車のドアに寄りかかって、本気で残念そうに言った。

「矢上たち四人はもうおしまいです。ついでに薮下さんと僕も終わりです。何もかも台無しです。僕は、矢上たちを見つけ出せるのは薮下さんのほかにいないからと末沢課長を説き伏せて、薮下さんが自由に動くのを大目に見てもらうように頼んでいたんです」

「俺の行動を逐一報告する約束で、だろ?」

小坂は驚いて薮下を見た。

「わかってたよ、それくらいは。笛ヶ浜の玄羽の家がガサ入れされてたのを見て、俺はてっきり四人はもう逮捕されたもんだと思った。ところがおまえは、デカ長をすっ飛ばして、課長への電話一本で四人はまだ逮捕されていないと教えてくれたよな。あの時、おまえが課長と直に繋がってるとピンときた。話をつけたのは、おおかた長野に出発した朝だろう。俺がバンパーに座っておまえをちょっとだけ待ってやった朝だ。長野に遅れてきたのは、課長と談判してたからだな」

そのとおりです、と答える代わりに小坂は小さくため息をついた。

「ついでにもうひとつ教えてやる」

そう言うと薮下は四人が、間一髪、公安の追っ手を逃れて崇像朱鷺子の家を出発し、二晩かけて房総半島の山越えをした経緯を話してくれた。昨晩は佐倉市の雑木林で野営し、成田に向かう飛行機がよく見えたという。

「で、今日はそこから六時間歩いて、最後はターミナル駅を避けて船橋法典駅から武蔵野線で一気に移動した」

武蔵野線。小坂はにわかに頭が混乱するのを感じた。武蔵野線は、巨視的に見ても成田空港にはかすってもいない。小坂は何がどうなっているのかさっぱりわからなくなった。

「薮下さん、ここは、いったいどこなんですか？」

薮下が運転席に回ってヘッドライトを点けた。眩しい光の先、ぼんやりと姿を現したのは見覚えのある建物だ。

「あれは、生方第三工場じゃないですか！」

「そうだな」

「でも薮下さん、四人は今夜成田に着く柚島を狙うと……」

小坂はようやく薮下の作戦に気がついた。薮下は手洗いにデカ長の大沼がいることを初めから知っていたのだ。そして大沼を介して、本庁と所轄の注意をすべて成田空港に集めて、四人が工場に来ることを間接的に援護したのだ。

「しかし矢上たちは工場で何をする気なんです。公安の発表どおり破壊工作なんかしたらそれこそ奴らの思う壺ですよ。そうでなくたって四人は指名手配されてるんです。のこのこ工場なんかに現れたら逮捕されるだけじゃないですか」

薮下は何も答えずに黙って工場棟を見つめていた。この先はどうなるか、薮下にもわからないのだと小坂は思った。

95

午後六時十五分。矢上は二直最初の休憩のベルが鳴るのを待って、庭側の扉を開けて工場に入った。整然とラインの並んだ広大な場内は、エアコンがないため屋外と変わらないくらい寒い。それでも屋内の大気は汗の臭いを孕んでいる。冬でも作業を始めて三、四十分もすれば、汗が噴き出して目に流れ込む。一週間前のこの時刻、自分たちは当たり前のようにここにいたのだと思うと、ようやく帰ってきたという気がした。

矢上たち四人はラインのあいだを突っ切って真っ直ぐに工場の中央に向かった。四人の姿に、唖然として目を瞠っている者、怯えた顔で身を硬くしている者、関わるまいと目を伏せた者、誰もが凝然と立ち尽くしていた。村上の仲間のひとりが矢上たちに気づいて大声で喚いた。

「矢上たちがいるぞ！　誰か警察を呼べ！　早く警察を呼ぶんだ！」

ラインに入る際にスマホを携帯できるのは班長以上の職位にある一握りの工員だけだ。天井に張りついた〈展望室〉から、五十畑が吊り廊下に飛び出してきた。その手にスマホが握られている。矢上は五十畑を見上げて言った。

「警察に知らせたければ知らせろ！」

五十畑は片手で手摺り（てすり）を摑んだまま胸を波打たせている。組長の市原はラインの側から指示を仰ぐように五十畑を見上げていたが、口を開く気配のない五十畑の様子にうろたえて無意味に辺りを見回した。矢上は離れた工員からも見えるよう、空の部品ケースを逆さまにしてその上に立った。そして腹に力を込めて声を張った。

「この十分間に水を飲まないことがどれだけ苦しいか、俺たちにはわかっている。でも今だけは、話を聞いてくれ」

班長の制帽を被ったひとりの男が、作業着のポケットからスマホを取り出した。男は矢上に背を向けてボルトを入れたカゴに近づくと、帽子を脱ぎ、そこにスマホを入れてカゴの中に置いた。話を聞くという意思表示だとわかった。振り返った顔を見て、矢上は男が十一月の報告会にTシャツ一枚で来た工員だと気づいた。ロッカーに妻子の写真を貼っているその男は、名札に『比嘉（ひが）』とあった。あの日、比嘉は新労組の入会申込書を持ち帰りはしたが、結局〈ともとり労組〉には入らなかった。

村上はてっきり比嘉が警察に通報するものと思っていたらしく、憤然と矢上たち四人を指さして怒鳴った。

「そいつらに関わると共謀罪の仲間にされるぞ！」

　矢上は村上を真っ直ぐに見つめた。

「村上、おまえの頭の中身は、そんなにたやすく他人の意向で書き換えられるのか。俺たちが何をやってきたか、何をしようとしていたか、ここにいる人間は知ってるんだ。ひとり残らずな」

　村上とその一派は工員たちの反応をうかがうように辺りを見回した。矢上たちに賛同する声はあがらなかった。だが、村上たちと目を合わそうとする者もいなかった。矢上は工員たちに訴えた。

「ユシマは何もかも、なかったことにできると思っている。食堂で団体交渉の写真の載ったビラを配って新労組の要求を聞いてもらったことも、そのビラをその場で捨てさせられたことも、ここにいるひとりひとりがＱＲコードをそっとスマホに取り込んでホームページを見に来てくれたことも、報告会で怒鳴り合うみたいに議論したことも。そして、大勢が〈ともとり労組〉の組合員になってくれて、本社前抗議活動を決行するはずだったことも。まるごとなかったことにできると思っている。ユシマは、賃金や待遇だけじゃない、俺たちが体験したこと、考えたこと、感じたことすべて、俺たちの記憶まで書き換えられると、ユシマの思いどおりにできて当たり前だと考えている。それでも、黙ってされるままになるのか」

　工員たちは軍手をしたままの拳（こぶし）を握りしめ、俯いていた。村上たちさえも、互いに目を逸（そ）らして硬い表情をしている。

「俺たちは、心と感情を持った生きた人間なんだ」

矢上はそう言うと、かつて玄羽がいた持ち場に目をやった。作業着を着て制帽を被った玄羽の姿が目に浮かぶようだった。

「人間は仲間の死をなかったことにはしない。この工場が、玄さんの心臓の鼓動を止めた。まだ小さい子供のいた小杉圭太の鼓動も止めた。それなのに、ユシマの心臓は平然と鼓動を打ち続けている。このラインのタクトがユシマの鼓動だ。正確に、必要なだけ、秒単位で血液のように自動車を送り出すユシマの心臓の鼓動だ」

矢上は両腕を広げて工員たちの視線をラインへと導くと、ひときわ声を張った。

「この鼓動のために、これからも労働者の鼓動が止まるだろう。それでもユシマは労災を認めず、労働者の死を無視する。それなら、俺たちはユシマの鼓動を止める」

静まり返った工場に、誰かが驚いて息を吸い込む音が響いた。組長の市原が愕然とした様子で呟いた。

「まさか、ストライキをするつもりか……」

村上が初めて敵意も嫌悪もそげ落ちた顔で矢上に話しかけた。

「待ってくれ。正規だろうと非正規だろうと、ユシマあってこその社員だろ。会社が傾いたら元も子もないんだぞ。俺の親父も祖父さんもそう思ってユシマに尽くしてきたんだ」

その口調には思いがけない切実さが滲んでいた。だが、即座に泉原が答えた。

「『会社が傾いたらおしまい』というのは、企業側お決まりの脅し文句です。事実、財務省の〈法人企業統計調査〉によると過去二十年で日本企業の株主への配当金は五倍に増えていますが、一方で従業員給与は十五パーセント減っています。利益を最大化するために労働者の賃上げが抑えられているのは明白です」

村上は明らかに衝撃を受けたらしく、小さく口を開けたまま言葉が出ないようだった。

「ついでに言えば」と、秋山がいつもの飄々（ひょうひょう）とした調子で言った。「法律上の〈社員〉という言葉は、会社に対する出資者という意味での会社の構成員のことで、ユシマのような株式会社における〈社員〉は、〈株主〉のことをいうわけです。なので、正規だろうが非正規だろうが俺たちは〈社員〉じゃなくて従業員、もしくは労働者なんですよ」

その時、突如、吊り廊下を走る足音がした。矢上はもちろんその場の誰もがはっとしてそちらを見上げた。いつのまにか製造ライン場を抜け出した脇が、五十畑に向かって駆けていく。今、五十畑を襲撃しても無駄だ。矢上は思わず、よせと叫びかけたが、脇は驚いてのけぞっている五十畑の傍らをすり抜けて〈展望室〉の扉を背にして立ち塞（ふさ）がった。

そうか、と矢上は合点した。〈展望室〉にはラインを稼働させる起動ボタンがある。工員が一人でも欠けていればたちまち車の組み立てが滞ってラインが止まってしまうため、全員配置についたのを確認したうえで五十畑がラインを動かすからだ。休み時間が尽きかけていると悟った脇は、時間を稼ぐつもりなのだ。脇がどかなければスイッチが押せない。

「何でもいいからさっさと仕事始めさせろよ！　邪魔なんだよ、おまえらは」

と、矢上の近くで工員のひとりが声を荒らげた。

制帽に白の一本線のある派遣工、食堂で社長よりも矢上たちの方が鬱陶（うっとう）しいと言い放ったあの男だった。長身の派遣工は周りの工員たちに呼びかけた。

「俺たちみたいなのの代わりはいくらでもいるんだぞ。ストなんかやったって、クビになるだけで、ユシマはすぐに他の人間を雇ってラインを動かすに決まってるだろ」

脇が吊り廊下の一端から大声で言った。

「こっちがストを始めたら、その手は使えねぇんだよ。泉原、自分を使い捨ての紙コップみたいに思ってるそいつに教えてやれ」

泉原は工員たちに聞こえるように大きな声で言った。

「職業安定法によって、ハローワークや民間の職業紹介事業者は労働争議に対する中立の立場をとるため、ストライキが行われている事業所に求職者を紹介してはならないと定められているんです。また、労働者派遣法ではストの行われている職場に派遣会社が新たに労働者を派遣することを禁止しています。さらに職業安定法に基づく指針では、求人サイトや求人情報誌等についても同様の内容が定められています。一言でいえば、ハローワークに電話してストライキを実施中であることを知らせれば、ユシマは代わりの人を雇えなくなるわけです」

長身の派遣工は口の中で何かもごもご言っていたが、上から脇の声が降ってきた。

「おい、紙コップ。おまえは『勝たなきゃ意味がない』、それが現実だと思ってんだろ。だから自分より強いものと闘うのは、無意味で馬鹿らしいことだと思ってる。勝つと決まってないのなら、やるだけ無駄ってわけだ。だがな、あいにく俺らみたいなのには、勝つと決まってる勝負なんて巡ってこないんだ。おまえが本当に勝ちたいのなら、まず闘う場所に立つことだ。これまでどおり不戦敗を続けて一生使い倒されたいのなら好きにしろ」

矢上は工場の中央で宣言した。

「俺たち労働者が求めるものをユシマが何ひとつ与えないのであれば、俺たちもユシマが求めるものを与えない。それは、労働者の労働力だ。ユシマが労働者は人間だということを思い出すまで、俺たちは労働力を与えない」

不意に中庭側の扉が開き、寒風と共に警備員が中を覗き込んだ。予定の時刻になっても稼働音が聞こえないのを不審に思ったのだろう。警備員は吊り廊下に脇の姿を認めるや、血相を変えて駆け去った。すぐさま警察に通報しに行ったことは誰の目にも明らかだった。だが、矢上も、脇も、秋山も、泉原も、逮捕は覚悟のうえだった。

これを最後にという思いで矢上は工員たちに語りかけた。

「俺たちはもうすぐ逮捕されるだろう。だが、労働者が本気で何かを求めれば共謀罪を使って黙らせる、そんなやり方がいったん通用すれば、すぐにそれが当たり前の世の中になる。いいか、そんな世の中になるかどうかは、今、ここにいる人間にかかってるんだ。このラインで毎日数え切れないほどボルトを締めて、車にドアやシートを取りつけてきた俺たちひとりひとりにだ」

「……世の中のことなんか、知ったことか!」

組長の市原が顔を真っ赤にして矢上を睨んでいた。

「おまえらは、身軽だから、そんなことが言えるんだ。家族を持ってみろ。何があっても、食わせていかなきゃならないんだ。給料をくれる会社と闘えるわけないだろ!」

冷え冷えとした工場に市原の叫ぶような声が反響して消えた。

静寂の中、吊り廊下から脇の不思議なほど穏やかな声がした。

「確かに、俺たちは身軽だ。家族を持てる希望もそうない。それだって、あんたのせいじゃないけどな」

　不意に風が流れるように、矢上の胸を夏の夕暮れに見た短い夢がよぎった。

　巡礼のような大勢の人々の列が海岸の波打ち際を歩いていく。人々は遥か昔にすべてを諦めたように安らかな顔で、海岸の先に突き出た断崖を回り、抗うこともなく海中に没していく。海岸を行く列の傍らを、子供たちが見えない蝶々と戯れるように中空に両腕を差し伸べ、踊るように、飛び跳ねるようにして大人たちについていく。

　夢の中で、矢上の体はとうに海に沈んでおり、ただ視線だけが海岸に残って彼らを見ている。そして声にならない声を発しようともがいていた。

　しかし今、矢上は自分にも大勢の工員にも聞こえる声をあげていた。

「想像してみてくれないか。労働者はどんな理不尽にも決して抗うことなく、黙って命も惜しまずに働く。そうできない者は落伍者か犯罪者になる。今の子供たちが大人になった時、そんな世界で生きてほしいと思うか」

　工員たちは身じろぎもせず俯いている。市原も頬を紅潮させたままじっと足下に目を落としている。

「自分の子供に、そんな世界で働いてほしいと思うか」

　矢上は工員たちに呼びかけた。

「今ならまだ間に合う。ここにいる全員で声をあげてストライキを決行しよう」

　すべてを伝えきった思いで矢上はゆっくりと工員たちを見回した。野次も怒号も起こらなかった。報告会の時のように話し合う声も聞こえなかった。深い沈黙の中、矢上は静かに部品ケースから下りた。

玄関からの最短経路を走ったらしい警備員がやかましい靴音を立てて吊り廊下に現れ、〈展望室〉の扉前から脇を排除しようとした。だが、脇はもはや抵抗することなく道を譲った。五十畑が脇には目もくれず〈展望室〉に入っていった。

作業再開を告げるベルが鳴り、比嘉が弾かれたように顔を上げた。それから急いでボルトのカゴに置いていたスマホをポケットにしまい、制帽を被った。ラインが耳慣れた鳴動を始め、組み立て途中の車が進み始めた。比嘉は軍手をはめた手で機械的に電動インパクトレンチを握り、もう一方の手で所定数のボルトを取った。ほかの工員たちも次々と配置についた。

警備員に引っ立てられていく脇が、吊り廊下から矢上を見て小さく微笑んだ。

できることはすべてやった。その顔はそういっていた。矢上は秋山と泉原と共に脇が下りてくる階段に向かおうとした。

その時、ラインの傍らに立ったまま動こうとしない比嘉の姿が目に入った。電動レンチを握ったまま立ち尽くした比嘉の鼻先を、車がゆっくりと動いていく。驚いて見回すと、持ち場についた工員たちのほとんどは突っ立ったままだった。

車が行き過ぎる前に比嘉はラインを離れ、レンチを置いて軍手を脱ぎ捨てた。

工員たちがあちこちであとに続く。いたるところで作業の停滞を知らせるけたたましいサイレンが鳴り出すなか、雄叫び（おたけび）をあげて帽子を投げ上げる者、作業着の上着を脱いでぐるぐると振り回す者、大の字に寝転がる者、中庭のペットボトルを持ち込んで座り込んで飲む者もいた。

矢上たちは信じられない思いで、ただ目を瞠ってその光景を眺めていた。〈展望室〉に目をやると、五十畑が椅子からゆっくりと立ち上がるのが見えた。

96

頰を切るような冷たい風が吹き込むのも構わず、日夏はオフィスの窓を開けて工場棟に目を凝らしていた。これまで経験したことがない数のサイレンが鳴り出し、しばらくしてようやく鳴り止んだ。しかし、それからもう十分近く経つというのに、ラインが稼働する際のあの独特の唸り(うな)が聞こえてこない。

単なる故障ではない、何か異変が起きているのだ。

工場棟に向かうべく日夏が扉へ向かおうとした時、事務棟・工場棟の双方に館内放送の声が響いた。

「これより〈共に闘う人間の砦　労働組合〉は、生方第三工場・製造ラインにおいてストライキを決行する」

日夏は耳を疑って棒立ちになった。しかし、今の声は、日夏が一度だけ電話で聞いたことのある声、矢上達也の声に違いなかった。あの四人が、工場に戻り、工員たちを率いてストライキを始めたのだ。驚愕と共に日夏の胸に震えるような感情が込み上げた。

その時、つけっぱなしにしていた壁掛けテレビにライブの記者会見場が映し出された。

昼に喫茶店で薮下や溝渕らと話した日夏は、今日明日中に事が動くはずだと考えて、オフィスに戻ってからずっとオンライン会議用の壁掛けディスプレイをテレビに切り替えてニュースチャンネルをかけておいたのだ。日夏はディスプレイの前に駆け寄った。

　会見場に一人の男が現れ、席につく姿が捉（とら）えられた。その映像に重ねて、テレビスタジオのキャスターの声が、着席した人物は警察庁警備局警備企画課長・萩原琢磨であり、昨日の警視庁組織犯罪対策部の会見に続く異例の緊急記者会見だと告げた。寒風の中に突っ立った日夏は、心拍数が跳ね上がるのを感じながら固唾を呑んで見守った。これまで何かを祈るという行為とは無縁に生きてきた日夏が今、一心に祈っていた。

　どうか、あの若い四人を共謀罪という恐ろしい冤罪の淵（ふち）に沈めないでくれ。どうか、この工場で産声をあげたばかりの闘う希望を圧殺しないでくれ。

　萩原は鋭い刃（やいば）を思わせるようなまなざしで報道陣を一瞥すると、おもむろに口を開いた。

「昨日、警視庁組織犯罪対策部より、以下の四名、矢上達也、脇隼人、秋山宏典、泉原順平がテロ等準備罪の容疑で指名手配された事案に関して、捜査上の重大な誤りがあったこと、また、ユシマによる新労組に関する説明において虚偽の内容があったことが判明、これらの新事実を受けて本事案を再検討した結果、四名の指名手配を取り消すと共に、その容疑が晴れたことを報告いたします」

　瞬間、日夏は思わず拳を突き上げていた。もうこれで彼らが逮捕されることはない。四人は自由なのだ。

　会見を見た誰かから一報が入ったのだろう、工場から大勢の工員たちの歓声と拍手が沸き上がった。日夏はなにか熱い塊が胸を塞ぎ、やがて温かく満たされていくのを感じた。

四人は日夏を知らない。だが、それでいいのだと日夏は思った。子供の頃、異議申し立てをすることすら思いつかぬまま殺してしまった自分の一部が、あの四人の存在に揺り起こされて息を吹き返したような気がした。

97

萩原は、記者席でノートパソコンから目を上げることなくひたすらキーを打ち続ける報道陣を、まるで自動人形のようだと思いながら淡々と会見を行っていた。記者クラブに所属するこれら大手メディアの人間たちは為政者や官僚の口から出た文言をそのまま垂れ流すのに忙しく、その内容の真偽を検証することはまずないらしい。単なる拡声器のような役割を報道の職務と考えているのなら、いずれ淘汰されるべき職業のひとつになるだろうが、今日はその拡声器の役目を存分に果たしてもらおうと萩原は考えていた。

「捜査上の誤りに関しては今後、検証を重ね再発の防止に努めます。以上です」

話が終わると質疑応答に移るが、通常の記者会見では、〈問取り〉といって事前に記者から質問内容を聞いておくことが多い。昨日の瀬野の会見も〈緊急〉とは名ばかりで、あらかじめ情報を流して〈問取り〉も済ませていた。

当然ながら今日の萩原の会見は、田所に情報が漏れて潰されないようにまさに電撃的に行われたため、〈問取り〉はできていない。だが、どのような質問が出るかは訊かなくともわかることだった。つまり、テロ等準備罪で指名手配された四人の容疑がたった一日で晴れてしまうほどの、捜査上の重大な誤りとは具体的にどのようなものであったのかという問いだ。実際に質問に立った記者はもはや習い性なのだろう、萩原が想定していた問いをかなり婉曲な表現で遠慮気味に尋ねた。

萩原は簡潔に答えた。

「四人に誤ってかけられた容疑はテロ等準備罪、つまり本事案は国家の治安に関わるものと理解されたい。よって〈特定秘密〉にあたる虞があるため、詳細は差し控えさせていただく」

以後、組対の事案をなぜ警察庁警備局が会見するのか、などいくつかの質問があったが、いずれも『特定秘密にあたる虞』の一言で記者たちはおとなしく引き下がり、回答に対してさらに重ねて問ういわゆる〈更問い〉の手を挙げる気配もない。

萩原自身は会見後に職を辞すことを決めていた。志半ばではあったが、やり直せたとしてもこれより他の来し方は思い描けなかった。ふと、最後に会った時の葉山の顔が頭をよぎった。

葉山は事の経緯と萩原の決断を聞いて、「そうですか。ではこれが最後のエスプレッソになりますね」と恬淡と答えた。そして、それならば自分も職を辞して欧州の大学院で経済学を学び直しますと、むしろさばさばとした口調で続けた。

「官僚としてキャリアを上りつめても、この国の政治家の多くは、いわば家業を継いだ坊ちゃんかタレントですからね。政治経済に関しておよそ何の知識もない〈先生〉に、ひたすら低姿勢で手取り足取り教えて答弁書に仮名まで振ってあげるなんて、私には無理です」

この国は沈みゆく船だ。泳げる者は逃げ出す。それも道理だと萩原は思った。今に官僚になる優秀な人材はいなくなるだろう。

「萩原さんもお元気で。今夜の七時を楽しみにしています」

葉山は一礼するといつものように自分のカップを洗って去っていった。

萩原は会見場の時計に目をやった。まさに午後七時になろうとしていた。一瞬の後、記者たちのスマホが一斉にメッセージの着信を知らせる短いバイブ音を発し始めた。萩原は、そのメッセージの内容がこのライブ会見の画面上に注意を喚起するチャイムと共に速報テロップとして映し出されていることを知っていた。すなわち——

『与党幹事長・中津川清彦衆議院議員、政界引退を発表』

警察組織の外の人間と仕事に関わる話をする際は、会話をすべて録音するのが萩原の常だが、十月の半ばに中津川から例の会員制フレンチレストランに呼び出され、ユシマの新労組を葬り去ってほしいと頼まれた際の会話も明瞭に録音されていた。そこには柚島庸蔵の〈お言葉〉を伝える中津川の声が録音されていた。柚島が「非正規労働者による新労組の結成など天に唾する行為であり、矢上たちのようなテロリストを根絶してほしい」と言っていると。萩原が政界進出の野望を抱いていると思い込んでいた中津川は、選挙は金だとしつこく繰り返しながら、大口献金者たる柚島庸蔵の新労組潰しの意向をしきりと強調していた。数時間前にあれを聞かせた時の中津川は、まさに顔面蒼白といった態だった。

あの録音が人々の知るところとなれば、中津川は柚島の逆鱗に触れる。それは経済利益団体全体を敵に回すことを意味し、財界からの集金能力の著しい低下と共に中津川は与党内の影響力を失い、選挙前に幹事長のポジションを奪われ、さらには政界引退後の企業顧問の椅子を用意する財界人もいなくなる。それを思えば、ここで致命傷を負う前に政界を去るのが最良の判断というものだ。中津川には今夜七時までに引退を発表しなければ、あの録音は流出すると言い渡してあった。

会見終了を告げるべく、萩原は会場を一瞥した。記者たちはいずれもスマホを手に驚いた様子で「あの中津川が……」と囁き合っている。ところが、そこには突然の一報にふさわしい衝撃も困惑もなかった。咄嗟に原因を模索しようとする知的な表情もなかった。その代わりにどこか小気味よさげな、むしろ内心ではいくらか歓迎しているような色さえ見えた。

彼らの顔を眺めるうち、萩原は不意にそれまでになかった奇妙な感覚にとらわれた。

もしかしたら、これまで俺と葉山がやってきたことは……。

萩原は考えたくない事実を予感して、初めて気が転倒した。

俺は自分でも気づかぬうちに、この国の人間が最も好むやり方で事を運んできたのではないか。彼ら彼女らの無意識の願望に突き動かされるように。

大商人と組んだ悪代官は、自分たちの知らないところできっと誰かが成敗してくれる。それも誰か力のある、偉い人が。

萩原は饐えた飯を口に押し込まれたように耐えがたい不快を感じて立ち上がり、記者たちに会見の終了を告げた。

98

「最後に中津川を沈めるとはねぇ」

玉井がテレビで記者会見場から立ち去る萩原を見ながら、いくらか感心したように嘆息した。溝渕は照明を調節する手を休めずに言った。

「俺はむしろ萩原が特定秘密を持ち出したことの方が恐ろしいね。『にあたる虞』ってだけで黙らせることができるんだからな。実際に特定秘密に指定されてみろ、調べようとしたらこっちが逮捕されるんだぞ。ま、指定されないかぎりウチはやるけどな」

折しも編集長の財津から溝渕のスマホに電話が入り、さっさと始めろと怒鳴られた。

溝渕と玉井は、矢上たちが生方第三工場で工員らと共にストライキを開始したという知らせを日夏から受けて、すぐさまはるかぜユニオンを訪れていた。週刊真実のデジタル版で〈ともとり労組〉のストライキ突入を報じるにあたって、岸本彰子に動画で語らせるのがベストだと財津が判断したのだ。

昨日の組対による指名手配の会見の後、矢面に立たされた岸本の顔があらゆるワイドショーとニュースで繰り返し映し出された。彼女ならインパクトは絶大というわけだ。記者会見で矢上たち四人の濡れ衣が晴れた直後の今なら、タイミングとしてもこれ以上はない。そういうわけで、動画はライブ配信されることになった。

元警備員の山崎からの情報もすでに岸本と共有できていた。

玉井がカメラを構え、溝渕が岸本にキューを出した。岸本は昨日のひどいメディアスクラムで逆に胆が据わったのか、真っ直ぐにカメラを見つめて話し始めた。

まず先ほどの萩原の会見で四人の無実が証明されたことを確認した後、今日になって〈ともとり労組〉がユシマに渡した要求書が見つかったことを告げた。そしてその要求書の内容を説明したうえで、新労組は会社側と二度の団体交渉を行っている事実を公表した。

「ところがユシマは、要求書をひそかに廃棄してすべてをなかったことにしようとした。ユシマの隠蔽工作は犯罪に等しいものです。このようなユシマに対して、労働者はいったいどんな交渉ができるでしょう。新労組はさきほど、労働者に残された最後の権利を行使しました。ユシマの生方第三工場において、ストライキに入ったのです」

岸本はストライキが労働者の権利であることが、ライブ映像を観ている人々に充分に伝わるように一拍の間を置いた。それを見て溝渕は、岸本が普通なら目にしたくない昨日の自分の映像を、意志的に直視することで学んだのだと直感した。このカメラの向こうに大勢の人間がおり、その無数の見知らぬ人々に向けて今、自分が話しかけていることに岸本はこの瞬間も自覚的なのだ。ひどい体験も瞬時に運動の糧に変えていく、そのしたたかさを見抜いて國木田は彼女を専従に推薦したのかもしれないと溝渕は思った。

岸本は響きのあるアルトの声で宣言した。

「はるかぜユニオンは彼らの闘いを支持し、連帯の意思を示すために明日、生方第三工場の門の前に集まります。共感していただける方は、仕事の前でも後でも構いません、生方に来てその意思を示して下さい」

玉井が配信を終えようとした時、岸本が微かに口許を引き締めてカメラを見つめ直した。溝渕は咄嗟に玉井の肩に手を置いて、配信続行の意図を伝えた。

岸本は実際に眼前に人々がいるかのように語りかけていた。

「ここ数年、私たちのユニオンだけでなく、各地のユニオンで相談件数が増加しています。労働現場の状況が急速に悪化しているのだと実感しています。ひとりで苦しんで思いつめる前に、どうか助けを求めて下さい。

社会的な運動や集会には抵抗があると感じる人も少なくないと思います。声高に主張するのはどうだろうかと躊躇（ちゅうちょ）することもあるでしょう。ユシマで新労組を結成した彼らも以前はそうだったのだと思います。私もかつてはそうでした。

私たちは事の善し悪しよりも、波風を立てずに和を守ることが大切だとしつけられてきた。今ある状況をまず受け入れる。それが不当な状況であっても、とにかく我慢して辛抱して頑張ることが大事だと教えられてきました。同時に、抵抗しても何ひとつ変わりはしないと叩き込まれてきた。

しかし、おかしいことに対してそれはおかしいと声をあげるのは、間違ったことでも恥ずかしいことでもない。声をあげることで私たちを不当に扱う側を押し返すこともできる。少なくとも、もうこうは言わせない。『誰も何も言わないのだから、今のままで何の問題もないんだ』とは。声をあげる人が増えれば、こうも言えなくなる。『みんなが黙って我慢しているのだからあなたも我慢しろ』とは。

力のある人とその近くにいる人たちだけがより豊かになるのではなく、大勢の普通の人たちが生きやすい世界へと変えていくためには、力を持たない私たちが声をあげるところから始めるほかない。どうか、〈ともとり労組〉に共感する人たちは声をあげて下さい」

　スマホでライブ配信を見ていた小坂は、岸本の落ち着いた話しぶりに舌を巻いた。

「この人、俺と同じまだ三十代ですよ。どうすればこんなふうに喋れるんですかね。薮下さん、このアクセス数見て下さいよ」

「こういうのはな、最近じゃバズるって言うんだぞ」

　薮下が自慢げに知識を披露した。ここで笑ってはいけないと小坂はさりげなくコップの水を飲んで堪えた。作戦だったとはいえ手錠で拘束した埋め合わせにと、小坂は薮下の贔屓の洋食屋に案内されていた。路地裏のこぢんまりした店はテーブル席が二つとカウンターだけのいかにも昔ながらの町の洋食屋という風情で、料理を待つあいだも厨房の音が聞こえて楽しい。

　小坂は見事に騙されたにも拘わらず、事の成り行きに高揚感を覚えて尋ねた。

「薮下さん、どうしてあの四人がストライキをしに工場に戻るとわかったんです？」

「わかってたわけじゃあない。ただ、あいつらはこの夏、笛ヶ浜の文庫で、まぁ大袈裟にいえば、闘ってきた人間たちの歴史と、自分たちがどういう社会に生きているかを知ったんだ。この国の当たり前が、世界の当たり前としばしば一致しないこともな。で、俺は、あいつらは最後まで闘うだろうと思ったわけだ。闘うってのは、自分たちの手で今ある状況を変えようとすることだ。柚島庸蔵をヤッたところで、ユシマ的なものは何も変わりゃしないだろ」

　なるほど、と小坂は思った。彼らの敵は、労働者をコストとしか思わず、あたまから人間扱いしないユシマ的な考え方そのものなのだ。

「ちなみに、先に僕に作戦を話しておこうって考えは一度も頭をよぎらなかったんですか？」

「それじゃあ臨場感を欠くだろ。ま、手洗いでおまえが溝渕の名前を口にした時は胆が冷えたがな」

溝渕の名前を出した途端、薮下に痛いほど肩を摑まれてタイル張りの壁に押しつけられたことを思い出した。

「それでいきなり暴力的になったんですね」

「これでも気を遣ってガセはデカ長に振ったんだからな。賭けてもいいが、大沼は成田での襲撃の話を課長の末沢に上げる時、自分の手柄にするつもりで俺たちの名前は出しちゃいない。つまり、おまえは無傷ってわけだ。そして確か今の動画じゃ、明日、〈ともとり労組〉に連帯の意思を示すために、工場の門の前に集まろうって呼びかけてたよな。飯を食ったら、おまえは末沢に教えてやることがあるんじゃないのか？」

「それくらいわかってるつもりですよ。まず、これから週刊真実がユシマの労組潰しに関していろいろ書くらしいことを教える。日夏さんの話じゃ、十月にうちの公安係があの四人を引っ張って深夜まで尋問をしている。南多摩署全体がユシマの労組潰しに加担していたのではないかという疑惑を打ち消すためにも、はるかぜユニオンにさっさと道路使用許可を出しておいた方が良いですよ、と。末沢課長なら交通課の課長ともツーカーですし」

「ま、そういうことだな」

カウンターが開き、コック帽を被った主が銀盆に薮下いちおしのマカロニグラタンを載せて出てきた。早くも香ばしい熱々のチーズの匂いが鼻をくすぐる。

考えてみれば、薮下と差し向かいで食事をするのはこれが初めてだった。小坂はようやく相方として認めてもらえたような気がして、なんとなく誇らしい思いで紙ナプキンを膝に広げた。

100

稼働を停止した工場内では、工員たちの目はそれぞれのスマホ画面に釘付けになっていた。ユシマの力で存在さえ否定されようとしていた自分たちの新労組が、岸本彰子のライブ動画によって、信じられないほど多くの人々の関心を集めているのだ。自分たちはどう思われているのか、気にするなといっても無理な話だった。

コメントの中には『ストやる暇があったら転職を考えれば？　馬鹿なの？』『ストは迷惑行為、日本の恥』『車の納品遅れたら弁償しろよ』『バイトテロとおなじ。ただの目立ちたがり』など冷笑的なものや小馬鹿にした意見も少なくなかった。昔の自分なら傷ついただろうと矢上は思った。

だが今は違った。それら安全な匿名の闇の中から投げつけられる尖った石のような言葉に、もう傷つけられはしなかった。矢上たちも工員たちも、数少ない共感を示すコメントを見つけては、互いに見せ合った。わかってくれる人がいるだけで励まされた。

〈ともとり労組〉は自分たちの要求を掲げて労働者の権利を行使しようと決めたのだ。権利は、力のない者たちのためにある。力のない者が踏ん張るための最後の足場だ。権利と義務を一組にして、文句があるなら働いてから言えという、人を働かせる側の論理に乗っかっていたのでは、どれほど犠牲の山が築かれても闘うことなど叶わない。

突然、中庭に何台もの車が停まり、次々と人が降りてくるドアの音がした。もしやいつぞやの所轄の公安係ではと、脇が早くもまなじりを決して中庭へと飛び出していく。矢上たちも慌ててあとを追った。

車の方から近づいてきたのは思いがけない人々だった。生方はユシマの町だけあって公共交通機関が貧弱でマイカー依存度が高いため、共働きの家では複数台の車を所有していることが多い。やってきたのは事務棟の長瀬たち女子社員だった。それにしても、事務棟からは渡り廊下で工場棟に繋がっているのに、どうしてわざわざ車でやってきたのか怪訝に思っていると、長瀬が車の後部座席とトランクを開けて言った。

「ストライキをするのなら、スト決行中であることや新労組の要求を可視化するプラカード、横断幕も必要ですよ。手分けして朝までに作りましょう」

驚いたことに、長瀬たちは館内放送でスト決行の一報を聞くや、閉店間際のホームセンターへ車で急行し、必要な材料を買い集めてきたのだ。なかでも長瀬が四人の子供たちの送り迎えに使ったという古いワゴン車には、角材や大白布、ペンキ、ベニヤ板等がぎっしり詰め込まれていた。

矢上が工員たちを呼んで材料を工場内に運び込ませていると、比嘉がスマホを手に喜び勇んだ様子で駆けてきた。

「おい、一直の連中もストに加わるそうだぞ！」

その知らせに、辺りにいた工員たちから快哉を叫ぶ声があがった。若い北見若菜が声を弾ませて言った。

「食堂の人たちも協力したいと言ってくれて、夜食のおにぎりを作ってくれているんです」

これには食い意地の張った脇がガッツポーズを決めた。

「朝になったら、柚島社長は腰を抜かすかもしれませんね」と、泉原が微笑んだ。

矢上は自分たちが行動を起こす日、柚島庸蔵には是非とも日本にいてほしかった。自分の目で、労働者の姿を見てほしかった。

「あれ？　来栖は？」と、脇がはたと気づいたように辺りを見回して工員に尋ねた。そういえば、四人で工場に来た時から姿を見ていない。

「なんかあったみたいでな」と、比嘉が答えた。「急に仕事を辞めて郷里に帰ったらしい」

「そうなんだ……」と、脇は残念そうに呟いた。

矢上が角材等を担いで工場内に戻ると、いつのまにか秋山の姿も見えなくなっていた。

101

五十畑は私物をまとめた段ボール箱を抱えて車の後部ドアを開けた。

工場長としての俺は今日で終わったのだと思った。

段ボール箱を後部シートに放り込んでドアを閉めると、五十畑は胸ポケットから煙草を取り出して火を点けた。工場の敷地内は喫煙所以外は全面禁煙なのだが、もうそんなことを気にするのも面倒だった。

肺いっぱいに吸い込んだ煙を、冷たい夜の大気に吐き出した。

何十年も勤めたというのに、たいした感慨が湧いてこないのが自分でも意外だった。

「辞めるんですか?」

尋ねる声に振り返ると、秋山が立っていた。

負け犬の去り際をわざわざ見物に来るとは御苦労なことだと思った。五十畑は、それではと、負け犬らしくその労に報いて答えた。

「十二月になって早期退職の打診があった。それを受けるつもりだ」

秋山は何のつもりか五十畑とは無関係なことをペラペラと喋り始めた。

「笛ヶ浜の崇像朱鷺子さんて知ってますよね。顔が『狩人の夜』のリリアン・ギッシュにちょっと似た感じの、文庫のねえさんって呼ばれてる人。性格はかなり皮肉屋ですけど、なんとも反骨精神旺盛で、ここに来る前に俺たちを一晩、匿ってくれたんですよ」

「用があるならさっさと言ってくれないか」

「その晩、玄さんの奥さんってどんな人だったのかなと思って。ねえさんの家にあった古いアルバムをひとりでこっそり覗いてみたんです。そしたら結婚式の写真がたくさんあって。五十畑さんが友人代表で挨拶してて、二次会の幹事とかもやってて、なんか写真の五十畑さんがもの凄く嬉しそうで。それで俺、思い出したんです。夏休みの最後の朝、俺たちが笛ヶ浜の玄さんちの生け垣を、直そうとして壊しちゃった時のこと」

五十畑は脈絡の見えない話に苛立ち、煙草を捨てて靴で踏み消すと運転席の方へ回った。秋山は慌てるふうもなくついてきながら喋り続けた。

「凹(へこ)んでる俺たちに玄さんが言ったんですよ。『何かを直そうとして壊してしまうことは、人生にはよくある』って。ちょっとぼんやりしたような顔でね。大事な玩具(おもちゃ)なんかを直そうとして壊しちゃったこととかありますよね。でもそのとき俺、どうしてだか玄さんが物じゃなくて誰かのこと、誰かとの関係を考えてるような気がして。あの時は誰だかわからなかったんですけど、ねえさんのアルバムを見て、ひょっとして玄さんは五十畑さんのことを考えてたんじゃないかと思ったんです」

五十畑は胸を衝(つ)かれ、話を打ち切るように運転席のドアを開けて乗り込んだ。秋山はかまわず続けた。

「もしそうなら辞めずに、ユシマを変えるのを手伝ってもらえませんか。もちろん今すぐ決められることじゃないと思いますけど。五十畑さんを慕ってる工員だっていること、忘れないで下さい。俺たちは慕ってませんでしたけど、生きてるんですから関係は変えられると思いますよ」

秋山はそれだけ言うと工場棟の方に戻っていった。

五十畑は運転席のドアを閉めた。だが、エンジンスイッチを押すことはできなかった。ペダルから足を外し、ハンドルに置いた両手に額を載せた。そのまま五十畑はじっと動けずにいた。

——生きてるんですから関係は変えられると思いますよ。

秋山の言葉に、五十畑は玄羽の遺影を思い出していた。涙が手の甲を伝って手首へと流れ落ちた。玄羽が死んでから初めてのことだった。

五十畑はハンドルに突っ伏したまま、玄羽に問いかけた。

生きているうちに、俺はやり直すことができるだろうか。

102

矢上と脇は工員たち全員におにぎりを配り終え、ようやく自分たちも食べようと並んで腰を下ろした。秋山はどこかから戻ってきたかと思うと、たちまちおにぎり三つを平らげてそのまま段ボールの上で気絶したように寝入ってしまった。秋山には丸二日間の山越えを含む笛ヶ浜からの大移動はかなりこたえたのだろう、無心の寝顔だった。

泉原はプラカードと横断幕作りを指導してあちこちのグループを飛び回っている。得意な分野だけあって、目を引く配色や文言と字体の組み合わせ等、助言をしたり手本を見せたりしている姿は実に生き生きとしている。比嘉たちのグループは何か風に翻るものが欲しいと、〈ともとり労組〉の旗を作り始めていた。

手にしたおにぎりを頬張るのも忘れて、脇が仲間たちを眺めながら嬉しそうに言った。

「いよいよ始まるぞって感じだな」

「そうだな」と、矢上は答えた。

不意に笛ヶ浜の海が思い出された。海水浴に来ていた家族連れの若い父親を、脇は〈パラレルワールドの十年後の俺〉と呼んだ。波打ち際の家族を眺めるその脇のまなざしには羨望（せんぼう）も妬みもなく、まるで彼らを祝福するように幸福そうな目をしていた。矢上はあの時の苦しいような気持ちをよく覚えていた。誰よりも破天荒で豪胆な脇の中に、おそらく矢上はどこか薄命なものを思わせる脆さを感じていたのだ。だが今、その薄い痣のような翳りは痕もなく消え失せ、前を見つめる目は精悍な意気込みに満ちていた。

「なんだよ」と、視線に気づいた脇が不審顔でこちらを見た。

「いや、なんかおまえ、性格がデカくなったと思ってな」

「デカいんだよ俺は、昔から」

脇は豪快におにぎりにかぶりつき、三角のそれはたちまち小さくなって消えた。

考えてみれば、新労組結成の契機を作ったのは脇だったのだと矢上は今さらのように思い出した。矢上と秋山、泉原の三人はあの日、行き先もわからぬまま、はるかぜユニオンに連れていかれたのだ。扉横のスタンド式の看板に〈はるかぜユニオン〉とあるのを指して、脇は誰も訊いていないのにユニオンとは労働組合という意味だと誇らしげに説明したのだった。

矢上は、そもそもあの時に尋ねるべきだったことを尋ねた。

「おまえ、なんで労働組合なんて思いついたんだ？」

脇は指についた米粒を食べながら、二つ目のおにぎりに手を伸ばした。

「初めから組合を考えてたわけじゃなくてな。俺がこのさき頑張ってなれるもんがあるとしたら、これしかないと思ったんだ。それでまず決めたわけだ。いい労働者になろうって」

「いい労働者……」

思いがけない言葉を聞いて、矢上は我知らず繰り返していた。

「いい労働者ってのは、ただ一生懸命働くだけじゃないんだ。隣に困っている労働者がいたら、その労働者のために闘う。つまり自分たちのために闘うのが、いい労働者なんだ」

そう言うと脇は自分の言葉に納得するように「うん」とひとつ頷き、プラスチックのバットにひとつだけ残ったおにぎりを掴んで「ほい」と矢上に手渡した。

矢上は脇と並んでおにぎりを頬張りながら思った。

俺もいい労働者になろう。

この夜が明けた時、そこにどんな光景が待ち受けていたとしても。

103

チェックのマフラーを二重に巻いてぎゅっと襟元で結んだ。モッズコートのポケットにはホッカイロ、毛糸のキャップを被り、手袋もした。万全の防寒対策を整えた仙波南美は、紙袋を抱えてアパートの部屋を出た。

外はまだ真っ暗で、空気は耳の縁が痛いほど冷たい。南美は白い息を吐きながら部屋に鍵をかけ、外廊下を真っ直ぐに空き室のままになっている〈お姉さん〉の部屋へと向かった。そして扉の前に立ち止まると、紙袋から一輪のフリージアを取り出して、そっとドアポストに挟んだ。

「いってきます」

そう声に出して言うと、南美はアパートの階段を駆け下りた。

空を見上げると澄んだ大気の中で星が瞬いていた。西の地平近くに南美が唯一わかる星座、オリオンがあった。それがなにか吉兆のように思えて、人通りのない道を弾む足取りで駅へ向かった。

始発の車両は南美ひとりだった。電車を乗り継ぐたびに少しずつ乗客が増えていった。南美が膝の上に載せた紙袋から細い角材が突き出ているのを、向かいに座った中年男性がまるで咎めるように眉を顰めてじろじろと見た。紙袋には南美が夜中過ぎまでかけて作り上げたプラカードが入っている。少しでも賑やかで元気づけられるようなものにしたくて、クリスマス用のモールやいろんなデコレーションをつけた。

男の無遠慮な視線が嫌で、南美は紙袋を大事に抱きしめるようにして俯いていた。

もし工場の前に誰も来ていなくても、南美はひとりで手製のプラカードを振って声援を送ろうと決めていた。

生方駅に着くと、辺りの闇は白々と薄くなっていた。思ったよりホームが混雑していて、こんなに朝早くから出勤する人がいるのかと南美は少し驚いた。改札に向かっていると、いきなり後ろから声をかけられた。

「おはようございます」

振り返ると、高校生くらいの男の子が立っていた。以前にどこかで会ったのだろうかと南美が怪訝な顔をしていると、男の子は右手に持った自分の紙袋をちょっと上げて見せた。そこから南美のものとよく似た細い角材が頭を出していた。学校の始業前に〈ともとり労組〉を応援に来たのだ。南美は挨拶を返しながら胸がぽかぽかと温かくなるのを感じた。

駅舎を出ると、大勢の人々が生方第三工場へ続く道を歩いていた。出勤前の会社員風の人、大学生風の人、リュックを背負ったお年寄り、子供の手を引いた若い母親の姿もあった。報告会で見かけた一直の工員は、段ボールで作ったプラカードを携えていた。

きっとこのどこかに山崎のおじさんもいると南美は思った。山崎に会えたら、おじさんもあたしもゴミじゃないと伝えたかった。

南美はさっきの高校生を見習って、紙袋を手にすぐ前を歩いていく女の人に「おはようございます」と声をかけた。振り返ったのは一昨日、昨日とたて続けにテレビやネットで何度も見た岸本彰子だった。南美はびっくりして口を開いたまま言葉が出なかった。

岸本は笑顔で挨拶を返し、南美の紙袋を目で指して尋ねた。

「見せてもらっていいですか？」

南美は勢い込んで頷いたが、いざ見せるとなると急に緊張しておずおずと紙袋からプラカードを取り出して見せた。

岸本は目を丸くして「うわぁ、すごい」と声をあげた。昨日、動画で堂々と話していた人とは別人のような嬉々とした表情に、南美は驚いて目を瞠っていた。

「このキラキラとか、ここのフワフワの綿とか、センスがいいなぁ。ああ、振れば鳴るように鈴もついてるのね。やっぱり若い人は違いますね」

そう言って岸本は一緒に歩いていた老人に話しかけた。それは、一昨日のニュースで顔写真が出たお爺さんだった。たくさんの逮捕歴があると報じられていたのに、そこにいる老人は少しも怖そうではなかった。

「ひとりで来たのですか？」

老人は南美に尋ねた。南美は黙って頷いた。

「こういう場所にひとりで来る、あなたのような若い人が必要なんです。そういう人が集まって、初めて大きな力になる」

人から『必要』などと言われたのは初めてのことだった。気恥ずかしいような、それでいて誇らしいような気持ちで辺りを見回した。ひとりで来ている人がほかにも大勢いて嬉しくなった。ひとりだということは、ひとりじゃないんだと南美は思った。自分の意思を示せば仲間ができる。

老人が懐中時計を見て言った。

「六時十五分。日の出まであと三十分ですね」

南美は駆け出したい気持ちを堪えて、岸本と國木田という老人と三人で工場に向かって歩いた。南美はこの時間をしっかりと覚えておきたいと思った。

岸本が前方を指さして言った。

「あの角を曲がると、生方第三工場よ」

〈了〉

主な参考文献

〈書籍〉

『労働組合運動とはなにか　絆のある働き方をもとめて』　熊沢誠／岩波書店

『過労死・過労自殺の現代史　働きすぎに斃れる人たち』　熊沢誠／岩波現代文庫

『若者の逆襲　ワーキングプアからユニオンへ』　木下武男／旬報社

『労働組合とは何か』　木下武男／岩波新書

『ブラック企業　日本を食いつぶす妖怪』　今野晴貴／文春新書

『ブラック企業２　「虐待型管理」の真相』　今野晴貴／文春新書

『ストライキ２・０　ブラック企業と闘う武器』　今野晴貴／集英社新書

『ドキュメント　ブラック企業——「手口」からわかる闘い方のすべて』　今野晴貴　ブラック企業被害対策弁護団／ちくま文庫

『ジョブ型雇用社会とは何か——正社員体制の矛盾と転機』　濱口桂一郎／岩波新書

『若者と労働　「入社」の仕組みから解きほぐす』　濱口桂一郎／中公新書ラクレ

『人間使い捨て国家』　明石順平／角川新書

『雇用身分社会』　森岡孝二／岩波新書

『15歳からの労働組合入門』　東海林智／毎日新聞社

『ドキュメント請負労働１８０日』　戸室健作／岩波書店

『不寛容の時代　ボクらは『貧困強制社会』を生きている』　藤田和恵／くんぷる

『トヨタ人事方式の戦後史』　辻勝次／ミネルヴァ書房

『5年たったら正社員!?　無期転換のためのワークルール』　嶋﨑量／旬報社

『ストライキしたら逮捕されまくったけどそれってどうなの（労働組合なのに…）』　連帯ユニオン編　小谷野毅・葛西映子・安田浩一・里見和夫・永嶋靖久／旬報社

『戦後日本　労働組合運動の歩み』　山田敬男／学習の友社

『コミュニティユニオン　沈黙する労働者とほくそ笑む企業』　梶原公子／あっぷる出版社

『トヨタの労働現場　ダイナミズムとコンテクスト』　伊原亮司／桜井書店
『「働き方改革」の嘘　誰が得をして、誰が苦しむのか』　久原穏／集英社新書
『新装増補版　自動車絶望工場』　鎌田慧／講談社文庫
『トヨタの闇』　渡邉正裕　林克明／ちくま文庫
『日本人の働き方１００年―定点観測者としての通信社―』　公益財団法人　新聞通信調査会
『ＰＯＳＳＥ［ポッセ］vol.35　働き方改革』　ＮＰＯ法人ＰＯＳＳＥ／堀之内出版
『ＰＯＳＳＥ［ポッセ］vol.39　#Me Tooはセクハラ社会を変えられるか？』　ＮＰＯ法人ＰＯＳＳＥ／堀之内出版
『ＰＯＳＳＥ［ポッセ］vol.42　ストライキが変える私たちの働き方』　ＮＰＯ法人ＰＯＳＳＥ／堀之内出版
『共謀罪の何が問題か』　髙山佳奈子／岩波ブックレット
『共謀罪なんていらない?!　これってホントに「テロ対策」？』　斎藤貴男＋保坂展人＋足立昌勝＋海渡雄一＋山下幸夫／山下幸夫編／合同出版
『「日本」ってどんな国？　国際比較データで社会が見えてくる』　本田由紀／ちくまプリマー新書
『高校生ワーキングプア　「見えない貧困」の真実』　ＮＨＫスペシャル取材班／新潮文庫
『子供の貧困が日本を滅ぼす　社会的損失40兆円の衝撃』　日本財団　子どもの貧困対策チーム／文春新書
『安いニッポン　「価格」が示す停滞』　中藤玲／日経プレミアシリーズ
『黒人差別とアメリカ公民権運動――名もなき人々の闘いの記録』　ジェームス・Ｍ・バーダマン著　水谷八也訳／集英社新書
『サフラジェット　英国女性参政権運動の肖像とシルビア・パンクハースト』　中村久司／大月書店
『力なき者たちの力』　ヴァーツラフ・ハヴェル著　阿部賢一訳／人文書院
『憲法くん』　作・松元ヒロ　絵・武田美穂／講談社
『「ヒロポン」と「特攻」　女学生が包んだ「覚醒剤入りチョコレート」　梅田和子さんの戦争体験からの考察』　相可文代
『図表でみる教育　ＯＥＣＤインディケータ（２０２２年版）』　経済協力開発機構（ＯＥＣＤ）編著／明

石書店
『沈黙の子どもたち　軍はなぜ市民を大量殺害したか』　山崎雅弘／晶文社
『死体検案ハンドブック　第４版』　近藤稔和　木下博之／金芳堂

〈ウェブサイト〉
『A RAISED VOICE　How Nina Simone turned the movement into music』by Claudia Roth Pierpont　August 3, 2014
https://www.newyorker.com/magazine/2014/08/11/raised-voice
『McDonald's Workers in Denmark Won Good Pay and Benefits Through Striking』By Matt Bruenig
https://jacobin.com/2021/09/denmark-mcdonalds-labor-unions-strikes-wages-benefits
『My Own Story』by Emmeline Pankhurst
https://www.gutenberg.org/files/34856/34856-h/34856-h.htm
『1950-1980 年代の失踪表象と親密圏の変容――「家出」と「蒸発」の雑誌記事分析を中心に――』中森弘樹
https://www.l.u-tokyo.ac.jp/~slogos/archive/37/nakamori2013.pdf
『新型コロナウイルスから労働者の安全を守る「撤退権」＝ルーブル』
一般財団法人　自治体国際化協会　パリ事務所（クレア・パリ）
https://www.clairparis.org/ja/clair-paris-blog-jp/blog-2020-jp/2020-03-19-19-10-06
『良心に基づいて命令を拒否する兵士たち―ドイツ連邦軍における「共に考えてなす服従」の理念と実践―』　市川ひろみ
http://repo.kyoto-wu.ac.jp/dspace/bitstream/11173/3075/1/0160_033_010.pdf
『ドイツ軍少佐からの白バラ ―― 軍人の抗命権・抗命義務　今週の直言２００９年８月17日』　水島朝穂
http://www.asaho.com/jpn/bkno/2009/0817.html
『非暴力闘争としての公民権運動』　寺島俊穂

https://omu.repo.nii.ac.jp/?action=repository_action_common_download&item_id=6152&item_no=1&attribute_id=19&file_no=1
『ブラック企業に対抗する労使関係の構築』　青木耕太郎
https://www.jstage.jst.go.jp/article/spls/9/3/9_102/_pdf
『共謀罪の何が問題か？』　今泉義竜
https://zendaikyo.or.jp/?action=cabinet_action_main_download&block_id=809&room_id=1&cabinet_id=17&file_id=5619&upload_id=16063
『トヨタの労使関係の現状と問題点』　猿田正機
https://chukyo-u.repo.nii.ac.jp/index.php?action=pages_view_main&active_action=repository_action_common_download&item_id=17415&item_no=1&attribute_id=54&file_no=1&page_id=13&block_id=21
『トヨタシステムと労災・過労死・自死——40年のトヨタ調査・研究を振り返って——』　猿田正機
https://chukyo-u.repo.nii.ac.jp/?action=repository_action_common_download&item_id=18299&item_no=1&attribute_id=22&file_no=1
『トヨタ生産方式と労働密度』　浅野和也
https://www.aichi-toho.ac.jp/wp-content/uploads/2016/07/201006003901_09.pdf

＊

『組合づくりのハンドブック』平成29年版　東京都労働相談情報センター

謝辞

執筆にあたって、弁護士の井上幸夫氏、平井康太氏のお二人に労働問題について貴重な御助言を賜りました。また、第四章の記述については中藤玲氏、相可文代氏、松元ヒロ氏、武田美穂氏の著作、水島朝穂氏のウェブサイトから多大な示唆をいただきました。心より御礼申し上げます。

そして初めての新聞連載を勧めてくださったＫＡＤＯＫＡＷＡの元編集者・三宅信哉氏、長期にわたる連載に粘り強く伴走してくださった荒木真紀氏をはじめとする学芸通信社の皆様、常に細やかな配慮で執筆環境を整えてくださったＫＡＤＯＫＡＷＡの榊原大祐氏、苦しい折々に支えてくださった藤田孝弘氏、宮本貴史氏に感謝申し上げます。

なお、本作品の記述はすべて著者の責任に帰することをお断りしておきます。

初出

本作品は学芸通信社の配信により、陸奥新報、千葉日報、苫小牧民報、三陸新報、上越タイムス、東海愛知新聞、留萌新聞、桐生タイムス、宇部日報、いわき民報、山陰中央新報に二〇二一年四月~二〇二三年六月の期間順次掲載したものです。

単行本化に際し加筆修正しました。

太田 愛（おおた　あい）
香川県生まれ。「相棒」「TRICK2」などの刑事ドラマやサスペンスドラマの脚本を手がけ、2012年、『犯罪者　クリミナル』で小説家デビュー。13年には第２作『幻夏』を発表。日本推理作家協会賞（長編及び連作短編集部門）候補になる。17年『天上の葦』では、高いエンターテインメント性に加え、国家によるメディア統制と権力への忖度の危険性を予見的に描き、大きな話題となる。20年刊行の『彼らは世界にはなればなれに立っている』で第４回山中賞受賞。

未明の砦

2023年７月31日　初版発行
2024年９月15日　４版発行

著者／太田 愛

発行者／山下直久

発行／株式会社KADOKAWA
〒102-8177　東京都千代田区富士見2-13-3
電話　0570-002-301（ナビダイヤル）

印刷所／旭印刷株式会社

製本所／本間製本株式会社

ISBN 978-4-04-113980-6　C0093